渤海传

王秀梅 作品

BO HAI ZHUAN

山东文艺出版社

图书在版编目（CIP）数据

渤海传 / 王秀梅著. —济南：山东文艺出版社，2024.1

ISBN 978-7-5329-6939-5

Ⅰ. ①渤… Ⅱ. ①王… Ⅲ. ①纪实文学—中国—当代 Ⅳ. ① I25

中国国家版本馆 CIP 数据核字（2023）第 131338 号

渤海传
BOHAI ZHUAN
王秀梅　著

主管单位	山东出版传媒股份有限公司
出版发行	山东文艺出版社
社　　址	山东省济南市英雄山路 189 号
邮　　编	250002
网　　址	www.sdwypress.com

读者服务	0531-82098776（总编室）
	0531-82098775（市场营销部）
电子邮箱	sdwy@sdpress.com.cn

印　　刷	肥城源盛印刷有限公司
开　　本	710 毫米 ×1000 毫米　1/16
印　　张	29
字　　数	431 千
版　　次	2024 年 1 月第 1 版
印　　次	2024 年 1 月第 1 次印刷
书　　号	ISBN 978-7-5329-6939-5
定　　价	72.00 元

版权专有，侵权必究。如有图书质量问题，请与出版社联系调换。

目录

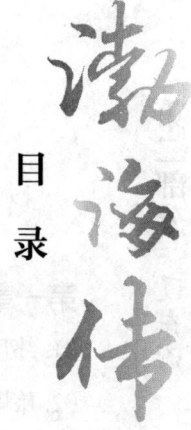

第一部分 渤海海峡

第一章
01. 去往大海 ~ 002
02. 鸥鸟的世界 ~ 006

第二章
01. 胶东的蚕 ~ 009
02. 管仲和齐国 ~ 015
03. 费迪南·冯·李希霍芬与《中国》 ~ 020
04. "大泽"仙境 ~ 022
05. 淤泥中的古船 ~ 027
06. 渡过渤海海峡 ~ 034
07. 羊头湾里的港口 ~ 040

第二部分 辽东湾

第一章

01. 纬度最高的海湾 ~ 044

02. 旅顺口之名 ~ 048

03. 军港的前尘往事 ~ 049

04. 战争与陷落 ~ 060

05. 东方的奥斯威辛 ~ 064

06. 陈氏渡海迁移史 ~ 068

07. 老铁山岬黄渤海分界线 ~ 074

08. 游过渤海海峡的人 ~ 083

09. 老铁山灯塔 ~ 086

10. 鸟过海峡 ~ 089

第二章

01. 一河两口 ~ 092

02. 大辽河入海 ~ 097

03. 关外第一街 ~ 102

04. 鲅鱼公主之恋 ~ 104

05. 海蚀与落日 ~ 108

06. 红海滩鸟浪 ~ 112

第三章

01. 万亩苇海 ~ 117

02. 候鸟自然史 ~ 121

03. 胖墩墩斑海豹 ~ 125

04. 七月的碱蓬草 ~ 132

05. 辽河口大白楼 ~ 134

06. 刘三爷与渔民 ~ 137

07. 神秘的古渔雁 ~ 142

08. 红海滩风景廊道 ~ 145

09. 浅海采油机 ~ 148

第四章

01. 新中国第一缕曙光升起之地 ~ 153

02. 小凌河入海 ~ 157

03. 大凌河入海 ~ 164

04. 湿地魔树林 ~ 166

05. 消失的天桥 ~ 169

第五章

01. 葫芦岛港往事 ~ 175

02. 清三帝与龙回头 ~ 179

03. 努尔哈赤和皇太极的伤痛 ~ 183

04. 海中佛岛 ~ 187

05. 海蚀柱姜女石 ~ 194

第六章

01. 石城入海 ~ 197

02. 天下第一关 ~ 208

03. 九门口水上长城 ~ 213

04. 沙与海相吻的地方 ~ 215

05. 黄金海岸上的孤独图书馆 ~ 217

06. 神岳之冠碣石山 ~ 221

07. 滦河入海 ~ 225

第三部分 渤海湾

第一章
01. 大清河盐场与盐母 ~ 228
02. 唐山三岛 ~ 233
03. "北方沙家浜"曹妃甸 ~ 236

第二章
01. 死亡的海岸洲堤 ~ 242
02. 吴粳万艘 ~ 246
03. 军粮城遗址与唐代制盐 ~ 251
04. 大沽口的伤痕 ~ 255
05. 海河入海 ~ 259

第三章
01. 以烈士之名 ~ 262
02. 海丝史迹 ~ 264
03. "镇海吼"的一生 ~ 267
04. 千童出海 ~ 270

第四章
01. 海上仙境望子岛 ~ 275
02. 无棣贝壳堤 ~ 278
03. 渤海老区 ~ 284

第五章
01. 黄河入海 ~ 288
02. 湿地的静谧 ~ 294
03. 沈括的预言 ~ 298
04. 渤中坳陷与海上油井 ~ 304
05. 古海岸村庄 ~ 307

第四部分 莱州湾

第一章
01. "母亲湾"的蛏子、对虾、银鱼 ~ 314
02. 双王城盐业遗址群 ~ 320
03. 小清河口与羊口渔港 ~ 326
04. "双堤环抱"潍坊港 ~ 332
05. 海边灶户村 ~ 334

第二章
01. 渤海南岸地下卤水史 ~ 338
02. 消失的土山 ~ 343
03. 海上长城 ~ 345
04. 虎头崖往昔 ~ 348
05. 鲸现海滩 ~ 353
06. 天下三大盛典之祭海 ~ 357
07. 三山岛往事 ~ 359

第三章
01. 百年老港的光辉岁月 ~ 363
02. 黄河营古港旧事 ~ 368
03. 齐人徐福 ~ 372
04. 海中火山岛 ~ 377
05. 海市蜃楼 ~ 385
06. 秋访屺𡶅岛 ~ 389
07. "胜利262"上的苹果 ~ 394

第五部分 黄渤海交汇处

01. 现代化港口集群 ~ 402
02. 从登州港开始 ~ 405
03. 戚继光 ~ 411
04. 渤黄海分界线南端起点 ~ 414
05. 蓬莱仙阁 ~ 419
06. 从胶辽地盾到长山列岛 ~ 422
07. 黄渤海交汇 ~ 431

后　记 ~ 437

主要参考文献 ~ 443

引 言

> 所有的人或多或少，或先或后，都会生出向往海洋的感情。
>
> ——赫尔曼·麦尔维尔《白鲸》

在美国著名作家麦尔维尔那不可超越的小说《白鲸》中，主人公以实玛利这样表达了他出海的缘由："每当我发现自己绷紧了嘴角；每当我的心情有如潮湿阴雨的十一月天气；每当我发现自己不由自主地在棺材铺门前驻足流连，遇上一队送葬的行列必尾随其后；特别是每当我的忧郁症发作到了这等地步：我之所以没有存心闯到街上去把行人的帽子一顶顶打飞，那只是怕触犯了为人处世的道德准则；——一到这种时候，我便心里有数：事不宜迟，还是赶紧出海为妙。……当年的伽图以一种哲学家的姿态引颈自戮，今天的我则悄然上船。这本没有什么可奇怪的。只要了解此中况味的人都知道：所有的人或多或少，或先或后，都会生出向往海洋的感情，和我的相差无几。"

1841年，22岁的麦尔维尔踏上一艘船，开启了他的首次航行；到1844年，麦尔维尔结束了他4年的海上生涯。6年以后的1850年，麦尔维尔开始写《白鲸》。他要写一部"巨著"，而要这样做，"必须挑选一个巨大的主题"。他挑选的这个主题是白鲸。捕鲸船和水手如渺小的浪滴，由着命运，向着寂寞的大西洋驶去。巨大的白鲸，扑朔迷离地活跃在那更为巨大的海洋之中。

一个年轻人出海了。更多的年轻人出海了。像以实玛利这样的年轻人从来都不缺乏，他们胸膛里鼓胀着随时有可能爆炸的激情和探索欲，离开陆地，成为一名水手，朝着海洋行进。大海装满了关于冒险、财富、船长、水手、鲸、鲨鱼、暴风雨、海鸟、死亡的故事。虽然人类第一次造船出海的具体时间我们无从得知，但我们能够知道的是，五千多年前，人类中已经出现出色的航海家，以及像以实玛利这样普通的航海人，他们不断地冲向大海。奥德修斯的航行、辛巴达历险、维京人的海盗传奇、腓尼基人环航非洲、郑和下西洋，每一个关于海上航行的传奇故事都磅礴傲岸。

就这样，人们开始沿海居住，开始旅行和贸易。古埃及尼罗河上首先出现的风帆动力船只，鼓胀着巨大的风帆，把那些生在陆地上却顽强冲向陌生水域去一探究竟的人，一茬一茬地送向大海，人类进入为贸易而开始的陆路之外的海上探险，他们搜寻香料、贵重金属、奇珍异宝，迎来送往。

当然，海上还发生战争。大型桨帆动力战船相互攻击，奴隶桨手拼命划桨，头戴鸡冠帽的希腊人和波斯人手持弓箭和盾牌、标枪。他们踏在动荡不安的甲板上，甲板底下是深达千米的地中海。经过了萨拉米斯海战、阿克提姆海战等几次海战之后，最终是罗马人击败迦太基人，成为地中海近两千年的主宰。

就航海环境来说，地中海自然更适合培养航海家，更适合海战。古代东方的航海技术受限于东亚大陆的地缘条件，缺乏强大的动力。然而，也有可载入历史的发生在古代东方的经典海战，比如663年中日之间的白江口战役。倭军驾驶上千艘战船渡海而来，但船只过于矮小，难敌唐军"壁高而坚"的大船。因此，唐军战船虽然数量少，仍然四战连捷，将朝鲜半岛纳入自己的保护中，倭人则第一次被封堵在东瀛的三处小岛中。

战争也是海上文明不可分割的一部分。旅行、贸易、海战，浩浩荡荡地推动海上文明穿越时空，向着我们而来。我们惊叹于航海历史推动的诸多无论在当时抑或现在都可以称为奇迹的事物的诞生：早期的地图制作，新航路的开辟，等等。

春秋时期，一些船只从山东半岛沿海港口出发，北渡长山列岛，行至辽东半岛，再转向东南，沿海岸南下，到达朝鲜半岛。他们把齐国丰富的丝绸源源不断地运到异域，又运回别国的珍珠、象牙和兽皮。这条"东方海上丝绸之路"发展到唐代，航船能力已足以支持横渡渤海、黄海，直达朝鲜半岛东海岸，但出于安全考虑，航船一直"循海岸水行"，斑斓美丽的庙岛群岛一直伴随着航海人。到今天，这几十座岛屿，也像珍珠一样点缀着渤海海峡，奇异、优美而壮观。文化、文明，环绕着这条海峡，它神奇地对大海进行了分割，一边是渤海，一边是黄海。

宇宙开端之前，鸿蒙主宰一切。我们无从知晓究竟是什么力量破开了鸿蒙，创造了天地万物。我们也无从知晓海洋的开端究竟是什么样子，地球这颗星球是如何获得了海洋这种巨大的物质。人们基于地球上那些古老的证据和线索，一次次地推断着海洋的故事。

因此，讲述渤海，必须尽可能严谨和小心翼翼。

渤海，作为我国的陆架浅海，它最初并不是以浅海的形式而存在的。在距今约 2.5 亿年至约 6500 万年的中生代，地球经历着地质大变革，各大陆连接为一块的超大陆开始走向分裂。自印支运动开始，濒太平洋构造带的活动性加强，太平洋板块向西俯冲的力量，逐渐改变了中国北方的地貌形态。到了大约 6500 万年前，青藏高原隆升的力量也参与进来。在二者的合力下，华北地区的根基遭受了自下而上的破坏解体，西起太行山，东至郯庐断裂带，北至辽西地区，南至河南濮阳一带的广大土地逐渐下沉，从古代的高地转变为平原。在这块略呈 Z 字形的土地上，孕育了后来的渤海和华北平原，人们叫它"环渤海湾盆地"。与此同时，周围的太行山、泰山、燕山等山地和丘陵却开始升高，拱卫着下沉的华北和渤海地区。也就是说，这一时期，渤海地区表现为渤海沉降盆地，陆相沉积逐步发育。

就在这样的升升降降之间，不稳定的运动引发了地震和火山。随之，河流湖泊逐渐生成，无数古老的山头被厚厚的泥沙地层埋没，直至消失。这样升升降降、山头消失的演化，耐心地进行了很长时间，到至少 370 万年前，渤海所在的地区成为整个华北沉降最快的区域，河流从四面八方汇聚而来，一个面积广大的淡水湖泊自然形成，它就是古渤海湖。

当时，在古渤海湖的东边，辽东半岛和胶东半岛是基本连成一体的，称为胶辽陆桥。可见，山东半岛和辽东半岛今天的种种亲缘表现，早已在新生代的第四纪之前就埋下了种子。

地壳的沉降还没有停止。时间继续向前推移，胶辽陆桥也渐渐下沉解体。到了中更新世时期，较为温暖的气候导致海平面上升，古渤海湖被海水入侵。接着，海水越来越频繁地越过胶辽陆桥，为古渤海湖注入咸水和少量海洋生物。晚更新世发生的两次大规模海侵，致使胶辽陆桥彻底解体。海水毫无遮拦地大举西进，使古渤海湖摇身一变，变为渤海。

新生代时期，恐龙彻底灭绝，先是较高等的哺乳动物生命痕迹出现了，然后，在不断的优胜劣汰之下，人类崛起了。或许，最早的人类曾无数次站在胶辽陆桥上，或是渤海沿岸的其他地方，观察着陆桥逐渐消失，海水漫过，侵入古渤海湖，然后将之逐渐海化的过程。

我们无从知晓是不是有过那一幕。地球在远古时期的演变过程，现代人无缘亲见，只有亘古存在的某些地质及其他痕迹，为我们留下了古老的证据和线索，引导我们去进行无数次的推演。

这么看来，渤海海峡庙岛群岛那32座岛屿，以及渤海近海的蛇岛、仙人岛等诸多岛屿，是历经了多么动荡的地质变化，经受了多么摧枯拉朽的陆地下沉，才最终幸免于难，把它们优美的头颅和身姿留在海平面以上。

当然，也或许，它们的幸存是神秘的大自然刻意为之，比如，庙岛群岛，它们留下的使命就是扼守渤海海峡的咽喉。在伟大的大自然面前，我们愈是研究和推演，就会愈加惊讶。

漫长的演化，从陆地到湖泊再到大海，终于成就了今天的渤海。它作为大海的年龄还相当年轻，但它的前身委实太过漫长，饱经历练。

晋代葛洪《神仙传·麻姑》记载：

> 麻姑自说云："接侍以来，已见东海三为桑田，向到蓬莱，水又浅于往者，会时略半也，岂将复还为陵陆乎！"

这是王远和麻姑在蔡经家中饮酒聊天时，麻姑对王远说的话。她去蔡经家里之前，刚刚奉命巡视了一番蓬莱仙岛，因此不无感慨地说："自从得了道接受天命以来，我已经亲眼见到东海三次变成桑田。刚才到蓬莱，又看到海水比前一时期浅了一半，难道它又要变成陆地了吗？"

作为"沧海桑田"这个成语的来处,麻姑的神话传说既有趣又富含科学性。这说明至迟在晋代以前,人们已经见识过沧海变成桑田,桑田变成沧海。他们把地球上发生的这种浩瀚的大变动糅进了文学创作之中。

渤海,在世界海洋版图上看,它不仅年轻,还体态娇小:东西宽约 346 公里,南北长约 550 公里,总面积仅有 7.7 万多平方公里。平均水深 18 米,最大水深 85 米。

我们再来看看"大哥"太平洋的相关数据:总面积 1.813 亿平方公里,平均深度约 4000 米,其中最深处的马里亚纳海沟斐查兹海渊深达 11034 米,是迄今为止探测到的地球的最深点。万米之深,完全配得上"渊"这个恐怖感十足的字。也有人说,斐查兹海渊是"地球上最接近地狱的地方"。

从面积上看,太平洋是渤海的两千多倍,深度则是渤海的两百多倍。因此,从这个层面来看小巧玲珑的渤海,就会觉得它应该被百般呵护。

渤海,虽然秀气小巧,却体态婉转,曲线优美。辽东湾、渤海湾、莱州湾三个海湾各具情态,依海岸相接;渤海海峡像精巧的门户,护卫着这三个海湾和渤中洼地。

故事层出不穷地在湛蓝的海水上发生,像以实玛利这样的年轻人,想要去海上一探究竟,是多么正确而令人敬仰。他从家乡曼哈顿出发,穿过几百公里路程,抵达马萨诸塞州的新贝德福德,在那里乘船驶往浩瀚的大西洋。

我为一件事感到幸运:我不必像以实玛利那样跋涉几百公里才能乘船出海。在我的城市,无论从烟台港、蓬莱港还是龙口港,都能很方便地登船进入神奇的渤海海峡。我要问候这神奇的把海水一分为二的海峡,问候那三个手挽手的曼妙的海湾,问候依海湾而建的城市,问候那里的滩涂湿地、日出日落、鸥鸟和人类。

在二月的最后一天,我登上了横渡渤海海峡的轮渡。

第一部分

渤海海峡

> 如果你是一只滨鸟或一条鱼,钟表或日历衡量的时间毫无意义。
>
> ——蕾切尔·卡逊

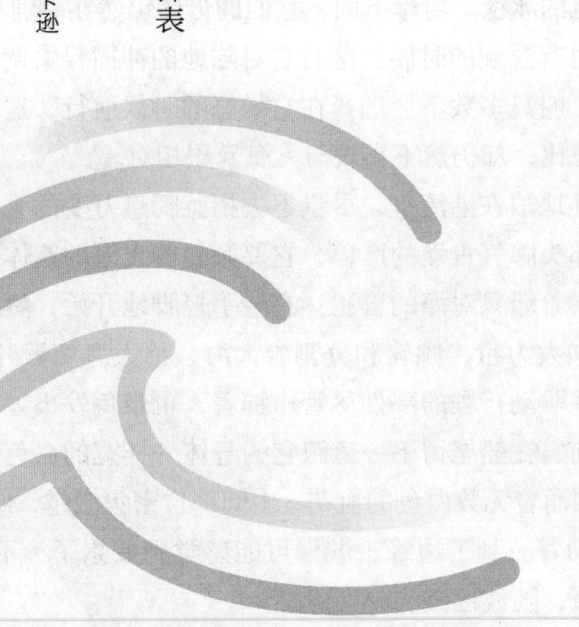

第一章

01. 去往大海

  我们能够看到，大海是如何跟陆地相依相撞。它热烈而紧密地依偎着陆地，又无时无刻不在对它展开冲撞。在漆黑的夜里，我见过它暴怒地冲上高高的堤岸，像运动员跨过栏杆。我还见过在寒冷的冬天，海浪扑上堤岸，冲撞着围栏，把自己冻成白色的冰柱，像一把把尖刀悬垂在围栏上。其余的那些海水则越过围栏，义无反顾地扑在堤岸上，把自己冻成一张白色的冰毯。堤岸下面，它们的母体仍然在翻涌不休。

  它当然也有温顺的时候，这时它对陆地的冲撞轻柔调皮，简直像与恋人在调情。船只多数不会选择在它暴怒的时候航行，这些海上流动建筑虽然坚固无比，却仍然不喜欢与大海暴烈相对。

  船只静静地泊在港湾里，尽量不去招惹瞬息万变的大海。它知道自己即将冒犯那头脾气古怪的巨兽，它要倾轧着大海的躯体而行。站在甲板上，我观察着船只对海的冒犯：它轻手轻脚地开始，然后逐渐加快速度，一点点加大力量，倾轧和分割着大海，给大海切劈开白色的伤口。它躯体里那些驱动行驶的部件尽管压抑着，也难免发出轰鸣。在轰鸣声中它一路向前，在船尾留下一道跟它的身体一样宽的白色伤疤。这道大海的伤疤，翻涌着无数白色的血花，中间部位密集激越，像一个个漩涡，叠套着，滚动着。到了边缘，漩涡可能感觉到疲累了，不再那么激越，而是渐次平缓，随波逐流。

天气晴好的日子里，大海上方的天空是一种没有杂质的蓝。在城市里，你几乎看不到这么没有杂质的蓝，它是专有物品，独属于大海。天空有极强的攀比之心：在陆地上，晴朗的时候，天空有形形色色的白云和彩霞，它要跟大地比色彩；阴郁的时候，它黯淡，甩出厚重的霾，跟大地上的烟尘比高低；而在大海上，它跟大海深邃广阔的蓝色比高低，它不想输。

船只仗着它的巨大，很快结束了轻手轻脚的试探，开足马力，堂而皇之地冒犯着大海。岸上的建筑物、远处的岛屿，都在渐渐远去，规格在一寸一寸地缩小，直到消失不见。就算是海上旅行因为船只的过于发达而显得司空平常的今天，当你登上一艘船，离开陆地，渐渐看不到跟陆地有关的一切，也难免要产生神秘的心灵悸动。

行驶在渤海海峡上的客滚轮，如今可以很骄傲地使用"豪华"这样的词语。蓬莱港至旅顺港、龙口港至旅顺港、烟台港至大连湾新港等多条航线每天有大量客滚轮往返于山东半岛和辽东半岛之间。它们卧踞在港口的时候，你远远看去，很容易被它们那傲岸的身姿所折服。

据说，尼罗河上最早的船只是由一捆一捆纸莎草制成的船或筏。后来发展起了木质船，这种纸莎草船依然使用了很长时间。显然，木材是一种更为结实的原材料，用上了它，人们才真正造出了一个真正能够漂浮的排水体。林肯·佩恩在《海洋与文明》中提到："如果木质船体最早在公元前四千纪后期被制造出来，那么其后的发展则是十分迅速的。"林肯·佩恩积累了渊博的造船知识，他考察了跟船只历史有关的大量文献、墓画、浮雕、模型及船只残骸。而我们中国的造船史据说也可以追溯到上古时代，距今 7000 年左右，在沿海繁衍的岭南先民就已经利用独木舟在近海进行捕捞活动。这么说来，从世界造船业历史来看，东西方的时间脉络大体一致。

当我仔细研读了《海洋与文明》中那些关于船只与造船业的篇章，然后站在码头上，仰望渤海轮渡集团那巨大的客滚轮时，我感到，它傲岸的躯体上写满了造船史上所有的数字；那些莎草、木板，一代一代地隐身在这神秘躯体的纹理之中。上古时代的人们，万万想不到几千年后的船舶会长达近 200 米，3.5 万吨位，能容纳 2000 多人、300 多辆汽车。

装载了这么大的重量，它依然可以像一匹巨大的丝绸，在海面上漂浮。这么说来，船只是所有交通工具中最牛的老大哥，它能够运送飞机和汽车，而飞机和汽车却不能运送船只。

三层车辆舱像《白鲸》中巨鲸的肚腹，车辆像鱼虾被肚腹吞入其中。人们则像更小的鱼虾进入客舱，进入那一扇扇密集的窗户后面。他们可以穿行在长长的走廊里，或是坐在房间里的落地窗后，盯着大海发呆。还可以光顾KTV软包厢、棋牌室、咖啡厅、阅览室、网吧、多功能厅、免税超市，或是坐在阔大的餐厅里，看着海景吃饭。如果无风无浪，感受不到任何颠簸，它和陆地的差别大约只在于场地的大小吧。

让我们来看一下我正在渡过的这条神秘的海峡。我仍然想热切地问候它，因为它有诸多的身份：它是风景，是门户，是历史。

当我研读地图的时候，数次被这条海峡深深迷醉。在我看来，如果把台湾海峡、渤海海峡、琼州海峡这三大海峡放在一起比美的话，渤海海峡理所应当是最美的姑娘。另外两位，台湾海峡是其中最爽朗直率的，宽阔的海峡直连东海和南海，海水风风火火湍急而过，不做任何停留；琼州海峡最为小巧，最窄处仅有18公里，南海的海水穿越琼州海峡后，虽然在北部湾稍微回旋了一下，依然还是继续流向了广阔的南海。唯有渤海海峡，优雅轻柔地把一汪蓝色的大水圈围在自己的怀抱中，像母亲伸开双臂环抱着自己的孩子。这一汪大水，就是我国唯一的内海——渤海。如果这条海峡是环抱在一起的手臂的话，那么，它的两个肘部，分别是辽东半岛最南端的老铁山岬和胶东半岛最北端的蓬莱岬。它们之间最短距离约106公里，航道165公里。如果从辽东半岛沿着海岸线行走到胶东半岛，将会完整地走出一个长达3800公里的英文字母C的形状；这个形状，恰如年轻母亲弯着的后背，曲线优美而慈祥。

当然，这是从粗略角度欣赏这位美丽的母亲，它还有诸多小的细节更为灵动和立体：长山列岛分布在海峡的中部和南部，把海峡分成十几条水道，和外海域相连，船舶可以在其中航行。这些水道或宽或窄，或深或浅，形态不一。这是这位母亲衣袖上曼妙多姿的褶皱，是我心向往之地，过去也曾浅尝辄止地造访过，但都过于粗率和匆忙。我还会再次、多次去往这些小岛，问候这些离我很近的海中珍珠。

说到门户，渤海海峡当之无愧是一道大门。它拥抱和守卫着渤海，连接着京城，是京津的"咽喉"。在它的东面，是外海黄海，南面是广阔的太平洋，是我国东北联系华北、华东的海上捷径，是北方海域最重要的国防门户，是进出渤海的唯一出入口。

渤海海峡虽然像一位婉约的年轻母亲，它身上却镌刻着厚重的历史记忆。隋朝初年，东北方向的近邻高句丽侵犯东北海防地区，占领了辽东一些地方。公元614年，隋军从山东半岛东莱出发，渡过渤海海峡，在辽东半岛南端登陆，击败高句丽守军，逼得高句丽军遣使求和，辽东地区海防暂且得以稳定。到了唐朝，在中国东北境内和朝鲜半岛海域，唐军同高句丽、百济和日本进行过多次海战。公元645年，李世民指挥两路大军东征高句丽，大军从东莱起航，渡过渤海海峡，在大连旅顺口登陆，一举攻克了卑沙城。历史徐徐前行，渤海海峡这条要道一直没有被忽略，第一次鸦片战争、第二次鸦片战争、1900年的八国联军侵华战争，侵略军都是通过渤海海峡直趋京津。1904年日俄战争期间，日军曾把长山列岛北端的南、北隍城岛作为舰队锚地，在那里集结调整兵力，进攻固守在旅顺的沙俄军队。1914年，日军又在南长山岛、庙岛开辟供给点，保障军队主力经过登州水道在龙口登陆，迂回进攻驻守在青岛的德军。1937年的日本侵华战争中，日军再次通过渤海海峡进犯京津。抗日战争胜利时，八路军北海军分区一部进入长山岛担负守备任务，掩护主力数万人渡过海峡进入了东北。

谈到历史，还有一段刻骨铭心的记忆不能绕过——甲午中日海战。这场惨烈的战争虽然发生在黄海，忠勇的北洋水师也壮烈殉国，却无法抹杀北洋水师当时以亚洲第一的实力雄视四方、把守渤海门户的强大功名。晚清名臣李鸿章深知渤海海峡位置险要，他将两岸的旅顺、威海卫建为北洋水师基地，并在旅顺口与大连湾兴建海防栈道及炮台。所以，"失渤海海峡则失天下"的说法，当之无愧。

这位婉约的母亲，她体态优美，却历史深重。站在甲板上，看着那片海域，你很难想象，它的最深处只有80多米，这么清浅和轻盈，却封藏了那么深重的历史记忆。没有风，海浪只是保持着它最低限度的荡漾，听不到喧嚣。喧嚣来自它所封藏的记忆，那些声音遥远地传来，我无法把它们从头脑中摇晃出去。我知道，我正遭遇着历史。

02. 鸥鸟的世界

海鸥一味地喧嚣着。这些大海的天使，闪动着狭长的翅膀，穿越在海天之间——那也是一条像海峡一样的通道。这条通道可比渤海海峡宽多了，谁也无法丈量天和海之间的距离，也无法得知海鸥能飞到多高。

它们从海天相接处飞来，从只有一点影子，逐渐显出模糊的、清晰的轮廓。远处的海天交接处，是一条巨大的弧形的水线——准确地说，海天交接线是一个圆。当陆地全部消失，你无论站在哪一个方向，极目远望看到的尽头，都是这个巨大的圆的一段弧线。这段弧线若有若无地显现着淡淡的粉白色的水雾，附近海面的过渡色又逐渐掺杂了蓝色水汽，形成一段幻景一般的过渡带，像蒸腾着的海的气息；稍近一些，才能看到柔软起伏的波浪，和波峰上偶尔闪烁的亮光。与这些偶尔闪烁的亮光相比，船尾留下的那道白色的海的伤口，则闪烁着密集如繁星一样的持续的细碎亮光。这道闪闪发光的伤口一直延伸到海天交接处，才消失不见了。

海鸥们就从海天交接处的尽头翩翩飞来，逐渐显出清晰的轮廓。它们把背部亮给天空，胸膛坦陈给大海。白色的像雪一样的胸膛，清纯、忠诚、洁净；翅膀的边缘和翅尖、扇子一样张开的尾羽边缘则是神秘庄重的黑褐色。这美丽的精灵，最懂得色彩的搭配，简致，高级，不花哨也不流俗。那些色彩艳丽的鸟儿固然也让人赏心悦目，但比起这种黑白搭色，艳丽立即就会自惭形秽。

海鸥们平稳而从容地飞在渤海海峡的上空。这是二月最后的一天，渤海海峡的气温虽然不是特别低，但仍带来较冷的体感，海风一会儿便会把裸露在外的手冻得发木。但太阳还是明亮温暖的，中午时分，它行走到了最高、最明亮的地方，你只能赏读它洒在空中、洒向海面的那些光芒，无法直视太阳本身。它会灼伤你的眼睛。但你可以眯着眼睛，尽量减少光线的逼视，去欣赏海鸥恰巧飞翔到那团光下的样子。圆的、遥远的、放射出刺目光芒的太阳，白色的一团光，边缘镶着金色的环，仿佛蓝天上面还有一个白色刺目的世界，太阳只是金色圆环中间的通向那个世界的洞口。这么美的意象，作为海鸥的背景——此时的海鸥已经离我的视线足够远，我已无法看清它那忠诚的白色，它完全被映衬成了黑色，变成了一个剪影，酷似燕子的剪影。它本身高级的黑白色搭配已经不再重要，逼人的、重要的，是它黑色的剪影与刺目金环包裹着的太阳的色彩搭配。还有金环旁边的蓝色天空。这简直是全世界最高级的色彩搭配。

然而，海鸥不会在那个背景中停留，它只是碰巧飞翔到那里而已。很快，它就离开了那团白光。它们一只一只，悠闲地飞过那个耀眼的背景，渐渐地飞低，飞低，终于又回到我们的视野。它们追逐着船尾拖出的那道大海的白色伤口，忽高忽低，终于飞到甲板的上空。它们已经熟悉了大海，熟悉了这些行驶在大海上的移动着的建筑物，熟悉了站在甲板上的人类。这是它们的领地，它们熟知这一切，包括人们手中的火腿肠。

年轻的情侣，他们多么般配。他们充满青春和快乐。女孩把火腿肠掰下一块，扔向空中，群鸥立即俯冲而下。它们轻快地俯冲而下，双翅向下压着空气，头部低低地垂下，为的是用那尖尖长长的喙准确地叼住那块粉红色的肉。它们吃鱼，吃虾，但对人类制作的肉食也颇感兴趣，并且熟知了那种味道。船上的免税店里有各种火腿肠可以买，乘客们也从各种渠道得知了这种航行途中的有趣娱乐。他们把火腿肠从岸上带到船上，或是去免税超市购买，然后兴致勃勃地走到阳光明媚的甲板上。不用大费周章，海鸥们从人类仰望它们的姿态和眼神里，就能精准地捕捉到他们打算投食的想法。它们身经百战，练就了精准的技能，每一块抛向空中的肉，都休想逃过它们的喙。

女孩必须是要撒点娇的。这种年龄如果不撒娇，老了就来不及了。她娇喘吁吁，假装已经没力气了，但群鸥们意犹未尽。她的男友接续了她的动作，他力道显然大得多，更能让海鸥们兴奋。

人们围在情侣周围拍照。这时候，所有人都忘记了生活中的琐事、人际交往的疲劳、工作的辛苦。活在当下的那一刻，是每个人的默契。他们中的很多人会突然体悟到天高云阔、放下执念等等通俗至极的词语的价值。

"啊！啊！啊！"群鸥热烈地喧嚣着，互相回应着。它们飞离甲板，白色的、闪着亮光的胸腹，带着黑色边缘的翅膀，骄傲地挤揉着空气和阳光。接着，它们猛然挤开更多的空气，升到高高的空中，仿佛甲板上有一门大炮，朝向空中，把它们射了出去。

它们来时追逐着船尾拖出的那道海的白色伤口；离开时，也沿着那道伤口飞远。

《列子·黄帝》中曾记载了一个故事：

> 海上之人有好沤鸟者，每旦之海上，从沤鸟游，沤鸟之至者百住而不止。其父曰："吾闻沤鸟皆从汝游，汝取来，吾玩之。"明日之海上，沤鸟舞而不下也。

这个喜欢海鸥的人，也深受海鸥喜爱。每当他去海边，都会有成群结队的海鸥飞来与他一起嬉戏。后来，他的父亲让他捉几只海鸥给自己玩玩，第二天，他来到海边，却发现海鸥高高地在空中飞旋，再也不肯落下来了。

可见鸥鸟在古人的好恶观中代表了没有心机的单纯和善良。

在和鸥鸟玩耍的空隙，太阳不知不觉地从最高最明亮的位置缓慢西移——先前它高高地把刺目的光芒洒到海面上，像摔碎了一把白亮亮的水晶，每一粒水晶都在海面上粼粼地闪着白光；下午两点多钟，它趁人们不注意，已经悄悄西移，悄悄降下一截。它的光芒不再刺目逼人，洒在海面上的水晶变成金色，从远处到近处逐渐缩窄，形成一条倒锥形的金色光带。

海天交接处，现出其他船只模糊的轮廓，仿佛海面上突出的小岛。这些小岛沿着海天交接线缓缓移动，越过船尾撕开的海的伤口，又越过太阳留下的倒锥形的光带，逐渐行远，消失不见。

当你看见城市的轮廓在远方出现，我保证你内心里会有一些怅惘。它们就像异物，尖锐地侵入那本来只有大海的画面。海鸟在这时候也不再那么受追捧，人们的注意力被渐渐逼近的城市和烟火气所侵占。

第二章

01. 胶东的蚕

没有风的海面，波浪的涌动舒缓安逸。波浪是大海自身的呼吸，所以即便没有风，波浪也是存在的。有风的时候，大海会暴怒咆哮，无风的时候它安逸地静默着，只献出绸缎一样的呼吸。

海的呼吸除了波浪的声音，还被迷人地视觉化为丝绸。海平面完全像一匹巨幅丝绸，轻柔地微微曳动。

在渤海海峡上，我的思路触及许多瑰丽神秘而又沧桑遥远的事物。我感叹造物的神奇——这酷似丝绸的大海，在很早很早以前，竟然真的跟丝绸有着切实的亲密关系，并且一直延续至今。几千年前，人们把丝绸作为大宗货物通过大海运送到异域——为什么恰恰是丝绸作为主要的货物？这是巧合吗？从唯物主义角度来说，这当然是巧合。但我们丰富活跃的想象力，可以允许我们做出任何美好的想象。无数柔软的丝绸，通过船只，行走在一匹更大的无边无际的丝绸上，这是一幅多么妖娆的油画，一个多么巨大的无法解释的隐喻。

欧丝之野在大踵东，一女子跪据树欧丝。

这是《山海经》中关于欧丝之女的记载。这里的"欧"是"呕"的古字，"据"是倚靠的意思。"大踵"指的是"跂踵国"；关于跂踵国，在《欧丝》的上一篇中有描述。

关于欧丝之女的原文只此一句，意思很浅显易懂：欧丝之野在跂踵国的东面，有一女子，跪靠在树旁吐丝。

在这里，非常有必要将《欧丝》的下一篇《三桑》联系起来赏读：

三桑无枝，在欧丝东。其木长百仞，无枝。

翻译成白话文意思大概是，有三棵没有树枝的桑树，在欧丝之野的东边。这些树高达数百仞，不长树枝。

关于"三桑"究竟指的是三棵桑树，还是很多棵桑树（"三"在汉语中有数量多的意思），还是一种桑树的名称，后人无从考据；至于这种桑树为什么长得那么高大却没有旁逸的树枝，也无从考据。但这两点并不重要，重要的是，我们据此得知，上古奇书《山海经》中已经有关于桑树的记载，而且不止这两处，另外还有十几处之多。这十几处关于桑树的记载，其间还有一些联系。不仅如此，《山海经》中关于欧丝之女的描述，与另一本古籍《搜神记》中关于"蚕女"的描述竟然互为补充，读来颇为令人惊叹。

那么，就来看看《搜神记·马皮蚕女》的精彩原文：

旧说太古之时，有大人远征，家无余人，唯有一女。牡马一匹，女亲养之。穷居幽处，思念其父，乃戏马曰："尔能为我迎得父还，吾将嫁汝。"马既承此言，乃绝缰而去，径至父所。父见马，惊喜，因取而乘之。马望所自来，悲鸣不已。父曰："此马无事如此，我家得无有故乎！"亟乘以归。为畜生有非常之情，故厚加刍养。马不肯食，每见女出入，辄喜怒奋击。如此非一。父怪之，密以问女，女具以告父，必为是故。父曰："勿言，恐辱家门。且莫出入。"于是伏弩射杀之，暴皮于庭。父行，女与邻女于皮所戏，以足蹙之曰："汝是畜生，而欲取人为妇耶？招此屠剥，如何自苦？"言未及竟，马皮蹶然而起，卷女以行。邻女忙迫，不敢救之，走告其父。父还求索，已出失之。后经数日，得于大树枝间。女及马皮，尽化为蚕，而绩于树上。

过去传说在很早的时候，有一个家长出征远方，家里没别的人，只有一个女儿。有一匹公马，女儿亲自饲养它。她居住在偏僻的地方，思念她的父亲，于是跟马开玩笑说："你如果能为我迎接父亲回来，我就嫁给你。"马听了这句话，就挣断缰绳离开家，径直到父亲远征的地方。父亲看见马，非常惊喜，于是拉过去骑它。马望着它所来的那个方向，不停地悲嘶。父亲说："这匹马无缘无故这个样子，是不是我家里有什么事呢？"于是骑着它赶紧回家了。因为这匹马是畜生却有非同寻常的感情，所以用非常优厚的草料饲养它。马不肯吃草料，它每次看见女儿进出，总是高兴或者发怒地奋力跳跃。这样不止一次。父亲觉得奇怪，私下里询问女儿，女儿把开玩笑的事情全部告诉父亲，一定是这个缘故。父亲说："不要说出去，恐怕会辱及家庭的名声。你暂且不要进出。"于是设置暗箭射杀了这匹马，把马皮晒在院子里。父亲外出时，女儿和邻家女在晒马皮的地方玩，她用脚踢着马皮说："你是畜生，还想娶人做妻子吗！招致屠杀剥皮之祸，为何要自讨苦吃？"话还没有说完，马皮突然飞起，卷起女儿飞走了。邻家女慌乱害怕，不敢上前救她，跑去告诉她的父亲。父亲回来到处寻找，已经飞出去失踪了。后来过了几天，在一棵大树枝上找到了。女儿和马皮，都变成了蚕，在树上吐丝做茧。

这是一个马爱上人的故事。

从那时候开始，马皮就紧紧地包裹着女孩。女孩成为蚕，马皮成为茧。马的头颅依然高高地挺立着，所以这个故事后来还有很多的叫法，比如"蚕马"。

学者们普遍认为，蚕女就是《山海经》中的欧丝之女，并不是没有道理的。

除了《山海经》，《诗经》也收录了许多种桑养蚕的诗歌。另外，甲骨文的"桑"字就是一棵非常形象的树，上部为长着树枝和桑叶的树冠，中部为树干，下部为树根。

从《山海经》等古籍的记载中我们不难确定，丝绸起源于中国。只是，关于起源的时间说法不一，但比较普遍的有两种说法：一是自伏羲开始化蚕桑为帛；二是黄帝时开始养蚕。这些文献说法并非空穴来风，而是得到了仰韶文化遗址、钱山漾遗址的出土文物的印证。

现在可以确定的中国丝织历史的脉络基本是：夏代以前是丝绸生产的初创时期；从夏代到战国末期是丝绸生产的发展时期；自秦代到清道光年间是丝绸生产的成熟时期，这期间，特别是汉唐以来，丝织品和生丝通过举世闻名的"丝绸之路"大量远销到中亚、西亚、地中海和欧洲，受到各国的普遍欢迎，古希腊、罗马人因此称中国为"丝国"；从鸦片战争直到1949年，是丝绸生产的衰落时期。抗日战争中毁桑200万亩，丝绸厂半数毁于炮火，桑园荒芜，蚕农破产，工厂倒闭，工人失业。

我国丝织业的发展时期有诸多文献记载，比如春秋时期的齐国，从建国开始就大力发展农工商业和纺织业，成为最早的纺织品中心。《管子·立政第四》就有齐国"桑麻植于野，五谷宜其地，国之富也"的记载。

当时齐国大力发展的是桑树，主要是名叫鲁桑的一种优秀桑种。而柞蚕的放养和利用，是古代中国人民的又一贡献。谈到柞蚕的养殖，胶东最有发言权，因为它是柞蚕的始发地。以丘陵为主的胶东，土层肥厚，特别适合柞树生长。柞树生长繁育非常快，因此成为优良的养蚕树种。柞树有过一段被大面积推广种植的历史，得益于乾隆年间的李湖。这个生于江西的乾隆四年的进士调任宁海（今山东牟平）知州后，一方面为宁海柞丝织绸成为老百姓和州府的重要经济来源而高兴，另一方面又为柞岚面积太小而忧心，于是在全州大力推广柞树种植。这个江西人大刀阔斧，且有章有规，强化了一系列山规，使得十几万亩柞树林几年时间就发展了起来。柞树林的发展，促进了蚕场的发展，当时蚕岚价格比普通山岚要贵，老百姓以拥有蚕场多少来比富裕程度。

如今，在我的家乡牟平，依然满山都是柞树林，它们一代一代地繁育，生生不息。我的父亲前些年身体尚健，还在家乡的玉皇顶山上养过几年柞蚕。漫山遍野的柞树枝也是农村灶膛的主要烧柴，家家户户房前屋后高高的柴火垛上都码放着柞树枝和松树枝。日晒失水后的柞树枝叶金黄美丽，极易引燃，在灶膛里哔啵作响。

烟台栖霞市有一座蚕山，海拔493米，面积5平方公里。它北临龙口，东北与蓬莱接壤。清代乾隆《栖霞县志》关于蚕山的记载是："在县西北五十里，一峰孤秀，根形如蚕簇，连黄县界。"

这些都能充分证明我国养蚕历史的悠久，也能证明胶东是我国柞蚕丝绸工艺的始发地。西晋崔豹《古今注》中记载："（汉）元帝永光四年，东莱郡（今烟台一带）东牟山，有野蚕为茧……收得万余石，民以为蚕絮。"从这段记载中我们得知，当时柞蚕饲养规模很大，以至于老百姓可以用蚕丝来做棉絮。

明清以后，以烟台牟平为中心的柞蚕放养、缫丝织绸的技术基本完善，缫丝厂发展很快，柞绸的质量和数量达到巅峰，这给它带来了越来越广的销路和越来越大的名气。当时，人们把这种丝绸称为"茧绸""大茧丝绸"。因为牟平古称"宁海州"，所以这种丝绸又以地名命名，称为"宁海绸"。

独特的山林加上人们的勤劳和智慧，使得宁海绸一度名扬海内外。虽然，第二次鸦片战争及1931年日本人占领东北后垄断茧源等诸多因素的影响，导致宁海绸后来不可避免地走向衰落，但是，胶东作为柞蚕丝绸始发地的事实却成为东方丝绸之路最为瑰丽的一笔。

当然，在胶东半岛，还有其他一些地方也是天然的柞蚕养殖场。《文献通考》记载："登州蓬莱山谷间约四十里，野蚕成茧，其丝可织"。明嘉靖《山东通志》记载："檿丝，出栖霞，青、莱亦有之。"这说明，蓬莱、青州、莱州等地均有柞蚕养殖业。

这种柔软轻盈的丝织品穿在身上体感舒适，吸湿性强，导热率低。清代孙廷铨在《南征纪略》中不吝言辞对它进行了赞美：

> 色不加染，黯而有章，一也；浣濯虽敝，不易色，二也；日御之，上者十岁而不败，三也；与韦衣处不已华，与纨縠处不已野，四也。

大意是说，柞丝绸不经染色，却色深而有纹理，即使洗破了也不褪色；天天穿着也能穿十年而不破；与皮质衣服放在一起，不显得豪华，与华美的丝绢放在一起，也不显得土气。

孙廷铨赞美了丝绸的颜色、质地，也赞美了它那不俗的气质。我觉得，这段文字完全可以和那句著名的"出淤泥而不染，濯清涟而不妖"相媲美。

当我站在甲板上，凝望渤海海峡这匹"不己华、不己野"的大而坦荡的丝绸时，我数次想起父亲蹲在地上摆弄春蚕的场景。他借用村里废弃的小学校，在教室里培育蚕宝宝。他蹲在那里侍弄着蚕宝宝，用低沉的声音，给我讲述他年轻时的一段往事。那是我们父女之间最推心置腹的一次交流。之后的很多日子里，他驾驶着电动三轮车，带上母亲为他准备的口粮，去往黛青色的玉皇顶山。玉皇顶是昆嵛山脉的一部分，他选取那里的一片山野，放养蚕宝宝。那片山野到处生长着柞树，风一吹，叶子哗哗作响。

我不清楚父亲在山野间的具体工作情形，因为我没有跟去过。只听说，为了防止鸟雀吃掉蚕宝宝，他终日待在山林间，用各种方法驱赶鸟雀，保护那些蠕蠕而动的可爱的小东西。

到最后，它们快乐地在山林和柞树叶子上长大，开始吐丝结茧，成为一个个《山海经》中的蚕女。我见过父亲用剪刀把那层神奇的茧剪开，露出里面那红褐色的蚕蛹。之后有一天我读过了《搜神记》中的《马皮蚕女》，每当看到父亲剪开茧皮，我就想，哦，这是那匹可怜的马的被剥掉的皮。到了过春节的时候，餐桌上是少不了蚕蛹这道菜的。爆炒，油炸，焯水凉拌，都可以。每当餐桌上摆了这道菜，父亲就会逼他的外孙们吃，理由是，一个蚕蛹的营养价值顶得上两个鸡蛋。

探寻胶东柞蚕丝绸工艺的发展史，是一件迷人美好的事情，你会遏制不住去买一件丝绸裙子的念头。

再去遥看几千年前，我们的祖祖辈辈，把这些美妙绝伦的丝绸搬到大海上，运送到他们站在陆地上永远看不到的远方。这条航路，被冠以"东方丝绸之路"这个美妙和神秘的名字。

02. 管仲和齐国

先秦时期，春秋三小霸之一的齐国国君齐僖公是一个很厉害的君主。在位时期，他曾先后多次主持多国会盟，平息宋国与卫国之间的争端，平定许国及宋国华督之乱，把齐国领导成了一个小霸主。齐僖公死后，长子继位，就是被指责昏庸无能的齐襄公。齐襄公在位仅十几年就遭到大夫连称和管至父的弑杀，这两位大夫拥立了公孙无知即位。

不得不提的是，齐国有一位大夫十分了得，他就是最早辅佐齐襄公三弟公子小白的鲍叔牙。齐襄公还没被弑杀的时候，鲍叔牙就预感齐国将发生大乱，遂保护公子小白逃到莒国；齐国还有另一位十分了得的大夫——历史上赫赫有名的管仲，他则协助齐襄公的二弟公子纠逃奔鲁国。

夺权篡位的公孙无知犯了一个致命的错误，并为此付出了惨重代价，《左传》中有记载："（庄公八年）初，公孙无知虐于雍廪。九年春，齐人杀无知。"

这个名叫雍廪的大臣因为曾经受到公孙无知的恶待，于是在公孙无知即位的第二年，就干脆利落地把他弑杀。一时之间，国内无君，于是，公子纠和公子小白各自从鲁国和莒国动身，星月兼程，赶回齐国。

快马加鞭，尘土飞扬。公子小白在鲍叔牙的辅佐之下，一行人正急急赶路，忽然遇到军队截杀，原来是辅佐公子纠的管仲借了鲁国的军队，试图在半路杀掉公子小白，以辅佐公子纠回国即位。

双方展开激战。这时候，管仲向小白射出了改变小白一生命运的一箭。如果管仲能事先预料到结局，可能这一箭不一定能射出：他的箭头正好击中了小白的腰带铜钩。机智的小白咬舌吐血，假装倒地而死。一行人不敢耽搁，驾车飞驰回到齐国，进城即位，赫赫有名的齐桓公就此诞生。

管仲却以为自己已经射杀了小白，便没有急于赶路。等他们回到齐国时，已是六天以后，为时已晚。

公子纠当然不肯善罢甘休，遂与鲁国联合，争夺本该属于他的王位。

之后发生了一些战争，在鲍叔牙的指挥之下，齐国打败了鲁国和公子纠，齐桓公的地位得以稳固。接着，在杀留管仲的问题上，鲍叔牙起到了举足轻重的作用，他说服齐桓公留下管仲并委以重任。齐桓公经过与管仲长谈，彻底被他的见识所折服，于是，管仲成为辅佐齐桓公的一代名臣。

管仲成为一代名臣不是没有理由的，齐国成为五霸之首也不是没有理由的，这个"理由"，可以从《管子》一书中找到答案。管仲的辅政思想，在这本书里淋漓尽致地得到了呈现。他是一个极有眼光的人，不仅辅佐齐桓公治理国家，管理百姓，事无巨细地考虑如何巧妙收税等诸多问题，而且辅佐齐桓公发展与邻国及周边地区的贸易，使得"天下之商贾归齐如流水"。

齐国与邻国及周边地区的贸易往来中，丝绸是主要物品。为了促进丝织业的发展，齐国对植桑、养蚕及丝织业者给予经济鼓励和免除兵役。

本来辅佐公子纠的管仲，为何能得到公子小白也即齐桓公的信任，从《管子》中可见一斑。《管子·山权数》详细记载了齐桓公和管仲的一段对话，齐桓公诚心诚意地向管仲请教治国理政的方法，管仲感恩于这种信任，洋洋洒洒地从几个不同角度阐述了自己的见地，其中有一段这样的对话：

> （齐）桓公问于管子曰："请问教数？"管子对曰："民之能明于农事者，置之黄金一斤，直食八石；民之能蕃育六畜者，置之黄金一斤，直食八石；民之能树艺者，置之黄金一斤，直食八石；民之能树瓜瓠荤菜百果使蕃育者，置之黄金一斤，直食八石；民之能已民疾病者，置之黄金一斤，直食八石；民之知时，曰岁且厄，曰某谷不登，曰某谷丰者，置之黄金一斤，直食八石；民之通于蚕桑，使蚕不疾病者，皆置之黄金一斤，直食八石。"

这段对话中明确地谈到了管仲对奖励机制的看法，他还具体谈到了对蚕桑之事的奖励——有通晓种桑养蚕技术，使蚕不生病的，要奖赏黄金和粮食。齐国通过一系列扶农助桑的经济制度，使丝织业空前繁荣，丝织品闻名于各诸侯国，"齐冠带衣履天下"。

当然，齐国之所以在春秋时期成为五霸之首，战国时期依然是战国七雄之一，特别是经济方面，它可称为最富裕的国家，不过绝不仅仅因为丝织业发达。除了丝织业，齐国在盐业、制陶业等方面也比较繁荣，可谓农工商并重，农副牧渔多种经营模式全面发展。齐国濒临渤海，制盐原料有海水、高浓度的浅层地下卤水、潟湖及滨海平原地表上的盐碱土，这些原材料取之不尽。"（齐）献鱼盐之地三百于秦""齐必致海隅鱼盐之地"都是在盛赞齐国拥有的制盐领地。因此，齐国也素以盐业发达闻名于天下。半生从事盐业工作的曾仰丰先生在《中国盐政史》中认为："古代盐产之富，莫盛于山东；盐法之兴，亦莫先于山东。"

除了盐业和丝织业，齐地也是我国古代陶器发源地之一。齐国制陶从业者很多，制陶作坊分布广泛，陶器在种类、器形、装饰等方面，都具有浓郁的地域特色，不仅是构成中华陶瓷文化的重要源头之一，对齐地后世陶瓷工艺的传承和发展也影响深远——作为古齐国都城的淄博，时至今日仍是我国重要的陶瓷生产基地之一。

这样殷富的齐国，怎么可能无视优越的地理优势，不开辟海上贸易通道呢？于是，齐国开始了与邻国和周边地区的贸易往来，开辟了从山东半岛起航，往东通到朝鲜半岛的航路。据考证，齐国当时以"循海岸水行"为原则，开辟了直通辽东半岛、朝鲜半岛、日本列岛直至东南亚的黄金通道，大致是从登州港出发，北渡长山列岛，渡过渤海海峡到达辽东半岛的旅顺口，再沿着辽东半岛海岸线到达鸭绿江口，然后沿着朝鲜半岛南下，经过对马海峡到达日本。之所以"循海岸水行"，是因为当时的航海技术以地文导向为主，航海者主要通过可视性地理坐标来判断航道。长山列岛就是"可视性地理坐标"。齐国开辟的这条沿着长山列岛和辽东半岛海岸线航行的航道，视野中一直有小岛，既能增大安全系数，又能沿途补给淡水和食物。

海外贸易的发展绝非儿戏，需要一系列的贸易营略。在这方面管仲也是个奇才，《管子》中有诸多记载，比如《管子·轻重》，记载的就是齐桓公和管仲的一段对话，齐桓公打算吞并鲁国和梁国，向管仲讨教，管仲教给了他一个潜移默化、不知不觉置敌于死地的方法——

桓公问："鲁国、梁国对于我们齐国，就像田边上的庄稼、蜂身上的尾鳖、牙外面的嘴唇一样。现在我想攻占鲁、梁两国，怎样进行才好？"

管仲给齐桓公出了一个放长线钓大鱼的主意，大概意思是，鲁、梁两国的百姓以织绨为业，他让齐桓公带头穿绵绨的衣服，令左右近臣也穿，百姓也就会跟着穿。还要下令齐国不准织绨，必须从鲁、梁两国进口，以诱导鲁、梁两国放弃农业而去织绨。齐桓公觉得此计甚好，就带头穿起绨服。管仲还对鲁、梁两国的贩绨商人许以重金。鲁、梁两国国君觉得这真是国家富强的大好机会，立即下令让全国百姓都去织绨。齐桓公和管仲耐心地让事态发展了十三个月，然后派密探去鲁、梁两国打听情况。密探看到两国城市人口众多，路上尘土飞扬，十步内互相看不清楚，走路的脚挨着脚，坐车的车轮相碰，骑马的列队而行，一派繁荣富足的景象。管仲告诉齐桓公说，动手的时候到了。他让齐桓公带领百姓不再穿绨，并且封闭关卡，与鲁、梁断绝经济往来。十个月后，管仲又派密探去探听，看到鲁、梁的百姓不断地陷于饥饿。两国国君急了，命令百姓停止织绨转而务农，但粮食怎么可能在三个月内就生产出来呢？鲁、梁的百姓要想在本国生存，只能高价买粮，每石要花上千钱，而齐国的粮价才每石十钱。两年后，鲁、梁的百姓有十分之六投奔了齐国。三年后，鲁、梁的国君也都归顺了齐国。

管仲的"轻重之策"确实管用，而且屡用屡成。他们击垮了很多国家，用的是同样的经济策略，只是载体不同，有时是绨，有时是盐，有时是机器。

除了"轻重之策"，管仲还有其他一系列商战策略，都很成功地削弱了别国，强大了齐国。要想更多地了解管仲的治国和经营谋略，《管子》一书实在太值得一读了。管仲策划的经济战争，即便放到现在，也都是不可小觑的贸易金融战经典案例。

除了谋略角度的贸易商战，齐国还实打实地建设海洋军事，大搞水军训练，绝不辜负靠海而居的地理优势，确保"通舟楫之便"。从齐桓公时代开始，到历史上著名的吴齐海战发生时，齐国已拥有了一支当时诸侯国中最强大的海军舰队。虽然齐国当时内乱纷攘，吴军又有备而来——吴王夫差建立了一支强大的水军，耗费大量人财物开凿了贯通长江和淮水两大水系的运河"邗沟",修建了大批战舰,包括大翼船、突冒船、楼船和桥船等。资料记载,大翼船长约23米,宽约3.5米,可装载士兵、船工等共约91人。船身分为两层,下层是库房和船工划桨的地方,上层是作战的士兵。在春秋晚期,这样的战舰已经相当强悍了,但齐军出动了300余艘精良战船,并没怎么费力就大败吴军。

吴齐海战是中国历史上浓墨重彩的一笔,是中国海洋作战力量的确切记录,也能更权威地判断春秋时期的齐国对于海洋在各方面的驾驭能力。海战如此强悍,商战运筹帷幄,贸易往来就更从容老练,一切尽在掌握之中。

因此,春秋战国时期,这条航路上的船只穿梭往来,把大量的丝绸、鱼盐和陶瓷等制品运到别国,又运回吴、越的珍珠和象牙,发和朝鲜的带花纹的皮张,燕国的白银,汝、汉水的黄金,很轻松地就能实现齐桓公"吾闻海内玉币(泛指珍贵之物)有七策,可得而闻乎"的贸易野心。这段对话同样在《管子》中有着忠实的记录:

> 桓公问管子曰:"吾闻海内玉币有七策,可得而闻乎?"管子对曰:"阴山之礝碈,一策也;燕之紫山白金,一策也;发、朝鲜之文皮,一策也;汝、汉水之右衢黄金,一策也;江阳之珠,一策也;秦明山之曾青,一策也;禺氏边山之玉,一策也。此谓以寡为多,以狭为广,天下之数尽于轻重矣。"

全面研读《管子》及春秋战国时期齐国的经济战略和国家发展扩张史,就会知道这个国家为什么能够形成与中原诸侯国大陆文明不同的海洋文明,为何能实现"通鱼盐之利,国以殷富,士气腾饱",一跃成为"海王之国"。

可以这么说,管仲在历史上浓墨重彩的存在,使得齐国在历史上的存在也是浓墨重彩的一笔,直接促进了后来那条著名的"东方海上丝绸之路"的起源。

03. 费迪南·冯·李希霍芬与《中国》

管仲辅佐齐桓公轰轰烈烈奠定齐国霸主地位的时候,他根本想不到,两千多年后的 1868 年,一个名叫费迪南·冯·李希霍芬的德国人来到中国,开始了在中国大地上的游走。

这个 1833 年在卡尔斯鲁厄出生的德国人,自幼就对地质学着迷,上学时考取的也是柏林大学的地质学专业。在他的心目中,东亚是极其神秘的,充满了无限的探索价值。于是他先是到了锡兰、日本、中国台湾、印尼、菲律宾、泰国和缅甸等地旅行,1868 年开始了中国大陆之旅,一直到 1872 年,其间他到中国进行了七次远征。

李希霍芬远征中国并非闲庭信步,而是一路留下了极富才华的特殊贡献:

从 1869 年 3 月开始,李希霍芬足迹涉及山东郯城、泰安、济南、章丘、博山、潍坊、芝罘,持续半年时间。这是他考察中国的第三条路线,是他继第一条和第二条路线去往苏杭、南京、湖北之后,第一次把双脚踏上山东这片结实朴素的土地。因为这次考察,他于 1877 年曾专门提交报告《山东地理环境和矿产资源》,强调了青岛优越的地理位置。他在考察山东后,从山东渡海到达辽东半岛,继续去往本溪、沈阳等地。

1869 年 9 月开始,李希霍芬走上他考察中国的第四条路线,循着这条路线到达景德镇,把景德镇瓷土命名为高岭土,使得这个世界上唯一以地名命名的矿藏得以被公认。

1869 年末到 1870 年初,李希霍芬踏上了远征中国的第五条路线。他完成了对洛阳南关丝绸、棉花市场的考察,在《关于河南及陕西的报告》等著作中,首次提出从洛阳到撒马尔罕(今属乌兹别克斯坦)有一条古老的商路,将其命名为"丝绸之路"。他到达山西太原,考察了山西、陕西的煤矿资源之后,写了一封激动万分的信件,从北京发往上海英商公会。在信中,他说:"中国是世界上第一石炭大国!""山西一省的煤可供全世界几千年的消费!"从1870年开始的两年间,李希霍芬共有十封写给上海英商公会的书信,谈及中国通商路线等重要问题。此外,李希霍芬还绘制了中国第一张《中国煤炭分布图》。

1871年9月至1872年5月,李希霍芬完成了他耗时最长的第七次考察。这次考察他依然收获满满,贡献良多,比如,他在五台山考察时,发现了"五台绿泥片岩"。他到达太原,沿着汾河河谷南下到达潼关,进入陕西经西安到宝鸡。他的行走结束后,西方地学界为纪念他,将我国甘肃青海境内的祁连山以其姓氏命名——Richthofen Mountains。在这次行走中,李希霍芬之后转向褒城,进入四川广元、梓潼经绵阳抵达成都,之后著述了《四川记》,盛赞成都是中国最大城市之一,也是最秀丽雅致的城市,并感叹都江堰灌溉方法完善,在世界上无与伦比。这是都江堰第一次被世界所认识。

从李希霍芬行走中国的路线及成果来推断,正是他的第五次远征中国,催生了"丝绸之路"这个概念的诞生。1877年,李希霍芬出版了五卷本巨著《中国——以亲身旅行为基础的研究结果》中的第一卷。在这部巨著中,他郑重提出了"丝绸之路",并在地图上进行了标注。按照李希霍芬的定义,这条丝绸之路是一条主要存在于公元前114年开始的以丝绸贸易为媒介将中国与中亚及印度连接起来的交通路线。

学术界和大众很快就接受了"丝绸之路"这一神秘美妙的名词。其后,德国历史学家郝尔曼在20世纪初出版的《中国与叙利亚之间的古代丝绸之路》一书中,又根据新发现的文物考古资料,进一步把丝绸之路延伸到地中海西岸和小亚细亚。至此,丝绸之路被确定为中国古代经过中亚通往南亚、西亚及欧洲、北非的陆上贸易交往的通道。

李希霍芬远征中国的主要目的是研究中国地质地貌。诸多的研究成果以著作、地图的形式问世之后,他从一个地质学家上升为一个跨越多个学科的大科学家。这样一个以地质地貌为学问基础的科学家,一个纯纯的理科男,却给那条贸易通道取了一个美妙绝伦的名字。

他命名这条通道为"丝绸之路"的时候,仅仅因为丝绸是当时重要的贸易商品,但如今我们细细品味这个名字,会感到它如此富有形象性、文学性、思想性、传唱性、人文精神、美学价值。人们在咀嚼这个名字的时候，再怎样缺乏想象力，眼前也会出现一条如丝绸般百转千回、闪金烁银、曳动生姿的道路，道路上行走着商人、驼马和丝绸，驼铃悠然，时空飞逝。后来的很长一段时间，有不少研究者试图给这条道路另取一个名字，他们思考了"玉之路""宝石之路""佛教之路""陶瓷之路"等名字，但无一例外在"丝绸之路"面前都黯然失色，难以胜任取而代之的重任。

实际上，李希霍芬后来命名为"丝绸之路"的那条贸易通道上正在行走着驼队和夕阳的时候，后来被命名为"东方海上丝绸之路"的海上贸易通道已经被齐国更早地开辟出来。

齐国更早地成为"海王之国"，他们的船只满载着丝绸、鱼盐、陶瓷，从登州港起航，循海岸水行，北渡长山列岛，渡过渤海海峡，到达辽东半岛的旅顺口，再沿着辽东半岛海岸线到达鸭绿江口，然后沿着朝鲜半岛南下，经过对马海峡到达日本。然后，他们把金银珠宝和带有花纹的皮张一船一船地运回齐地。

时光不疾不徐地向前移动，到了汉代的时候，才有了李希霍芬所命名的那条陆上丝绸之路。我们要感谢李希霍芬，正是因为他将这条美丽的时空之路命名为"丝绸之路"，我们才能把时光从汉代继续往前推，推回到先秦时期，推回到齐国，把齐国开辟的那条海上黄金通道命名为"东方海上丝绸之路"。

04. "大泽"仙境

不死民在其东，其为人黑色，寿，不死。一曰在穿匈国东。

这是《山海经》中对"不死民"的描述。

犬封国曰犬戎国，状如犬。有一女子，方跪进杯食。有文马，缟身朱鬣，目若黄金，名曰吉量，乘之寿千岁。

这是《山海经》中对犬戎国的描述。这篇文字描述了犬封国的人长得像狗一样，有个女人跪在地上，捧着一杯酒，向人进献。那里还有文马，白色的身子，红色的鬃毛，金色的眼睛。这种马名叫吉量，骑上它就能长寿千岁。

从文字中我们能够看出，世上有长生不死的人；犬封国里的吉量马也非常神奇，有令人长寿的功能。

上古奇书《山海经》不必过多赘述，它深奥、神秘、博杂，涉及诸多学科和诸多文化主题，历经几千年仍被后人孜孜不倦地研究。其中，仙道文化是这部上古奇书中一个重要的文化主题。它描述了不死民、仙人、仙物、仙兽，还描述了许多仙境和仙山，其中许多地理位置和动植物，都陆续在现实中得到了证实。

对于海洋文化的呈现，《山海经》很是驾轻就熟，它大量地记录了近海一带和海外的水土风物、鸟兽虫鱼、海外异域、海外奇人，其中也写到一些海外仙境，比如位于东海、传说中雷兽居所的流波山，比如渤海中的五座仙山，还提到了蓬莱——"蓬莱山在海中"。

除了《山海经》，还有《海内十洲记》《神仙传》《幽明录》《拾遗记》等古代志怪奇书也描写过诸多海外神异仙境，这些都是中国古人对神秘"大泽"充满好奇的体现。

让人痴迷的"大泽"，就在齐地的身边——它东边濒临着浩荡的渤海和黄海，那神秘的一眼望不到边的大海，对于陆地上的齐人来说，充满着不可知的诱惑。大泽的远方和尽头是什么？他们不知道。逢上雾气弥漫的特殊天气，海市蜃楼等自然现象的出现，又让岸上的人、海上的渔民和航海者不明所以。在缺少科学技术解释的当时，他们只能认为那是海外仙山。仙山上生活着什么，人还是仙，他们长得什么样子？

一方水土造就一方人，在这浩荡无边的大泽面前，齐人形成了自由奔放、富于想象、大胆探险的性格。在人们眼里，仙境无所不能、无所不容，一切人们渴望的稀有之物，都存在于仙境中；人们认知所不及的美物，仙境中也可能数不胜数。好奇和求知是人的天性，而好奇和求知又激发人类的冒险和探问本能。

所以，齐人前赴后继地出发了，双脚离开陆地，站到大海上去。他们不仅去进行贸易往来，也相信仙境之中有长生不死的宝物，必须要去看一看，找一找。

研究和实践的人越来越多，逐渐形成了一个精英群体，后来的史家把先秦时代这个群体称为方仙道。也就是说，方仙道兴起于燕齐滨海地带，而齐地是聚集地。

这里，不得不提一提齐国创建的"稷下学宫"。这个战国时期齐国的文化圣地规模宏大，"为开第康庄之衢，高门大屋"。在这个"高门大屋"里，源源不断地积聚了众多的先生和学士，最高峰时期的先生多达千余人，学士"数百千人"。

当时的齐宣王野心勃勃想要称霸天下，他深知人才和思想的重要性不亚于经济和军事战争，因此，他广招天下贤士，聚于稷下学宫，并给予他们极大的尊崇，"趋士""贵士""好士"，"驺衍、淳于髡、田骈、接予、慎到、环渊之徒七十六人，皆赐列第，为上大夫，不治而议论"（《史记·田敬仲完世家》）。在他的感召之下，稷下学宫的规模和成就达到顶峰，四方游士、各国学者纷至沓来。学士们不愁吃穿，不愁生计，全副身心都用在学术研讨上，每天吃饱喝足就聚集一堂，谈论天人之际、古今之变、礼法、王霸、义利等话题，唇枪舌剑，互相争辩，后人称"百家争鸣"。在这种辩论之中，儒、道、名、法、墨、阴阳、小说、纵横、兵家、农家等各家学派思想的火花激烈迸射，新锐的观点层出不穷。学士们奋笔疾书，把这些观点付诸文字，一本一本传世著作在"高门大屋"下诞生。比如前文提到的《管子》，就出自深受管仲影响的稷下学派之手，冯友兰认为它"就是稷下学术中心的一部论文总集"。

总之，学士们不断地为国家输送着新鲜前沿的理论思想。司马光在《稷下赋》中说："致千里之奇士，总百家之伟说。""伟说"这个词语，概括了当时那些激烈碰撞之下产生的学术成果。这些成果当然不是纸上谈兵，它们转化为治理国家的方略，换来的是齐国的政治稳定和经济繁荣。

在这些博学多才的学士之中，有一个非常著名的阴阳家代表人物、五行创始人邹衍。邹衍这个人物的重要性，从司马迁对他的尊崇上可见一斑——司马迁在《史记》中把他列为稷下诸子之首，称"驺衍之术，迂大而闳辩"。邹衍承继了齐人的数术文化，成为一位测算命运的高手和

"阴阳五行家",他到过赵、魏、燕等诸侯国,均受到各国国君的礼遇。

邹衍对阴阳五行的研究,在当时无疑也是引导人们将目光投放到海外远方的因素之一,而他的大九州说在当时则更是惊世骇俗,他认为中国是九九八十一的"天下"的"一分",并且是海洋中的一块陆地。齐国东临大海,他的这个学说,就更加引起人们对海外那个不可知世界的遐想。因此,后人又给邹衍戴上了一顶"古代海洋理论第一人"的桂冠,认为他的世界观或海洋观比之儒家有进步意义,至少体现了天外有天、海外有海的科学推想。

这个惊世骇俗的"大九州说",并非建立在实践的基础上,而是邹衍的推测。正因为它是推测,才更加强烈地激发了人们一探究竟的欲望和热情。

所以,也可以说,邹衍的学术研究与当时的方仙文化也存在着因果关系。以至于战国至秦汉时期,齐地、燕地一带许多方士或术士举着邹衍阴阳五行学说的大旗,踏上求仙的海上之路。《山海经》中提到的"蓬莱山",也成为方士求仙的向往之地。

关于蓬莱,《山海经》中是这样描述的:

蓬莱山在海中。

这是最简单的句式,没有一个多余的字,却暗含了巨大的想象空间。到了汉代,东方朔也在志怪小说集《海内十洲记》中说道:

蓬丘,蓬莱山是也。对东海之东北岸,周回五千里。外别有圆海绕山,圆海水正黑,而谓之冥海也。无风而洪波百丈,不可得往来。上有九老丈人、九天真王宫,盖太上真人所居。唯飞仙有能到其处耳。

晋代王嘉编撰的《拾遗记》中也提到了三神山:

三壶,则海中三山也。一曰方壶,则方丈也;二曰蓬壶,则蓬莱也；三曰瀛壶，则瀛洲也。

方丈、蓬莱、瀛洲这三座神话传说中的海外仙山，在《史记》《汉书》《资治通鉴》《拾遗记》等不少书上都有记载，比如：

> 初，燕人宋毋忌、羡门子高之徒称有仙道、形解销化之术，燕、齐迂怪之士皆争传习之。自齐威王、宣王、燕昭王皆信其言，使人入海求蓬莱、方丈、瀛洲，云此三神山在渤海中，去人不远。患且至，则风引船去。尝有至者，诸仙人及不死之药皆在焉。

又如：

> 三壶，则海中三山也。……形如壶器。此三山上广、中狭、下方，皆如工制，犹华山之似削成。

史书甚至形象地描绘了三仙山的样子："形如壶器。"这个强烈地散发着想象力之光的描述，很可能是渤海沿岸的古人在看到海市蜃楼之后，动身去寻找仙山，并果真在渤海之中看到一些岛屿，之后口口相传而致。至于这三座山的样子当时是不是像壶一样，应该多多少少带有夸张和演绎的成分。

但可以确认的一点是，从史书记载中我们还可以判断，关于三仙山的传说在先秦时期已经风靡一时，以至于齐威王、齐宣王、燕昭王等帝王痴迷于此，频频派人入海寻找这三座神山。

秦统一天下之后，方仙道的发展再一次达到高峰，另一个几千年来妇孺皆知的历史人物，在东去求仙的道路上为自己挣得了更大的名气——徐福。这个历史人物只要一出场，就跟大名鼎鼎的秦始皇牢牢捆绑在一起。

总的来说，先秦时期东方海上丝绸之路的开辟，是诸多条件综合作用的结果，其中，齐地海洋仙道文化是不可忽略的一个部分。

05. 淤泥中的古船

1984年和2005年，人们在登州古港（小海）清淤时，挖掘出四艘元明时期的古船，以及紫檀木舵杆、黄花梨造船木、木锚、云龙纹白釉罐、宋耀州窑刻牡丹纹执壶、碗口炮等珍贵文物。

拼接复原这些大船，是一件异常艰辛的事情。在蓬莱海上丝绸之路博物馆内，我们看到的壮观景象，都是由复原者的坚韧和耐心构筑而成。这座我国陈列古船数量最多、种类最丰富的博物馆，也是目前为止我国唯一陈列有外国古船的博物馆。

在馆内的一块展板面前，我清晰地读到了关于海上丝绸之路的文字："海上丝绸之路的出现早于陆上丝绸之路，其滥觞于先秦时期，形成于秦汉时期，发展于三国、两晋、南北朝时期，兴旺于隋唐时期，鼎盛于宋元时期，明朝初年达到顶峰。海上丝绸之路的基本路线是从中国东南沿海，经过中南半岛和南海诸国，穿过印度洋，进入红海，最后抵达东非和欧洲。海上丝绸之路的路线主要有两条：一条是由南海向西航行的南洋航线，另一条是由渤、黄海向东航行的东洋航线。"

站在博物馆内的一架栈桥上，我对这些大船残骸深深地感到惊讶。在它们身上，隐隐能够看到几千年前的威风。几千年后，这些光荣退役的大船，从水下、泥沙下被挖掘出来，身上每一寸古朴的肌理，都折射着昔日的荣光。

1984年出土的一号古船，是元代用于沿海巡防、护航的战舰，1984年登州港港口清淤工程中被发现，它当时躺在港湾西南隅2.1米深的淤泥中。这艘船残长28.6米，残宽5.6米，残高1.2米，船型较大，船身修长，可乘载兵员上百人，有十四个水密舱。它凭借傲人的长度，占据我国已出土古船长度之最的位置。

二号古船是明代登州沿海巡防抗倭的战舰，2005年出土于蓬莱水城小海西南侧，距1984年一号战船发现地仅十米。这条船有着瘦长流线型的船身，残长22.5米，残宽5.2米，舱残深0.56米，近似水平。如果只看仅有的残存的船底板和龙骨，很难相信它也曾经拥有十四个水密舱。

2005年，在二号战船北部1米多处，发现了向左倾斜沉于黑色淤泥中的三号古船，残长17.1米，残宽6.2米。复原后判断，它是一艘明代高句丽货船，双桅木帆船，平底，方头方尾，两端上翘，短肥形状，有八个水密舱。随船还出土了中国北方古代瓷窑器残片、植物种子、料珠、朝鲜半岛古代镶嵌青瓷碗、瓷瓶、陶茧形壶、陶瓮等器物。

当年，在三号古船北部数十米处，又发现四号古船底板等残船体。同三号古船一样，它也是一艘韩国高丽时期的古船。

中外古船专家共同对三号、四号古船的鉴定和研究，在国际船史界占有一席之地，并提供了一个世界文明大同的范本。

古船也让我们看到在遥远的古代，与泉州、扬州、明州并称为中国四大古港的登州港，源源不断地运输着盐、丝绸和其他器物。无数的船舶把登州当作出海口。从那时开始，这里就一直表现出超凡的自信。

人类是两足动物，造物主给人类安排的栖居环境是陆地，是土壤，而不是海洋。但是，造物主同时又赋予了人类智慧、好奇心、探索欲和征服欲，这是一件很矛盾的事情：人类要想满足智慧和好奇心，要探索和征服，就要克服既定的栖居环境，把双脚踏到海面上去行走一番。但人类无法克服造物主安排的自身局限，所以他们必须借助外力，借助工具。

如此说来，几乎可以推断的是，自从有了人类，就有了船的存在。考古发现也证实了这一点：古人的海上活动，至少在旧石器时代就已经开始了。至于在久远的蛮荒时代，第一艘船到底是在地球的哪个国家、哪条河或哪片海，由什么人做了第一次尝试把它推下了水，那肯定是无从得知了。

我们只能从古籍中找到关于"能载人的浮物"的诸多文字记录，比如，《周易》中有一句卦辞是这样的：

包荒，用冯河，不遐遗。朋亡，得尚于中行。

学界通常认为这句卦辞的意思是，包容八荒，徒步涉河，不遗失偏远之地的朋友，不结党营私，这是中正的行为准则。总而言之，是教育人要具备高尚的品德。

但也有人从另外的角度解析"包"和"荒"的本义，听起来也不无道理。他们认为，"包"是"匏"的假借同义字，而"匏"是"一年生草本植物，果实比葫芦大，对半剖开可做水瓢"，可以算是葫芦的一种；"荒"是空虚的意思；"冯"在这里用作动词的理解与前面一致，是"徒涉"的意思。因此，"包荒，用冯河"便是抱着空心葫芦游水渡河。

把葫芦作为渡水的工具，在中国船史上是真实存在的。明代罗颀所著的《物原》中记载：

燧人以匏济水，伏羲始乘桴，轩辕作舟楫。

这里明确指出，旧石器时代燧人氏时期的人们已经会借助葫芦来渡水；到了伏羲时期，开始乘坐小筏渡水；到了轩辕时期，已经有了舟船的存在。燧人氏不仅钻木取火，令人类吃上熟食，结束了茹毛饮血的非人非兽的时代，而且，在他的时代还开始借助葫芦渡水。这种缺乏科学技术的发明，比科学技术更伟大。

还有一个有趣的民间传说：远古时期，地球上发生了一场特大洪水，高山和土地全被淹没，人类也被夺去生命。有一对年轻人骑着葫芦漂浮在大水之上得以生还。为了感谢葫芦，两位年轻人给自己取名为"伏羲"和"女娲"，这两个名字都代表葫芦。因此，民间传说认为伏羲和女娲是一对葫芦精。《诗经·大雅》中有一句诗"绵绵瓜瓞，民之初生"，似乎也印证了人类出自葫芦瓜的传说。闻一多先生非常认可这个说法，这位可爱的先生在《伏羲考》中说："总观以上各例，使我们想到伏羲、女娲莫不就是葫芦的化身。或仿民间故事的术语说，一对葫芦精。于是我注意到伏羲、女娲二名字的意义。我试探的结果，'伏羲''女娲'果然就是葫芦"，"然则伏羲与女娲，名虽有二，义实只一。二人本皆谓葫芦的化身，所不同者，仅性别而已。称其阴性的曰'女娲'，犹言'女匏瓠''女伏羲'也"。

闻一多先生的依据是："伏"就是"包"，也就是"匏"；"羲"就是"檊"，也就是"瓢"，因此，"伏羲"是葫芦瓢。"娲"古音为"瓜"，"女娲"也作"女希"（羲），也就是葫芦瓢的一半，暗含了阴阳和合的意思。这里的"女希"又有由来，《补史记·三皇本纪》云："女娲氏亦风姓，蛇身人首，有神圣之德，代宓牺立，号曰女希氏。"

所以，完全可以用闻一多先生的语气下个结论：总观以上条例，从汉字角度剖解"伏羲""女娲"，确是葫芦无疑。

博大精深的汉字与神话传说结合在一起，无论是否有据可考，都是迷人的。尤其是如果这个传说能够与后世的某些风俗互相观照，那就更让人惊叹了。在今天的海南黎族，真实存在着葫芦舟——"渡水腰舟"，而且已经是非物质文化遗产了。它并非民间传说，而是黎族先民在海南岛赖以生存的水上交通工具之一。20世纪90年代，中国非物质文化遗产保护专家宋兆麟在海南走访了二十多个村寨，对此他最有发言权。他看到那些依江河而居的黎族村民，每户都收藏有三四个葫芦舟，挂在房槽下，有些葫芦舟已经两三代人使用，油光可鉴。宋兆麟曾向黎族村民探问，是否可以卖给他一件，带回北京展览，被主人拒绝了，主人说："这是不能卖的，我们过江少不了它。"

这种被主人视如珍宝的葫芦舟，高50至60厘米，腹径40厘米，周身用藤或竹编网套住，底部编织竹圈。这种船只的奇妙之处还在于，它是有"舱"的——在葫芦的颈部，有一个直径10至13厘米的口子，从口子里取出瓜瓤，外面套上皮盖，里面就可以盛装衣物和食物了。

用葫芦舟渡水的方式因人而异，可以用一只手臂夹住葫芦，另一只手和双脚划水；也可以把葫芦放在头前，双手抓住葫芦上的竹篾或藤网套，双腿上下交替击水。总之，只要能借助葫芦涉水而过，什么姿势都可以。

关于葫芦舟的记载还有很多，比如《庄子·逍遥游》："今子有五石之瓠，何不虑以为大樽而浮乎江湖，而忧其瓠落无所容？"《鹖冠子·学问篇》："中河失船，一壶千金，贵贱无常。"这里的"壶"指的正是"瓠"。清代陈士俊曾经绘制过一套《番俗图》，其中有一幅《渡溪图》，图中的台湾土著腋下挟着大葫芦横渡台湾海峡，并配文："腰掖葫芦浮水，挽竹筏冲流竞渡如驰。"

先人的聪明才智当然不限于此，既然葫芦能作为浮具，其他东西也可以，比如用牲畜皮革制成皮囊，留下一只后腿充气，皮囊制成后系在腰间，助力泅水。

"遂人以匏济水，伏羲始乘桴，轩辕作舟楫。"伏羲时代，出现了比葫芦舟更先进的船，那就是小筏了。筏的形象并不高深晦涩，几根树干或竹竿绑在一起，人终于可以站在上面，摆脱半个身子浸泡在水中抱紧葫芦渡水的历史了。

《诗经》用既曼妙轻盈又豪气冲天的诗句这样形容筏："谁谓河广？一苇杭之。"谁说黄河宽？一个芦苇筏子就可以渡过去。难怪孔子看见他的儿子孔鲤从面前走过，问他有没有学诗，孔鲤回答说没有学，孔子就教训他说："不学诗，无以言。"这里的"诗"，专指《诗经》。在孔子看来，不读《诗经》，是没有办法开口说话的。孔子对《诗经》的评价，的确毫不为过。

我们的先民用芦苇、竹子做筏；遥远的尼罗河边，古埃及人则用尼罗河流域盛产的一种叫纸莎草的植物做筏。美国著名海洋史学者林肯·佩恩在《海洋与文明》中，贡献了他关于世界贸易和造船史的一部分研究成果。他简述了大洋洲的航路开拓和造船业，南美洲和加勒比海的海上贸易，西太平洋上的原木小船，单人划子、木架蒙皮船和叉头捕鱼船，桦皮独木舟、木板小船等。

从葫芦、苇筏和纸莎草筏逐渐演变而来的更为有效的船只，就是独木舟了。《物原》中说："轩辕作舟楫。"《周易·系辞下》也记载："神农氏没，黄帝、尧、舜氏作……刳木为舟，剡木为楫，舟楫之利，以济不通，致远以利天下。"《山海经·海外东经》里也记载过："大人国……坐而削船。"这些文字记载都说明了先人最早的造舟方法，是将木材凿成舟船，削锐木头作为船楫。

"舟楫之利，以济不通，致远以利天下。"舟船的便利，使两岸的人能互相来往，且可航行至更远的地方，便利天下人。可以遥想在远古时代，先人们还只能靠采集和渔猎为生，他们无数次望着一水之隔的对岸跳跃着肥美的野兽，水中跃动着鲜美的鱼，却只能望水兴叹。偶然的一天，他们的灵感被触动——或许是看到一片落叶在水上居然可以漂浮不沉，或许是看到一截枯木能超越人类而在水上逍遥游荡，他们便尝试借助漂浮植物渡水。葫芦也好，筏子也好，他们相继进行着各种尝试。终于有一天他们经过了更多尝试之后，发明了独木舟。他们解决了无法在原木上站立的缺点，把原木凿出空洞，便于人在上面驻足。

还有一则有趣的民间故事，认为最初的独木舟是神灵帮忙造出来的。这个民间故事来源于太平洋，具体说是太平洋西南部的赫布里底群岛。海岛上有一株巨大的杏仁桉，高达百米，树干周长二十米。有一户五口人家的岛民没有房子住，只能风餐露宿，这棵桉树看了之后于心不忍，有一天忽然在粗大的树身上闪出一个大洞。于是，五口之家搬到树洞里居住，又安全又舒适。有一天，一场极大的暴风雨把桉树连根拔起，抛掷到海里，桉树居然没有沉没。这五口人就在树洞里继续住着，在海上漂流、觅食，从而躲过了一场灾难。从此，人们就学会了把树干挖出树洞，当作独木舟使用了。

杏仁桉的故事，是一则既优美又带有深刻启示意义的故事。信奉神灵自然不符合唯物主义观，但不管怎么说，人类浪漫的、富于想象的天性，愿意相信这棵杏仁桉负有特殊的使命，至少它启示人们制造了独木舟。

民间传说和神话传说就是这样一种事物，它们存在的主要意义或者说责任，就是被赋予美、神秘和浪漫，温暖和激荡着人们的心灵。至于到底是传说启示了人类，还是人类根据地域特征创造了传说，那似乎并不重要。比如说位于浩瀚太平洋西南部的这个名叫瓦努阿图的国家，它总共拥有80多个岛屿，可谓群岛荟萃。然而，它还拥有比岛屿数量更多的人种，19万人口竟然使用100多种语言。拥有这样两个令人惊叹的数字，这个国家自然而然成为世界上最神秘的国家。造成它语种如此繁多的原因，主要是岛屿之间被海水阻隔，来往不便，沟通受阻。也因此，这个国家的独木舟也像语种一样多。所以，是先有了这神秘的、必须拥有庞大数量的独木舟才能保证交通畅通的地域特征，之后才诞生了神话，还是先有了神话传说才有了独木舟，恐怕这个世界上没有任何一个学者能够说清楚。

学者们解读不了神话传说，他们的本领和责任是解读和考证各种历史痕迹。人们在荷兰格罗宁根的庇斯地区发现了独木舟后，考古学家们可以考证出它距今一万年左右。在中国出土的萧山跨湖桥独木舟、余杭茅山独木舟和余姚施岙独木舟，也被学者们考证出，它们存在于距今八千多年前至五千多年前。它们由尼罗河流域、印度河流域、黄河流域、长江流域、地中海等这些地方的先人相继或是同时发明。他们把那些因为各种自然原因而不能再作为一棵树存在的粗大树干，用石斧、石锛等各种工具，削平，剖开，掏挖成凹形，供人站坐。然后，他们用坚韧的树枝作桨，划动水流。还有一些地方的人们发现用火比用石斧更便于加工树干，于是他们把不需要掏挖的地方涂上湿泥巴，然后用火烧掉需要挖去的部分。火烧后的部位成为炭，再用石斧劈砍，更为省工省力。

历史仿佛大水流动，人类的智慧也在流动。由懵懵懂懂地把一棵大树掏空，到制造出可以扬帆远航的商船，造船技术以壮丽的图景奔流向前。龙山文化时期，一艘船在茫茫的大海上航行时，我们无法推测它中途遭遇了风暴，或是有其他的原因，导致它沉入蓬莱长岛海域深深的海底，进入了漫长的睡眠。几千年之后，人们打捞起了它千疮百孔的船尾和桨，发现船尾的榫口非常整齐，桨也和近代区别不大。除了船尾，人们还在海底发现了原始的石锚。从"黄帝、尧、舜氏作，……刳木为舟，剡木为楫"，到使用榫卯工艺，说明造船技术很快地摆脱了粗简朴拙的"刳木为舟，剡木为楫"阶段。

还有一艘独木舟，长眠于胶东半岛的荣成龙须岛郭家村毛子沟。20世纪90年代，它的残骸呈现在考古工作者眼前，全长约3.9米，舟体中部宽约0.7米，首尾部宽约0.6米，中空的舟舱深约0.4米。王永波在《胶东半岛上发现的古代独木舟》中认为："即使作一个谨慎的估计，这一独木舟的年代亦当不会晚于商周时期，即应当在公元前二千纪至一千纪之间。"

历史有意无意地留下了它的许多脚印，时空把它们封藏在地下、水下，以便让后人不断地发现，从而整理出来，一代一代传下去。

这几次重要的考古发现，就是历史有意无意留下的胶东半岛的舟楫发展历史足迹，是无可辩驳的事实，说明胶东半岛的舟楫远航历史至迟从商周时期就开始了，这也就不难想象春秋战国时期的齐地为何能成为"海王之国"了。当然，还有一些古籍记载，既可以作为文学作品来赏读，又可以与历史足迹两相印证，比如《战国策·越策》有这样的记载：

> 秦攻燕，则赵守常山，楚军武关，齐涉渤海，韩、魏出锐师以佐之。秦攻赵，则韩军宜阳，楚军武关，魏军河外，齐涉渤海，燕出锐师以佐之。诸侯有先背约者，五国共伐之。六国从亲以摈秦，秦必不敢出兵于函谷关以害山东矣。如是则伯业成矣。

这段话，出自战国时期著名的纵横家苏秦之口。这个务农出身的河南洛阳人，怀着一腔出人头地光耀门庭的热血，远赴齐国求学，拜鬼谷子为师，与张仪成为同学。学成后外出游历，却多年没有建树，穷困潦倒地回到家中。没能混个一官半职，反而被家人讽刺挖苦，家人说他只会逞口舌之快，没有别的本事，这让苏秦很是郁闷。他扫视了一下自己读过的书本，感叹它们没有什么用处，于是调整方向，改去钻研《周书阴符》。功夫不负有心人，一年之后苏秦结合研读体会和天下形势，在脑海中勾勒出一幅合纵连横的壮观图景。幸运地得到了燕文公的赏识后，这个不服输的人正式走上了历史舞台，开始了游说列国的真正的"口舌"之路。他出使赵国，对赵王说出上面那番慷慨激昂的话，教给赵王如何联合其他国家一起抗击秦国的入侵。他提到两套方略，一套是假如秦兵攻打燕国，一套是假如秦兵攻打赵国，其他国家应该如何如何，这两套方略中给齐国安排的任务都是"渡过渤海"。

显然，这段关于连横抗秦的排兵布阵，包含了一部分海战，而海战的任务交给了齐国。可见，当时齐国的海战军事装备在各诸侯国中是很强大的。

06. 渡过渤海海峡

站在21世纪豪华客滚船的甲板上极目远眺，我看到了葫芦舟、苇筏、独木舟，也看到了"舟船飞梭、商使交属"的海上丝路盛景。千船竞渡,海波飞旋,几千年前的鸥鸟掠过重重帆影,飞到今人的头顶之上。它们俯瞰着载满货物和旅客的现代化船舶,有时也产生些许的迷惑,为记忆中那些尚未远去的旧日船只。

有时鸥鸟们也会盘旋往复,俯瞰位于烟台市芝罘区环海路的一幢六层小楼。它们同样对它的旧日和今天了如指掌:曾经是山东省航运公司中规模最小、底子最差、一度濒临倒闭的烟台海运公司,重新思考出路,终于发展成为今天无论是客滚船数量还是总运力都居于渤海湾首位的渤海轮渡集团股份有限公司。在中海客轮、大连航运、中铁轮渡三家企业当中,渤海轮渡俨然是一位综合实力最强的老大哥。可以说,烟台到大连之间陆路距离约1490公里和海路距离仅为165公里的大比例差距,造就了渤海轮渡客滚运输的"黄金航线"。

但是,轮渡在航速方面的劣势也显而易见。于是,1992年有了建设烟大海底隧道的提议。从2009年开始,历经六年的方案规划和技术研讨,2015年,烟台到大连海底隧道施工方案正式出炉。整条隧道全长123公里,火车设计时速为250公里,运行速度能达到每小时220公里——这意味着,从烟台到大连最多只需要40分钟。

这必定是人类史上值得记录的一个浩繁伟大的工程。

一头每小时能跑120公里的猎豹,捕猎一只时速90公里的跳羚,当然不费吹灰之力。在动物世界中,慢就意味着被捕猎,快就意味着捕猎。当然,力量也是决定动物生死存亡的重要因素,但是,就力量相当的两个被捕猎目标而言,显然速度快的家伙更容易逃脱。

奔跑和速度,是动物生存的重要能力。智力更高一筹的人类,自然更能意识到速度的重要。人类从四足行走进化到直立行走,生理速度显然比不上四足动物,但是,对速度的追求是人类自身具有的动物天性,或许正因如此,人类动用无与伦比的智慧,开始了对速度的研究。他们精确地测算出一些惊人的数字,比如物体脱离地球引力飞向宇宙空间必须具有的最小速度,那远远不是以小时来计,而是以秒为单位。

人类探索宇宙的边界和速度的极限,同时又扎扎实实、按部就班地用速度改变着日常生活。抱着一只大葫芦渡河显然不能满足人类对速度的要求，后来出现的筏和独木舟也远远不够。在陆地上一代一代进化的人力车、马车、拖拉机等简单的机械动力车也嫌太慢。于是快艇、大型客滚轮、火车、飞机相继登场。海陆空三维空间，时速几百公里。空间距离是死的，速度是活的。

未来的某一天，大型客滚船依然在渤海海峡的海面上悠悠航行，火车同时在海峡深处隆隆行驶。两个人同时从蓬莱港出发，一个在海峡深处借助隆隆行驶的高速列车，四十分钟抵达大连旅顺；另一个在海面上悠悠航行五个小时，也能抵达旅顺。那个时候，选择快或是慢，完全取决于人的实际需求：工作需要，或是心情及情怀需要。

无论海底隧道的速度有多快，在海面上悠悠航行的船只都不会消失。丝绸般的蓝色大海，从天际线远远飞来的鸥鸟，壮丽的海上日出和日落，只有慢悠悠的速度才能与之相配。

1907年，一个名叫蕾切尔·卡逊的女孩出生在宾夕法尼亚州的斯普林达尔一个农民家庭。谁也不知道，她后来会成为一位海洋生物学家、科学家和环境保护运动的先驱。她说："如果你是一只滨鸟或一条鱼，钟表或日历衡量的时间毫无意义。"

霍金说，宇宙最开始只是以一个"点"存在，不占有空间，也没有时间的概念。后来，这个"点"发生了大爆炸，时间和空间由此开始，物质逐渐形成。但当它膨胀到一定程度后，可能会逐渐收缩，最终又收缩成一个不占有空间的"点"。当我站在船舶的甲板上，重复着蕾切尔·卡逊的这句话时，我似乎看到，海鸟和鱼正飞翔和游动着，从"点"飞出，自由自在地穿越时间和空间，然后回到那个神秘的"点"。

当然，这是想象，是对时间这个神秘概念的想象。但脱离想象再去谈具体的鸥鸟和鱼，便会发现蕾切尔·卡逊的话简直是哲学中的哲学：钟表和日历衡量的时间真的没有意义。虽然鸥鸟和鱼本身就代表了时间。

在地图上可以清楚地看到，我脚下的这艘船，正朝着一块狭长的陆地在航行。陆地的最南端，是船舶的目的地。它仿佛探入大海中的一张嘴，后面连着长长的脖子，脖子的名字叫辽东半岛。

当然，放大到中国版图整体来看，辽东半岛大约可以算是雄鸡的下巴部位。这个2.94万平方公里的狭长半岛，如果再放到世界序列里去比较的话，更显得过于秀气了些：排名第十位的堪察加半岛都是它的 12.5 倍；而排名第一的老大哥——阿拉伯半岛，则是它的 109 倍。但在我国的三大半岛中，它介于 3.9 万平方公里的山东半岛和 1.32 万平方公里的雷州半岛之间，妥妥地要被喊作二哥。

早期的岛因为在海水淹没和地壳运动中发生着反反复复的变化，因此很难准确说清它什么时候第一次正式地隆起，只能大体推测在 30 亿年前。那时候，辽东半岛还不能称为岛，它作为沉积物淹伏在海洋下面。某一天，随着地壳的运动演化，深深的海底物质发生剧烈的碰撞，火山爆发，炙热的熔岩喷涌而出，形成一些火山沉积岩系，堆积形成岛屿。漫长的演变进程中，辽东半岛持续上升，同时经受了风化剥蚀、冰川活动、多次海退和海侵、拗曲、断块、隆升和岩浆喷发，最后形成了如今与山东半岛隔海相望的样貌。

从地图上长久地观察这个探入海中的半岛——它一半同大陆相连，其余三面被水包围——会强烈地感受到陆地和海洋之间存在着一种奇异的相生相抗的关系。比起海洋中的孤岛，这种半岛显得与陆地之间更具有血缘关系，仿佛它与陆地之间连接着永恒的脐带，从出生之时就没有割断，也永远割不断。除非再经历几次上述那些上升下降，风化剥蚀，冰川活动，海退海侵，拗曲、断块、隆升和岩浆喷发。但是，它在刚孕育时已经经历了那频繁的、应接不暇的捶打和磨炼，如今已经发育成人，很难再有大的脱胎换骨式的变化，所以，它以这样奇怪的姿势探向大海，身上却连接着母体的脐带。

但是，真要考证的话，究竟它身后广袤的东北腹地是它的母体，还是数亿年前广袤的大海是它的母体？这恐怕是一个没有结果的无意义的询问。陆地和海洋是一个古老的世界，它们之间的互相依存、撕裂、解构、重组、再撕裂，周而复始，此消彼长，很难厘清时间、空间方面的很多边界。

总之，辽东半岛就以这样一种探入大海的姿势，存在于那里。它与山东半岛之间的关系，有如情人或闺蜜。它们狭长的躯体努力急切地探向对方，无奈中间有渤海海峡的阻隔，使得它们只能永远地保持那种急切的姿势，无法牵手和相拥。

这是一对有情有义的半岛。除了无法掩饰的情意之外，它们也有许多相似之处，比如，阻隔它们努力探向对方的，是同一条渤海海峡；在它们的左右身侧，分别是渤海和黄海。它们是被两个海洋环绕和宠爱的半岛，一边享受着平缓温厚的渤海的安抚，一边体会着黄海海流的激荡的喧哗。

鸥鸟，这种"不被钟表和日历衡量的时间"所束缚的海的天使，总是先一步抵达船舶的目的地。它们在海面的光带之上飞往天际线。不知过了多久，我看到映衬它们的已经不再是海面、光带和天际线，而是影影绰绰的陆地。在海上，如果没有参照物，尽可以认为船舶是静止不动的，这样一来，我就可以尽情想象：是这些鸥鸟们胸有成竹地飞向前方，召唤来了成块的陆地。陆地被鸥鸟们召唤着，涉海而来，一步一步地靠近船舶。

大副开始准备靠岸前的一系列工作了。这个身材偏瘦的中年人，在渤海海峡上往返了数不清多少次，他心里装满了关于大海的前尘往事。狭小却整洁的大副室里，摆放着他的所有起居装备：一张床，一个"L"形沙发，一个茶几，一张桌子。桌子上摆放着一台电脑，屏幕上跳跃着我看不懂的海图。在茶几上，他摆放了一只精致的小茶盘，外加两个盛装着瓜子的小铁盒。

船启航后的某段时间，是大副的休息时间。他要把明明不属于睡眠的白天当成夜晚，因为如果不这样做，如果赶上半夜或凌晨到港，他就没有了休息时间。在远洋船舶上工作可能要好一些，休息时间会完整一些，但从烟台到大连的航线仅有五六个小时的近距离航程，把他的休息时间分割得极为细小短促。他调整着自己的生物钟，接受着每一觉只有三两个小时的现实。

大副戴上安全帽，开始巡视每一层的甲板。他向我一一介绍着红色的救生衣箱，红色的救生艇，粗壮的缆绳，黑色的钢铁，红色的铰链，黄黑相间图案的铁锚，各种机械。他对它们了如指掌。他有条不紊地例行检视着靠岸前的各项工作——甲板上所有的工作都归他负责。

船在慢慢地调整方向。"尾靠。"他告诉我。大副面色平静。他只有四十多岁，还有漫长的岁月需要他坚持下去。

海面平静无比，只有细小的涟漪在微微荡漾，像公园里的人工湖。港口的船只多了起来，远处朦胧的建筑、烟囱、大风车，越来越多地填塞着画面，一望无垠的大海终于不再是主角。

已经有一艘船舶先期停泊在岸边，是比我们这艘船早半个小时出发的另外一艘船。码头上停着几辆汽车，渺小得像船舶脚下的蚂蚁；平日在城市大街上称得上大哥大的大巴车，看起来也只有船舶的一根脚趾头那么大。在这种比较面前，巨大的船只显得是那么落落寡合。

双脚站上码头，就站上了辽东半岛。先期对这个半岛的了解和印象，此时全都以数字的形式积聚在大脑中。因为你目光所至没法看到那长达900多米的海岸线、岛屿、广阔的海涂，也无法用肉眼去试图看明白海蚀岸和海积岸这两种地貌。至于它复杂的地质构造演化发展史，对普通人来说更是一笔无法理清的糊涂账，只有地质工作人员才有本事推测它几亿年前甚至几十亿年前有可能发生过怎样的激烈事件。

这确乎是一个奇异的半岛，它与两个不同颜色的大海共生共存，同时它的身体里还密集地流动着大河。它合理地分配着这些大河，把它们送往宠爱呵护着自己的渤海和黄海：大洋河、英那河、碧流河、大沙河等几条河流分配给黄海；大清河、熊岳河、复州河、大辽河等河流分配给了渤海。半岛要和大海紧密交融及交换，河流弯弯曲曲地在陆地上寻找着最没有障碍的路途，百折不挠地流向大海，就像半岛给大海注入某些鲜活的因素。这个过程免不了让人产生感动和神秘的情感。

经过这样的、流动的液体的交融，辽东半岛和渤海、黄海产生了人类和生物之间具有的血缘关系。但它们的互动也不全然都是有益的：沿海地区的地下水超采有时会引起地下水位下降，这时海水就会入侵。我们不希望这样的交换发生，因为会增加土壤中的氯化物和矿化度，导致农田荒废。

07. 羊头湾里的港口

  大海紧密地簇拥着半岛，岛上的人类要繁衍生息，旅行贸易，因此，船舶出现，港口诞生。海岸被海浪拍打冲刷着，呈现出各种各样的形状，那些拥有温婉可靠曲线形状的海湾和河口，风缓浪小，具有天然的掩护性，给船只和航海者传递着安全感，被选择作为船舶停泊的地方。这是最原始的天然港口。船舶体积和用途日益壮大，人类去往大海的激情越来越豪迈，方法越来越多，他们看着那不经雕琢的天然港口，开始生出不满情绪。是啊，有些港口地理位置不够优越，有些水陆域不够广阔，还有的气象条件不够好，更多的局限是泊位水深不够。

  于是，人们开始建设港口——这是必须要做的事。人类在起源之初茹毛饮血，一个避风的山坳和山洞就足够了。但是后来，事情发生了变化，他们开始研究用竹子、木头、石块围堵搭建比山洞更理想的起居地。那个时候，他们依然满足。又过了一些日子，更完善更美观更便于使用的住所成为新的目的。再到后来，建筑物除了使人生活便利舒服和享受，还衍生了一门美学学科。

  港口当然也是一门美学学科，今天，有些遥远的古代重要港口以遗址的面目，留存在它当初蓬勃闪耀过的地方，供后人观赏和慨叹，比如希腊克里特岛南岸的梅萨拉港遗址。今天的人们只要稍微了解一下，就会被那些熠熠生光的名字所震撼：腓尼基人约于公元前2700年在地中海东岸兴建了西顿港和提尔港（在今黎巴嫩），在非洲北岸建了著名的迦太基港（在今突尼斯）；古希腊时代在摩尼契亚半岛西侧兴建了比雷克斯港；马其顿王亚历山大于公元前332年在埃及北岸兴建了亚历山大港；罗马时代在台伯河口兴建了奥斯蒂亚港（在今意大利）。仅仅这些名字，穿越历史的烟霾出现在后人眼前，已经是裹挟着令人崇敬的壮美光辉了。

  今天的人们，利用手中的技术，可以随心所欲地把港口建成他们所需要的吞吐吨位，在壮观程度上已经远远把古人甩在身后。已经如此壮观了，这还不算，人们在建设新型港口时，还要植入地域文化等美学因素。实际上，用不着刻意植入地域文化因素，每个城市的港口都具备独一无二的地域特征。全世界没有任何一处海岸与另外一处海岸相同，港口也是如此，它与海岸和身后的陆地紧密纠连，气质和血液中鲜活地涌漾着身后那片陆地、那个独一无二的海岸的气息。营口、丹东、秦皇岛、葫芦岛、大连湾、旅顺口等这些辽东半岛港口，它们的气质也各个不同，如同华彩不一的珍珠，点缀在辽东半岛海岸上，勾勒着海与陆地的关联轨迹。

根据港区空间划分，大连的港区一共划分为十二个。位于旅顺口区的旅顺新港港区，很乖顺地依偎在一个名叫羊头湾的小海湾中。从地图上俯瞰，这个海湾呈现出一个"つ"的形状，非常美丽婉约。跟这个精致的小海湾有关的民间传说也是十分美丽的，虽然有点悲伤。第一个传说是：

遥远的古代，一艘渔船在辽东半岛南端的老铁山角附近海域张网捕鱼。湍急的水流加上疾劲的大风让船只动荡不安。渔民忧心忡忡地把精心雕刻的木猪头和木羊头抛入大海，向暴怒不已的海神祈求平安。这是附近渔民的惯例。他们出海时，会在船上准备一些木猪头和木羊头。最早的时候，他们准备的是宰杀的活猪和活羊，但因为船只较小，坏天气又经常出现，猪羊的需求量较大，船只不堪重负，因此改用木猪头和木羊头。

那天，渔民把木猪头和木羊头抛入大海之后，大海却似乎并不领情，依然暴怒不已，掀起一波一波的大浪，终于把渔船掀翻。风浪平息后，有三颗羊头漂到了沿岸，化成几个小岛，从三个方向护卫着海湾，在这里形成了一个良港。以后只要遇到风浪，来往船只便驶入港内避风，渔民们给这个小海湾取名羊头洼，给三个小岛取名三羊头。

关于这个小海湾的另一个传说是和隋炀帝有关的，听起来也很有趣：

隋炀帝率军来到旅顺口，准备攻打高丽国。据说船队阵势很是威风，官兵和宫女都不少，一路上载歌载舞，热闹非凡。除了官兵和宫女，船上还装载着二百匹木马、四百头母牛、四百口木猪，五百只木羊。这是隋炀帝征集全国能工巧匠赶造的，沿路供奉龙王和海神，以保佑平安。古人敬畏天地和鬼神，非常讲究祭拜之事。

隋炀帝的船队航行到渤海和黄海的交界处时，突然刮起猛烈的大风，海面上波涛滚滚。隋炀帝赶忙率领官兵舞女一齐下跪，叩拜龙王。御林军们七手八脚地把一百只木羊推入海中，场面很是壮观。其中有三只木羊被汹涌的波涛摧散了架，羊身子不知去向，只有三颗羊头漂到岸边，挂在了礁石上。久而久之，这三颗羊头幻化为三个小山包，依次排列在海面上。当地人把它们称为大羊头、二羊头和三羊头山。

　　从航拍地图上看这个"つ"形海湾，它被标注的名字为"羊头湾"，在它的沿岸果然依次排列着名为"羊头"的山峰。羊头湾岸边，有一个名叫"羊头洼"的村庄。这个村庄的命名，想必跟那些传说有关。

　　关于羊头洼，民间还流传着一个跟鸡有关的传说。据说1933年5月在日本殖民统治大连期间，日本东亚考古学家在旅顺新港一侧小山上发掘出了一处遗址，当时命名为羊头洼遗址，并于1942年出版了《东方考古学丛刊》乙种第三册《羊头洼——关东州旅顺鸠湾内史前遗址》报告。报告记录了羊头洼发现的哺乳动物和禽类骨骼，经研究，发现的鸡骨为家鸡。20世纪70年代以后，考古专家们认定羊头洼遗址属于距今3300年至3100年的青铜时代。遗憾的是，这个有趣的遗址已经在2007年左右消失，遗址所在地被铲平填海，之后盖房建起了厂区。工业化生产吞噬了遥远的历史给后人留下的记忆线索。

　　由羊头湾宠护着的旅顺新港，1991年开辟使用，在目前大连十二个港区之中，它与大连湾港区一样，以客滚运输为主。其他港区分别承担着物流、油品、货物、邮轮等功能。仅就通往山东半岛的航线做比较的话，由大连湾港区通往山东烟台的航线，目的地是烟台市芝罘湾，距离要远一些；而由旅顺新港通往烟台航线的目的地是龙口和蓬莱，其中，旅顺至蓬莱的航线仅有66公里。

　　渤海轮渡的豪华客滚轮，就这样，每天数对航行在安逸静美的渤海海峡上，然后在辽东半岛停靠。

第二部分 辽东湾

> 毋庸置疑，人类必须走向海洋。
> ——雅克·库斯托《寂静的世界》

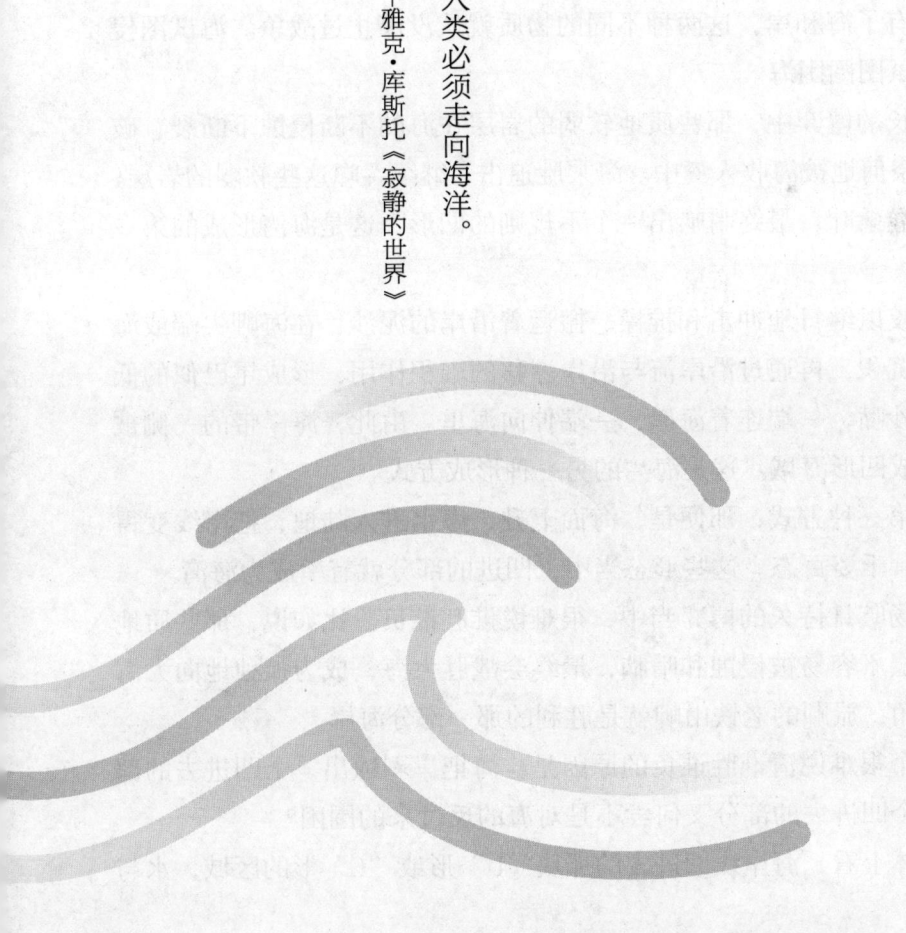

第一章

01. 纬度最高的海湾

　　自从有了海和岸，这两种不同的物质就从没停止过战争。海试图侵蚀岸，岸试图围困海。

　　在漫长的博弈中，那些质地软弱的岩层在海的不断侵蚀下断裂、破碎，无可奈何地被海收入囊中。海乘胜追击，继续吞噬这些软弱的岩层，就像蚕吞噬桑叶，最终啃啮出一个不规则的凹形。这是海湾形成的第一种方式。

　　海浪夜以继日地冲击和推搡、搬运着沿岸的泥沙，在海岬尖端或海岸转折处沉积，再通过沿岸流与沿岸漂移的堆积作用，形成尾巴似的低矮狭长的沙嘴，一端连着海岸，一端伸向海里。由此，海岸带的一侧被遮挡，形成凹形海域。这是海湾的另一种形成方式。

　　还有第三种方式，那便是，海面上升，海水进入陆地，把岸线变得曲曲折折，千姿百态。这些形态当中，凹进的部分就有幸成为海湾。

　　在这场旷日持久的博弈当中，很难说谁胜谁负。比如说，那些质地坚硬的岩层不容易被侵蚀和啃啮，最终会战胜大海，成为孤独地向大海突出的岬角，旅顺的老铁山岬就是胜利的那一部分海岸。

　　另一个很难说清谁胜谁负的原因是，海把岸剥蚀出一个凹进去的部分，但这个凹进去的部分又何尝不是对海的反过来的围困？

　　从形体上看，海岸线凹进去的那块"U"形或"C"形的区域，水与岸交汇的地方，仿佛是大自然特意塑造的理想之所，专门成全一个个海湾的存在。海岸线凹进去的部分，正是大海凸出去的部分，水与岸的交汇是如此复杂多元，就像齿轮间的啮合，家具拐角的榫卯。它们拒绝平面和枯燥，拒绝平庸和千篇一律。

不管怎么说，海湾就这样千姿百态地诞生了。波能辐散、风浪扰动小、水体平静的海湾，比大海显得乖顺多了。海湾里的海水也似乎经历了远古以来漫长的动荡，看透了世事，想安顿下来休闲养息，因此选择了一个环陆的海岸，作为它心仪的立足之地。当然，这部分海水还是大海的一部分，我们只是从运动学和审美学上愿意把它作为独立的个体来看待，把它看成心地通透、遗世独立的人，从此偏安一隅，不再进行激烈的远足与跋涉，不再与遥远之处的海洋进行疲劳或激荡的外交，不再一次次地尝试与它们交融或交战。

这就是海湾给人的第一印象。但是，愈是安静的事物反而更为神秘。与海洋让我们惊叹和迷惑一样，海湾也有不同的地方让我们为之惊叹和不解：除了它的漫长的构成之外，它今天那表面安静实则内里变化多端的性格，它依然在悄悄地酝酿着什么，未来会发生什么惊世骇俗的变化，它会扩大还是缩小，会跟海岸发生什么冲突，这些都让我们时不时地陷入着迷的想象。

总之，从方方面面去观察和研究海湾，它简直是一个引人入胜的哲学命题。

有一些海湾的名字我们听起来如雷贯耳：孟加拉湾，墨西哥湾，几内亚湾，阿拉斯加湾，哈德逊湾。它们在世界上占据着前五的排名，完全是因为它们那高大威猛的块头。排名第一的孟加拉湾面积217万平方公里，宽约1600公里，水深2000—4000米，这委实是一些令人震撼的数字。

无论是海峡还是海湾，中国所处的地理位置都决定了它们精致小巧的特点。辽东湾、渤海湾、莱州湾、杭州湾、北部湾这五大中国海湾中，位于南海西北部、东临雷州半岛和海南岛、北临广西、西临越南的北部湾以其13万平方公里的面积，远超另外四大海湾，成为块头上排名第一的海湾。甚至由辽东湾、渤海湾、莱州湾三个海湾汇聚而成的渤海，比北部湾都要略小一点。

但是，以纬度作为标准的话，中国所有的海湾在辽东湾面前都只能算作小弟。除了五大海湾，中国还有很多著名的小海湾，如胶州湾、威海湾、海州湾、三沙湾、兴化湾、湄洲湾、泉州湾、大亚湾、大鹏湾、雷州湾等。在中国的雄鸡版图上，辽东湾、渤海湾、莱州湾、胶州湾、威海湾等几个海湾处于雄鸡的咽喉部位，其他海湾则均匀地分布在雄鸡的胸腹及腿脚部位，因此，辽东湾当之无愧是所处纬度最高的大哥。

纬度最高，容易代入这样一种印象：这位大哥性格冷酷，不苟言笑，又有着威严包裹之下的温厚粗粝的情感。

让我们来看看这个纬度最高的海湾。它北面蜿蜒的海岸线，与南面六股河口和长兴岛之间的连线，形成了一个东北—西南走向的"U"形，开口朝南，果真像一个敞开温厚胸怀拥抱其他小弟的兄长。从辽东半岛去看位于渤海之中的长兴岛，它紧紧地挨着辽东半岛，通过两座大桥与辽东半岛相连，就像被母亲牵着两只手的孩子。这个孩子的存在，又仿佛天生就是为了和对面的秦皇岛形成一条连线，界定辽东湾的势力范围。

但千万别小看了这座与辽东半岛相比像个孩子似的长兴岛，它以252.5平方公里的面积，荣登长江以北第一大岛的位置。

渤海的诸多岛屿似乎都与方仙文化有着千丝万缕的关联，长兴岛也不例外。1982年在长兴岛蛤碴地和北洼遗址曾挖掘出土石斧、石刀等文物，专家据此考证，距今五六千年以前，人类的祖先就在这里繁衍生息——神话传说也佐证了这种说法。

神话传说里，早在秦始皇派徐福到海中寻找长生不老仙丹药时，长兴岛就已存在了。徐福一行抵达蓬莱、方丈、瀛洲后，蓬莱一老者告诉徐福说："离此百里之滨，有一海岛，其上有甘泉、海刺、棘枣。食之，可祛病长生，尔等不妨趋往居之。"徐福身边的一位高姓随从大为心动，遂带领十余对童男童女，乘船寻到岛上，果然见到了甘泉、海刺和棘枣，也就是山泉水、海参和酸枣。这些人在岛上繁衍生息，长寿者比较多，因此给岛取名长生岛。

关于这个岛的名字，是一个比较有趣的话题。很少有一个小岛能被赋予这么多的名字：它起初被叫作"长生岛"，到了唐朝，著名的唐王东征历史中，李世民的麾下大将尉迟敬德曾率兵进驻长兴岛，因此将岛称为"镇山岛"。宋代时，根据小岛风光秀美可比杭州的美誉，将它改称"景杭岛"。南宋时，人们又感于它郁郁葱葱的松柏，改称它为"长松岛"。《中国历史地图集》中也有确切记载。之后，这个小岛上的人们曾经因为努尔哈赤攻占复州而驾船出海，逃到山东躲避战祸，致使小岛荒芜。直到顺治十年，原先逃难到山东登州和莱州的农民又陆续返回小岛，最终在一位余姓老夫子的指点下，将岛命名为长兴岛。

在几千年的历史进程中，这个奇异的小岛五易名字，不得不说是一件奇事。今天的长兴岛，已经成为辽南地区著名的避暑旅游胜地。但它作为辽东湾湾口的两个海角之一，却更具有永恒的地理意义。

让我们再来看看辽东湾周边的地理情况。作为地堑型凹陷，辽东湾的湾底地形从顶端及东西两侧向中央倾斜，其中，东侧深于西侧，最大水深32米。覆盖全湾的厚层沉积物来自新生代第三纪。

辽东湾的湾顶与辽河下游平原相连。辽河下游平原这一长期沉降区地势低平，属于温带大陆性季风气候，冬季寒冷干燥，夏季暖热多雨，有辽河、太子河、浑河、大凌河、小凌河、沙河等众多河流，沈阳、鞍山、营口、盘锦、辽阳等主要城市。辽河平原矿产资源丰富，有全国第四大油田"辽河油田"。

辽东湾绵长的倒"U"形沿岸从东到西分布着大连、营口、盘锦、锦州、葫芦岛等五座城市，它们像五座灯塔一样伫立在蜿蜒的湾边。另外还有沈阳、鞍山、辽阳、本溪、抚顺、阜新、朝阳、铁岭等八座内陆城市点缀在周缘，形成了人口最密集的城市群。

这个纬度最高的海湾，还是中国边海水温最低、冰情最重的地方，每年都有固体冰出现。在西北风的作用下，湾东岸的冰情比西岸要重一些。

多冰的辽东湾，再次印证了它作为纬度最高的大哥的冷酷性格。然而，当春季到来，和煦的春风掠过海湾，冰块开始融化，那壮观的破碎过后，就会露出冷酷大哥温情款款的一面。

02. 旅顺口之名

　　1371年，明洪武四年，一支船队从山东半岛的蓬莱出发，航行在波光闪烁的海面上。马云和叶旺两位将军站在甲板上，眺望着珠光跳跃的海面。轻微的浪涌像大海的呼吸，一起一伏，平稳安详。鸥鸟在天空中盘旋鸣叫。

　　启航之前，他们还是颇为担心的，生怕大海喜怒无常，制造一点什么事端，因为他们此行使命重大，是接受朱元璋的委派去收复辽东的。当时，北元王朝退守辽东，对中原形成巨大威胁，朱元璋经过缜密分析，决定以军事力量为后盾，招抚残存的北元各部势力，争取不动兵戈分化瓦解。朱元璋不断地发布各种招抚文书，逐渐地起了作用，一个名叫刘益的北元官员带着辽东州郡的地图及兵马钱粮，提出投降。刘益控制的辽南地区与山东隔海相望，距离很近，对明军跨海登陆非常有利，与通过辽西陆路进行后勤运输相比，能大大降低难度。

　　一时间，朱元璋欣喜异常，立即派断事官吴立前往辽东，在得利赢城设立了辽东卫，并不计前嫌，委任刘益为指挥同知。得利赢城位于今天的辽宁瓦房店市北得利寺镇，从地图上可以看到，它大约位于辽东半岛的中部偏南。实际上，刘益所掌管的地盘是有限的，仅有得利赢城及辽东半岛西南部地区。其他地盘仍盘踞着旧元军阀，局面比较混乱，比如有一个名叫洪保保的，他竟然趁乱杀死了刘益。好在洪保保又被张良攻击，落荒而逃，局势才又得到扭转。张良率领辽东降军控制了得利赢城以南的辽东半岛南部作为桥头堡，迎接明军。

　　由于发生了这么多的变故，因此，被朱元璋委派前去收复辽东的马云和叶旺心头沉甸甸的。这两个人，原来都是长枪军谢再兴的部下，担任千户。谢再兴后来叛敌，他们两人离开谢再兴，归附了朱元璋。历史记载，马云和叶旺后来合力镇守辽东，不辱使命，受封为"龙虎将军"。

　　1371年，马云和叶旺顺利平安地抵达了辽东半岛，在后来赫赫有名的旅顺口停靠。一路上，渤海海峡阳光明丽，波澜不惊。马云和叶旺率领明军登陆辽南后,开始把得利赢城等辽南地区作为北进基地,并修筑金州卫城,屯兵金州,扩大明军控制范围,谋求进一步控制辽沈。最重要的是,从山东半岛到辽东半岛的航线,从那时开始成为明军的重要军事运输通道,粮草等军事物资从山东半岛源源不断地通过船只运往辽东。

正是因为一路旅途顺利,登陆之后的控制战争也很顺利,所以,这个特殊的地方才有了一个吉祥的名字"旅顺"。在此之前它名叫"狮子口";再往前追溯,它在隋唐时的名字叫"都里镇",东晋时的名字叫"马石津"。看来,这个小小的弹丸之地在不同时期身负不同的色彩,这也跟旅顺口半个世纪的沧桑经历有着类似的色彩。

今天,旅顺口是作为大连市辖内的一个区而存在。从地理位置上说,它当之无愧是大连市乃至整个辽东半岛与山东半岛跨海交流的代表,占据着辽东半岛最南端的有利位置。它的南边和东南边濒临黄海,与山东半岛隔海相望,与朝鲜半岛跨海毗邻;它的西边与西北边则依傍着渤海,和天津新港一衣带水,和北戴河海滨遥相凝望。另外的区市之中,虽然甘井子区和金州区也是两面濒临渤海和黄海,但仍然没法与旅顺口区三面濒海相比。

03. 军港的前尘往事

在老铁山的东面有一个海湾,是著名的旅顺军港所在地。它地处黄、渤海要冲,与山东长山列岛、登州头共扼渤海海峡咽喉,构成首都北京及辽宁地区的天然屏障,是地势险要的军事要港。

我办了一辈子的事,练兵也,海军也,都是纸糊的老虎,何尝能实在放手办理,不过勉强涂饰,虚有其表。不揭破,犹可敷衍一时。如一间破屋,由裱糊匠东补西贴,居然成一净室。虽明知为纸片糊裱,然究竟决不定里面是何等材料,即有小小风雨,打成几个窟窿，随时补葺，亦可支吾对付。乃必欲爽手扯破，又未预备何种修葺材料，何种改造方式，自然真相破露。但裱糊匠又何求能负其责。

这是李鸿章给自己下的一个结论。这段话，读来令人发笑，而且每多读一遍，便会多发现一点李鸿章的可爱憨滑。他貌似谦逊地在贬低自己，恨不得将自己贬低到尘埃里去，其实尘埃里却开着花朵：一辈子练兵，训练海军，"一间破屋"成"一间净室"。从这些表述之中，隐隐还能看出他的某些自恋。

虽然他把自己贬低到了尘埃里，但"练兵""海军"却是事实，并不浮夸。比如今天的旅顺军港就是拜他所赐。1877年，李鸿章给船政大臣吴赞诚写了一封信，谈到北洋海军缺乏一个适用的基地，无法解决大型军舰的停泊和修理问题。当时李鸿章属意于大连湾，他派英国专家葛雷森等人率领蚊船前往测度。

于是，葛雷森等人驾驶着蚊船，赶往大连湾。说起蚊船，之所以叫这样一个名字，并不是说它体小质弱，而是针对船上装备的大炮来说的。这种新型军舰虽然舰体确实不大，但加装了当时只有主力舰才装备的大口径火炮，且威力很大，看似不起眼，真要被打上一炮，就像被蚊子咬了一口，也绝对不是什么舒服的事情。其实，它的主要功能并不是出海参与海战，而是作为移动炮台使用。哪个港口局势不妙，需要加强防御，就是移动炮台大显身手的时候。这种奇怪的东西，出自英国人乔治·伦道尔的手笔，它问世几年之后，以廉价可量产的优势，得到了因为镇压西北回民军而财政窘迫的清朝的垂青，清政府把它们跨洋购买了回来，第一批就分配给了北洋水师。

李鸿章让葛雷森他们驾驭着蚊船去测度，大约同时也是考虑了防御的目的，毕竟那时候海防局势还是很紧张的。葛雷森他们仔细地观察和测度了大连湾，发现大连湾口门过宽，必须有庞大的水陆军相为依护，否则不易立足。但当时北洋兵力并没有那么庞大，这个问题让李鸿章颇为犯难。权衡了一段时间之后，李鸿章改变了原来的想法，把目光投注到了离大连湾不远的旅顺口。

于是，李鸿章又派北洋海军营务处道员马建忠去旅顺口考察，后来又亲自乘军舰去踏勘地形。李鸿章看了旅顺口的地形之后，发现它位置很不错，位于辽东半岛最南端，隔着渤海海峡与山东蓬莱、烟台、威海遥遥相对，称得上是扼守渤海海峡、保卫京津要地的海上门户。李鸿章又了解到它不淤不冻，避风性能优良。他长久地观察着旅顺口周边的东鸡冠山、白玉山、猴石山、老铁山，发现它们像卫士一样忠诚地环抱着旅顺口，不仅如此，口门东西两侧还有黄金山和老虎尾夹峙，真是一个易守难攻的绝佳之地。港池以内的情况也深得李鸿章的欢心：他注意到口门以内的海域自然形成了东西两澳，西澳水面宽阔，可以碇泊舰船；东澳的地形则适合修建大型船坞和设立船厂。

李鸿章大喜过望，决定把旅顺定为港址。当时朝廷内有一些不懂时事的朝臣，既迂腐又喜欢聒噪，往往把好事给搅黄。李鸿章做了精心的准备，在朝廷上列举了国外建港的成功案例，他归纳总结了六条成功要素，分别是"水深不冻，往来无间""山列屏幛，以避飓风""路连腹地，便运粮糗""土无厚淤，可浚坞澳""口接大洋，以勤操作""地出海中，以拒要隘"。他详细地描述了旅顺口的地形，声称这个绝佳之地完全具备以上六条要素。

素有外交家美名的李鸿章，慷慨激昂地列数了以上原因，最终成就了旅顺港。在旅顺口修建大型海军基地的计划获得批准，是他毁誉参半的人生中的一个正确之举。

实际上，在旅顺口这件事上，清初时期有另外一位学者比李鸿章更有见识，他名叫姜宸英，被人称为"江南三布衣"之一，康熙年间以布衣荐入明史馆任纂修官，主要工作任务是记述明朝三百年间的诏狱、廷杖、立枷、东西厂卫之害。这个明末出生的人也属于一生不得志的人，混得并不是很舒坦，因为得罪了大学士纳兰明珠而受到冷遇。纳兰性德的父亲纳兰明珠可不是一般的人，当时权倾朝野，得罪了他，肯定没有什么好处。但很奇怪的是，姜宸英却与文才丰沛的纳兰性德惺惺相惜。一个性格孤傲，一个个性张扬，两人成为挚友。31岁的纳兰性德猝死之后，姜宸英痛彻心扉，茶饭不思。姜宸英咬着牙根熬到70岁，才终于考中进士，以殿试第三名的身份被授予翰林院编修的职位。谁承想，两年后,这个运气实在欠佳的人在担任顺天乡试副考官时,与主考官李蟠一起被弹劾。姜宸英下了大狱,李蟠充军。当时落第考生写了一句诗:"老姜全无辣味,小李大有甜头",暗喻李蟠受贿而姜宸英不加劝阻。那么大的年龄被打入大狱,唯一的结局只能是死于狱中。据说康熙后来打算释放姜宸英,但为时已晚。

今天再去了解这样的前尘往事,我感慨于这个郁郁不得志的人早在清初就看出了旅顺口的战略价值,把他对旅顺口的认识写进了自己的著作《海防总论》中,因此对他心生敬意,另眼相看。

历史前行到道咸年间,又有两个人——魏源、郭嵩焘,也对旅顺口的地理位置非常重视。然而当局者对此并不在意。这两位曾经慨叹说:"旅顺口渤海数千里门户,中间通舟仅及数十里。两舣扼之可以断其出入之路。泰西人构患天津必先守旅顺口,此中国形势之险要者,泰西人知之,中国顾反不知,抑又何也!"这里的"泰西人"泛指西方国家,魏源和郭嵩焘感叹就连西方国家都知道,想要攻陷天津,一定要先拿下旅顺口,但中国人反而不重视。

每个朝代、每个时期都不乏有识之士,他们前赴后继地坚持着某个真理。到了光绪初年,江苏有个名叫华世芳的学者于他著述的《沿海形势论》一文中,再次大谈旅顺口的价值。相比于之前的姜宸英、魏源、郭嵩焘,华世芳用了夸张和激烈的词语,他说,登旅(登州旅顺)是中国海防中"天造地设之门户",其间海面不及二百里,可以避风,可以汲水,南北联络稳便,"中国之形势,实无有逾于此者"。华世芳认为遍观中国地形地势,还没有能超过旅顺口的地方。

实地站在白玉山顶上观赏旅顺口,就能深刻理解华世芳所说的"天造地设"这个词语,实在不是什么夸大之语。

华世芳提出这个认识的两年之后,光绪三年,李鸿章把原先打算在大连湾建港的想法换成了旅顺口。之前所有为旅顺口呼吁的人的理想,在李鸿章这里得到了实现。或者也可以这样说:没有李鸿章,就没有旅顺港。毕竟,他为了坚持和实现这个提议,跟朝廷上的一帮子俗人斗智斗勇过。

1880年,工程正式开始。一个名叫陆尔发的官员,成为担当建港重任的第一个人。至于他是否具备担当如此重任的能力，实践给出了反面的答案。当时，为了确保施工顺利进行，李鸿章请来退役的德国炮兵少校汉纳根、英国海军上校柯克，跟陆尔发一起共事。

旅顺口工程非常艰巨，陆尔发要做的是精密策划，在这片看起来仅仅是小渔村的地方，开挖两座巨大的港池，疏通航道，建起包括大型造船厂在内的军工体系，而且要在几十平方公里范围内修筑陆上防御系统，并建成可以支撑一支近代海军的攻防、修造、驻屯、补给的配套设施。总之一句话，基本等于需要平地建起一座以近代工业和近代军事为支撑的崭新城市。

关于陆尔发其人，史料上没有什么记载，有说他是县令，有说他是淮军将领。如果是淮军将领的话，属于什么级别不得而知，可以肯定的是，他跟刘铭传、丁汝昌是没法相提并论的。

陆尔发按照施工进度，开始修建黄金山炮台。但是，他完全是个门外汉，根本不懂炮台施工方面的专业知识。李鸿章派去协助他的炮兵少校和海军上校虽然是专业人士，陆尔发却又不懂得如何把他们的长处拿来为己所用，一句话，跟他们二人合作得很不理想。就这样，一年时间过去了，黄金山炮台工程非但没有进展，还堆积了很多棘手的问题需要解决。

无奈之下，李鸿章只好换人。

他派去接替陆尔发的人名叫黄瑞兰，此人一到旅顺就主持设立了海营务处工程局。按说这个举措看起来还不错，大家以为工程局设立之后，港口建设工程就该大刀阔斧地进行了，但没想到的是，黄瑞兰用在大刀阔斧抓工程上的精力，远远不如他花在弄虚作假、偷工减料、贪污款项、巩固权势上的。由于专横跋扈的个性，他也无法跟德国炮兵少校汉纳根、英国海军上校柯克处好关系，整天琢磨着跟那两位专业人士斗心机。

各种怨言沸沸扬扬地传到朝廷上之后，李鸿章被朝廷要求调查黄瑞兰。这时候，他知道，又该换人了。不得不说，在用人方面，李鸿章确实是草率大意的。从这点上再深度剖析又能得出结论：李鸿章用人有严重的唯亲倾向。举个例子，这个黄瑞兰是李鸿章的合肥乡亲，举人出身，淮军组建时投靠了李鸿章。此人这么昏庸无能，却得到李鸿章的重用，真是有点荒唐。李鸿章调查了五天之后，给朝廷上奏："该员貌似质直，而举动任性，办事糊涂，文武将吏，皆不愿与共事，迹其语言狂妄，似有心疾者……是以撤去差事，实不堪任用。"这份奏折，李鸿章也是花了心思的，明眼人都能看出他在避重就轻，关于贪污方面的丑事一点没有提及。

历史上与旅顺建港有关的下一个人物出场了。此人家世背景不薄，侄子是大名鼎鼎的袁世凯，父亲是咸丰、同治年间钦差大臣漕运总督袁甲三。当然，袁保龄在旅顺建港历史上开始施展拳脚的时候，他的侄子袁世凯还籍籍无名，刚刚结束游手好闲的日子，跟随淮军将领吴长庆东渡朝鲜，率领一支清军杀死了几十名敌军，政治生涯刚刚看到了一丝光芒。

说起袁家，其实早期的顶梁柱是袁保龄的父亲袁甲三，袁世凯要喊袁甲三叔祖父。袁甲三参与镇压太平军和捻军，打了一次胜仗，于是写信回家报捷。家里收到信的那天，正好袁世凯出生，袁世凯的父亲为叔叔袁甲三打了胜仗而激动万分，便给自己刚出生的儿子取名"凯"。从历史上看，袁甲三的两个儿子袁保恒、袁保龄都很正派，有作为，而袁甲三兄弟的两个儿子袁宝中和袁宝庆都只是地主豪绅的命，因此袁世凯先是跟着生父袁宝中，后来过继给袁保庆，一直没有混个出人头地。到后来，袁甲三的两个儿子袁保恒和袁保龄看不过去了，才命令游手好闲的袁世凯去北京读书上进。

袁保龄的年少有为不是虚夸，他从 25 岁任清朝廷内阁中书侍读开始，一路官升四品、三品、二品，可谓平步青云。李鸿章认为袁保龄是一位"诸习戎械，博通经济，才具勤敏"的官员，于 1881 年以"北洋佐理需才"为由，奏请朝廷将袁保龄调到天津，委办北洋海防营务。这一年袁保龄 40 岁。

一年以后，袁保龄接替黄瑞兰，出任旅顺港坞工程总办，身兼军政二职。黄瑞兰实在是把工程局领导得一团糟，袁保龄上任后，大刀阔斧地改组了原来的工程局，把所有无能和贪鄙的官员都进行了裁撤，同时启用了熟悉建港技术的专业人才。跟那些洋人技术人员之间的关系，袁保龄也处理得十分不错，而且很大胆地采用西方先进技术。管理加技术双管齐下，工程很快面目全新。挖掘坞基、修建码头、开渠引水、拓宽海口、疏通航道、购办机器，成立修船厂、机械局，建筑弹药库、海岸炮台、水陆医院、旅顺电报局，建造机器超重船等，方方面面，袁保龄安排得有条不紊。

当然，他和洋人关系处理得不错，并不意味着唯洋人是从。有一个德国工程师擅作主张用砖建坞，袁保龄很不认可，认为石料更为坚固，于是和德国工程师据理力争，长达四个多月。在建港的过程中，据说袁保龄还为旅顺人民做了不少好事，比如，如数退还前任拖欠百姓的货款，倡导旅顺一带广种桑树养蚕和纺织，还兴办学堂，关心百姓的文化教育。

如果说，前期我们可以认为没有李鸿章就没有旅顺军港，那么后期则完全可以说，没有袁保龄就没有旅顺军港。从1882年到1890年9月，旅顺船坞全部竣工，耗白银139.35万两。袁保龄从山东长岛运来紫色花岗岩石条，在旅顺港沿岸修建了防浪堤，堤高3米左右。现在的军港公园的沿岸堤坝就是当时修筑的防浪堤坝的一部分，当地人称为"坝沿"。历经百年沧桑和风雨剥蚀，除了堤坝上原有的铸铁和花岗岩缆栓早已消失不见，堤坝依然完好，可见工程质量之高。

旅顺军港之畔，后来修建了军港公园。它位于旅顺军港北岸，白玉山南麓，1985年动工建设。

那天下午，我驾车穿过白玉山隧道后，沿着环形的黄河路，到达了公园北门。

进入北门，整个军港呈现在眼前。公园依堤岸而建，是按照一艘航空母舰的样貌来规划和修建的，路面非常平整，像甲板。堤坝下躺着黑褐色礁石，海面微微荡漾，闪着光斑。水鸟在空中竞相追逐，或者收拢翅膀浮在海面上，丝毫不惧怕人类。南面正对着旅顺口门的主航道，西连旅顺西港，东临四八一〇工厂和旅顺东港。旅顺口门由黄金山和老虎尾半岛对峙而成，黄褐色的黄金山上坐落着军事建筑，黑褐色的老虎尾半岛往西南延伸，与连绵的老铁山相接。下午的太阳挂在老虎尾半岛西边的天空上，圆圆的，辐射着很多条光线。光芒洒在海面上，形成一条由强至弱的光带，从海面一直延伸到公园的路面上。

如果不是公园内的两座雕塑和一块石碑的存在，人在平整的路面上走着，观赏着螺旋桨和铁锚等景观，再凭栏望向正前方的旅顺口门，会真的以为自己站在战舰的甲板上。这两座雕塑还是值得一提的，一座是公园东面入口处的汉白玉石雕"军港之夜"，造型是一位美丽的少女弹着吉他在歌唱；另一座是在公园西端竖立着的"醒狮"青铜雕塑。这座雕塑的用意很明确，一方面是留下旅顺口曾名"狮子口"的回忆，另一方面暗喻饱经沧桑的旅顺口像沉睡多年的雄狮已经醒来。除了两座雕塑之外，最有意义的是位于军港公园中部的一块石碑，上面刻写着红色的"旅顺口"三个大字。这应该属于旅顺口的地标了。据说石碑取自老铁山上的天然巨石。"旅顺口"采用的是郭沫若的笔体。

可供游人观光的地方不大，更多的是军事基地，不对外开放，所以，沿着带状堤坝向东西两个方向各走一会儿，也就满足了。

这时候，就可以驾车赶往白玉山了。旅顺口的市民十分和善热情，无论问路还是了解旅顺，只要开口，路人都会倾情相告。我在白天与两个年轻人闲聊时被建议，一定要在傍晚五点多钟去白玉山上看夕阳。"不去白玉山看夕阳，来旅顺就会留下一个遗憾。"他们说。

上山的时候，导航显示，车子行驶在一条盘山路上，这条路叫白玉山路。路的形状像舞女手中舞动的丝带，盘旋曲折，由很多个"之"字连接而上。上到山顶，把车停下，拾级而上，到达白玉山塔下面，才能真正体会"尽收眼底"表达的是什么意思。除了能够看到旅顺城区的全貌，更重要的是，在这个角度俯瞰由黄金山和老虎尾半岛对峙而成的那个神奇的出海口，不得不感叹大自然的鬼斧神工。在一定的高度去看那条呈反"S"形伸到大海中的老虎尾，真是惟妙惟肖，灵动异常，仿佛它下一秒钟就会微微摆动，搅起一池碧水。

人们的性格、趣味甚至智慧，总是与当地的水土有关。"老虎尾"这个灵动形象的名字，其实是民间的通俗叫法，它真正的学名叫"老虎尾沙嘴"。学名倒也算是兼顾了民间趣味和专业知识，在"老虎尾"后面加上了"沙嘴"这个能充分说明老虎尾形成原因的词。

这一呈狭长反"S"形状的弯曲堤坝状地貌，是海浪长期侵蚀、搬运和堆积的结果。海浪是这个地球上最有耐心的家伙，它用几千、上万、上亿年的时间，持之以恒地拍打和冲刷着岸边的陆地，对它们进行淹没和溶蚀。被侵蚀和破坏的陆地，变成细碎的泥沙，无可奈何地跟海浪融为一体。但是，当海浪进入港湾时，却被港湾前面的西鸡冠山阻挡住了。流速下降后的海浪所剥蚀和携带的泥沙就堆积下来。粗大的泥沙先沉积停留，所以沙嘴的根部最粗，越靠近尾部越细。

专业知识不仅告诉了我们老虎尾的成因，还告诉我们它何以以反"S"形状呈现，而不是正"S"。这就要用到风力学知识了：这里的风以东南风为主，当从东南方向涌来的海浪被港湾西南口前面的西鸡冠山阻挡，泥沙顺着波浪进来形成的水流方向自然堆积下来，就形成了反"S"。专家又告诉我们说，如果海浪是从南方正对着港口而来，那么，就会在两侧形成两条近于直线的沙嘴。

相较于两条近于直线的沙嘴，我们还是更喜欢这条反"S"形状的沙嘴。不过让人好奇的是，如果是再普通不过的直线沙嘴，不知道智慧的人们会给它取一个什么样的名字。

极富经验和学识的专家们还指出，老虎尾沙嘴是从大约8000年前开始形成的。海浪还会耐心地、永无休止地继续冲刷和溶蚀着海岸，永无休止地把沉积物带到港湾里来。总有一天，当沉积物达到一定的程度，沙嘴就会和陆地连接，呈现封闭状态，形成潟湖。但是，专家又说，我们很难看到这一奇观，估计形成潟湖也需要八千年的时间。

老虎尾悠闲地伸展在港湾里，它的身体——老虎尾半岛却是一座历史和记忆的储存库。由于它曾先后被沙俄、日本所占据，因此遗留有清代、沙俄至苏军各时期的炮台、闭塞纪念碑残骸，以及清军练兵场旧址、南天门、老虎尾灯塔等旅游景点。

把视线从老虎尾半岛那里向西转，光色逐渐由黛青变得朦黄，直至转到正西方向，看到圆日精致地挂在山体之上。连绵的老铁山上面是金色的天空，又仿佛金色的天空是群山的背景。落日徐徐下沉，压迫着老铁山，同时挤压着它和老铁山之间的天空，使金黄更加浓稠，仿佛要滴淌下去。

落日越下沉，看起来就越大。中间是炽热的亮白色，边缘燃着一个黄色的火圈。它更具侵略性地压向山顶。远处的山，近处的海，白玉山顶上灰白色的石栏，逐渐被暮色笼罩。只有那一轮越下沉越璀璨的落日，带着它最后最刺目的黄色，倔强地亮着，在方形地砖上投下一条金色的光带。

然后，它慢慢地，一点一点地坠入老铁山后面的渤海上了。如果站在老铁山背面，还会继续欣赏到它一点一点落入渤海深处的壮美。它消失不见了，给白玉山顶上的人们留下长久的、沉默的怅惘。

夜里的军港，安静得令人难以置信。虽然旅顺口是大连市的一个区，但它距大连市还有接近一个小时车程，所以，准确地说，它是一座小城市。你很难相信，一个城市的某一隅，它的夜晚会如此静谧，仿佛只有世外桃源才有的静谧。左前方黄金山脚下的建筑物和舰艇上散发出黄色的灯光，一束束地亮在海面上。波浪轻柔地拍打着堤坝，发出类似鱼儿吐泡泡的啵啵声。一百四十年前，袁保龄用从山东半岛运去的花岗岩石条建造的堤坝，历经百年，依然坚固如初。

两座雕塑也隐在了夜色里，仿佛安静不仅仅是声音上的安静，还有光线、色彩上的安静。可能也跟我来到这里的季节有关系，走在堤坝上还是有些寒意的。或许夏天的时候，来这里夜游纳凉的市民会多一些，公园里会热闹很多。

白天看到的怀抱吉他歌唱的女子，在夜里只剩下一个影影绰绰的轮廓。汉白玉雕塑下面的黑色基座看得也不分明，基座上用黄字刻写着的那首著名的《军港之夜》的歌词，更是完全看不清楚了。白天，看着那些歌词，忍不住要哼唱那熟悉的旋律：

> 军港的夜啊，静悄悄，海浪把战舰轻轻地摇，年轻的水兵，头枕着波涛，睡梦中露出甜美的微笑……

这首歌当时风靡全中国，苏小明几乎是我们这个年龄所有女孩心中的偶像。

当年迷恋着苏小明的时候，我对自己的未来一无所知。我并不知道自己将来会成为一名作家，然后，为了写作，有一天来到这里，听着鱼儿吐泡泡一般的海浪声，哼唱着当年的这首歌。我诧异自己竟然能完整地想起所有的歌词；而中间这几十年岁月当中，我其实已经把它遗忘了。这是记忆的一个神奇功能，你以为遗忘了很多事情，却会在某一刻全盘想起。

夜色里，护栏上一块块镶嵌着老照片的展板也看不清楚了。白天时，一块一块地看下来，就能基本了解军港的发展历史。其中一张老照片是八个人的合影，是清末为建设旅顺海防空城做出贡献的八个人，标题特别指出了袁保龄、周馥、刘含芳三人所站的位置。袁保龄站在后排左一的位置，个子不高，很清癯精干的样子。

很可惜的是，这个为旅顺军港做出卓越贡献的清癯精干的人，正值壮年就于1889年离开了人世。

当袁保龄1882年接替黄瑞兰赶赴旅顺上任时，因为游手好闲而被袁保龄的兄长袁保恒一直带在身边管教扶持的袁世凯，还是一个落魄青年，在他身上没发现任何走上历史舞台的迹象。他已经连续两次参加乡试落榜。袁保恒感染瘟疫离世之后，袁世凯不愿像自己的长辈那样留在乡间做豪绅，就投奔了淮军将领吴长庆。本来他可能不太有出头之日，打算挣扎着继续参加1882年的第三次乡试，但这一年，清朝属国朝鲜突发军乱，王妃请求清廷出兵平乱，于是，改变袁世凯人生轨迹的机会到来了。他跟随吴长庆奔赴朝鲜，吴长庆给了他一支清军，他带领这支军队打打杀杀，带头冲在前边。吴长庆事后对朝廷奏报说袁世凯"尤为奋勇"。

袁世凯自此开启了他的人生逆转之旅。虽然他战后留在朝鲜工作的十二年里，也有不顺利的时候，还被很多人上书要求撤职，但总的来说都有惊无险。当然，李鸿章一直力保袁世凯，这也是重要因素。就在袁世凯一会儿被上书一会儿被力保的风雨飘摇的时候，1889年，他的叔叔袁保龄因为劳累过度，病卒于旅顺防地。又过了十年，一直浮浮沉沉的袁世凯在四十岁的时候，终于升任山东巡抚，首次出任封疆大吏。两年之后，李鸿章死去，袁世凯成功上位，成为直隶总督兼北洋大臣。

04. 战争与陷落

旅顺口门宽近 300 米，中间只有一条 91 米的航道，每次只能通过一艘大型军舰，这也正是它享有"一夫当关，万夫莫开"战略优势的原因。

如果说仅仅靠"一夫当关"的航道，那还不足以说明旅顺口的军事险要。位于它两侧的黄金山和老虎尾半岛，还是藏匿火力机关的绝佳场所——这个优势，跟航道优势结合在一起，才构成了旅顺口的重要性。

所以，无论是后来的甲午战争还是日俄战争，日军都没有从海上攻取旅顺，才有了"旅顺一口，天然形胜，纵有千军万马，断不能破"的评价，才有了"天下奇观"的美誉，也才能与美国的珍珠港、日本的横须贺军港、俄罗斯的符拉迪沃斯托克军港、英国的朴次茅斯军港并称为世界五大军港。

1894 年爆发的中日甲午战争，日本人是从花园口登陆，步步进逼，抄了后路，攻陷了旅顺口的，足见当时日本人也断定无法从海上攻陷旅顺口。从老虎尾到黄金山一线的十余座炮台，黑洞洞的炮口指向大海，还是很令日本人畏惧的。

但是，尽管如此，日本人抄了旅顺口后路时，旅顺口这些大炮却没派上什么用场。黄海海战后，为了"避战保船"，北洋舰队撤进威海卫军港，导致旅顺海防空虚。更主要的原因还在于清政府的腐朽昏庸。旅顺口失陷，只是清政府在历史上给自己写下的诸多耻辱之账的其中一笔而已。在旅顺口后花园的陆战过程中，清军的表现也乏善可陈，不仅没有什么胜仗记录在历史上，最为荒唐可笑的是将官临阵逃跑竟然成了风尚。唯有总兵徐邦道认准了土城子这个地方，他认为这里西临渤海，东有丘陵，离旅顺口不到 20 里，可谓是后路防线屏障，他两次带兵在土城子阻击日军，但终因寡不敌众失掉了它。

1894 年 11 月 22 日，日军攻陷旅顺口，残忍地血洗全城，杀害了两万多名老百姓。

旅顺口失陷后,日本海军在渤海获得了重要的前方基地。从此,渤海门户洞开。而北洋舰队深藏于威海卫港内。战局急转直下,一系列数字以日历的形式串起了这段屈辱史:日军以陆军第二集团军为基础组建了"山东作战军",1895年1月20日在荣成龙须岛登陆,进占荣成,随即分南北两路对威海南帮炮台进行抄袭。1月30日,南帮炮台陷落。2月1日,日军占领威海卫城。此后,日军水陆配合,攻击刘公岛和港内北洋舰队。2月12日,北洋海军向日军投降,提督丁汝昌等将领先后自杀。2月17日,日联合舰队占领威海卫海军基地,北洋海军全军覆灭。

1895年4月17日,清政府和日本签订了中日《马关条约》,甲午战争结束。伴随甲午战争的结束,清政府对旅顺口的拥有权也失去了。从在旅顺建设船坞到失掉这个军事重地,只用了短短16年。

在这条屈辱的道路上,徐邦道的名字却一直成为旅顺口历史记忆中明亮光荣的一笔。土城子阻击战撤退之后,徐邦道仍然恪守军人本职,废寝忘食地修垒练兵,最终忧累交加,火逼寒郁,背部长出了一个毒痈。农历闰五月十三,中日《马关条约》签订两个月之后,徐邦道在辽阳田家庄去世,年仅58岁。

徐邦道和袁保龄都是在壮年时离世,都是在旅顺口历史上写下功勋的人。徐邦道临去世之前口述了上呈朝廷的遗言,痛心疾首地指出,甲午战争失败的原因是清军慑于洋队不肯死斗,"往往前敌交绥而后军先退,彼军接仗而此军旁观","甚至距敌数十百里,未见贼影,未闻炮声,一听谣传遂即逃溃","主帅无严明划一之令,将领无忠勇刚果之心,士卒无团结亲上之义"。同时,他还留下遗言给后人:"将帅必有爱国之心而后乃有忠勇之气。不贪利则士卒归心,能自勇则众人奋志。"他对清政府当然也有痛心之见,"与外国交涉勿事迁就","国家怀柔不宜太宽"。

读着这些文字,犹如看到徐邦道剖开胸膛,露出赤红的心脏。

从《马关条约》签订当天,俄罗斯伙同德法两国共同对日干涉,演出了一场"三国干涉还辽"的闹剧之后,旅顺口就陷入了深重的灾难之中。日俄争夺旅顺口的明争暗斗持续地发酵和演化,直至1904年日俄战争爆发，日本重新掌控旅顺口。

日俄战争爆发之前的1900年，俄军在旅顺港西北方向约2公里的一座山峰上，架设了8门200毫米加农炮，开凿了7眼水井，修筑了坚固的掩体和弹药库。这座海拔197米的山峰，地理位置绝佳，从西北方向虎视眈眈地盯守着旅顺军港，是一个得天独厚的重要高地，因此俄军将它修筑成守护军港后路和控制西线海域的制高军事点，派驻官兵89名，专防海上侵扰。俄军骄傲地把它称为"D号眼镜堡"。今天，这里的正规称谓是"西太阳沟堡垒"，俗称"西炮台"。

太阳沟指的并不是"沟渠"，而是旅顺的一片开阔平缓的街区。这个街区三面由将军山、牛角山、大案子山、小案子山、西炮台山环抱着，一面朝海，阳光充足，温暖少风，非常适宜居住，所以，1899年，沙俄关东省总督兼驻军司令和太平洋海军司令阿列克谢耶夫为俄国人在旅顺居住区选址时，就选中了这片区域，并把它打造成了欧洲新市街，包括中心大广场、"关东州"长官事务所、财政局、军政局、驻军司令部、工务局、邮局、地方法院、市政府、俄清银行及旅社、陆海军将校集会所、市营旅馆、市营剧场、海军将校宿舍等，可谓是一个如诗如画的城中小城。

海拔197米的西炮台山，就是护卫太阳沟的山峰之一。穿过方方正正的大门，沿着一条上坡路抵达停车场，我开始沿着停车场北边的石阶向山上攀登。石阶比较平缓，两边松树投下斑驳的树影，三月初的海边小城，空气还比较凉，游人不多，我到达的时候，已经有一拨大约五六个人，刚从滑梯下到山脚。阒静的上山台阶上只有我一个人，还有细微的风声和树枝摇晃的声音。

很快就登到了山顶。是一个很平阔的场地，俄罗斯奥普霍夫·斯达列夫军工厂生产的黑色加农炮掩映在松树下面，长长的炮筒对准浩渺的大海。西炮台距离军港不过2公里，而这黑漆漆的铁家伙射程在25—30公里之间，击打军港外面的舰艇还是不费吹灰之力的。

石砌的伙房、兵营宿舍、弹药库、暗堡通道等军事建筑沉默地蹲踞在微风和阳光之下。水井的木辘轳灰白沧桑。山有多高水有多高，透过盖在井口上的由稀疏的铁条焊制成的盖子，能清晰地看到井水。井水安静地沉睡着。自从战争结束，大约也就没有人再去饮用它了。

站在西炮台上，可以俯瞰北面的日俄战争203高地、东南面的旅顺军港、南面的老铁山。美丽的内海渤海在西面，静静的，像一块蓝色的玉。

静谧的小山头，松树摇摆，微风吹拂，让人很难将它跟硝烟弥漫联系在一起。而事实上，1904年2月8日日舰突袭旅顺口，日俄战争爆发后，这个小山头就笼罩在硝烟之中，直到1905年俄军投降。

日军对旅顺口的这一次重新掌控，足足持续了四十年之久，直到1945年8月15日日本宣布投降。根据雅尔塔协定，旅顺港由苏联占用。1955年，苏联将旅顺归还给中国。1955年4月15日，中苏举行旅顺军港交接仪式，从4月16日起，旅顺军港的防务正式由中国掌管。

时间不知不觉又过去了三十年。1981年之前，旅顺曾经和大连合并，并称为旅大市。1981年以后，大连划为市，旅顺划为大连市的一个区。1985年，海岸公园工程开始实施，军港公园满载着历史痕迹，出现在旅顺人的眼前。

甲午战争结束后的第四年，1899年，在湖北浠水县，一个名叫闻家骅的人出生了，他就是别名闻一多的著名的中国近代爱国主义者、民主战士、中国民主同盟早期领导人。日俄战争爆发的时候，闻一多用他五岁的目光，注视着这一场屈辱的历史。十五年以后，二十岁的爱国青年闻一多参加了五四爱国运动。又过了三年，1922年，闻一多赴美留学，潜心进行新诗创作和文学研究。就是在赴美留学期间，闻一多写下了著名的组诗《七子之歌》。这组诗以拟人化的手法，分别以澳门、香港、台湾、威海卫、广州湾、九龙、旅大作为儿子的口吻，向祖国母亲唱诉相思之情。

    我们是旅顺，大连，孪生的兄弟。
    我们的命运应该如何地比拟？
    两个强邻将我来回地蹴蹋，
    我们是暴徒脚下的两团烂泥。
    母亲，归期到了，快领我们回来。

你不知道儿们如何的想念你!

母亲!我们要回来,母亲!

这是《七子之歌·旅顺·大连》,虽然简短,却强烈地表达了对日俄"两个强邻"的控诉。

1925年,闻一多回国,投身于教育、文学研究、抗日救亡和争取民主反对独裁的斗争,直到1946年7月遭国民党特务暗杀,年仅47岁。

总之,这座城市到处都蕴藏着历史记忆。在旅顺口东侧的黄金山海滨,坐落着亚洲最大、中国第一的潜艇博物馆,那里蹲踞着我国自行研制、由武汉造船厂建造的第一代国产"033"型常规潜艇。这艘潜艇于1982年下水,在旅顺口服役20多年,2006年光荣退役,被命名为"旅顺口"号。

从狭窄的舱门进入潜艇内部,行走于被琳琅满目的仪器填塞得逼仄的空间里,我被惊呆了。想起李鸿章初建海军时盛极一时的历史,更为海战的历史而心痛。

在潜艇博物馆外的展区里,陈列着一个绿色的螺旋桨,直径3.3米,纯铜铸造,重达3.9吨。这是甲午战争的遗留之物,发现于20世纪80年代,制造国已经无从考证。关于它的说明也只有寥寥几句,其中有一句是:"应为6000—8000吨级铁甲舰或巡洋舰之用桨"。

05. 东方的奥斯威辛

旅顺口实在是讲述和考察渤海过程中不可避绕的一个小城。它半个多世纪的屈辱史,皆来自特殊的地理位置:它作为渤海门户的重要屏障而存在,是渤海重要的前方基地。所以我不惜笔墨,力图将它勾勒得较为清晰。

呈现旅顺口半个世纪累累伤疤的日俄监狱旧址,位于旅顺口区向阳街139号,曾经名叫"旅顺大狱"。1902年,沙皇俄国开始动工,建造了包括 85 间牢房的灰砖楼及灰色办公楼；两年后，日俄战争爆发，沙俄被迫停工，把监狱同时作为马队兵营和野战医院使用。日俄战争结束后，沙俄投降，日本人接手，1907 年在原来的基础上，进行了大规模的扩建，使用的是红砖。牢房由 85 间增加到 253 间，墙外增设窑场和菜地，同时在院内增设了 15 座工场，强迫犯人为他们生产军需品和日用品。监狱四周建起周长 725 米、高 4 米的红砖围墙，架设电网。扩建后的监狱占地 2.6 万平方米。

两个帝国主义国家，如此昭彰地把双脚踏上第三国，大肆建造监狱，关押第三国人士，这在人类历史上实属罕见。就连第二次世界大战期间臭名昭著的奥斯威辛集中营，也不过是由德国纳粹独立建造。

三月寒冷的一天，我也把沉重的双脚，踏上了监狱那令人伤感的院子。在院子外面的街边上看到一块路牌，上面标示着：日本关东法院旧址 1.2km；白玉山景区 1.5km；军港游园 2km；日俄监狱旧址博物馆 0km。从路牌指示的四个地点上，能强烈地读出"战争"和"屈辱"两个词语，它们隐在那白色的文字和箭头后面，无论历史如何向前也不可磨灭，无法消散。

监狱面朝大街的建筑物是当时的灰砖办公楼，二层楼房采用欧式建筑风格，二楼是十个圆拱式窗户和四个方形窗户；一楼是十二个方形窗户，正中间一扇圆拱形门户，黑色铁栏门给人一种无声的压迫感。

大约不到二十个游客，从旁边的安检通道鱼贯进入。前面的年轻人在给他远道而来的朋友讲解监狱的历史，可见，这里是外地人非常想来看一看的地方。

进入院子之后所见到的牢房，以灰色和红色为界分得很清楚，灰砖部分是俄国建造，红砖部分出自日本人的扩建。墙上的方形或半圆拱形窗户小而密集，外面镶焊铁条，令人压抑。楼房上面是瓦蓝瓦蓝的天空。砖墙和铁窗围裹着的暗无天日，与瓦蓝天空的自由，构成了世间最大的矛盾。

走在监狱一楼，抬头可看到二楼过道中间的镂空铁条，穿过铁条细密的空隙，能看到二楼屋顶上的天窗。天窗外是自由的天空，天窗下是被囚禁的人。狭小的牢房一间挨着一间，每间不到十平方米的牢房里，有时能关押几十人。单人牢房是给重要入狱者的特殊"待遇",暗牢则是为"严重违反狱规"和敢于反抗斗争的被关押者准备的更为特殊的"待遇",牢门低矮狭小,仅容一人缩身半蹲进出。像这样的暗牢共有四间,房内非常潮湿黑暗,伸手不见五指,墙上仅有一个供监视观察用的内大外小的圆形观察孔。

这里常年关押着千余人,最多时达到两千余人。被关押者不仅有中国的爱国志士和同胞,也有国际反战人士。

1909年10月26日,在哈尔滨火车站发生了一起震惊中外的大事:朝鲜人安重根刺杀了挑起中日甲午战争和吞并朝鲜半岛计划的主要策划者伊藤博文。穿着西装外套,头戴鸭舌帽,佯装成旅客的安重根,在众目睽睽之下冲出人群,瞄准伊藤博文的胸部连开三枪,之后英勇被捕,被关押在旅顺日俄监狱。1910年3月26日,年仅31岁的安重根穿上母亲为他做的白色韩服,脸上带着微笑,从容地来到绞架上,结束了他壮烈的一生。

在日俄监狱的绞刑室里,目睹绞刑现场,更能亲身体会安重根就义时的悲壮画面。在刑讯室里,我看到了传说中的老虎凳。在那个黑色的"大"字形的老虎凳上,当年曾不停地上演着始于战国时代的笞刑。

在牢房外面走廊的墙壁上,我看到一首诗:

生灵涂炭几时休,热血满腔志未酬。
黑水白山嘶铁马,楚囚长夜泣神州。
忠贞不减鸿昌勇,骨气犹如明翰头。
尽管严刑和拷打,巍然我自一吴钩。

——狱中诗抄

这首《抒怀》是被关押在1208号单人牢房里的黄铁城所作。关押期间,他没人可以说话,于是就用作诗、背诗来打发漫长的监禁生活,同时为自己寻找精神信仰。在监狱工场服役时使用过的剪刀、毛刷,1935年做地下工作时购买并一直随着他入狱、出狱的怀表,回忆录《大连地下十年》《一个幸存者的自述》,都作为黄铁城的捐赠物,保管在旅顺日俄监狱旧址博物馆里。

像黄铁城这样的爱国志士不在少数。在当年供关押者放风的院子里，矗立着一块石碑和一块展板，上面记载了中共党员王其焕和翟清平借放风时机，秘密发展宁学贤入党的故事。因为天气尚冷的缘故，院子里的草呈现出枯青和枯黄的颜色，似乎能依稀看到王其焕和翟清平蹲在院子里，让宁学贤把自己的真实名字写在地上的情景。他们成立了秘密党支部，并于1938年夏季策划了一场十分轰动的越狱行动。越狱行动从洗澡房里开始，他们打晕洗澡房里的看守，然后假扮成日本看守，混到了北大门，打倒门卫，集体逃出监狱。

但是，越狱人数众多，目标太大，加之监狱附近也处在日本殖民统治之下，逃出大门的越狱者还是没有躲过日本人的追杀。他们被抓回之后，要么被杀，要么受尽了酷刑折磨。

如今，当年他们越狱的北大门紧紧地关闭着。灰白色的大门，红色的砖墙。大门两旁生长着旺盛的龙柏，每一株都像火焰一样指向天空，显出一种难言的庄重和悲壮。

曾经越过狱的人是要被"特殊礼遇"的，那就是在脚脖上绑缚十几公斤重的大铁球，每日不离身，连去工场劳作也不例外。其他没有越过狱的人，去工场劳动时也跟自由无缘，一根长长的铁链子把所有的人都拴连在一起。

当我走出那阴暗的日俄监狱，再次返回大自然时，不由得深深舒了一口长气。每一个从那里面走出来的人，可能都会这么做。外面是行人和车辆穿梭往来的街道，三月早春的日光薄薄地铺在街上。回头再看一眼那被围墙圈起来的地方，一时有些不知身在何处的恍惚和伤感。

人们说，它是东方的奥斯威辛。

在旅顺口众多烙有历史印迹的景点中，值得一提的，还有1900年10月由俄国人设计修建的俄罗斯风格的旅顺火车站。当时它被命名为"旅顺驿"。

与阴郁压抑的日俄监狱相比，旅顺火车站安静地沐浴在井冈街，显得欢快而明亮。葱绿色的瓦片，明黄色的墙，墙上白色装饰线条切割的横的竖的菱形，上面蓝色的天空和白云，这些在儿童蜡笔画中才敢使用的彩色，大胆地拼搭在一起，效果却异常明丽而生动。配上俏皮的圆拱形门窗，蘑菇形塔楼，草帽形椭圆尖顶，精巧的细部雕饰，整体感觉像一个灵动活泼的小精灵。几棵老槐树把光秃的枝丫伸在空中，细密蜿蜒的线条把天空也切割出无数细小的图案。

走进圆拱形的车站大门，会看到旧式木框窗户，还有早已不见的旧式插销。透过窗户，能看到铺着淡黄色砖块的欧式站台，铁路线寂静地躺在阳光下。小站完全没有其他地方火车站的那种拥挤和嘈杂，相反，如若窗口里没有坐着车站工作人员，你会恍惚以为这是一个无人问津的、专门用来观赏的景点。

如若忘却尘封的屈辱历史印迹，小站几乎就是童话故事里没有忧伤的城堡。但是，外墙上的简介却提醒了我它的来历，它跟旅顺口其他众多景观一样，携带着屈辱的印迹。1898年，沙俄强租旅大市，开始扩建军港，铺设铁路。旅顺站1903年投入使用；1904年遭遇日俄战争，运输中断；1905年恢复通车。1931年九一八事变后，旅顺站成为日本侵略者运送侵华日军和掠夺东三省资源的重要火车站之一。日本投降后，苏联军队接管了车站，直到1952年才由我国政府接管。

了解了这段历史，再去看这座小小的车站，方能体会到它身上笼罩着一层伤感。

阴郁压抑的日俄监狱，明丽静谧伤感的旅顺站，这是两处风格和气质迥然不同的历史遗留。时空拉长，人文精神却没有隐退，而是更深地渗入了一丝一缝之中。

06. 陈氏渡海迁移史

考察渤海，如果不到辽东半岛，不到旅顺，不到老铁山，不到老铁山岬，就不能称为一次称职的考察，而是一次残缺的、失败的考察。所以在天气尚寒的三月初，我按捺不住压抑了一个冬天的念想，乘船横渡渤海海峡，然后驾车奔往老铁山岬。

辽宁旅顺老铁山与山东蓬莱田横山之间的连线,构成了渤海与黄海的天然分界线。黄渤海分界线景区位于老铁山的最南端,观测点则位于最南端的老铁山岬。到老铁山岬来的人,自然都是为了欣赏黄渤海分界线这一自然奇观。辽东半岛和山东半岛的亲缘关系,在地理、历史和传说中都有着诸多的体现,而黄渤海分界线却是在自然奇观上的体现。它的存在,必须有辽东半岛的老铁山岬和山东半岛的蓬莱岬共同参与,这两个深入海中的半岛的尖端,就像一条道路的起点和终点,哪一个都不能少。准确地说,它们互为起终点。

老铁山属于辽宁蛇岛老铁山国家级自然保护区的一部分。另外两部分分别是蛇岛和九头山。蛇岛位于渤海之中,九头山位于辽东半岛西端。老铁山是旅顺的最南端,也是大连市的最南端,更是辽东半岛的最南端,犹如手臂探入大海之中。

老铁山最南端的岬角是一个神秘的地方,它与山东半岛蓬莱的登州岬隔海相望——不仅如此,两地之间的连线,就是著名的黄渤海分界线,是大自然赐予的美景和奇观。

驾车去往黄渤海分界线景区,渐渐地离开旅顺口这个小而精致的城市,路边开始出现朴素的农房,再接着出现连绵的山体。道路修得还不错,双向两车道。这时候已经能嗅到树木植物的芳香气息,空气干净美好。在一处果园旁我停下车,恰好有两个本地人驾驶面包车也在果园旁边停下,我向他们打听还有多远能到黄渤海分界线,以及这是什么果园。他们告诉我,这片山体就是老铁山自然保护区,果园里栽种的是樱桃树。

辽东半岛不愧是和山东半岛隔海相望的一对好兄弟,山东半岛的烟台大樱桃也盛名在外,有"北方春果第一枝"的美誉。

天气还冷,树枝光秃秃地伸展着,只等一夜春风春雨,蓓蕾新绽。

继续沿着这条名叫双晨路的乡间道路向山里行进,路边的广告牌告诉我,郭家村到了。先前看到的那片樱桃园,就是郭家村大型樱桃园的其中一角。这个村庄有一个特殊身份:"大连市旅游专业村"。只有驻足,进村,诚恳地欣赏,才能体会这个背倚老铁山、面朝渤海的小村庄的美妙。虽然远离城区,没有工业,相对封闭和原始,但它头上却戴着好几顶桂冠：身处老铁山环保核心区，零工业污染，故而有"天然氧吧"之称；是坐落在老铁山怀抱中的天然小盆地，因此气候宜人，风和日丽。当山外寒冷的时候，这里却暖意融融，因此又被冠以"半岛小江南"的美名。1976年，由辽宁省博物馆和旅顺博物馆共同考察发掘了旅顺口铁山镇郭家村文化遗址，它又被冠以"旅顺人类历史发祥地"的美名。

值得一提的是，遗址出土了陶器、直口筒形平底罐、壶、盆形鼎、三足鼎、盃、碗等，其中，绘有几何图案的彩陶，与山东烟台紫荆山遗址下层出土的陶器相似。这再一次印证了辽东半岛和山东半岛之间具有神秘的关系。

即将离开郭家村的双晨路两边，有村里打造的"特色一条街"。几栋二层小楼雕梁画栋，古色古香，牌匾上分别标识了它们的身份：老铁山酒庄、关东名吃柴火九大锅等。石磨、石棋盘不经意地点缀在街边。对面是大樱桃批发市场，路边宽阔，辟出一块停车场。因为季节的缘故，特色一条街显得比较冷清，但想必大樱桃上市时，这里一定车水马龙，热闹非凡。

继续沿着双晨路南行。中途有一条路右拐向西，能够到达王家和张家村。在双晨路边驻足，俯眺像读书少女一样娴静地卧在山坳里的王家，方能真正体会老铁山腹地众多的小村庄为什么被认为"比乌镇清静，比周庄幽美"。张家村所处的地理位置已经很靠近海边了，渤海的海岸线在这里形成了一个狭长舒缓的"）"形。樱桃园点缀在这些村落之间，果树成熟之时，绿红相间，美如仙境。村落隐于山中，人们并不太向往外面的世界，他们日出而作日入而息，黄发垂髫，鸡犬相闻。

可惜，魏晋时期的陶渊明没有到达这里。如果曾经偶然来此，那可能世间便会留下又一篇佳作：武陵人，捕鱼为生，缘海岸行，忘路之远近。忽逢樱桃林，中无杂树，芳草鲜美，樱果缤纷。渔人甚异之。便舍船，登岸之。复行数十步，豁然开朗。土地平旷，屋舍俨然，有良田美池桑竹之属。阡陌交通，鸡犬相闻。其中往来种作，男女衣着，悉如外人。黄发垂髫，并怡然自乐……既出，得其船，便扶向路，处处志之。及郡下，诣太守，说如此。太守即遣人随其往，寻向所志，遂迷，不复得路。

我在脑中仿写着这篇《樱桃源记》，继续驾车沿双晨路南行。道路经过了一段向西突出的大弧线之后，继续朝着西南方向延伸，之后到达陈家村。

路边巨大的广告牌上用大红字向路人提醒着：辽东半岛最南端。下面是小一号的黑色字：东北最早感受春天的地方——陈家村。

可以说，南来的暖风多是从老铁山登陆辽东半岛的，所以，春天通常是从老铁山开始的。而陈家村又是最早接触南风的老铁山上的小渔村，所以，完全可以说，它是老铁山、辽东半岛、辽宁省乃至东北最早感受春天的地方。早春时节，陈家村已被葱郁的树木环绕，而老铁山半山腰还可能刚刚草木青黄。

说起陈家村，便要再次提及辽东半岛和山东半岛的亲缘关系。这两个隔海相望的半岛，虽然陆地并不接壤，但海路的存在，却使它们从远古开始就发生着无数能证明它们亲缘关系的历史。比如陈家村，这个也安卧于渤海岸边一个"⊃"形小海湾边的村庄，竟然是明代从蓬莱举家搬迁、繁衍而来的。

把历史之书翻回到明 1402 年。朱棣 7 月 17 日即位，废除建文年号，大力抓捕建文朝臣，清除异己，以巩固自己刚刚开始还未稳固的帝业。礼部尚书陈迪属于反对朱棣篡位的朝臣之一，因此与他的六个儿子同时被抓。史传朱棣是最为残暴的皇帝，不仅杀害了建文帝的大臣谋士，就连建文帝的宫女太监都没放过，约一万四千多人。他的残暴不仅仅表现在杀人的数字上，还表现在杀人手段上：割掉耳鼻入锅烹煮是家常便饭，烹煮之后还强迫被割者吃下自己的耳鼻；打掉牙齿，砍掉手足，用铁帚刷掉肤肉，剥皮揎草……各种手段层出不穷，残忍至极。

据传，行刑的时候，陈迪的儿子凤山曾埋怨父亲连累了他们，但陈迪让儿子不要说这样的话。他希望儿子们跟他一样，大义凛然地赴死。随后，儿子们的舌、鼻、耳等器官被割下，炒熟，硬塞进了陈迪的口中。被凌迟处死之后，陈迪连同儿子们的遗骨都被尽数敲碎。不过，陈家有一个忠心耿耿的老奴，他收拾了陈迪父子的遗骨，背回故乡宣城埋葬。

陈家还有一个名叫芮娘的丫鬟，也是乳娘，在关键时候改写了陈家的历史——当兵士们冲进陈家要对 180 余人灭门的时候，她冒死把刚刚五个月大的陈迪的幼子陈珠藏于干涸的水沟中，使陈珠幸免于难。陈珠在东躲西藏中长到了八岁，终于还是被知情人告密。但是朱棣不知为何动了恻隐之心，没有斩草除根，而是把他发配到登州（今山东蓬莱）。

史传芮娘善良聪慧，且精通诗词歌赋，被陈迪视为亲生女儿。所以可以说，是陈迪的亲厚仁善为自己积福，留下了后代。芮娘与陈珠母子相称，到处躲藏，先后在南京秦淮门外的村庄、山东邹县西双村等地暂居。被朱棣遣戍登州后，芮娘勤于持家，严于教子，乐善好施，为自己留下了千古美名。据说芮娘死后，有一百多名乞丐涌入门前，哭着把她送到墓地。芮娘去世之后，人们把她奉为弱小儿童的恩祖和辟邪降福的慈神。陈家后人在她居住的弄口竖了一座黑色石雕像，进行供奉，后来人们把这条小巷叫作石婆婆弄。她曾经带着陈珠躲藏暂居过的南京定淮门、邹县西双村、蓬莱县石岛村，都曾被后人立起过雕像，但有的雕像已经被破坏消失。

朱棣死后，陈迪平反，陈家的后人开始求取功名，陈氏家族在蓬莱很快就发展为名门望族。本以为从此就安安稳稳地在蓬莱生活了，谁知两百多年后的1632年，明朝叛将孔有德围困了蓬莱城。城内乱作一团，有钱有门路的大户人家纷纷逃难。陈家大院里的陈家后人也意见不一，各自逃难。其中的一支既不想跟其他支那样躲进皇上赏赐的封地，也不想躲进深山老林，他们把目光投向了渤海海峡，打算横渡渤海，逃到对岸的岛上去重新生活。

于是，1632年农历十二月二十九日早晨，在蓬莱八世祖陈梦柏之子陈焰的率领下，全族三房共150多人在蓬莱码头登船，驶向叵测未知的渤海。

船只沿着长山岛、大小黑山岛、竹山岛、猴矶岛、高山岛、砣矶岛、大小钦岛、南北隍城岛，一直朝着辽东半岛南端驶去。如今五个小时即可横渡的渤海海峡，在当年，陈氏足足在海峡上飘荡了两天。第三天凌晨，正月初一，这只彷徨无措的大船沿着老铁山的海岸线苦苦寻觅，终于找到一个平静的海湾，就是今天陈家村所在的小海湾。

陈氏登岸造屋，在此处生活了仅仅一年，崇祯六年的二月，渤海对岸的叛将孔有德遭到明军围攻，仓皇乘船逃窜到鸭绿江口的镇江堡，投靠了后金，几个月后引兵从辽阳出发，攻克了旅顺。

刚刚过了一年多安居生活的陈氏再次逃亡，躲到了村外十几里处南坡高崖下的山洞里，长达两年之久，先后有105人饥寒交迫，死于洞中。后人把这个地处险坡、不易发现的山洞称为"陈家洞"。直到崇祯九年四月，皇太极称帝建国，孔有德被调往别处，旅顺开始安定，陈家人才离开山洞回到村中。

但这支陈氏注定命运多舛，刚想重整旗鼓安居乐业，动荡的时局又给小村落送来了源源不断的难民。这些难民像几年前的陈家人一样，乘船渡海而来。耕地本来就少的村庄，很快就不堪重负无法生存。于是，陈家人三房九支又登上了寻寻觅觅的未知旅程。

其中有一支陈家人在长辈義昇的带领下，抵达离旅顺口西北80多里的牧城驿落脚，后又搬到60里外的金州城。随着義昇的离世，这支陈氏后人在金州城无法立足，又返回牧城驿。

历史的脚步走进顺治八年（1651年），《辽东抚民开垦条例》的颁布，引诱了大批移民涌入辽东，牧城驿也未能幸免。地少人多，这支陈氏后人再度遭遇了他们祖上的困境，便效仿祖上，举家迁移。他们翻越山岭，抵达黄海之滨的黄泥川，这次住下便是三百余年再也没有搬迁。

关于陈氏迁移的历史，《旅顺口区志》有记载：

> 明清（后金）大战之际，先祖率族人躲于老铁山南麓临海的山洞，聚族伏藏二载有余，其间"男女饿死洞中百有五名口"。清顺治初，社会安定，族人始出洞定居农耕。为此，后人将此洞称为"陈家洞"（又俗称"陈老婆畎"）。这支陈姓家族，随后迁往龙塘镇聚族而居，渐成村落，今天陈家村和小陈家村陈姓，均为他们的后裔。

在黄泥川的后人中，也流传着一种说法：他们的祖上当年是从蓬莱一个名叫黄泥川的地方渡海来到辽东半岛的。因为记挂家乡，不想让后人忘记了黄泥川，便把落脚之地也取名为黄泥川。在今天的蓬莱确实有过黄泥川这样一个地方，现在演变成了三个自然村：黄泥川王家、黄泥川汤家、黄泥川李家，简称为川王、川汤和川李村。从村名就可看出，这三个村庄的村民以王姓、汤姓、李姓居多，当年陈家的显赫兴旺已成为历史。

陈家曾经居住的牧城驿，位于现大连市甘井子区营城子街道前牧城驿村，作为遗址而存在。牧城驿建于明永乐十三年。陈家人从蓬莱横渡渤海，辗转来到牧城驿谋生时，这里已经存在了两百多年。史料记载，明朝嘉靖年间重修牧城驿关帝庙的石碑上，刻有"木场驿"三个字，说明当时此地名为"木场驿"；清朝康熙年间编撰的《盛京通志》中，将牧城驿称为"木厂驿"；清朝同治年间重修牧城驿关帝庙的石碑上，镌刻有"木厂驿"字样。到19世纪末，"木厂驿"正式改称牧城驿，并沿用至今。

深沉的老铁山，像一位父亲，威严并慈爱地守护着他怀抱里的许多小村庄。几乎每一个村庄都镌刻着神秘醇厚的历史记忆。淳朴的人们守候着祖上留下的基业，安安分分，与世无争，前望大海，后倚大山，一辈一辈地传承着祖上的骨血、精气、千姿百态的记忆和故事。

到达陈家村，就已经接近老铁山最南端了。离开陈家村那块巨大的广告牌，继续行进三分钟，便可看到路边横卧着一块状如长石条的石碑，上写三个红色的大字：老铁山。

车子继续行进五分钟，已经看得到大海了。

陈家人从蓬莱横渡渤海来到此地，如今，三百多年过去了。

07. 老铁山岬黄渤海分界线

中华人民共和国国务院于1988年批准旅顺口为中国国家级风景名胜区，这一殊荣以石碑的形式，矗立在通往黄渤海分界线景区的路边，提醒人们脚下这块陆地，以及与陆地紧紧相依的大海的价值。

通往景区的路，最开始是水泥路。两旁是茂密的树木。时令虽然还早，树木没有发芽吐绿，但从树的茂密程度，完全能够想象春夏时节整个老铁山郁郁葱葱的盛景。尚未发芽吐绿的树木自然有独特的韵致，能更为清楚地看清每一根树枝——粗，细，伸展，蜿蜒，蜷曲，加上缠绕其间的灌木藤的点缀，这满眼的线条，优美，生动，多样，千千万万种姿态，没有一根树枝的线条感能够被其他树枝所替代，每一根树枝都是一个自由的灵魂。

再过一些日子，和煦的春风从南方掠过大海而来，哗哗地从这些枝条上扫过，每一根枝条的万千毛孔就会次第张开，叶片的蓓蕾蓬蓬勃勃地绽出。当叶片迅速长大，它们就占据了整棵树木的舞台。枝条悄无声息，不再现身，像千万个充满智慧的隐士。

所以，我喜欢欣赏冬天的树木，那是它最线条毕露、最坦诚、最无华的时光。

在这个距离看海，有一种奇异的感觉，仿佛海和天空是背景，只为了衬托这满眼的树的线条。海天之间的线仿佛用尺子比照着画出来的，直得仿若刀锋。线的上面先是亮白掺杂一点蓝色的过渡色，然后是清亮亮的蓝色天空；线的下面是浓郁的海的蓝绿，因为过于浓郁，加上太阳还没有出来，呈现出一种略带灰色的蓝绿。天空和海的蓝色，一个轻盈跳脱，一个深沉浓厚，仿佛血缘相同而性格不同的两个兄弟。

海天是远的背景，形态各异的褐色的树枝是眼前的近景。远与近，蓝与褐，一片平面与无数根线条。这大自然的拼接与搭配，是专门用来让人的眼睛去发现的。眼睛在这时候如若失职，就真是辜负了大自然的精心设计。

游人不多，一位大叔背着双肩包走在前面。路两边的树枝纵横交错，在空中攀搭，与路面形成一个美妙的三角形，身背双肩包的大叔慢悠悠地走在三角形里。这些树木属于华北植物区系，混有东北植物区、东西伯利亚植物区、蒙古植物区的成分。

沿着山路缓缓上行，路右边看到一块竖长条石碑，记录的是"唐王过老铁山岬"的故事。粗粗读完，不辨真伪。民间传说作为一种口头叙事文学，自然不同于历史事实，这是一种常识。但民间传说凝聚的民间智慧，却具有特殊的可读性和趣味性。关于唐朝皇帝李世民的民间传说实在太多了，单说东征传说，在山东就流传着很多。假如把这些东征传说穿在一起，或许真能找到完整的时间链条。

按照民间传说，李世民东征时路过老铁山，留下两个美丽的故事。一是，他看到老铁山岬所在的地方尽是悬崖陡峭，不免有点担忧和惊恐，打算跳下战马端详一下地形。谁知，他的战袍被枣刺钩破，这让李世民很不满，他说，枣刺不可以长成直的吗？这本来只是他的一句怨言，没想到，话音刚落，周围一丛丛的枣刺全都变成直的了。二是，李世民率领军马伫立在老铁山岬，后有追兵。他眺望着苍茫的大海和汹涌的海浪，一时进退不得，无计可施。正当他哀叹要绝命于这个弹丸之地时，大海上忽然起了变化，晴空万里，风平浪静，而且成群结队的鱼虾蟹龟从大海里冒出头来，联结成了一座大桥。李世民一看，不禁仰天长叹："天助我也！"遂率领军马踏桥而过。

这则民间故事显然更像是神话传说，与一海之隔的蓬莱的八仙过海神话传说有异曲同工之妙。这似乎再一次印证了两个半岛之间的神秘亲缘关系。

水泥路变成石阶，很舒缓，并不陡峭。因为老铁山岬特殊的地理位置，这里很早就成为旅游景区，上山下山的路都修葺得非常休闲便利。与之前那位双肩包大叔攀谈得知，他是前几年才举家搬来旅顺居住，家在旅顺新港附近。因为对老铁山岬特别的地理和自然现象感兴趣，所以他经常来观察不同天气下的黄渤海分界线。

"今天风浪太大。"他说。

石阶两旁的护栏刷着白蓝色，可能象征着蓝天白云。护栏右侧出现一棵松树，部分树枝上簇拥着暗绿色的松针球，而其他树枝仍然一径地坦白光裸着。树下陡坡上是枯黄的干草。再往下，就是被海浪日夜冲刷着的陡峭的海岸岩壁。

在这个路段上边行走边观察右边的大海，很明显地能够看到一条狭长的线，线两边的海水颜色不一样。我不确定这是不是传说中的黄渤海分界线。

老铁山灯塔是老铁山的标志性存在，上行不久就可以抵达灯塔脚下，所处的海拔是86.7米。这里也是大连新八景之一"塔观双海"。"双海"自然指的是黄、渤两海。站在这座已经矗立于此一百多年的灯塔下俯瞰海面，水天一线之间，船影若隐若现。

　　灯塔下面不远处，沿着石阶下行可以抵达"一山担双海"石碑。另有一块石碑上刻写着"欲见两海分，须得缘心来"。

　　早就听到一些说法，黄渤海分界线不是想看就能看到的，它只呈现给有缘人。这个说法带有神话色彩。不过，对于一些自然奇观，人为地赋予它一些神话色彩，给它罩上神迹的光芒，也完全合乎情理。人类毕竟有浪漫追求和幻想天性，况且很多学科本身也具有科学之外的属性，否则这些学科就不成立。文学，哲学，美学，概莫能外。

　　由于这里强调了"缘"，我就更为胆怯，不敢认定那条明确的线就是黄渤海分界线。

　　去往老铁山岬角的下行石阶呈"之"字形蜿蜒盘绕。在石阶上驻足，可以清楚地看到西侧曲折的海岸线。基本上是没有海滩的，只有靠近老铁山岬的部分有一条窄小的海滩，是海水冲刷峭壁流下的泥沙。稍微一涨潮，这条短短窄窄的海滩便会立即消失不见，成为海底的一部分。再往右的海岸就是礁石了，海浪冲刷着海岸，把自己撞击成白色的泡沫，绕过一个很小的礁石犄角，继续冲刷着一个很小的"つ"形小海湾，这就是当年供陈家人停泊的小港湾。陈家人在大年初一发现了这个温润安逸的小海湾，遂停下船只，把在渤海海峡上飘荡了两天两夜的疲惫双腿，迈上辽东半岛，然后取石造屋，安顿下来。经过了岁月变迁，陈家村如今作为小渔村依然存在，红顶灰墙的房屋依坡错落而建。海湾"つ"形的另一个犄角则依据地形修建了码头，刷了蓝色油漆的渔船密密地停靠在码头边，仿佛一些远游归来安然小憩的海鸟。

　　往南俯瞰，盘旋而下的石阶最底部，探入海里的老铁山的岬角，那个辽东半岛的最南端，已经尽收眼底。

　　中国汉字的美，在一个小小的方块形体内展现得淋漓尽致：形式、结构、线条、意境、声音，真可以用包罗万象来形容。因为形、声、意的存在，每一个方块字的间架结构里都富含了丰富的想象空间。很多字，如果细细研究，它还隐含着了古老长远的历史痕迹。比如"岬"，通常的解释有两个，一是"岬角，突入海中的尖形陆地，多用于地名"，二是"两山之间"。但仔细考究它一路穿越历史而来的痕迹，还是很有趣味的，字意也更多解：

《集韵》记载，"岬"为古狎切，入狎，见。可以看出，《集韵》是对"岬"进行发音的注解，它很明确地告诉我们，"岬"字是反切"古"和"狎"的声韵母，狎的声调，入声字，"狎"韵和"见"母。

北魏郦道元《水经注》中也有记载。《淮南子·原道训》曰："彷徨于山岬之旁。"注："岬，山胁也。"从这里可以得知，"岬"的本义为"山的旁边"。

《文选·左思·吴都赋》中有"倾薮薄，倒岬岫"一句。"岬"字在这里是"两山之间"的意思。这个字大约已经演变为今天的"峡"字了，也就是两山之间的狭窄通道。《吴都赋》是《三都赋》之一，据说左思写它花费了十年光阴。不读则已，一读便明白左思何以会耗时十年，真是洋洋洒洒，大开大合，堂皇富丽，恣意挥泼，无人能及。这三篇赋借助虚拟的西蜀公子、东吴王孙、魏国先生之口，描绘了魏、蜀、吴三国都城的富丽豪阔之景。先是西蜀公子夸耀蜀都，然后东吴王孙把西蜀公子讥笑一番，并夸耀起吴都。"倾薮薄，倒岬岫"一句就是东吴王孙描述吴王带领将士围猎的盛景。在东吴王孙口中，天上地下水中的所有猛禽野兽无不纷纷倒地而亡，以至于尸身堆积，"倾薮薄，倒岬岫"。最后，容颜温润的魏国先生款款开口，历数了魏都的宏伟壮丽和地大物博，使得西蜀公子和东吴王孙惭愧不已，不得不承认魏国的统治才是顺天应人之道。

这位用语言降服了同样口才非凡的西蜀公子和东吴王子的魏国先生是什么样子呢，《魏都赋》记载他"有睟其容"，就是说他面目润泽。实际上，三位的夸夸而谈，全都是左思一人的丰盈才气。按说，能配得上这种才气的长相，非"有睟其容"莫属。但实际上，史传左思样貌丑陋，丑陋到了在街上被妇孺以唾沫攻击的程度。这段故事，《世说新语》是这样记载的：

> 潘岳妙有姿容，好神情。少时挟弹出洛阳道，妇人遇者，莫不连手共萦之。左太冲绝丑，亦复效岳游遨，于是群妪齐共乱唾之，委顿而返。

拿美男子潘安来与左思对比，可见左思确实是丑得不一般。

但是，丑陋又如何，谁能写出"倾薮薄，倒岬岫"这样狂气的狩猎盛景？左思写《三都赋》的时候，"岬"是作"两山之间"来解的。在今天，"两山之间"虽然仍是释义之一，但主要还是作"突入海中的尖形陆地"来解，或者把"突入海中的尖形陆地"和地名结合到了一起，比如老铁山岬，以及它对面隔海相望的登州岬、山东威海荣成市的成山岬等。

沿石阶下行，中途在一个拐角处可看到地标："佛手礁，最佳观看点"。它提醒人们，站在这个位置上观看黄渤海分界线，是最佳的高度和角度。之前看到的那条线，还横亘在那里。我拿出手机，找出指南针测了测方位，指南针告诉我，它呈东北—西南走向。关于黄渤海分界线的说法是，它是一条不规则的、因时因势因潮汐因风向不断变化着的、大致形为"S"的大波浪形弧线。它只有在各种气象条件达到理想状态时，才会完美地呈现。我想，我看到的大约是这条大波浪的一小部分。

与那位双肩包大叔交谈，他告诉我说，我看到的那条线就是黄渤海分界线。接着，他再次强调他来观察过多次了。意思是说，他很权威。我当然信任他在"来过多次"基础上得出的结论。他很认真地对我说，咱们所处的高度不够。如果乘直升机观察，就会看到一条非常清晰的"S"形分界线。咱们眼睛所能看到的视野是有限的，只能看到分界线的一部分。如果天气特别糟糕，有雾，风大，更是什么都看不见。

"今天风浪太大。如果天气好，可以看到很远的地方。那里，"他指着南方影影绰绰的岛屿说，"看见没，那就是蓬莱长山列岛最北部的小岛，北隍城岛。其实，它离我们旅顺最近，但行政区划却是划归你们山东的。"

不管怎样，我还是为那条线感到大大的惊叹了。来之前我做过一些案头工作，比如了解为什么黄渤海会有一条明显的分界线，海水为什么颜色不一样，海水为什么不相融。理论上的原因，网上有各种各样的资料可查，也很容易理解。颜色不同是因为，渤海和黄海的含沙量不同。中华文明的起源——黄河，携带着大量的泥沙汇入渤海，加之渤海属于内海，海水在有限度的范围内流通能力比较差，稀释泥沙的能力也很弱，因此渤海颜色偏黄，而黄海的颜色偏向正常。海底地沟的因素也会影响海水颜色的不同。海水不相融则主要受温度、盐度、密度等因素的影响。由于渤海含沙量更大，因此密度比黄海大。温度方面，渤海受大陆性气候影响明显，黄海只有北部受大陆性气候影响，南部则更多受到暖洋流的影响。关于含盐量，就是更为浅显的科学结论了：靠近内陆、受到海洋影响较小的渤海，含盐量是大大低于黄海的。渤海大部分海区的含盐量都低于百分之三十。这些都是黄渤海不相融的原因。

另外，我来老铁山岬之前就了解到的一个情况是：现在的季节，并不是观察分界线最理想的季节。受大陆性季风气候的影响，黄河的降雨具有季节性特征，剧烈降雨多发生在六月到八月期间，此时是黄河向海洋输沙最多的时间。而在冬季时，黄河的输沙量仅是夏季的百分之二。根据这个科学的分析会很明确地得出结论，黄渤海分界线最明显的季节是七月到九月。

但我并没有刻意为了这个结论而将行程推延到七月份。我恰恰想看一看，在普遍不受垂青的季节，老铁山岬及其拥有的这片海域是什么样子，黄渤海分界线又是什么样子。况且，在跟双肩包大叔攀谈之后，我已经做好七月份再来一次的打算了。而且说不定此后隔三岔五就会来。有了这个念头之后，我忽然很强烈地期盼烟大海底隧道能够尽快施工。海底隧道竣工后，从烟台到大连只需不到一个小时。

我认识一个蓬莱长岛的当地人，他对黄渤海分界线做过长期的观察和研究，据他所说，他在长岛的"长山尾"天天见黄渤海分界线。他观察的结论是，黄渤海分界线的位置有科学的经度和维度定位，这一点毋庸置疑。但分界线的形状会根据每天的潮汐大小、风浪大小、风向、潮汐的方向等条件而随时变化。黄渤海的海水颜色也并非理论上所说，黄海一定是湛蓝色的，渤海一定是略黄和浑浊，而是随风浪和潮汐的变化每天不断变化。比如说，刮西风的时候，长岛海域的黄渤海分界线那里的渤海一定会浑浊，黄海会很蓝。而如果刮东风，可能颜色正好相反。

长岛的这位朋友告诉我，从田横山蓬莱岬的位置观察，黄渤海分界线并不明显；但从长岛林海公园的长山尾黄渤海分界碑处观察，黄海和渤海潮头对立，一道"S"形的交汇线就清晰可见了，神似"太极图"。可见，在不同的观察点所观察到的分界线，形状、清晰度也是不一样的。

我自然还要去田横山和长岛。我要沿着渤海这个"C"形，从上面的顶点，一直游历到下面的点。

那天，从佛手礁最佳观察点继续下行，最终抵达了老铁山岬的尖端。这个很神奇的、面积不过几平方米的尖端，就是地图上无数次吸引着我、让我发誓一定要站上去的那个地方。身后的崖壁上矗立着几个红色的大字，是用脚手架固定上去的：辽东半岛最南端。它们骄傲地为这个小尖端标明了身份。

关于"岬"这个汉字的所有想象，在这里与现实得到了结合。就像慕名已久的一个只能靠想象而存在的人，突然之间站在你的眼前。这时候，那些描述、赞美，也逐一在脑海中轮番调动，试图与眼前的现实合二为一。比如有一首极为美丽的诗：

老铁山头入海深，黄海渤海自此分。西去急流如云涌，南来薄雾应风生。

这首著名的描述脚下这个神奇的"老铁山头"的诗，自然也是赞美了它的完美呈现状态。站在这里，欣赏着"自此分"的黄海和渤海、往西流去的像云海一样湍急的渤海海水，以及应着风而从南方吹来的轻薄的雾。这幅美景，当是每一个对此地感兴趣的观察者梦寐以求想看到的。而现实情况是，如果海上有雾，旅游者站在老铁山头，是断断看不到黄渤海"自此分"的奇景的。这也正是文学与科学的不同之处。文学有"色彩"，这些色彩来自表达过程中的各种修辞和技术的叠加，因此它给人无上的美感。但不能用文学来要求科学。

站在老铁山岬上，已经很接近海平面，因此看不到那条壮观的分界线了。这时候，太阳在海面上勾勒出了一条闪亮的光带，光带范围内的海面上除了亮得有点刺眼的碎银点点，再也看不到其他事物。整个海面上的波涛明显比在石阶上面看到的要大，动荡不止。这个小小的陆地的尖端，三面被海水围绕，浪头像从海底一跃而出的海洋生物的头颅，一次次猛烈地昂起来，侵犯着它，啃啮着它。它们之间的搏斗一动一静，浪头冲起来，被沉默不动的陆地打碎成白色的泡沫，退回去，然后积攒起新的力量，再一次冲上来，越过护链，漫到陆地上，往复不止。

风也加入了混战。它们既拍打海浪，也拍打陆地和礁石，还有人的头发和身体。它不管三七二十一，有一种气象万千的威风。

只有真实地站在这里，才能体会这个激烈的、战成一团的小小的老铁山岬，为何拥有"无风三尺浪，有风浪三丈，谁过铁山角，非把小命丧"的评语。拾级而下的便利也容易让人忽略这里其实是一面很陡的绝壁，当我想起这一点，便很能理解当年李世民站在这里惊恐万分并不为过。

与身后那座条条街巷座座山头都是历史往事的城市旅顺不同，老铁山岬这里多的是神话故事和民间传说。比唐王渡海更早的神话故事，来自更远古时代的玉皇大帝。这位拥有支配日月风云雷电和人间祸福生老病死大权的神，当初分封渤海、黄海、东海、南海四龙王海域时，也遇到了难断的官司，那就是渤海和黄海两位龙王对疆域划分都不满意，时常因为海界问题发生争端。玉皇大帝把这个活儿交给太白金星，让他去巡查巡查。太白金星脚踏祥云莅临老铁山岬上空，看到这里地势险峻，水色略有差异，两海虾兵蟹将争斗不休，便回去如实禀报。玉皇大帝召见黄渤两海龙王，商定了一个在老铁山前划分永久界线的解决办法。此事依然交给神通广大的太白金星来执行，过程很简单，太白金星将一支令箭投向老铁山前的大海之中，随着愤怒的一声巨响，万丈波涛冲天而起，海底现出一道深深的沟堑，沟堑两边的海水颜色界线分明。于是，争端结束，故事流传，两海此后互不相融，井水不犯河水。大自然奇观与日出日落一起交相辉映，变化万端，魅力永存。

卧驼礁西边卧着一个黑色基座，上面本来矗立着一块白色石碑，现在被狂烈的大风刮倒，碎裂成几块，躺在地上。依稀可以看清上面的字：黄渤海自然分界线。我想，春暖草绿之时，一定会有新的石碑重新矗立起来。这个小小的岬角，蕴藏着不可估量的奇美和暴烈，小小的一块石碑，想必隔三岔五会被撕裂。

08. 游过渤海海峡的人

2020年8月8日早上，张健身穿一件特制的鲨鱼皮连体软式泳衣，戴着泳镜，手脚套上黑色丝袜，在老铁山岬纵身跃入水中。

记者拍照留下了他纵身一跃，开始横渡渤海海峡的历史瞬间。

在老铁山岬"卧驼礁"南面的石壁上，简单地刻录着张健入水的经过：

> 2008年8月8日上午7时55分，北京体育大学教师张健在此下水，不借任何漂浮物，历经50小时22分于山东省蓬莱东沙滩登陆，游程达123.58公里。成为横渡渤海海峡的世界第一男人。

北京体育大学青年教师张健1964年生于游泳世家。1988年，24岁的张健成功横渡29.5公里的琼州海峡，是当时横渡成功的三人之一。之后，张健打算继续横渡台湾海峡，但因为种种原因，这个计划没有成行。在琼州海峡、台湾海峡、渤海海峡这三个海峡之中，渤海海峡水域最为凶险，也是横渡难度最高的海峡。最后，张健把目标锁定为渤海海峡。

渤海海峡的海底状况，被誉为世界上最凶险的海况之一。而老铁山水道又是潮流最湍急之处，海流速度平均每小时六海里，水流最强时可达每小时九海里，凶险程度就连世代渔居岸边的渔民都不敢大意。虽然在今天，渔船及航行技术高度发达，但水性极好的渔民一不小心被海水卷走的情况也曾经发生过。

渤海海域较浅，最大水深85米，平均深度只有18米，而且冬季比较寒冷，不适合巨型鲨鱼生存。但经过专家调查研究，像白鳍鲨、皱唇鲨之类的小型鲨鱼还是存在的。刘静、付仲、赵春龙、刘洪军合著的《渤海鱼类》一书记述了在渤海已经记录的鱼类247种，隶属3纲33目102科184属。其中虎鲨目、须鲨目、鲭鲨目、真鲨目、六鳃鲨目、角鲨目、扁鲨目、锯鲨目等鲨科生物20余种。此书同时也提到，某些鲨科生物在历史上是"偶见于渤海"。虽然说"偶见"，但说明概率还是有的。2021年2月25日，在大连市长兴岛海域还发现了一头长约18米、近40吨的成年雄性抹香鲸，搁浅在海滩上。

另外一种海洋生物就是渤海海域的常客了，那就是海蜇。吃过烟台特产"海蜇头"的，都对它的鲜美念念不忘。作为渤海近海主要的海洋生物之一，海蜇经常会成片成片密集地出现在海面上，星罗棋布，飘逸妖娆。但美的事物往往有毒，大自然用一种哲学化的手段来保持着某种神秘的平衡，海蜇就完美地诠释了大自然的哲学手段：在它妖娆美艳的外表下有一个刺丝囊，囊内含有毒液，会致人红肿热痛、表皮坏死，并伴有全身发冷、烦躁、胸闷等症状，严重时可因呼吸困难、休克而危及生命。所以，我们吃到嘴里的美味的海蜇，必须经过大约三个星期食盐和明矾的浸渍，使鲜海蜇脱水，排尽毒素，否则不能食用。

总之，横渡渤海海峡并不是一趟没有危险的旅行。为了确保安全，组委会曾设想为张健定制一个长十米、宽四米、高三米的网箱，由随行船只拖动前进，让张健在网箱中游泳。但经过反复推敲研究后，这个设想被放弃，原因有两个：一是船速高于泳速，无法达到同步，会发生人网碰撞的情况；二是海域内风流难测，不易控制网箱始终处于安全位置。放弃了这个设想之后，组委会最终采取了更为科学的防鲨防线：在两条随行渔船上安装卫星鱼群探测装置，监控人员随时提供鲨鱼预警，张健本人则随身携带驱鲨剂。另外，张健的手和脚都套上了黑色丝袜，这也是为了避免引起鲨鱼的注意，因为鲨鱼对人手心、脚心的肤色最为敏感。

由于泳程较长，需要在海里过夜。渤海海峡的水温平时就比人体的体温低十多摄氏度，夜间水温则更低，人体保温这个环节也很重要。记者拍到的张健纵身一跃时身上那件深色泳衣，就是经过广泛考察而选用的"鲨鱼皮"特制连体泳衣，保温性能好，而且可以有效减轻水的阻力。

一切准备就绪后，张健先租了一条渔船，在渤海海峡上考察了一个星期。接着，他进入艰苦的训练，先是万米游，然后提高到二十小时、三十小时、四十小时连续模拟游。

8月8日，张健在老铁山岬纵身一跃，开始了他不借助任何漂浮物的横渡渤海海峡之游。在陈家村等当地渔民看来，张健只有三成把握能顺利游到对岸。这些渔民世代驾船在渤海海峡生活，他们见识过海峡上的一切：温柔与平静，阴郁与暴烈，美丽与险恶。

张健开始了他的海中旅程。一切都是未知数，他需要做的就是调配自己的体力，全神贯注，劈开海水，往前游动。他的食物由一根长竿进行传送，主要是进口的专用食品能量棒和特制的高糖低脂食品、牛奶和矿泉水。这些以能量补充为主的食物，从船上通过长竿传送到张健的手中。他奋力地拨开前方的海水，边游动边进食。

白天过去，黑夜来临。黑夜褪去，黎明的曙光在大海上升起。又一个白天过去，黑夜再次降临。在迎来又一个黎明的几个小时之后，8月10日上午10时22分，张健于山东蓬莱东部海滩登陆。

海滩上，看着张健从海里慢慢走出来的人们，其实是看到了一个奇迹。他们看到的是张健，同时也是世界上成功横渡渤海海峡的第一人。

当然，张健并不是唯一有横渡渤海海峡理想的人。在他之后，又有很多人做过横渡海峡的尝试，比如沈阳人银东晶，曾于2018年8月18日挑战横渡渤海海峡，但刚下海不久就遭遇了逆向六七级海风和海浪，天空还阴沉地飘着细雨，实在不适宜继续挑战，只好终止横渡。

大连人贾宇骄也曾驾驶一叶长不足5米、最宽处仅0.63米的"扁舟"，从旅顺出发，在单人无后援、不间断、不登陆的情况下，经过118公里近25个小时的划行，成功横渡渤海海峡。

老铁山岬是民间传说和现实奇迹共存的地方。古代，唐王李世民借助鱼虾龟蟹搭成的桥梁渡海；今天，人们徒手驾驶小舟或者徒手渡海。它又梦幻又真实。

09. 老铁山灯塔

我知道，环渤海游历，灯塔一定是需要关注的事物。为此我做好了准备，观察和记录沿途的灯塔。虽然基于种种现实的限制，我可能只能有缘见识到其中很小的一部分。班思德在《中国沿海灯塔志》中有一段美文令我欣赏备至，更滋生了观察灯塔的想法：

> 夫海岸之灯塔，犹海上之逻卒也。处境岑寂，与世隔绝，一灯孤悬，四周幽暗。海风挟势以狂吼，怒潮排空而袭击，时有船只覆没之惨，常闻舟子呼援之声。气象险恶，诚足以惊世而骇俗也。

因此，从老铁山岬拾级而上返回时，我再次来到灯塔下面，眺望神奇的两海交界的海面，近距离观察这座老铁山灯塔。

这座14.2米高的圆柱形灯塔虽然小巧精致，但来头可不小。1891年4月，海军提督丁汝昌致函赫德："奉天旅顺口向为北洋军舰常川之所，兹经贵关于口门右首设立灯塔，行使良多裨益。惟查口西之老铁山，为赴该口轮船必经之路，一带奔溜甚急……似宜添设灯塔一座……拟仍归贵关一律建置，派人看管。如承允可，希速见复，以便呈请中堂咨照贵总税司核夺饬办。"

这位名叫赫德的英国人，28岁即担任大清海关总税务司，掌权长达45年。在主持中国海关的近半个世纪中，赫德不仅拥有总税务司的绝对统治，而且涉足中国的军事、政治、经济、外交乃至文化、教育等各个领域，可谓是风云人物。

关于北洋海军建造灯塔的程序，一般先由海军提督丁汝昌禀请北洋大臣李鸿章；获得授权后，再由丁汝昌向海关总税务司赫德提出磋商请求；征得同意后，丁汝昌再禀报李鸿章；最后，由北洋大臣正式向海关行文咨照，确定建造灯塔的事宜。

从1891年4月丁汝昌写给赫德的函中，可看出晚清的昏庸。海关大权旁落，中国海军提督关于增设灯塔的请求要向外国人提交，并且要尊敬地称"贵关"，所以，尽管赫德在位期间比较尽职尽责于中国沿海助航设施的建设，带领有关人员共建造中国沿海灯塔160座，但这些灯塔的肌理中仍刻进了并不光彩的痕迹。

实事求是地说，赫德于1908年离职时，中国沿海助航设施的建设还是较为完善的，共建灯塔160座、浮筒130处、桩标118处（《海关各关警船灯浮桩总册》），形成沿海各港口间的灯塔链。函中所提到的"口门右首灯塔"，指的就是1888年建成的旅顺港老虎尾灯塔，后来改称"旅顺灯塔"。

站在下面观察这座灯塔，并不觉得它有什么特别之处。但只要想一想，时间退回到1893年，清政府政治昏庸，技术落后，想要建设这么一座其貌不扬的灯塔，确实也并非易事。因此也就可以理解这座灯塔从筹议到建成何以历时两年之久，并且塔身和灯头还来自遥远的法国。

再退回到遥远的古代，先人先后经历了借助葫芦、筏、舟渡水的阶段后，开始有了简易的船只，开始出海航行。但在很漫长的一段时间里，只能借助风、云、星象、太阳、月亮等自然现象及碣石等地理标志来辅助航行。碣石像高高的柱子一样矗立在水中，在古代应该说是起到了灯塔的部分作用。

公元前280年秋，一艘埃及的皇家喜船在驶入亚历山大港时触礁沉没，船上的皇亲国戚及从欧洲娶来的新娘全部葬身大海。这个悲伤的事故，催生了世界上第一座灯塔的诞生：埃及国王托勒密二世下令在最大港口的入口处，修建一座导航灯塔，它就是耗时40年而建成的"亚历山大法洛斯灯塔"。

无疑，这座灯塔的问世，翻开了世界航海史上新的一页。

我国灯塔建造的历史，是鸦片战争之后带着耻辱印迹开始的。西方列强为了给来往的军舰和运送鸦片的船只导航，全面操纵清政府海关，在1868年组建了负责航标建设的船钞股，自长江口开始，开始了中国近代航标的建设。

但是，这种特殊的建设背景，在留下耻辱印迹的同时，却给我们输送了先进的建塔技术，使得我国的航标建设甫一开始就在技术上与国际接轨。

老铁山灯塔从筹议到建成历时两年。由于部分内部构件是从国外运输来的，所以，灯塔建设颇费周折。1893年3月从法国发运塔身和灯头时，由于路途太过遥远，以致包装破损，5月上旬到货后，玻璃透镜基本全部破碎，只得重新补发。钢板等部件也是按照设计尺寸切割完成并编好号码，从遥远的法国一路远航而来。

英国工匠们在老铁山现场施工，用粗大的铆钉把部件组合在一起。在国内，也是首次采用水银浮槽式旋转镜机技术，用重锤、铰链和减速齿轮箱装置带动透镜旋转。这座经过如此繁复过程才矗立起来的灯塔，在世界灯塔史上也有值得炫耀之处：它直径2.88米的"双牛眼透镜"是当时世界之最，由两百多块水晶片组合而成，堪称一座璀璨的水晶宫。因为看上去像牛的眼睛，因此被称为"牛眼透镜"。由于担心它强大的聚光能力引发火灾，白天只好用暗色帷幔遮挡，可见它的光芒是如何耀眼夺目。在当时，老铁山灯塔是亚洲照度最强、能见距离最远的引航灯塔。夜晚，它放射出的璀璨光束，划破黄渤海交界处的天空，照亮黄渤两海的海面，为渔民照亮归途。

陈家村的渔民大多世代以打鱼为生，从小看着灯塔长大。在茫茫的大海上，只要看到灯塔的光，就知道离家不远了。曾经有一位村民出海时设备出现故障，船只失去动力，在海上漂荡了七天七夜才被搜救船只救回。这位村民说，他本来已经绝望了，后来终于看到了老铁山灯塔发出的光，才又重新有了生还的希望。

如今，科技发达到北斗和GPS等卫星导航系统已经司空见惯，船舶拥有自动识别系统，实际上，灯塔的作用已经很小，由导航变成了助航。但无线电航标会产生干扰，信号也可能会丢失和漂移。在这些故障出现的时候，灯塔还是最可靠的伙伴。

并且，它依然拥有着其他的一些角色，是无法被其他事物代替的：它作为渔民心里的一抹记忆和情怀，一种习惯性的情感依赖，永远不可能消失；它作为一种特殊的建筑物所具备的独特的审美，是其他建筑物无可比拟的；作为历史参与和见证者的角色也永远像它自身一样，矗立在时光中。

老铁山灯塔被建在旅顺口，就意味着它比其他灯塔更具有见证历史的使命。在它刚建成一年后，就见证了中日甲午海战的爆发。它照亮了海面，也照亮了损失惨重的舰船。接着，它见证了日军在旅顺进行的三天三夜的大屠杀。十年后，它又目睹日俄战争爆发，榴弹炮猛烈地攻击着旅顺军港。战争之后，它被日本占领长达四十年，直到1955年才回到祖国的怀抱。

老铁山灯塔是一个伤痕累累的功臣。不过，它目睹屈辱的历史，也目睹新生和成长。陈家村的渔船和渔港发展史，再没有比老铁山灯塔还了解的了。它了解过去120马力的木船，也了解后来350马力的钢壳渔船；了解"大挂"从仅有一条发展到几十条；它目睹船只的吨位越来越大，渔民的生活方式和谋生手段越来越多样化。

2013年7月，第十二届全国运动会圣火在老铁山灯塔下成功采集。灯塔这位饱经世事的智慧老者，在那一刻似乎再次焕发了青春。它饱经沧桑，却永远年轻。

如今，随着科技水平的提高，很多灯塔已经无人值守。但是，老铁山灯塔由于配套设施繁杂，需要常年维护，目前仍有守灯塔人与它朝夕相处。这个职业，现在听来已经充满岁月的遥远和神秘感了。若干年过去，当灯塔完全成为近海的景观和历史记忆，守灯塔人也不应该消失。夜晚的光束和守灯塔人，是灯塔永恒的灵魂。

10. 鸟过海峡

先是舟船，后来是人，相继征服了渤海海峡。

然而，比舟船和人类更早领略渤海海峡奇美风光的，是鸟。

6550万年前的白垩纪末期，一次或多次陨星雨撞击地球，大量的气体和灰尘进入大气层，厚重而数年不散，以至于阳光不能穿透，全球气温下降。没有阳光，植物光合作用停止，森林和海洋中的藻类渐次死亡。

食物链断开，动物纷纷饥饿而死。在地球上称王称霸长达14000万年的恐龙及其同类，在这次物种大灭绝中悉数死亡，彻底结束了属于它的威风时代。

相比于霸主恐龙来说，鸟类当然属于弱势群体。想必最为凶猛的禽类，看到恐龙也要远远地避开。但是，在那场对于恐龙来说可以称之为巨大浩劫的大灭绝中，部分鸟类的祖先却得以幸存，这是个生物界谜题和宇宙谜题。探索未知谜题一直是人类孜孜不倦的追求，关于鸟类祖先为什么得以幸存，自然也不断地有科学家在研究。在某些说法中，我们今天拥有的所有鸟类都是兽脚亚目恐龙这个谱系的后代。得克萨斯大学奥斯汀分校曾经进行过一次对新发现的鸟类化石的研究，他们认为，独特的大脑结构可能是现存鸟类的祖先在大灭绝中幸存下来的原因。首席调查员Christopher Torres说："现存鸟类的大脑比除哺乳动物以外的任何已知动物都要复杂。"他的意思是说，除了人类这种高智商的哺乳动物以外，鸟类大脑结构的复杂性排名第二。

无论怎样，这些神奇的鸟的祖先，为地球留下了千姿百态的一个物种。科学家们的研究还表明，恐龙灭绝后的1000万年至1500万年间，鸟类还经历了一次"超级物种大爆发"，演化出了一万多种被称为新鸟纲的鸟类，95%的现存鸟类来自这一新鸟纲。这显然又是宇宙给人类出的一个新谜题。

有一点可以肯定的是，超级物种大爆发惠及地球上所有的森林及人类。鸟生双翼，能够飞到任何它们想飞往的森林里去。让我们看看海拔465.6米的老铁山上都有一些什么鸟：虎头海雕、金雕、秃鹫、毛脚鸳、苍鹰、长耳鸮、红角鸮等森林鸟类群；雀鹰、游隼、红隼、燕隼、大山雀、煤山雀、三道眉草、山鹡鸰、柳莺等低山灌丛鸟类群；鹌鹑、喜鹊、麻雀、黄雀、雉鸡、金翅雀、家燕、黑尾蜡嘴雀、锡嘴雀等农田村落鸟类群；黄嘴白鹭、小杓鹬、黑尾鸥、银鸥、海鸥、红嘴鸥、白眉鸭、白腰雨燕、环颈鸻、针尾沙锥等水域沼泽鸟类群。据说，我国有1000多种鸟，老铁山现已记录的鸟类就达到了300种。

可以看出，大型森林鸟类、低山灌丛鸟类、农田村落鸟类、水域沼泽鸟类共同构建了一个空间层次分明的奇妙世界。在大自然中，鸟的世界也有诸多规则在统管，基因决定身型的大小和生存的区域。比如虎头海雕和秃鹫这种大型鸟类，翅展最长能达到3米。跟这两只彪形大汉相比，体长只有7厘米的柳莺简直是袖珍品。

像雕和秃鹫这样的猛禽，是老铁山的常客了，它们为老铁山赢得了猛禽数量大和种类多的名气。

有时，凤头蜂鹰、黑鸢、雀鹰、苍鹰等大中型猛禽到访老铁山，会形成罕见的"鹰柱"与"鹰河"奇景。在一个较小的范围内，鹰们随着气流盘旋上升，形成"鹰柱"，或密集地排队前飞，形成一条"鹰河"，情景十分壮观。

"鹰河""鹰柱"现象在其他地方是很少见到的，但在老铁山，它们曾多次出现在观鸟者的视野里。

还有一项数据可以充分说明老铁山上鸟世界的重要价值：在中日候鸟保护协定所列的保护鸟类中，见于老铁山地区的就占70.9%。这么大的比例，给老铁山赢得了"鸟栈"的称号。

每年秋季，来自西伯利亚、蒙古草原和我国东北的大批鸟类，迁徙时浩浩荡荡地来到老铁山，把方圆十里的山林当成休养生息的客栈。它们享受着森林和海角的丰富的美味、温带湿润季风、田园般的宁静，在这里繁衍、歇脚，然后飞过渤海海峡，抵达山东半岛的大黑山岛等岛屿，在那里落脚，歇息，觅食，补充体力，然后继续南飞，完成壮丽的迁徙。春天，它们从南方返回，再次飞越渤海海峡，把老铁山当成休养生息之地。

每年有数千万只候鸟忠于天性，南来北往，早于人类即已征服了渤海海峡上的天空。他们对这个海峡的熟悉，人类不可与之相比。

第二章

01. 一河两口

河,这种由水元素组成的线形物质,在陆地表面流动和奔淌,对世界呐喊着它的抱负和理想,演绎着生命和力量的不息运动。人类在岸边繁衍生息,目睹河流那不可思议的活力,他们与河流互相观照,彼此找到许多关于意志和信仰等方面的秘密。

河流还有一个秘密是目的地。每一条河流不舍昼夜奔流不息,都是为了找到一个目的地。人类发明了抱着葫芦渡水的方式,后来又发明了舟船。他们撑桨驾舟,跟随河流去一探究竟。后来他们发现,很多河流把大海作为目的地,完成它奔淌一生的最后升华。

《淮南子·泛论训》中说到一个治世观点:"百川异源,而皆归于海。百家殊业,而皆务于治。"百川虽不同源,却都流归大海;百家所持的学说不同,却都以治世为要务。作为汉代哲学治世著作,《淮南子》提出"百川归海"这一经典的汉字组合,不仅形神俱佳,道出了天地鸿蒙之初的水物质起源及浩瀚岁月中的变迁,更重要的是道出了它的哲学终极意义。

只要了解汇入渤海的河流情况,就会理解"百川归海"这一成语的博大。据统计,汇入渤海的主要为黄河、海河、滦河和辽河四大水系,主要河流40多条,大大小小的所有河流共计80多条。面积仅有7.7万平方公里,仅是太平洋两千分之一大的渤海,汇入的河流竟达近百条。

那些在辽东半岛和山东半岛之间来回迁徙的禽鸟,是最幸运的生物。它们无数次飞行在空中,俯瞰渤海这一汪碧蓝的海水在阳光下闪耀着不可抗拒的吸引力,把周围那个"C"形陆地上的近百条河流都吸引到自己的怀抱中来。

近百条河流,粗阔的,细小的,从各自的发源地百折不挠地奔流而来。中途它们因为要越过及避绕各种不利地势及障碍物,有时不惜把自己分流削减,或者折断改道。当然,它们也不完全作为规避者而存在,很多时候,它们也对陆地和障碍物进行冲撞和剥蚀。能闯开一条路,那是再好不过的事情了。如果在闯荡的过程中,能把周围那些细小的河流纳入麾下,壮大自己,就更理想了。

大自然中的万事万物都在寻找自己的生存之道。从渤海水系地图上看如今近百条河流万祖归宗,汇入渤海,可谓雄伟壮美。但是形成今天这驳杂的水系网络可不是三两日之功,可以说,从远古伴随着地壳运动开始,河流就在苦苦寻找自己的立身之地和终极命运。

通过对渤海周缘基岩和现代水系沉积考察,结合钻井及地震资料,有关专业领域将渤海周缘划分为庙岛水系、潍河水系、黄河水系、海河水系、滦河水系、辽河水系等14个古水系。

相关研究一路追根溯源,仍是溯及了中生代和新生代。那个时期的地壳运动以断裂为主,渤海东部形成地堑式狭长断裂带,渤海西部同时受着燕山断裂带的影响,差异性断块活动使这时期的渤海地区成为一个范围广阔的隆起区,但有辽中、辽西、渤中、秦南、莱州湾、歧口等六个洼陷的雏形。到了始新世末到渐新世早中期,形成统一的断陷大湖盆。断陷湖盆的初始阶段,以季节性水流为主,气候干旱,流程短,流域面积小。断陷深陷阶段,水量充沛,水流流程长,并且常年发育。

80多条河流从渤海沿岸各个方向汇聚而来,每年径流总量达到800多亿立方米,可谓纵横交错,万马奔腾。它们带来了源源不断的淡水与泥沙,将海岸塑造成了不同的类型。渤海湾、黄河三角洲和辽东湾北岸等沿岸,因为河流带来大量细粒沉积物,在潮汐的作用下逐渐堆积,形成淤泥质海岸;滦河口以北的渤海西岸由于海浪的作用大于潮汐,将细粒泥沙淘洗干净,留下了较为粗糙的沙砾,因此形成沙砾质岸;山东半岛北岸和辽东半岛西岸则主要为基岩海岸，老铁山岬就是典型的例子。而渤海海底则较为平坦，多为泥沙和软泥质，地势呈三个海湾向渤海海峡倾斜的态势。

纵观了整个渤海的水系及经由水系、大海共同打造而形成的海岸之后，让我们再来看看这个倒"U"形的辽东湾。它的北部湾顶与辽河下游平原相连，水下地形较为平缓，从小凌河口到西崴子之间大约350公里的海岸，全部为淤泥质平原海岸。东岸与千山相邻，西岸与燕山和松岭相邻，两岸水下地形较为陡峭，是基岩砂砾质海岸。湾中央地势比较平坦，沉积着黑色微臭的淤泥。从大凌河口、辽河口到复州湾外，是长达180公里的古辽河河谷，现今仍为辽河入海径流及潮流输送通道。大约在更新世时期的海面上升，导致海水开始进入渤海地区，古辽河河谷就渐渐沉没于水下。

　　辽水出卫皋东，东南注渤海，入辽阳。

先秦古书《山海经》对辽河做了这样的记载，说辽水发源于卫皋的东面，向东南流入渤海，入海处在辽阳。这里的"辽水""辽阳"分别指的是辽河和辽阳。这是历史上关于辽河的最早记载。

《汉书·地理志》中的记载则是：

　　大辽水出塞外，南至安市入海，行千二百五十里。

这里所说的"安市"应该是辽宁海城的南营城子，短时期内曾为高句丽所有。《旧唐书·本纪第三》中有关于安市城之战的详细记载。

文字记载，白纸黑字，充分证明古辽河的浩瀚身姿已经被先人目睹考察并记录在册。

穿越浩瀚的历史时空，几经分裂融汇，这条位于中国东北地区南部的辽河，已经成为今天中国七大江河之一。

我要前去探访大辽河。确切地说，我只能去探访它的一个局部，而不是全部。它的全部太过雄伟绵长、迂回盘绕。想要赏其全貌，势必要继续向北方溯源，跨越吉林、内蒙古、河北等多省多市，跨越山岭、平原和滩涂，势必耗时日久。虽然每每念及便心向往之，极想沿河岸一路追及吉林和内蒙古，追到它最早作为涓涓细流的那个源头，但如此浩繁的行走和考察，需精心准备方能开始，并不是此次我关注的内容。我此次只关注它与海的亲切交融，它在入海前的最后的冲刺。

如此需要精心准备并耗费日久的探访，既然不能随意开始，那就只能先在卫星地图上、各种水系图上俯瞰它的分分合合。图上的辽河水系干流弯曲，支脉纵横，令我想起去往老铁山岬时所看到的海岸之上陡峭坡地上生长的树木。早春尚未发芽吐绿的光裸树枝，虬曲盘绕，交错向上，与辽河水系多支多脉的样态惊人地相似。世间万事万物是同宗同源的。

尽可以这样想象：辽河水系是一棵由水元素组成的大树，它匍匐在中国东北辽阔的大地上，一路朝着渤海的方向伸枝生长，辽远悠长，欣欣向荣。这么繁丽雄伟的大河，它的根系也必定不那么简单——它分为东西两条粗壮的主根，东辽河这条主根发育于吉林，而西辽河这条主根又由两条根组成，分别发育于河北和内蒙古的广袤土地。

东西辽河分别从各自不同的发育地出发，翻山越岭，奔流到辽宁省昌图县长发乡福德店，一左一右，汇流成一条主干。在这个交汇处的东辽河粗壮有力，西辽河显得纤细柔美，仿佛一个大哥和一个小妹从两个方向行走到此相遇，手挽手选择了一个共同的方向，合力继续南下。

福德店这个普通的乡野之地，由于东西辽河在此相遇交融，而具有了神圣的历史感和特殊性。这里也因此建起湿地公园，竖立起了"辽河干流之源"石碑和"东西辽河交汇处"景观雕塑。灰白色的基座上写着"交汇处""福德店"字样，上面是蓝色的河流状雕塑，清晰地用黄字标明了"东辽河""西辽河"，设计精巧，形象生动。

站在专门修建的观景台上，可以一目了然地看到东西辽河从雕塑左右奔流而来，在雕塑脚下汇聚成一条干流，呈现出一个大大的"Y"字，可谓是大自然的精妙设计，鬼斧神工。雕塑脚下，便是辽河主干流零公里处。

夕阳西下，晚霞映照着周围方圆几公里的湿地公园美景，也映照在河面上，涟漪圈圈，金光闪烁。垂钓者抡开肩膀，甩下钓竿。入夜，野营者支起帐篷，燃起篝火。次日凌晨，野营者欣赏着河上氤氲的雾气，看朝阳缓缓升起，鸟儿飞过天幕。湿地公园里的植物上，露珠滑落。

至此，辽河做好了入海的前期准备。汇聚一体的辽河干流，从福德店这个零公里处开始，仿佛换血新生，豪迈激荡地继续南下，继续吸收支流，在鞍山与盘锦交界的三岔口地区与太子河和浑河合流。注入了浑、太河水的辽河水更加雄浑有力、波澜壮阔。或许是这个原因，从三岔口至出海口这段河流被称为大辽河。雄浑有力的大辽河在营口和盘锦交界处汇入渤海。

1861年之前，大辽河波澜壮阔地经由营口入海，灌溉着广袤的黑土地，滋养了两岸的辽河人民。但是到了1861年以后，辽河发生了数次改口事件。1861年夏天，河水暴涨，辽河在鞍山台安县与盘锦盘山县交界的冷家口溃决，决口后，一部分辽河水向东流入盘锦境内，经碱河流入双台子潮沟，最终流入渤海。另一部分辽河水继续沿原河道经营口大辽河流入渤海。这是辽河第一次出现一河两口的现象。

营口自1860年开埠以来，大辽河"舳舻云集，日以千计"，成为东北地区重要的港口。1873年，当地豪绅们为了保持大辽河水位，便于水运，遂堵塞了冷家口，辽河水不再从碱河分流，而是继续经大辽河入海，恢复了一河一口。

过了二十多年后的1896年，辽河再次暴发大水，致使两岸堤坝全线溃决，不得不再度将辽河水分流。此后辽河干流分成两股，一股南行经大辽河从营口入海，另一股西行经盘锦双台子河入海。这是历史上第二次出现一河两口的现象。

新中国成立后，1958年，为使辽河、浑河、太子河洪水顺畅入海，解决营口港淤积及三岔河地区排涝等问题，政府在盘锦市盘山县与鞍山市台安县交界处的六间房村附近，建设了永久性堤防工程，将辽河堵截，辽河下游盘锦段成为辽河唯一的入海通道。如今，在盘山县沙岭镇，还矗立着镇政府于2017年10月立起的石碑："一九五八年省政府辽河截流处"。

浩荡的辽河改道盘锦入海之后，从截流处的六间房到三岔口之间那

38.5公里长、流域面积47.9公里、100米宽的一段，断流之后已经无水流动，变成废弃干涸的老河道，与辽河已无任何关系。所以，目前经由营口入海的大辽河的河水，实际上是浑河和太子河的合流。

为此，盘锦市和营口市曾旷日持久地展开过争夺辽河之名的论争，辽宁省也一度于2019年将大辽河入海口更名为浑河口，但引发了广泛的社会关注与质疑。辽宁省自然资源厅多方征求意见，从尊重历史渊源和约定俗成的历史惯例出发，决定仍然使用大辽河的称谓。

至此，名字之争彻底结束，一河两口现在分别以盘锦双台子处的"辽河入海口"及营口处的"大辽河入海口"相称，两个入海口以"大"作区分，从此相安无事。我们也可以说，现在的两个入海口，一个是历史上的入海口，一个是现实中的入海口。

02. 大辽河入海

三月的上午，对大辽河入海口的探访，从营口市西市区的牛耳广场开始。

西市区的地理位置很特殊，位于营口市西部，辽东半岛的西北部。更重要的是，它位于渤海辽东湾东岸，辽河入海口处。从城市发展的重要性来讲，西市区是孕育营口文明的发祥地，近代的营口市区就是从西市的繁荣中形成的。

牛耳广场位于青花大街西端与滨海观光路交会处，从营口市中心沿主干道渤海大街一路往西，到达尽头，就抵达牛耳广场，直面渤海。这种感觉，仿佛从烟火人间一路行至天涯海角，前面再也没有繁华尘世，只有浩荡的大海和远方。也只有在营口这座向西直面渤海的城市里，才能切实地体会到这种感觉。

这个总面积约11万平方米的广场是2012年8月开工建设的，历时七年，于2019年12月正式投入使用，对于历史悠久的营口来说，是一个无比新鲜的生命，甫一出生就身价不菲。这当然跟它的阔大排场和设计有关，以至于当地人用"看不到边"来形容它占地面积之广。更重要的，则是它直面渤海、直面大辽河入海口的地理位置，这也是它之所以存在的价值和意义。

整体看，大辽河入海口像一个由细到粗的喇叭，开口面向西南，牛耳广场在喇叭东侧距喇叭口三分之二处。站在牛耳广场上往西眺望，是大辽河与浩荡的渤海；西北方向是一河之隔的邻居盘锦市，越过大辽河可以清楚地看到盘锦市内的红海滩体育中心，三座体育场馆在高架桥后渐次排列，最前面号称"小鸟巢"的主场馆在雾气里恍如海市蜃楼。牛尔广场北边，首先是西炮台湿地公园，然后是曲曲弯弯的大辽河在入海之前拐过的最大的一个弯弧，以及依着大弯弧所形成的营口市的一个大岬角，酷似一只握紧的拳头伸出去的大拇指。这个岬角，享有一个全世界最浪漫的名字：永远角。永远角三面靠河临海，是典型的湿地，而且是营口市为数不多的原始地貌湿地，野鸭、野兔、狐狸、海鸥、白鹭、大雁相映成趣，生态良好。

跨下修葺齐整的堤坝，站在河边，我几乎立即确信，三月初是观赏大辽河的最佳时节。一整个漫长的冬天，低温导致大辽河封冻，浩渺奔涌的大水凝固成另外一种形态，进入一冬的休眠。人们不用借助舟船就可以在河面上行走，玩耍，打陀螺，滑冰。大自然翻云覆雨，点水成冰。从二月开始到三月，大自然又命令大辽河结束休眠，开始融化。

站在堤坝下远眺，大河中间部位已经融化。白茫茫一片冰封的河面，因为中间部位的融化而呈现出一线湛蓝，像明丽的天空。大辽河的对岸，盘锦市辽东湾新区内湖景观大桥如长剑横于湖面；桥后的红河滩体育中心如鸟巢安卧。

近前的大河边缘部分，断裂的厚冰块大大小小，挤挤挨挨，正在耐心地、非常缓慢地融化，尚未形成流动的冰河，因此，形态各异的冰块看起来如同一座座白色的小岛。只有亲临其境才会知道，当地人很自豪地给冬天的入海口取名"小冰岛"并不过分，它确实不是浪得虚名。晶莹的白色冰体、开化后露出的蓝色河水和褐色滩涂，互相包围，形态各异，仿佛大自然铺在河道上的一幅不规则的水彩画，壮美非凡。

大辽河地处辽河下游冲积平原，两岸土质为壤土和亚黏土沉积。冰河开化，厚厚的冰层断裂，露出褐色的黏土，走到河滩上，蹲下身去抚摸感受一下，的确像面粉一样精细黏腻。

正因为淡水携带着大量的营养物质，一边流淌一边沉积，在入海口附近与海水互相浸淹混合，才形成了多姿多彩的河口湿地。芦苇，沼泽，碱蓬，丹顶鹤，黑嘴鸥，植物与动物和谐共生，共同打造了活色生香的红海滩、绿苇荡等生态场域。日出日落时分，植物摇曳，金光灿灿；平流雾漫卷时，雾里赏景犹如仙境。

离开牛耳广场继续沿河岸北行，到达西炮台遗址。这是一处由国务院于2006年5月25日公布的全国重点文物保护单位。故垒雄峙，残垣斑驳，它作为历史备忘录而存在于大辽河岸边，面对着奔流的大辽河水。

1861年4月，营口开埠。作为当时东北唯一的通商口岸和辽河门户，它不仅经济地位举足轻重，而且政治军事地位也日显突出，因此，1882年，营口炮台开始修筑，历经六年，前后动用兵员3000余人，宏伟的营口大炮台伫立在大辽河岸边。1894年的甲午中日战争中，清军曾在这里镇守，却最终不敌日军。营口失守后，炮台、房舍都被日寇破坏，仅存台基。1900年8月12日，俄军占领营口，又将西炮台在甲午战争后添置的巡船尽数捣毁，库存弹药、服装等也全部损失。1948年11月2日，中国人民解放军解放营口时，先是抢占了西炮台，之后迅速插入海岸，断绝了敌人的海上逃路，全歼逃向海滩的残敌。但是，被两度破坏的西炮台仅存遗址，像一位饱经战火创伤的老兵，站立于渤海之滨。

站在炮台上面朝西眺望，大辽河入海口尽在眼前。一河之隔的盘锦红海滩体育中心、高架桥更为真切和清晰。大河中冰凌遍布。炮台下面的河滩上，枯黄的芦苇随风摇荡。在西炮台北侧正西50米处，修建有大辽河入海口景区。从位置来看，牛耳广场和这里都是观赏入海口的最佳位置。

离开西炮台，去往辽河大桥。

据考证，早在6000多年前的氏族公社时代，我国就开始有独木桥和原木排拼而成的木梁桥。之后，梁桥、浮桥、索桥、拱桥等姿态各异的桥梁相继登场。它们因河海而生，与河海之间的关系犹如母子。有河海，就会有桥。

辽河大桥自然也是辽河的产物，它的出现，把营口和盘锦两座城市连接起来，使市区距离缩短了7公里，结束了两岸千百年来的轮船摆渡和浮桥运输史。当地人告诉我说，他小的时候，经由冰面渡河而淹死的情况，每年冬天都会发生。这种情况肯定已经永远成为历史了。

大桥的位置已经离开入海口，绕到了永远角背面的东北一侧，呈东北—西南走向，全长3.326公里，跨度436米，是长江以北地区跨度最大的桥梁，被誉为"东北第一桥"。又以150.2米的主塔高度，荣膺东北地区桥梁第一高塔称号。

大桥像一条银白色的双翼巨龙，龙爪深深探入滩涂和河底，高高的主塔像双翼伸向天空。这座大辽河上的庞然大物，是观赏大辽河风光的最佳平台。站在桥面上，可以看到大辽河携带着冰凌从上游逶迤而来。用"逶迤"来形容大辽河似乎太过温婉，主要是由于它在入海之前本来可以直接南下汇入渤海，却迂回曲折地绕了两个180度的大弧形，从而制造了两个尖尖长长的岬角，一个位于营口市内，名为永远角；另一个由于酷似鸭舌而被命名为鸭舌岛，大部分位于盘锦市内，只有沿南岸一小部分隶属营口市西市区，百姓俗称营口河北。从空中俯瞰这两个岬角，大致呈东西走向并列存在，深入对方城市，仿佛两个交错而过的人，走向对方的地盘。大辽河围绕鸭舌岛和永远角，绕过两个180度的大弧之后，这才从一个大喇叭口泄入渤海。

水与水之间的关系，我们经过几千年的观察和研究，得出了很多辉煌的成果，但在神秘的大自然和宇宙面前，还是得承认，我们只是略知一二。我们无从知晓这条大河辗转千里一路南下，马上就要抵达目的地，为何却又卖了这么一个大关子，逶迤缠绵地制造了这么两次大转身。浪漫天性促使我展开各种想象，最直觉的想象是，这是一位信仰坚定但性情温婉、敏感多变的姑娘，她奔赴一场爱情，无休无眠，日夜兼程，但马上就要直面心仪的对象时，却又羞涩踟蹰，回旋顾盼。在经过了两次回旋顾盼之后，她才义无反顾地投向那个她一路奔赴的怀抱。

由于这场相遇前的回旋顾盼，她制造了多么美丽的岬角，泥土沉积，营养丰富，奇特的植物丰茂生长，珍稀动物纷至沓来。兼葭萋萋，碱蓬遍地，鸥鸟翔集，霞色浸染。这是大辽河在入海前给自己置办的嫁妆吧，从此，这些美丽风光仿佛天使，日夜守护着这个神奇的入海口。

无数冰凌，挤挤挨挨，簇拥着，热烈着，形成一支千军万马的大部队，缓缓流动。此刻的大辽河是冰凌之河，大大小小的冰块霸占了整个河面。深处已经融化的河水正在履行入海的使命，带动这些冰凌，缓缓地向渤海流动。站在大桥上俯瞰这条冰凌之河，会感觉所有的语言描述能力丧失殆尽，只剩下长久的沉默的惊叹。你无法回神，无法去调度任何形容的词汇。在大自然的壮美面前，形容词顿失光华。

驶过银龙般的辽河特大桥，即进入盘锦地界。这个城市与营口市共拥大辽河，隔河相望。它同样是被辽河滋养的一片幸运的土地。

乘车从大桥上返回营口，继续沿大辽河北岸往东，抵达一处在建小码头，驻足观赏大河风光。河对岸就是鸭舌岛的南岸，岸边伫立着四个红色大字：营口渡口。虽然修建了磅礴的辽河大桥，但很多人还是喜欢乘坐轮渡过河，大约十几分钟即可到达对岸。乘渡轮过河，与驾车穿越大桥，自然是两种不同的感受。

包括这个古老渡口在内的沿岸一小部分区域，虽然身处辽河北岸的鸭舌岛上，在行政区划上却隶属营口市。这是个神奇的划分：营口和盘锦共居一岛，仅以一条路作为分界，路的这边属于盘锦，另一边属于营口，两市居民跨越马路即可互通有无。

蹲在岸边，近距离可看到几块巨大的冰凌，像小小的冰岛，浮于河水之上。仔细观察每一块流冰体，会发现它气象万千，含有多种冰凌样态。最常见的是棉絮状的白色棉冰花，极薄的片状的透明冰晶。片状冰晶薄如蝉翼，在断裂的作用下形态各异，棱角分明，像插在冰体上的透明玻璃片，在阳光下闪着光。

无数个这样的浮冰体，组成了一条浮冰的大河，排山倒海地向着渤海流去。这种壮观的景象拥有一个同样壮观的俗称："跑冰排"。流凌期内，渤海落潮时，大辽河的冰排浩浩荡荡流入渤海；渤海涨潮时，又会把一部分冰排送回大辽河入海口处。如此往复几个回合，冰消雪融，大辽河恢复浩浩大水，在入海口处与渤海开始了无障碍的交融。

这是最美的观察时节：不早不晚赶上流凌期，又不早不晚地赶上渤海落潮，才得以目睹浮冰群摧枯拉朽入海的壮美。

沿河向东再走不远，就到了大辽河南岸的营口市渡口运输站，也就是俗称的古渡口。要想抵达对岸的渡口，就要从这里出发。花上几块钱就能买一张轮渡船票，十几分钟即可渡过大辽河，抵达对岸。

03. 关外第一街

不得不再说说与大辽河及渤海休戚相关的一条老街，名为辽河老街，位于营口大辽河古渡口南边，背靠渡口，大辽河入海口左岸。它的出生是河海孕育的结果。河海孕育了码头和港口，码头和港口催生了商贾云集的老街道。

得益于渤海和大辽河的孕育，清朝雍正四年修建天后行宫时，营口的辽河航运已经呈现"舳舻云集，日以千计"的繁荣景象。到1861年营口开港，沿河有27座码头，辽河老街身后的后河沿成为码头最密集的地方，"舳舻云集，日以千计"似乎已经不能形容当时在老街身后码头停靠的盛景。资料记载，在此停靠和卸货的船只，包括3500只航行在辽河中的各式小型木船，以及2000多艘行驶在国内航线上的大型木船。渡口的对岸，是沟营铁路营口河北火车站。1900年建成通车的沟营铁路，全长91.1公里，始发站为沟帮子，终点为营口河北。作为一条近现代沟通关内外水路、陆路的交通大动脉，沟营铁路运输着旅客，也往返运输着盐、苇席、棉丝布、煤油、纸张、大豆、高粱、苞米、木材、煤炭、石头等。货物到达营口河北，再用船运到辽河南岸，从海上运往外地。目前，沟营铁路火车站旧址就位于鸭舌岛上，营口市河北渡口附近，铁路线路部分旧址是今天的盘锦市向海大道。

完全可以说，辽河老街当时是营口的水陆要冲。辽河老街这条街道，也因为背靠渡口的地理优势，成为营口口岸贸易的兴起地。一时间，街面上商号林立，中西合璧，华洋同处，繁荣至极。今天，280多年过去了，辽河老街两侧保存了百余年的近代建筑31处，其中省级文物9处，市级文物3处，在全国都是不多见的，"近代建筑博物馆"的美称当之无愧。

站在晚上的辽河老街街头，一幅新的画卷在我眼前展开。白天被大辽河流动冰排填充的视野，晚上被静止不动的建筑群所填充。百年商铺在璀璨的红灯笼映照下，古朴之中更显出几分神秘，角角落落散发着既儒雅又繁华新潮的气息，似乎依稀看到了往日繁华。

东北染厂是一座二层楼房，青砖砌筑，房顶是黑瓦坡面，临街墙面的几十根方形壁柱体现着"洋门脸"的洋气。每一根壁柱被黄色灯光映照，廊檐下的窗户上面则被蓝灯掩映。这是老街上唯一的早期作坊式工厂建筑，前期曾经营陶瓷器，后来用作东北染厂，东北沦陷时期是经营纺织品的杂货"大屋子"。"大屋子"是集仓储、批发代理、服务和中介为一体的综合性商号，就其功能来说，无疑是现代物流的雏形。

东记银号也是两层楼房，与东北染厂青砖砌筑的低调色调相比，它采用了红砖砌筑，色彩活泼一些。加上檐顶的水泥柱装饰，门头上方的梯形造型和窗户上方的三角形造型，古典雅致的洋门脸比东北染厂更为细节丰富，俏皮可爱。也许是因为东记银号开办于1924年，所以建筑风格更接近近代。它是营口近代炉银业的后期代表银号之一。

上海瑞昌成总号烟台分号旧址的石碑竖立在街边，但显然房屋经过了后期修缮，八棱形窗户内，窗棂混搭铺排成不规则的几何线条组合，不知是过去的风格还是今天的重新改造。跟欧式建筑风格不同，这栋建筑出自中国人自己的手笔，红砖砌筑，天井式设计，坚固如同军事堡垒。1910年，上海瑞昌成总号在营口设立分号正式开业，生意做到了三江，在营口民族工商业中位列前茅。

两只红灯笼挂在泰顺祥的门楣上，石质门框集中国传统建筑结构与西方巴洛克建筑艺术风格为一体，今天仍能感受到昔日它的别具一格。门口黑板上写着今天晚上的节目单。推开门，看到里面坐了十几个人，正在悠闲地嗑着瓜子喝茶，小舞台上两位相声演员正在有板有眼地说相声。我悄悄找了一张长条凳子在角落里坐下，发现其中一位相声演员长相酷似岳云鹏。相声结束后，一段东北大鼓开场，字正腔圆，味道十足。茶香飘荡在面积不大的听书场里，听众不时鼓掌喝彩。恍惚间，仿佛回到几百年前，南来北往的商贾从码头登岸，齐聚在这条热闹繁华的大街上，闲坐于泰顺祥内品茶听书。著名京剧表演艺术家梅兰芳曾经在老街演出过——老街厚重的文化底蕴就是这样一点一滴传承下来的。这座建于1896年的茶楼，现在签约了几十名演艺嘉宾，语言类节目储备两百多个，百年老字号传承的典范当之无愧。

由此可见，辽河老街曾和上海上交所、美国华尔街齐名，被誉为"关外第一街""北方不夜城"并非浮夸；营口曾被誉为"东方贸易良港""北方小上海""关外上海"也委实不是浪得虚名。当年，开埠后的营口迎来了英国、法国、丹麦、奥地利等11个国家，纷纷在营口设立领事馆的时间，甚至比大连还早近半个世纪。

今天的辽河老街，已经从舞台中心悄然退出。这是历史和时代发展的必然。但是，纵然不再被灯光照耀，它仍是不可忽略的存在。营口这座城市每走一步，都带着辽河老街的影子，带着河海的涛声，以及水上的帆影。

04. 鲅鱼公主之恋

一座城市是如何被它身边的河海所影响，看看它的建筑和街道即可。刚到营口时，乘车去往酒店，看到路边指示牌上写着"渤海大街"，立即感受到了这座城市与渤海之间的血缘之亲。

这条一路向西，终点濒临渤海，因此命名为渤海大街的街道，是营口最长、最宽、最直、最平、最美、最绿、最亮、最具现代化建设成就和现代化景观特征的景观大道，长13.5公里，宽78.5米，在北纬40.6度线上，平均海拔3米，素有"小长安街"的美誉。曾有专家下过这样一个论断："营口渤海大街的长、宽、平、直四要素综合指数可能是世界之最。"

在街边，我还看到了多处"渤海大药房"。以"渤海"命名的不仅有街道，还有"营口渤海银行""营口渤海医院"等。可见渤海对这座城市影响之大。

除了直截了当地以"渤海"为街道及银行、医院等冠名，营口还为它的经济技术开发区取了一个海味儿十足的名字"鲅鱼圈区"。

以鱼为一个地方命名，当然首先因为这种鱼是这里的常见鱼种。鲅鱼经济实惠，是渤海沿岸人们餐桌上的常见海鲜。最通常的烹饪方法有三种：第一种是烧炖，把鱼切成段，或者一条整鱼，用葱姜大蒜爆锅，放入鱼，慢火炖；第二种是做鲅鱼饺子，在胶东，足有巴掌大的鲅鱼饺子是地道的特色美食；第三种是晒鱼干，晒鱼干的诀窍是用海水洗鱼，然后晒干，用萝卜块和鱼干一起清蒸或者烧炖，都是令人欲罢不能的美味。

鲅鱼的学名是马鲛。刘静等著的《渤海鱼类》中，主要谈到了鲅鱼的三个品种：朝鲜马鲛、蓝点马鲛、中华马鲛。它们产自渤海、黄海、东海和台湾。属于鲭鱼科的鲅鱼，性子比较凶猛，行动敏捷，善于长距离游泳，喜欢成群游动。这些特点都注定了鲅鱼具备一定的攻击性，所以，小型鱼类和甲壳动物就成为它的猎物。正因为源源不断地以小型鱼类和甲壳动物为食，鲅鱼滋养了自己鲜美的鱼肉，给我们的餐桌增添了美味。

我们了解鲅鱼圈跟鲅鱼的关系，现实关系自然要先弄明白。但是，美丽的神话传说和民间传说，也是鲅鱼圈这个名字里流淌着的血液。据说在很久以前，有一个老渔民住在一座孤独的小岛上，以打鱼为生。他拥有一艘小筏——可见这个传说发生的年代距今有多遥远。这一天，老渔民乘筏出海，可是运气十分不好，打了好几次网，才打到一条一尺长的小鲅鱼。但是，小鲅鱼却对着老渔民开口说话，乞求他放过自己。

老渔民心生怜惜，遂把小鲅鱼放回了大海。晚上，老渔民闷闷不乐，独自喝着闷酒时，忽然看到屋里出现一个中年男人和一个少女。当时大海正在涨潮，老渔民居住的小岛在落潮时还可以与陆地相连，但涨潮时便会成为孤岛，所以，这一男一女的来历很是蹊跷。但是老渔民没有再多想，而是热情地邀请男人与自己一起饮酒。少女是男人的女儿，很是乖巧地在一旁为他们二人斟酒。

在那之后，老渔民与父女二人成了好友。有一段时间，老渔民渔获情况不理想，中年人给老渔民指点了打鱼的去处，老渔民收获颇丰。他很不解，中年人便实言相告，说他是海里的鲅鱼王，女儿便是被老渔民放生的那条小鲅鱼。他给老渔民指点迷津，是为了报恩。

辽阔的大海深处活动着各种海洋生物，它们之间不可避免地要发生战争。有一天，这场战争由几千条闯进这片海域的鲨鱼挑起，海面上浮起鲜红的血液。如果不把鲨鱼消灭，这一带海里的鱼类将会被尽数吃光。鲅鱼王交给老渔民两块镇海石，拜托他到东山上用神井里的水煮炼到石头透明，发出红光，给一海之隔的蓬莱岛上的仙人报信。

第二天，老渔民登上东山，找到神井，开始日夜煮炼镇海石。九天九夜之后，镇海石终于发出两道夺目红光，直射天空。蓬莱岛上的八位仙人看到红光之后，使用神力在渤海上搭建了一条彩虹，踏虹而来。老渔民把镇海石还给鲅鱼王的女儿鲅鱼公主，公主引领仙人消失在云间。

夜里，鲅鱼王赶来告诉老渔民，明日他将在仙人的帮助下率领鱼类与鲨鱼决战，请老渔民暂且避开，以免受伤。

次日，老渔民来到山顶上（后来的墩台山）往南眺望，看到仙人们足踏祥云，缓缓落在南面一座与陆地相连的小岛上。战争开始了，海面上泛起红色的浪花，鲅鱼公主也化为一条鲅鱼，跃入水中参与战斗。一段激烈的厮杀过后，鲨鱼出现颓势，分成两队退向岸边，一队山北，一队山南。

这时候，仙人们在小岛上向山南和山北分别投掷了镇海石，两道红光激射而出，两声轰响过后，鲨鱼彻底被消灭。山南和山北的海岸在巨大的力量之下变成了半月形，也就是今天的月牙湾海滩和海星村西北的海湾。

没有了鲨鱼的侵扰，从此，鲅鱼们和黄花鱼、海蜇、虾蟹等过着快活无忧的日子。实际上，渤海海域之所以鲨鱼不多，主要是由于海域较浅，最大水深85米，平均深度只有18米，而且冬季比较寒冷，不适合巨型鲨鱼生存。

神话优美，且总能在现实面前自圆其说，这大约是它之所以迷人的一个原因所在。

神话传说中那位跃入海中勇敢战斗的鲅鱼公主，据说在战斗中献出了年轻的生命，化身为月牙湾里的礁石。

还有另外一个版本的鲅鱼公主神话。在这个版本中，鲅鱼公主是龙宫宰相鲅鱼的独女，她与东海龙王敖广的三子小青龙相恋。然而，青龙王子却因为受到玉皇大帝的赏识，被派往长白山修行，两人含泪别离。龙宫元帅之子蟹将觊觎鲅鱼公主的美貌，展开求爱攻势，宰相鲅鱼不堪骚扰，自请去渤海颐养天年。龙王念他年事已高，又怕鲅鱼公主影响青龙王子修炼，就同意了鲅鱼宰相的请求，加封他为"渤海侯"，据守辽南一方海域。鲅氏家族就这样来到辽东湾，定居下来。

这个桥段与前一个神话比较吻合，并且道明了鲅鱼王的来历。但是，后面的部分却与第一个神话大相径庭。后半部分中，展开激烈战争的敌方并非鲨鱼，而是蟹将。这个一心想得到鲅鱼公主的家伙，闯入辽东湾海域野蛮抢婚。成千上万的鲅鱼姐妹将鲅鱼公主层层围在保护圈中，驻守在望海寨的表姐黄花鱼兵团也赶来助战，协同鲅鱼、黄花鱼、蚌、螺等，与蟹将展开决战，最终将之打败。

但青龙王子已被蟹将压在一座娘娘庙（碧霞宫）下，自此动弹不得，鲅鱼公主伤心不已。鲅鱼姐妹们每天陪伴着她，围绕着她，一圈一圈地游走，替她消愁解闷儿。鲅鱼公主常常跃出水面，试图看看被压在碧霞宫下的青龙王子，视线却被"墩台山"遮挡，鲅鱼姐妹便层层叠摞，垒起一个鲅鱼礁（俗称老母猪礁），让鲅鱼公主站在礁上，眺望青龙王子。

两个神话的后半段虽迥然不同，一个是为保护领地而战，一个是为情而战，但那又有什么关系。一千个人眼中有一千个哈姆雷特，每个营口人心中都可以有他自己理解的鲅鱼公主。就拿"鲅鱼圈"来说，人们对这个名字的由来给予了浪漫的猜想：因为鲅鱼姐妹们一圈一圈围护着哀伤的鲅鱼公主，给她消愁解闷儿，因此将这里取名鲅鱼圈。而在现实中，它的由来无非是因为辽东湾盛产鲅鱼，且这里所在的海湾呈月牙形。至于鲅鱼转圈游走，这也不是什么神秘之事，只是鱼汛繁殖期的一种自然景观。但人们认同这个别具一格的名字来自神话，简直再美丽不过了。安徒生塑造的人鱼公主成为不朽的形象，正因为它来自童话。我们想解构一座城市的所有美好，了解它吸引我们的所有本质，那么，穿越历史风尘依然活色生香的神话传说，必是不可忽略的一部分。

善良智慧的营口人，依礁修建了高达60米的鲅鱼公主雕塑。这个高度，与凄美的爱情神话相结合，向外人展示了营口人美好善良的一面：鲅鱼公主深情眺望青龙王子时，再也不必担心墩台山的阻隔了。从此，鲅鱼公主雕塑成为鲅鱼圈的标志景观，以勇敢和多情的化身伫立在渤海之上。

营口人同时又修建了被誉为"海上贝壳"的"渤海明珠"观景台。这个巨大的、远观如同巨型贝壳的观景台，顶部距离海平面40米，中间为1000平方米舞台及1300余个座位，可谓豪华壮美，无愧于"外观设计堪称国内之最""工程难度可与鸟巢相提并论"的评价。站在观景台上，可以欣赏高挑美丽的鲅鱼公主雕塑，远眺营口城市风光。夕阳西下，鲅鱼公主沐浴着落日之辉，将优美的神话作为营口和渤海之间的血缘关系，一代一代传下去。

05. 海蚀与落日

在中国，欣赏最美渤海落日的城市，非营口莫属。

这座城市被赐予了直面西望渤海的地理位置，可谓是大自然的宠儿。在营口所拥有的122公里海岸线的任何一个位置，只要面朝西方，眼前没有障碍物，就是欣赏落日的好地方。沿海岸线从南到北的鲅鱼圈、辽宁团山国家海洋公园、西炮台等景区，由于人工修建了观景台，更成为营口人及外地游客观赏落日的打卡地。

不得不夸赞营口人的审美和用心，他们沿海岸建设的这几处景区，各有各的性格和气质。你如果站在"海上贝壳"观景台上欣赏落日，现代化科技手段打造的凌空探海之感会让你以为正站在飞速发展的航船上。在团山国家海洋公园的浴场或是海蚀地貌海岸观赏落日，思绪会被这些经由十几亿年形成的海岸拉回到远古时期。在西炮台附近观赏落日，炮台沧桑的残迹可能会让落日变成一个忧郁的历史概念。

我去造访辽宁团山国家海洋公园，是三月初的一个傍晚。刻意选取这个时段，就是为了欣赏那里的渤海落日。

这处占地面积208万平方米的海洋公园其实是一个很大的概念，辽宁本地人通常称之为"北海公园"。从它包含的"一带、七区、二十九景"来看，这是一个宏阔的整体规划，把那一带所有景致按照各自特点全部囊括其中：植物园区、游乐园区、沙滩休闲区、海岛渔村区、海滨酒店区；历史文化长廊、红海滩、炫彩园、雕塑园、农业园、迷宫园、盆景园、九龙泉、北海禅寺、沙滩浴场、沙滩运动场、海蚀地貌景观、欢乐岛和商业区、海滨酒店区，可谓功能众多，可赏景致林林总总。

从营口市里出发，大约40公里，不到一个小时车程，就可到达位于盖州北海新区团山镇的北海公园。出发之前了解的情况是，北海公园正在利用客流淡季进行改造建设，大部分区域处在围挡之中。远程而来，面对这种情况，虽然不免失落，但多方了解后又得知，通过北海禅寺旁边的一条小路，可以徒步进入其中一段海岸。这个消息立即冲淡了我的沮丧。

顺利到达北海禅寺。被称为"北普陀"的禅寺，兴建有全国第二大大雄宝殿，集"佛、道、儒"于一体，明末清初即以"镇海宝刹"之誉安坐在这里，已有四百年历史。

自然，几百年的历史意味着故事和传说，北海禅寺也不例外。故事发生在清康熙年间，盖州有一个名门望族卞氏家族，康熙年间出了一个名叫卞永誉的著名书画鉴赏家。在一次去南洋返还的途中，卞永誉的船只忽遇狂风暴雨，迷失方向。卞永誉虽然在海上遭难，却遇到了他人生中最大的缘分：北海观世音菩萨恰巧正在北海莲花台修行。大慈大悲的菩萨在禅定时照见卞永誉乘坐的船只即将倾覆，立即派遣小白龙将船引至岸边，船上所有人得以生还。卞氏家族感恩菩萨救苦救难，便在海边修建了北海禅寺。禅寺曾几经战火，所幸多次重修，如今仍然安卧于渤海之滨，为往来船只祈颂平安。

北海禅寺旁边有一条幽静的小路，路边停放着一些私家车辆，三三两两的游人弃车徒步南行。由于景区大部分正在围堵施工暂停开放，所以，只能经由这条小路的指引，走到哪里就算哪里。这也算是一种独特体验了。步行不久，看到一块礁石竖立在路边，上写"龙岛秋潮"四个字。这是一处小景点，也可算一个小观景台，站在这里可以望见一条曲折的木栈道，渤海在木栈道一侧安静地等待着黄昏的到来。

之后，看到一段景区说明文字，才知道我已到达北海公园中的海蚀地貌"龙宫一条街"景点。

海蚀地貌并不多见，在我国主要分布于杭州湾以南地区、山东半岛和辽东半岛。营口北海公园 2.2 公里的海蚀地貌是大约形成于 18 亿年前的早元古界变质岩系，其脉岩、析离体、捕房体，以及纵横交错的节理造就了独特的海蚀风光近百个，是全国罕见、长江以北仅有的地质遗迹和珍贵的海洋资源。海水昼夜不息地冲刷和侵蚀着沿岸的陆地，日复一日年复一年，锲而不舍的精雕细琢造就了海蚀崖、海蚀洞、海蚀台、海蚀柱、海蚀桥等各种形状，远观像极了大象、巨龟、弥勒佛、雄狮、龙首等，被当地老百姓形象地称为"龙宫一条街"。

"龙宫一条街"也是北海公园"龙文化"的内涵之一。另外还有始建于唐太宗贞观元年、分布于北海沿岸附近的"九龙泉"。九口泉眼呈龙形排列，并以龙之九子命名：囚牛泉、狴犴泉、睚眦泉、狻猊泉、负屃泉、蒲牢泉、赑屃泉、螭吻泉、貔貅泉。泉水清冽甘甜，使得这里的"龙文化"内涵更加丰盈。

关于九龙泉的神话传说自然也跟渤海有关。相传，此地村民世代以打鱼为生，而捕获的鱼类尤以鲅鱼居多。鲅鱼精自然很是不满，便时常兴风作浪，令渔民苦不堪言，只好向龙王求助。龙王命令九个儿子出战，历时九九八十一天，终将鲅鱼精打败，使其落荒而逃。渔民恳请九龙子留于此地永镇平安，这显然是不可能的，九龙子于是各自取下一片龙鳞，埋于地下，化成了九口泉眼。

神话传说是少不了的海洋文化，这里也不例外，除了勇斗鲅鱼的传说，还有八仙过海到仙人岛等传说代代相传，愈经历时光愈优美动人。

请允许我这样说：这是一条海上的街道。海蚀形成的各种惟妙惟肖的海洋生物岩石，向海的方向延伸长达 300 米。每当涨潮时候，海水漫涌到岸滩上来，将这些千姿百态的岩石的底部淹没。站在高处俯瞰，海洋生物们仿佛浮游在近岸的海面上。落潮时，海水退向远方，海滩裸露着胸膛，游人们沿木栈道而下，穿行在一块块形态各异的岩石之间，近距离地感受海蚀地貌，仿佛穿行于龙宫的街道上。

我造访此处的那天适逢涨潮，海滩天然街道已被海水淹没，无法下海近距离观赏。不过，绵延于海边的木栈道处处都是观景台，也足以慰藉双眼。虽然涨潮，但大海很平静，渐渐沉落的夕阳把海面照耀得闪闪发光，"大象归山"的奇特造型远观如同黑色剪影。这处景观在落潮时是著名的网红打卡地，大象垂至地面的鼻子与身体形成一个天然的拱形门洞，人们纷至沓来，在门洞下穿梭拍照。当夕阳沉坠到独特角度的时候，璀璨的金光通过门洞激射而来，炸出缕缕金光。站在门洞口观赏落日，又是一番不同味道。调皮智慧的人们觉得它神似西藏纳木错北部恰多朗卡岛上的"圣象天门"，于是称它为"圣象天门北海分门"。

大海平静，波浪像呼吸一样。大象也静静地立于海水之中，仅有与岸边相连的一小部分海滩没有被海水浸淹，却被冰雪覆盖。三月初的这个小小角落，在夕阳下闪烁着冰的洁白，仿佛大象精心呵护的一个小冰岛。如果我早来造访一个星期，就会看到大象被海冰围绕的壮美景色，厚厚的冰层凝固着岸边的渤海，形成一片白色的静态的冰海，这是辽东湾的专属之美。二月中下旬，海冰在深处海水和外围海水的流动冲刷下，断裂成块状或片状，姿态各异，被潮汐推来搡去，逐渐融化。

在大象宽阔的背脊上，站立着两个青年男女，他们是大海、夕阳、大象岩石这个静态组合背景下的两个动态的主角。摄影团队站在高高的堤岸上，使用高科技对讲设备对他们发出各种指令。夕阳缓缓下沉，两个美好的年轻人摆出各种造型，仿佛舞台上的皮影人物。

夕阳缓缓下落，灼白的圆心外面镀着一圈金色，再往外是稍微柔和的橙黄色，一圈一圈渐变，颜色渐淡，光亮渐柔。它周围的天幕则漫染着一片橙黄，仿佛罩上了一整块丝巾。

夕阳底下的渤海，胸膛微微喘息，落日在海面上投下一道笔直的灼亮的光带，仿佛仙人在海上架设的金光大道。余处海面上，每一道波浪都闪烁着光芒。偶有船只在远处若隐若现，慢慢驶过。

随着夕阳的逐渐下沉，先是近岸处的海面上金色渐隐渐退，代之以渐渐浓重的暗淡，然后，整个海面不再璀璨夺目。再然后，海天交接处的天幕逐渐暗淡黑沉。崖顶上的芦苇微微摇曳，芦苇梢仿佛哲人沉思的头颅。

那轮大自然赐给营口的落日，渐渐地隐入海天交接处窄窄的暗色天幕后面，最终消失不见了。

一场大自然馈赠的表演完美谢幕。人们纷纷转身离开，边走边回首凝望。

06. 红海滩鸟浪

在营口北海公园绵长的海岸边，有一处红海滩，位于海蚀地貌海岸以北。从北海禅寺出发，沿着海岸往东走不远即到，中途经过全长约1000米的古船陈列走廊。一路行走，30余艘不同时代的老旧帆木船构成一幅历史画面，从眼前一一掠过。

每年四月，有一种适应性很强、耐湿耐碱的名叫碱蓬草的植物，被春风春雨滋润着，在辽东湾的沿海滩涂萌发出嫩红的小芽，像蜗牛角一样娇嫩，肉肉的，却顽强地向着阳光生长。海边较低的温度、被卤水浸洇的土质、海上刮来的强劲风浪，使得沿海滩涂成为大多数植物的生命禁区，却无法阻止碱蓬草顽强地把根系扎进海滩。阳光的七彩光波照耀着这些海滩上的小精灵，它们经过一番权衡，选择了吸收紫色光波。四月破土萌芽的碱蓬草，在大海的呼吸和鸟类的鸣叫中，吸取着海滩土壤里的碱与盐，一簇簇一蓬蓬茁壮成长，颜色逐渐变深，直到夏天，秋天，变成一片覆盖海滩的火红的植被，把整个海滩变成红色的植物之海。

人们无须人工撒种，也无须对它们进行耕耘，只要任由它们野生野长，它们就能在夏秋时为海滩奉献朝霞般的华美。

除此之外，碱蓬还可食用，宋代曾巩的《隆平集》中也有古人使用碱蓬草的记载：

西北少五谷，军兴，粮馈止于大麦、荜豆、青麻子之类，其民则春食鼓子蔓、醎蓬子，夏食苁蓉苗、小芜荑，秋食席鸡子、地黄叶、登厢草，冬则畜沙葱、野韭、拒霜、灰藋子、白蒿、酿松子，以为岁计。

对于碱蓬草的医用价值，诸多医典当中也有介绍。《本草纲目拾遗》中的记载为"碱蓬性咸凉、无毒、清热、消积"。而本地老农对碱蓬草的医学认识，则是经过了漫长的实践，他们常常用碱蓬草佐酒下饭。民间也有用它当偏方治糖尿病并有奇效的。后来人们又发现，碱蓬草可以防治心脏病，增强人体免疫力，抗癌，降胆固醇，抗动脉粥样硬化。

在艰苦环境里扎根的碱蓬草，对生养它的那片滩涂投桃报李，回馈良多。它们深深地扎根在含有盐质的海滩上，吸收着苦涩的盐，这个过程也是给海滩土壤脱盐的过程。它们阻挡、消化着狂风吹来的尘土，以及海潮裹来的泥沙，将它们留住，潜移默化地把它们变成有利于自己生长的温床。当秋天过去，华美散场，碱蓬草的枯枝败叶又无怨无悔地落到海滩上，腐化成肥，滋养着这片质量不佳的土壤。在它们锲而不舍的努力之下，那片土壤成为鸟类聚集、鱼蟹往来的滨海湿地。

这种奇特的植物，是大自然馈赠给辽东湾的豪华礼物。它们装点着沿岸的滩涂，形成一块块红海滩湿地，散布在辽东湾沿岸，给生活在这一带的人们带来一次次视觉之美。

我们刚刚谈到的北海公园红海滩所处的位置有些特别：大清河从它旁边缓缓汇入渤海。所以这里的湿地也是河海共同打造的结果。红海滩与闲散陈列的古船互相掩映，则是它与众不同的人文特点。一艘艘不同年代、造型各异的古船，仿佛缓缓航行在红色植物之海中，穿越红色历史时空，朝着我们驶来。古船的存在，同时也赋予了这片红海滩以历史长河之感。

从北海公园红海滩往北继续行进，在位于大辽河入海口的四道沟，也有一片红海滩。一条名叫民兴河的小河流经这里。年轻的小河全长20公里，流域面积205.3平方公里，诞生于1931年。日本人占领东北，侵入营口，为抵抗抗日义勇军进攻，在这里强迫营口劳工挖掘河道，花言巧语称赞中国民工"勤劳俸仕"，因此给这条河取名"俸仕河"。解放后，营口人民重新扩建了河流，因为它是营口民工兴修的人工河，因此改名为"民兴河"。民兴河一直向西,在四道沟处,蜿蜒地绕了一个"U"形,汇入渤海。因此,这里的红海滩也有河流入海的特殊混合土质。另外,四道沟小渔港的存在,给这里的红海滩造就了灵动活泼的特殊性格。缓慢归港的渔船,起起落落的鸥鹭,红色碱蓬草中间夹杂的一块块绿色芦苇丛,渔民忙碌的朴素之气,让人流连忘返。

继续向北,经过牛耳广场、西炮台遗址,到达永远角。大辽河浩浩荡荡地在这里进行了两次180度的掉头,形成了永远角和鸭舌岛这两个突出的岬角,同时也形成了典型的湿地。三面靠河临海的特殊地理及气候水文条件,使永远角成为营口为数不多的原始地貌湿地,当然也是深受碱蓬草喜欢的湿地。这里的碱蓬草长势粗壮,比较茂密,但不那么红艳,较为低调一些。

营口最明艳的红海滩,当属鸟浪广场一带了。从西海岸浴场往南两公里即可到达这个神奇的地方。这一带沿渤海的红海滩连成一大片,面朝渤海,视野开阔,非常明艳动人。与其他几处红海滩不同的是,在这里欣赏红海滩的同时,还可以欣赏壮观的鸟浪奇观。

在全球8条候鸟迁徙路线中,经过中国(东亚—澳大利亚)的迁徙路线是鸟种数量最多的一条。每年春秋两季,约有500种的候鸟、5000万只水鸟沿着这条迁飞线路,途经22个国家,行程1万多公里,完成迁徙。中国的滨海湿地是候鸟迁徙的枢纽,而作为重要中途补站的营口,以它广阔而优质的泥质滩涂,为鸟儿们提供了歇息之所。

每年四月上旬至五月上旬,鸟群从新西兰、澳大利亚等地起飞,横跨太平洋,中途不眠不休,连续飞行,只为了一周后到达辽东湾沿海湿地及滩涂上停歇,觅食,补充体力。高峰时期,每天有四五万只水鸟云集而至,其中以斑尾塍鹬、大滨鹬等为主。在全世界普遍性的泥质滩涂正在减少的情况下,营口的泥质滩涂却在增加,整个西海岸,北自营口四道沟渔港,南至营口华能电厂的海岸线,都是肥沃的泥质海岸,生长着数不清的小鱼小虾、弹涂鱼、潮蟹、海蚯蚓等。

作为湿地滩涂特有的小生物,弹涂鱼可不是随便在任何海边都可以见到的。丰饶的淤泥,潮涨潮退的营养输送,碱蓬草和芦苇的覆盖,共同营造了弹涂鱼最乐于起居的天堂。这些小家伙因为既能畅游水中又能在陆地上攀爬跳跃，因而又名跳跳鱼，长相十分甜萌，两个突起的大眼睛像青蛙一样，发达健壮的胸鳍在跳跃时像两条腿或两只船桨，背鳍花纹美丽，形如蝶翼或迎风招展的旗帜。古人对它有过形象的描述："怒目如蛙，侈口如鳢，背翅如旗，腹翅如棹，褐色而翠斑。"

除了跳跳鱼，还有一种形似螃蟹的小精灵，属于营口辽河入海口处滩涂的特有生物。这种学名为"厚蟹"，俗称"蛸夹子"的穴居小生物，非常钟爱淡水和咸水交汇处潮涨潮落的沟溪、芦苇塘等湿地泥滩，喜欢打洞，比河蟹小得多。每年清明过后，芦苇和碱蓬草刚刚长出，这些小生物就一群一群地出现在浅滩上，呼吸新鲜空气，晒晒太阳。遇到其他生物，便迅速钻入洞穴之中。当地人比较喜欢在夜间带上手电筒，到永远角一带的滩涂中捕捉蛸夹子。手电光下，洞穴一个一个遍布滩涂，每一个洞里都藏着蛸夹子。它们以泥土中的有机质、藻类、植物的根茎为食，因此，作为食物来说非常美味可口——营口"蛸夹子豆腐"是远近闻名的风味小吃，现已进入营口市市级非物质文化遗产名录。这道菜制作过程比较复杂，要经历七道工序。先把蛸夹子放在大缸里养上半个小时，让它吐净胃里的泥沙，然后洗净捣烂，用网布把肉汁挤出来，加盐，用大锅熬，晾凉后就会成豆腐状。最后，配以菠菜等青菜熬制成汤。喝上一口，口齿难忘。

当然，蛸夹子不仅是人们餐桌上的美食，同其他小鱼小虾、弹涂鱼等一样，它也是迁徙鸟类的美食，这就是大自然安排的生物链条，谁也不能脱离。从新西兰、澳大利亚等地起飞，横跨太平洋，不眠不休连飞一周的鸟类，在营口沿岸滩涂停留下来，食用着美味丰盛的鱼虾和贝类，吃饱喝足后，就卧在滩涂上休息，驱赶一周来的疲惫。这期间，鸟们经常会成群结队飞到空中翩然起舞，有时是因为涨潮的影响，有时或许仅仅是它们兴之所至，想给岸上的人们表演一场盛大的群体飞翔。

成千上万只水鸟从滩涂上同时起飞，后鸟跟随前鸟，形成不断变换的充满曲线感的队形，远观如同姿态各异的大型动物，又如大块云团、飞毯，在滩涂上、在渤海海面上低空飞翔，往复移动，如同大片上演，场面壮观，震撼至极。人们给它取了一个浪漫至极的名字：鸟浪。

营口西海岸一带是观赏落日的最佳地点，如果满潮时间在落日时间前后，恰逢群鸟在夕阳西下的时候成群飞动，站在岸边，眼前灿烂的夕阳、群鸟的身影、渤海的浩渺，动静相宜，配色精妙，世上任何一幅画都不可与之相媲美。

惬意地玩耍逗留一个多月后，鸟们蓄积了满满的体力，陆续启程，继续后半段大约 5000 多公里的路途，前往西伯利亚、俄罗斯等地。

到了秋季八月中旬到九月中旬，这些天空的精灵又呼儿唤女从北向南迁徙，途中再次逗留于此，歇息，养精蓄锐，同时给秋天的辽东湾再次带来鸟浪的壮美风暴。

第三章

01. 万亩苇海

七月底,我怀着等待已久的心情,再次横渡渤海海峡,抵达大连湾港,然后驱车前往盘锦市。次日一早,前往辽河口国家级自然保护区。

从住地的兴隆台街转到兴一路,再转滨海路,跨过辽河。辽河恰好在这里转了一个九十度的弯,从由西向东转为向南,我的路线也沿着辽河西岸,从辽河口国家级自然保护区北门进入,然后一路南下。

一条不算宽的水泥路接上了我,将我带入浓绿深处。这里是盘锦市西南,渤海辽东湾的顶部,辽河入海口处,辽河三角洲的中心区域。地势低洼的退海平原,加上辽河、大辽河、大凌河等河流从不同的发源地向着渤海汇流,有些河水停滞,海水倒灌,形成了保护区的特殊地貌。淡水和咸水互相浸淹与混合,形成平均水深 20—30 厘米的沼泽区,冬季冰冻深达 30 厘米。可以说,这里是陆地水入海前的一个天然蓄水库,同时又身负泄洪与水质净化的职责,河海相融的水里沉积着丰富的悬浮物和营养物质,在入海口处形成了多样性的营养环境,候鸟喜欢来此驻足,植物也在这里茂然生长。

安静的小路像一把剑,劈开绿色的苇海。越过苇海,可以看到远处的柳树和榆树。来之前,我只知道这片浩瀚的湿地是翅碱蓬红滩和苇海的天下,进入其间,才知道原来它们有这样一种掩映一切的魅力——你不知道路的尽头在哪里,只有一片明亮的绿色苇草,茂密得让人喘不过气，梦幻般地在车窗外次第后退。

保护区以总面积上的绝对优势，成为世界上保存最好、面积最大、植被类型最完整的生态地块。除了杨、柳、榆树及柽柳灌木丛等木本植物，这里绝大多数的沼泽和滩涂都被草本植物所占领，有芦苇、香蒲、牛鞭草、水木贼、慈姑、三棱草、碱蓬、水蒿等一百多种。

路边的草木樨最多，开着黄色的小花。据说在中国古代，人们常把它夹在书中，称为"芸香"。另外一种同样比较茂密的是披针三叶漆，它的果实是鸟类的重要食物来源。一种开着黄色小花的是毛连菜，它的花朵形似小野菊。爬在地上生长的鹅绒藤，长着心形的叶子，有化瘀解毒的功效。

而8万公顷的苇田，像一块巨大的碧玉镶嵌在无垠的湿地上，被称为世界面积最大的滨海芦苇湿地。这个世界最大的芦苇群落，一代一代地凭借着自己调节气候、涵养水源的能力，把辽河口打造成了环境最好的湿地。

据说，在清朝的嘉庆、道光年间，这里还只是一片辽阔的海滩。直到光绪年间，因地理环境发生变化，为芦苇生长创造了条件，芦苇才迅速生长。

当辽河口脱离冬天的掌控，春风拂过，芦苇就探出尖尖的头颅。在春风春雨和潮涨潮退之中，它渐渐生长，伸展出修长的身姿，吸引无数回迁的珍稀候鸟到此驻足。有些地方还残留着去年枯黄的芦苇，环颈鸻这种小型鸟类会旁若无人地卧在芦苇秆上孵蛋。纵横交错躺倒在湿地上的芦苇，对环颈鸻来说可能是一个天然的大窝。

五月，芦苇迅速长高，碱蓬草也由最初的粉红变得越来越红。每当大潮来访，渤海的海水就注满大小潮沟，在灿烂的阳光照耀下舒展它优美多变的身姿。傍晚，湿地上的落日似乎比白天还有力，在天空制造大面积火红的晚霞。潮沟里的水离开大海母体的强悍裹挟，看似平静，其实却在暗自和辽河里的河水互相交流，向淡水输送着盐碱，最终成为一体，滋养着芦苇噌噌长高。

和其他地方一样，雨也会在夏季光顾辽河口。它们刷洗着芦苇荡，沙沙的声音中夹杂着鸟儿的鸣叫。鸟儿躲在芦苇荡中，和雨互相应和。

几场雨后，淡水丰富，盐碱度得到新的调节，芦苇再一次朝气蓬勃，节节拔高，翠绿欲滴。

每次辽河发大水，就会对潮间带和滩涂产生极大的影响，也会影响碱蓬草和芦苇的生长。鸳鸯岛在2010年之前长满了芦苇，后来因为洪水，碱蓬草不再生长，芦苇取而代之。在2022年之前，辽河接近二十年没有发过大水，在2022年终于下过几场大雨，洪水挟带着泥沙冲进渤海，使辽河口地貌产生很大的改变。有的地方去年还是红色的碱蓬草，今年开始长起了芦苇。

洪水还会把上游的许多芦苇根冲到下游来。它们的生命力极强，只要没被一路冲进渤海，就会在三道沟等附近岸边滩涂停下，蛰伏着，迅速扎根，生长出新的芦苇。绿色的苇尖从枯黄的芦苇中冒出来，衰老者死去，新生儿延续。这就是洪水改变辽河口地貌和植被的有力实证。

进入秋天，茂密而葱绿的芦苇叶梢上冒出紫红色的丝绒。无数的鸟儿在越来越茂密的芦苇荡里搭窝育雏，繁衍后代。随着秋的深入，壮硕而金黄的苇秆，白里透红的芦花，都昭示着芦苇也到了最华美的人生巅峰时期。强劲的秋风吹过，白中透紫的芦花仿佛冲锋陷阵的士兵的头颅，朝着一个方向摆动。芦苇的韧性很强，它们紧密地簇拥在一起，无论多大的风也无法将它们吹折。芦苇比碱蓬草高得多，风起的时候，从远处看，芦苇动荡，碱蓬草安然不动。一动一静，一高一低，一黄一红，错落分层。

九月底，芦花褪掉紫红色，开始朝着灰白色而变化。它的一生十分清晰明了：一时清嫩，一时盛美，一时稳重。当白色苇浪覆盖着辽河口滨海湿地的时候，一种厚重、苍凉、意味深长的气质也弥漫在碱蓬草和其他植物上。甚至连丹顶鹤在苇荡中踱步的时候，也跟在青年时期的苇荡中踱步状态不同。它们精细的脖颈和精细的脚踝倒映在水塘中，像两个世界的奇异的连体者，从上到下都透着一种哲思的味道。

十二月，湿地冻结，也到了割芦苇的季节。收割机在芦苇田里行进，芦苇纷纷倒地。它们早已做好了准备，迎接这盛大的欢送。如今的盘锦人还记得一些场景，比如他们的父辈踩着冰河去往滩涂，用大镰刀一把一把收割芦苇，手上布满干裂的口子。现在收割芦苇已变成机械作业，夕阳照射之下，苇田更加金黄，收割机辘辘前行，屁股后面留下金黄的烟尘。

如果使用的是简易收割机，就不具备自动打捆的功能，这时候，苇田里就活动着手工打捆的人。这种季节性的工作收入还是很不错的，打一捆两三元钱，最多每天能收入三百多元。割倒的芦苇铺了厚厚的一层，把滩涂变成金灿灿的毛毯，人们在上面劳作着，而芦根在泥土中静静地进入暂时的沉睡，酝酿着来年的再一次新生。

当夕阳在渤海上彻底落下，夜幕来临，苇田上空的天光由蓝色变暗，晚霞消失，打算夜战的收割机上亮起灯光，照射着前方的芦苇。有的时候，收割机也会陷入冰冻得并不坚实的泥塘，这个时候，最有经验的做法就是把成捆的芦苇垫到轮胎下面，增加摩擦力。收割机割掉了芦苇，被割掉的芦苇返回来解救陷入困境的收割机。这一望无际的湿地是大自然的赐予，随处都有大自然留下的神秘的哲学和谜。

白天，空旷的苇海里会出现一些头戴各种颜色围巾的女人，她们走过被收割机洗劫一空的苇荡，走到收割机到不了的角角落落，把那里遗留的芦苇手工割掉。她们很喜欢这个工作，一天能赚180元钱。她们像所有母亲一样，把赚到的钱留给儿孙。

为了禽类，人们不会把芦苇全部割掉，而是会留下一部分，给湿地精灵们提供栖息之地。丹顶鹤非常喜欢在收割一空的苇塘里散步，看那一堆堆摆放整齐尚未运走的苇捆，回忆曾经与它们共舞的日子。

总而言之，这个季节的苇田是哲学家。每一根芦苇，每一只动物，都是尼采、康德、柏拉图、黑格尔、弗洛伊德。

这就是芦苇的一生。我们还应该多了解一下，这种多年水生或湿生的高大禾草还有一些什么其他的本事。医学记载，芦苇甘，寒，无毒，能清热，生津，除烦，止呕，解鱼蟹毒，清热解表。芦叶、芦花、芦茎、芦根、芦笋均可入药。在古代，人们观察到了芦苇的可用性，用它编织成苇席，用来铺炕和盖房。芦苇穗则可以制作扫帚，苇花的花絮可以用来充填枕头。芦苇秆中富含纤维素，可以用来造纸。浩荡的苇田，是盘锦市造纸工业的最大供货商。

一个地方的命名，大多跟当地的人文自然环境有着割舍不清的关系。盘锦市名字的由来，也能追溯到芦苇上。据资料显示，"盘锦"的第一次提出是在1950年，东北轻工管理局为强化对盘山县和锦县（今凌海市）交界处的苇场管理而设立了一个苇场，在取名的环节上进行了一番取舍。"盘锦"是当时三个备选名字之一，另外两个名字分别是"辽凌"和"辽大"。最终选择"盘锦苇场"的原因有两种说法：第一种说法是把盘山和锦县两县名字各取首字进行的组合；另一种说法是这里有一条盘锦河，依此命名。具体哪一种说法是对的，我们已无从得知。当时，隶属东北行政委员会农林部的盘山农场也改为辽西省盘山第一稻田农场，之后相继改为盘山机械农场、辽宁省盘锦国营农场管理局、直属农垦部的盘锦农垦局。直到1966年1月，盘山县与盘锦农垦局合并为盘锦垦区，试行政场合一制，直属辽宁省。1970年1月改为盘锦地区。其后几年又经历了与营口市的分分合合，直到1984年才经国务院批准正式设立盘锦市。所以说，盘锦是一座有历史的城市，也是一座年轻的城市。

02. 候鸟自然史

不时有鸟类的鸣叫。有些鸟飞在空中，有些只是从苇浪和红滩上传过叫声，却看不见它的身影。一些小型鸟类会突然从两侧苇海上空飞到路中间，穿过小路，或在低空徘徊，甚至干脆停落在路面上，这时候就不得不放慢车速，小心谨慎地避让，以免伤害到它们。

作为全球温带地区最多样、最宏伟的沿海景观和生态系统之一，中国黄渤海候鸟栖息地是全球生物多样性保护中不可或缺的地方。2019年7月5日，中国黄（渤）海候鸟栖息地（第一期）获批入选《世界遗产名录》，它包括了两处遗产地，位于江苏盐城；第二期则包括了黄渤海滨海区域的11处提名地，涵盖了东亚—澳大利西亚迁飞区（EAAF）黄海生态区5处关键区域。这11处栖息地包括：上海崇明东滩候鸟栖息地；山东东营黄河口候鸟栖息地；河北沧州南大港候鸟栖息地、河北滦南南堡嘴东候鸟栖息地、河北秦皇岛七里海潟湖候鸟栖息地、河北秦皇岛北戴河大潮坪候鸟栖息地、河北秦皇岛老龙头石河南岛候鸟栖息地；辽宁盘锦辽河口候鸟栖息地、辽宁大连蛇岛—老铁山候鸟栖息地、辽宁长海长山群岛候鸟栖息地、辽宁丹东鸭绿江口候鸟栖息地。

盘锦辽河口作为东亚至澳大利亚水禽迁徙路线上的中转站，这片辽河三角洲营养最富庶的区域，被400余种脊椎动物光顾，包括丹顶鹤、白鹤、白头鹤、东方白鹳等国家一类保护动物，灰鹤、白枕鹤、大天鹅、白额雁等国家二级保护动物，黑嘴鸥、斑背大尾莺、震旦鸦雀、灰瓣蹼鹬等濒危物种，以及一百余种水禽等鸟类。这里还是世界上最大的黑嘴鸥繁殖地，分布有黑嘴鸥8000余只，被誉为"黑嘴鸥之乡"。所有鸟类不分高低贵贱，和谐友好地共享着这片亚洲最大的湿地。

我只能依据之前了解到的文字资料，去猜测那些飞翔在空中或是躲藏在苇荡里的是什么鸟。是红嘴鸥，灰斑鸻，大滨鹬……还是其他的什么鸟，我不知道。

为了保护这些物种，保护区内如今修筑了几处人工岛及柏油路，建成了黑嘴鸥繁殖基地、鹤苑、芦园等景点。丹顶鹤在柏油路上结伴踱步，并不是什么难以看到的景致，它们不怕人。有时候，面对镜头，它们还会好奇地凑过去看看。

盘锦除了有"油城""湿地之都"的美称，还有一个更为优雅的美称——鹤乡。这里是丹顶鹤的故乡。

有时，会有某一只丹顶鹤——白色的身体，黑色的尾，优雅的颈项，细长的双腿——在芦苇荡旁边的柏油路上跳舞。它张开翅膀，跳跃，旋转，像舞台上孤独的舞者。丹顶鹤也喜欢与人共舞，当你真诚地和一只丹顶鹤共舞，它就会给予回报，跟你一斗舞姿。有时，一只丹顶鹤形单影只地站在公路上，凝望着渐渐西沉的落日，不知道在想什么。这个时候，它很像一位哲人。

更多的时候，是很多只丹顶鹤或者两只情投意合的情侣一起在湿地里踱步，朝着天空放歌，鹤鸣九皋，声闻于野。芦苇摇荡，碱蓬草点缀其间。有水的地方，丹顶鹤的影子倒映在水中，仿佛与处于另一空间的"另一个我"相遇。我们经常看到它们雍容华贵地踱步，仿佛舞台上的模特，但很少看到它们像孩子一样调皮玩耍的样子。在湿地保护协会田会长的镜头下，有两只丹顶鹤令我印象深刻：它们在芦苇旁边欢实玩耍，其中一只稍微羞涩，另一只围绕着它不停转圈，低飞，摆出各种逗引的举止。显然它们是一对情侣，那只摆出各种姿势的鹤，像极了逗女友开心的男孩。

鹤对爱情忠贞不渝。保护区内有的夫妻鹤还会有自己的固定领地。当然，它们也属于蓝天。两只丹顶鹤结伴助跑，向着一个方向，起飞，飞过湿地保护协会所在的四层大白楼，在蓝天下孤傲地俯瞰着湿地。

十一月份就进入了辽东湾的冬天。芦苇割掉了，丹顶鹤喜欢在收割一空的苇塘里散步，看那一堆堆摆放整齐尚未运走的苇捆，回忆曾经与它们共舞的日子。再往后，天气越来越冷，滩涂落满白雪。碱蓬草衰败，红色消失。苍凉的黄褐色泥土、白雪、无数虬曲的沟壑，全都一览无余地袒露着。丹顶鹤在雪地上踱步，灌木草稀疏地在雪里立着。

辽河入海口进入冰河世纪后，成片大块的冰排浮在海面上，随着涨潮落潮而忽高忽低。这时候，可能还会有部分斑嘴鸭没有迁徙，在未结冰的海面上成群游动。这些迟迟不肯启程的斑嘴鸭，不知道在留恋着这里的什么事物。

严冬过后，冰河融化，辽河口湿地逐渐开始热闹起来。在苇塘边活动的丹顶鹤数量明显增多。它们除了自己觅食，也喜欢被投喂，看到有人来，会成群踱到公路上等待。如果没有等到食物，这些聪明的家伙会散漫地站在路上，把人围住，表达不满。

开化的海面上浮游着野鸭。它们总是最先知道春来的消息。有时候，凶猛的白尾海雕迅疾地从天而降，冲到海面，把野鸭们惊吓得四处逃窜。

各种候鸟跨山越海如期而至，在湛蓝的天空和冰与海之间飞翔，翅翼翻飞。它们组成的鸟浪，也时不时壮观地出现在天空中。

北红尾鸲会躲在海边防潮堤的石缝里探头探脑。

红脚鹬的颜值在于它们细长、橙红色的双脚，如果按照比例换算的话，它们的双腿并不比丹顶鹤的矮。但这不到三十厘米长的鸟，从体格上来讲太不占优势了。它们成群结队地来到这里，在岸边追逐、散步。

绿翅鸭的腿就没这么长了，因此，绿翅鸭走起来摇摇摆摆，重心不稳。但这些小动物拢在后背上的绿翅膀却很傲娇，鲜绿亮眼，在太阳下闪闪发光。

还有一种奇特的红角鸮，留鸟，个头小小的，属于猫头鹰的一种，夜间出来捕食，白天则躲在树上浓密的枝叶丛间或是洞里歇息。它身上的颜色和树皮非常相似，靠着这得天独厚的保护色，躲在枝叶间的它们，非常不容易被敌人发现。

与暗绿绣眼相比，红角鸮的体色可就漂亮多了，暖融融的鹅黄色，眼睛周围镶嵌着一圈白色，敏捷地跳跃，属于很讨人喜欢的小精灵。

黑翅长脚鹬在潮沟里站着鸣叫，啄自己的羽毛，修长的腿映在水里，仿佛有了两倍的长度。

这里的鸟类还有杜鹃、伯劳、海鸥、戴胜、老鹰等。珍稀鸟类和常见鸟类和平共处。成群的老鹰飞过入海口上空，"瓦蓝蓝的天上飞老楞"，场面还是很壮观的。这些具有千里眼的掠食者，它们的目标是小型哺乳动物、爬行动物、其他的鸟类和鱼类等。俯冲、抓捕是它们的强项。此外，还经常可以看到一些"家常"动物，比如灰色的野兔在芦苇荡里四处张望。

辽河入海口彻底解冻后，也是斑海豹大部队成群结队聚集到辽河入海口的季节。黑嘴鸥远远近近地在斑海豹群周围绕飞。这种被列入国际红皮书的稀有濒危动物，其珍贵程度可与斑海豹有得一比，它们在辽东湾的相遇，堪称两大旗舰物种胜利会师。

黑嘴，红脚，玉羽，银翎，眼上和眼下为白色的星月形斑——这就是国家一级保护野生动物黑嘴鸥的美丽尊容。1990年，世界自然基金会鸥类专家梅伟义来到盘锦考察，确认辽河入海口湿地是全世界唯一的黑嘴鸥繁殖地。每年三月上旬，黑嘴鸥们成群结队，回到辽河口繁育后代，十月又飞往越冬地。

人们以最大的爱心和耐心，善待着这个庞大的族群。对土壤、水质和植被进行取样检测，调节水的盐度，确保它们有足够的食物。而作为鸟类，黑嘴鸥的回报似乎就是繁殖，扩展家族规模，表达对这片湿地的信任。1990年，这里的黑嘴鸥只有1200只，现在的繁殖种群数量已达到 10500 只，栖息种群数量则超过了 20000 只。

然而，黑嘴鸥之间也有战争。这是全世界所有物种的共性：争夺领地。它们回到辽河口后，就立即寻找自己理想的居所，为此可能会发生领地争夺战。四月下旬，黑嘴鸥开始筑巢、产卵、孵化。它们比较喜欢在碱蓬滩上借用碱蓬干枝筑巢。

成年黑嘴鸥育雏的场面非常感人。黑嘴鸥妈妈在前面慢跑，飞起，它的孩子们像小鸭子似的，摇摇晃晃地跟在后面。

其他小型鸟类卧在蛋上孵育的场面，在保护区内也常会看到。比如环颈鸻，这种小鸟仅有不到 20 厘米长，却非常有个性，它把蛋产在海岸四面空旷的卵石滩上。这么随意，当然是有危险的，其他小动物会来偷食鸟蛋。环颈鸻奔跑的速度很快，在卵石滩上摇摇摆摆，风一样快，当地人给它取了一个俗名"沙溜子"。

盛大的春天和夏天过去了。秋天，芦花摇曳的季节，也是候鸟迁飞的季节，辽河口再度热闹起来。黑枕黄鹂站立在树枝上，张望着辽河口。白眉鹟鸲长着白色的眉毛，黄色的腹部，黑色的羽毛背部，非常艳丽漂亮，也在四处张望。不知从哪里飞来一只杜鹃，凑近黑枕黄鹂，跟它一起站在树枝上。黄鹡鸰在滩涂上漫步。作为水鸟，它只在水边觅食，并不上树。

03. 胖墩墩斑海豹

盘锦湿地保护协会田会长的镜头记录告诉我，2022 年 9 月初，他发现了两只斑海豹"留守儿童"。它们先是游动在辽河入海口门头岗附近海域，后来又出现在三道沟南侧海域。

西太平洋斑海豹每年中秋过后陆续来到辽河口，第二年立夏离开，返回西太平洋。但也有几只会留守在辽河口。留守期间它们大多不会上岸，基本都在海中觅食。

这大约是最粗笨也最可爱的一种海洋生物了，让我们看看它的样子：

纺锤形身体，全身披着短毛；背部蓝灰色，腹部乳黄色带有蓝黑色斑点；头部接近圆形，眼睛又大又圆；没有外耳廓，吻短而宽，上唇触须长而粗硬；四肢都有5个趾，趾间有蹼，形成鳍状肢，长着锋利的爪子；后鳍肢大，向后延伸，尾巴短小而扁平。

2022年9月9日，十三只斑海豹在辽河口上岸，趴在泥滩上。此后几天，每天都能看到斑海豹。在辽河主河道和三道沟之间，落潮时的海水流速湍急，是梭鱼最活跃的地方，也是斑海豹觅食的地方。它们把身子隐入水下，只把圆圆的头颅探出水面，机警地四处转动，憨萌可爱。

这期间，中国沿海正在接待一位破坏力极强的不速之客——台风"梅花"。这位有着漂亮名字的朋友，历史上曾先后四次造访中国沿海。这一次，它于9月8日上午在西北太平洋生成，进入东海海域，14日20时30分以14级的强度在浙江舟山普陀沿海登陆（强台风级），平均每秒移动42米，速度惊人；15日0时30分，它在上海奉贤二次登陆；16日0时，在山东青岛崂山区沿海三次登陆；12时40分，在辽宁省大连市金普新区再次登陆。它带来强降雨和大风，横扫浙江东部、上海、江苏东部、山东半岛、辽宁东部等区域。航班大面积取消，部分列车停运，海上航行停航。局地农作物受淹，树木倒伏，电线杆折断。它靠着强大的破坏力，荣膺2022年以来登陆中国最强台风的桂冠。

但是，我们无法对这种神秘的热带气旋保持单一的憎恨。虽然它生产着狂风暴雨和风暴潮，却并非有百害而无一利：它给人类送来了丰沛的淡水资源，委实是一位改善淡水供应和生态环境的生态大师；它使世界各地冷热保持相对均衡，就连炎热的赤道地区，也仰赖台风驱散热量。如果没有台风，可想而知的结果就是热带更热，寒带更冷，温带也会从地球上消失。

事物的两面性，在台风身上得到了最有力量、最具颠覆性的体现。它带来的降雨和大风，每次都会对辽河口的地貌和植被产生影响，使它们发生恒久的变化。这一次，"梅花"在9月16日12时40分登陆辽宁省大连市金普新区后，力量逐渐减弱，变性为温带气旋。16日20时，它已收敛了暴怒，疲劳地平静下来，中央气象台对它停止编号。

也就是说，"梅花"与辽河口擦肩而过。它从青岛登陆之后，穿过黄海和渤海海峡，抵达大连，完成了这一次的使命，就隐退在茫茫大海上。即便如此，这期间的辽河口也多少受了些影响，凄风冷雨，萧索阴郁。风雨过后的辽河口大概率会焕发逼人的美，果然，9月17日之后的几天，漫天朝霞比以往更为火红，潮沟和水洼晶亮，泛着金光和银光，仿佛随手一揭，就能揭下一张金纸或银纸。碱蓬草达到了几个月以来所没有的大红，苇海的透绿中开始有了微微的黄意。

斑海豹聚集在辽河口的岸滩上。盘锦湿地保护协会的田会长根据以往经验推测，它们可能是驻留在辽河口的零星斑海豹。但是，它们是通过什么信号聚集在一起的，这是人类难以破解的谜。人们只知道斑海豹会吼叫。但它们是不是只有通过声音这唯一的方式传递信号，还是有什么特定的族群联系方式，不得而知。

在过去，九月的早秋季节，辽河口鲜有斑海豹上岸的记录，而这三年每年都记录到了斑海豹珍贵的上岸画面，而且上岸的时间一年比一年早：2020年11月15日上岸；2021年10月25日上岸；2022年9月9日上岸。这一天，是中秋节的前一天。

这种唯一在我国海域内繁殖的鳍足目海洋哺乳动物，每年中秋过后陆续从韩国的白伶岛及西太平洋来到渤海辽东湾辽河入海口。这里是斑海豹在全球八个繁殖地中最南端的一个，斑海豹们喜欢这里。或许是因为有安静的海岸线和充足的食物，它们才一年比一年更早地回到这里，甚至来年立夏迁徙回西太平洋后，还会有个别的愿意驻留下来。

辽河口的海淡混合水中生活的丰富的鱼虾等生物，把斑海豹养得胖墩墩的。它们每天要吃掉体重百分之十的鱼、头足类、蟹等，食量颇大。这里的岸滩也相对比较安静，除了附近三道沟等码头的渔船在海面上游动时会发出马达的声响。这种声响也会惊扰到斑海豹。早上，渔船的马达声在海面上响起，斑海豹便会潜入水中。本来它们可能想在岸滩上停留到日上三竿才动身下水。

作为渤海辽东湾的指标性生物，斑海豹的数量多少与整个海洋环境呈正相关。它们先于人类到达辽河入海口。人类发现了这个地方，逐渐聚居于此，已经是斑海豹在此聚居之后的事情了。人类居住下来，开始了管理和改变原始环境的活动。但发展经济、获取能源、求得交通便利等这些活动，是建立在侵犯斑海豹领地的基础之上的。斑海豹在辽东湾的上岸点只有几千米，人类应该把这几千米完全地留给它们。

人类活动的介入，对斑海豹是一种打扰。特别是秋天，斑海豹上岸的规律很不稳定，稍有点风吹草动，它们就会感受到危险信号而潜到水里。它们很怕人，如果人类接近它，它会本能地表现出自卫反应，做出咬人状。在这方面，健硕的体型和敏感的反应构成了斑海豹的一个矛盾点。

在一个晴暖安静的日子里，附近也没有马达的轰鸣，两只斑海豹在滩涂上趴着晒太阳。其中一只在蠕动的时候，不小心把滩涂弄塌了一块。它很害怕，立即逃到了水里。它的同伴经验丰富一些，四处张望了一下，确认没有危险，便继续在滩涂上趴着。但它往水边挪了挪，离水面很近，随时准备逃到水里去。

虽然斑海豹能保持30分钟的潜水时间，但它们同样喜欢躺在滑腻腻的岸滩上晒太阳。

躺在岸上的斑海豹十分令人羡慕。它们趴着，或者侧卧着，保持一种最舒服的姿势。落潮的时候，辽河主河道的河底会露出许多，滩涂在太阳下泛着金黄色的光泽。苍鹭沉默地在岸边伫立着。它们和斑海豹互不干扰。有时候，奔跑迅速的环颈鸻也会跑到斑海豹身边，张望一阵子，然后再跑开。海鸥也上上下下地在斑海豹上空飞翔。海鸥非常喜欢和斑海豹和平相处，因为能得到好处。它们等待斑海豹去觅食，然后跟着拣食一些小鱼小虾。

不被打扰的斑海豹会显露出最自然的状态。它们游到门头岗滩尖子上，四处张望一下，觉得没有什么新奇的事物，就会重新缩回水中，自由地游来游去，寻找着食物。门头岗以一个独立的小岛屿的形式而存在，原本它只是潮间带，后来淤积成岛，上面逐渐长满碱蓬和芦苇。它和对面的三道沟，都是斑海豹比较喜欢的上岸点。

2022年9月24日，大约有30只斑海豹上岸，比前几天增加了一倍多。它们正在陆陆续续从西太平洋洄游到故地。群落正在逐渐增大，个体之间的互动明显增多。一只斑海豹在海里游动了一会儿，打算上岸，岸上的一只斑海豹却朝它恫吓，把它吓了回去。我们不懂斑海豹的交流密码，无法分辨这是真的恫吓威胁，还是嬉戏的一种方式。

有时，两只斑海豹在水里嬉戏，互相打闹，摔跤，很像两个小孩子。在水里待够了，它们又扭摆着胖乎乎的身子，爬上滩涂。它们那么肥胖，却是地球上最有美感的肥胖。它们有着酷似人类的表情，特别是眼神，里面满是内容。

斑海豹的陆续返回，让它们的守护者非常兴奋。湿地保护协会的田会长虽然已经巡护斑海豹接近二十年，但每年斑海豹的返回都让他兴奋。这些动物保护者们有时聚在一起弹着吉他开演唱会，嘶哑着嗓子唱《花房姑娘》，像所有摇滚老青年一样。你很难想到他们有世界上最柔软的心。

但更多的时候，田会长不喜欢热闹。他在喧嚣的城里也待不下去。有时回去待上几天，他就急不可耐地惦记辽河口，惦记这些胖墩墩的小东西。

九月就这么过去了。十月，碱蓬草终于走到了它人生中最盛丽的时段。它们变得紫红，但这也是终点的临近，死亡的阴影不知不觉地入侵了，使它们走入了开始枯萎的时段。芦苇也不能摆脱季节和生死的固定规律，正在逐渐变黄，苇花灰白。

这也意味着，冬天很快就要到来了。斑海豹要储存足够的脂肪以抵御严冬，繁育下一代。它们的妊娠期大约10个月，与人类相同，但寿命却不及人类的一半，只有大约30至35年。

秋天过去了，严冬来临，辽河入海口进入冰河世纪，成片大块的冰排浮在海面上，随着涨潮落潮而忽高忽低。斑海豹开始在浮冰上产子，时间大约是1至2月份。

海上的浮冰，既是斑海豹的产床，也是它们的育婴房。刚出生的小斑海豹长着一身白色的绒毛，一个多月后开始褪毛。这个时候小海豹不能独立生存，斑海豹妈妈在浮冰上一拱一拱地爬行，寻找到一块舒适的地方，停下来，开始给小斑海豹哺乳。海豹妈妈很辛苦，雄海豹却很悠闲，因此它精力十足，在海豹母子周围找地方打洞。它破开一处浮冰，制造一个小小的海洋，频繁对海豹妈妈示爱。这时候的海豹妈妈像天底下所有的母亲一样，满眼满心全都是小海豹，她安然地卧在浮冰上哺喂自己的孩子，根本无暇顾及那没事可干的雄海豹。随着涨潮落潮而起起伏伏的浮冰，像巨大的摇篮，很是让小海豹喜欢。

这时候的辽东湾，除了辽河，大凌河等入海口也进入了结冰期。潮间带布满浮冰，渤海深处则还是蓝汪汪的海水。白蓝相映，纯净又妖娆。

这个季节，在辽东湾还会看到壮观的储冰场面，这是在其他海岸线看不到的。无数块白里透蓝的冰块四四方方，被起重机械吊装成一个巨大的冰堆，仿佛一座冰的城堡。当地人都知道，冬季储冰是为了夏季冰镇渔获。盖上保温层后的冰堡，可以一直坚持到来年的秋天，这期间，它们不会融化。

如果说储冰像建造冰堡，那么此时辽东湾处的渤海则真的像一座冰的宫殿。冰块鳞次栉比，挤挤挨挨，仿佛一块块形状不规则的鹅卵石，摆成一座巨大的院落。只结了一层薄冰的海面，透过冰面能看到深邃的海下世界，在光线的折射下，璀璨至极，熠熠发光。

冰海，是渤海赐予辽东湾的独一无二的特权。辽东湾绝对有理由对它的两个兄弟——渤海湾和莱州湾——摆出老大哥的样子。

冬天走到这个时候，是斑海豹保护者们夜以继日对繁殖海域进行巡护与监测的时光。这段时光辛苦而充实，有时候他们需要待在船上夜宿辽东湾，吃泡面，等待日出。

漫长的冬天，可以做很多有意义的事情。在二界沟的船厂里，一些执着的手艺人在用古法制造船只。人类最早使用葫芦渡河，后来发明了独木舟，木材在很长一段时间里都是造船的主要材料。在造船厂里，人们把木材切割打磨成各种形状，用古传的技艺把它们组装到一起。一副巨大的没有肉的骨架，仿佛博物馆里看到的恐龙的骨架，它被一点点地填充，逐渐变成一艘木船。用不着时光隧道，在这里就会回到远古时期。

辛巴达站立在船头上，镜头逐渐拉远，显露出巨大的木船——你可以想象所有的古老木船的样子。

二月中旬左右，辽东湾春潮涌动，海冰悄悄地开始融化。到下旬时，大块冰排开始壮观地流入渤海。

可爱的斑海豹也迎来了它们的节日：三月一日"国际斑海豹日"。这个节日是1983年由拯救海豹基金会设立的。节日代表着喜庆，但这个节日同时也笼罩着滥捕乱猎和海水污染的悲剧色彩。由于这两个最大的原因，海豹的种群数量逐年急剧下降。人们设立这个节日，其中包含着强烈的警示和希望。

海洋污染最直接的后果是生物数量减少，斑海豹的食物减少。天然岸滩被石油勘探、港口建设、海水养殖业、旅游设施等现代工业改变，使斑海豹的栖息地被侵占。如果说现代工业发展是人类逐渐利用自身能力管理地球的不可缺少的举动，那么，盗猎行为则是不可原谅的恶劣行径。

现在，每年回到辽河口的斑海豹数量，从大的时空距离来考察是减少的：从20世纪30年代的7100只，到目前不足2000只。三道沟渔民刘三爷从1961年开始打鱼，他说，那时候，船一开，就能看到海滩上密密麻麻全是斑海豹。船两边，七八斤重的大梭子鱼噼里啪啦往水面上蹿，斑海豹一口就能吞掉一只。

不过，从近年来的短期时间来考察，还是让人充满期待的：每年来到辽河口的斑海豹有200多只，大约2至3个群体。2021年最高峰值为181只，2022年最高峰达253只，是2022年4月1日观测到的。

春天，辽东湾异常热闹，候鸟和斑海豹纷纷返回。一群群胖墩墩的斑海豹懒洋洋地卧在滩上，从高空俯瞰，仿佛海滩上晒着的胖鱼干。它们是一些喜欢扎堆聚集的胖墩墩，在入海口找到自己熟悉的位置之后，就不太希望有其他的斑海豹来插队。一旦有陌生的斑海豹试图加入，这群斑海豹就拍打着胸脯做示威的动作，宣示领地权，有时也撕咬一番。但说到底这是些善良的家伙，撕咬也是点到为止，绝不会你死我活。象征性地撕咬一下之后，新来者找到合适的位置，它们也就握手言和，相安无事了。

清明时节是斑海豹数量最多的时候。这时候，草长莺飞，碱蓬草开始发芽长高，蓄积力量，准备秋季盛装出席。此时上岸的斑海豹有时一天能达到一两百只。一两百只胖墩墩躺在海岸上，也算是密集壮观了。

四月中旬，胖墩墩们开始洄游，数量每天都在减少。大约到四月底，辽河入海口岸边那海豹群晒太阳的独特景致就逐渐消失了。

到五月中旬左右，立夏时节，就基本上看不到它们的踪迹了。可能会有个别落单的斑海豹留守。或许这些小精灵们知道，碱蓬草已经蓄势待发，准备大片大片红起来了，到时候，碱蓬草就成为主角了。

04. 七月的碱蓬草

沿着辽河口保护区防潮堤一直南行，先是苇海，后是大片的碱蓬草出现在眼前。

碱蓬草当然是辽河口当之无愧的主角之一。海滨、荒地、渠岸、田边等含盐碱的土壤，是碱蓬草注定要接受的生存环境。或许因为生存环境恶劣，碱蓬草不得不让自己拥有比其他草强悍几百上千倍的吸附能力。

它们高不盈尺，却蔓延千里，且一生都保持着红色，因此成为著名的红海滩的造就者。特别是在辽河口的东西海岸，碱蓬草蔓延成了享誉世界的红海滩。这种一年生草本植物春天萌生出翅膀一样嫩红的小芽，开始伸展倔强的身体。每当潮水退去，湿地袒露出泥色的胸膛，深深扎根于此的碱蓬草便像海底珊瑚浮出水面，沐浴着阳光和春风夏雨，更为猛烈地生长。它们用吸收到的紫色光波悄悄洇染自己，海水每涤荡一次，它们的颜色就越深一重。从四月初露嫩芽，到五月枚红，六月粉红，七月小红，八月大红，九月紫红。

碱蓬草看似弱小，而且娇美，但生命力极强，在卤水浸洇、土质恶劣的盐碱滩涂上，牢牢地扎根生长，同时也调节着海滩土壤的盐度。海的涤荡和滩的沉积，反复的冲刷和积淀，碱蓬草顽强地作用于其中，最后达到了水、土、盐的平衡，反过来也决定着碱蓬草的红度：滩涂盐分含量低于10‰时，碱蓬草难以达到足够的红度；盐分高于16‰，碱蓬草便会死亡。只有环境盐分含量介于10‰—16‰之间，碱蓬草才能红红火火地大量繁殖。碱蓬草的神奇力量正在于此，我们可以这样理解：它调节着滩涂的盐度，是为了让自己更好地生长。

当猛烈的海风携带着沙尘侵袭海滩，连成一片的碱蓬草在此时还可以发挥更大的作用：收留和消化一部分沙尘。它的茎叶掉下腐质后，还能持续地改良肥化着滩涂，给小鱼小虾和蟹类提供营养。

作为滨海湿地的主要植被，碱蓬草就是如此既美又劳苦功高，因此它被各种鸟类喜欢。一度它还在特殊年代抚慰辽河口人的肚腹——在六十年代的"瓜菜代"时期，苇塘中不产粮食，辽河口附近的人们挖掘了苣荬菜、灰菜、野韭菜、小根蒜、荠菜、野芹菜、婆婆丁、打碗花根、酸不溜、水鸡菜等野菜，再也无菜可寻的时候，碱蓬草就成了救命菜。虽然它苦涩且咸，但人们给它取了"盐荒菜""荒碱菜"等俗名，以"菜"冠之，可见对它心怀感激。

现代技术测定的数据更为翔实可信地证明了碱蓬草的营养价值：碱蓬鲜嫩茎叶的蛋白质含量占干物质的40%，与大豆相仿；籽粒的脂肪含量高达36.4%，远高于大豆。另外，碱蓬茎叶中含有大量的人体所必需的氨基酸、维生素、胡萝卜素和Ca、P、Fe、Cu、Zn、Mn、Se等微量元素，其中有许多指标都高于螺旋藻。

另外，它"药食同源"的特性，也早就被辽河口的渔民所掌握。他们祖祖辈辈流传着受伤后用碱蓬草做消炎止血偏方的做法。

看来，造物主真是过于偏爱碱蓬草，不仅把它塑造得全身是宝，还让它拥有了那么美的形态和色彩，真是大红大紫的一生。

七月底，辽河口保护区里的碱蓬草还没有红到发紫，但这紫红之前的红色却有着清贵之气。一条条形状多变的潮沟，堪称红海滩的灵魂，它们切割和改变着红海滩的规模和大小，将之圈划、围堵、疏泄，使之生命力增强，流动感被唤醒。七月的芦苇，绿得也不是那么狂野，与清雅的红碱蓬相得益彰，它们仿佛走到青年时段的恋人，在潮沟的圈划之下，彼此依偎，朝着人生的金秋走去。

我踏着七月底的阳光而来，它们正要显示大红之美。这是一个神奇的转化和回馈的故事——碱蓬草把我们肉眼看不到的紫色光波，用看得到的色彩回馈给阳光和阳光下的人们。每一棵碱蓬草都是出色的染匠、画家和绣娘，它们心有默契，协同合作，共同把滩涂染红，把它变成一幅画、一幅绣品。它们天赋异禀，无师自通，是大自然中最杰出的艺术家。

这条长长的穿行在红海滩上的防潮堤，最终把我带到两块大石碑面前。这时候，从进入北门算起，车子大概行驶了20公里，我从没觉得一段路会这么奇妙，这么漫长，仿佛要永远这么走下去，一直走到真正的童话里。

左边是一块横卧的石碑，上面的字显示了它代表着什么：红海滩地质遗迹。右边的石碑与它相反，是一块高耸的瘦长的石碑，同样向我表明了它代表的事物：中国最北海岸线。旁边还有一行小字：辽宁省第十三届运动会火种采集地。石碑上标注着经纬度：东经：121°47′49.88″，北纬：40°57′12.41″。

盘锦是一座幸运的城市，它所拥有的海岸线，是中国所有海岸线中最北的部分。而这纬度最高、在所有海岸线中应该最冷的地方，却奇异地以热烈如火的红色向世界展示着自己的存在。

石碑旁边，一条绵延的潮沟伴随了小路很远，在这里拐了一个接近180度的弧，圈出一大块红滩绿苇，然后直奔渤海。

05. 辽河口大白楼

经过两块石碑之后，很快就抵达了我此行一个很重要的目的地：辽河口大白楼。

到这里之前，我从航拍图中看到过它，它在大片的红色滩涂中仅仅是作为一个点而存在，很孤绝，方圆没有其他建筑物与它为邻。到了跟前才发现，它原来是一栋不算小的四层楼。它是原盘山县海洋执法中心办公大楼，现在则是盘锦湿地保护协会所在地，因为通体白色，被亲切地称为"大白楼"。每年有许多志愿者、研究人员、小学生光顾大白楼，它是这一带标志性的存在，代表着"保护"这个世间最美好的词语。

盘锦湿地保护协会的田会长引我走进这栋我一直想一探究竟的大楼。在一楼，我专门看望了刘三爷，他是田会长拍摄的辽河口许多镜头里的主要人物。刘三爷是附近三道沟的渔民，平时也在大白楼帮湿地保护协会做一些看护的工作。

　　刘三爷的每次出场，绝不会是独自一人，总有几只狗——最少三只——时刻跟随着它。它们跟随刘三爷整理渔网，在苇海间穿梭，甚至跟随刘三爷上船。这次是三只狗，呲着稀疏可爱的小尖牙吠叫，假装很凶猛，实际上奶凶奶凶。看了一会儿后，我发现，它们对我并无恶意，只是朝着田会长在吠叫，表达的是"你为什么好几天没来了"的不满。

　　刘三爷衣着很随意，找了根布带往腰间一扎，权当腰带。据说他很多天不换衣服，也不买衣服，打鱼赚的钱全都给了儿女，或是给他的狗们买食物。狗是他的命。

　　大白楼这里自成一体，周边没有其他邻居，因此也没有通淡水，来大白楼的人都会提前问田会长需要带什么物资，田会长除了说需要矿泉水，还让他们把家里闲置的衣服清洗干净，给刘三爷带来。但是刘三爷不舍得穿，而是把那些衣服妥妥帖帖地放在自己屋里。他囤着它们，却不穿，而总是穿着身上那件破旧不堪的衣服。

　　我跟随田会长登上三楼，参观他的办公室，以及"辽河入海口海洋图书馆"。这个图书馆并不大，几排书架，上面摆着几百余册与海洋有关的图书。但对于这样一个偏远的地方来说，这"小型"实际意义却很大。所有图书都是协会通过发起募捐的形式，靠社会各界热心环保的人士自发捐赠的。

　　大白楼实际上是一个正在慢慢丰盈的海洋科普展馆。在另外几间展厅里，我欣赏到了各种涉及海洋的科普展板，内容包括湿地、鸟类和斑海豹的生活习性介绍，图文并茂，知识性极强。

　　这里的大多数摄影作品都是田会长拍摄的，其中有一幅作品极为珍贵和震撼：他在2010年4月4日，拍到了斑海豹、丹顶鹤、反嘴鹬、黑尾鸥同时出现在镜头里的珍贵画面。碧蓝的海水，中间一抹滩涂上亲密地挤挨着十几只斑海豹；靠近岸边的浅水区里行走着两只反嘴鹬；两只丹顶鹤一前一后在岸边踱步，它们旁边是枯黄的、去年的碱蓬草。这些碱蓬草走完了壮丽的一生，在衰败之前，竭尽所能地落下了种子，然后极尽所能地金黄着。它们落下的种子，在四月初已经萌发，不过，这时候还太过弱小，大约只有两个小嫩芽，还怯生生地躲在父母们的腿边。随着海水的滋养，阳光的照晒，父母们不得不老去，颓倒，被潮水带走，新生的碱蓬草便会茁壮成长起来。再后面的远方，是高大茂密的树林；空中一前一后飞翔着两只黑尾鸥，白色的身躯，黑色的尾尖，背后是湛蓝的天空。

辽河口几种王牌生物神奇同框，这种和谐共生的景象虽然是湿地的事实，但用镜头来捕捉还是不容易的。田会长日复一日用他的各种长枪短炮和无人机，拍摄着辽河口的晨昏和四季。他爱每一缕光线，每一只穿过窗户飞到办公室的小鸟。他拍到了生物们许多的"一瞬"，这些"一瞬"对我们来说，是窥见那个神秘世界的一扇扇窗户。

田会长带着我翻越窗户，去欣赏窗外的一个露台。光秃秃的露台中间很奇怪地立着一棵小树，几根蜷曲出奇怪形状的树枝张开在瘦弱的树顶上。走近一看，原来是一棵假树。田会长说，那是他特意布置的，便于拍照。鸟儿会经常飞到树枝上。露台旁边倒是有一棵高大的真树，根部扎在一楼旁边的滩涂上，树冠婆娑摇晃在三楼露台旁边。那棵树也是鸟儿喜欢驻足的地方。

站在露台上，更可以尽情饱览壮阔的红海滩和绿苇荡。一时之间，我恍惚觉得这个露台是我横渡渤海海峡的那艘大船的甲板。我站在甲板上，周遭一望无际全是植物和滩涂之海。

刘三爷有些高兴。他送来半个西瓜。过了一会儿，又端来一盘螃蟹，说是自己一直冻在冰箱里的。又过了一会儿，他拿着一部早已过时的诺基亚手机上楼来，请田会长给自己的儿子打个电话，往他的手机里充点话费。他的手机欠费停机了。

刘三爷对我很友好，可能是因为我专门给他带了一箱牛奶的缘故。不过，我猜测他是不舍得喝的，他会留给他的狗们喝。据说刘三爷其实并不是一个友好的人，他20世纪60年代就在三道沟这里以打鱼为生，离异多年，性格孤僻，经常和三道沟的其他渔民争吵，骂骂咧咧。也很少跟陌生人表示友好。这么说来，刘三爷可能看着我比较合眼缘。

午饭是在大白楼的简易小厨房里做的，保护协会的其他人掌厨。午饭过后，我们去三道沟渔港转了转。渔港很小，寥落地停泊着几艘船。

在一处岸边浅水上停泊着一艘蓝色小木船，木船旁边的岸滩上矗立着几根戗桩，能够看出它们历经漫长的岁月冲洗，已经老迈不堪，废弃不用了。而在过去，它们是作为栈桥式码头的顶梁柱而存在的：两排戗桩之间搭建上简易木板，就是一座可供渔民上下船及卸货的码头。它们的存在，使那些受吃水限制而无法靠近沙滩、缓坡类岸边的渔船，能够停泊在海中而实现与岸上的往来。

田会长曾经在十几年前拍摄过一张照片：夕阳染红了三道沟海面，两个渔民用木杠抬着一筐渔获，行走在木栈桥码头上。极美的一张照片。如今，砖石、铁结构码头已经完全替代了过去的戗桩栈桥码头。

在这几根戗桩的旁边，就是一架铁质的小栈桥码头。这几根老迈的戗桩之所以遗留在那里，可能是因为它们在当地渔民眼里已经司空见惯，没有人想到要去把它们拔除。这恰恰是一种宝贵的历史遗存。

在我看着那几根戗桩、想象它们过去的模样时，一只黑尾鸥飞过来，停落在其中一根戗桩的顶部。它可真会找地方停落，可能把这根木桩当成了树枝。它们构成了一幅过去与现在衔接的画面。

06. 刘三爷与渔民

在辽河口，我专门去看了看刘三爷的小皮艇。白色的小艇，停泊在三道沟码头岸边，上面放着一个布包，几瓶矿泉水，一个小铁锚。

刘三爷的财产，主要是这艘小皮艇和停在大白楼前面的电动三轮车。他驾驶着这艘小皮艇，带着他的狗，航行在辽河口的海面上，遍布皱纹的脸被海风和太阳吹晒成古铜色，那幅画面被田会长取名为"老人与海"。他这样形容刘三爷："除了一双眼睛，他浑身上下都很苍老。那双眼睛乐观而且永不言败，色彩跟大海一样。"

刘三爷的财产还有狗。他的那支狗仔队数量不等，原来有两只，一只叫丫蛋，另一只叫满满。刘三爷出行时，丫蛋看家，满满随行。不随行的时候，每次刘三爷打鱼归来，满满都要嘴里叼着一点东西去迎接刘三爷，树枝或是别的东西。今年，狗仔队又添丁进口了，增加了两名成员，刘三爷不舍得送人，要留下来自己养。他骑着电动三轮车，车后斗里坐着他的某一只狗，穿行在绿苇红滩之间。

刘三爷是三道沟的渔民。三道沟是因有三道潮沟汇入而得名。盘锦有很多地名比如二界沟、干峪沟、鸳鸯沟，都是因地貌而得名。至于什么时候开始有这些名字，无从考究。或许要追溯到古渔雁时期，这个特殊的打鱼群落来到辽河口打鱼，根据地貌给各个潮沟取了名字，从而流传下来。至于是不是这样，不得而知。

刘三爷已经80岁了。在城市里，80岁意味着一个人已经走到了被衰老、多病甚至瘫痪、痴呆等符号缠绕的真正意义上的老年。而这些符号在刘三爷身上完全看不到。他的头发倒是全白了，但腿脚利索，能开着电动三轮车穿行在苇海中间，能驾驶小皮艇出海打鱼。

遗憾的是，因为行程紧张，我只在辽河口待了一天，就匆匆离开。但我离开辽河口后，还一直关注着刘三爷的情况。比如9月1日开海的第一天，三爷也跟其他渔民一样，驾驶着小皮艇出海了。皮艇太小，他不能往大海深处去，只能在三道沟附近海域活动。第二天是农历八月初八，渔民们为了多赚点钱，打了一个早潮之后，又在太阳快要落下的时候打了一个晚潮。这几天，辽河口的青虾大丰收。刘三爷的小皮艇偏偏在这个关键的日子里发动机出了一点故障，修好以后，只赶上打了晚潮。

开海第三天，八月初九，太阳还没有升起，三爷已经出海打鱼了。早上是最低潮，三爷用"倒帘"插虾。他露着小腿，在泥滩上跋涉，把倒帘插在滩涂上，等待潮水把青虾带到包围圈里。你很难想象这是一个80岁的老人。傍晚，夕阳中，三爷牵着他的小皮艇，在滩涂上跋涉，夕阳把他和他的小皮艇变成了黑色剪影。

插完青虾之后，该下地笼子网了。三爷从南井子村雇了几个妇女，帮他整理地笼子。几个妇女坐在地上，把地笼子里的碱蓬草挑出去。三爷有100个地笼子网，生产资料比较富裕。半天过去了，活干完了，三爷用他的三轮车把这三位妇女送回南井子。南井子是盘锦湿地深处的一个小村子。他的四只狗跟在三轮车后面奔跑，嚎叫，三爷不忍心，又停下车，回身把满满抱上三轮车，呵斥其他几只乖乖地待在家里。

过了几天，三爷雇了老李。三爷虽然身板硬朗，但毕竟80岁了，他一个人拽不动渔网。老李65岁，如果跟城里65岁的同龄人比身板，那么他就是一个青年。老李航海经验丰富，跟大海打过各种各样的交道。有一次，他的船坏在茫茫大海上，动不了地方，只能原地待着。风浪太大，没有船敢去营救他，因此他在海上待了两天一夜。有过这种经历的老李，跟着刘三爷在三道沟附近海域转悠，有点大材小用。

那一天，刘三爷收了两袋地笼子，渔获颇丰，其中大概有20多斤虾，足够支付伙计老李的工钱。

其他渔船在这个季节也是每天都收获满满，螃蟹会一筐一筐地卸到码头上。但是，稍微大点的渔船停靠码头要费点力气，需要船长的经验和船员的配合，也算是有技术含量的活儿。

有一种小挂子船，穿梭在门头岗和三道沟之间，主要是下挂子捕梭鱼。挂子船上一般有两个人，船长负责掌舵和测量水深，船员负责下挂子。测量水深是个经验活儿，因为这种船通常没有测水深的仪器，船长要么靠经验来判断，要么用一根竹竿子测水深。夕阳中，挂子船上的小红旗越发艳红。

在辽河口的海面上，有时还会看到一些古老的捕鱼方法，比如搬网捕鱼。在历史上的大多数时间里，这种捕鱼方法名叫"搬罾"，有些地方也叫"搬网"或"抬网"。这种捕鱼方式已经有上千年的历史了，原理也相对简单，但我仍对人类那非凡的创造力感到惊讶。

让我们看看这种世界上最简单的捕鱼工具是什么样子：四根支竿交叉绑成十字；竹竿四个端点挂上一张渔网；然后用一根竹竿与十字绑点牢牢地绑在一起，固定在岸边，作为主竿，起支撑作用，原理类似于杠杆。还要有一根绳子绑在顶点上。渔网会将柔韧的四根竹竿坠弯，形状看起来像圆顶形鸟笼。站在岸上的渔民缓缓地放下绳子，将这个简单的捕鱼工具沉入水中。一段时间过后，再拉起绳子，渔网便会兜上鱼虾。

"罾"的本义是"一种古代用木棍或竹竿做支架的固定式大型渔网，可在每年开渔季节重复使用"。从"罾"的结构上我们也可以窥见渔网的样貌："罒"是罗网；而"曾"的意思是"重复利用的""二手的"。"罒"与"曾"联合起来，就表示"一种固定的可重复利用的方形渔网"。

《说文解字》中对"罾"的解释也很简单："鱼网也。"

《庄子·胠箧》中阐明了这样一个观点："夫弓、弩、毕、弋、机变之知多，则鸟乱于上矣；钩饵、网罟、罾笱之知多，则鱼乱于水矣；削格、罗落、罝罘之知多，则兽乱于泽矣。"说明我国很早就用"罾"指代渔具。

《史记·陈涉世家》中关于陈胜吴广起义之前请卜者占卦的记述中，也谈到了"罾"，卜者教给他们一个蛊惑人心的办法：

乃丹书帛曰"陈胜王"，置人所罾鱼腹中。

于是，陈胜、吴广就用丹砂在绸子上写了"陈胜王"三个字，放在别人所捕的鱼的肚子里。士兵们买鱼回来烹食，发现鱼肚子里面的帛书，敬畏至极，都认为陈胜是天意选定的王。

这种古老的捕鱼方式，现在已经很少使用了。可能一些钓鱼爱好者会出于兴趣，在江河边支起"罾"，那真称得上是特殊的景致。

辽河口的那位渔民显然改良了这种捕鱼方法。他和罾一起站在浅海中，可能是涨潮时候，他只露出胸部以上，脖子上套着一个长长的网笼。他手里拿着一个网兜，从罾网里面把鱼舀起来，盛放到脖子上套着的网笼里。网笼像一条大长龙，隐现在浅海中。这真是一幅奇异的画面：渔民站在齐胸深的海水中，前面架着一只像大型鸟笼似的罾网，身后拖着长龙一样的网笼。

这就是神秘、斑斓的辽河口，以及它的渔民。渔民们很勤劳，朴实肯干。2022年的夏天雨水大，一整个夏天，三道沟附近会驾船的青年渔民都被抽调去参与抗洪。渔民渔村协会会长大林子带着几个渔民，没日没夜地抗洪，他的船孤零零地停泊在码头上。

在辽河口的海面上还行驶着一些运输船，比如马三哥的登陆舰。当然，它早已经卸下了曾经作为登陆舰的荣光，成为一艘普通的运输船，被马三哥买下，补充到了他的运输公司里。这艘运输船经常载着辽河油田海上钻井平台的物资或换班工人,从海上驶向三道沟码头。因为环保的要求,海上钻井平台的生产泥浆或是其他废旧化学物品不能排放到海里去,要运输到专门地方进行处理。这些运输采油垃圾的船只航行在辽河口的海面上,身后跟着一群海鸥。轮船的螺旋桨将海水翻起,鱼虾也会浮上水面,海鸥非常精明地盯视着那些浮上水面的鱼虾,它们捕获这些鱼虾时毫不迟疑,速度惊人。

十月份,辽河口开始降温,时常阴雨连绵,或者狂风大作。芦苇在大风里试图坚韧地挺立着,但终究还是风的力量更大,它们齐刷刷地往一个方向弯着腰。这样的天气自然是不能出海的,但是,一旦风小些,勤劳的渔民就立即驱动渔船,去往大海。刘三爷当然不会受困于降温,他照旧出海,站在冷气逼人的船头上时,沧桑的面庞又坚定了几分。出海归来,三爷收获了很多梭鱼。码头上,一大群海鸥欢实地鸣叫着,迎接他的归来。他把梭鱼卖给鱼贩子,有时也慷慨地留下一些,放在一个大箱子里,做糟卤梭鱼。这是他的看家手艺。

中华绒螯蟹、鲈鱼、梭鱼、虾虎鱼、河刀鱼、中华对虾等,都喜欢辽河口河海混杂的独特水质,在这种水质滋养下的鱼,口感细腻,营养丰富。

很快,冬天就来临了。还没有结冰的辽河口,寒气已经十分透骨。刘三爷戴上了棉帽子,两只帽耳朵垂下来。他坐在皮艇上,狗仔队里的某只金色毛发的狗陪着他,趴在艇边上。他的狗,都是会出海的狗。

在不出海的日子里,三爷有时候会去孙一刀的理发店理发。理发店的格局设施还停留在20世纪90年代。孙一刀戴着小圆眼镜,身穿短款白上衣,阳光从门外照射进来,把屋里搅得雾蒙蒙的。三爷的头发总是很长。奇异的是,他有着像雪一样的白发,却有着两条漆黑的眉毛。他的眉毛粗壮,形状坚毅。

07. 神秘的古渔雁

二界沟是辽东湾的一个天然渔港，位于辽河入海口。2022年9月1日开海第一天，二界沟渔港举行了盛大的开海仪式，数百条船壮观地开往渔场。而三道沟的渔船比较少，没有举行开海仪式。

二界沟渔港举行开海仪式，除了因为它拥有数百条渔船，还因为这里渔业历史丰厚。沟北遗址、老坨子遗址、蛤蜊岗遗址、霸王庙遗址，给这里留下了蛤蜊壳堆积层和无限遐想。人们推测，早在明代，二界沟就是渔民的主要聚居地。

这些人便是二界沟"古渔雁"的起源。

"肥沃的海田"是辽东湾作为天然渔港的美称。半封闭的海岸水体，使得辽东湾的南面和海洋自由连通，北面大辽河、辽河、大凌河等水体的流入，使得这种被称为"白浆水"的两合水营养丰富，深受洄游的鱼虾喜爱。辽东湾的滩涂由于海水和洪水的双重作用，以每年十米的速度向海洋延伸，因此滩面宽阔，宜于贝类生长，俗称"宝泥滩"。无疑，水产资源对于辽东湾来说是丰厚的，因此，这一海域内的二界沟便成为滨海捕鱼的重要渔港。

在远古那些或晴朗或暗淡的黎明，一些祖先从河北省白洋淀、文安县、静海县、霸县、滦县，以及山东省、浙江省，成群结队地离开老家，前往辽东湾。这些地方，可以笼统地划为"关外"。

他们一般选择过完春节，再过完正月十五之后动身。当这两个祥和的节日结束之后，一年的辛苦谋生也就开始了。整个春夏秋三季，他们在辽河入海口的二界沟从事浅海打鱼，冬季返回关内老家。因为辽东湾纬度较高，冬季结冰，是"罢海"季。《海城县志》记载：

渔户每年于开冻时，前往海面（昼则上船工作，夜则筑小团蕉以居），入冬始回乡里。

他们沿着渤海湾年复一年地来回迁徙，有的走陆路，有的走水路。就这样，不知什么时候开始，"渔雁"成了他们的名字。根据水路和陆路的不同，他们又被精细地划分为"水雁"和"陆雁"。这些人类被冠以"雁"的名字，源于他们和大雁一样有着随季节迁徙的特征。我们忍不住为这个既智慧又形象还美丽的名字拍案叫好。

渔雁抵达二界沟的场面，只能通过留存于世间的不多的文字记载或少数辽河口渔民的口述，经由想象而转化为图景。纵然如此，我仍然为这个"船城"的图景感到激动：每年春天，水雁的船只接踵而至，如同一座座由船组成的城市，在海面上移动。

陆雁大多从河北省的静海县、滦县、乐亭等地汇集到燕山一带，然后一队队地车载人担，浩浩荡荡，行程千余里，耗时数十日，沿着海岸线，经过昌黎、秦皇岛、山海关、绥中、葫芦岛、锦州、凌海市石山镇、沟帮子、盘山、田庄台，抵达辽河口。陆雁队伍最多时达到1000多人。他们冬季罢海返回时，也是浩浩荡荡很多人一起走，主要是基于安全的考虑。赚了一年的钱，总要安全地带回家去过日子。

移动的城市和移动的人群，就这样在辽河口二界沟安顿下来。水雁的一家老小在打鱼期间以船为家，这种船名叫"家眷船"。相对富裕一些的人家，孩子结婚后会再买一艘船，住得宽敞一些。不那么富裕的，就全家人挤在一条船上。一条船有六七个舱。后舱、伙舱、中舱、舵舱、水舱或货舱、前舱，依次从船尾排到船头，船上的布局和生活井然有序，生活中的各种节日礼俗、婚丧嫁娶、添丁进口、大事要事，都在船上进行，跟陆地上的人们一样。

水雁们驾驶着自家的船只，在辽河口打鱼，之后到市场上去售卖，再买回油盐米粮等生活用品。说这是一座移动的城市并不过分，除了打鱼和运输的船只，还有卖水船、运粮船等专业化船只，穿梭在打鱼船之间。最兴盛的时期，这座海上城市的船只多达千户。

传说陆雁是没有家眷的，都是一些单身汉。他们在家乡以种地为生，来到二界沟后，用鱼叉、贝叉、小搬网、推虾网等简单的小渔具，在滩涂上采蛤、扒蟹、下散海。后来，许多有钱人在二界沟设立了网铺，陆雁就给网东扛水活，或是给有船的人家打工。白天干活，晚上睡在网铺的大铺上。

现在，二界沟还保存着长发福网铺的遗址。有一个感人的传说，可以帮我们遥想长发福网铺的来历：从前有一艘水雁的家眷船，这家人姓刘，从白洋淀文洼迁徙到辽东湾。有一天，船家做了一个梦，梦见船只停泊的沟边荒滩上现出数间铺房，房前的晒场上晒着一摊虾。船家受一位白须老人的邀请，去铺房里坐着闲聊，老人告诉船家，这里是长发福网铺。但是，船家从梦里醒来后，看看四周，还是荒滩。此后，船家对这个梦一直念念不忘，后来仿照梦中场景，在荒滩上盖起草房，起了铺号名为"长发福"。

明朝时，在二界沟、坨子里、霸王庙、没沟营等渔村的陆雁多达上万人。清光绪年间，二界沟的网铺已有50余户，在这里扛活的陆雁有三四千人。

到了后期，苦于来往颠簸的不便，加上生产工具的进步和社会的发展，水雁的迁徙路程逐渐缩短，最终，陆雁和水雁就在海河口和辽河口消失了。1931年开始，陆雁在二界沟定居。水雁还零星地存在。但清末、民国时期和伪满时期的动荡不安，干扰了水雁的安全迁徙，到1988年以前，仅剩下几支水雁还按照千百年来的习性每年迁徙，1988年以后，水雁也消失了。他们在二界沟定居下来，不再迁徙，成为二界沟永久的移居者。

今天二界沟的渔民，百分之九十都是渔雁的后代。渔雁群体的生产和生活自成一体，丰富斑斓，经过几千年的积淀，已经成为海洋文化中的一笔遗产。但这些斑斓多姿的群落生活和文化，多以口口相传的方式一代一代流传下来，文字资料较少。2006年，盘锦市文化部门建立了"辽河口古渔雁文化遗产博物馆"，这令我们感到欣喜。博物馆里陈列着与陆雁和水雁有关的打鱼物件，共有1000多件藏品。

古渔雁群落在漫长的辽河口打鱼的历史，透露着一种非凡的气息。这个阳光照耀下的河口，过往中发生的关于渔雁的无数故事——渔船的故事，渔具的故事，渔获的故事，渔家的故事，神话故事，地方风物故事，以一种独特的口头文学的形式存在着。渔雁民间文学的传承者能口头讲述一千多个民间故事，让我们感兴趣的不仅是这些故事的意趣，更多的是它们传递出来的古渔雁群落独特的海洋文化,渔雁的人生态度等。

在网上辗转买到一本《辽河口渔民迁徙叙事——古渔雁民间故事传承研究》,深入了解这个群落和这段历史之后,久久地为它的不可复制性而惊讶。这简直是一个创世之举,犹如造物主精心设计的一个独特构想被实施。

如今,渔雁的后代们依然过着打鱼的生活。他们很勤劳质朴。夏季禁渔期不能打鱼,他们就去浅海区捡白眼石,作为额外收入。白眼石是一种米粒大小的贝类,养虾的饲料。潮水还没有完全退去,渔民们坐在防潮堤上等待,等潮水退得差不多了,就抬着小皮艇下海。潮水完全退去了,渔民们就在泥滩上寻找白眼石。涨潮了,他们划着皮艇回来,拴住皮艇,开始卸货。每袋白眼石40斤,收购商按照每斤一元的价格收购。渔民们把白眼石装到三轮车上,送到收购站。

古渔雁时代在历史这位大师的操作下,画上了一个意味深长的句号。它的后代们在夕阳的照耀下,拽着长长的网笼,牵着小皮艇,继续行走在滩涂上。禁渔期过去,他们驾上船,沿着祖先的路径,继续行走在渤海上。

08. 红海滩风景廊道

离开辽河口保护区,驾车沿着来时的路北上,转过一个弯,然后沿着辽河东岸继续南下,去往红海滩风景廊道。风景廊道和保护区分别位于辽河口的东西两岸,隔河相望。

从红海滩风景廊道东北门进入,一条平展的滨海大道陈在眼前。

长达18公里的盘锦红海滩廊道享有诸多美誉:"世界红色海岸线""中国最精彩的休闲廊道""中国最浪漫的游憩海岸线"。赋予它一切褒奖的词汇都不过分。2013年建起的这条长长的廊道,十个景点均依托红滩、绿苇等自然湿地资源而设计修建,由滨海大道串联而成。滨海大道两侧景色丰富,朝海面是一望无际的红海滩,背海面是油田、稻田、苇田。不同色彩和风情的和谐共处，是辽河入海口的特征。

这么美的风景，自然少不了神话故事的参与。红海滩的神话故事是关于爱情的。相传，七仙女离开董永之后，日日被相思所苦，便不停地巡视人间，试图找到心中的恋人。这一天，她看到盘锦这片土地，觉得它像仙境一般圣洁，就编织了一块红手帕抛向这块圣地，红手帕瞬间化为美丽的红海滩。

踏上一段修建于滩涂上的木栈道。这个景点名叫"踏霞漫步"。栈道曲曲折折，九曲回肠，伸向滩涂深处。在它的两旁，午后炽热的太阳将水面照得亮白闪光，苇丛倒影的每一根叶尖都清晰闪亮。

最重要的主角，自然是一蓬蓬、一丛丛、一片片碱蓬草。它们依偎在苇荡中，两者互相依傍又互相切割。小块的苇丛在大片的红滩之间时，远看仿佛红海之中冒出一个绿色的小岛。有些水域里的碱蓬草长得还不是很浓密，只有一小截梢头露出水面，青绿色正在变红，像水面长出一丛青红相间的绒毛。浓密的地方，碱蓬草是明艳的红色，连成大小不等的区块，其间水洼和潮沟遍布，像红滩上亮晶晶的饰物。潮沟和水洼真是红滩不可缺少的部分，弯曲回绕，形状百变，是红色大地躯体上遍布的毛细血管和筋脉。

大一点的潮沟，清晰地倒映着太阳和白云，天空把它变成蓝色。近旁，栈道旁边的芦苇尖利的苇尖像细长的旗子，在风的吹动下朝着一个方向摆动。

沿着滨海大道继续南行。路西是更为绵密辽阔的红海滩，路东是阡陌纵横的绿色稻田。一路之隔，左手携绿，右手携红，仿佛母亲手牵一对儿女。在一处安静的路边，我停下车，放飞了一次无人机。航拍镜头下的红海滩广阔无垠，巨大的潮沟呈各种幅度的"S"形或者连绵的"S"形，蜿蜒地切开红滩。大的沟壑两旁又分裂出更小的沟壑，这些小沟壑再横向切开红海滩。沟壑两旁是细腻的黄泥坡，沟底流淌着黄色的细泥流。沟壑是大地裂开的一道道口子，露出大地的雄浑和苍凉，陪衬着碱蓬草地毯的艳美。

路东侧的稻田却被切割得横平竖直，仿佛棋盘。与对面妖娆的"S"形潮沟切割成的不规则的红滩相比，显然稻田更像一位英俊、直率的男子。这个季节的稻田还是清新的绿色。再过两个月，秋天来临，它们将会变成金黄色，到时候，一路之隔将是紫红和金黄、成熟的对垒。

处于辽河三角洲中心地带的盘锦市，委实是一个占据了天时地利优势的福地，自古就被称为"鱼米之乡""辽河金三角"。这里的"金"更多指的是黄灿灿的稻田，指的是"米"。

追溯水稻在辽河金三角的种植史，要数算到一百多年前的1907年。20世纪20年代，盘锦大米是张学良将军在沈阳宴请高官显贵的"帅府专供品"。盘锦大米在当时还是伪满洲国的御用食品，普通盘锦人吃了大米要被定为"经济犯"。张学良将军亲历了两次"直奉战争"、郭松龄起兵反奉，深深为国家主权和民族存亡而忧虑，以实业振兴东北的想法在他脑海里扎下了根。1928年，张学良创办了"营田股份有限公司"，东北地区水稻生产机械化的步伐从此迈开。

在著名的"南大荒"种植水稻，自然不是易事。开发荒淤，改良土质，是一项艰苦的大工程。当时，张学良雇用了朝鲜农工开垦退海荒原，用拖拉机翻地，开发种植了7.66万亩水稻，在当时的中国是最大面积的稻田。当时用的是柴油机抽水，从辽河引水灌溉。奔腾不休的辽河成为天然的灌溉源泉。无疑，在当时，这样的生产技术堪称先进。由此可见，我们今天吃到的盘锦大米，跟张学良将军有着不可分割的关系。

1948年盘锦解放后，在政府的主导下，大规模垦荒造田、兴修灌溉网、改良土壤轰轰烈烈地开始了，当时尤以国营农场为单位的农田开发建设成为主导，盘锦由此逐渐成为国家重要的商品粮基地。

20世纪60年代末70年代初，从祖国四面八方来到盘锦的"五七大军"和知识青年，不仅参与了石油会战，还参与了水稻会战。他们用自己的知识、热血和技术，与当地农民一道，把蛮荒的盐碱地变成了大片的稻田。70年代末，知识青年陆续返回家乡，把自己用青春浇灌出的盘锦大米的口碑也带到了祖国的四面八方，"盘锦大米好吃"这句朴实直白的话传遍全国。

适宜的温度条件，较长的生长期，充足的灌溉水源，没有工业污染且偏碱性的土壤，造就了盘锦大米淀粉含量低、韧性强的好口感；盘锦土壤中富含的氯离子又给大米制造了一种油状薄膜，使其亮度增加，外观更诱人。几十年来，"南大荒"变成了"南大仓"，盘锦大米荣获了多个全国性荣誉称号，2008年被指定为"北京奥运会专用米"，更是让它走向了世界。

"稻梦空间"是红海滩风景廊道的一个著名景点。这种稻田彩绘的艺术形式，似乎格外偏爱盘锦的这大片稻田，因为大型彩绘需要广阔的面积。人们依照事先画出的九宫格，定出坐标，牵线绘出图样或字体轮廓，然后在水田里种上黄色、绿色和紫色叶子的水稻，让它们长出预先设计好的图案。

160余万亩水稻田铺展在盘锦的湿地上。稻田的深处还生长着一些小精灵——河蟹。在太多盘锦人的记忆里，这种袖珍可爱的小生灵曾经遍布滩涂，根本用不着刻意捕捉。特别是迁移到这里开发油田的人，对河蟹的记忆尤为深刻。即使是在市场购买河蟹也非常物美价廉，2分钱能买到公蟹，3分钱买到母蟹。

如今，它与稻田相伴而生，共同造就了"稻蟹田"。稻田养蟹，河蟹给稻田除草、松土、捉虫、提供作为肥料的排泄物，稻田则为河蟹提供栖息和食物，这种小如纽扣的不起眼的河蟹，竟然使盘锦又多了一顶"中国河蟹第一市"的桂冠。

09. 浅海采油机

在红海滩风景廊道里，有一条幽静的小路，离开滨海大道，拐向西南方向，朝着大海延伸而去。这是通往"岁月小栈"景点的路。

我当时并没有想到，沿着这条路走到尽头，会与一些采油机相遇。

小路安静，没有一丝尘音，就连路旁滩涂上停落着的鸟群都悄无声息。起初我并没有认出那是鸟群，只看到许多白点，点缀在滩涂上。黄色的泥滩和各种形状的蓝色水沟此凹彼凸，相依相伴，稍远处是红滩和绿苇。那些白色的鸟安静地待在泥滩上，只有一只在空中低飞，白色的身子，黑色的尾巴。它划过一道漂亮的弧线，停落在泥滩上，我才知道原来那些白点是水鸟。

我小心翼翼地向它们发出友好的声音，它们立即从滩涂上飞起，一霎间在低空中形成壮观的鸟浪。白色的身体，黑色的尾和翅，这两种简单却高级的色彩组成的鸟群，在红滩芦苇上翻飞，这种场面我还是第一次见到。时间很短，大约是意识到我并没有攻击性，它们放心地重新停落在滩涂上。当我再次尝试向它们打招呼的时候，只有一小部分飞了起来。当我第三次朝他们喊"嗨！"的时候，它们便懒得再起飞了。

我不知道这一片鸟群有多少只，目测在一百只以上。我也不知道它们叫什么名字，猜测可能是黑尾鸥。

离开它们，继续沿着这条幽静的小路朝大海行进。小路很快走到尽头，一台台橙色抽油机正在工作，这是辽河油田金海采油厂海南三号站，辽河油田第三分属工业区，是辽河油田非常重要的生产基地。

这些采油机憨态可掬，像小鸡低头啄米，一下一下地啄着地面。它们有一个凝结着劳动人民智慧的趣名——磕头机，正在挖掘地下深处的黑色黄金——石油。这是一种含有游梁，通过连杆机构换向、曲柄重块平衡的抽油机，由此得名"游梁式抽油机"。旁边白色站房门口的台阶上，坐着一位石油工人，身穿橙色工服。

作为辽河油田的总部所在地，盘锦可称为一座新兴能源城市。我们来看看辽河油田波澜壮阔的发展历史。

1955 年，辽河盆地开始进行地质普查；1964 年钻成第一口探井；1966 年钻探的辽 6 井获得工业油气流。

在辽河盆地 1964 年钻成第一口探井之前的 1960 年春，我国发现了大庆油田，一场规模空前的石油大会战在大庆展开，铁人王进喜从西北的玉门油田率领 1205 钻井队赶到大庆，站到了辉煌的石油大舞台上。1965 年 7 月，王进喜在石油工业部第二次政工会上动情地说："要让我们国家省省有油田，管线连成网，全国每人每年平均半吨油。"1967 年 3 月，大庆派出一支队伍来到辽河盆地，进行石油勘探开发，当时名为"大庆六七三厂"。

1970 年 3 月的辽河盆地，也像当年的大庆一样，开始了一场轰轰烈烈的辽河石油大会战。从大庆、大港、胜利、新疆、四川等油气田调集的专业队伍，以及特地招收的五七干部、知识青年及转业军人，在盘锦的沼泽泥塘、荒原苇塘中集聚，踩泥踏水，餐风宿月。在不到十年的时间里，这些铁人们抛洒青春、热血和智慧，深深地探索藏于地下的神秘的黑色黄金，不负众望地相继找到了黄金带、兴隆台、高升、沈北、田光、欢喜岭油田，证明了辽河盆地下面深藏着可以大规模勘探开发的源源不断的石油。"三二二油田"正式成立，1973年改称辽河油田。

从1955年在辽河盆地开始地质普查到1986年，三十年的时间，辽河油田原油产量已经突破1000万吨，成为我国第三大油田。

这种深褐色的黏稠液体貌不惊人，却作为"工业的血液"而存在，它的重要性不言而喻。正因为有了石油，以及随油而起的化工，所以才有了今天的盘锦市。1984年建立的盘锦市，如果说是以油建市毫不为过。作为曾经的"南大荒"，盘锦深受石油的恩泽，摇身一变成为石油城，率先进入全国36个小康城市行列。

如今，盘锦的人们仍然喜欢说自己的城市是一座油田。四五十年代出生的老盘锦人，很多都是为油田奋斗过的，亲眼见证了盘锦从一片蛮荒的芦苇荡发展成石油城。这一代人的骄傲也潜移默化地影响了后辈人，他们的儿女也步入中年。提起自己父辈的荣光、热血与黑油交织的火热岁月，他们仍然由衷地为自己"油二代"的身份感到自豪。特别是那些孩童时期跟随父辈从祖国四面八方迁移到这里开发油田的油二代，他们离开了自己的出生地，在这里重新安家。随着时光的流逝，第一故乡在他们的脑海中渐渐模糊，记忆逐渐丢失。今天，走在盘锦市内繁华的向海大道上，看着车来人往，你不知道这些人里有多少是幼年时期跟随父辈迁到盘锦来的。有些年轻人甚至已是"油三代"。

小路到这里已是尽头，对面，三号站的旁边就是金波浩荡的渤海。往左是二号站，往右是四号站。小路加上这三个平台所处的位置，构成了一个大写的"T"形。我选择了在小路尽头往右，去四号站。相比于滨海大道，这条小路才算是真正的沿海而行。现在，辽阔的红碱蓬滩位于我的右边，左边是浩瀚的渤海。

行到小路中间，停下来，回身眺望金海采油厂三号站。在这个位置上看,三号站采油平台仿佛一个长长的码头,伸向浩渺的渤海。码头边簇拥着翠绿的芦苇。磕头机面朝大海,一下一下行着庄严的礼仪。傍晚五点钟的太阳从一条狭长的鳄鱼嘴巴一样的云层旁边,向海面投放着万缕金光。它是如此慷慨,把渤海海面整个照亮。海岸远处是金黄色,近处则是亮银色,比那照亮它的夕阳更奇特、更炫目。仿佛一个巨人把一块巨大的镜面安放在海面上。

往右一直行到尽头,是金海采油厂四号站。它跟三号站一样,完全地伸进了渤海之中。我无法确定,是渤海托浮起了这三个采油区,还是它们张开臂膀奔进了渤海的怀抱。那些向着大海行礼的磕头机,在海下拖着一模一样的倒影。也可以认为,它们是海下磕头机在海上天空中的倒影。

这里是辽河油田金海采油厂作业三区。这个作业区里的磕头机比那些陆地上的同伴要幸运得多。它们面朝大海,背靠辽阔的红海滩。黑嘴鸥等水禽的存在,使它们远离单调和孤寂。而且,个别胖墩墩的斑海豹有时不知道什么原因,还会落单滞留在这里,探头探脑,诉说着西太平洋的讯息。夜里,有渤海的涛声呓语伴枕助眠。单就工作环境来说,再也没有比这里还美的油井了。

这个作业区的历史可以上溯到 20 世纪 80 年代中期。那时候,辽河油田以可观的原油产量而成为国内第三大油田,之后,它的潜力成为人们感兴趣的事情。于是,人们奔赴辽东湾滩海区域,探索和发现新的油气田。采油作业三区就是这样被挖掘,在 1997 年正式启动建设。到 21 世纪初,四个采油平台全部落成投用。

红滩、大海、采油平台的奇异组合,使这段本来不被很多人关注的海岸线改头换面。路基的阻挡,使得这里的潮汐流速变缓,渤海海水和辽河淡水的混合滋养,使得这里原本并不浓密的碱蓬草萌发了新的生命力,迅速蔓延。来这里观赏的人越来越多。2012 年,盘锦市开始建设红海滩风景廊道,世界最美的红色海岸线在辽河口熠熠生辉起来。

大自然提供了工业胚芽,等于同时给自己埋下了破坏的因子。工业生产与大自然自古就是天敌——采油作业的钻井泥浆、油、生活垃圾,都是海、红滩、鸟类的敌人。它们之间要想和谐共处,人类必须拿出百分之百的虔诚和努力。清洁生产，标准作业，怀有博大的爱心，善待每一株碱蓬草，是这个作业区里所有人的使命。

　　从四号站返回时，我在路中间停下两次，每次都有不一样的感受。第二次停下时距离三号站已经很近了，夕阳落得更低，海面上的亮度有些变化，三号站这么看来，简直已经与工业二字无关，更像一个很特别的景区。

　　从南门离开红海滩风景廊道。太阳逐渐失去光芒。但它依然是它，有新的光芒和气氛，会在第二天出现。

第四章

01. 新中国第一缕曙光升起之地

　　七月末的锦州，连续两天被暴雨造访。我去的前一天，刚刚下过了一场据说是 1994 年以来锦州市最大雨量的暴雨。

　　我从盘锦出发的那天，天空低沉阴郁。刚刚驶上通往锦州的高速路，雨就开始敲打窗玻璃。到达锦州之后，我的眼前是被暴雨打乱秩序的城市，多处路段被阻。我转换两条街道才到达酒店。

　　下午，雨依然在下，但不至于影响出行。为了安全，我选择去参观路途较近的配水池战斗遗址。没想到出发时雨量不大，到达之后却风雨交加起来。在松坡路的路边，我坐在车里等待了接近一个小时。雨猛烈地泼洒着车窗玻璃。一个小时后，雨势渐缓，转为零星的雨丝，我踏着石阶走上遗址高地。

　　被雨洗涤过的配水池战斗遗址洁净清新，绿草、冬青、松柏的影子倒映在波光粼粼的路面上。

　　像这样的战斗遗址，在锦州有几十处。因此，锦州在战略地位上享有很高的声誉。早在明崇祯十三年，皇太极就采用了长期围困之策夺取锦州，目的是打通辽西入关通道。他先派兵拔除了锦州外围明军的据点，然后在城周掘壕立营，四面包围了锦州城。崇祯十四年三月，锦州东关守将吴巴什等降清，成为内应，清军攻占外城。明廷调集 13 万兵勇驰援锦州，最终被击败。明军军心动摇，王朴、吴三桂等乘夜率部向宁远撤退，遭清军伏击，伤亡惨重，皇太极乘胜围城，同时阻击山海关内明军增援。到了崇祯十五年三月，祖大寿率锦州守军降清，明军关外主力丧失殆尽。

这段战事打得比较胶着，前后耗时两年，符合皇太极最初的"长期围困"计划。这充分证明锦州之地并不易打，也说明了锦州重要的枢纽位置和兵家必争之地位。

一个地方的军事意义与它所处的地理位置休戚相关。锦州是辽西地区的交通枢纽，连接华北和东北的京哈线等交通线路都必须从锦州通过。京通线在1979年建成通车之前，锦州是当时沟通关内外的唯一通道。通往河北承德的锦承线、通往辽宁东北部阜新的锦新线，分别成为锦州铁路的东西两翼。锦州与它的近邻葫芦岛之间也有铁路相通，而港阔水深的葫芦岛港是渤海沿岸的重要港口之一。这种得天独厚的地理优势，使得锦州成为联系海路和东西往来的重要交通枢纽及咽喉要道。直到现在，南来北往的人依然喜欢把锦州作为中转站。

它的重要战略作用在古代没有多少记载，但在近代战争中表现得比较明显，比如抗日战争和解放战争。

"九一八"事变后，为避免辽宁全境沦陷，以张学良为首的东北军政集团做出过一些重要举措，其中之一是在锦州设立东北军政行署和加强以锦州为中心的辽西地区的防卫。1931年10月8日早上，日军发动了对锦州城的轰炸；之后关东军以重金收买了国民党亲日政客凌印清，纠集起一千多人伺机进攻锦州，被东北军剿灭。日本人又收买了张学良的堂弟张学成，最后仍被剿灭。11月下旬，围绕着以锦州为中心的辽西地区形势问题，南京国民政府提出了"锦州中立区"计划，激起了中国广大爱国民众的强烈反对，12月4日计划被迫放弃。12月26日，在关东军发动进攻的前夕，张学良给在锦州的东北边防军参谋长荣臻发出抵抗的电令，要求做好迎战准备。1932年1月1日，日军发起了对锦州的总攻，1月3日占领锦州。锦州抗战最终悲壮谢幕。

比起此次悲壮之战，1948年发生在这里的另外一场战争——辽沈之战，就是另外一种结局了。作为辽沈战役的主战场，锦州也在这之后被称为"新中国第一缕曙光升起的地方"。

辽沈之战把锦州作为争夺地的总策划师是毛泽东。早在1948年2月，毛泽东准确地看到了夺占锦州将对盘踞东北的国民党军形成关门打狗之势，遂明确指出应首先歼灭锦州至唐山一线之敌，将战役焦点锁定在锦州。

到了1948年夏秋，东北战场呈现出了非常明朗的局势，人民解放军解放了东北97%以上的土地和86%以上的人口，总兵力迅速扩张，将国民党军分割压缩在沈阳、长春、锦州。这三个地方互不接壤，难以互相接应，决战的时机显然已经成熟。作为决战第一战的辽沈战役，首先要攻克的枢纽就是锦州，它能否被攻克，意味着辽沈战役是否能够成功。

中央军委做出了东北野战军主力南下，截断北宁线，然后攻锦打援的作战部署。自北平至沈阳全长700公里的北宁线，是蒋介石异常重视的东北国民党军的输血线和生命线，截断生命线，对国民党军是一个致命的打击。

1948年9月12日，辽沈战役的序幕正式拉开，东北野战军在北宁线锦州至昌黎段发起攻击。经过20天的作战，东北野战军歼灭国民党军2万余人，达成了截断北宁线、孤立锦州的战役目标。

为解锦州之危，蒋介石组成东进和西进兵团，从锦西、葫芦岛和沈阳地区东西对进，增援锦州。东北野战军按照攻锦打援的方针部署兵力，于1948年10月14日发起总攻，经过31小时激战，于15日攻克锦州，全歼守军10万余人，将东北国民党军从陆上撤向关内的大门彻底关闭。在锦州攻坚战的同时，南北两线阻援部队也成功粉碎了国民党军东进兵团和西进兵团增援锦州的图谋。

1948年10月17日，困守长春的国民党军2.6万余人起义。10月18日，蒋介石飞赴沈阳部署"总退却"，严令西进兵团继续前进，在东进兵团配合下重新占领锦州。19日，东北野战军10个纵队展开了大规模围歼战，至28日拂晓全歼西进兵团，取得了辽沈战役的决定性胜利。

配水池是1937年日本人修建的一座供水设施，钢筋水泥建筑，非常坚固。日军占领时期，钟情于这里可俯瞰全城的较高地势，遂把它作为锦州城防要塞，修筑了大量钢筋水泥永备工事和砖石结构的半永备工事。国民党军占领锦州后又进一步加固，在周围修筑了几十个明暗火力点，明碉暗堡之间由交通壕相互沟通。坡下挖了宽达三米的环形外壕，设有倒打火力点。壕外是雷场，埋有电发火的航空炸弹。配水池里驻守了800余人的加强营，重机枪、战防炮等一应俱全。阵地后面还有一条通往城内的暗沟，可以随时从城内增兵。国民党军自诩这里是"第二个凡尔登"。

1948年10月9日锦州外围战打响后，配水池之战异常艰难和残酷，超出了事先预料。

攻击开始前，东北野战军首长迟迟没有决定由谁担任主攻任务，时年23岁的营长赵兴元主动请缨担任主攻突击队。10月12日早上8时，战役打响，配水池火光冲天。在不到10个小时时间里，突击队打退了国民党军30多次进攻。战斗结束了，然而，算上送饭的炊事员，600多人的主力营只剩下22人，冲上配水池的只有5个人。

今天的我们很难想象，23岁的年轻人带领600人的主力营，在重要战役中承担这么重要的使命。辽沈战役中的年轻将领还有很多，比如奉命防守塔山的时任东北野战军第4纵队第12师第34团团长焦玉山，时年33岁，却已经身经百战，曾参加过二万五千里长征和百团大战。死守塔山，是阻击战的一部分，从1948年10月10日开始的塔山坚守战持续了六天六夜，第4纵队在第11纵队等部的配合下，没有让国民党军东进兵团在塔山前进一步。战后，焦玉山的团被授予"塔山英雄团"的光荣称号。

为纪念塔山阻击战胜利而建造的塔山烈士纪念碑，在辽宁省葫芦岛市连山区塔山乡塔山村的东山岗山上。这里还建有一座占地1100亩的塔山烈士陵园。焦玉山将军及其他共八位将军去世后都留下遗嘱，要求将骨灰归葬于此。

配水池战斗遗址的外墙在风雨侵蚀下，斑驳沧桑，多处留有修复痕迹。外墙上至今遗留着枪眼和弹孔，伤痕累累地记录了当年战斗的惨烈。刷了蓝色油漆的木格子窗户，倒使得这古朴沧桑的建筑多了一些灵动之气。

这座碉堡风格的建筑里面，完整地保留着当时的原貌。我看不懂那些与配水有关的工事设施和建筑，只感到一种庄严的气氛。

墙上悬挂着辽沈战役遗址专题展览的各种图片和文字资料。这些图文再次告诉我，锦州是一座英雄的城市。

由于天气的缘故，来这里的人并不多，当我独自流连的时候，一支观光团进入了相对冷清的房屋里。我们很愿意在这里流连，怀念那些曾经也在这里却是参与战斗的人，他们改变了这里，也改变了脚下的城市。正因为某些英雄的步伐在这里沉重地踏过，才有当代人带着好奇和崇敬的目光，前来庄严地参观。

辽沈战役，为锦州这座城市涂上了壮丽的红色。全市建有辽沈战役纪念馆等主题性纪念馆两处，解放锦州烈士陵园等陵园四处，东北野战军锦州前线指挥所旧址、配水池战斗遗址、义勇军抗战遗址、亮甲山战斗遗址等遗址十余处，塔山烈士纪念碑等纪念碑（塔）三十多座，形成了一个战争遗迹群落，也成为锦州市的红色旅游资源，为这座城市赢得了"国内十大红色旅游目的地之一"的声誉。

在辽沈战役纪念馆里，可以得到东北三年解放战争中牺牲的烈士的准确数字：49522。"锦州红"已经成为这座城市的标配颜色。

前尘旧事，一点一滴，融在锦州的山水之间，使这座渤海之滨的城市有了自己的气味，也给渤海注入了一缕特殊的锦绣人文之色。

离开之前，我注意到在肃穆的松柏之间，还点缀着一些风姿绰约的植物，比如欧丁香。它的花语是"思乡"。

02. 小凌河入海

第二天，暴雨的余怒还在，不过，明显有所收敛，转成中雨。从中央大街出发，沿着渤海大道朝南，我向着渤海的方向行进。我的计划是先去笔架山，然后沿滨海公路一直向东，造访大小凌河口。

雨中的笔架山缥缈于海中，雨雾环绕，如同蜃楼幻景。潮水还没退去，通往它的唯一的那条"天桥"尚未全部露出。站在岸边广场的"仙女造桥"雕塑前，我远远地眺望了一下笔架山。天桥只露出不连贯的几处浅滩，靠近岸边的浅滩上有四五个人，打着伞，好像在垂钓。雨下得急了起来。这种天气，显然是不宜去往笔架山的，于是，我离开广场，直接去往小凌河口。

雨时大时小，天空发灰，云层低垂，没有阳光。修建于海岸线上的滨海公路紧贴着渤海由西向东延伸，右侧海滩像一块正在睡眠的镜面，没有太阳映照下那种璀璨的光，而是泛着深沉的银色。

但是，越来越多的鸟类打破了海滩的宁静。隔着一段砾石滩涂望去，它们像一个个墨点，密集地被甩落在镜面上，倒影清晰。退潮后的浅滩连绵不绝地提供着美味，那些小鱼小虾和贝类饱满、润滑，向鸟们散发着海水和河水混合的奇妙味道。它们低头觅食，从远处看，仿佛静止了一样。

和谐的场景中总是存在着特立独行的分子：一只大杓鹬仗着自己拥有细长的大长腿，飞速地在浅滩上跑动起来。它带动了另外一只大杓鹬。它们一前一后地跑动，感染了那些像墨点一样低头觅食的水鸟，有几只飞起来，但飞得并不高，依然紧贴着海滩。食物的诱惑并不那么容易抗拒。

两只大杓鹬在跑动了一会儿之后，慢下来，开始踱步。这种状态更加便于展示它们的大长腿，而且我看到它们的嘴巴并不比腿短，有点像象牙，长而下弯。这是一种体形硕大的鸟，所以在浅滩上格外闪亮。它们栖息于河流、湖泊、芦苇沼泽、水塘，以及附近的湿草地和水稻田边，以甲壳类、软体动物、蠕形动物、昆虫和幼虫为食，有时也吃鱼类、爬行类和无尾两栖类等脊椎动物。锦州作为澳大利亚鸟类迁徙地，这些大杓鹬会在这里暂时栖息，然后在冬天时回到澳大利亚过冬。

大杓鹬踱步的优雅气质虽然比不上丹顶鹤，但也不遑多让。它停止踱步，把长刀一样的嘴巴插到海滩里。没有哪一种小型生物可以逃脱这种利器的进攻。

一只黑嘴鸥远远地离开大杓鹬，也找了一块区域，悠闲地踱步。它的嘴和腿都不像大杓鹬那么长，体型也小，走起来却略带风情，顾盼回首。锦州市野生动物保护者、中国绿发会锦州保护地主任余炼告诉我，这只黑嘴鸥应该是在附近繁殖的。

环颈鸻在稍远处的天幕下低飞。还有其他一些鸟儿，时不时地成群飞起，形成一场小小鸟浪。

余主任又发现了一群红嘴鸥，数量可观。体型跟鸽子很像的红嘴鸥还有一个名字——"水鸽子"。红色的嘴和脚，白色的身体，黑色的尾巴，是红嘴鸥的特征。这些喜欢集群的鸟在世界许多沿海港口、湖泊都可以看到，繁殖范围广泛，从格陵兰岛的南端和整个冰岛一直延伸到欧洲和中亚的大部分地区、堪察加半岛东部、俄罗斯的乌苏里兰和中国东北。

余主任向我介绍说，这群红嘴鸥正在换羽。我自然不能理解繁殖期的红嘴鸥头部的羽毛为什么会由白色变成黑褐色，繁殖期结束又变回白色。这是红嘴鸥的密码。

之后，我们又发现一群鸟，以白腰杓鹬和大杓鹬为主。

余主任介绍说，锦州滨海沿岸湿地，也是东亚—澳大利西亚迁飞区（EAAF）的重要中转站，而且极为繁忙。大、小凌河口候鸟的种类和数量极多，包括黄嘴白鹭、遗鸥、黑嘴鸥、黄胸鹀等国家一级保护动物，红隼、红脚隼、大杓鹬、大滨鹬、白腰杓鹬、白尾鹞、红脚鸮、云雀等国家二级保护动物，黑翅长脚鹬、红腹滨鹬、林鹬、青脚鹬等大量鸻鹬类，以及红嘴鸥、西伯利亚银鸥、黑尾鸥等多种鸥类候鸟。

在我到达锦州五天之前的 7 月 24 日，余会长刚刚在小凌河口观测到了壮观的鸟浪，至少观测到 4000 只大滨鹬，以及鸻鹬类的红腹滨鹬 1000 只，黑尾塍鹬 500 只，砺鹬 1000 只，翻石鹬 300 多只，斑尾塍鹬 1500 只，泽鹬 100 只，鹤鹬 76 只，蛎鹬 500 只，蒙古沙鸻 3 只，环颈鸻 2000 只，反嘴鹬 350 只，黑嘴鸥 65 只，红嘴巨鸥 3 只，尖尾滨鹬 12 只。

大滨鹬是在锦州海岸最容易见到的鸟。余主任向我介绍说，他们曾经在一片海滩上见过 10 万只。我很好奇他们是如何数清 10 万只鸟的，毕竟鸟是活物。余主任向我介绍了志愿者们数鸟的经过。他们经年累月地做这件事情，自然总结出了一套最为有效的办法，比如按照种群、大小，进行分工分区计数等。2022 年 5 月 8 日，他们刚刚完成过一次 2.5

万只大滨鹬的测数工作，几个人分工，耗时7个小时。

环渤海是全球鸟类最重要的迁飞通道，全世界都在研究这里的鸟类。聊起环渤海的鸟类，余主任的双眼熠熠生辉。他从事野保志愿工作已经十年，起初只是出于对摄影的兴趣，随手拍拍鸟类，但不知不觉就迷上了这些南来北往的空中小精灵。一年三百六十五天，他在野外待的时间大概有三百天。观测和巡护是他的主要工作。长年累月的野外奔走，令他的肤色看起来比普通人要黑许多。

小凌河口区域也是大鸨的重要越冬地。2018年1月，在锦州进行的一次调查中，研究人员找到51只大鸨，这引起了中国绿发会的高度重视，立即在锦州成立了"绿会中华大鸨保护地·锦州"，以保护来当地越冬的大鸨。

在我看来，作为一名曾经的网络程序员，余主任在锦州鸟类研究上的造诣，可能并不亚于在互联网方面。一路之上，他对从海滩上飞起来的鸟儿如数家珍，而在我看来，它们很难分辨。

行至小凌河海口大桥上，我的注意力暂时离开了一路以来那些缤纷的鸟群。小凌河从长度1121米的小凌河海口大桥下面奔入渤海，入海口宽阔宏大，在阴雨之下愈显缥缈悠远。这条全长206公里的河流支流众多，女儿河、百股河等发源于各自不同的源头，其中百股河又由大胜河、大茂河及另外多条涓涓溪流汇合而成。这里的"百股"显然是一个虚数，只是表达汇流之多，但也可以据此想象无数涓涓细流汇集一处的情景。它们中途找到引领者小凌河，汇入其中，被小凌河引领着，流过小凌河海口大桥，汇入最终的归宿渤海。

站在小凌河海口大桥东侧桥头，我长久地眺望着这条河汇入渤海那苍茫的一片。天幕依然低垂，带着巨大的阴沉的幕帘，但这使得小凌河的入海更为庄严，我更清楚地看到了它自源头以来那勇往向前的劲头。无数支流朝它靠近，它自我完善和修复，只为了完成与生俱来的使命。所以它完全没有任何迟疑和摇摆，就这么义无反顾地跟大海融为一体，结束了河的身份。

在入海口的东侧海面上，荡漾着凌海市的海参养殖池。我们从自然进入商业。这里的海参养殖面积达40万亩，是中国最大的辽参生产基地，海参产量占辽参的三分之一。盛产品质最优的冷水海参。

锦州还有盐田。拥有盐田、海水池塘、潮间带沼泽、淤泥质海滩、浅海水域等多种湿地形式，这是锦州滨海湿地复合生态的样貌。沿着滨海公路继续东行，一片红海滩出现在两旁。这是凌海大桥下的红海滩，桥并不长，仅有969米。

由碱蓬草构成的红海滩静静地平躺在那里，已经开始大红，涓涓细流纵横刻画，水洼弯曲点缀其间。时不时有海鸟从滩涂中飞起，盘旋于空中。红海滩的美无须一丝丝审视，它毫无瑕疵。这片大红的整体中，透露着每一株碱蓬草个体的倔强，透露着爱情的传说，以及平静、神秘、绽放，还有无言的孤寂。这孤寂没有委屈，只有高贵和清傲。

小凌河这条穿过锦州市的河流，又被称为"锦水"，它拥有着"锦州八景"中的二景：锦水回纹和凌河烟雨。"锦水回纹"描述的是河流回绕城市、婉转曲折、波纹如锦的美景。明代军事家、诗人孙承宗曾经如此赞美小凌河："锦水从西北绕城西折而南，复折而北，当城之东，大作波涛，细作绮纹，洋洋悠悠有回纹之致，曰锦水回纹。"

至于"凌河烟雨"，指的是小凌河的烟雨之景。对此，孙承宗也有绝妙的赞美之词：

> 小凌河在城东十五里，绕望海山。山出其前，即晴晓，亦如烟鬟，乃若蒙蒙细雨……曰凌河烟雨。

《奉天锦州府锦县乡土志》中记载：

> 锦水回纹，锦水即小凌河，水之中央其纹回环可观。
> 凌河烟雨，凌河即城边小凌河也，其烟雨之景如画。

我很想体验一下"锦水回纹"的感觉。于是，在探访了大凌河口之后，我们沿着滨海公路返回，再次经过小凌河海口大桥，然后折向北，穿过娘娘宫镇，逆小凌河一路北上。

降雨仍然持续，到下午时逐渐减弱，变成零星小雨。在此之前，刚刚有两场暴雨侵袭了这座城市。对于生产生活来说，这两场暴雨可以称得上灾害，造成了不少损失，但对于小凌河来说，是助它实至名归呈现烟雨之美的时候。孙承宗的描述里说"即晴晓，亦如烟鬟"——晴天时也烟云缭绕，何况细雨迷离的天气，应该更"如烟鬟"了。

穿越娘娘宫镇的路两旁，种植着大面积的玉米和花生。我第一次见到从农田里时不时地飞起各种鸟，甚至有些还是珍稀鸟类，可见锦州作为环渤海候鸟栖息地，确实鸟类繁多。

沿着滨河路北上，流淌在右侧的小凌河果真如孙承宗描述的那样，烟云环绕，银波浩渺。河对岸的河堤上，树木和低矮的灌木错落有致，翠绿逼人。反嘴鹬、黑翅长脚鹬、红嘴鸥、白翅浮鸥、普通燕鸥此起彼伏地在浅滩或河面上低飞。

2022年3月，志愿者在小凌河边观测到100多只青头潜鸭。这种被列入《世界自然保护联盟濒危物种红色名录》的珍稀物种，如此大规模地集群在小凌河出现，是候鸟迁徙记录中不多见的。全世界目前仅余1000多只青头潜鸭。

小凌河九曲回转，水面映衬着树木和暗云的倒影。横掠河流的飞鸟凝视着波光流涌的河面，它们已经获取了不少这条河流的秘密。在这方面，它们比我们更富有经验。

行至高山村时，我们意外地被阻隔在路上。红色警示牌提醒我们，道路已经禁止通行，原因是小凌河道里的水漫溢到了路面上。1994年以来锦州市最大雨量的这场降雨，如此充盈了小凌河，略带黄色的河水一边流动一边上升，没过了整个路面，仿佛公路是河流的天然的一部分。

余主任说，平时的小凌河水面距路面有十几米。那完全称得上是高高的堤岸。

我们不得不寻找了一条小路，绕开那段被阻的路面，然后继续沿着滨河路，逆河北上。小凌河重新回到我们的右侧，弯弯曲曲地从南到北穿越城市，沿途风景旖旎生动。就算淹没路面也不显得面目可憎——人们要多么地爱一条河，才发自内心地允许它越矩。

在东湖森林公园南侧，由西南流向东北的女儿河汇入小凌河。半道汇入小凌河的女儿河也拥有着八景之一的"汤水冬渔",得名于女儿河的支流汤河子。它曾经是一处温泉,冬季寒冷的天气里也不会结冰,而且水中有鱼游动,可以用网打鱼,因此得名"汤水冬渔"。民国版《锦县志略》记载:"汤河在城西三十里,源出鹰窠山南。泉南流十余里,会女儿河。汤水冬鱼为锦州八景之一。"

要知道,作为纬度最高的辽东湾来说,它身边的河流在冬季都是结冰的,而且冰期并不短,结冰日数从西南向东北递增,大凌河为127天,绕阳河为132天。

说到结冰,在锦州,有一条在冬天完全结冰的瀑布——飞龙瀑。这条瀑布位于义县瓦子峪镇碾盘沟境内,是大石湖景区的标志性景观。

大石湖景区是辽宁医巫闾山国家森林公园的一部分。瀑布所在的顶峰是闾山的第二高峰,海拔829米。大石湖景区内分布着东亚地区特有的天然油松林,还保存有华北植物区系现存较完整的针阔叶混交林。正是由于上部森林植被茂盛,集水面积比较广阔,因此水源终年不断,为瀑布创造了条件。

有一条乡间小路,带领人们经过碾盘沟村走向大石湖景区。在路上,远远就可以看到苍凉的山体,为花岗岩岩质,峭壁直上直下,形体险峻却又朗逸无比。进入大石湖景区之后的路两侧植被茂密,高矮颜色错落有致。

这条被誉为"辽西之最"的瀑布落差约62.5米,水面宽5米,从山涧间飞流而下,如同一条白色的巨龙。两侧峭壁如刀削斧劈。如果赶上盛夏雨季,水量充足,瀑布流泻的声音会在山谷间隆隆而鸣。

然而,飞龙瀑最壮观的季节并不是夏季,而是冬季。寒冷的气温,把宏大的流水在流动的时候冻住。这条流水的每一个瞬间都被大自然的魔法定住了,六十多米的高度,每一米、每一厘米都有着自己独特的形态,你找不出一条冰凌与另一条完全相同。整条大冰瀑就这么挂在山涧中,如白色的冰龙在山涧间酣睡,无数大大小小的龙爪散漫地搭在两侧的山体之上。

我不知道是否有幸能在冬季去看看这条壮阔的冰瀑。

通过女儿河大桥,逆小凌河向西行进了一会儿,折向北,通过小凌河南大桥，我的小凌河之旅就结束了。小凌河在南大桥下继续逆流向西，回到了它的发源地。

03. 大凌河入海

在去往大凌河口的路上，会看到一片开阔的工业图景，采油机和大风车是图景中的主角。这是辽河油田锦州采油厂的作业区。

紧邻石油城市盘锦的锦州凌海市，域内坐落着辽河油田的两个采油厂。另外，在苍茫的渤海上，还坐落着锦州20-2气田、锦州25-1南、锦州9-3油田等海上油田。7.3万平方公里的渤海海域，可勘探的油气矿区面积约4.3万平方公里，可谓广阔而丰厚，因此诞生了中国海上最大的油田、全国第一大原油生产基地——渤海油田，由中海石油（中国）有限公司天津分公司负责勘探和开发生产。而作为中国纬度最高的海域，辽东湾的油气资源尤为丰厚，渤海油田在辽东湾累计建成68座海上采油设施和3座陆地终端厂，投入生产的油水井超过1300口。

其中，渤海油田辽东作业公司作为中国最大采油厂，占渤海油田年产量的三分之一，投产30年来，已累计生产原油2亿吨，相当于中国1000万城乡人口约40年的使用量。

从地质构造上看，渤海油田与辽河油田、大港油田、胜利油田、华北油田、中原油田属于同一个盆地构造，有辽东、石臼坨、渤西、渤南、蓬莱5个构造带，总资源量在120亿方左右。它的地质油藏特点是构造破碎、断裂发育、油藏复杂，储层以河流相、三角洲、古潜山为主，油质较稠，稠油储量占65%以上。

自1992年锦州20-2气田投产开始，渤海油田辽东作业公司相继开发了绥中36-1、锦州25-1南等多个亿吨级油田，以及旅大21-2油田、旅大5-2北油田等。1999年投产的锦州9-3油田，是我国最北部的海上油田，冬季被茫茫海冰包围，号称"海上冰城"。

继续行驶十几分钟，到达大凌河口。"大凌河国家海洋公园"巨石周围，茂密的猪毛蒿中间夹杂着不知名的小野花。这种生长在山野路旁、荒地、河边草地、干燥盐碱地的猪毛蒿，有着浓烈的香气，秀气高挑。

大凌河看起来并没有想象得那样雄伟，河道也不宽阔，有点小家碧玉的秀气，蜿蜒成"S"形，旖旎流入渤海。河对岸是红滩绿苇。

但你倘若稍微了解一下，便会感慨大凌河是多么不易：它有万元店河等西源支流多条，白塔子河等南源支流多条，牤牛河、顾洞河、灰山河等主要支流近20条。这条河为了奔向渤海，也在不断地扩大和充实自己。

平缓绵长的大凌河口滨海湿地，面积一千多平方公里，同样活跃着丰富的鸟类。大鸨、黑嘴鸥、大天鹅、小天鹅、鸳鸯、纵纹腹小鸮、长耳鸮、灰鹤、红脚隼、白鹭、水蒲苇莺、斑嘴鸭、凤头䴙䴘、伯劳、须浮鸥、反嘴鹬、燕鸥、黑翅长脚鹬、骨顶鸡、环颈鸻……

白头翁在锦州古塔公园的树枝间跳跃或飞翔，吃害虫，婉转鸣叫。有"放牛郎"外号的牛背鹭是喜欢待在牛背上的客人，它们也会出现在湿地中。中华攀雀则喜欢在芦苇地栖息，这种小鸟是出色的建筑师，建造的鸟巢如同一只"靴子"，高高挂于树枝上。

被称为"白团子"的长尾山雀在东湖公园驻足，白白的身子，长长的尾巴，灵动得很。位于小凌河畔的东湖公园是国家"三有"保护动物赤麻鸭的栖息地。鸭子们在湖面上游泳，或者把嘴扎入水中，寻觅水生植物的叶、芽、种子，或者软体动物、虾和小鱼等作为食物。通体黄褐色的赤麻鸭通常两两一对，亲密无间，在湖面上结伴游动，或是结伴展翅飞翔到空中。有时它们也成群结队，东湖公园里的赤麻鸭最多时达到100余只。

我大约只能欣赏它们凌空飞翔的美妙剪影，聆听它们鼓动翅膀的声音。我无法辨识它们是哪一种鸟。

但是，这些湿地的生态环境在过去很长一段时间里并不很理想。拿大凌河湿地来说，20世纪80年代，辽河油田轰轰烈烈开始建设和会战，硬化了许多湿地，大凌河河水只能来回改道甩动，把河头滩涂变成了遍布淤泥的荒滩。今天的锦州人已经意识到了生态修复的重要性，小凌河、女儿河、百股河的"三河"生态修复，入海口的生态修复，都在持续进行并得到了改善。

生态环境的持续变好，也提高了鸟类的回归率，每年迁徙栖息的鸟类达数百万。丹顶鹤和白鹳的数量逐年增加，海鸬鹚、天鹅等再次出现。前不久，据说在大凌河国家海洋公园发现了数只黑脸琵鹭，这种又被称为"黑面天使"或"黑面舞者"的鸟儿，在北方较为罕见，是全球濒危物种类别之一。

04. 湿地魔树林

锦州东方华地城湿地的壮观，超出我的想象。地处大小凌河和渤海的交汇处固然是这里得天独厚的条件，但作为一家公司，能打造22平方公里的一片湿地，自然环保情怀一定比经济实力更为重要。

进入湿地观光区，首先看到一个鸟类救助站，房舍干净，建有水塘。一只灰鹤和一只蓑羽鹤站在水塘边。这两只国家二级保护动物都是被救助的对象，正在这里休养。

沿着湿地中的一条小路前行，两边照旧是茂密的苇海。络绎不绝的鸟从湿地中飞起。一只苍鹭，一只泽鹬，一群白翅浮鸥。东方大苇莺在苇塘里传出比较难听的叫声。这种鸟性子活泼，很喜欢大声鸣叫，叫声有时候尖利，有时候沙哑。一只小小的白鹡鸰在小路前方悠闲地踱步，它体型较小，大约只比麻雀大一点。

在一个水塘中，我们看到三只白鹭。芦苇倒映在水塘中，把水渲染成了绿色，绿水之中倒映着白鹭美妙绝伦的身影。听到我们车子的声音，两只大白鹭扇动翅膀飞到空中；剩下一只贪嘴的小白鹭，它被水塘里的一条鱼吸引了注意力。我第一次看到白鹭捉鱼，它转着圈去追逐那条鱼，动作轻巧敏捷而又露出强悍的霸气，跟刚才优雅站立的气质迥然不同。大概只有几秒钟的时间，它成功地把那条鱼吞进了肚腹。这时候，两只大白鹭飞了回来，它们三个站立在水塘中，恢复了稳重清高的样子。

辽东湾是全世界丹顶鹤最南端的繁殖地。往北的繁殖地是内蒙古扎龙、黑龙江等地。丹顶鹤不喜欢高温的地方。在芦苇荡中，藏着一个丹顶鹤的巢，余主任等志愿者曾经对它进行过长期跟踪拍摄，历时数月，完整地拍到了丹顶鹤母亲哺育小丹顶鹤的过程。为了不打扰丹顶鹤，他们把摄像机放置在鹤巢附近的一棵树上。

余主任发给我一段鹤妈妈给小鹤喂食的视频。丹顶鹤宝宝羽翼尚未丰满，身上像披着一层黄褐色的绒毛。虽然大长腿让鹤宝宝看起来个子高大，但表情和体态都透着怯生生的稚嫩。鹤妈妈叼起一只螃蟹喂到小鹤嘴里，小鹤努力地摆动伸缩着修长的脖颈，却仍然对付不了这道美味。它嫩黄色的嘴还不够坚硬锋利。鹤妈妈叼回螃蟹，放在地上，用尖嘴把螃蟹壳戳破，然后叼起蟹肉，重新喂到小鹤的嘴里。

我记不得自己反复看过几次这段珍贵的视频。苇荡里的一角，丹顶鹤的巢，是母爱的美德的渊源。小鹤降临尘世之后，那里空气清新，感情饱满，它将在这种氛围中迎接朝气蓬勃的青春。

我们想试试运气，希望能在不惊扰它们的情况下，看到这对丹顶鹤母子。踩着雨后湿漉漉的泥滩，轻手轻脚地走到芦苇丛跟前，等了一会儿，没有看到。芦苇长得太高，完全挡住了丹顶鹤安在里面的巢。

这片 22 平方公里的广阔湿地中，芦苇是当之无愧的霸主。因为滨海缺乏树林，人们便在湿地中建了一座人工树林，名叫仙居岛，野保观鸟者称它为"魔树林"。它有独特的魔力，能吸引成千上万只鸟儿来此驻足。

我们踏上木栈道，围着魔树林小岛开始寻找鸟的踪影。岛上植物种类繁多，树木繁密高大，灌木簇拥其间，层次错落，高矮有致。红花多枝柽柳开着密集的粉色小花。酸豆树非常好看，花朵自带香气，据说它的果实还深受猴子欢迎。酸木的叶子和果子都含有酸味。何首乌总是那么妩媚，顶着一片片心形的叶子。狭叶李是许多种蛾子幼虫的寄主植物，它的叶子是动物搭窝的材料，果实则为许多动物提供了食物。由于这两天风雨交加，我们在一条石板路上看到一片掉落的李子。石板路两旁生长着一簇簇球果堇菜。这种草本植物只能长 6—12 厘米，有着非常漂亮的宽心形叶片，是一种贴地观赏植物。比它稍高的掌叶铁线蕨也是一丛丛的，极美。阔荚合欢和落羽杉夹杂其间。根系发达的杠柳具有较强的无性繁殖能力，根茎上的不定芽每年都能萌发出新的枝条，默默地贡献着自己在防风、固沙、调节林内地表温度方面的能力。

一只红尾伯劳率先从芦苇荡上空飞过。接着我们又看到一只斑鸠、三只须浮鸥。对于这种体型略小的浅色燕鸥，相关机构曾经想给它改名为灰翅浮鸥，但观鸟人还是习惯称它为须浮鸥。

苇荡里有斑嘴鸭和绿头鸭在叫。斑鸠也发出咕咕的叫声。还有黄尾鹛在叫。黄尾鹛还有一些可爱的俗名：小老等、黄小鹭。一只鹩鸪找到了食物，立即呼唤联络自己的伙伴。一只反嘴鹬把向上翻翘的嘴从稀泥中收回来，也展示了一下自己的嗓音。夜莺躲在某处，发出"嗒嗒"的类似发电报的声音。夜莺是一种不太常见到的鸟。

鸟类的鸣叫并不像我们猜想或是听到的那样简单。每一种鸟都不只会发出一种声音，通常它们掌握三种不同的叫法。吃饭、觅食、求偶，或是单纯地歌唱，不同的鸣叫代表着不同的内容。画眉和乌鸫还会模仿其他鸟类的叫声，因此它们拥有的鸣叫技巧就更多了。

这个时候，还不到百鸟鸣唱的最佳时节。再过一个月，到八月下旬，各种鸣禽就会返回这片魔树林，到时每天都会有鸟鸣声不绝于耳。但我的听觉系统已经受到了一次很大的洗礼。

一只长耳鸮在树木间急速飞过，它是猫头鹰的一种，由于拥有一对竖立着的特别的耳朵，它又拥有了"长耳木兔""有耳麦猫王"这样一些有趣的别名。这种国家二级保护动物喜欢食用小鼠，算是除害勇士，对这片魔树林意义很大。根据余主任的观察，魔树林中有三种猫头鹰。

一只草鹭高高地掠过苇塘上空。这种暗红色的鸟在逆光环境下看来是黑色的。两天的大雨过后，树林周围的水塘微波轻荡，芦苇飒飒作响。为了降低海水的盐分，调节盐碱度，水塘中引进了大凌河的河水。

这片湿地中的鸟类多达300多种，在辽东湾的观鸟圈中地位很重要。从整个辽东湾沿岸鸟类分布情况来看，锦州因为地形最全而更加吸引鸟类，鸟类资源比盘锦多，这从鸟类名录上可以看出。锦州的两个邻居，盘锦没有山脉，而葫芦岛缺少大面积的湿地，因此，相比而言，锦州比两个邻居要富足一些。它既有山脉，又有滩涂和湿地，大小凌河口有大米、花生、玉米、高粱等农作物大面积种植,也为候鸟提供了充足的食物。

离开这片特殊的湿地,我的经历中多了对幽深树林的特殊理解。

05. 消失的天桥

每一座海中的岛屿都能引起我的无限遐想。孤绝的岛屿是海中的陆地,与海岸和大陆没有关系。有路通达的岛屿,是海和大陆共同拥有的陆地。而有一些岛屿,你无法确切地认为它是否和大陆有关。毗邻锦州港的笔架山就是这样一座岛屿。

它的名字叫山,但其实是岛。它完完全全地处于渤海之中,离海岸有1.8公里。这座渤海中的山,三峰列峙,二低一高,形如笔架,因此名为笔架山。在它和渤海北岸之间,神奇地存在着一条被潮汐玩弄于股掌之中的"道路"。

这是唯一使笔架山和陆地相连的一条通道,或者说桥梁。然而,这条通道却是时隐时现的,它的隐现与潮汐有关:每当落潮时,海水慢慢退去,通道一点一点地露出一条石滩,状如长堤,仿佛一条海龙逐渐露出背脊。人们踏着这条脊背上的砂石,徒步去往位于海中的笔架山。当海水涨潮时,海水一点一点升高,从长堤两边夹击而来,长堤逐渐变窄,最终完整地被淹没,这里的海面与其他地方完全融为一体。

长期的观察使人们得到了这样的数据:在四级风左右时,满潮加上三个小时,是天路桥面露出的时间;干潮加上两个小时,是桥面隐去的时间。

《奉天锦州府锦县乡土志》记载:

> 大笔架山,峙海中,状如笔架。潮退见天桥,阔八丈,长四里许,为昔人避兵处。上有朝阳寺,多飓风,屋瓦辄飘去,今存空堵。

第一次探访笔架山天桥，因为下雨而没有成行。第二次造访是次日，雨天过后的天气炽热白亮。这一天的潮汐情况是，早上6：11满潮，中午12：23干潮；傍晚18：35再次满潮，凌晨00：47再次干潮。根据计算公式，这一天的桥面露出时间在上午九点多钟和晚上九点多钟，隐没时间是下午两点多钟和第二天凌晨两点多钟。

这个时间对我来说是比较友好的。上午十一点多钟，我抵达笔架山景区广场。景区广场上的"仙女造桥"雕塑，提供了一个神话故事供人了解。

故事的主角是凌霄宫中的中元仙子和下元仙子，因听说人间的中元节非常热闹，于是在得到上元仙子的同意后，驾着祥云漫游在人间的上空。

两位仙子飞到辽东湾时，发现了这座形如笔架的山峰，就降落下来。她们发现了这座山峰与陆地之间无法相连，很是不便；与当地百姓攀谈，百姓对此也颇多遗憾之语，他们听说那是座宝山，可惜当时这里还没有船只，只能望洋兴叹。两位仙子决定修建一座坝堤，连通山峰和陆地。她们运力吹气，将海中的沙石吹聚到一起。沙石逐渐积聚，显现出坝堤的雏形，然而，盘踞于此的一条凶恶的海龙不满于这条坝堤挡住了自己的道路，便兴起风浪，试图摧毁坝堤。仙子和恶龙之间展开了一场较量，最终斗败了恶龙。可惜，夕阳缓缓落下，两位仙子不能久留人间，只好返回天界。这条已现雏形的坝堤，就成为一条没有完工的坝堤，因为没有达到足够的高度，当海水涨潮时便被淹没。好在落潮时它又会浮出海面，当地百姓只要算准了每天两次落潮的时辰，便可以借助它登上笔架山，在那里放牧和砍柴。

而实际上，科学告诉我们，造就这条坝堤的，是茫茫渤海。渤海的海水在笔架山岛处遇到阻力，分路而行，绕过岛屿之后，在潮汐的作用下从两旁朝着中间推拥，最终形成了这条长1.8公里、宽27米的海中的桥。地质学家用更专业的词来形容这种现象，他们认为有几个自然条件必不可少：海中有岛；岛的方向与潮涨方向一致；一天两次涨潮的半日潮；笔架山上容易风化的石头；涨潮和落潮的力量达到均衡……总之，从地质学角度说，这是一种独特的地质奇观。

没有语言能完美地赞颂自然的伟力。涨潮时，海水奋勇地向着陆地冲击，将许多事物收纳于自己的领地之中。落潮时，它释放了这些事物，还给它增添了部分新的事物，使得这片重新袒露出来的陆地有了新的内容。

我在天桥北端站立许久，试图了解这条已经完全袒露于世的道路的所有秘密。在我抵达之前，潮水刚刚经历了大约四五个小时的溃退，此时已是最低潮。与其说它是一座桥梁，不如说是一片砾石滩。因为它缺少桥梁的某些要素，比如桥墩。用堤坝来形容它似乎也不够妥帖——堤坝总是高于海面，而这条通道与海面之间的分界有着独特的弹性。虽然砾石滩在干潮时完全露出在海平面以上，但它的边际却没有离开海平面。它们浑然交融，互相渗入，没有谁高谁低。

深褐色的天桥上走着许多人。他们边玩边走，走向笔架山。我也踏上了这座独特的桥面。大大小小的砾石遍布脚下，大块的甚至像炒锅那么大，拳头大小的不计其数。这就是海洋和陆地的神秘关系。涨潮时，海水涌上来，海平面连为一体，遮掩了所有的事物，包括人类的脚印和遗落的物品、一切其他关于天桥的标记。落潮时，虾蟹鱼贝、沙石被遗留在长堤上，水草缠绕于沙石之间。这些石块或许来自深深的海底，更多的可能来自笔架山风化的岩层。

人们拎着水桶，翻开石块，寻找和捡拾螃蟹、海螺，以及其他大海留下的生物。他们或许还会捡拾到不知谁掉落的纽扣或其他物品。天桥上再次留下人类的脚印。

在这样的桥面上行走非常累，层层叠叠的砾石消磨和考验着足底。一些白色的贝壳在潮水不断的作用下，已经牢牢地镶嵌在石块上——这就是化石最初的形成。

行至天桥南端，这里的石块更大，大约由于与山体连接的缘故，山上风化的岩石不断地落下，然后堆积。回身去看，城市的高楼和绿树屹立不动，与天桥处于同一轴线的渤海大街笔直地伸入城市之中。它们像一幅画中的景物。而之前站在天桥北端往南看，却觉得海中的笔架山是一幅画。人在哪里，哪里便是现实。

沿着石板路，跟着人群，我开始登山。路旁茂密的植物中有一种玫红色小花尤为娇俏悦目，它名叫胡枝子，像女孩的名字。据说鹌鹑等小型动物喜欢借助胡枝子作为生存掩护，在其中筑巢生活。胡枝子看起来生命力旺盛，形成了绵密的灌木丛。

远远地站在陆地上遥望笔架山，绝对想象不到绿树掩映下的它是如此丰富，建筑群如此特别。据说这里的建筑群不着一钉一木，全部用花岗岩石打造而成。在三清阁前，我从一些介绍文字中了解到了它的稀有。这是全国规模最大的石结构建筑，从民国元年开始修建，直到八年后才建成。高达26.2米的六层楼阁，采用了纯一色的石墙、石柱、石梯、石门，就连飞檐挑角、壁画门神都是石雕而成。

说它是我国建筑史上的经典之作，并不为过。

这里的每一块石头，每一条石缝都蕴藏着传统文化的气息。三清阁佛、道、儒三教合一，以三清教主玉清元始天尊、上清灵宝天尊、太清道德天尊三清之名命名。除了37尊汉白玉佛像彰显了它的深厚内涵之外，在第六层还端坐着一座盘古雕像。这是中国唯一的海上盘古雕像。

这位开天辟地之神，在笔架山上的造型是如此独特：身披道袍，盘膝而坐，头部由五条分别象征耳鼻口的活泼游弋的小龙组成。炯炯的双目上方还有两只眼睛，分别象征着日和月。一只口衔葫芦的凤鸟站立在头上。左手托着象征太阳的火球，右手握着象征月亮的明珠。

跟我们平时从其他地方看到的盘古顶天立地撑开混沌的高大形象全然不同，这尊石像刻画了一个盘膝而坐的老年盘古，胡须卷曲厚重如同羊毛。他的身体由日、月、龙、凤、葫芦等元素组成，威严地透露着手握宇宙唯我独尊的霸气。看到它，会感到自己心目中的盘古形象遭到了巨大的颠覆。

雕刻盘古石像的过程，也是一个十分曲折的故事，凝结着两代道教龙门派传人的理想和孜孜不倦的追求、民间能工巧匠的智慧和汗水。当年雕刻盘古石像的刘德进老人，是著名的"北京石头刘"家族中的一员，到笔架山上雕刻盘古像时仅有16岁。他和二哥从1946年7月开始动手雕刻，直到1947年3月才完工，中间几易其稿。给刘德金兄弟两人提供稿件设计方案的是一个名叫孙金言的人，此人言行举止似乎与平常人不太一样，设计方案没有图纸，全凭口述。还经常对刘德进说，盘古给他托梦了，在梦里对他现了真身。孙金言对石像的痴迷，倒是比专业人士还专业。而其实他并不是盘古文化的研究者，也非石像雕刻领域的专业人员，原来只是一位江湖医生，后来成为笔架山玉清真人的弟子，笔架山工程经费的解决人。这样一个非专业领域的人，最后造就了独一无二的盘古石像，不得不说是一件奇事。

更奇的是，经过孙金言比画口述而成的盘古石像，经过后人严谨的多方考证，竟然发现它的造型非常符合《山海经》《三五历纪》《五运历纪》《述异记》等史料中的相关记载。这段历史中写满了大自然和宇宙神秘的密码、山与海的象征、民间信仰、道教文化的深厚内涵。

沿着绿树掩映的石板路或石阶，从山顶到山腰，再从笔架山南面的法雨寺下到山脚。一条环山木栈道蜿蜒地镶嵌在海和山之间，仿佛岛岸线上的一条丝巾。在木栈道上行走，一侧是笔架山，一侧是茫茫的渤海，那突兀而起的海中山峰所拥有的奥妙，非但不能破解，反而愈加迷离。

重新踏上天桥打算返回时，大约是下午一点钟。按照潮汐规律，中午12:23干潮，之后海水会从天桥两侧缓慢地夹击而来，逐渐把它淹没。

我选择这个时间，是希望能感受到海水从两侧推拥而来的景象。我走得很慢，两次蹲在天桥和海水交接的地方，观察那里的细微变化。我找到一块形状圆滑的石头，以它为参照，观察海水的缓慢涨起。它的确在涨起，一毫米一毫米地蚕食着那块石头。

海水不仅从岸边往上蚕食，还悄悄地从桥下漫涌。桥面低洼的部分，已经在慢慢地蓄水，海水从底部涨起，一点一点把低洼的地方蓄成一个个水洼，倒映着天空和围在它旁边的人。小鱼和小蟹得到了海水的消息，陆续从石缝里游出来，等待着更大的海水把水洼完全地汇入大海。

虽然恋恋不舍，但还是要赶在潮水发出更大威力时返回陆地。果然，不久，前面出现了几名防护员——那里的海水已经淹没了桥面。防护员催促我尽快蹚水而过，他们告诉我，往北还有两处低洼地带也会很快被淹没。

海水已经没过了脚踝，人们卷起裤管蹚水而过。几个当地女人提着水桶，桶里装着赶海捡拾的蛤蜊，也在涉水返回。她们在干潮之后到天桥上捡蛤蜊，满潮前返回，把新鲜的蛤蜊拿到市场上售卖，每天会有一小笔稳定的收入。

　　下午不到两点钟，我回到岸上。天桥尚未完全被海水淹没，但宽度正在缩窄，中间低洼处先被淹没的地方已经明显将桥面断开。海水正在慢慢从天桥两侧上涌，侵占长堤。沙石之间的缝隙逐渐被海水塞满。接着，沙石会被淹没，缝隙里的水草开始摇曳生姿。人类的足迹逐渐被海水流动的力量抚平，消失。

　　天桥将慢慢变窄，直至成为中间的一条线，最后整个消失。海水会继续上涨，涨到十几米高，关于天桥的一切将杳无踪迹。

第五章

01. 葫芦岛港往事

沿着滨海公路继续南下。

漫长的渤海沿岸坐落着许多村镇。这些陆地的边缘及其偶然伸进渤海的部分，或者简陋原始，或者新潮现代，都给我朝圣的感觉。

先是经过一个名叫笊篱头子的渔村，它的形状酷似一把笊篱伸进海中，大约原先就叫笊篱头子，后来演化为笊篱。这个小渔村街巷古朴，建有一座简陋的渤海龙王庙，祈福平安。

之后途经葫芦古镇。这是全国唯一一处以葫芦文化和原生态关东民俗文化为主体内容的乡村旅游景区，有中国关东民俗博物馆和中国葫芦文化博物馆两座国家级展馆。在这座海边小镇徜徉，它时时刻刻提醒我，已经身处"关外第一市""辽东湾的宝葫芦"葫芦岛市。这座城市过去名为"锦西市"，1994年更名为葫芦岛市，是东北地区进入关内的重要门户。

紧挨着葫芦古镇的是葫芦岛港。在谈到锦州具有重要战略意义的时候，我们就谈到了葫芦岛港。可见这个港口在近代的重要。

葫芦岛港位于葫芦岛市龙港区，渤海辽东湾的北岸，在秦皇岛港和营口港之间，地处辽西走廊的中部。它东北西三面环山，身后还与京哈铁路相依偎，有铁路专用线直达港口。大自然特别优待，给予了它天然避风的深阔的地理位置和海域，使它成为中外著名的不淤不冻良港，夏天没有飓风，冬天也不会结冰。

葫芦岛港的历史，不仅是葫芦岛的历史，也是整个东北乃至全国港口历史的重要一页。书写这一页历史的著名人物是张学良。

在张学良建港之前，1908年，东三省都督徐世昌曾聘请英国工程师秀思在奉天沿海进行了三个月的勘测。秀思在沿海一带考察之后，把目光定位在葫芦岛，他认为葫芦岛是最适合建筑商港的地方。秀思说，葫芦岛港建成之后，将是"奉天无偿输出最便利之商港"，"此港西与秦皇岛为唇齿，北与京奉路相连，故可控制华北，成辽东之要隘"。

在秀思如此高的评价下，1909年任东三省总督的锡良于次年三次上书朝廷，主张修建葫芦岛港。于是，葫芦岛筑港工程浩浩荡荡地开始了。然而，1911年辛亥革命爆发，经费缺乏，致使工程建设速度变慢，一年多时间成果寥寥。中华民国建立后的几年间，针对葫芦岛港的建议一直没有中断，直到1920年，筑港工程才再次启动，这次是与东三省巡阅使张作霖合办。就在这时，直奉战争爆发，筑港工程第二次中断。

1927年4月，日本田中义一上台后，向张作霖强索铁路权，但奉系政府未能满足日本在"满蒙"筑路、开矿、设厂、租地、移民等全部要求，并有所抵制。日方对他恨之入骨，布下必死之棋，制造了皇姑屯事件，将张作霖炸死。

死前，张作霖对夫人说："告诉小六子（张学良的乳名），以国家为重，好好地干吧！我这个臭皮囊不算什么。叫小六子快回沈阳。"

1928年，张学良主政东北，葫芦岛港得遇第三次筑港良机。当时东北的局势危机重重，苏俄在北，日本在南，均虎视眈眈，野心勃勃。日本通过控制长春到大连的"南满铁路"而经营和控制着大连港。沙俄则控制了中东铁路，加强建设符拉迪沃斯托克港口。国仇家恨促使张学良加快了筑港的步伐，他深知"尽快修筑葫芦岛港，开为商港……杜绝俄日尤其是日本的垄断"的重要性，"得此口岸则全局俱兴，失此口岸则坐困堪虞"，"葫芦岛开埠之策，关系尤大"，"实关东三省全局命脉"。

1930年7月2日，张学良亲自从沈阳赶到葫芦岛，出席筑港开工典礼，亲自立碑揭幕。

92年后的七月,我登上港口码头的西山。上山的路不宽,很幽静,两旁的铁刀木和罗汉柏郁郁葱葱。高1.35米、宽0.66米、厚0.25米的汉白玉石碑屹立在山上一座亭子里,碑身正面是阳刻隶书"葫芦岛筑港开工纪念"几个大字,背面则阴刻着张学良将军撰稿的八行正楷碑文,共219字。岁月剥蚀,字迹模糊,却更显厚重。在它的旁边,政府复刻了一座新的石碑,碑文记录了筑港开工的历史,其中提到在此处筑港的地理优势:"葫芦岛形势天然,海口不冻北方之良港也。"

然而,揭幕后仅仅过了一年,九一八事变爆发,张学良率领的10多万东北军奉命撤入关内,东北三省随后被日军占领,葫芦岛沦陷,筑港工程再次被迫中止。从1934年开始,日本接手对葫芦岛港进行了建设,条件简陋,仅能维持使用。日本投降后,国民党接手港口,却只用不建,导致海港日渐凋敝。

直到新中国成立,葫芦岛港才重新焕发生机,建成了中国渤海沿岸重要的军事港口并对外开放,成为国家一类口岸。国内的远洋船舶从葫芦岛港出发,可抵达世界上任何国家和地区。东北地区的黑龙江、辽宁、吉林三省及内蒙古东部又增加了一个出海口,这对经济发展来说意义重大。

无论如何,在葫芦岛港的历史上,都留下了张学良的珍贵足迹。他主持筑港,是中华民国建立以来、东北易帜之后东北乃至全国的重大事件,被当时国内各界誉为"20年来的伟大壮举""中国复兴之曙光"。

一百多年的建港之路,记录了与掠夺者之间的斗争。那些场面,我们今天可以在石碑及其他一砖一石上看到。也因此,港口所在的龙港区,成为葫芦岛近代历史的开端。

在纪念碑亭子的廊檐和一棵大树之间,悬挂着一张精美的蜘蛛网,两只撞到网上的夏蝉大约是曾经做过很激烈的挣扎,它们撕破了蛛网,使它不再完美。但它们依然没能逃脱。残破的蛛网在蓝天和阳光下依然闪着耀眼的银光。

站在山顶上朝南眺望,眼前是浩瀚的渤海。我们可以想象接近百年之前,这里曾经发生过的一切。

在纪念碑对面,隔着公路,横卧着一块大石碑,上面的一行大字讲述了一个历史事件:"日本侨俘遣返之地"。大字上方刻有"1051047人"和"1946年—1948年"。石碑背面记载了遣返的大致经过。

1051047。在中国的土地上，存在着100多万日俘，这个庞大的数字令人感到压抑。大量的日本人在中国的土地上生活，是从1905年日俄战争结束以后就开始的，日本制定了向中国东北移民的计划，打算从1937年起，用20年时间，使中国东北的日本移民总数达到100万户、500万人。因此，到1945年抗日战争胜利时，居留东北的日侨在160万人以上，此外还有70多万名日本关东军。

日本政府宣布无条件投降后，如何安置日侨成了东北最突出的社会问题。8月15日以后的奉天（沈阳）站，每日拥挤着来自四面八方的日本难民，他们拥向铁西区的工厂地带，住在四面透风的工棚里。乡下的日本侨民生活境况更加艰难，数十人挤在不足30平方米的空屋里，只好钻进草堆中睡觉取暖。

经过多方协商，港阔水深长年不冻、能够随时停泊巨型舰船、有铁路直达码头、交通运输便利的葫芦岛港，承担起遣返百万日侨的重大历史责任。1946年5月7日上午，2489名日侨乘坐两艘美国轮船驶离了葫芦岛港。他们是第一批遣返归国的"引扬者"。

此后的六个月，通过葫芦岛港遣返的日本侨俘共计1051047人，是战后单一港口遣返难民人数的世界之最。1946年11月27日16时16分，最后一艘载运日本侨俘的轮船"第一大海丸"鸣笛三声，缓缓离岸。

入境待运期间，日本侨俘在葫芦岛停留时间从七天到一两个月乃至半年不等，葫芦岛人民向侵略者贡献了粮食、善良和友爱，化解了那段沉重的记忆。很多归国日侨把葫芦岛视为再生之地。

在遣返地纪念碑旁边的松柏、樱花和绿草之中，矗立着一座"葫芦岛市望海公园绿化事业"纪念碑，背面记载了它的来历：

> 本事业，是日本国际善邻协会利用日本国土绿化推进机构的绿色捐款资助，为了纪念过去在人道和国际协助精神下，中国实行遣返日本侨民而建立纪念碑，对此表示感谢，同时作为中日人民友好合作的象征。项目得到了葫芦岛市政府和市民的支持，得

到葫芦岛卫生与绿色生态环境维护促进会的帮助，栽种樱花121棵、松树123棵、柏树123棵，共计367棵纪念树。

一座巨大的储油池是路边最引人注意的事物。从外观看，它像一座大型水泥结构碉堡，没有顶盖，朝天空袒露着它直径60米和深近10米的巨大肚腹。像这样的巨型碉堡还有另外几座，是日本侵华时修建的储油池。

石油缺乏的日本，对这种黑金液体非常看重。侵占东北初期，日本人采取的掠夺方式是将东北的工业原料运回日本加工生产。随着侵华战争规模的扩大，日本开始发展战争配套产业。1935年，日伪当局在抚顺生产页岩油取得经验后，选择了不冻深水港葫芦岛港附近的锦西县，在那里兴建了"日本陆军省燃料处四平染料厂锦西制炼所"，开工炼油。并在葫芦岛港附近的西山修建了三座储油池。

废弃的储油池如今只是作为历史事物，沉默地蹲踞在山上。周围生长着绿色的灌木。

02. 清三帝与龙回头

人们把葫芦岛市誉为"辽东湾上的宝葫芦"，这个宝葫芦里装着五件宝：山、海、城、泉、岛。

这么仙气十足的地方，自然少不了神话传说的文化底蕴。关于它的传说有两个版本，其中一个与八仙中的铁拐李有关。故事发生在一个小渔村里，村民靠着渤海的馈赠，日子过得平静而安逸。谁知海中出现一只蛇妖，打破了人们富足宁静的生活，也使附近海湾变得多灾多难。后来，云游四方的铁拐李路过此处，决定降妖除怪，便从他形影不离的宝葫芦里倒出一粒种子，送给一位名叫王生的青年。王生按照铁拐李传授的方法，精心播种并侍弄着葫芦籽，经过九九八十一天，一个光溜饱满的大葫芦长了出来。王生带着葫芦出海，用葫芦把蛇妖压在下面。葫芦越长越大，一直长到了岸边，王生按照铁拐李的吩咐，咬破手指，绕着葫芦画了一个圈,让葫芦停止了生长。最后,葫芦化为连接陆地的半岛。

把葫芦岛跟铁拐李联系起来,似乎最为妥当不过,因为他是中国民间传说中以葫芦作为法器的代表性形象。

另外一个版本的神话传说则不是来源于仙人,而是来源于仙鸟:一只海鸥。在这个版本中,故事发生在老龙湾北岸的玉皇阁村。附近有个名叫荆吞的恶霸,豢养了一群家奴打手,欺压村民,抢掠村民的渔获。有个叫于浪的年轻人,有一天偶然救了一只受伤的海鸥,带回家悉心照料。伤好以后,于浪把海鸥放飞。过了一些日子,于浪渐渐遗忘了那只海鸥,谁知海鸥有一天却飞了回来,将一粒饱满的葫芦籽吐在于浪手上。于浪的母亲很喜欢这粒葫芦籽,就收好它,在第二年春天种到了地里。没想到的是,第二天,地里就冒出了嫩嫩的小芽,第三天就长出了叶子,然后,飞快地开出了花朵。

于浪家中种出宝葫芦的事情很快传开,渔霸荆吞登门索取。于浪母亲说,葫芦要到秋天才能成熟啊。暂时糊弄过了渔霸荆吞的母子二人,仍然忧心忡忡,但是,飞快成长的葫芦又让他们心生安慰——很显然,宝葫芦生长的速度比普通葫芦要快,不用等到秋天即可成熟。他们做好了带上葫芦逃跑的准备。

三十六天过去了,宝葫芦成熟了。于浪摘下宝葫芦,带着全村百姓驾船出海,打算另谋生路。荆吞发现后,驾驶大船追赶而来,眼见就要被追上了,于浪让村民们先逃,他带着宝葫芦,独自驾驶一艘小船,打算见机行事。

荆吞追上了于浪,成功地夺得了宝葫芦,但是奇怪的事情发生了:宝葫芦飞快长大,眨眼之间就变得像船一样大,把荆吞及他们的大船压在海底。

葫芦继续长大,一直长到岸边,和玉皇阁村连在一起,才停止了生长。从此,在老龙湾以东、玉皇阁以南,就长出了一个葫芦形的半岛,人们亲切地将它命名为葫芦岛。

我们总会发现,那些美丽的神话传说都蕴含着惩恶扬善、报恩等主题。关于葫芦岛的两个版本的民间传说,无论主角是铁拐李还是仙鸥,也都宣扬着这两个永恒的主题。故事版本不一样,但都告诉了我们同一件事:

在这个地方原本并没有小半岛的存在。过去，从锦州湾到老龙湾这里，是一段圆润的、通畅的海岸线，后来才有了状如葫芦的半岛的出现。

当然，我们深知，任何一种地貌的存在，都是上亿年地质运动的结果。所谓飞来仙山和飞来仙岛，那只是神话传说里的情景。但是，这些形状各异、气象万千的海中地貌，又确实是大自然留给人类的难解的密码。难解、神秘、奇特，就必然让人生出各种想象。

从西山下来，从望海寺海滨、龙湾海滨风景区到龙回头景区，继续沿海岸线往西南方向行进。这一带的海岸线弯曲灵动，丝柔飘逸，海滩细腻，峭壁挺拔英俊。

龙回头景区的神话故事也存在着两个版本，其中一个版本由于跟历史人物有关，因而较之于葫芦岛似乎更为真实一些。这个故事的主角有三位，而且是历史上的三位皇帝：顺治帝、乾隆帝、嘉庆帝。

清朝定都北京的第一位皇帝，是出生于沈阳故宫永福宫的顺治帝。公元1643年，这位六岁的小皇帝登基后，于1644年入关，迁都北京。顺治帝与其母孝庄皇太后由盛京（今辽宁沈阳）出发，沿辽西走廊行进。在漫长艰苦的进关迁都之路上，七岁的顺治帝曾经有过一次腹泻，差点因此中断迁都。当时是1644年九月初五，他们走到了宁远（今葫芦岛兴城市）城外。这座城池对于清军来说，曾经是一块耻辱和伤心之地，努尔哈赤和皇太极曾经在此损兵折将也未能将其攻破。为免伤心，孝庄皇后决定从城外行进。当行至距宁远城西南十余里的曹庄时，顺治帝就开始腹泻，两个时辰过去仍疼痛难忍，哭闹着要返回盛京。无奈之下，只好暂时安营扎寨，歇息下来。病痛之人格外想家，次日清晨，顺治帝腹泻虽有好转，但情绪抑郁，闷闷不乐。孝庄皇后权衡再三，只好下令折返盛京。

1644年九月初六正午，返回的车驾抵达了嘉山，打算继续北上回到盛京。这时，顺治帝眺望着茫茫渤海，突然觉得病患全无，抑郁情绪一扫而空，立即下旨说："朕要在此回头，直奔京师！"车驾再次折回原来的迁都之路，并于十月初一（《清史稿》《清世祖实录》等史籍记载）顺利抵京，完成了清朝入主中原的历史。

这方灵气四溢、莫名其妙令顺治帝心旷神怡的"龙回头"宝地，在百年后的1743年，迎来了顺治帝的曾孙乾隆帝。喜欢下江南游山玩水的乾隆帝在这一年首巡盛京祭祖，在返京路上，特意来到"龙回头"，体会曾祖父七岁时那神奇的境遇。水天一色、碧波浩荡、峰峦叠嶂、层林尽秀的美丽风景，令临海观潮的乾隆帝沉醉不已，赞美道："回头望沧海，此乃龙缘凤兴之地也。"

祖上对"龙回头"的赞誉，影响了后来的嘉庆帝。几十年后的1818年9月25日，嘉庆帝同样东巡返京，途经"龙回头"，驻足聆听祖上的足音，远眺渤海中的觉华岛，也觉得心旷神怡，欣然作诗：

> 晴霄连海碧，策马上高原。雪浪迎风迭，金麟映日翻。

龙回头与清三帝的故事，在景区一处影壁墙上做了详尽记述。这些文字记述，不仅留下了古代帝王的丰沛文采，也留下了大海、地理的神秘谜语。

2001年，葫芦岛市政府修筑了"龙回头"观海平台，从渤海中取了一块巨石，立为"龙回头"石碑。

如果说清三帝的民间传说比较真实可考，那么，"龙回头"的另一个版本就是典型的"神话"了，风格是我们熟悉的海上正义与邪恶之战：这里的渤海中经常有海怪出没，为祸一方。有一条龙来此修行，不忍百姓受苦，就施展法力除掉了海怪。海怪除去，神龙修行圆满，必须离去，恋恋不舍地频频回头。当地人感动于它的除怪安良之举，于是为这里取名"龙回头"。

这处被历史故事和缥缈神话两个版本渲染着的海边观景高地，位于葫芦岛市下辖的兴城市，与龙港区毗邻。离开葫芦岛半岛，沿渤海海岸线西南行，经过龙湾海滨浴场，继续西南行大约两公里，就可到达"龙回头"。远看这里的山嘴向前伸入海中，酷似龙头，而山体两侧曲折委婉，如同游龙。

说起龙，它出现在葫芦岛市众多的地名中。龙山，龙岗公园，龙背山，龙潭大峡谷，龙泉，龙兴路，等等，数不过来，而且大都伴随着各种各样的传说，比如龙背山，相传"背"字原本是动词，很久以前葫芦岛这里土地干裂，冬天也没有火种，人民生活困苦，而天庭里的神仙们熟视无睹。一条刚满一岁的小龙发现了这里的困苦，但碍于玉皇大帝严禁仙人们把水、食物和火种赐给凡人的规定，小龙只好用酒把仙人们灌醉，偷偷把水、食物和火种带到凡间，教给这里的百姓使用。这当然触犯了玉皇大帝的尊严，雷霆震怒，要处死小龙。在龙王和龙后的百般求情之下，玉皇大帝放过了小龙，但是，让它背一座山以示惩罚。龙背山，就是当时小龙背来的一座山。

当然，这只是神话传说而已，是附着于山水地理之上的一抹色彩。但是，葫芦岛的地名里多含"龙"字，却是一个事实。这方水土与龙之间一定有着很深的渊源，具体追溯到什么时候，是什么样的渊源，无从知晓。

"龙回头"观景台高于海平面近百米，是一个可以登高远望的小高地。站在观景台上极目远眺，东北方向伸入海中的宝葫芦静静安卧。渤海一望无际，高地上的松涛连绵起伏。观景台陡峭的悬崖下，海浪翻涌拍打着崖壁。1600多米的栈道蜿蜒回环，可以把人们一路向下送到岸边，近距离与渤海接触。

在栈道上行走，一边可以远眺茫茫无际的渤海，一边可以欣赏浓密的山地森林。春天的时候，山上桃花繁盛，绿树成荫，一侧是红绿逼人，馨香绕鼻；而另一侧的渤海碧蓝浩荡，白云笼罩，两侧风景反差鲜明。寒冷的冬天，山上红绿褪尽，苍黄安详，近海岸结冰凝固，冰体节理层层，簇簇挨挨，远处渤海浩荡依旧。两侧依然黄白蓝色彩鲜明。

大海与陆地的关系，在整个辽东湾的倒"U"形沿线，可以说各不相同，处处奇景。

03. 努尔哈赤和皇太极的伤痛

在繁华的都市里看到兴城四四方方的城墙、从城门里进进出出的悠闲的人，可能会忘记它曾经是一座要塞。只有看到城墙上站立着的两个守城将士的彩色雕塑,迎风飘扬着袁崇焕的红黄蓝三面大旗,可能才会想起,这里曾经被战争的浪潮冲击过。

7岁的顺治帝途经宁远县城外的"龙回头"时,并不知道他的父皇和祖父曾经在这座县城下栽过跟头。

宁远城就是今天的兴城市。从地理位置上看,它位于辽西走廊中段,是连接关内外的咽喉要道。设立于公元990年的兴城县是一座方形卫城,四面城墙坚固,上面架设火炮。东南西北各开有四座城门,门外筑有半圆形结构的瓮城。瓮城实在是古代军事史上的杰作,守城的一方先把敌军放进瓮城,然后关上城门,将这批率先进入的敌军歼灭。

天启六年正月,努尔哈赤率领13万大军进攻辽西走廊,将宁远城团团包围。当时守城的将领是传奇人物袁崇焕。

35岁考中进士的袁崇焕被任命为福建邵武知县时,最喜欢做的事是与人谈论兵法,尤其喜欢讨论边塞上的事情,所以对边塞的状况比较了解,自认为有镇守边关的才能。颇为自信且胸怀大志的袁崇焕在1622年前往京城觐见明熹宗朱由校,毛遂自荐,被破格提拔在兵部任职。其后,袁崇焕再次毛遂自荐去镇守山海关,于是又被破格提拔为兵备佥事,督关外军,拨给帑金20万,并让其招兵买马。1623年9月,袁崇焕跟随孙承宗镇守宁远,到任后做的第一件大事就是重新修筑了不合格的城墙,之后的几年更是勤勉有加,开疆复土两百里。谁知好景不长,孙承宗遭到罢免。广宁失守后,接替孙承宗职位的高第认为关外一定会守不住,命令军队全部撤出。袁崇焕极力反对高第的做法,表示宁愿死在宁远也不撤离。

在大好局面发生变故的关键时刻,1626年正月,努尔哈赤率领大军西渡辽河浩荡而来,打算钻空子攻占宁远城。当时高第和总兵杨麟已经把重兵全都撤离到了山海关,坐视宁远被围困而不去救援。袁崇焕写下血书,坚壁清野,盘查奸细,排兵布阵。当时在东北地区迅速扩张、势头正猛的努尔哈赤自信满满,本以为可以轻而易举拿下宁远城,谁知攻打两天也没能如愿。在袁崇焕的葡萄牙制红夷大炮攻击下,努尔哈赤的大军溃不成军,损失惨重,他自己也被打伤,只好兵退盛京。

叱咤风云的努尔哈赤在同年又亲率大军,进攻了蒙古喀尔喀和鞍山。

7月中旬，努尔哈赤身患毒疽，在辗转疗养的途中，于8月11日病死于今沈阳市于洪区翟家乡大挨金堡村，终年68岁。不可一世的历史人物就这样死于毒疽。虽说他并非死于战场上，但败于袁崇焕终究是这个大人物的终身憾事。

之后，历史上又一个大名鼎鼎的人物登场——皇太极。皇太极不仅继承了努尔哈赤的强硬的军事才能，还具有相当的政治头脑，比如带头学习汉族文化。在军事方面，皇太极似乎比努尔哈赤更擅长分析敌手，知己知彼。他下令抢夺明军的制胜法宝红夷炮，还掳走制造火器的专家，命他们仿制红夷炮。他还深知自己兵种单一的弱势，遂发展了骑兵、炮兵与步兵等多兵种并存的综合军队。

1627年，努尔哈赤死后的次年，皇太极率兵重走父皇的道路，率领8万兵力渡过辽河，直扑锦州。从5月13日凌晨至5月26日，围城15天却没有进展。人马疲惫，士气低落，皇太极不得不改变策略，兵分两路，一路继续围困锦州，另一路由皇太极亲率官兵数万，前往攻打宁远。

袁崇焕采取了一系列措施，除了"凭坚城以用大炮"外，还在城外布兵列阵，和后金军的骑兵展开交锋。5月28日早晨，双方展开激烈的攻守战，明军城上城下互相配合，炮火、箭矢齐发。皇太极的大帐被炸毁，后金军死伤累累，被迫撤兵。5月29日，皇太极撤兵宁远，再次转攻锦州，依然兵败，历史上著名的"宁锦大捷"由此诞生。

傍晚时分，我从兴城的延辉门进入。今天的兴城，还能看到瓮城城墙上摆放着火炮，这既是景观，又是不会消失的历史。这座正方形城市，与湖北荆州古城、山西平遥古城、陕西西安古城并称为中国保存最完好的四座明代古城。走在城中，古朴的街道，斑驳的城墙，墙头上的狗尾巴草，街边古色古香的旗幌、店铺，加上宁远驿馆、祖氏石坊、周家住宅、蓟辽督师府等古迹的存在，使得城市充满了旧日气息。

人们在街道上慢慢地行走，店铺经营着花生糕等古城特产。

街道上矗立着两道牌坊，是当地民众为表彰袁崇焕部下猛将祖大寿和祖大乐而建。人们走到牌坊跟前，习惯性地要摸一摸石狮子，讨个吉利，求个安康。石狮子守卫古城年代久远，身上布满大大小小的风化孔洞，但仍然睁着圆圆的眼睛，歪着头，看着人来人往的街道，沉思默想着。

城中心的钟鼓楼是俯瞰城市的高点，站在上面能一览无余地欣赏古城全貌。道路平直，房屋齐整，春和门、延辉门、永宁门、威远门四座城门巍峨矗立。越过城门，还可以眺望到东北方向的首山。这座濒临渤海的山峰海拔330米，主峰顶建有一座高8.5米、直径13.9米的烽火台，距今已有400年历史，是明代传播信号的重要防御工事。首山距离兴城不足5公里，在渤海和兴城之间，可以说是兴城的前哨和天然屏障。站在烽火台上瞭望的士兵，可以把海路和陆路两侧的敌情尽收眼底。"欲守古城，必扼首山"，它与兴城遥相呼应，形成了一个防御整体，守卫着辽西走廊，在明朝政权与蒙古兀良哈部、后金努尔哈赤和皇太极的无数次战争中发挥着重要作用。

我一直有种奇怪的感觉：1644年九月初五，那个伤感的秋天，顺治帝走在日后为他奠定了卓越功勋的迁都之路上，为何走到兴城外突患腹泻且情志不悦。是当年仅有7岁的他，体会到了父皇皇太极和祖父努尔哈赤兵败于此的身心之痛吗？抑或是祖父和父皇在用这种特殊的方式提醒他不要忘记过去，提醒他为帝为王并非只有耀眼的荣光，还有征战、杀戮、受伤、失败，要承受一切非人的遭遇。

奇特的是，孝庄皇后已经做出了返回沈阳的决定，但是在折返途中，顺治帝莫名其妙又被此处浩瀚的渤海所治愈，再次折返，继续来时的路。由此，他们入主中原，改变了历史。

顺治虽是帝王之身，但也只是一个年仅7岁的儿童。他在这里的发病和自愈，也是大自然留给人类的谜题，是大自然的某种启示和谶语。

阿兰·德波顿在《身份的焦虑》中说："身处宏大的自然景观中，我们会感受到广阔无垠的宇宙中人类的渺小，我们的心情会随之宁静。"也或许，顺治帝当时的转变并无奇特之处，仅仅是由于身处宏大的渤海岸边，抑郁情绪一扫而空。

夕阳西下，城内灯火亮起，下班的人们穿过城墙回到城中。我在城里又徜徉了一会儿，离开时，城里的居民已经吃完晚饭，舞着红黄色的绸扇子，在瓮城内跳起舞蹈。这个曾经用来歼敌的瓮城，如今成为居民的休闲娱乐之地。

我从他们中间穿过去，从历史回到现实。

04. 海中佛岛

站在岸边看渤海中的觉华岛，它像一个绿色的沙丘。但你千万不要被视觉所误导。它是辽东湾最大的岛屿，面积有13.5平方公里之大。

1623年9月，袁崇焕跟随孙承宗镇守宁远。在对宁远城进行修筑与戍守的同时，孙承宗还把目光锁定了渤海中的一座岛屿——觉华岛。

孙承宗看上这座小岛，并对它进行经营，把它变为囤粮、舟师的要地。可以说，当时宁远城担任进出关的御守重任，而觉华岛担任着粮储重任。

觉华岛是大自然赐给孙承宗和袁崇焕的宝岛。它距离宁远只有30里，与宁远城互成犄角。史料中这样形容它："居东西海陆之要塞，扼辽西水陆之咽喉。"

觉华岛在唐朝时就被开发成港口，岛上人口日益增多，曾经繁华一时。明朝后期，为了应对蒙古侵扰，辽东的明朝军队将觉华岛打造成了一个水上粮料储备基地。后来努尔哈赤起兵，觉华岛的战略位置越来越受到各方的重视。

孙承宗也认为觉华岛很重要，他在1623年给皇帝的奏报中称：

岛去岸十八里……可屯登岸之兵……田可耕者六百顷，居人种可十之三。盖东西中逵，水陆要津，因水风之力，用无方之威，固智者所必争也……失辽左必不能守榆关，失觉华、宁远必不能守辽左。

于是，孙承宗对这个小岛进行了用心的规划和部署，在岛上修建了一座长500米、宽250米、墙高10米、底宽6米的屯粮城。觉华岛囤积的粮料，既有来自天津的漕运米，也有从辽西征收的屯田粮。觉华岛在战前的官兵数量达到7000多人，商民也有7000人之众。

关于屯粮城的基本样貌，有后来的踏勘记述：

> 觉华岛明囤粮城，今存遗址，清晰可见。城呈矩形，南北长约500米，东西宽约250米，墙高约10米、底宽约6米。北墙设一门，通城外港口，是为粮料、器械运输之通道；南墙设二门，与"龙脖"相通，便于岛上往来；东、西墙无门，利于防守。城中有粮囤、料堆及守城官兵营房遗迹，还有一条纵贯南北的排水沟。

广宁失守后，关于辽东战略布局的看法，一时间纷纷攘攘，意见不一。高第等人提议退入山海关，另一部分人认为应该固守宁远城，还有一部分官员坚持主守觉华岛。这充分说明了觉华岛的重要性。高第等人退守到山海关内之后，后金军一鼓作气攻下了关外40余堡，抢走粮食50万石。当时，屯粮80万石的右屯卫已经失去，粮食储备达到20万石之多的觉华岛自然也让后金军垂涎不已。因此，觉华岛的安全就不是一件小事了。

又要提到努尔哈赤的伤痛了。1626年正月，努尔哈赤率领大军西渡辽河浩荡而来，大举进攻宁远城，本以为可以轻而易举拿下城池，谁知事情并不像他预想得那样顺利。攻宁远不成，努尔哈赤转而进攻觉华岛。正月天气，天寒地冻，渤海也结满了冰，后金军从冰面上就可以直接抵达觉华岛。

为了防御，觉华岛守军沿岛开凿了一道长达15里的冰壕，试图阻隔后金军。但是，天气过于寒冷，冰壕凿开后，很快就又冻合，只好又重新开凿。觉华岛周围的冰面上一时出现了"日夜穿冰，兵皆堕指，然天气严寒，冰壕穿而复合"的场面。

正月二十六，后金军留下一小部分兵力继续攻打宁远城，把数万骑兵调集进攻觉华岛。岛上的明军"凿冰寒苦，既无盔甲、兵械，又系水手，不能耐战，且以寡不敌众"，而且，屋漏偏逢连夜雨，天空中大雪纷飞，刚刚凿开的冰壕重新冻合，使得后金骑兵如履平地，成功登岸，攻入囤粮城北门。他们焚烧了囤积的粮料8万余石，杀死7000余名明军和7000余商民。岛上守军以水兵为主，擅长水战，但彪悍的后金军攻进岛后，就是实打实的兵戎相见了，岛上守军在技术上显然处于弱势，加上数量对比悬殊，因此全部阵亡。

战役异常残酷，所有守岛将士全部上阵，将生命置之度外。有一个小故事一直流传至今：一位名叫金冠的将领刚刚去世，他武举人出身的儿子金世林带了200人来接他的灵柩回乡，正赶上后金军踏冰登岛，金世林带领200族人也投入到战争中，最后全部阵亡。

袁崇焕当时镇守宁远，努尔哈赤留下了兵力继续攻城，使得袁崇焕对觉华岛心有余而力不足。另外，他也怀疑努尔哈赤专攻觉华岛其中有诈，自然不敢轻易出城。

虽然觉华岛一战异常惨烈，但明军的拼死抵抗也让后金军损失惨重，加之宁远城久攻不下，努尔哈赤遭受了平生第一次挫折，兵败而回。

宁远大捷，觉华岛失守。一喜一悲，有得有失。古往今来的所有战争，是胜是负决定因素众多，天时地利人和缺一不可。觉华岛固然险要，四面皆海，易守难攻，但战争居然发生在大海冰封的冬天，且不停下雪，导致冰壕"穿而复合"，这不得不说是造化弄人。

因此，客观地说，努尔哈赤兵败宁远城下，遭遇人生第一次大挫折，却焚烧了觉华岛，其实也不算大败。而袁崇焕守住了宁远，却丢失了觉华岛，也不能说是大胜。且觉华岛的丢失，也暴露了他过于依赖地理优势，岛上兵力和战技并不强硬的短板。

然而，历史记载有时避重就轻，宁远战役使袁崇焕一战成名，似乎觉华岛的惨烈就显得不那么重要了。何况，人无完人，起码袁崇焕是力主决不放弃宁远的。如果换其他将领镇守宁远，可能觉华岛和宁远会同时丢失。

清朝统一中国后，旅顺水师营于1713年9月设置，觉华岛再次作为军事要地被纳入巡海范围。西至觉华岛，东至鸭绿江，是大清兵部专门为旅顺水师营划定的巡海范围。当时，岛上建有专门供官兵休憩的房屋，水师官兵登岛后有时要停留月余才能登船返航。1880年，光绪皇帝下旨裁撤水师营，官兵的身影从岛上彻底消失。从那以后，战火再也没有波及这个伤痕累累的海岛，人们休养生息，安居乐业。

今天，站在龙回头观景台等处高地上，可以清晰地看到处于渤海中的觉华岛。面积与澳门特别行政区相当的觉华岛，也被人称为"北方小澳门"。天气晴朗的时候，觉华岛经常会被一团雾气围绕，如同一座仙山，遗世独立于茫茫渤海的中央。你很难想象在1626年，那里曾经被血腥屠戮。

我在下午两点多钟赶到觉华岛水运码头。算一算时间，还能赶上五点返回的轮渡。这里每天有船往返，12公里的距离，大约30分钟即可抵达。

船长为我们开动了轮渡，将它驶入阳光照耀下的渤海。觉华岛像绿丘，漂浮在海面上，渐渐变得越来越大。我想起关于觉华岛的一些故事，战国时期的燕国太子丹曾逃到岛上的一个山洞内避难。那时候，它还不叫觉华岛，史料记载，"小岛俗称大海山"，至于太子丹逃亡于此时究竟叫什么名字，我们无从知晓。

《东周列国志》记载，燕太子丹安排荆轲刺秦，却以失败而告终。秦始皇借此讨伐燕国，燕王自知难敌秦军，于是逃往辽东。这时有人给燕王出主意，让他交出太子丹以保燕国。太子丹看出自己性命不保，遂逃到了海中的一座小岛上。当时岛上桃花盛放，太子丹便称之为"桃花岛"。后来，秦军索要太子丹的项上人头，燕王无奈，骗回太子丹并将其杀害，交上了人头。只可惜，强悍的秦始皇怎可能为了一颗人头就丢掉统一天下的远大志向，燕国没了颇有才华和谋略的太子丹，更加走到灭亡的境地。据说，当时正是农历五月，燕国却降下暴雪，哀怨之气很重。

我不知道，当年太子丹的逃亡路线，是不是脚下这条航道。

还有一位显赫的人物李世民，在渤海沿岸留下了诸多传说，觉华岛也不例外。据说，李世民东征途经桃花岛，突遇一场暴雨，也是选择了在这个山洞内避雨，因此这个本来不起眼的山洞有了一个大名鼎鼎的名字"唐王洞"。

此后，小岛又经过了几次易名：辽统治时期，历代辽帝崇佛礼佛的皇族传统到了辽圣宗时也不例外。这位汉名耶律隆绪的辽朝第六位皇帝精通射法，通晓音律，喜好绘画，一生作诗500多首。从小喜爱汉族文化的耶律隆绪汉文化修养很高，史称："道、佛二教，皆洞彻其宗旨。"对道佛二教洞彻宗旨的辽圣宗，当时非常羡慕宋朝的佛教名山普陀山，便生出了将桃花岛打造成大辽"海天佛国"的宏伟想法。觉华法师于是受辽圣宗之命，到桃花岛修建了大龙宫寺，光大佛法。当年，辽圣宗感念觉华法师的修为，就给小岛赐名"觉华岛"。因为辽圣宗和觉华法师，觉华岛才有了今天的"北方佛岛"之称、"南有普陀山，北有觉华岛"的美誉。因岛上盛开着一片一片的野菊花，到了民国十一年，又改称菊花岛。2009年12月15日，兴城市政府认为"觉华岛"这个名字更具历史内涵，再次改回辽金时代的名字——觉华岛。

小岛的名字最终归于"觉华岛"，也算是对耶律隆绪这位帝王的尊重和告慰了。

踏着先人的足迹，轮渡缓缓靠近觉华岛码头。几艘渔船泊在岸边。因为时间紧张，我租了岛上的一辆面包车，让它载着我环岛一周。

岛上居民的生活似乎与岛外的乡村生活相似，农作物长势很好，玉米、红薯成片生长。食杂店等日用品店安静朴实。路边生长着繁密的火炬树，树形优美，长着红色火炬一样的果实。这种树木在秋天时叶子会变得火红，十分壮美。

松树也是岛上的常见树种。与美丽绰约的火炬树相比，它的存在体现了海岛刚毅的一面。靠近海边的低矮处，蔓延着大片的迷迭香，它也被叫作"海洋之露"，长在岸边实在太合适不过了。

这里有土地、天空、海水、树木、庄稼，以及历史故事。金代文学家王寂曾写过一首《留题觉华岛龙宫寺》，部分诗句为：

平生点检江山好，祇有龙宫觉华岛。……悬崖架壑置佛屋，突兀殿阁凌烟霞。……四顾鲸波翼宝岩，玻璃环拥青螺髻。……夜凉海月耿不寐，几欲举手扪天星……

从诗中可以看出，诗人眼中的大龙宫寺是何等恢宏壮美。遗憾的是，觉华岛在元代的硝烟战火中被摧损，结束了它在辽朝时创下的繁盛局面。恢宏的气势、旺盛的香火、众多的信众也一起烟消云散。幸运的是，后来觉华岛经过了复建，虽然无法完全复刻昔日的样貌，但总归将这条佛脉传承了下来。院内的一棵千年菩提树和一眼千年八角井，也穿越战火岁月得以幸存。据说，八角井是一口奇特的井，千余年来即便逢遇大旱也没有干涸过；虽然距离海边只有30余米，井水却没有海水的苦涩感。

除了菩提树和八角井，经历战火的觉华岛还留下了当年屯粮城的遗址。虽然夯土堆砌的土城墙、跑马道已经斑驳，草木丛生，不易辨认，但自小生活在岛上的人们还是能说出当年粮坑、粮堆、排水沟及守城官兵营房的遗迹。

渤海中耸起的这座主要由花岗岩构成的孤岛，被海水昼夜不息地冲刷和剥蚀，形成美丽的卵石滩和嶙峋的崖壁、形状各异的奇石。礁石激起白浪，海鸥翻飞鸣啼。金代王寂除了写过大龙宫寺的诗，还写过一首《觉华岛》，部分诗句描述了当时他的海岛之行所见：

> 云奔雾涌白浪卷，一叶掀舞洪涛中。……解维转柁饱帆腹，双桨不举追惊鸿。

王寂在23岁时考中进士，之后走上仕途。儿时饱读经史的他，每到一地任职，触景生悦，便会纵情赋诗。实际上，王寂性格坦率，是一个标准的文人，仕途也不是很顺利，曾经在58岁那年因治水无功而被贬黜。王寂《与文伯起帖》云："终日兀然，如坐井底，闭门却扫，谢绝交亲，分为冻蛰枯，无复有飞荣之望。"可见他当时心如死灰，对未来不抱任何幻想。然而，1189年，金章宗完颜璟继位后，却又把61岁的王寂任命为提点辽东路刑狱，可谓老来又被重用。王寂用了一个月零二十五天时间巡按辽东各部，记录著成《辽东行部志》，并且赋诗58首。关于觉华岛的诗，或许就是当时所作。

在他的《辽东行部志》中还记录了一件与辽河有关的巡察途中所遇之事：1190年早春，当时辽河刚刚开始融化，王寂巡察到康平郝官小塔子村时，侍从买到了两条辽河的开河鲤鱼打算烹食。嘴巴一张一合的鲤鱼让王寂心生怜悯，他将它们放入水盆中，说："尔相濡以沫，相呴以湿，苟延斯须之命，何如相忘于江湖哉？"然后，王寂把两条鱼在辽河里放生。

我们怀着虔诚的心，诵读着古代文人对于山川大地、亭台楼阁、江河湖海的诗文记录，品味着流经无数人唇齿之间的珠词玉句，这时候，我们感受到文人们如浩瀚繁星一般，璀璨，高远，令人崇敬，照耀着这沧桑人间及我们。

岛上有一处海滩，是游人比较喜欢的度夏之处。在拐了一个小弯的不远处的海岸，则是怪石嶙峋，不像前者那样温柔浪漫地形成细腻的沙滩。许是由于拐弯而造成方向不同的缘故，海浪推拥海岸的力量和内容发生了显著的变化。

觉华岛上有人类居住的时间，据专家考证，至少在四千多年前。但是，当时人们是如何在交通工具不发达的情况下来到岛上的，人们推测有两种可能：一是冬天海面结冰时踏冰而至，二是刻木为舟漂流而至。

今天岛上的居民，并非四千多年前那批先民的后人。因为1626年正月，努尔哈赤在进攻宁远城受阻后，转而攻打觉华岛，岛上水师猝不及防，明军7000余名和商民7000余丁口都被杀戮，明军驻岛官民仅存活十余人，觉华岛上一片荒凉。1653年，《招民垦荒条例》颁布，才有几百名来自山东沿海地区的农民迁居到觉华岛上。因此，岛上的居民基本上都是山东人的后代。

与司机韩绍宁聊天，他的话也证实了这种说法。他告诉我，他的祖籍也是山东，但他在岛上出生。从他的祖上来到岛上生活，到他这一代，是第五代了。他的爷爷是恩字辈，名叫韩恩久；父亲是春字辈，名叫韩占春；他是绍字辈。但是他的下一辈取名字就不这么严谨了。听父亲讲，当初他们祖上一共兄弟三人来到岛上，其中两个留下了，第三个去了韩家沟谋生。后来，韩家沟的韩姓后代到岛上来寻亲，由于提供不了族谱，虽然名字都能对上，但也没能认祖归宗。

按照年代推算，韩绍宁的祖上应该是清末民初随"闯关东"洪流移民到此的。据统计，全国解放后，闯关东留下的山东人据统计达到700多万，约占当时东北总人口的17%。在那场人类有史以来最大的人口移动大潮中，山东百姓大多走海路，穿越渤海海峡，然后分散到东北各地。

韩绍宁所说的韩家沟，应该是距觉华岛不远的兴城市韩家沟村。韩绍宁祖上的三兄弟之一应该是这条山沟里的第一批居住者，慢慢发展成村落，并取韩姓为村落命名。

05. 海蚀柱姜女石

继续沿海岸线往西南方向行进，在绥中县万家镇的止锚湾海滨，可以看到海中矗立着一组自然礁石。高高耸立的那块礁石高出海面20米左右，南北长11米，东西宽8米。

这组礁石是天然的海蚀柱，根据它们的形态推测，本来这是一对高高耸立的海蚀柱，后来西侧的海蚀柱倒塌，卧在海面上。东边那块依然高耸的礁石，从远处望去很像一个人矗立在海中。这就是传说中的"姜女石"，又称"姜女坟"。相传是著名的孟姜女投海所化。

自然，这是一个关于爱情的民间传说。孟姜女哭长城，人尽皆知。至于历史上究竟有没有这样一个女子，她是春秋时期的齐国人，还是秦时代的人，她哭倒的是齐长城还是秦长城，说法不一。

岸上正对着姜女石的地方，真实存在着一处遗址。1982年4月，葫芦岛市文物普查队进行文物普查时，发现了这处遗址，随后对其进行了发掘。遗址南北长4千米，东西沿海岸3.5千米，与姜女石相距400余米，包括六处大型宫殿遗址，占地面积约15万平方米。因为遗址的中轴线正对着海中的姜女石，因而取名"姜女石遗址"。

通过发掘，出土了大量的瓦件、砖、井圈、柱础、排水管等建筑构件，有夔纹大瓦当、变形夔纹半瓦当和巨型空心砖，并发现高台多级建筑，以及地下版筑夯基。考古专家通过"千秋万岁瓦当"等秦代皇家专用的建筑构件，推测姜女石遗址就是秦始皇东巡时的一处高级行宫。

1982年，姜女石遗址发现后，考古学家苏秉琦根据遗址出土的相关文物推断，姜女石遗址就是秦代的碣石宫。两年后，在河北省发掘了金山嘴遗址，苏秉琦再次提出，这里也是一处秦行宫。也就是说，姜女石遗址和河北省金山咀遗址统属于秦代的大型古建筑群。

不得不提到另外一个历史人物——曹操。建安十二年，曹操北上征伐乌桓，取得大胜，志得意满地班师回朝途中，极目远眺矗立在海中的礁石，沧海茫茫，波涛汹涌，诗兴大发，创作了那首气吞山河的《观沧海》："东临碣石，以观沧海。水何澹澹，山岛竦峙……"

曹操是在哪里写下了不朽的《观沧海》，似乎也没有准确的结论，有的认为就是此处姜女石岸边，有的认为是河北秦皇岛的碣石山上，还有人认为是在山东无棣。

有趣的一个自然现象是，落大潮的时候，从姜女石到岸边的行宫遗址，有时会露出平时完全看不到的海滩。绿色的海藻、苍黄色的沙滩、蓝色的水洼互相点缀，区块相间。滩上礁石、卵石遍布，缝隙旮旯里藏满没来得及跟随大海退潮的螃蟹和小的鱼虾。每逢此时，当地人会赶海捡拾。出现这种景观的时候并不多，甚至可以用罕见来形容，因此当地人认为，有福气的人才能看到这番景象。这时候，姜女石也会完整地露出。

在这样一条介于大海和真正的海滩之间的海中通道上，某些历史遗迹似乎正从隐藏中显现和恢复，向人们提示了一些谜底。当地人都知道，民间流传着一个说法：姜女石和海岸之间是有通道相连的。后来的考古发现也证实了这一点：的确有一条500米长的海中通道存在。

这次考古调查历时三年，通过多波束、旁侧声呐等仪器探测及显现出了60多平方米的四边形的疑似人工平台，并发现了材质为花岗岩的"活石"。这些活石，并非海边的自然礁石，而是经过了人为加工的石块，有棱有角。据当地百姓回忆，水中所铺石块在几十年前曾被百姓拆除，作为"石灰石"出卖，或者用作房基材料。可见它们被判断为"活石"是无误的。更有力的佐证是，考古人员在村里找到了这种"活石"，最大的一块高一米，宽30厘米，有棱有角，经过了人为加工。

秦始皇当时只要出巡，全国都要大兴土木修筑驰道和行宫。而他为了寻访长生不老仙药，曾经三次巡游到这一带。种种史料加遗迹综合推断，或许小村就是当年的石料加工场地。百姓们夜以继日加工石料，然后采取填海的方式，一层层垫高，从岸边一直铺到姜女石下面。

还有专家称，历史上秦朝以海为门，海中的碣石象征着面向大海的海门。如果右侧那根海蚀柱没有倒塌的话，两根海蚀柱在近岸的海中巍然屹立，的确像一道大门，由此就更可以佐证及推测这样一个场景：海蚀柱下面 60 平方米的疑似人工平台，可能是类似码头的场所。从茫茫大海上驶来的船只，到达海蚀柱下面，秦始皇下船，穿过两根海蚀柱，通过人工修筑的海中甬道，到达岸上的行宫。或者从壮丽的行宫里走出来，带着随从，迈上人工修筑的甬道，踏上人工平台，在象征着大门的两根海蚀柱下进行各种祭祀活动。

相比于通往笔架山的那条"天桥"来说，通往姜女石这两根海蚀柱的甬道由于增加了人为的因素，而自然韵致少了些，仪式感和历史感却厚重了些。两条海中通道外观相似，气质却迥然不同。

第六章

01. 石城入海

我的原定行程是从葫芦岛返回大连，结束对辽东湾沿岸的阶段性考察，渡过渤海海峡，返回烟台。稍做休整之后，再走陆路，继续辽东湾余下部分及渤海湾的考察。然而，这期间，台风"桑达"和"翠丝"相继在西北太平洋洋面上生成，朝着西北方向快速移动，给中国华东地区与东部海域造成了一定的风雨风浪影响。锦州的那两天暴雨，应该跟这两位有关。

我特意关注了一下"翠丝"这个名字，它由柬埔寨提供，是从台风"莎莉嘉"更替而来，意思是啄木鸟。

关于台风，它一共享有140个名字，分别由世界气象组织所属的亚太地区的柬埔寨、中国、朝鲜、中国香港、日本、老挝、中国澳门、马来西亚、密克罗尼西亚、菲律宾、韩国、泰国、美国、越南等14个成员国和地区提供，按顺序年复一年地循环重复使用。

在20世纪初，澳大利亚报员里门兰格首次给热带气旋取了一个他不喜欢的政治人物的名字，以便公开戏称。1997年11月25日至12月1日，在香港举行的世界气象组织台风委员会第30次会议上，人们做了一个决定，以后采用具有亚洲风格的名字给台风命名，并要求多用温柔的名字，避免把台风塑造成十恶不赦之徒。理由是，台风是一个矛盾的事物，它虽然带来灾害，也给干旱之地带来丰富的雨水。当然，如果某个台风确实十恶不赦，受灾地享有申请将这个名字除去的权利。以后的所有台风，都不再使用这个声名狼藉的代号。

虽然"桑达"和"翠丝"很快就结束了生命，对我国沿海海域影响不大，但渤海海峡状况不明，我不敢贸然返回大连。看了看地图，我当时已经处在渤海沿岸大"C"形的腰部，返回去的话，渤海海峡状况不明，存在风险。权衡再三，最后决定沿陆路继续南下。

这样，我到达了秦皇岛市的山海关区。提起山海关，就不得不提老龙头，也不免要想起峻青在《雄关赋》里对它的这一句描述：

> 万里长城从燕山支脉的角山上直冲下来，一头扎进了渤海岸边，这个所在，就是那有名的老龙头。

长城仿佛在崇山峻岭上奔跑日久的巨龙，饥渴疲累，远远地望见浩瀚的渤海，旋即俯冲而至，将龙首探入海中，畅快地饱饮一顿。渤海就像一位母亲，接纳了这个饥渴的孩子，以浪花亲吻它，安抚它。

这段长度22.4米的入海部分，相对于明代长城绵延8851.8公里的总长度来说，只占千万分之二，却是它的一段绝品，不可复制。在长城的所有区段中，没有哪一段像这里一样，勇敢地伸入了大海。它有一个简单至极的名字——入海石城，与紧随它身后的靖卤台、南海口关和澄海楼，共同构成了老龙头区段长城的整体建筑，如同堡群。

从老龙头这里，一路蜿蜒向北4公里，即可抵达号称"天下第一关"的山海关。从山海关再往北3公里，就是峻青笔下的角山长城了。从这一条线的布局来看，老龙头仿佛山海关的前关。

入海石城，名字虽然简单，却包含了四个要素：入、海、石、城。"入"和"海"已经不再需要过多阐释，"石"却需要凝重地了解一番。它是这里的精华。没有它，就没有这俊朗潇洒的入海之姿。

当然，比"石"更重要的，是"人"。1579年，当时的明代蓟镇总兵戚继光奉命修筑了入海石城。在此之前，主事孙应元先是修筑了靖虏一号敌台，之后，戚继光南接靖卤台而开始了入海石城的修建，采用的建筑材料是巨型花岗岩条石。

四百多年前，在海中修建城墙，艰辛程度毋庸置疑。有一个有趣的民间传说，可以说明当时的艰难。

蓟镇总兵戚继光奉旨派人修筑入海石城遇到的最大的障碍是浪潮的冲击。相传，他带领一万五千军工奋战在渤海岸边，施工进度却非常缓慢，原因是，军工们只能等海水落潮时才能抓紧时间施工。海水涨潮后，只能望洋兴叹。而且，涨潮后的海水会无情地把军工们的劳动成果毁于一旦。这自然很让戚将军犯愁，他苦思冥想，寻求破解之策。

这个时候的明朝，昏君奸臣当道，干正事的不多，背后嘀咕的不少，戚继光在前方流血流汗，朝廷那边对他的诋毁却为他带来了灾祸。万历皇帝派钦差来一探究竟，试图干预老龙头的修建。

当地乡绅屡遭从海上越境来犯的敌军，深受其害，他们拜见钦差，极力反对工程半途而废。于是，钦差给了戚继光三天的时间，如果三天没有进展，要求他必须停止施工。

当时戚继光已经在长城上修筑了1300座敌台，可以说，老龙头这里是他最后的心愿，也是最重要、最难攻克的一关，半途而废是他极其不希望发生的事情。就在戚继光寝食难安的时候，在军营里担任火头军的一个当地打鱼老汉出了一个主意——用大铁锅固定沙滩。

第二天，戚继光下令全军在退潮后的海滩上架锅造饭。不久，涨潮的大浪汹涌而至，军士们离滩登岸，却来不及收拾漫滩的铁锅。三天三夜之后，大潮退去，戚继光查看了一下城基，欣喜地发现它们牢牢地待在原地，并没有像从前一样被大潮冲垮。大铁锅们一口一口地倒扣在海滩上，风吹浪打兀自不动。

于是戚继光借鉴此法，把无数大铁锅倒扣在海底，一层一层堆叠。每个大铁锅中还灌满了沙砾，一旦被海水吸住，便固若金汤。

焦灼不已的困境，被一个火头军攻克，这真是奇事一桩。但也说明戚继光治下的军营中藏龙卧虎，人才济济。困境解除，工程按期完成，钦差无话可说。但是，戚继光仍被朝廷明升暗降，调去了广东。

史料记载，戚继光镇守的蓟门固若金汤，敌人无法攻入，于是转而进犯辽东，戚继光率兵增援，协助辽东守将其击退。立下赫赫战功，又修建了老龙头的戚继光，在1582年被给事张鼎思在朝中上言，调往广东。三年后，1585年，给事张希皋再次弹劾戚继光，戚继光因此遭到罢免，回乡后于1588年1月5日病死。

这个登州（今山东蓬莱）人，16岁就继承祖上的职位，任登州卫指挥佥事。18岁负责管理登州卫所的屯田事务，有感于山东沿海遭受倭寇的烧杀抢掠，写下了"封侯非我意，但愿海波平"的诗句。25岁，受张居正的推荐，进署都指挥佥事一职，管理登州、文登、即墨三营二十五个卫所，防御山东沿海的倭寇，因表现优异，27岁被调往浙江都司佥事，并担任参将一职，防守宁波、绍兴、台州三郡。

铁锅筑基只是带有浪漫幻想色彩的民间传说，还是果有其事，时至今日，我们无从知晓。这个谜题困扰了无数地质学家、考古工作者、工程专家，他们孜孜不倦地进行了各种勘察研究，认为在20世纪80年代修复老龙头时，并未在海底发现铁块碎片；同时，他们得到有力的证据：入海石城下面的海底并非柔软易流动的沙子，而是坚固的岩石，因此断定戚继光是把巨型条石垒砌在岩基之上，并不存在铁锅固基之说。

但这个传说在民间却流传甚广，康熙帝就曾在一首写山海关的诗中提到铁锅，这首题为《山海关》的诗作，我能查到的记载，是收录于江苏凤凰科学技术出版社于2017年出版的《康熙几暇格物》。

《康熙几暇格物》是一本奇书，翻开它，就能畅快地领略一代帝王康熙的文墨风采。他在勤于政事余暇，学习并研究考察自然科学文化现象，从而创作了这本深刻涵盖了天文、地理、生物、科学实验等自然科学内容的杂文集。在这本集子中，名为《山海关》的文章全文如下：

> 山海关澄海楼，旧所谓关城堡也。直峙海浒，城根皆以铁釜为基。过其下者，覆釜历历在目，不知其几千万也。京口之铁瓮城，徒虚语耳。考之志册，仅载关城为明洪武年所建，而基址未详筑于何时。盖城临海冲，涛水激射，非木石所能久固。昔人巧出此想，较之熔铁屑炭，更为奇矣。

这里提到的"直峙海浒"的建筑，从字面意思看写的是澄海楼，但澄海楼与靖卤台、南海口关、入海石城是紧紧连成一体的，所以，此文写的应该正是康熙帝站在澄海楼上观看到的屹立于海边的老龙头。康熙帝感叹"昔人巧出奇想"，甚至把在建筑史上鼎鼎大名的铁瓮城拿来做对比，认为跟老龙头相比，铁瓮城只是"徒虚语耳"，可见老龙头建筑工艺给见多识广的康熙帝带来的巨大震撼。

尽管有康熙帝的金玉妙笔，我们仍是无从知晓他当年是亲见"过其下者，覆釜历历在目，不知其几千万也"的这番盛景，还是来自道听途说。但我认为这并不重要。没有传说的古迹是没有灵魂的，特别是城堡，它们生来就跟传说、童话是连体兄弟。

现在抛开这美丽的大锅传说，来看看科学严谨的建筑工艺。根据科学的考察和分析，专家们认为，戚继光修筑时做了细致充分的勘测，确定他所选择的地方属于礁石海岸，有历经30亿年形成的老龙岗脉岩，非常坚硬和坚固。于是，施工流程是先在老龙岗脉岩上找平，再用九层花岗岩垒砌。

你如果想看到当年垒砌入海石城的巨型条石，可以亲自去老龙头看一看。从墙基处真实采上来的巨型花岗岩，现在就摆放在城台上。石头上凿有凹槽，两块石头的凹槽连在一起形成燕尾槽，槽里浇上铁粉、松香和白矾熬制的凝固剂，把两块石头紧紧地粘连在一起。你还可以看到专门用来垒砌入海石城尽端处的异形石，每块重达2—3吨。来自隋代的银锭铁隼工艺，把石头和石头之间紧紧地粘连在一起。

站在侧面欣赏入海石城，和正面角度所看到的是不一样的。从正面看入海石城的截面，仿佛剑锋，又仿佛船头，由宽至窄，越来越尖削地插入海中。这自然是出于尽力减少迎风面、减少浪潮冲击力的考虑。

以往，每当寒冬来临，老龙头附近的渤海海面就会结上厚厚的海冰，游牧民族动不动会骑马踏冰来犯山海关。在入海石城修筑的前一年，1578年寒冬季节，图们汗部的骑兵就有过一次侵犯，打算凭借冰冻海面冲破南海口关。次年，入海石城筑成之后，不仅可以有效打击敌军，而且很神奇的是，插入海中这22.4米石城，改变了附近海域的海水循环，冬天很少会再结那么厚重的足以承载骑兵的冰层了。这也意味着，游牧民族从海上进犯的念想不得不放弃。

《临榆县志》记载，入海石城"仆仆于山嶅水湄间、长城之杪，又甃石为垒，截入海中，高可三丈许，长且数倍，曰'老龙头'"。

紧挨着入海石城的是靖卤台，1565年由山海关兵部分司主事孙应元始建，在南海口尽头。由于特殊的地理位置，它成为明万里长城唯一的海上敌台。这种可以驻兵、屯武器、观察敌情、通过箭窗向外射击的中空楼台，跨长城墙体而筑，使长城守卫固若金汤。

靖卤台最初是实心建筑。当时在山海关26公里的长城线上，只有这座敌台和角山一号台共两座敌台，且都是实心建筑，非常简陋，使得山海关长城难以抵御蒙古骑兵的进犯。1567年，蓟镇总兵戚继光奉旨北调坐镇蓟镇长城，在居庸关至山海关的一千两百里的蓟镇长城上修筑敌台1017座。他把位于南海口尽头的实心敌台改成可以驻兵和囤放器械的空心敌台，大大完善了防御功能。即便今天，我们登上靖卤台，观赏它严密的结构和完善的设施，都要叹为观止。

既能带兵打仗，又写得一手好诗的戚继光，为这座唯一的海上敌台取名"靖卤台"，"卤"含有双关意，既指海水，又指敌虏。"靖"是平定的意思。戚继光希望靖卤台能台如其名，平定海上的风浪和进犯的敌人。

从靖卤台沿着长城往西北走不远，就到了南海口关。《临榆县志》记载："南海口关，城南十里，洪武年间建。"它位于老龙头景区海角，南接靖卤台和入海石城，有老龙头"老龙口"之说。明洪武十四年，徐达发动燕山等卫屯兵1500余人，修筑了永平、界岭等32关。因发现这里地理形势险要，就从山海关城向南延伸，抵达老龙岗高地。这里的岩石主要是30多亿年前太古代形成的混合岩，历史上称老龙头一带海边低矮的山地为"山海关古陆"。南海口关依老龙岗临海的海蚀断崖而建，是海防第一要冲，驻重兵把守。当时，南海口关有171名官军，5匹马，139件军器。

《卢龙塞略》曾记载了发生在1564年的一次战事：

（嘉靖）四十三年正月……辛卯，谍报东房土蛮、黑石灰等将犯一片石。山海关守备赵云龙虽严守护，而南海口冰坚，人马可通，凿不胜，深虑之，是夕海潮忽作，凌涨深丈余。壬辰，鸡号，虏到铁场堡迤北，屯长二三十里，广一二十里，以数万计。石门参将白文智领男武卿、家丁栋等趋黄土岭。天明，虏劈城八处，前锋七八百骑入墙，文智占北山梁，趋下奋击。援兵至，拣杀其酋，悬首城上。虏气衄，出墙。我家丁伤多，获其一马及战器钩杆。虏二千余骑径奔南海口，试水以冰开被陷，关有备而回，营分三股，一冲大安口、西阳关，一冲大青山、无名口。虏开墙十三处，我兵乘夜御之，虏不知多寡而退。癸巳，鸡号，复攻黄土岭。我援兵至，转向一片石、寺儿谷、三道关，趋山海关，皆御之。

这篇文章详细记载了1564年的这场激烈的战斗，土蛮、黑石炭等部以一万多骑兵侵犯一片石，被参将白文智带兵在黄土岭打败。明军援军到来后，敌骑兵奔到南海口，然而冰开被陷，继而转向山海关，被守备赵云龙堵退。

《名山藏·典谟记·二十八》也有记载：

四十三年甲子正月……东虏犯蓟东岸石黄土岭，参将白文智、总兵胡镇、游击董一元等拒却之；贼转攻山海关亦不克，而遁归。值海水暴涨，有陷没者，上归佑皇穹，命祭于海神。

不过，这段记载有两个重点：一是激烈的战况，二是赞颂了妈祖海神的护海功劳。

在《名山藏·典谟记》的记载中，我看到了一个名字：董一元。这个人勇猛无敌，当时任蓟镇游击将军。他的先祖，是赫赫有名的汉代巨儒董仲舒。正是在这场战役中，董一元表现卓著，军功赫赫，战后破格领取三级俸禄，被提升为石门寨参将。

从年份上看，这场战事发生时，南海口关南面的靖卤台还没有修建。南海口这里冬天冰封，不利于防御。山海关守备赵云龙虽然提前得到了敌军打算进犯九门口的消息，因此严加守护，但南海口附近的海面"冰坚，人马可通"。军士们凿冰制造冰壕，却没能成功，因此，赵云龙"深虑之"。好在，"虏气衄，出墙"后，二千余骑径直奔向南海口，打算踏冰而去时，"冰开被陷"。

应该是被这次战斗所触动，第二年，1565年，山海关兵部分司主事孙应元才在南海口关南面的长城临海尽处修筑靖卤台，但当时只是一座实心敌台，防御功能并不健全。直到十几年后的1579年，戚继光奉命修筑了入海石城，这里才成为一整套完备的防御体系。

遗憾的是，我没有足够的时间，徒步去领略这些曾经发生过战争的关隘是何种风采，只能如饥似渴地寻找各种图片来欣赏。当我对照明长城山海关重要关隘图，按照《卢龙塞略》对1564年那场战事的记载，一一找到大安口、无名口、黄土岭等关隘时，我的眼前出现了一幅大致的战争路线图，长城内外攻守战那激烈的厮杀和呐喊也在古图上复活。只有全身心地浸入这样的书写中，才能了解那种激动、伤感、向往、惆怅。这些小关口，有一些如今已经老迈，只剩下残破的身躯，有的烽火台顶部已被风刀霜剑砍削。如果把它们放在雄奇的长城整体中看，它们都像大海中的浪花一样。但如果把每一个都单独放大去领略，哪怕它们已经老迈，每一个都伟大而神奇。

而且它们每一个都拥有着独一无二的历史和人文内涵，在历史上都曾是不可忽略的军事要地。比如大安口关的关名，是古人根据诸葛亮"马前课"卦中的"大安"而命名的。它不仅名字有来头，历史故事也引人遐想。1629年，皇太极率领10余万八旗大军，避开袁崇焕防守的关宁锦防线，转而取道大安口、洪山口、龙井关等关寨，攻克了遵化县城，进逼京师。袁崇焕得到消息后漏夜驰援，在广渠门外重创后金军，却终因崇祯帝听信谤言，中了皇太极的反间计，被以"私通"后金军罪逮捕并冤杀，使得历史走向了己巳之变，最终走向了明亡清兴的结局。

明朝后期，后金政权向西方步步紧逼，朱明王朝在辽东丢城失地的情况越来越多，山海关成为最后一道屏障。在这道屏障中，老龙头的陆海防御尤其重要，朝廷海运辽东的军需物资全部由这里转运。1622年，兵部尚书孙承宗领命到山海关督师，在老龙头设立龙武营，"设有舡兵，以防海沙虓辽"。当时训练水军三个营，达到了 900 人的编制。1633 年，巡抚杨嗣昌扩建了南海口关城，把扩建后的防御功能齐全的这座海堡城定名为宁海城，东墙外侧与长城相连。到了明末，出于战略防守的需要，用土堵塞了城门。

历史继续向着明王朝灭亡之路前行。努尔哈赤和皇太极相继登上历史舞台。到了 1656 年，顺治帝爱新觉罗·福临已在位 13 年，这一年，大清在老龙头这里又加强了防卫，在龙武营的基础上增设了南海口营，隶属天津水师镇。从老龙头起向西 30 公里到北戴河金山嘴设置了土墩台。

岁月更迭，永恒不变的是渤海的潮起潮落、风起风停。海风和浪潮推拥着沙石，不断地向南海口关堆积，使得南海口关的沧桑历史中，出现了一段被埋没的时光。经历漫漫岁月，堆积沙土越来越高，高达数丈，逐渐淹没了曾经作为海防要地的南海口关。因此，让我们倍感遗憾的一件事情是，明朝初期的南海口关是什么样子已经失考，我们无从得知。

明代《山海关志》对于南海口关的记述是这样的：

> 南海口关，城南十里，海近岸浅处多巨石魂垒，因筑城入之。每潮汐至，水浸女埤，城尽处深不可犯。

从这段记载中也可以看出，潮汐来临时，会达到淹没女墙的高度。由此可以想象，沙土将一座城关淹没，并非虚妄。而据文献记载，南海口关城台高 5.4 米，我们又不得不惊叹大自然的雄伟之力。大海最不缺的就是持之以恒的侵犯和冲刷及搬运，它就这样埋葬了一座城关。

消失了的南海口关，静静地躺在沙石下面沉睡，一直沉睡了几百年之久。直到 1987 年，政府重修澄海楼，在施工的时候清除积沙，清理出了南海口关墙基，这座沉睡的关城才被唤醒。如今，按照原貌修复的南海口关依然雄伟不减当年，只是墙体的斑驳依然显现出它的沧桑过往。

老龙头的最后一部分建筑，也是最高的建筑，是在南海口关高台上矗立着的澄海楼。嘉靖《山海关志》记载："观海亭（澄海楼前身），在南海口关城上。"这座楼阁的前身名叫"观海亭"，可见它的功能与敌台不同。九脊歇山顶，砖木结构，雕梁画栋，廊檐飞翘——它的建筑材料、工艺、风格，都跟靖卤台和入海石城那朗逸坚硬的风格迥然有别，注定了它不是用来打仗，而是用来欣赏、观光、登高、吟诗抒怀的。

渤海温婉的"C"形海岸线，从顶端的老铁山岬一路顺延而下，在整个辽东湾可以说处处皆景，处处有历史，同时又景景不同，历史万千。行到老龙头处，又跟前面所有地方大为不同。以这里的独特来说，的确需要一座澄海楼，它的功能和价值远超一座楼阁本身。

登上楼阁，打开木格窗户，凭窗眺望。眼前是跃动变幻的渤海，海天相接，襟怀荡阔，潮来潮往，排空奔涌，低吟浅唱。背面是深沉凝重的长城，起伏逶迤，伸延无尽。西南渤海沿岸是石河入海口，河海对冲而成的半岛式湿地中，鹬鸥翔集，野鸭游弋。繁忙的山海关渔港和秦皇岛港桅帆耸立，渔船和渔民往来奔忙，放松的市民休闲钓鱼，张弛各具，人间烟火气十足。往东远眺，海里矗立着被称为姜女坟的海中礁石，云雾笼罩，仙韵袅袅。近处的壮美绝境"入海石城"，弄潮激浪，岿然不动，吞吐故事，诉说历史。

这样的绝美之地，自然是心系天下的历代帝王必要登临一览的，而且，文韬武略、生性浪漫的帝王还喜欢留下墨宝，抒怀立志。因此，澄海楼除了有登高望远的价值，另外一个重要的价值是，它贵气豪迈地承载了历代帝王的各种文字。仅清代自康熙到道光的五位帝王就登临澄海楼十多次，是出关祭祖，也是登楼赏景休闲。据说澄海楼二楼当时是豪华的饮宴赋诗之地，既有美食又有文房四宝。而且出奇的是，澄海楼像一座避风楼，无论老龙头尽端如何风起潮涌，楼内即便窗扇大敞也不受影响。

在这座风雅至极的楼阁之内，据说诞生了清朝皇帝以《澄海楼》为题的51首诗，而且，其中有七篇近体诗联句，是乾隆帝创造的。他要求大臣们写咏海诗，但不许用"水"字或者带三点水偏旁的字，没做到的，罚酒三杯。52句排律，严格使用平仄，除开头两句之外，各联一律使用对仗，也是乾隆帝定的规矩。

帝王在这里开创了以海为题的文学之风，自然也吸引了达官贵人和文人墨客。身份地位有尊卑之分，文学没有。于是，诞生于此的诗文荟萃生光，流于后世。澄海楼里里外外，留下了大量的珍贵墨宝：

楼上有一块匾额，上写"雄襟万里"，是孙承宗所题。另外一块匾额"元气混茫"和一副楹联"日光用华从太始，天容海色本澄清"是乾隆帝所题。楼两侧墙壁上的其他石碑上，是其他几位帝王和众多文人学士登楼吟诵的诗词。

楼脚下有御碑亭一座，御碑上刻有乾隆《再题澄海楼壁》诗文：

我有一勺水，泻为东沧溟。无今亦无古，不减亦不盈。腊雪难为白，秋旻差共青。百川归茹纳，习坎惟心亨。却笑祖龙痴，鞭石求蓬瀛。谁能忘天倪，与汝共濯清。

中国文学发展到今天，无论重温这样的诗文多少次，我们都要感叹前人不可超越。

楼前有一块高 2.65 米、宽 0.7 米的古碑，上写"天开海岳"，没有落款，我们只能凭借当地百姓的口口相传，得知它在民间被称为"薛礼碑"，来推断它与唐代名将薛仁贵当年东征高丽有关。1984 年 9 月，专家鉴定它的确是一座唐碑，这证实了民间的说法。1900 年，八国联军侵略山海关时，澄海楼毁于一炬，只剩下了这块"天开海岳碑"，不久又被英国军队挖弹药库时推倒。把它重新竖立起来的，是 1927 年到此游泳的张学良将军，如此，才有了我们今天看到的巍然古碑。

关于这块碑幸免于难的原因，民间还流传着一个精彩的故事。1900 年，英军动用了几十个人、几匹马，花了整整一天时间才挖开碑座，把石碑扳倒。但是，当天夜里，英军一名哨兵被夜空中伸出来的一只大手抓走，不知去向。之后接连几夜都是如此，使得英军胆战心惊。他们猜测跟石碑有关，于是按照东方礼仪敬香磕头，将石碑重新竖立起来。第二次世界大战爆发之后，英军撤走前，又将石碑掘出，弃在海滩上，后被张学良将军重新竖起。

几百年间，老龙头不断修建和完善，直至后来被毁，军事防御作用也随之尘封。1984年，邓小平同志发出"爱我中华，修我长城"的号召，使得入海石城、靖卤台、南海口关、澄海楼、宁海城等建筑被修复，从1985到1987年历时两年。

02. 天下第一关

在整个渤海，没有哪一个关隘像雄奇的山海关那样，作为与大海相交汇的关隘而存在。

发生在山海关身上的不同说法有两个，一是，在1990年以前，普遍认为长城的东端起点是山海关。1990年，辽宁省丹东市城东虎山长城墙体和墙基的发现，改写了东端起点的说法。二是，许多文献资料认为，南海口关才是明长城真正的第一关，因为它确实紧邻入海石城和靖卤台而建。而且在南海口关和山海关之间，还有一个南水关。也就是说，如果严格地按照顺序来数算的话，山海关只能算是第三关。

但奇怪的是，虽然这两个不同的说法实际上是客观存在的事实，人们却并不在意，仍然把山海关称为天下第一关。可见，人们心甘情愿地从精神上认可它的地位。

无论山海关段长城是不是明长城的东端起点，也不管它是不是第一关，作为明长城唯一与大海交汇的地方，山海关都在历史上占据了绝无仅有的位置。北倚燕山，南连渤海，是山海关的特殊身份。而从渤海出发，于崇山峻岭的脊背上蜿蜒行远的山海关，又是海和山之子。

让我们先来看看山海关的历史。《临榆县志》记载：

> 洪武十四年春，正月辛亥，大将军徐达发燕山等卫屯兵万五千一百人，修永平、界岭等三十二关。山海关之名始此。

关于山海关这个名字的来历，有一个虚实相间的民间传说：山海关始称山海卫，朱元璋登上帝位之后，为了加强京城防务，下旨令中山王徐达和军师刘伯温到山海卫建城设防。徐达、刘伯温二人领了旨，一刻也不敢怠慢地赶往边塞。那时候，山海卫只有一座靠着渝水的土城，城很小，城墙也很单薄，城前是一个山丘，城后是渝水（今石河）。

看着这个单薄的小城和周围的地势，刘伯温心里并不是很满意。他们决定重新看看风水，找一块风水宝地。两人信马由缰出了城，往东走了四十里，一直到了铁厂堡，也没看出哪块是宝地。徐达有点心焦："怎么走起来没完没了！这么宽的地面，难道就没有咱们建城之地？"刘伯温也很无奈，于是勒住马头，说："不走了，就在这儿建城。"于是，两人下令跟随的兵士插上旗子，准备建城。

两人离开之后，从东边飞来一只美丽的凤凰，金黄的翅羽在阳光下闪闪发光。凤凰叼起大旗，径直往西飞去，被一个砍柴的老樵夫看见，老樵夫报告了徐达。徐达马上派兵去追赶，一直追到现在的"天下第一关"这里。他们发现，大旗牢牢地被插在山丘上，几个兵士使出了浑身的力气也没有把它拔下来。

徐达非常恼怒，刘伯温却喜不自胜。徐达不明所以，刘伯温对他说："金翅凤凰是神鸟啊，它是告诉咱们，脚下这座山丘就是一块宝地。你看，山丘离山不远，离海也近，在这儿修起一道长城，往南伸入海里，往北直上角山，中间留下一个东往西来的咽喉关口。然后，再修筑一座城池把山丘围起来，内可屯兵百万，外可出兵征战，这是不是通往京城的一把铁锁？"徐达一看，确实如刘伯温所说，于是，山海关城关的建造历史掀开了第一页。

我们可以想象一下，渤海之滨的这个宝地当时是如何的热火朝天。海浪翻涌，尘土喧天，万民出动，背扛肩挑。一道长城逐渐显现出设想的模样，北上燕山，南入渤海，敌楼座座，雄踞山岭。最为壮观的山海关关城也如期完工，城高四丈一尺，墙厚二丈，城外有深二丈五尺、广五丈的护城河，环卫着这座辉煌的军事城堡，真是一座"一夫当关，万夫莫开"的巨大城堡，牢牢地扎根在燕山和渤海之间的咽喉要道上。

徐达、刘伯温两人如期完成任务，回京复旨。朱元璋对他们表示了赞赏，并提出："山海卫应重新命名。"刘伯温说："山海卫筑新城，南临渤海，北盘燕山，中建天下第一关，依臣之见，就叫山海关。请万岁降旨。"于是，这座军事城堡就有了山海关这样一个大气磅礴的名字。

当然，这个民间传说依然是虚实间杂，我们无从知晓其真实度。从文献资料上看，山海关古城古称榆关，也叫渝关，又名临闾关，因北倚燕山，南连渤海，故得名山海关。明初，中山王徐达修建了山海关，在关城置山海卫，而临榆县是当时的一个县城，山海卫在其境内，所以山海关又称榆关、渝关。

关于名字的来历，大可不必做过多的追溯和考证。我比较感兴趣的是，目前很多的文字资料都来自《临榆县志》。据说这本县志优于大多数县志，最突出的特点是，它收录的配图比其他县志要多。我翻阅了光绪版和民国版两本《临榆县志》，其中，光绪版县志正如人们所说，配图较多，且绘制精细，生动传神。山海关关城街道、周边关隘和边城、老龙头附近的兵营，绘制得丰富周翔。我细细地欣赏着长城的各个城关，感觉金戈铁马呼之欲出。临榆县这个小县城于1954年撤销。另外还有康熙版和乾隆版的《临榆县志》，我没有一一翻阅。这么一个小小的县城，却留下了如此丰富斑斓的《临榆县志》，是不可遗失的历史遗产。

山海关整个关城周长4727米，高14米，厚7米。单看城墙的厚度，就可以想见其坚固性。关城的东墙是长城的主线，因此，东门"镇东门"上高悬起"天下第一关"的牌匾。关城东西南北四面均建有城门，西门为"迎恩门"，南门为"望洋门"，北门为"威远门"，四门城台上均建有城门楼。关城四门之外均筑有瓮城，偏侧开门。由于东墙是长城主线，因此，又在城墙的东南、东北隅各建有东南角台和东北角台，角台上建有转角处的防御性建筑——角楼。镇东楼南北两侧还建有临闾楼、牧营楼和新楼。在关城东门和西门外建有东西罗城；距关城南、北二里建有南北翼城。《临榆县志》记载："南北翼城城墙均高二丈有奇，城周三百七十七丈四尺九寸，城南北各有一门，为明巡抚杨嗣昌建。"关城东南角和东北角旧有奎光楼、威远堂，东罗城南北两隅筑有牧营楼、临闾楼。关城中心，矗立着一座高二丈七尺、方五丈，穿心四孔的钟鼓楼。

这座楼新中国成立前就已破败,新中国成立后因阻塞交通曾于1952年被拆除,后来复建。

以"天下第一关"箭楼为主体,靖边楼、临闾楼、牧营楼、威远堂、瓮城、东西罗城等为辅的这座庞大的军事防御城堡,并不是一个独立的、简单的关隘,而是一个城池群,可以说是城中有城,城外有城,城侧有城,城城相卫,相辅相成。即便攻破其中一城,其他城关也会连成一体,合围歼敌,可以说是牢不可破。

虽然后期有些关楼因年久失修而破败或者被拆毁,如今只是作为遗迹而存在,但它们雄姿仍在,无可替代。每一道门、每一座关楼、每一处遗迹、每一块牌匾,都可以讲出太多的历史和故事。

今天我们带着历史的眼光再去打量山海关,会对古人生出无尽的敬畏之心。作为从东北平原到华北平原的咽喉要道,这里是燕山余脉到渤海之间最窄的一处,一共只有15里。从这里往东是开阔的平原,往西则再也没有这么有利的由山地阻隔而形成的天然屏障了。而且,这里距离北京大约只有280公里,它的地理位置就更为特殊。古人发现并睿智地选择了这座扼守价值巨大的咽喉要道,打造了这么一套完备得如同神话般的防御体系,不得不说是人类的伟大杰作。这样的战略要地,在任何政治家和军事家的眼中都是珍宝,要么征服它,要么守卫它。明朝时期,对防止东北女真族的崛起和打击元朝的残余势力,山海关起到了决定性的作用。

当时山海关的驻军是最多最精锐的。明朝中后期活跃于东北地区的军队,是明军中最强大的关宁铁骑,他们受过严格训练,而且全员配置火器,装备精良。更别提关内配备的红夷大炮了。这种在明代后期传入中国的大炮威力巨大,1626年在宁远之战中重创努尔哈赤;1627年在宁锦之战中,红夷大炮再次发挥巨大威力,大败后金军。史料记载,红夷大炮"至处遍地开花,尽皆糜烂"。

可想而知,城高14米,城墙厚达7米,五丈宽、三丈深的护城河环绕周围,又有"至处……尽皆糜烂"的红夷大炮加身,驻军还受过精良训练——山海关是何等坚不可摧,只擅长骑马、不擅长攻城的关外游牧民族对此只能一筹莫展。

遗憾的是，历史上演了一幕以吴三桂开城降清而破城的戏份，这不得不说是一个巨大的玩笑。在吴三桂打算赴京归顺又中途折返回山海关的历史故事中，由于陈圆圆这位绝世女子的介入，因而更加脍炙人口，一直被人所津津乐道。英雄一怒为红颜，送上关城以降清，以致清军入关改写历史，听起来既悲壮又让人郁闷。也有一些说法，认为此事与陈圆圆无关，吴三桂打算归顺李自成时并不认识陈圆圆，因此为陈圆圆而一怒之下归顺又反叛只是一个民间传说罢了。持有这种观点的人分析了吴三桂降清的种种心理，认为虽然表面上看来似乎是李自成逼反了吴三桂，但也有人认为吴三桂当时处于李自成与清军之间，孤立无援，只能择一而靠，而他又瞧不上李自成。

种种种种，已成历史烟雾，我们无从知晓哪种说法是历史事实，只知道归顺又反叛的说法似乎已成历史定论。吴三桂率军返回山海关后，李自成也不能说一点不惶恐，他立即奔山海关而来，但这次说服失败，于是打算武力镇压，强攻山海关。历史上著名的山海关之战轰轰烈烈地展开，打了两天即宣告结束，吴三桂降清，多尔衮入关，之后顺利一统。

一代名关山海关，就这样结束了它作为军事防御要地的历史使命，变成了职能单一的交通要冲，商贾往来的关口。后来，又成为清朝历代皇帝到沈阳祭祖的必经之路，也是文人雅士登楼览胜、吟诗赋对的风雅之地。

夜游山海关古城，从南门望洋门进入。南大街人流密集，人们浏览着饭庄、古玩珠宝店、茶叶店、布庄、鞋店、超市。这些店铺门口灯笼摇曳，散发着朦胧的红光。栖宿小舍等民宿坐落在几条小街上，这些小街没有南大街那么热闹，而是散发出幽静温馨的气息。

原本作为军事城防而存在的古城，它庞大沉重的身躯上，每一块石头现在都变得轻巧松弛，只有甲申史鉴馆等场馆还向人讲述着过去的历史。

03. 九门口水上长城

远远望见云雾轻绕的山峰，就知道九门口长城快到了。这个我强烈想来的地方，位于"关外第一县"辽宁省绥中县境内。它是万里长城中唯一一段修建在水上的长城，在此发生过波澜壮阔的战斗。

山海关长城北上大约 15 公里，与九门口长城的南端在险峰峭壁间相接。之后，长城沿山脊向北，一直延伸到九江河南岸，横跨九江河。全长 1704 米，跨河墙长达 100 多米。

万里长城自西向东翻越高山，跨越大河，都是遇到山峰时连绵不绝，而遇到大河时中断。唯有九门口长城却正好相反，遇水不绝，遇山中断。这段长城关隘横跨百余米的九江河，于河上修筑了九孔城门，河床铺砌着过水条石，河水从城门中汩汩流过条石。过水条石上凿有燕尾槽，用铁水浇铸成银锭扣，形成了牢固的河床。明代以前，九门口这里就是京奉之间的交通要道，修筑长城后，成为关内外交通的重要门户，号称"京东首关"。

进入九门口的路边栽种着果树，果树远处的燕山余脉群峰叠嶂，峭壁上的苍黄山体和茂密植被间杂雄浑。迎着九孔城门渐走渐近。左右两座山峰之间的山谷中，聚集着九江河的河水。这条河发源于河北省抚宁县驻操营区东贺乡九龙洞山，在九门口这里为长城的延续制造了一个难题，不过最终被人类克服。人类修建了城门，让它从中通过。它对这个结果感到欣慰，因而心甘情愿地穿过城门，欢快地向下游淌去，最后在甘家屯东南区域汇入渤海。那里是东戴河一带的海滨，风景美丽。

九江河就这样穿越古代，进入繁华的现代海滨。河水清晰地倒映着九个门洞，不知名的水草在水面上缠绵流淌。百米长的这段城墙身躯庞大，令人感到震撼，但它的倒影又如此优美。

这是一种复杂的气场，并不以单纯的强悍而骇人，虽然它的历史漫长地持续了接近两个千年。据记载，九门口长城始建于北齐，扩建于明初洪武十四年。这一年，大将军徐达带领燕山等卫屯兵 15100 人，奉旨修建永平、界岭等 32 关。面对从山谷中流淌的滔滔九江河水，徐达既想在这里修筑高墙御敌，又想让水势凶猛的洪流顺畅流过，于是大胆修建了九门口。他们在百余米的河床上打入三米深的木桩，在木桩上铺设一米厚的大石块，最上面连片铺砌 12000 多块巨型花岗岩条石 7000 平方米。平整的河床远看像一整片巨大的板石，因此当时把九门口命名为"一片石关"。

明隆庆二年，戚继光从福建调任"总理蓟州、昌平、保定练兵事"，当时的九门口和周边一部分地区归属蓟州镇。戚继光到任后亲自勘察了九门口长城，对其进行了加固。

我眼前这座宏伟的城墙，中间门洞上方镌刻着"一片石关"，是对它过往历史的记录。因为九门口长城自明洪武十四年建成之后的几百年间，已被岁月风尘摧残得面目全非，河床上的石块被冲走，桥墩上的城墙陷落，七零八落地颓倒在河面上，野草丛生。1984 年 9 月，邓小平提出"爱我中华，修我长城"之后，辽宁省于 1986 年利用集资开始重修九门口长城，它才重现雄姿。

重修工作开始后，当轰鸣的推土机将残土碎砖推走之后，人们忧伤地发现，他们找不到原来桥墩的身影，九个水门也销声匿迹。从那以后，经过人们锲而不舍历时四年的考古发掘，终于露出了原来的河床地面，以及尚未被破坏的两座桥墩，还有砖石结构的半残墙址、一块记载了"围城"修建经过的石碑。依据这些珍贵的遗存，九门口长城终于得以修复。

站在城桥上俯瞰围城，它仿佛一座幽深的四方井，井壁上筑有射孔。这是明代天启六年修复时加修的，百姓称之为"水牢"。当敌兵攻至城下时，围城射孔与城上桥楼、箭楼和垛口之间形成交叉火力，大量有效地杀伤兵临城下之敌。这种独特的防御体系可以用罕见来形容。

登上长城，可以看到很远很远的景色。这里山势很高，坡陡壁峭，巨石苍劲，林深树密。山下的九门口村被长城、绿水、青山围护，是个幸福的小村落。

在近千年的岁月中，九门口长城经历了许多欢乐和痛苦。它密集的敌楼、哨楼、烽火台、站台、信台等，注定了它绝不仅仅是一座可供观赏的建筑，而是一座用来战斗的堡垒。"十门少一门，门门断人魂，要想出一门，十人九断魂"是对此处地势险要、易守难攻的形象描绘。1644年，闯王李自成与吴三桂所引多尔衮清兵在此展开了著名的"一片石"大战。1922到1924年，直奉两系军阀在此进行了两次激战：第一次奉军溃败逃离，第二次直军兵败。1948年，东北全境解放，大军从东北战场辗转华北，百万雄师取道九门口。

长城从九门口两侧攀缘而上，消失在山脊高处我们看不到的地方。山风吹拂着这个山谷，九江水朝南流淌，一直流入了茫茫渤海。

04. 沙与海相吻的地方

在优雅修长的秦皇岛市北戴河海滨，有一处突出的陆地，属于联峰山余脉。它有点调皮，打破了海岸线的修长圆顺，向东延伸插入渤海，仿佛一只深入海中饮水的鸟嘴，由此得名"金山嘴"。民国年间《北戴河海滨志略》用"一峰压水，三面晴波"形容了它的独特。

这么独特奇异的地方，曾是方士求仙的中心，以及舟楫聚泊之地，自然没被求仙若渴的一代帝王秦始皇放过。公元前215年，他东临此地，在这里建造了辉煌的行宫，供自己驻足。

金山嘴处遗址的发现，晚于1982年葫芦岛市姜女石遗址的发现。1984年至1986年间，秦皇岛市对北戴河金山嘴一带进行过多次联合考察，发现有大量建筑遗迹堆积的文化层存在。在以金山咀为起点的南北轴线上，分布着三个主要地点：金山嘴、金山嘴北约300米的横山、横山北约500米的高地。遗憾的是，金山嘴和横山以北的建筑遗址已受损，于是，从1987年开始，考古专家选择在横山开始了艰辛的发掘。1991年，这个布局紧凑、规划整齐、结构合理的庞大的建筑群在经过漫长的历史尘封后，终于重见天日。云纹瓦当、柱础石、菱形纹空心瓦砖等大量建筑构件，盆、甑、豆、釜等众多文物遗存，建筑基址、窖穴、井、水管道、灶等遗迹，都无声地显示着当年主人的尊贵。而它们的主人是谁呢？考古专家发现，横山遗址出土的建筑构件在秦都咸阳宫殿建筑遗址上都有所见，另有其他发现可以佐证——此处也是一处秦行宫。

也就是说，在毗邻的姜女石和金山嘴，连续发现了秦行宫遗址，充分证明这一带海滨深受秦始皇青睐。遗址再现于世间，也仿佛是为了解开许多谜团，佐证一些事实，比如"秦皇岛"这个特别的城市名字——毋庸置疑，秦始皇东巡驻跸北戴河所在之地，秦皇岛因此得名，使得中国诞生了唯一一个因皇帝尊号而得名的城市。

这处又被称为金山嘴遗址的北戴河秦行宫遗址的发现，无疑是一个具有重大意义的历史再现，自然也为早已享负盛名的北戴河增添了一抹贵气的光华。

八月的北戴河海滨，绿树掩映着秦行宫遗址的灰瓦屋顶。建筑并不算高大，但有一种不可言说的气场，让人断定内里一定隐藏着不朽的神奇。

在离它不远的东北方向海滨，"秦始皇求仙入海处"则显得阵仗十足。这位不可一世的帝王坐在车辇内东巡，怒马嘶鸣，奋蹄疾驰。然后，顺着求仙殿前的求仙路，面朝给他带来无限幻想的渤海，一路虔诚地祈祷，长长的步道两旁站满了兵士。他一直走到海边，在两旁童男女和神仙方士的陪伴下，手举酒杯向渤海祈福，希望自己能长生不老。

这一切，都以雕塑的形式再现，使我们可以想象当年秦始皇面海祈福的景象。然而我们更多面临的是欢快明亮的现代海滨图景。与古代告别非常容易，海滩的热闹足以覆盖那短暂的怀古悠思。

北戴河海滨的"贵气"，与它独特的水文气候有关。清朝时，人们发现了北戴河独特的气候。纬度较高且靠近海域的温带海洋性气候，使这里昼夜温差大，夏季非常凉爽。处于渤海岸边的这处长达十五公里的美丽海湾，沙子细软，海潮平静，水质良好，环境优美，称得上天然的优质海水浴场，《中国国家地理》称赞北戴河海滨为"沙与海相吻的地方"。因此，清末抵达中国的外国人非常多，他们惊叹于这里的舒适和优美，不吝赞美，使北戴河的知名度渐渐广为流传。文献资料有记载："戴河以东至金山嘴沿海向内三里及往东北至秦皇岛对面为各国人士避暑地，准中外人杂居。"

北戴河的名字，正是由文献资料中的"戴河"而来。这条河的上游以北坐落着一处小渔村，名为北戴河村，因此海滨就名为北戴河。在中国四大避暑胜地中，鸡公山、莫干山、庐山都是以山闻名，北戴河是唯一的海滨。

从20世纪20年代开始，北戴河的旅游业风生水起，1917年建有中国第一条旅游专用铁路支线，从津榆铁路北戴河火车站到北戴河海滨站；1921年开辟了中国第一条旅游航线，从北京南苑机场到北戴河海滨赤土山机场。只需要两个小时，人们就可以离开酷热的北京，抵达280公里之外的北戴河纳凉消暑。饭店、旅行社、网球、垒球、高尔夫球、焰火舞会、电影等新潮活动在北戴河热闹非凡，当时中国最著名的艺术团体和艺术家都曾在此地留下演出历史。

大雨落幽燕，白浪滔天，秦皇岛外打鱼船。一片汪洋都不见，知向谁边？

往事越千年，魏武挥鞭，东临碣石有遗篇。萧瑟秋风今又是，换了人间。

这首著名的《浪淘沙·北戴河》，是毛泽东主席1954年夏天在秦皇岛北戴河开会时创作的词。它的浩瀚胸怀和文辞之美为世人所公认，为北戴河罩上了一层神秘的面纱，引得世人竞相去领略其风采。今天的北戴河，依然尊贵如昨，优美如昨，舒适如昨。

05. 黄金海岸上的孤独图书馆

沿着北戴河新区海岸线西南行，是持续的绵长的优质海岸，沙质细软，《中国国家地理》把它称为"中国最美八大海岸之一"。太多赞美的声音，一直在炽热的沙滩上漂浮。

海滨浴场熙熙攘攘的热闹中，一座矗立于岸边的图书馆似乎洞察了关于孤独的秘密，用它特定的空间和光影接纳着人类，人们把它命名为"最孤独图书馆"。

这座三层图书馆大约450平方米，外观简单硬朗，高级灰的颜色在黄色沙滩和蓝色天空大海之中，显得格外沉静优雅。它位于黄金海岸中部，是三联书店海边公益图书馆，属于附近的阿那亚度假区。

不同于城市图书馆于车水马龙中取静，这座图书馆建在空旷的沙滩上，离海不足百米，面朝大海，遗世独立。

在八月炽热的阳光下，我汗流满面地迎着它走去。我需要它的荫蔽。背海一面，一楼凹进去一个休闲区，因此，明亮白炽的沙滩上，只有那里沉浸着一抹阴凉。人们坐在阴凉里的长凳上休息。

据说这座图书馆当初最看重的是设计理念，它的建造者努力要在它身上实现对空间界限的探索。人类身体的活动，光的氛围的变化，空气的流通，与海洋景致之间的共存关系如何在有限空间内达到最大限度的扩展，是他们苦思冥想的问题。最终他们从剖面开始设计，建造了阅读空间、冥想空间、活动室、小水吧等空间的集合体。依据每个空间功能需求的不同，他们精心考虑了空间和海的具体关系，定义光和风进入空间的方式。

显然，它完全不同于城市中的图书馆。而且这深邃特别的构造仅仅是它的上部，那么它的下部构造是什么样子的，它依靠一种怎样的设计而牢牢地扎根于松软的沙滩之上，这是个专业领域里的谜。

我想到阿根廷作家博尔赫斯说过的一句话："如果这个世上真的有天堂，天堂应该是图书馆的模样。"这位作家的一生都跟图书馆有着不解之缘。1899年出生于布宜诺斯艾利斯的书香门第之家，父亲在家中专辟了一间图书室，大量的珍贵文学名著开启了博尔赫斯的文学之路，七八岁便尝试写作。此后博尔赫斯的整个求学生涯都在读书。辗转多地之后，博尔赫斯在22岁那年回到布宜诺斯艾利斯，终身致力于图书馆工作，56岁时任国立图书馆馆长。

如果博尔赫斯在世，来到这座位于渤海岸边的孤独图书馆，不知他会给这里留下怎样的评价。

最孤独图书馆南边大约300米的岸边，矗立着阿那亚礼堂。这同样是一座略显孤独的建筑，通体白色，三角形的尖削屋顶像童话故事里的宫殿的屋顶，插入蔚蓝的天空。这里同样是建造者实现理想的地方，他们尤为钟爱对光的研究和采集，礼堂内部可感受到的光，都是从墙体之间的缝隙渗入内部的自然光，这造就了一种深邃的艺术感。

还有一些其他的建筑，比如阿那亚艺术中心、沙丘美术馆，以它们各自不同的气质，装点着这片海滩。

天气酷热。在岸边一个小店里坐下，喝了点饮品。小店设计风格很欧洲化。面对着大海和沙滩，我忽然想起十几年前在希腊的萨洛尼卡，看到的也是这样一番景象，人们悠闲地坐在海边喝咖啡。

海滩后面，是舒适闲逸的阿那亚社区的别墅小院和酒店，环境幽雅干净，精致高档。这里的一切都很符合阿那亚的梵语阿兰若的原意"人间寂静处，找回本我的地方"。

从大蒲河开始的绵长的海岸线，一直延伸到滦河入海口，几乎没有石粒，铺陈着北方最连续、最高、发育最好的滨海沙丘，仿佛海和大漠奇异地在这一带共存。沙带同时又紧傍着数万亩防风固沙林，绿色的林木苍葱浓厚。海的蓝，沙的黄，林的绿，奇异地交织在一起。

特有的沙丘地质，为黄金海岸增添了一处国内独有、世界罕见的海洋大漠景观——翡翠岛。它位于黄金海岸的南部，东、北、西三面由渤海和七里海潟湖环绕。简单概括，它是一座由黄色细沙和绿色植被相间构成的半岛。这座方圆7平方公里的山丘岛上，沙山连绵起伏，造型优美，时陡时缓，错落有致，绿树葱茂，点缀其间，因此又被称为"京东大沙漠"。

王朔有一部著名的小说——《一半是火焰，一半是海水》——十分符合翡翠岛的景致。火焰一样金黄色的沙丘，伴着蔚蓝色的大海，这是让人类好奇的大自然的杰作。经过专家考证，这里的沙子来源于滦河的搬运。滦河入海的泥沙受到潮汐的作用，被持续地冲向岸边。新的沙坝不断形成，将老的沙坝一步步推远。在风的作用下，沙子一直堆积，且不断地被搬运到高处，最终形成了这片滨海沙漠。

在这条海岸线上，依然有大大小小的河流汇入渤海。北部有饮马河水系的饮马河、东沙河，由大蒲河口入海；中部有七里海水系的稻子沟、刘台沟、前刘坨沟、后刘坨沟、赵家港沟五条小河，汇聚后经七里海潟湖入海；再往南就是滦河了。滦河是这一带所有河流中最大的一条，与它相比，其他河流都只能算是季节性的小河沟。

与河流入海不同的七里海，曾被叫作"溟海""七里滩"，实际上是一个半封闭潟湖，而且是华北地区最大的潟湖，国内仅存的现代潟湖之一。它的东岸及东南岸与渤海之间隔着附近特有的沙丘，只在东北隅有一条潮流通道与渤海相连。潟湖由滦河、饮马河冲积扇前缘与海岸的大沙丘之间的低洼湿地环境形成。

在很多当地老人的记忆中，七里海潟湖曾经鱼虾成群、飞鸟不断。但是到了20世纪80年代末，高强度人工养殖严重破坏了潟湖的生态，自然湿地减少，湖盆淤积严重。近几年，得益于"蓝色海湾整治行动"，退养还湿、清淤疏浚等岸线综合整治，七里海正在逐步恢复昔日的美好：沿岸草木丛生，湿地与沼泽密布。湖海交汇使得这片水域中深藏着各种矿物质和海洋生物饵料，它们散发出鲜美的味道，吸引着白鹳、白头鹅、天鹅、火烈鸟等大批候鸟及其他鸟类飞聚而至，在这里小憩和繁衍。蓝水中间点缀着的形状各异的沙洲上，栖落和飞翔着密集的鸟群。蓝黄交织，精灵起落，多姿多彩的海洋生物正在检验着七里海复活的足音。

你很难相信，在这大漠之丘上活跃着非常多的鸟类，甚至世界珍禽——黑嘴鸥，都把这里作为主要栖息繁殖地之一。实际上，整个黄金海岸国家级保护区也是环渤海候鸟集中地，在陆域和海域之中均活跃着丰富的鸟类。鸥类、鸭类、鹬类，还有一些猛禽、涉禽、鸣禽、攀禽等，密集地在这里繁衍生息。近几年，退耕还林、退耕还湿、退耕还草使得一些珍稀鸟类出现在这里，比如丹顶鹤、白枕鹤、白鹤等。甚至，人们发现了多年未见的黄胸鹀。被誉为"鸟中大熊猫"的震旦鸦雀的发现更令人欣喜，它们藏身于芦苇荡深处，观察着首次融入其中的这个新的领地。

鸟类自然不是唯一活跃的族群。在这条黄金海岸沿途，还有大大小小的渔港、码头，比如大蒲河口码头。每一艘渔船都有一副被岁月剥蚀的容颜。休渔期，它们静静地泊在岸边，等待着渔民对它们进行修修补补。休渔期一过，蛰伏数月的渔船陆续离开岸边，驶向大海。

傍晚四五点钟，渔船归来，渔民、海鲜、市民共聚码头，人间烟火，生生不息。这里的海域中生活着对虾、牙鲆、爬虾等多种经济物种，秦皇岛一带养殖的海湾扇贝更是占据了全国近七成市场。十多年前，为了修复贝藻礁生态系统，为海洋动物创造优良的庇护所，人们在海底投放礁石，人工建造海底森林，在河北7000公里的海域中打造了11处国家级海洋牧场示范区，其中，唐山海洋牧场被誉为"海上塞罕坝"。

06. 神岳之冠碣石山

　　离开炽热浪漫的黄金海岸，前去领略我此趟行旅中的另外一个目的地，那座著名的"碣石山"。它是昌黎海滨的望山与标志，与昌黎海滨作为统一的整体，屹立于华北平原伸向松辽平原的接合部上。

　　在公路上行驶，逐渐看到右边突起连绵的山峰。近处可以看到苍黄色的石头山体上覆盖着浓绿的植被，远处的山峰则朦胧如画，戳入天幕烟云之中。这是燕山山脉伸向东南海边的余脉，有大小上百座山峰。其中，碣石山有36峰，海拔695米的主峰仙台顶格外突起，是渤海近岸最高峰，顶尖呈圆柱形，远远看去像柱石一样直插云霄，因此名为"碣石"。

　　这座渤海北岸最著名的山峰，在远古时正因为顶尖突起如柱，而被当作航标。

　　山下的展示牌向我们详细描绘了这里的景致和历史，我们看到了这样的语句：

　　　　碣石山集名山之长：泰山之雄伟，华山之险峻，衡山之烟云，雁荡山之巧石，峨眉山之清凉。
　　　　传封神榜中的三霄娘娘和赵公明在此处修炼。
　　　　郭沫若曾在远观碣石山后留下了"五岳之首是泰山，神岳之冠碣石山"的感叹。

据史书记载，秦始皇、秦二世、汉武帝、魏武帝、晋宣帝、北魏文成帝、北齐文宣帝、隋炀帝、唐太宗等，都曾先后登临此山，留下了九帝登临的佳话。

《史记·秦始皇本纪》记载：

> 三十二年，始皇之碣石，使燕人卢生求羡门、高誓，刻碣石门。

公元前 215 年，秦始皇来到碣石一带巡视求仙，命丞相李斯写了这篇小篆体《碣石门辞》，意在为秦始皇纪功：

> 遂兴师旅，诛戮无道，为逆灭息。武殄暴逆，文复无罪，庶心咸服。惠论功劳，赏及牛马，恩肥土域。皇帝奋威，德并诸侯，初一泰平。堕坏城郭，决通川防，夷去险阻。地势既定，黎庶无繇，天下咸抚。男乐其畴，女修其业，事各有序。惠被诸产，久并来由，莫不安所。群臣诵烈，请刻此石，垂著仪矩。

东馒首山和西馒首山是两座东西相望的山峰，可以说是通往碣石山的门户，这篇《碣石门辞》，20 世纪 80 年代中期由政府镌刻在东馒首山靠北的山崖上。

史书中记载的"碣石"，究竟是不是这座碣石山，众说纷纭。

沿着山路向上攀爬，树木葱郁，山路陡峭。爬到半山腰，远远地看到石壁上醒目地镌有"碣石门"三个隶书体大字。

正因秦始皇曾驻跸于此，它脚下的城市才有了"秦皇岛"这个贵气十足的名字。此后，多位帝王也都来过这里，留下了各自的足迹。

最高峰仙台顶又名"汉武台"，俗称"娘娘顶"，这些名字的由来，都包含着一定的历史和传说因素：汉武台与汉武帝有关，而娘娘顶在民间传说中与张果老有关。

汉武帝刘彻公元前 110 年到访此地，可在郦道元《水经注·濡水》中找到记载：

濡水又东南至絫县碣石山……汉武帝亦尝登之，以望巨海，而勒其石于此。

濡水，也就是现在的滦河；絫县，是西汉在这块区域设立的第一个县治。因为刘彻的到访，碣石山主峰仙台顶，又名"汉武台"。

传说汉武帝登基后，受方士李少君等人的诱惑，非常喜欢祀神求仙，而且比秦始皇有过之而无不及，召鬼神、炼丹沙、候神等名堂数不胜数。由于痴迷于祀神求仙，"于是郡国各除道，缮治宫观名山神祠所"。在碣石山南麓，迄今存有汉武帝行宫的遗迹线索，1958年在修建原昌黎县第二中学校园操场时，曾出土了大量"千秋万岁"瓦当和大型汉瓦，专家认为，这就是汉武帝来碣石山时的行宫所在地。

秦始皇的后代也曾步秦始皇后尘，到碣石山来拜谒。《史记·秦始皇本纪》记载，秦二世胡亥继位后，于公元前209年"东行郡县"时，也"到碣石，并海，南至会稽，而尽刻始皇所立刻石"。

曹操和他的《观沧海》自然也是碣石山传说中的一环。他的文学成就丝毫不逊于军事修为。建安十二年夏，曹操率师北征讨伐乌桓，一战告捷，于秋天班师回朝，途经碣石。他踌躇满志地登上当年秦皇、汉武曾登临过的碣石，面向雄波浩浪的滔滔渤海，将胸怀和视野再次投向统一中国。我们姑且不去考证他观沧海的地方究竟是不是在昌黎县的碣石山，单单欣赏这首诗就足矣了。据说他在西归途中还创作了《冬十月》《土不同》《龟虽寿》等诗作，记叙了当时碣石山邻近地区的景象。秋风瑟瑟，天高云淡，那是何等吞天吐地的气势和场景。

与碣石山有关的历史名人还有很多，比如文学家韩愈。祖籍河北昌黎的韩愈死后被追封为昌黎伯。为纪念他而修建的韩文公祠，位于碣石山仙台顶东侧五峰山平斗峰前半山腰的一块平台上。作为碣石山十景之一的五峰山，雄美峭拔，并排环列而立，韩文公祠背依峭壁，前临深涧，树木茂密，泉水淙流，清幽雅致。

清幽雅致的韩文公祠，曾经接待过中国历史上一位著名的人物——李大钊。1908年到1924年，李大钊先后八次到过五峰山。他在此游览，客居，或避难，著书立说，思考国家和民族的未来。1918年夏天，李大钊第四次来到此地，开始研究马列主义，并于 11 月底公开发表了《庶民的胜利》的演讲，之后和陈独秀一起创办了《每周评论》，宣传马列主义，铿锵发声："试看将来的环球，必是赤旗的世界！"

可以说，这里是李大钊的第二故乡。在韩昌黎祠里，李大钊不仅写出了《我的马克思主义观》，还写出了《游碣石山杂记》《五峰游记》《岭上的羊》《山峰》《山中落雨》等描写五峰山山景的诗文。他用"天外桃源"形容碣石山之美，还因喜欢五峰山一棵千年孤松，而为自己取了一个笔名"孤松"。

除了韩文公祠等历史遗迹，碣石山上还有十景，每一景都是天造地设的自然美景，其中最吸引人的当属"碣石观海"。登上碣石山的主峰仙台顶，可以俯瞰方圆百里的美景。远处，相距 15 公里的渤海，相距 30 公里的北戴河海滨浴场，渤海沿岸最大的潟湖七里海，环抱昌黎南部平原的滦河入海口，燕山山脊上蜿蜒起伏的长城，都在云雾缭绕中若隐若现。近处的悬崖陡壁如刀削斧劈，树木苍翠。仙台顶南麓的千年古刹水岩寺峰峦环绕，泉水伴流，春夏时节，桃花杏花樱花梨花争奇斗艳，冬天来临，白雪红墙高洁静美。

但是，由于现在的海岸线距碣石山有 15 公里，只有晴天时才能隐约看到渤海，所以很多人对曹操《观沧海》中的碣石山到底在哪里，心中存有疑问。有关专家认为，是海岸线的变化导致了如今的景况。秦汉时期，海岸线"内延至逼近京山铁路线"，而近 2000 年来，渤海西岸海岸线变化很大，这一点，从天津的贝壳堤位置变化及古文记载可以推断。秦汉时期的海岸线大约在昌黎城关以南数里，符合曹操诗中的描述。到了北齐年间，碣石山前的海陆形式和地貌发生了剧烈的变化，滦河夹带着大量的泥沙，填淤了浅海海底，使得大面积的浅海成为陆地，因此，碣石山山前的景物已非往日。

凝望"碣石"两个字，登山时疲惫的身体被激动的情绪所振奋。抚今追昔，心胸开明。

07. 滦河入海

离开碣石山，去往滦河入海口。这条大河夹带着大量泥沙，改变了碣石山前的海陆结构，还形成了翡翠岛的沙丘，想必力量非凡，配得上河北第二大河的称号。

发源于河北省坝上地区的滦河，全长 888 公里，穿过草原，跨过燕山，在乐亭县南兜网铺注入渤海，是渤海独流入海的河流。这也是一条敦厚的当地人的母亲河，流淌过千年时光，在 20 世纪七八十年代，又经过了蓄水和引水工程的沧桑巨变，可谓一身的故事和风尘。

就拿滦河干流潘家口水库来说，建水库前，这里鱼虾跳跃，两岸稻花飘香，林木蓊郁，风景秀丽，堪称塞北的"小江南"。工程从 1975 年开始，到 1985 年竣工，竣工之后，除了水利作用之外，它的风景由于增添了人工痕迹，变得更为立体丰富。由于位于燕山山脉沉降地带东南构造带与华夏构造带的复合部位，这里地质构造复杂，四周的石灰岩、白云岩及少部分页岩岩体在流水侵蚀与褶皱断裂的作用下，锤炼成千奇百怪、绚丽多姿的奇峰怪石与陡崖悬壁。竣工之后的潘家口水库，将滦水拥入奇峰峭壁之间，水莹山绕，蓝绿生辉，又被称为"北国三峡""塞上漓江"。

还有一处更为奇特的景观——"水下长城"。这里所处地域喜峰口一带，是古长城雄关要塞闻名的地方，水库建成之后横切长城，将潘家口和喜峰口两处关隘及周围长城都淹没在水中，因此形成了独特的"水下长城"景观。

作为一条大河，滦河自然还肩负着身为一条河而必然要接受的使命——水运。滦河水运始于唐开元十八年，从元朝开始走入兴盛期。元政府曾在建国 120 年之中的 8 年中，两次疏通河道，使中下游畅通，河运逐渐兴起。据《滦州志》记载，仅滦河西岸要冲滦州一地就造船 2000 余只。上行下行船只，均集结于滦州偏凉汀、东门外、马城和乐亭之汀流河等处，多时停泊达 500 余只。上行船载运粮食、棉花、手工业产品、食盐和海产干腌制品，下行船载运木材、石料、纸张和药材。

引滦入津工程，使滦河成为解决天津城市用水问题的大功臣。浩浩的滦河水通过河北迁西县大黑汀水库，穿过燕山余脉西流，循黎河入于桥水库，又经州河、蓟运河，转输水明渠，全长234公里，流过沿线修筑的隧洞、泵站、水库、暗渠、管道、倒虹、桥闸等215项工程，艰难地一路跋涉，进入天津市区。从1982年5月开始施工，到1983年9月11日，天津人喝上了滦河水，彻底告别了喝咸水的岁月。我于1990年到天津求学，那时并不知道天津人在七年之前喝的还是苦涩的咸水。

通往滦河口湿地公园的路边，我看到了一个很大的贝壳堆。粉色的贝壳挤挤挨挨，层层叠叠，不知要做什么用处，但传递了海的讯息。

八月的滦河入海口，停泊着大大小小的渔船，密集地排列在岸边，形成一个长长的船队。处于休渔期的它们，正在度一个长长的假期。

辽阔的入海口上空，飞翔着各种水鸟，这里广阔的泥质滩涂是候鸟南迁飞行路上的中转站，包括国家一级保护鸟类的一百多种鸟类在这里繁殖和迁徙。

在汇入渤海前的最后时光，是滦河穿过乐亭县的时光。它绕过村庄，转过滩涂，在乐亭县蜿蜒流淌了51公里，成为小小城市的灵魂。最后，宽阔的滦河水带着对渤海无比的信任，坚韧不拔地把自己变成了那片大水的一部分。

放飞无人机从空中俯瞰，我看到了滦河广阔的河面。靠近岸边的泥质滩涂上点缀着丰茂的绿色植被，仿佛河里长出一片葱绿的草原。水鸟的小小白色身影在大河上空移动。渔船云集在码头。

这时候我想起海子的诗：

> 面对大河，我无限惭愧。
> 我年华虚度，空有一身疲倦。
> 和所有以梦为马的诗人一样，
> 岁月易逝，一滴不剩，水滴中有一匹马儿一命归天。
> 千年后如若我再生于祖国的河岸，
> 千年后我再次拥有中国的稻田……

第三部分 渤海湾

> 我在岸上只有少数几个伙伴,那些在海上航行的人却藐视海岸,可我常想他们所横跨的海洋,比我在岸上的所知更深不可测。
>
> ——亨利·戴维·梭罗《河上一周》

第一章

01. 大清河盐场与盐母

如果说整个渤海的形状是一个大"C",那么,渤海湾就是一个小"C"。它位于渤海西部,开口向东。这个字母的两端,分别为河北省乐亭县的大清河口和山东省的黄河口。

大清河自北向南穿过乐亭县,紧依大清河村,辗转流入渤海。在整个渤海海岸入海的河流中,大清河算不上大河。如果它不是辽东湾和渤海湾的分界,完全可以一笔带过。但它很聪明地迂回曲折,最后从渤海湾小"C"的顶端入海,为自己挣得了两个海湾分界的特殊名望。

关于这条不起眼的河流,还由于附着了一个有趣的民间传说,而增加了独特的历史感。据《乐亭地名传说》记载,大清河在古代是很浑浊的,水质极差导致水生动物难以生存,只有一些青蛙、癞蛤蟆在水边跳来跳去。河水之所以如此浑浊,完全是由于这条河中生活着一只千年老龟,它每天用四个爪子搅动河底的泥土,使河水浑浊不清,以便保护自己。但是,河流最终是要流入渤海的,浑浊的河水也影响了入海口的水质,使得小鱼小虾们也退避三舍。这个现象被东海龙王敖广发现,便派虾兵蟹将去打听原委。得知是一只老龟作祟后,龙王经过了一番精明的思考,决定把它请到龙宫任宰相,让老龟协助管理大海。这样,既给它封了官,派了工作,避免了它无所事事久而生乱,也能充分利用老龟的得道仙体和老谋深算,为龙王效力。老龟自然是欣然接受。不过它也不辱使命，把大海管理得和谐兴旺。老龟离开之后，河里的泥沙就安安静静地沉积在河底，河水变得清澈透亮，大清河因此得名。旁边的大清河村也因此得名。

这一带也曾是繁华之地。鸦片战争以后，京津两地的百货、洋货，以及东北的粮食纷纷涌入乐亭。清朝末年和民国初期，洋货大量涌入，境内的海盐、猪鬃、苔苻等土特产，也向外埠运输。由天津、大连、烟台等地驶来的五桅、七桅可装载上万斤货物的大船，壮观地停靠在大清河口、甜水沟一带码头，乐亭的大白菜、大萝卜、柳编、苇席等土特产品及手工业产品则通过海运，销往天津、大连、营口、烟台等地。一时之间，乐亭沿海港湾异常繁盛，可供海船停靠的大清河、甜水沟等地纷纷开办起粮行、货栈、店铺和牙行。大清河也建起了十几个船坞，可同时停靠十多只海船。当时，京奉铁路（今京沈线）虽已修成，但由于海运旅程近，运费低，人们仍喜欢选择以海运为主。

当时除了从外埠驶来的五桅、七桅大船外，乐亭的大船也参与了海运，菩提岛大庙主持僧法本，就在大清河养了三只海船，来往于天津、烟台、安东等外埠。寺庙主持养船，在当地算是一个比较另类的存在。

如今大清河附近很多上了岁数的人，或许曾听家中老人描绘过20世纪20年代大清河码头的繁华，人们用"海边繁华小镇"来形容这里。一艘艘帆船有着严格的建制，驾长、先生、舵手、船工，一应俱全，源源不断地运来百姓们过去没有见到的洋烟、洋火、洋油、洋米、洋面、布匹、衣料、化妆品等洋货。姑娘们的着装也悄悄地发生着变化，开始露出美丽的胳膊。

早上，车夫们驾驶着骡马大车从乐亭县内各地赶来，挤在大清河村的饭馆里吃烧饼喝粥，然后将大车装满货物，驾车返回。那条唯一的南北向大街，终日喧嚣而热闹着。老人们回忆，路东的平房多属于经营船业的商家，路西有半条街就是一个由人工挖掘的船坞。船上装卸货物全靠人工，他们呼喊着、吆喝着，汗珠在手臂和肩背上闪闪发光。满潮的时候，船夫们开动船只的号子声此起彼伏。人们站在岸边，送自己的亲人出海或是迎接他们归来。偶尔也会发生海难，人们便在大清河最南边近海处修建了一座娘娘庙，供奉香火，祈福消灾。

据民国二十四年统计，从大连、营口年运入高粱25万石，从天津等地运入洋布15200包、煤油500箱、火柴1万箱。外运去烟台、上海大豆3.9万石，玉米2.4万石，籽棉80万担，苇帘、柳编90万件，毛虾、海米120万斤。

然而，1935年，日本帝国主义侵入冀东，改写了这里的繁盛之景。特别是1937年七七事变后，日本人在大清河等地修建营房驻兵，控制海面，致使外埠商船不敢来往，繁华的海上商运被迫中断。

压抑的日子中，让人愤怒的事情不停地发生。日伪华北盐业股份有限公司营办大清河盐场，通过压低输日盐价、降低输日盐税、强征军用免税盐等方式，开始了对芦盐的掠夺。

中国历史上有两淮、长芦、两浙、两广等几大产盐区，其中包括河北、天津一带的长芦盐区产量最大。长芦盐区的开发历史要追溯到明朝时期，当时政府在河北省沧州市的长芦镇设置了管理盐课的转运使，统辖河北全境的海盐生产。《读史方舆纪要》记载：

> 明初置长芦都转盐运使司，在今州治西南，领盐课司二十四，在州境者十二，在山东青州府境者亦十二，每岁额办大引折小引盐十八万八百引有奇，又长芦巡司及递运所税课局，俱置于此。

到了清代，虽然机构转设天津，但是长芦的旧名却依然使用，一直称长芦盐区。今天，人们也一直习惯把大清河盐场称为"长芦大清河盐场"。由于距离近，交通便利，日本人对长芦盐区格外感兴趣。早在二战之前，日本每年就要从长芦盐区进口原盐七八十万吨。作为一个狭小的岛国，日本在周边海域找不到理想的盐滩，长期进口海盐不能满足他们的胃口，因此，侵华之后，首当其冲就是控制长芦盐区。当时，长芦盐区的产盐基本都由海上运走，周边的海船只有日本营运盐船，从大清河口运往汉沽、塘沽等港口。据统计，日本在华期间共掠夺价值10亿多元的芦盐，占日本掠夺中国盐价值的近半。

日本投降后，日本营办大清河盐场停办。但是，从1946年冬至1947

年冬，国民党政府军队在盘踞乐亭期间并没有采取任何措施恢复盐场的经营。据文献资料记载，这一带到天津、汉沽、塘沽间"绝无船只"。

今天的长芦盐场，自然已经恢复了昔日的荣光，成为中国三大盐场之一。在台湾布袋盐场、海南莺歌海盐场面前，长芦盐场依然是老大哥，是海盐产量最大的盐场。分布于河北省和天津市渤海沿岸的长芦盐场，南起黄骅，北到山海关南，由大清河盐场、南堡盐场、汉沽盐场、塘沽盐场、黄骅盐场组成，全长370公里，盐田230多万亩。

漫长绵延、宽广平坦的泥质海滩，是渤海西岸之所以成为盐场的有利条件，这是渤海的慷慨给予。风多雨少、雨季较短、日照充足等因素，又非常有利于海水蒸发，这是大自然的慷慨给予。当地盐民在漫长的生产实践中，早已掌握了利用湿度、温度、风速等有利气象要素而晒制海盐的丰富经验。而大清河盐场生产的原盐，以它的结晶均匀透明、色白味纯、颗粒厚重、少有杂质而驰名，明清时期一度作为朝廷贡品。

在冀东一带，人们很早以前就把大清河这里称为"海上明珠"。由于大清河盐场的管辖机构曾经设在天津，因此它还有"小天津"的美誉。盐田广袤，水天相接，鸟类云集，虾蟹畅游，如今的大清河盐场不仅作为产盐地而存在，还作为生态良好的养殖场、风景地而存在。

去往大清河盐场的路边，高高的盐堆像雪山一样耸立。一台堆坨机正在工作，两只悬臂张开大大的"V"形，仿佛山鹰的两只翅翼。悬臂尽头源源不断地流出白花花的盐，下面的盐堆不断地增加着规模。机械堆盐代替了古老的人工堆盐，解放了劳动力。

沿着中间一条笔直的道路行驶不久，我看到几十栋蓝顶白墙的楼房，这里是职工公寓。在达峰盐业大楼前的路中间，高高耸立着盐母海神雕像。这座雕像由赭石色的大理石雕刻组合而成。海神娘娘面目端庄，优雅大方，站立于清新芳香的花坛之间，被众多漂亮葱郁的矮树围绕着。据说，同样的盐母雕像在南堡经济技术开发区也矗立着一座，可见盐母是这一带盐精神的文化符号。

雕像周围，葱郁的绿植中，一块展示牌向我们简单介绍了这位著名的盐业神——

据《盐法通志》记载，"五代时期，长芦无盐可食，民不聊生，忽有一老妪言之：'此地存女娲补天之五彩神石，遂可煮海成盐。'传其法后不知所踪。翌日，此地皎白如雪，厚积寸余，皆为盐也，尽收之，以为神"。在清代《长芦盐法志》《天津府志》等史料中，也曾记载盐姥授人以煮海为盐之技的故事。因此，盐母海神成为长芦盐民世代敬仰之神。

关于盐母娘娘的传说，在渤海沿岸流传甚多。据说，在中国历史上，天津滨海先民历经千年时光创造出来的这位地方女神，比北宋福建莆田湄洲岛的妈祖还早。《长芦盐法志》《宁河县志》《汉沽区志》都有在元明清时期关于盐母娘娘庙的重修或复建的记载，历代的庙志和碑文也都有关于盐母娘娘神话传说的相关记载。

有一个关于卤水煮盐的传说：五代时期，地方藩镇割据将领刘仁恭和他的儿子刘守光在天津滨海横征暴敛，百姓守着大海却无盐可吃，人人面黄肌瘦，头晕乏力。后来，一位精神矍铄的妇人来到这里，她教给人们用沿海碱滩的卤土浇土淋卤，转化成卤水，然后熬煮成盐。长期停留在汲取海水熬煮成盐认知上的百姓，受到妇人的点拨，偷偷藏进沿海碱滩的苇荡之中，刮卤埋锅，熬煮食盐，度过了最艰难的时日。从此以后，老妇人再也没有出现，百姓们都认定她是盐母娘娘派到人间拯救他们的神仙。

还有一个关于凤凰落地的民间传说：一位老妇人在海边见到一只凤凰落在荒滩上，老妇人认为凤凰是神鸟，便收集了凤凰停落处的泥土，让自家老汉进京献宝。皇上认为老汉老糊涂了，竟然献给自己其貌不扬的泥土，一怒之下便杀了老汉。但是后来，御厨却发现老汉献来的土不是一般的土，而是盐宝。

离开盐母雕像，沿着一条向南的小路驶往盐田旁边。棋盘般的盐田，因为不同的浓度，在太阳下闪烁着橘色、墨绿色、浅绿色、蓝色、褐色等不同的色彩，仿佛巨型调色板。碱蓬草在盐池边的岸滩上蔓延生长，绿色、青黄色、红色混杂。它们不像盘锦的红海滩那么艳红，这可能跟当地土壤的盐碱度有关。

人想要欣赏盐池的全貌，站在地面上是不够的，无人机在高空中用它圆溜溜的镜头俯拍，才能华丽地展现它的阴柔和壮美。我久久地凝视着无人机从几十米高空传送回来的画面，被它摄人心魄的线条和色彩深深打动。一望无际的棋盘格子中间，我们刚刚行驶过的盐化基地显得很小，仿佛汪洋中的一条船。

我还想象着其他一些画面，比如盐田丰收时，机械设备繁忙地穿梭往来，运盐的小船头尾相连，在芦苇的掩映下悠然驶过。

大清河人充分利用原盐生产的蒸发池养殖海虾。小精灵们颤动着轻盈的触须，在水里自由游动。这种海虾个头大，肉质嫩滑，口感鲜美。蒸发池俗称"大汪子"，因此，大清河盐场里的海虾就具有了独一无二的别致名字——汪子虾。

大清河盐场也是野生鸟类的主要栖息地。在东亚至澳大利亚西线这条水鸟迁徙的路上，大清河也是它们不曾缺席的一处停歇站，每年有近400种鸟类经过这里，呼朋唤友，南下或者北上。

中午，在乐亭经济开发区附近公路边的一家饭店里，我吃到了比我过去吃到的所有虾都要鲜美的海虾。我不知道它们是不是当地人俗称的汪子虾。我还吃到了碱蓬草馅包子。它们是海洋赠予舌尖的美味。

那天，很奇怪的是，我一直感到口渴，晚上喝了大量的茶水，也依然口干舌燥。后来发觉唇舌是咸的，才恍然明白是盐田的咸空气浸入了我的毛孔。那些看不见的盐的分子，飘荡在盐田周围的空气中，不动声色地侵袭着我这样贸然闯入的人。

02. 唐山三岛

在渤海西岸的唐山湾海域，分布着菩提岛、月坨岛、祥云岛三座海岛，如今是唐山市重点打造的唐山湾国际旅游岛。从位置上来说，三座海岛环绕聚集于大清河口；从形状来看，三座海岛形状迥然不同。它们仿佛是给这个以辽东湾和渤海湾分界点身份存在的河口戴上的头饰，仪式感十足，足够支撑海湾和海湾之间在这里完成一场浩大的、体面的交接。

让我们先来看看祥云岛。这座离岸沙坝岛最显著的特征就是身材修长：南北长约13.5公里，东西宽度却仅有500—1500米，长宽比值之大，在海岛之中实属罕见。区域面积22.73平方公里的祥云岛，有着26公里的漫长海岸线，呈带状刀形，陆地海拔高度仅3—5米。但不要小看它的高度，即便这么低矮，它却是我国最大的由河流和海汐冲积而成的细沙岛屿。因此，它的海岸也属于优质天然细沙地质，海岸延伸入海的坡度也非常平缓，海水清澈，能见度达到3米左右，海水一级。这些天然条件，使得这里成为优良的天然海滨浴场。海岛北侧与陆岸遥遥相望，构成双道复式海岸线，这也是世界罕见的水陆奇观。

与祥云岛相比，菩提岛就显得像小家碧玉了，面积仅有5.07平方公里。但是，它虽然精致小巧，却丛生着茂密的灌木和绿草，自然植被覆盖率98%以上。植被茂盛，咸淡水交汇，食物丰富，人为不良因素少，这些天然优势吸引着400余种缤纷艳丽的鸟类到达此地，在岛上、滩涂、海域栖息繁衍。这些鸟类中，候鸟占比较大，留鸟仅有几十种。其中，仅国家一级保护物种就有短尾信天翁、白鹳、黑鹳、白肩雕、白天鹅、黑嘴鸥等12种，国家二级保护鸟类40余种。每当候鸟如期来临，岛上鸣声阵阵，群鸟翻飞。从地理位置上来看，菩提岛是我国东北、内蒙古及西伯利亚、朝鲜、日本和南方地区之间鸟类迁移的交会点，因此它被誉为国际观鸟基地，还有"孤悬于海上的天然动植物园"的美誉。在菩提岛上，动植物是主人，而人类是外来的客人。

尤为特别的是，岛上种植着几百棵菩提树，规模之大在北方极为罕见。佛祖释迦牟尼在菩提树下出生、成佛、涅槃。这壮观的菩提林，是菩提岛的神圣之地。另外岛上还有建于明朝的朝阳庵和建于清朝的潮音寺。朝阳庵现在仅存遗址，潮音寺保存较好，属于河北省文物保护单位。岛上还有三座造型奇美的建筑：莲花形状的佛教文化交流中心，红色宝瓶形状的观音净瓶，佛头形状的佛光阁，呈三足鼎立之势，共同护卫着菩提岛这方佛教圣土。

与祥云岛修长的带状刀形迥然不同的是，菩提岛的形状中间低四周高，酷似聚宝盆。菩提岛在过去曾经名为石臼坨。《乐亭县志》记载："因为形似石臼，中间凹四周凸起，古称石臼坨。"还有一种说法是，因为唐王李世民东征时曾在此驻跸十九日，它因此得名"十九坨"，加之形似石臼，后来人们便取了谐音，将其改名为"石臼坨"。大自然赐予它如聚宝盆一样的形状，而且没有让它徒有虚名，赐给了它丰富繁多的动植物，以及神秘的菩提树林，它真是当之无愧的聚宝盆。

而月坨岛的名字由来，顾名思义，就是形似弯月无疑了。这座总面积11.96平方公里的海岛，由月坨、腰坨、西坨等狭长列岛断续组成。月坨岛离陆岸4.8公里，乘坐游船，在渤海中逐浪追风，大约二十分钟即可抵达岛上。岛上植被丰茂，灌木丛生，鲜花野果幽香阵阵，几百种鸟类，在这里栖息和繁殖。除了动植物，月坨岛上精巧别致的度假小木屋一栋一栋地建在水中的铁架之上，山形屋顶，刷成蓝色和玫瑰色的墙壁，远看如同人造的户外小鸟屋，充满了异域风情。躺在小木屋里听着海浪声入眠，是月坨岛带给客人的独特体验。

从浪声中醒来，苍黄色的木栈道可以把客人送到海边。长达5公里的金色沙滩在阳光下闪着光，滩缓潮平，洁净开阔。如果遇到退潮，沙子里会留下大海的馈赠，有经验的渔民可以通过沙滩上不同形状的窟窿，来推断下面埋藏着什么鲜活的海物。青蛤、海花、蛏子、小皮皮虾、海星，以它们特有的方式，狡黠地挖洞藏身。

作为一个天造地设的海岛，月岛自然也有它的天赐神奇之处，据说它是观日观月的理想地点：在特定的外部条件下，可以观赏到"三日同辉""三月同辉"的奇景。即在天空、海中和沙滩上可以同时看到太阳和月亮，三日和三月竞相明亮，熠熠生辉。

关于大海的神话传说，像海鸥一样多。几乎每到一处，都能听到它在海风中流传。在这岛屿云集的神奇之地，自然也是少不了传说的。渤海湾古时称东海，传说东海龙王有个美丽聪明的女儿，名叫灵珠。灵珠公主不仅美丽而且善良，时常带着一只灵龟到民间救苦救难。东海中有一个专门吸食贝类精髓的水蛭，名叫霸蛭龙，见到灵珠之后心生歹意，试图侵袭灵珠。在打斗中，灵珠渐渐不敌，贝壳盔甲被霸蛭龙击破。灵龟见状，赶忙向上苍呼救。三圣母骑着凤凰及时赶到，救下了差点被霸蛭龙吞噬的灵珠。灵珠的贝壳盔甲被击破，一半变幻为菩提岛，另一半变幻成龙岛。而三圣母骑乘的凤凰身形显于月坨岛，霸蛭龙身形落于祥云岛，灵龟则永远留在了大清河口的捞鱼尖。

  神话传说中的龙岛，位置在菩提岛和月坨岛东南方向的渤海之中，属于唐山市的曹妃甸区。这个原名东坑坨的远在渤海之中的小岛，本来是一座原始孤岛，由古滦河入海冲积而成，长年人迹罕至。后来，因为它形似大写字母"L"，看起来蜿蜒曲折仿佛一条龙，而它的地理位置又靠近渤海最深的潮汐通道——老龙沟，因此将之改名为龙岛。小岛地势平缓，沙滩随着龙形走势时宽时窄，沙坝和潟湖分布其上。龙岛的沙滩也平坦开阔，沙质细腻，海水湛蓝。现在，这座本来未经雕琢的小岛上也建起了度假小木屋和木栈道，多了一些人类的气息。

03."北方沙家浜"曹妃甸

  处于渤海湾小"C"形顶点位置的曹妃甸，作为唐山市的一个区，在渤海沿线众多颇有名气的城区中，虽然名不见经传，却有着两段不俗的历史。

  贞观十九年，唐太宗李世民率领军队从洛阳出发，御驾亲征高句丽。此前他已经派出六万步骑和四万海军，于几个月前先行出发，接着他本人也踏上了这条征伐之路，士气满满，志在必得。唐军的战斗力非常旺盛，短短几个月时间内接连攻克十余座城镇，并成功消灭了高句丽的军队主力。然而，唐军在围攻辽东最后一座重镇安市城（今辽宁鞍山营城村）时，却遭到了高句丽人的顽强抵抗，双方僵持不下，难分胜负。秋天来临，加之漠北蠢蠢欲动，具有敏锐军事判断力的李世民明智地选择了退兵。史料记载了当时撤军正值寒冷天气的不易：

    冬，十月，丙申朔，上至蒲沟驻马，督填道诸军渡渤错水，暴风雪，士卒沾湿多死者，敕然火于道以待之。

这也是唐太宗军事生涯中的最后一战。虽然他之后仍然大力备战，做了更为完善的再战准备，高句丽显而易见已是囊中之物，然而天不遂人愿，这位文韬武略的帝王在四年后驾崩，年仅五十二岁。冥冥中，似乎命运早已做好了安排，让李治来完成征服高句丽的任务。

就是这场著名的远征之旅，诞生了帝王与佳人的浪漫传说。据《滦县志》记载："曹妃甸在海中，距北岸四十里，上有曹妃殿，故名。"根据这个记载我们知道，曹妃甸原来是距离北边陆地40里的一座带状小沙岛，岛上建有曹妃殿，后来演化为曹妃甸。据说，当时这座小岛没有名字，岛上长满野草，没有人烟。唐王李世民率领船队东征，回来路过这个无名小岛时，他的爱妃曹妃不堪军旅劳顿，身体不适，不治而亡，死在小岛上。这位名叫曹娴的妃子面目娇美，一路上陪唐王吟诗对弈，深得唐王欢心。失去曹妃的唐王痛心不已，下旨在岛上给曹妃修了一座三层大殿，赐名曹妃殿。曹妃从此被当地渔民供为可以保佑平安的海神，殿内常年香火旺盛，小岛的名字后来被称为曹妃甸。

民间传说总是瑰丽多彩，凝结着当地人民的智慧和才华，很多地方的传说不止一个，曹妃甸也是如此。关于唐王和曹妃的传说还有另外一个版本，更为凄恻动人：在唐山南部沿海一个名叫老爷庙的小渔村里，住着曹姓一家人。曹家共有三个姐妹，老三名叫曹婉儿，在打鱼时遇到了东征高句丽走水路归来的唐太宗李世民。当时李世民身染怪疾，足部溃烂，痛痒不止。曹婉儿下海捕捞了一种当地的海蜇，晒干磨粉，配上芦苇荡里生长的一种草药，给李世民内服外敷，治愈了他怪异的皮肤病。李世民没有征服高句丽，却被聪慧善良的曹婉儿所征服，将其册封为妃子。但曹婉儿舍不得当时已身患重病的老父，便和李世民相约，先给老父送终，五年后再入宫。李世民虽百般不舍，但还是顺从了曹婉儿。曹妃甸在古代只是渔民停船避风的小岛，李世民在岛上为曹婉儿修建了宫殿，供她居住，这就是最初曹妃殿的由来，后来演化成了曹妃甸。

李世民离开之后，曹父于次年故去。而曹婉儿也生下一个男孩，取名李黄娃。万般思念李世民的曹婉儿，总是郁郁寡欢地在曹妃殿中弹琴而歌：

  帝王离兮南去，亡父远兮西归；目眇眇兮愁予，沧海波兮鸥飞！登高殿兮弛望，与佳期兮夕张。鸟何萃兮苹中，罾何为兮木上？

  由于思念过度，曹婉儿终于积郁成疾，二十二岁时离开人世。

  失去母亲的李黄娃，只好跟着曹婉儿的两个姐姐一起生活，分别在曾家湾和西青坨长到四岁。四岁那年，李黄娃去芦苇荡中捡鸟蛋，迷路走失。皇家血脉没有看顾好，全家人惊惧不已，选择了隐瞒此事。实际上，据传李黄娃在芦苇荡里乱走，到了今天的十一农场才看到人烟，被一个煮盐老人收留。李黄娃只能说出自己姓李，并没有说出皇子的身份。后来，李黄娃在当地娶妻生子，一直过着普通人的生活。

  今天李家灶的人，包括十农场、十一农场很多姓李的人，都是李黄娃的后代，也就是李世民的后代。据传说，李世民离开五年之后，返回渤海岸边，想要接曹妃入宫，但此时曹妃已经离世。唐王伤感至极，下令千军缟素祭奠曹妃，并扩建了曹妃殿。之后，李世民又听说曹妃思念他的时候弹琴以歌，便下令百鸟永伴曹妃。所以至今老爷庙一带是鸟类的天堂，成群结队的鸟儿在附近流连，似乎是为了佐证民间传说的真实性。

  曹妃甸湿地内的确生活着众多的鸟类，包括国家一级保护鸟类丹顶鹤、白鹳、黑鹳、金雕等。曹妃甸湿地是澳大利亚至西伯利亚鸟类迁徙的重要驿站和栖息场所，国际湿地组织称它为"开发潜力巨大、不可多得的湿地保护区"。

  后世也留下了一些其他的印迹，像鸟儿一样佐证了这个故事的真实性，比如20世纪80年代，在曾家湾村西麻坨岗子出土了一本《古滦州诗钞》，上面有唐末一个名叫魏明鹤的秀才留下的绝句《曹妃吟》：

  唐王何日再回眸，苍海横流几度秋。缟素千帆随浪逝，空余云影恨悠悠。

诗钞上还记载了明末一位张姓书生的诗作：

唐王荒岛憩羁身，惊见渔舟有丽人。玉女清歌旋百鸟，伟男子夜赠千金。皇娃苇荡迷幽径，盐坊老夫立至亲。可叹长安一片月，深宫空自怅游魂。

这本诗钞出土的曾家湾，就是传说中曹婉儿的大姐曹杏儿的婆家村。曹婉儿的二姐曹雪儿则嫁到了西青坨，皇子李黄娃就是在曾家湾和西青坨生活到了四岁。据说曹婉儿的两个姐姐都没有念过书，老两口最喜欢聪明貌美的曹婉儿，曹婉儿母亲去世时嘱咐曹父，一定要供小女儿读书。曹父划着船，沿着双龙河往北行驶，把曹婉儿送到了大姐家，在曾家湾赵家私塾读书。有一天，赵先生出了个题目，让弟子们以龙河为题作诗，曹婉儿写了一首让赵先生赞不绝口的诗：

龙河两岸无真龙，空使桃花寂寞红。他年我约真龙至，遍种荷塘玉芙蓉！

这首诗写得烂漫勇敢，坦诚野性，赵先生拍案惊奇，说："料得此女有大志向！将来堪与真龙为伴，必能做娘娘！"

赵先生一语成谶，曹婉儿果真等到了她命中的真龙天子。但天意弄人，她最终还是成为寂寞桃花，忧思而亡。据说，曾家湾过去有一大片荷花坑，当地人称为藕坑，那里面的荷花就是当年曹婉儿种下的。

关于曹妃甸的另外一段不俗的历史，发生在一个叫落潮湾的地方。

据说，位于曹妃甸区第十一农场境内的落潮湾，"涨潮为海，落潮为湾"，在古代这里是一望百里的蛮荒水地。明万历年间，李、孙、郑三姓先祖带领族人来到这里，为官家立灶熬盐，从此安家乐业，村子也简单地称为李家灶村、孙家灶村等。

孙家灶村、李家灶村在1942年成立了原唐海县（今全境位于曹妃甸区）第一个党支部。接着，相继建起八路军后方医院、兵工厂、被服厂。落潮湾当年的芦苇荡有五万多亩，一望无际。海退后形成的天然湿地汇聚了上游淡水与下游的海水，富含营养，丛密的苇荡生长着许多天然饵食，使得这里鱼虾蟹大量繁殖，野鸭和大雁流连其间。当地人回忆说，肥美的大毛蟹常常在秋天的月光下爬上庄户人家的窗台。抗联组织民兵和村民捕捞鱼蟹、猎取鸭雁到附近售卖，换回生活用品。被服厂、兵工厂欣欣向荣，被服鞋袜和弹药从这里运出，成为支援前线的大后方。

1938年深秋，冀东抗日大暴动受挫后，部队主力奉命西撤，仅有冀东抗日联军第十三总队留了下来，与日伪展开游击战。这支部队的领头人是本地滦南县安各庄人，名叫高小安。一场激战过后，部队受到重挫，1200余名伤员南撤到落潮湾边的李家灶村疗养。留下军医处的一些医务人员，在落潮湾的芦苇荡中组建了后方医院。

如今，这座后方医院的原址就在一片鱼塘中间，那里生长着一棵老榆树。熟悉那段历史的当地人都知道，老榆树就是当年苇荡医院的见证者，他们也把这里称为"北方沙家浜"。

当时的李家灶是由12个自然村组成的，村民把家里的房子改成隐蔽伤病员的病房，又在落潮湾芦苇荡里搭建临时窝棚。这种窝棚本来是渔民临时栖息的地方，由于敌人常常清乡扫荡，村民们便在芦苇荡中搭建了更多的窝棚，上边用苇草苦顶，下边铺上厚厚的干苇子，既不漏雨又不潮湿。伤病员平时住在村里养伤，遇到敌情时便迅速转移到芦苇荡的窝棚里。

高高的芦苇辽阔幽深，大海带来的丰沛水汽弥漫在苇荡上空，风吹过，只能看到雾气笼罩下的苇波如海浪一样摇摆，根本看不到窝棚的影子。鬼子怕有埋伏，轻易不敢涉足其中，往往就是放枪吓唬了事。一旦鬼子下决心进苇荡搜捕，村民还有一个方案，那就是把伤病员转移到小船上，南下驶到渤海湾中躲避。宁静的渤海湾，跟芦苇荡一起，成为这里的红色战场。

伤员们在百姓家中和芦苇荡中休养生息，逐渐恢复了元气，又开始与日寇周旋战斗，拔掉据点，重创鬼子。老人们回忆说，当年有一位武工队队长名叫武汉兴，本事了得，经常驾船深入渤海湾的曹妃甸，与海匪周旋搏斗，改造海匪为革命所用。他像孤胆英雄一样深入匪窟，因此被赞为"海上杨子荣"。

如今的曹妃甸,落潮湾水库如一块碧玉镶嵌在渤海岸边。苇荡一如往昔,生生不息,围护在水库周围。虾池鱼塘错落分布,野鸭飞鸟云集共歌。落潮湾往事悄然安睡于岁月流淌的波声中,随时等待着被一代代人唤醒。

第二章

01. 死亡的海岸洲堤

当我沿着海岸线走到天津的时候，似乎一下子有点茫然和困顿。这座四大直辖市之一的大都市，明明濒临渤海，但是在许多人心目中，它却仿佛是一座内陆城市。三十年前我还在天津上学，在我的印象中它似乎也不包括大海的存在。

然而，这座城市却货真价实与大海有关，甚至，在距今几千年前，这里干脆就是一片汪洋大海。从天津博物馆中的文字资料中我们会知道，在距今约6000年前，海平面位置比现在高2—3米左右。大海进入盛期，海水达到今天昌黎、滦南柏各庄、丰南黄各庄、玉田、宝坻、任丘、献县、无棣、纯化一线，距现今海岸线约80公里。

借助地图，我们很容易理解当时处于大海的一部分而今天成为陆地的这一条弯曲地带的范围，可以看到，今天天津市的大部分都处于这个范围内。距今4000年前，海平面开始大幅度下降，这一线陆地得以露出，并逐渐趋于稳定，稳定后的海岸线停留在小王庄、张贵庄、巨葛庄、八里台、中塘、沙井子一带。海退的同时，在天津附近入海的黄河为天津平原积淀了深厚的黄土，使之便于农耕、居住。北宋时期，黄河再次从天津入海，夹带了大量的泥沙并沉积下来，形成新的陆地，进一步扩张了天津的范围。

这也正是为什么天津的文明是从蓟县开始的原因。蓟县处于天津最北部，靠近内陆，当如今的天津市区、塘沽等地还淹没在大海之中时，蓟县已经是陆地了。距今6000—5000年前，一个新的族群从太行山以东的张家口、赤峰一带迁移到此，在蓟县山前平原的下埝头、弥勒院居住下来，繁衍生息，使天津地区进入文明的初始阶段。

1989年，考古学家在蓟县邦均镇东南的坡岗上发掘出了半地穴房址、坑穴和沟。在出土的各种陶器中甚至发现了极少的彩陶，透射着先民留下的文明足迹。

如果说遗址是先民留下的足迹，那么，浩荡的渤海给天津留下的足迹，则是令人叹为观止的贝壳堤。得益于古黄河在天津入海形成的淤泥堆积，造就了这一带的粉砂淤泥岸，成为贝壳堤形成的主要因素。以"善淤、善决、善徙"著称的黄河，有"三年两决口，百年一改道"之说，从公元前602年到1938年的两千五百多年间，黄河下游决口达到1590次，大的改道26次。在它最终经由山东垦利入海之前的漫长岁月中，曾经有过在天津入海的历史。

当时的古黄河，携带着大量的细粒黄土物质，日复一日年复一年地在渤海海岸迁徙、冲刷，塑造了世界上最大的淤泥质海岸。这特殊的馈赠，成为贝壳堤形成的第一个先决条件。黄河改道之后，河口迁徙到别处，天津一带的泥沙入海量大幅减少，海水逐渐变得清澈，优良的水质吸引了种类繁多的海洋软体动物繁衍生息，丰富充足的贝壳物源是形成贝壳堤的另一个先决条件。

渤海生生不息的海浪将贝壳搬运到海岸，一层一层地堆积。经过漫长的岁月，无数色彩艳丽的海生贝壳在浪潮的拍击下破碎、裂开，变成一堆堆一簇簇的彩色贝类碎片，混杂着细沙、粉砂、泥炭、淤泥质黏土薄层，被推移到海岸边，组成堤状地貌堆积体。

历史上，黄河在这里不止一次来回迁徙，当它回迁的时候，浑浊的淤泥海岸再次变成不适合壳类物生存的环境，它们停止生长。而泥沙继续淤积，使得淤泥海岸再次向前延伸，无形当中就使贝壳堤逐渐远离新生的海岸。就这样，海岸线走走停停，淤泥海岸与贝壳堤此消彼长，年深日久，在渤海湾南岸和西岸便形成了多条平行于海岸线的贝壳堤，各自断续绵延上百公里，厚度一般为二至四米，宽为十米至上百米，大致与渤海湾西岸、西南岸现代海岸线呈同心圆状，年龄最老的贝壳堤距今6700—5530年，分布在河北省黄骅市东孙村一带。

在天津海岸带，这多条很长的贝壳堤，沿着渤海湾温婉的曲线，自北向南分布。在海边生活的人习惯把贝壳称为蛤蜊，所以他们也亲切随意地把贝壳堤称为"蛤蜊堤""沙岭子""岭子垒"。在古代，古人对它有一个更为文雅的称呼——贝丘。而地貌学家则把它称为"死亡的海岸洲堤"。的确，漫步在贝壳堤上，脚底下是几千年遗留的贝类碎屑，你不得不频繁地想起死亡这样的词语。

几千年堆积形成的大自然的奇观，当然也是古渤海岸线的标志，它真实地记录了天津"海退陆地出"的过程。但是，千万不要认为贝壳堤是随处可见的自然景观，相反，它是比较罕见的，世界上著名的贝壳堤只有三处：中国天津贝壳堤、美国路易斯安那州贝壳堤、南美苏里南贝壳堤。而与另外两处世界著名贝壳堤相比，天津贝壳堤还有它更为特别的地方，比如，它的贝壳含量是最高的，深埋于地下或是裸露于地表的贝壳质含量几乎达到了100%。还比如，天津贝壳堤具有新老承续的特点，古老的贝壳堤已经变成了化石般的存在，而新生的贝壳堤依然在繁衍发育。再比如，天津贝壳堤并非单独存在，而是作为一个整体的贝壳滩涂湿地生态系统而存在。几十年来，贝壳堤成为世界科学家感兴趣的研究对象，在国际上的海洋、地质、古气候、古环境研究领域中都占据着极其重要的位置。

据天津当地人回忆，小时候，津歧公路旁边就存在着一道有很多贝壳的土埂，后来随着风雨剥蚀以及建筑施工，这条贝壳土埂逐渐消失了。

一部分历史痕迹或许会逐渐消失，但人们总会用隆重的方式去尽可能地留住这些印迹。在大港城区天津古海岸与湿地自然保护区内，坐落着一座外观设计成贝壳状的建筑——古林古海岸遗迹博物馆。这是中国唯一一座展示古海岸遗迹贝壳堤的科普类博物馆，它像一只大贝壳，安详地沐浴在渤海湾畔明丽的日光之下，详尽地向人们展示着渤海湾西岸沿海平原的形成、天津古海岸的变迁、贝壳堤的古老演变。在博物馆里，可以欣赏到层次分明、出露清晰、规模宏大的渤海湾四道贝壳堤的横剖面图。

　　从博物馆的各种图文资料来看，在渤海湾西北岸的天津至唐山沿海地区，还分布着与贝壳堤平原同样重要的牡蛎礁平原，俗称牡蛎滩。有些上了年纪的天津人还记得，他们小时候在河道里摸鱼游泳时，时不时被锋利的牡蛎壳扎伤了脚。村里的老人都知道，那叫"千层蛤"。实际上，当时老人们口中的"千层蛤"，就是古海岸牡蛎礁的牡蛎个体。

　　天津牡蛎礁的规模在世界上也是罕有的，在宁河区西部东棘坨乡史庄子到姜庄子间的河道中，留存着面积最大的牡蛎滩，东西长1000米，南北宽730米，面积73公顷。在宁河区东部靠京山铁路的裴庄，则留存着厚度最大的牡蛎滩，牡蛎层厚度深达5米以上。牡蛎滩中牡蛎壳占90%以上，牡蛎壳个体直径最大50厘米，最小几厘米。从这些数据中我们不难想象它的壮美程度。据说，只有泰国曼谷以北帕秀美坦尼地区和美国路易斯安那州阿查法拉亚湾、泡特费克斯岛的牡蛎礁可与之相比。

　　当地人对古海岸的牡蛎壳有着自己朴素的认知，这些认知代代相传，已经司空见惯，或许，他们并没有意识到这些事物意味着什么，它们对一代一代当地人来说仿佛吃饭睡觉一样稀松平常。然而，对于科考人员来说，这却是世界奇迹的存在。20世纪20年代初，两位法国科学家在天津海河下游的地下发现了大量的牡蛎壳。这些扎伤当地村民双脚的牡蛎壳身上闪耀着历史和奇迹的光芒，拉开了一场渤海湾牡蛎礁研究课题的序幕。

　　四道贝壳堤、以宁河区俵口村为核心的牡蛎礁、七里海湿地，共同组成了总面积约990平方公里的天津古海岸与湿地保护区。除了贝壳和牡蛎壳是镇地之宝外，像渤海沿线所有的湿地一样，这里也活跃着大量的鸟类，其中当然不乏国家一级重点保护鸟类，甚至有世界濒危鸟类红皮书中的濒危鸟类。其他爬行类、两栖类、甲壳类、环节类、哺乳类、软体类、鱼类、昆虫类动物，以及丰富多彩的植物种类，各自以主人的身份，共同打造了这片浩大纷繁的湿地。

　　其中，被称为"京津绿肺"的七里海湿地，可以说是天津古海岸与湿地自然保护区的核心部分。与渤海沿岸其他的湿地相比，除了湿地以外，它还有其他湿地所没有的古海岸，也因此成为中国北方最重要的湿地之一。

地貌学家称古海岸为"死亡的海岸洲堤"，是贝壳和牡蛎用死去的身体打造了没有生命的岸堤。但这些岸堤历经历史时空长久地存在，又是另外一种生命的证明。

02. 吴粳万艘

提起天津"七十二沽"，可谓名声在外。它指的是在天津中心城区、宝坻区、宁河区内排布的七十二个以"沽"命名的地方。也有人统计过，如果把蓟州、玉田、丰润诸地叫沽的地方都加起来，共有八十一个沽。

在天津当地流传着一个关于以"沽"命名的村镇的民间传说。古时生活在海河一带的居民世代以打鱼、割草、熬盐、贩盐为生，收税的官员很少来打扰他们平静安逸的生活，因此他们也算过得怡然自得。但是到了汉代，这里变得人烟稠密、繁荣富庶，朝廷开始重视海盐生产，大肆征收盐税。在当时渤海郡章武县的大直地区，朝廷设置了盐官署，实行一种很不合理的包税制，相当于承包，上缴朝廷之后的超征部分全归盐官长自己所有。在经济利益的驱动下，盐官长自然是带领兵卒以武力横征暴敛，使当地的盐户、渔民甚至种地、割草的人苦不堪言。

有一天，盐官长突然得了大病，背生疔疮，无药可医。夜里，盐官长在梦中被金甲力士抓进一座宫殿，接受了一位白须老者的审判。老者自称是古水真君，说他自从来到这里，万民康乐，生活无忧，没想到这种局面却被盐官长破坏了，盐官长如此祸害百姓，罪大恶极。盐官长被罚用重锤击打后背上的疔疮，痛不欲生。第二天夜里，噩梦再次把盐官长折磨得死去活来，万般无奈，盐官长请来术士求破解之术。术士说，古水二字合为沽字，古水真君是沽水的水神，冲撞了古水真君肯定命不久矣，只能免除沽水一带捐税徭役，还百姓安居乐业，才能得到古水真君的宽恕。

盐官长立即供奉起古水真君的牌位，早晚焚香拜祝，又下令沽水两岸的村庄和以"沽"为名的村庄都予以免税。这个告示张贴之后，那些名字中不带"沽"的村庄，也纷纷把村名加入"沽"字，以求免税，这才出现了八十多个带"沽"的地名。

这些以"沽"命名的地方，各有千秋，各有来头，仿若上天洒下的珠玉，携带着各自的故事散落此间。

比如宁河县内的捷道沽，分为前、后、小、中捷道四沽，它之所以名为"捷道"，来源于明代燕王扫北，在这里设立了捷报站。燕王朱棣起兵反叛建文帝的战事，史称"靖难之变"，这场战事在民间被称为"燕王扫北"。1402年朱棣终于打败了自己的侄子，登上帝位，但战争造成河北、河南、山东等地百姓或遭杀掠或逃亡别地，人烟荒芜，十室九空。为填补渤海地区战乱后的荒芜，恢复经济，朱棣强硬地下旨迁民。"问我祖先来何处，山西洪洞大槐树"的民间流传语，就来自于当时明政府强迫人口密集的山西乡民迁移的历史。据说，当时在洪洞县大槐树下建立了一个移民机关，专门办理移民事宜。

位于宝坻区黄庄镇的貉子沽村，相传是当年有一些山东难民逃荒到了这个地方，因为车轴断裂无法前行，商量之后，决定停下流浪的脚步，在此建立了村庄。因为这里地势低洼，有很多水貉群居，因而把村庄命名为貉子沽。

其他各沽也都自有历史和风采，以河形、风物、植物、姓氏等命名，各不相同。天津又被称为"津沽"，大抵是因为这些"沽"的存在。还有一种确切的说法是"先有大直沽，后有天津卫"，直沽是天津城市最早的聚落，早在天津建城100多年前，大直沽就已从早期聚落发展成为天津的政治、军事和宗教中心了。当时，大直沽作为海运终点港，同时也是漕粮转运京师的中转码头，可谓漕运枢纽，地理位置相当重要，因此商业经济进入繁荣期，人口迅速增长，聚落扩大，庙宇林立、酒业崛起。《读史方舆纪要》记载说，大直沽"地势平衍，群流涨溢，茫无涯涘，故有大直沽之名"，可见大直沽当时气势之宏大。这么繁华崛起的大直沽，却在1900年遭到八国联军的空前洗劫，几成废墟，后来沦为比利时租界。这是一段令人悲愤的历史记忆。

像大直沽一样，由于各种各样的历史原因，这七十二沽虽然大部分仍在，但已今非昔比。然而，"沽"却成为天津特有的代名词，根植于其历史演变过程之中。关于"沽"的释义，有的资料直接说它是天津的别称，也有说是"临水"的意思，是河道演变过程中形成的有开口的环水高地，不论枯水期和丰水期都可以住人，渔猎农耕方便适宜，这也是先民选择逐水而居的智慧。

还有一种说法，应该是"沽"被直接定义为天津别称的正确由来：实际上，沽是一条古河的名字。有历史考证，沽河故道在今天的通州区以东，有东西之分，东沽河即今天的潮白河、蓟运河等，西沽河即今天的北运河、海河。所以天津人把他们心目中的母亲河——海河，称为沽水。这条古河在上古时期并没有名字，是一条蛮荒之河，变幻无常，难以管束。战国时期，当它流到渔阳郡（今北京密云区西南）的平原区域时更是乱流一气，尤其每年雨季更是水流湍急，淹田毁庄，因此当地人称之为"沽水"。这里的"沽"与"苦"字同义，意为"滥恶"，读三声，而非"沽名钓誉""沽酒"的"沽"。可以说，"沽水"是当地人深受其害而给它取的一个并不美丽的名字，只不过随着时光变迁，这并不美好的寓意被有意或无意地忘却，今天人们干脆直接把"沽"释义为天津的别称。

从天津的地理特征来看，作为"九河下梢"和"三会海口"之地，它确实跟水有着亲密的关系，七十二沽也大多排布在海河水系附近。天津最早走入繁盛，受益于隋朝大运河的开凿——隋大业四年，隋炀帝征调民夫二百多万人，开凿了南接沁水、北通涿郡（今北京市南）的永济渠，流经鲁城与平舒、文安之间，经由天津。由此，天津成为江、淮、黄、海四大水系船只往来涿郡的必经之地。处于河北平原上的永济河、滹沱河、潞河三条大河交汇一起，也就是北运河、南运河、大清河，被称作"三会海口"，从军粮城和泥沽海口中间入渤海。关于"三会海口"，唐代《通典》中也有记载。

唐代《通典》中既有记载，就说明唐代时这里已经形成了南方粮食往北运输的重要水运码头，也是向北转运军粮的必经之路。唐王朝定都长安之后，幽燕成为边防重地，特别是幽蓟地区驻守着预防北方奚、契丹的重兵91400人，马6500匹、衣赐80万匹段、军粮50万石。这么庞大的给养，来自南方，唐王朝"于扬州置仓，以备海运，供东边防用"。繁重的军运任务考验下，河漕运输压力重大，尤其是一到冬天内河就结冰，严重耽误军需。在这种情况下，海漕运输承担起了从江淮地区把粮食运往北方的重任。数以万石的粮食沿海绕过胶东半岛，再经过沧州，一路沿着渤海西岸运输到军粮城，再转输到渔阳等地。

  幽燕盛用武，供给亦劳哉！吴门转粟帛，泛海陵蓬莱。肉食三十万，猎射起黄埃。

杜甫的《昔游》一诗，形象地呈现了当时的海运盛况，"三会海口"成为海运转输地。

《新唐书·兵志》记载：

  唐初，兵之戍边者，大曰军，小曰守捉，曰城，曰镇，而总之者曰道……

"城"在当代时属于军队的一级建制，那么军粮城也就是唐王朝在"三会海口"设立的专理军需物资的军队建置。到了后来，军粮城自然演变为地名。

宋代时，黄河北迁，夺海河入海，海岸线逐渐东移，同时也结束了军粮城作为海运港口的历史。这期间，军粮城一度有了一个别名"聚粮城"，这是因为它当时的功用主要转变为备荒储粮，是作为义仓而存在。

到了元代，它的军事地位再次重要起来。元丞相伯颜开辟了从崇明岛取海道直达直沽的海运线路。元代京杭大运河虽然全线开通，但由于"失于修治，不惟涩舟行，妨运粮，或致漂民居，没禾稼"，因此海运地位上升。粮食经由海道进入海河后，先是储存在海河两岸，然后换装到小平底船上运往京师。军粮城是其中重要的存粮地之一。当时，漕粮船从海上和运河源源不断涌入天津，直沽口和三岔口繁忙兴盛的场景在一些诗作中得以留存，比如王懋德《直沽》写道："东吴转海输粳稻，一夕潮来集万船。"傅若金《直沽口》写道："转粟春秋入，行舟日夜过。"张翥《代祀天妃庙次直沽作》写道："晓日三岔口，连樯集万艘。"

历史曲折向前，发展到了明清。这期间，大运河曾在明代洪武年间全线淤塞，发展海漕再次变得重要。永乐十三年，大运河疏通后，又停止了海上漕运，专行河运，直到清代一直沿袭。康熙二十三年，清廷统一台湾后开放海禁，海漕再度兴起。据《清稗类钞》记载，海漕从淮安府到天津卫水程三千余里，要经过七十余个地方码头，到达天津卫之后再运至今北京通州，那里是航线的终点。

晚清时期，天津开埠，对外贸易的迅速发展使它成为中国北方最大的商品集散地。当时天津的棉麻出口占全国出口总量50%以上，畜产品出口占全国70%以上，海运逐渐取代了运河的功能。可以说，天津在自己的发展过程中，构成了连通国内外的庞大的物流网络，加之重要的枢纽地理位置，因此它没有理由不进入繁华大都市的行列。

明代李东阳在《吴粳万艘》中写道："盛朝供奉出三吴，白粲千钟转舳舻。欸乃声连明月夜，参差帆指紫云衢。"这几句诗形象地描绘了漕粮从太仓刘家港出发、抵达天津直沽的"吴粳万艘"的壮丽场面。

作为转运枢纽的军粮城，从明代著名的燕王扫北，到清末英法联军从大沽登陆进犯北京，它无一例外遭受了战火的洗礼。民国初年军阀混战，这里一度又成为军阀遗老购田养老之地。1937年，日军全面侵华开始后，军粮城实行保甲管治，日军在当地改种水稻以满足军粮需求。为此专门建立了军粮城机米厂，训练和培养汉奸，配发枪支，组成勤务队，强迫农民为其耕种稻田。

幸运的是，时间总会给我们留下历史的蛛丝马迹。在天津市东丽区原刘台村西南的军粮城遗址中，陈列着灰坑、灰沟、灶、井、窑、车辙等200余处遗迹，陶罐、陶盆、青釉碗（盏）、白釉碗（盏）、黑釉碗（盏）、三彩罐等生活器皿，板瓦、筒瓦、莲花纹瓦当以及大量小方砖和粗绳纹砖等建筑构件，铜钱、铜甲片、动物骨骼等标本。它们无声地向我们讲述着军粮城的沧桑过往。实际上，对于军粮城的考古，从20世纪50年代就已开始，2021年4月，又发现一处现存面积达6万平方米的唐代大型夯土台基和一处唐代制盐作坊区，面积之大，在近70年来天津地区绝无仅有。并且，根据地形分析，从20世纪50年代以来发掘出的诸多遗址、墓葬，都以最新发现的大型夯土台基为中心，呈现了令人惊叹的天津南部地区唐代等级较高的大型聚落样貌。

无疑，这证明了远在唐代时，在这里发生的绝不是普通的搭台造屋，而是国家行为，是政治和军事有序组织下的有序建设，规模宏大，意义深远。

03. 军粮城遗址与唐代制盐

2021年，考古学家夜以继日对军粮城遗址开展发掘工作，用铲子、刷子仔细查找和搜寻，使得卤水井、灰坑、盐灶、灰沟等一些新的遗迹一一浮现于世。

很显然，这是取卤、制卤、煎卤和晾晒等制盐工序的呈现，而且这些遗迹相对完整，可以据此推断整个制盐流程。它们的再现，让考古学家们兴奋不已，因为这是天津考古第一次发现古代制盐遗存。经过进一步分析，断定这是一处唐代制盐作坊区。当然，要论我国产盐的历史，自然是十分悠久，可以追溯到炎黄时期了，传说是夙沙氏发现了海水熬干成盐的秘密，从此开启了海水煮卤煎盐的这一伟大先河。

实际上，唐代制盐作坊已经完备到这样的程度，也并非一件不可思议的事情。根据确凿记载及考古证实，天津滨海地区的煮海熬盐历史还要往前追溯到春秋战国时期。在燕昭王时期，已有沿海先民煮海熬盐；到了西汉时期，为了尽快恢复秦汉战争留下的经济创伤，刘邦下令采矿、冶铁、煮盐、酿酒等行业一律放开，于是，沿海区域盐场迅速崛起，富人们抢滩设灶煮海熬盐。司马迁说："夫燕亦勃、碣之间一都会也。……有鱼盐枣栗之饶。"

唐代之前，天津地区的盐业一直在艰难中演变，风雨飘摇，难成定式。直到隋唐两代，官府九伐辽东、高句丽，加之运河开凿，使得"三会海口"成为河海交汇的军事航运中转枢纽。一时之间，兵丁强盛，商贾云集，物资丰饶，天津平原村镇经济进入繁荣期，也带动了滨海盐业的复苏。后唐时，赵德钧于同光三年镇守幽州，在天津芦台一带卤地设置盐场，这就是天津最早的盐场——芦台场，是天津汉沽盐场的前身。之后，赵德钧又带人在"高阜平阔"的地方设置盐仓，筹建榷盐院，管理盐斤生产。芦台场的设置，恢复了衰败不堪的幽州盐业，并直接带动了辽金时期盐业的持续兴盛。

辽代时，耶律阿保机更是十分重视盐业。他任部落联盟长九年，不肯交出大权，以致本族和外族酋长纷纷不满，甚至起来造反。耶律阿保机只好费尽心机筹谋应对，先是粉碎了本家族的三次叛乱，也就是历史上的"诸弟之乱"。接着，他又要应对外族七个部落的反对势力。这几个部落联合以恢复旧的可汗选举制度为旗号，强迫阿保机退让可汗之位。阿保机觉得形势不妙，只好先交出旗鼓，答应退位。但他怎么可能甘心把位子拱手相让，所谓的答应退位只是缓兵之计。他请求领一个部落治理汉城——在滦河上游，今天的河北沽源北部一带。阿保机心机深沉，他其实是看好了这里的地理条件、盐铁之富和肥沃良田，打算孤注一掷，以此地作为东山再起的打拼之地。阿保机把从战争中俘虏而来的汉人和自动前来投奔的汉人都集中在这里安家，建设了一个新的汉人聚居地，率领他们勤勉耕种。

当时机成熟的时候，阿保机派人邀请诸部落的首领，说自己经常供给他们盐，各部落应该来犒劳自己和部下。部落首领不知其中有诈，他们觉得阿保机说得合情合理，便带着牛和酒来赴宴，却没想到这是一场要命的宴请。阿保机设兵伏击，将烂醉如泥的部落首领尽数杀死，从而扫清障碍，顺利登帝。

阿保机的次子耶律德光即位辽太宗，获取了燕云十六州之后，更重视盐业，尤其是天津地区的盐业生产，专门在宝坻设"新仓"储盐。由此也可以推断，当时天津地区的产盐量非常可观。

到了辽圣宗耶律隆绪时，历史上著名的萧太后摄政。这是一位锐意改革的女政治家，在她的主持之下，开挖了南京至蓟运河的"运粮河"，并在沿途修建盐业和粮食的中转码头，使蓟运河下游的汉沽、宁河，乃至宝坻、香河、北京等地区，形成了十余条粮食和盐业的漕运航道，联通了天津北部四通八达的漕运水系。天津北部沿海的盐业和粮食的漕运，一直到辽金时代，达到了历史上的鼎盛时期。

近代时，国家统一管理的十种行业中，盐业排在首位，被视为"国宝"。官府在全国设置了7所榷盐院，官员品级很高，机构庞大，其中山东、沧州、宝坻的榷盐院最被看重。

直沽中心聚落在元代形成规模后，天津地区的盐业由宝坻、静海一带扩充到直沽周围，从王鄂在《三汊沽创立盐场碑记》中的记载可看出当时的轨迹："甲午之秋，三岔之地未霜而草枯，滩面宽平，盐卤涌出……"最初高、谢等18户设灶煮盐，很快"招徕者日益众"，"商贩幢幢往来"。两年之后，三汊沽、大直沽两个盐使司设立。之后，漕运的发展也得到完善，交通便利更加快了天津成为整个渤海西部的盐业管理中心。

明洪武二年，官府在沧县长芦镇设立了管理盐课的盐运司，冠以"长芦"之名，主要管理河北省盐的运销和盐税等。长芦盐运司规模庞大，下辖24所盐场，从秦皇岛一直排到山东利津。天津在这个产盐区的中心地带，所产盐斤不仅运销各地，而且要向北京直接贡纳。当时，大直沽、小直沽的大盐商和盐场主一时之间纷纷施展才能。有个名叫高登的盐场主买占滩地30多公里，设盐场滩地400多处。

清康熙十六年，长芦盐运司进行了一次迁移，离开沧州，迁到了天津芦台。但是，"长芦盐区"的名字却一直沿用了下来。今天，长芦盐区的盐场分布于河北省和天津市的渤海沿岸，南起黄骅，北到山海关南，包括汉沽、塘沽、南堡、大清河等盐田在内。

这期间，制盐工艺也在不断地改良，沿袭千年的"锅煎成盐"逐渐改为"滩晒成盐"。蜿蜒的渤海沿岸，地势平坦、滩涂广阔，有利于引海水、开盐池，然后借助风多雨少、日照充足的有利气候，蒸发海水制盐。可以说，渤海沿岸是理想的晒盐宝地。

于是，一个个盐池在滩涂上建起。人们日出而作日落而息，纳潮、制卤、结晶、收盐，周而复始。作为第一道工序的"纳潮"，是要把高浓度的海水纳入盐池之中。勤劳的盐民逐渐改变了用人工或骡马运水的粗笨方法，掌握了海洋潮汐规律和海水浓度的变化，然后挖掘"纳潮沟"

通到大海中，趁涨潮时让海水自然流入盐池。他们在沟头设置了挡水坝，海水流入盐池之后立即封堵坝口，蓄水晒盐。

但是，显而易见，这道工序的劳作过程虽然比人工骡马先进了一点，但仍然费时费力。广大盐民的聪明智慧在世代劳作中活跃、碰撞、闪现火花，他们不满足于粗笨原始的方式，开始思考动力汲水的方法。于是，清同治十年，塘沽贡生井煦仿照江南稻田里的提水风车，设计了"八卦帆"，用来扬水纳潮。

在今天的滨海新区博物馆中，我们可以近距离地观赏八卦帆的巧夺天工，惊叹古人的聪明智慧。这个精心复现的八卦帆沙盘模型，是研制组在走访了老盐工、盐场技术人员后，综合历史文献资料和图片，经过十六个月研制成功的。一架木制圆轮上，均匀地排布着八面风帆，圆轮两侧通过齿轮履带连接两个汲水装置。圆轮不停转动产生风力，将海水抽取到盐池内。

当时的这种八卦帆分八帆、六帆、四帆三种，可以控制风帆高度，从而调节转速，可以说是非常先进了。

关于八卦帆，当地流传着一个民间传说，在民间传说里，发明了八卦帆的井煦不是贡生，而是一名普普通通的盐民。家住大清河畔的井煦天生聪明，喜欢读书，祖辈几代都是熬盐的盐民。有一天，井煦给小儿子做了一个纸风车，父子俩在沙滩上玩。井煦发现插在沙滩上的风车在风力作用下飞速旋转，带动了沙土的移位。这给了井煦一个启示，他想，把沙子换成水，是不是也能起到同样的效果？

井煦返回家，找到木头、绳子、帆布，回到沙滩做实验。这时候，井煦发现一个陌生婆婆正在端量着他的风车。婆婆说："风车能转动空气，能带动沙子，当然也能转动水。你说，海水要是能被转运到盐池，能省多少力气啊！"

这自然跟井煦的想法不谋而合。在婆婆的指导下，井煦制作出了风帆取水装置的雏形，并把它搬到父母的盐区进行试验。老人们听完井煦的述说之后，都断定婆婆就是神话中的盐母娘娘。无疑，盐母借助井煦的悟性，在给盐民们指点迷津，排忧解难。

20世纪50年代后期，塘沽盐场开始修建扬水站，位置就在海边纳潮沟口处。提取海水的技术再一次得到改进。这次改进的结果是，风车扬水的方式宣告过时，八卦帆逐渐从盐滩消失。

古人制盐的历史，也迟早会消失在人们的记忆中，只留下文字和图片供后人了解。老盐工逐渐离开人世，记忆中听过父辈讲述制盐历史，或者亲眼见过父辈如何在盐场工作的人，如今也已经步入老年。

穿越一代又一代的历史时空，卤气在渤海沿岸蒸腾不休，晶亮的盐像水晶一般闪闪发光。这是海与陆地之间的又一种亲密关系。

04. 大沽口的伤痕

天津"七十二沽"的最后一沽，是位于海河入海口，被誉为"地当九河津要，路通七省舟车"之称的大沽。它距离天津和北京分别是50公里和170公里，是显要的京津门户、海陆咽喉。

特殊位置决定了大沽的特殊身份和使命，使它注定不能有其他那些"沽"的安闲和无争，而是要身披战袍，经受枪林弹雨。从明代起，明成祖迁都北京，加之有倭寇之患，官府就在这里修建防御工事，使之成为海防要塞。

到了清代，荷兰、英国等国先后有使臣从海路经由大沽口进入天津，然后入京，朝贡、祝寿、提出通商请求。这引起了清政府的警惕，大沽口战略位置的重要性被充分认识。1817年，清政府在大沽口两岸建造炮台，设水师把守。当时的炮台数量较少，仅在海河南北两岸各设一座，而且比较简陋，规模不大，内土外砖结构。

这个身负重要使命的大沽口，在晚清时期确实经历了炮火硝烟，可以说是饱经磨难，有光荣，也有屈辱。

1840年6月，第一次鸦片战争爆发，英国舰队在广州虎门的进攻受挫，一路北上直奔大沽口，以直接向清政府递交照会为名，实施"封锁大沽口，进犯天津，威胁北京，以武力胁迫清政府屈服"的侵华战略。道光皇帝急忙命直隶总督琦善加强海口防务。当时天津和大沽一带防务空虚，整个天津守军只有八百多人，武器装备也少得可怜，水师营大炮荒弃多年无法使用。琦善手忙脚乱地从正定、河间两地调来一千兵将，驻扎大沽口，仓促修补了原有的旧炮台，在炮台前增筑了土垒、土埝。

8月9日，英国8艘军舰驶抵大沽口外。11日，英国旗舰"威里士厘"号停泊在大沽口外拦江沙处水域。双方会面后，英方一边称奉命投书，一边在大沽口扣留运粮沙船，打伤船民，抢劫财物。8月30日，双方正式会谈。到9月15日，英军水土不服，暴发瘟疫，只好同意从大沽口撤军，将谈判地点改成广州，暂时解了京津之危。

经过这一次惊吓，清政府意识到海防的重要性，于当年10月派讷尔经额接替琦善成为直隶总督，加固大沽口的防御工事。讷尔经额兢兢业业，勤勉努力了9个月，使大沽口变了样貌：南北两岸蹲踞5座主炮台，主炮台间还筑有土炮台，炮台前加筑土坝，多层防护的布局初现雄姿。

随后的历史，是起起伏伏的大沽口最终陷落的历史。在它的身上爆发了三次战争，以"败—胜—败"的走势，贯穿了第二次鸦片战争，大沽口炮台走向了它最终的结局。

第二次鸦片战争爆发后的1858年4月，英法俄美四国舰队开到大沽口外，要求谈判。当时的直隶总督谭廷襄无计可施，只想把他们劝到上海去谈判，尽快离开这咽喉之地为好。四国自然不干，趁机拉开战争帷幕，最终目的当然是要打进京师去。

大沽口炮台自从建成之后，还没有经历过战火的洗礼，实际上已经荒废，英法联军的炮火对准大沽口炮台猛烈轰击，同时派出1000多人的海军陆战队发起冲锋。谭廷襄仓皇逃走，炮台守兵在游击将军沙元春带领下孤军奋战，重伤法国炮艇1艘，毙伤英法军百余人，但终是不敌，2个小时后炮台陷落。沙元春战死，清军共死伤400余名。清廷只好急三火四地派人来到天津进行和谈，签订了《天津条约》。

这时候，在大沽口的历史上出现了一个名叫僧格林沁的人。这位晚清名将爱护百姓，善待士卒，在军民之中口碑颇佳。可贵的是，在大沽口事件中，他是一个坚定的主战派，当清廷主和派主张与英国代表签署《天津条约》后，僧格林沁向咸丰帝奏请撤回谈判代表，主张调用全国之力驱逐侵略者。遗憾的是，他的慷慨陈词败给了主和派。

不过，僧林格沁在1859年受到咸丰帝重用，被派到天津，督办大沽口和京东防务。僧格林沁格外勤勉，不仅重修了原有的炮台，还新建了2座。在技术上，僧林格沁做了很大的改进，采用黏土、沙子、熟石灰加糯米汁搅拌制成建筑材料，在当时来讲已经属于非常先进的混凝土搅拌技术了。在6座炮台上，僧林格沁共安装了64门火炮，其中有2门铜炮一万二千斤，1门一万斤，2门五千斤。从重量上来看，这些大炮重得吓人，但实际上射程并不是太远。因为当时中国的弹道学、化学、炼钢技术等方面还不够先进，所以只好把炮造得足够大，以便多装火药，让射程更远一些。除了自制大炮，还有23门西洋铁炮。中西结合，增强了火力。

硬件完备之后，僧林格沁又开始了战术方面的筹谋。他仔细研判了大沽口的地形，决定在河道中设障，阻止敌船进入河道，因为驶入河道是登岸的前提。三道拦河铁链、木排、铁戗等障碍物被井然有序地安放在河道中。之后，僧林格沁开始着手整备军队，淘汰老弱兵力，留下精干队伍。

1859年6月，英法联合舰队再次汹涌而至，要求入京完成上一次签订条约的换约手续。清廷要求公使在北塘登陆，每人只能带20名随从，且不能携带武器。侵略者当然不肯接受这样的条件，坚持要在大沽口登陆。于是，著名的第二次大沽口战役打响了。这也是僧林格沁军事生涯中的光辉一页。

排在大沽口外的英法美军舰共有20多艘，其中最大的军舰"切萨皮克"号蒸汽风帆巡洋舰排水量1635吨，装备有51门火炮。它们如钢铁猛兽，蹲踞在大沽口外，随时准备一跃而起。

他们先侦查了河道，得知河道中设有障碍，决定先行清除障碍。6月25日凌晨，英法联军的士兵乘坐舢板，前去清除河道中的障碍。这项工作耗去了一上午的时间。下午两点左右，联军开始驶入河道。

河道水浅，限制了两艘巡洋舰，他们只好把巡洋舰留在海面上，而把其他小一点的舰艇驶入河道。但即便如此，舰艇也开始遭遇搁浅的噩运。半个小时之后，一直保持沉默的大沽口炮台突然发威，原先一直用草席遮盖着的炮口齐刷刷露了出来。火炮怒吼，惊天动地。冲在最前面的敌军舰艇中弹，舰长当场阵亡，司令腿部受伤，不得不弃船转移。转移到另外一艘船上的司令很快再次中弹，断掉三根肋骨，昏迷过去。接着，舰艇接二连三搁浅或被击沉。

战事持续到下午五点钟，英国人有些恼怒，决定派步兵登陆。一千联军在南岸登陆，向着炮台发起进攻。此时，退潮使得炮台与海岸之间变成一片泥滩，联军行进十分艰难，天黑时分才靠近炮台，但又被鹿砦和壕沟挡住去路，而且他们还遭到炮台上清军的猛烈射击。火铳齐发，联军纷纷伤亡。

第二次大沽口战争，以联军惨败而收场。这是僧林格沁精心修筑炮台及巧妙运用战略战术的大胜利。

但与此同时，也在英法两国心中埋下了更深的征服欲。仅仅时隔一年，1860年7月29日，英法联军集结了两万余人，再次奔至大沽口。僧格林沁不敢掉以轻心，派了重兵把守大沽口炮台。但是这次英法联军调整了战略，于8月1日派出30多艘军舰、5000名士兵，趁涨潮时驶入北塘河口，突然对北塘发起进攻。僧林格沁在北塘布置的兵力相对空虚，致使北塘很快失守。接着，英法联军开始进攻大沽口炮台侧后方的塘沽。

战斗持续到8月21日，大沽口炮台还是没有逃脱失守的命运。英法联军一路长驱直入，占领天津，进入北京，火烧圆明园。这次侵略，使得我们的耻辱史上又增添了一份《北京条约》。

四十年过去后，大沽口又迎来了它最后的一次受伤。1900年，义和团运动爆发，八国联军以保护侨民的名义出兵中国，列强的战舰再次沿着海平面开来，大沽口再次失陷。1901年，又一份条约诞生。在这份《辛丑条约》中，专门有一条是要求拆除大沽口到北京沿线设防的炮台。

"崖岸如山峙如台，寒箫吹处阵云开"的大沽，千疮百孔，古水流觞。一度作为海防要塞的大沽口卸下铠甲，结束了它伤痕累累的戎马生涯。

05. 海河入海

斗转星移，日出日落，变化的是炮台从硝烟弥漫到作为遗址静静存在，不变的是海河蜿蜒流转，一如往昔。海河，是大沽口炮台一幕幕往事的见证者。

这条河流的身价并不一般：在我国众多的河流当中，它成功跻身前七名；在华北水系中，它是当之无愧的老大。它的干流又称沽河，从金刚桥开始，奔流于天津市区，最后在大沽口处注入渤海。它的上游则有潮白河、永定河、大清河、子牙河、南运河等 5 条支流，之外又有 300 多条较大支流。从空中俯瞰，整个海河水系仿佛一个巨大的扇面，又仿佛开屏的孔雀尾，缤纷缭绕。在我国古代的数字文化中，"九"是极数，海河因此拥有了"九河下梢"的极致美誉。

五千多年前，天津附近被一片汪洋大海所覆盖，经过地壳变动，海退陆出，于是，海河各支流及黄河均分流入海。这些发源于山区的河流携带着大量泥沙，流至山前时流速减缓，泥沙沉积，形成冲积扇。年年月月，周而复始，冲积扇面积不断增大，终于形成了河北平原。这些河流秉承着自然赋予的运动规律向低处奔流，流向最低的天津附近入海。

说起海河水系，不得不提到黄河的影响。首先，在各河形成的冲积扇中，黄河冲积扇最大。另外，各河下游的迁徙改道，也是海河水系形成的因素之一，特别是黄河，改道范围之大，次数之多，实为罕见。黄河的每次改道变迁，都极大地影响着海河水系的形成与变迁。

春秋时期的公元前 602 年，黄河从浚县改道，经河北省大名县、交河县至天津东南入海，当时，海河水系尚未形成，永定河、北运河等河流都经天津附近的洼淀分流入海。公元 11 年，黄河又发生改道，向南迁徙至山东利津入海，使得海河水系暂时摆脱了黄河的影响。

从公元 203—206 年，曹操疏凿了白沟、平房渠、泉州渠、新河等几条运输渠道，把河北平原上的几条大河连接起来，从而使分流入海的各河在天津附近汇流入海，使得海河水系初步形成。

曹操决定开凿白沟，源于公元203年他准备进攻袁绍。为了解决粮草运输的困难，他下令开凿白沟，引水入沟，形成运粮的水路。解决了这个困难之后，曹操一举击败了袁绍。然而，袁绍的残余势力并没有偃旗息鼓，而是一直觊觎反扑。几年后，他们逃入乌桓境内，与当时正在作乱的乌桓勾结。公元206年，乌桓居然攻破了幽州。大怒之下的曹操决定远征乌桓，同时彻底铲除袁绍的残余势力。当时摆在曹操面前的困难依然是粮草运输，从主要供应地豫东和淮北运输粮草路途遥远，陆运不可取。在董昭的建议之下，曹操下令开凿了平虏渠和泉州渠。

在之后不断演变的过程中，黄河迁徙、改道，曾经数次侵夺海河水系，比如从公元1048—1099年，黄河三次决口北迁，夺海河入海，使海河流域广大地区成为黄河下游。到1128年，黄河南徙，南运河、子牙河、大清河、永定河、北运河分别注入海河干流，使得海河水系再一次形成。到明万历年初，黄河夺淮入海。1855年，黄河又改道北徙，在山东利津入海。此后，海河水系就很少受到黄河的影响了。

这条天津的母亲河，从城市中心一路环绕贯穿9个城区，共计大小30弯，奔流到了渤海。其间，它蜿蜿蜒蜒地串起了七十二沽，仿佛玉带串珠。而若要探索它的源头，那可谓源远流长。作为中国的一大江河水系，海河水系范围广阔，西起太行山，东邻渤海，北倚内蒙古高原南缘，南界黄河。从时间脉络上看，它的历史可以上溯到两千多年前。只是，在遥远的几千年前，海河还不叫海河。据《禹贡》记载，当时海河名叫逆河，大概是因为海河地势不高，渤海涨潮时河水倒流的缘故，所以取名逆河。

北魏郦道元《水经注》中称海河为"泒河尾"。这里的泒河跟大清河有关，是大清河的南支潴龙河上源大沙河，而泒河尾则是指泒河与其他各河汇流后的下游，也就是今天从三岔口向东入海的海河的尾闾部分。

到了隋唐时期，因为隋炀帝开凿大运河，海河又被叫作"沽河"。宋辽时期，辽和契丹与大宋对峙，天津的北边是契丹，南面就是大宋，基于此，海河又被叫"界河"。金元时期，海河又改了称呼，被叫为"直沽河"。

明朝末年，海河才拥有了今天的名字。当时天津已经设卫，河海相通，因此把这条河流改叫海河。尽管如此，在清朝的一些官方文书上，有时还是会把海河叫作"白河"。这大约是来源于北运河上游的潮白河。比如第一次鸦片战争爆发，英军从广州北上抵达大沽口，向清政府递交照会，很多文献资料上就把这段历史称为"白河投书"，这里的"白河"指的就是海河。

海河与渤海的关系，一直是复杂的。数百年里，海潮倒灌对海河的污染，使得天津人民一直饮用着又苦又咸的水。工业用水量的日益增加，还导致水源短缺。因此，著名的"引滦入津"工程应运而生。从1982年5月11日正式动工，到1983年9月11日成功通水。

由邓小平1986年8月20日亲笔题字的"引滦入津工程纪念碑"，如今就矗立在子牙河、南运河与海河交汇处的三岔河口岸上。

地表水向大海运动，是一件让人崇敬的事情。隐秘的结合，不明的回馈，推进和后撤，补充与抽离。流动的永恒性在掌握一切。

第三章

01. 以烈士之名

1911年出生的湖北省阳新县人黄骅，18岁就加入了中国共产党，19岁参加中国工农红军，历任司号员、勤务兵、班长、排长、连长、营长、指导员、团参谋、团长等职。曾参加过粉碎蒋介石对中央苏区发动的五次反革命"围剿"的英勇斗争，也参加过二万五千里长征。

1936年，长征胜利到达陕北后，黄骅进入红军大学学习。毕业后，留在红军大学工作，任干部二团政治委员。1937年，抗战全面爆发，黄骅离开延安，历任晋西南游击支队队长、晋西南边区党委军事部长兼第115师晋西独立支队副支队长、鲁西军区副司令员兼三分区司令员、冀鲁边军区副司令员兼第115师教导六旅副旅长。

担任冀鲁边军区副司令员这一年，黄骅刚刚30岁，年轻有为，前途远大。

资料记载，黄骅有能力，党性强，作风硬，在部队和地方干部群众中威信很高。就是这样一位年轻有为的好干部，人生的结局却很悲凉，没有牺牲在战场上，而是倒在叛徒的枪口下。

到冀鲁边军区上任后，黄骅整顿队伍，强化军事纪律，赢得较高威信的同时，却引起了军区司令邢仁甫的嫉妒和不满。1943年3月，八路军115师为实现军事领导一体化，调邢仁甫去延安学习。邢仁甫怀恨在心，遂于1943年5月开始策划除掉黄骅。

1943年6月30日，黄骅到达新海县大赵村，主持召开边区侦察工作会议，布置秋季反"扫荡"任务。傍晚时分，叛徒身披蓑衣进入会议室，朝会议室里的同志实施了射击，致使8名同志牺牲，4名同志身负重伤。年仅32岁的黄骅，倒在枪口之下。

黄骅的爱人顾兰青将黄骅的遗体运回，悄悄掩埋在马骝山脚下。

十几天里，案件侦破没有进展，凶手没有被抓获，虽然所有疑点都指向了邢仁甫，却也无计可施。这时候，邢仁甫坐不住了，喊来他的心腹冯鼎平，指示冯鼎平拉上部队，随时准备听候调遣。冯鼎平在其他人的劝说下，向中共山东分局和115师首长告发了邢仁甫的企图。

这个情况震惊了罗荣桓等首长。罗荣桓立即命令清河军区副政委刘其仁赶赴独立团驻地。此时，邢仁甫已决心叛变投敌，约好了日寇派船前来接应。这个震惊的消息必须立即送出去。经过研究，当时正在垦区党校学习的女学员朱凝接受了这个重要的任务。朱凝乘坐一只小船从垦区启程，经过沾化、无棣等县，穿过层层封锁线，把情报汇报给了中共山东分局。

事情真相大白，邢仁甫杀害黄骅、意图叛变的事实暴露于世。这个立场不坚定的革命队伍中的腐变者，于1950年9月7日被执行了死刑。

1953年3月，黄骅烈士的遗体被搬迁到济南英雄山革命烈士陵园重新安葬。

1945年8月，中共山东分局将新海县、青城县合并而成的新青县更名为黄骅县，1989年改为黄骅市。

更让人悲伤的是，1939年黄骅率部队东进山东途中，出于工作需要，把儿子黄书振寄养在邢台平乡县张氏老乡家中。黄骅牺牲后，组织上多方寻找未果。七十年过去后，黄骅的骨肉才被找到。

黄骅的女儿刘鲁彬赶到这座以他父亲命名的滨海小城，缅怀了自己的父亲。黄骅的孙子黄俊财也专程从河北邯郸赶到济南革命烈士陵园，祭奠自己的祖父。

在渤海沿岸城市中，隶属于沧州市的黄骅，是唯一以烈士名字命名的城市。

沧州的红色历史不止有一座以烈士名字命名的城市，还有一条以烈士名字命名的街道——盐山县振华大街。这条盐山县城的中心街道之所以取名振华大街，是为了纪念烈士马振华。

马振华在村里创办了贫民小学、民众夜校，人生理想是做一名教育工作者。27岁那年，马振华入了党。两年之后，他放下教鞭，化身为挑着担子走街串巷的货郎，联络发展党员，开展地下工作。

马振华的人生因为战争而改写。七七事变爆发后，日本侵略军从北平和天津大举南下，中共津南工委要求各县委和基层党组织尽快组建抗日武装。马振华时任工委委员，他和其他同志一起四处奔走，筹组抗日武装。他与多位爱国志士一同创建了"华北民众抗日救国会"和"华北民众抗日救国军"。

之后，马振华相继担任冀鲁边区组织委员、华北民众抗日救国会会长、救国军政治部主任。在此期间，他率部沉重打击日伪军，收复了盐山、庆云等多座县城。从1938年开始，马振华调到地方工作，先后担任中共盐山县委书记、冀鲁边区战委会主任、民运部部长、组织部部长、津南地委书记等职。

1940年9月，年仅35岁的马振华走到了人生之路的尽头。由于叛徒告密，正在主持县区主要干部会议的马振华他们被日伪军包围。为了掩护其他同志转移，马振华将火力引向自己，壮烈牺牲。

盐山县的历史中有着马振华的一页，盐山县以马振华为荣。作为马振华的家乡，人们给这条中心街道冠以烈士的名字，这是对他世世代代的感念。

02. 海丝史迹

西汉时，在渤海滨海地区有一个柳侯国，是武帝元朔四年封给齐孝王刘将闾的儿子刘阳的。刘阳被封为康侯，金印紫绶，食地置为柳侯国。柳侯国共传六世，历经133年，到王莽新朝时结束，改为柳县。之后，又并入高城县（今盐山县）。盐山县旧志记载，柳侯国辖境在今天的海兴县东部和黄骅市东南部滨海地区。

此地在金代时被命名为海丰镇，元代逐渐沦为废墟。1986年，原黄骅县博物馆在进行全县文物普查的过程中发现了海丰镇遗址，在今天的海丰镇村南邻。《盐山新志》记载：

> 海丰镇载在天津未兴之前，为海口第一繁盛之区，在汉为柳国，在晋魏为漂榆邑、角飞城，在唐宋为通商镇，在辽金为海丰镇，至元盐业不振，渐废为墟。……今附近有村犹沿海丰镇之名。

通过《盐山新志》，我们可以清晰地看到，海丰镇一路走来还是非常显赫的，曾经是汉高祖刘邦曾孙的封地，还曾经是天津尚未兴盛时的第一繁盛海港，想必当时也是桅帆林立，商贾云集。《金史·地理志》记载，海丰镇为"盐山县四镇之首"，充分证实了它的繁盛过往。今天，在黄骅市羊二庄乡还存在着海丰镇，不过它今天只是以一个村庄的规模而存在，"今附近有村犹沿海丰镇之名"，可见昔日的海丰镇影响之大。

2000年，西起山西省朔州站，东达河北省黄骅港口车场的朔黄铁路开通运煤。为配合朔黄铁路建设，河北省文物部门对海丰镇遗址进行了挖掘。在其后又相继进行过数次挖掘，不仅发现煮盐遗址，还发现了建筑基址，证实这是一处以金代遗迹、遗物为主的文化遗存，大量砖建筑基址和精美瓷器的出土，显示了它曾经繁华的过往。

海丰镇遗址分布在海丰镇村南至杨庄之间的大片区域内，地势高出周围的平地。砖、瓦、陶片、白瓷片等遗物散布在地表上，分布面积达到50万平方米以上。瓷器残片种类最多，涵盖了河北的定窑、井陉窑、磁州窑，陕西的耀州窑，河南的钧窑，浙江的龙泉窑，江西的景德镇窑等品类产品，可谓山南海北瓷器的集散地。遗址中部有一道东西向隆起的土岭，当地人称之为"海丰岭""马鞍岭"。另外，灰坑、砖建筑残基、夯土墙、灶，以及道路、水井等各种遗迹内容丰富，文化层厚2—4米，从上到下依次为明清、元、金各时期遗存，其中金代遗存最为丰富。遗址东部还出土了一道宽3米的南北向夯土墙，在往昔的岁月中，它可能是城墙的一部分，或是拦挡海水的堤坝，今天我们已无从得知。

据专家分析，建筑基址堪称大型，灶等遗迹较为密集，南北众多窑口的精美瓷器汇于一地，这绝不可能是泛泛的生活遗存，完全可以据此想象此地昔日店铺林立、盐池遍布、车水马龙、商贾云集的盛隆景象。这处被判断为近代海丰镇旧址的地方，当初的发展轨迹很可能是这样的：利用了滨海优势，及距河北诸多制瓷名窑较近的地理优势，该地在唐宋通商和漕盐的基础上，逐渐发展成为以瓷器为主的贸易集散地，并可能由此出口东亚、东南亚各地。

曾一度成为"海口第一繁盛之区"的海丰镇，在元代以后渐趋衰落。导致这一结局的原因，可以从历史中查找蛛丝马迹。首先，《盐山新志》记载："至元盐业不振，渐废为墟。"这里明确指出到元代之后，此地盐业已经不振。许是因为，经海丰镇入海的柳河长期疏于治理而泥沙淤塞，导致水上运输之路变得艰难。还有一个因素也不能忽略，那就是元代以后，天津逐渐崛起，成为南粮北运的交通枢纽和元大都出海的门户，海路陆路的优势都强势碾压海丰镇。第三个因素也许是，元代的统一结束了宋金对峙的局面，河北瓷器已不再像金时那么重要，中国制瓷中心、对外瓷器贸易被南方诸窑垄断。

据考证，到明代时，海丰镇旧址已变成大致与今天差不多的土岭地貌，居民们纷纷迁移到更适合谋生的地方。一代繁盛之地，就此成为永远的过去。

但人们对海丰镇的过去一直在持续地关注和发掘，2014年3月，日本东洋陶瓷美术馆名誉馆长伊藤郁太郎等一行四人来到黄骅博物馆参观，查证宋金时期日本国内的瓷器是否与海丰镇遗址发掘的瓷器相似。考察的结果是肯定的。这就证实了宋金时期海丰镇的瓷器曾大量外销日本、韩国等东亚国家。

于是，2014年6月，黄骅博物馆与吉林大学边疆考古研究中心合作开展了文物资料整理修复工作，并大胆推断此地应为宋金时期海上丝绸之路的北方起始点。从那以后，关于这一说法得到越来越多专家的认可。

2019年，黄骅市作为海上丝绸之路北方起点城市参加了海上丝绸之路保护和联合申报世界文化遗产城市联盟联席会议。在这次会议上，海丰镇遗址和另外一处郛堤城遗址入选全国21个城市的55个海丝史迹点。

03. "镇海吼"的一生

怀着敬慕的心情，前去拜会沧州铁狮子"镇海吼"。

沧州市的名字与渤海之间有着亲密的联系。沧州，意为"沧海之州"。沧海，指古代的东海。这里所说的"东海"并不是今天地理意义上的东海，而是泛指东边的海，实际上就是渤海。

这座东临渤海、北依京津、南接山东、西望太行的城市，最早得名于北魏时期。北魏孝明帝熙平二年设立沧州，当时管辖浮阳、乐陵和安德三个郡。

沧州市的母体沧州旧城，始建年代则要早上七百多年，在今天的沧州市沧县旧州镇东关村西。这座旧城是沧州的灵魂所在，因为形似卧牛，又被称为"卧牛城"。

旧城始建于公元前202年，城墙周长实测7345米，面积约500万平方米。根据《沧州志》记载，唐贞观中期进行过增筑，宋熙宁初期进行过重修。沧州旧城的历史一直延续到了明代，明初迁往长芦，旧州治所废弃，后改名为旧州镇。考古学家根据城墙夯土夹杂的宋代瓷片和砖块，也判断现存的旧城为宋代城池，佐证了《沧州志》的记载。

旧城遗址距离今天的沧州城区20公里，在它的东南方向，位置靠近渤海。八月的沧州铁狮与旧城遗址公园内，热浪钟情于荷塘和一种名叫千屈菜的植物。荷叶密簇，莲花玉立。千屈菜开着紫色的穗状花朵，远看仿佛薰衣草，实则比薰衣草妖冶妩媚。这种别名水柳的植物喜欢在湖畔生长，人们爱怜地称它为"湖畔迷路的孩子"。

在公园内首先看到了林冲的雕像。为了记录这位八十万禁军教头刺配沧州道的历史，这里建造了林冲庙。东门外的马厂，据说是林冲当年看守的草料场遗址，马厂东北的王槐庄是林冲看守草料场时饮酒消寒的小酒馆。

在沧州铁狮与旧城文化展览馆内，我看到了铁狮子脱落的脚趾。久历经年，已经难以辨认它原本的材质，那脚趾不像是铁的，而像一块沧桑的老石。

离开展览馆，我迫不及待地去看那只丢失了脚趾的铁狮子。它被围护在浅咖啡色的院墙内，属于它的领地是一个三层台阶高的高台，四周围着一圈汉白玉围栏，每一根立柱上都蹲踞着一只小白狮，仿佛是老铁狮的子子孙孙。

资料记载，铁狮子长6米多，高5米多，宽近3米，重约32吨。在我国的铁狮子阵营里，它是绝对的老大，年代最久，体型最大。关于它的传说是这样的：有一年沧州海域风雨骤作，一条恶龙横空出世，发动了巨大的海啸，摧毁房屋和树木，百姓纷纷逃命。危急之时，一头红黄色雄狮从天而降，发出响彻云霄的怒吼。海啸在雄狮的威严及怒吼下消失无踪，大海恢复了平静，风雨大作的天空也恢复了晴朗，恶龙逃遁得无影无踪。当地百姓为了纪念这头于危难之时救护苍生的雄狮，便以雄狮的样子铸造了一尊铁狮子，取名"镇海吼"。自从铁狮子雄踞在沧州之后，过去沧州海域经常发生的妖风恶浪再也没有出现过。风调雨顺，渔民安居乐业，沧州城逐渐繁荣富庶起来。

而实际上，经过专家判断，这尊铁狮子是当地人为了供奉文殊菩萨而浇铸的。它铸成于公元953年，头部和项颈都有着狮子王的字样，后背上背负着一个莲花宝座，屹立于开元寺前。由于文殊菩萨的坐骑是狮子王，当时的开元寺内供奉的正是文殊菩萨，因此专家们推断，当地人是为了建立寺庙而浇铸了这尊铁狮子，以表达对文殊菩萨的敬畏。

铁狮子重达32吨，在工艺技术都不发达的过去，它是如何被铸成的呢？经过研究，专家认为，古人采用了"泥范明铸法"分节叠铸。铁狮腹内是光滑的，外面由长宽三四十厘米不等的范块拼接而成，逐层垒起，分层浇铸。想一想就会知道，这由无数铁块碎片叠加完成的制作过程，是极其复杂的，每块铁块的尺寸都要精确计算，不能有分毫差池。据统计，为铸成铁狮子，一共用了600余范块。

铁狮子身上遍布铸文，右项及牙边有"大周广顺三年铸"七个字，左肋有"山东李云造"五个字，腹内牙腔中铸有隶书形式的《金刚经》经文。虽然已模糊不清无法辨认，但古代工匠的用功程度以及文化素养，从中可见一斑。

然而，长期的岁月积累，风雨侵袭，铁狮子逐渐被腐蚀。1803年，当地出现过一次极端风暴天气，风暴过后，人们发现铁狮子躺倒在地。它这一躺就是90年，直到1893年才被扶起。

躺在地上沉睡的这90年间，雨雪横流，无数次浸润其身，严重的锈蚀使得它黯淡粗糙，苍老疲惫。新中国成立后，沧州当地又发了一次大洪水，洪水过后，锈蚀更加严重的铁狮子不得不被考虑技术修复。

铁狮子的修复过程并不顺利。修复技术的欠缺，及它过大过重的体型，使修复在一段时间内都处于摸索和修改当中。不合理的技术手段甚至造成了铁狮子的再度锈蚀，比如加盖防雨亭导致日晒缺乏而造成的周围环境的过度潮湿，比如加设水泥台底座后的吊装过程中造成的铁狮全身42处永久性损伤，下巴、尾巴、左后足、右前足完全缺损。还有混合材料灌注导致遇水膨胀将铁狮子再度撑裂，裂纹恶化等。

从20世纪50年代以后的50年间，沧州铁狮子历经4次维修，由于技术不成熟，而导致了许多不可逆的永久性损坏。铁狮子虽然千疮百孔，却是当地重要的文化根脉，于是，当地重新打造了一座仿制品，体重达到了120吨，是原狮子体重的4倍，体积则是原狮子的1.32倍。

这座全新的"沧州铁狮子"屹立于沧州市区狮城公园内，据说设计寿命2000年，是世界上一次性整体浇铸最大的铁狮子。这个举措创造了一项世界纪录。

然而，再大再雄伟的新铁狮，也永远无法取代老铁狮，哪怕它已垂老到随时都可能在一场风雨中轰然倒地，再也不起。

是的，如今的老铁狮，伤残满身，已经垂垂老矣。许多根铁管像脚手架一样支撑着它的胸腔和肚腹，代替它失去脚趾的羸弱的四肢。况且它的四肢也已经残损，靠一些铁条和铆钉的箍绑才勉强可以称之为腿。它的嘴巴已经没有可以称之为嘴的轮廓，只能说是一个嶙峋的空洞，想必已无法发出震海的吼声。它中空身体的空洞，透出对面明亮的阳光。

在它右后腿的上方部位，一条裂隙中，站立着一只麻雀。麻雀可能比较中意那道裂隙，觉得它像一扇窗口。它的臀部更为苍老，尾巴已经没了踪迹。从后面看，它比耄耋老人还要苍老，佝偻的腰身上依然驮着那只莲花座。

我心底里弥漫着一种忧伤。这个和渤海紧紧相连的巨大的历史的遗留，不知道在这个世上还能存在多久。或许某天的一场大风过后，它便成了一堆靠钢铁脚手架都难以再拼凑支撑的碎铁。

04. 千童出海

八月，穿越一条安静的路，去往一个被传说萦绕的地方。两排梧桐树掩映着这条光影斑驳的路。不久，千童镇出现在眼前。

商、周、战国时期，这里称"饶安邑"，取意"其地丰饶，可以安人"。汉高祖五年置县，称"千童县"，治所在今天盐山县的旧县镇。经历了漫长的岁月后，此地更名为千童镇。

历史上，饶安这个名不见经传的小城，发生过一次合纵攻秦的历史事件。这段历史在《史记·卷四十三·赵世家》中记载道：

> （赵悼襄王）四年，庞煖将赵、楚、魏、燕之锐师，攻秦蕞，不拔；移攻齐，取饶安。

而《史记·卷六·秦始皇本纪》则记载为：

> （秦王政）六年，韩、魏、赵、卫、楚共击秦，取寿陵。秦出兵，五国兵罢。

这两处记载的是同一件事，即公元前241年爆发的"蕞之战"，东方诸侯国最后一次合纵攻秦，由已经年逾古稀的赵国名将庞煖带队。但这两处历史记载出现了燕国和卫国这两个不能吻合的地方，很多历史专家也为此多方考证，认为合纵攻秦的五国中没有燕国，因为当时燕国刚刚被打废，无力参与合纵。于是，就连不属于战国七雄的小国卫国都被游说到了合纵联盟之中。

这次攻秦没有成功，联军到达蕞地（今陕西临潼北）时，与吕不韦率领的秦军相遇。吕不韦的战略战术是先攻下最大的楚国，楚国只要破了，联盟自然瓦解，于是夜袭了楚营。果然，如吕不韦所料，楚国撤军后，军心动摇，韩、魏、卫的军队也都请求回国。

当时，一向"谨事秦"的齐国拒绝参与合纵，自然就被视为秦国的盟友，所以，庞煖攻打秦国失败，很愤怒地率军攻打了齐国的饶安，这才寻得了一点心理平衡，回到了赵国。

饶安在秦时还曾被称为"千童城"，来源于千古一帝秦始皇。唐代李吉甫所撰《元和郡县图志》里记载：

> 饶安县，本汉千童县，即秦千童城，始皇遣徐福将童男女千人入海求蓬莱，置此城以居之，故名。汉以为县，属渤海郡，灵帝置饶安县，以其地丰饶，可以安人。

显然，我们的话题要涉及秦始皇派徐福东渡求仙这段家喻户晓的历史了。东晋晏谟的《齐记》也有相关记载：

> 秦方士徐福将童男女千人求蓬莱，筑此城。

也就是说，饶安与秦始皇派徐福东渡求仙有关。根据这些记载，专家经过缜密的分析和考察，认为此处是秦始皇三十七年安排徐福再一次东渡的地方。

徐福第一次出海是秦始皇二十八年。秦始皇东巡，先是登上了邹峄山，树石碑，歌颂自己的功德；又登上山东泰山，举行封禅大典。之后沿着渤海往东行，经过黄县，到达成山、芝罘，最后南行到了琅琊。早就寻找机会实现理想的方士徐福，趁机拜见了秦始皇，声称自己能出海找到三神山和不老仙药。秦始皇答应了徐福的请求，于是，徐福从琅琊港起航，到达朝鲜，然后继续南下进行了一些勘察。

徐福返回的时候，秦始皇还没有离开。他在琅琊待了三个月。徐福告诉秦始皇，仙药是存在的，只不过因为"礼薄"，未能取到，他向秦始皇索要三千童男女以及"五谷""百工"。

秦始皇三十七年，秦始皇再一次东巡琅琊，徐福这次在拜见时撒了个谎，以便为自己一直没找到仙药开脱。他声称被海中大鲛鱼所拦，一直不能到达。秦始皇刚好做了一个跟海神交战的梦，他认为是梦和现实达到了一致，于是给徐福配备了弓弩和弓箭手，并亲自去大海上一探究竟。没想到，秦始皇还真遇到了一条大鱼，并成功将其射杀。

徐福的各种装备都齐了，是时候扬帆启航了。于是，他浩浩荡荡地第二次出海了，最终"得平原广泽，止王不来"。就是说，他再也没有回来。

关于徐福第二次出海的启航地，众说纷纭。有人说还是琅琊，有人说是山东黄县，还有人说是饶安邑，也就是今天的盐山县千童镇。第三种说法自然来源于唐代李吉甫所撰《元和郡县图志》以及东晋晏漠的《齐记》里的相关记载。从这两处记载中，的确可以判断当时徐福在饶安齐集了童男女。据说，他们是乘船沿无棣沟驶向渤海的，也就是在今天黄骅港附近的大口河出海，然后远渡扶桑。

也有一个说法是，徐福这次出海的船队规模很庞大，童男女、弓箭手、工匠、物资等，分别在山东沿海各港口集结，然后跟随徐福的船队东渡。也有部分童男女是在河北黄骅、山东无棣一带港口集中，再到登州湾（龙口市黄县）等港口，随徐福船队东行。这个说法，倒是佐证了徐福第二次东渡启航地在山东黄县的说法。

无论徐福东渡的启航地到底在哪里，至少可以断定的是，千童镇是童男女的一个集结地。

据说，徐福是在农历三月二十八带领船队出海的。从那以后，每年的这一天，成千上万的千童百姓聚集在城东门，举行盛大的思念和祭祀活动，为杳无踪迹的儿女祈福。他们筑起高高的土台，以便能够登高望远。到了隋唐时期，人们用原木捆成高达十几米的微型舞台，挑选一些品行端正、眉清目秀的童男童女，培训之后，登台环街祭祀表演，呼唤亲人魂归故里。

经过几百年的演变，这个活动演变成为每逢甲子年的农历三月二十八举行一次大祭，六十年一个轮回。大概是希望童男童女们死亡后，灵魂轮回重新投胎，永存六界。

这一天，主事者带领众人到开化寺千童殿前开祭，之后童男童女登上舞台，由36名壮汉抬着，环城表演。据说这是个高达十余米的空中舞台，由主杆和顶端用铁棍、木板搭起的空中舞台组成，童男童女立于高高的舞台上进行各种表演，内容有"天河配""吕洞宾戏牡丹""功满取经路""徐福东渡"等。"徐福东渡"的表演非常丰富，有人驾舟，有人站在高高的桅杆上远望。有人回忆20世纪50年代的表演中，有童男端着茶壶，童女站在壶嘴上的高难度表演，"高、奇、险、惊"，夺人眼球。数万百姓跟随舞台沿街游祭，走完古镇四街，一直通过东门走到城外的无棣沟旁，然后向东祭拜，齐声呼唤亲人亡魂归来。祭祀完毕，众人回到开化寺，祈祷亲人灵魂有安息之所。

这个盛大的祭祀活动有一个非常温暖、饱含思念的名字：信子节。"信"是尊崇的意思，"子"指的是随徐福出海的童男童女，信子节最早出现在汉代。久而久之，民间流传起一句令人向往的话："去过京，串过卫，不如到千童赶庙会。"这里的"庙会"，主要指的是信子节。

八月的这天，我经过千童南街的大门楼，到达千童东渡遗址公园。这座建筑与渤海沿岸的秦行宫遗址风格相似，白柱灰瓦，磅礴大气。建筑前面广场两旁的柱子上，站立着形态各异的表演者，这应该是还原祭祀时空中舞台的表演场景。

离开千童东渡遗址公园，不到十分钟的路程，到达无棣沟桥。史料记载，徐福在千童镇集结了童男女，沿着无棣沟乘船，转道鬲津河，进入渤海，从地理位置上来看倒是合乎情理。

只是，这条河有些窄小，与我想象中千帆出海的盛况相去甚远。这里是无棣干沟的北街段，我眼前的这道河水只能称之为小河，河水稍显枯瘦，倒映着树的影子。两边堤坡上的植被蔓延到了河水的两边，河面上散漫地漂浮着青苔。

而在春秋战国时期，无棣沟虽然叫沟，却是一条非常重要的河流，历史上著名的"齐燕话别"就发生在无棣沟。公元前662年，燕王受山戎侵扰，向齐桓公求救。桓公亲率大军平定山戎，得地500余里，慷慨地赠给了燕王。齐桓公班师时，燕王依依不舍地相送，不知不觉离开燕国50余里，送到了无棣河北岸。桓公以"自古诸侯相送，不出境外"的礼俗，以无棣沟为界，把河北之地赠予了燕国。

隋末唐初，黄河数次改道淤积，也使水宽流急的无棣沟水道淤塞，商船无法通航。唐贞观时期，沧州刺史薛大鼎重新疏浚了无棣沟，辟水路码头，使之成为唐以后中国北方重要的通海行商河道。

到了明朝中期，无棣沟再次因河道淤积无法通航，逐渐变成了旱时蓄水、雨季排涝的普通内河沟渠。

小小的河道，有着千帆出海、君王惜别的盛大往昔，今天沉默地安卧在阳光下，闪着低调的光。

第四章

01. 海上仙境望子岛

大船云集，风帆张起。五谷百工、弓箭手、童男女排着绵延不绝的长队，登船远航。

在中国的海洋历史上，徐福东渡这一场史诗性的传奇，留下了困扰无数人几千年的历史疑团，比如徐福东渡的启航地到底在哪里。渤海沿岸很多遗址遗迹似乎在佐证着各种说法，但这些佐证又只是提供给人们一种似是而非的猜想基础，几千年来一直众说纷纭。

山东省北大门沿海城市滨州流传的说法是，秦始皇派徐福第二次东渡时，徐福招募了千名童男童女，沿古鬲津河（今漳卫新河）经汪子岛登官船起程。

古名鬲津河的漳卫新河，是"禹疏九河"之一。《尔雅·释水》中明确指出，九河为太史、复釜、胡苏、徒骇、钩盘、鬲津、马颊、简、洁等九条河流。九条河流经之地都在黄河下游，河北、山东之间的平原上。

黄河中下游流经黄土地带，饱含泥沙，夏秋两季经常泛滥。这时候，历史上出现了著名的禹，他走遍黄河中下游，考察山川地形，制定了疏导洪水的治水方案。治水期间，禹在外奔波十三年，几过家门而不入。在没有锹和镐等工具的古代，人们用石斧、蚌耨、水耜等简陋的工具，凿开坚硬的岩层，沟通河床，开凿渠道，加深加宽主流干道，顺水势之自然，使"水由地中行"，上流有所归，下流有所泄，终于把洪水引入大河，由大河汇入大海，解除了水患，让人们安居乐业。

《孟子·滕文公上》记载："禹疏九河，瀹济、漯而注诸海……然后中国可得而食也。"这充分证明禹疏通九河为当地带来安居之乐。当地后人的称颂更是直接认为，如果没有大禹治理水患，这些地方只能有鱼，而不会有人存在。

这条"禹疏九河"之一的鬲津河，故道就是又被称为无棣河、无棣渠的古无棣沟。千童镇流传徐福东渡的船就沿无棣沟驶向渤海。入海口处的河口潮沟段称"大口河"，紧邻今天的黄骅港。

滨州流传的说法与千童镇说法一致，但也不能就此推断这个大口河就是启航地。另一种说法是，千童镇只是徐福筹备人员的一个集结点。按照千童镇的位置来推断，他们集结之后，沿古无棣沟经大口河进入渤海，这应该是确凿无疑的，但徐福是不是就此直接穿过渤海海峡，再穿过朝鲜海峡，最终抵达日本，便没有资料可以证明了。如果它只是一个集结地，那么，船队应该是到达了古登州一带，从那里做了最后的集结，然后正式起航，远渡扶桑。

无论怎样，这里是整个徐福东渡史诗中的一个篇章，这一点应该是没有疑问的。

为怀念远渡的亲人，千童镇由此诞生了饱含思念之情的"信子节"，而无棣县则为一个小岛取名"望子岛"，盼望孩子归来。随船驶入茫茫大海的童男女的亲人们思念心切，时常聚在岛上翘首东眺。因为这个神奇的小岛是滨州境内唯一能看到大海全貌的地方，人们站在岛上，期待那些大船突然出现在海天一线之间。然而，期待最终落空。后来，小岛成为渔民躲避浪潮、寄存货物的海堡。

岛上现在还散落着几十间土坯小屋，就是早年渔家躲避风雨、寄存货物所盖的房屋。建屋技术非常原始，先用荆条编织插障，然后敷泥，覆草，再覆泥。这些房屋自然也是小岛的独特景观。渔民们在岛上躲避风浪之时，放眼四望，水洼连天，芦苇遍地，渐渐地把"望子岛"叫成了"汪子岛"。

从地貌学分类，汪子岛属于障壁岛。它平行于海岸分布，背后靠近陆地的一侧是宽 20—30 公里、地势低洼的潟湖盐沼，潮沟密布，生长着茂密的芦苇和碱蓬，经常被风暴海潮淹没。特殊的地形，使小岛成为抗战时期冀鲁边军区司令部、兵工厂和医院的所在地，曾任冀鲁边军区司令员的黄骅烈士就在这里战斗过。抗战胜利前夕，兵工厂被日军发现并炸毁，正在海上捕鱼的渔民也被日军投掷的炸弹炸死。

小岛几经岁月磨砺，兴衰枯荣，如今被誉为"海上仙境"。岛上植物茂盛，风光秀美，落叶盐生灌丛、盐生草甸、浅水沼泽湿地植被，是汪子岛独特的生态环境造就的植物，种类繁多，其中不乏屈屈菜、黄须菜等野菜，以及海葚子、酸枣等野果树。到了秋天，不但紫红色的酸枣挂满灌木枝头，而且海麻黄、沙参、黄芪、五加皮等中药材也进入成熟期。

说起酸枣，不得不提及无棣栽培枣树的悠久历史。从夏商开始，这里就栽种枣树，到唐代盛极一时，被誉为"华夏枣都"。今天，无棣仍然在枣的领域占据傲人位置，"中华金丝小枣第一县""中国枣乡"的美誉，都给了无棣这个小县城。而享誉四方的无棣金丝小枣，就是由山间野外那一丛丛不起眼的野酸枣演进而来。

植物是岛上的主人，野生鸟类则是岛上尊贵的客人。几十种野生鸟类将小岛作为迁徙的中转站，不仅有俗称"水鸽子"的红嘴鸥，还有大鸨、白头鹤等国家一级保护动物。红嘴鸥们在岛上休憩，或是成群结队盘旋到海面上寻觅鱼群。大鸨则在海边寻觅小鱼小虾，它们还喜欢啄食岛上鲜嫩的草和叶子。白头鹤作为动物界最忠贞的典范，成双成对地炫爱是它们的专长。

这里的海水并不十分蔚蓝，甚至有些浑浊，长约 5 里的金沙滩退潮时会露出宽宽的软泥浆滩。这种典型的泥质海岸，给海水带来了大量丰富的微生物和养料。另外，独特的海域底质沉积物中含有大量的贝壳碎片，也带来了丰富的营养，对虾、梭子蟹、梭子鱼、文蛤等鲜美的海物安然地享用着它们。

有一种名叫半滑舌鳎的鱼，无棣县渔民俗称鳎麻、鳎米，是汪子岛附近海域的常住居民。这种只做近距离洄游的长舌状鱼，栖息于干泥沙质海底，肉质肥厚，细嫩味美，富有弹性，久煮不老，且蛋白质含量高，低脂肪低胆固醇，含有人体需要的多种氨基酸和微量元素，营养价值很高，对防治心脑血管疾病、增强记忆力和保护视力颇有益处，深受当地渔民喜爱。

"开河鲤鱼冻河梭，伏天吃鳎麻""宁扔大闺女腿，不扔鳎麻嘴"，这些直白生动的渔谚，在无棣世代流传。半滑舌鳎在阳光下的海水中游动觅食，鼓虾、隆线强蟹、泥足隆背蟹、口虾蛄、鹰爪虾、矛尾虾虎鱼等物种在半滑舌鳎身边游动。

02. 无棣贝壳堤

炎热的夏季，阳光炽烈。一座灰色和铁锈红色相间的门楼上面写着"中国无棣贝壳堤岛"，它仿佛时空隧道的入口，只待我把脚一迈，即刻就会把我带回几千年前。

自从大海和陆地形成，被我们叫作海岸的特殊地貌就在漫长的陆海交界处铺陈和生长。大海从它的腹地源源不断地产出奇奇怪怪的物种，打扮、改变和塑造着海岸。贝壳是它输送给陆地最多最常见的物种。在渤海西岸和南岸迄今发现的五道贝壳堤坝，各自断续绵延上百公里，就是渤海对陆地的入侵和塑造。

那个时候，潮汐昼夜不停地运动，一波波海浪搅起海底的贝类，蓝色的海水也变得五彩斑斓。贝类在海浪中翻腾，它们兴奋地感受着海浪绵长有力的节奏，想象着海浪会把它们带到哪里。

贝类被带到了海滩上。它们喜欢离开黑暗的海底，骤然来到白色的阳光之下。一切都那么新鲜。但它们没想到，海浪又退了回去。一部分贝类被海浪裹挟着离开海滩，回到大海；但一部分却没被带走，而是滞留下来。海浪来的时候气势豪迈，退却的时候却有点草草了事，没有带走它全部的携带物。

海浪倒像是乐此不疲，无休无止地玩着这个搬运游戏。海滩上的贝类逐渐多了起来，海浪一次次把它们推得更远，让它们远远地离开大海，永远不再回去。

一想到要去见这些死于几千年前的贝壳，我就心生肃穆。那高阔的门楼，一大二小共三个门洞，把我吸进了时空隧道中。把车停在停车场之后，乘上专门的观光车，沿着一条黄黄的泥土路前行，越发像在穿越时空隧道。驾驶观光车的司机大叔指给我看：这是漳卫新河，河对岸是黄骅。

让我意外的是，在此处一个小型观海广场上，矗立着一座徐福的汉白玉雕像。无疑，这是无棣人再次宣示徐福于此地的意义。人们登岛远望的汪子岛，就在贝壳堤岛的旁边。

漳卫新河在我的身侧，以扩展的喇叭口的形状，与渤海融为一体。徐福的雕像站在黑色大理石底座上，似在眺望着茫茫渤海。塑像的周围，是一丛一丛低矮的灌木植物，植物间隙之中露出满布贝壳碎片的略显发白的地面。贝壳被冲刷上来之后，经过年深日久的风化和人们的踩踏，变得细细碎碎，有点像搓碎了的鸡蛋壳。

在司机大叔的指引下，我走上一条泥堤，正式开始探访渤海沿岸贝壳堤中的一段。泥堤仅有几米宽，堤两边生长着低矮的植被，最显眼的是一株株碱蓬草——作为湿地常客，它们不会允许自己缺席。从茂密程度和色泽上看，这里的碱蓬草和盘锦的相比，还是逊色了许多。

此外，这里还生长着猫耳朵菜和地肤。猫耳朵菜的学名叫葶苈，顶端开有黄色小花，因此它为自己赢得了"满坡铺起黄花毯，一半绿色一半金"的赞美。据说葶苈还可入药，泻肺平喘，行水消肿。地肤的名字就更多了，地葵、地麦、扫帚草、落帚，我尤其喜爱落帚这个名字。据说它可以用来绑扎笤帚，故而得名。

泥堤两旁还生长着麻黄。与碧绿的矮型芦苇和碱蓬草相比，麻黄的颜色偏深一些，墨绿中透着黄。它们有点孤傲，离开碱蓬草和地肤这些小植物，选择了在泥堤两旁水塘沟渠对面稍远一些的沙丘上驻足。

水塘沟渠在泥堤坡下安静地流淌，碱蓬草像一朵朵浮游植物般长在沟渠中央，错落棋布，仿若一座座微型小岛。

沿着泥堤前行，路边一块巨大的展板上介绍了贝壳堤与湿地国家级自然保护区的基本情况。图片展示了贝壳堤的不同景致，以及勺嘴鹬、大天鹅、遗鸥、东方白鹳等珍稀动物的优美身姿。无论作为对黄河变迁、海岸线变化、贝壳堤岛形成的研究,还是保护生物多样性,建立保护区都是必要的。

我特别注意到这里有遗鸥在活动。我想,这大约跟此地存在一百多个贝砂冲击岛有关。在无棣县长达102公里的海岸线上,分布着50多个大小贝砂岛,其中,著名的汪子岛是最大的一座。因为遗鸥是一种很特别的鸥鸟,它对繁殖地的选择异常苛刻,只在湖心岛上的中央部位生育后代。它们对巢穴也有着很高的要求,建筑过程不辞劳苦:先用嘴和脚在地面上掘出2—3厘米深的浅坑,然后衔来锦鸡儿、白刺等灌木细枝精心摆放,之后再铺以禾草类、绒草和羽毛,最后还要在巢外围加一圈小石子,用以固定。

这时候,我的头顶上空飞过一只细长翅翼的大鸟,由于距离太远,我不清楚它是不是遗鸥。它飞过几栋红黄顶的小房屋,飞过水面。广阔的水面上,分布着一个个形状不同的贝砂小岛,岛上丛生着野生植物,近水部分裸露着黄色的贝砂泥土。我不清楚这只鸥鸟是从哪个小岛上飞起来的,它那精美的巢穴又掩藏在哪里。迎着它的正面看过去,它的形状好像一本从正中间摊开的书,肚腹是突出的书籍,两只翅翼是摊开的书页。

路边标志牌用箭头向我发出指令,告诉我,左边是核心区,右边是缓冲区。沿着堤坡下到左边的海滩上,一望无垠的贝壳滩就立即强悍地侵入了我的视野。无数的贝壳碎片,密密叠叠,主色调是外壳的深浅咖啡色,副色调是内壳的白色。贝壳上的花纹、沟壑又各自呈现出更为复杂的色调,每一片都是大自然这位画师的精美手笔。在层层叠叠的贝壳碎片之中,夹杂着数量不少的完整贝壳,我疑心它们并没有死去,只是躲在这里跟大海捉迷藏。碱蓬草也不甘寂寞,从深深的贝壳层中一丛一丛长出。

海浪越过海滩又退去,留下了侵犯者的足迹:无数条细小潮流爬行的痕迹,脉络清晰,方向明确。在涨潮到退潮这段时间里,它们有的是时间来排兵布阵,把贝壳排成一条条带状,或是聚成一堆堆的矮丘。可见海浪是在做了大量工作后才离去的,它们要参与海岸建设,向人类宣示自己的主权领域。

风创造了海浪，海浪不屈不挠，不计时间成本，几千年上亿年重复做着同一件事情：横扫大海，横扫海滩，强力推动着白蛤、青蛤、文蛤、毛蚶、牡蛎、海笋、栉孔扇贝、蛏、魁蚶、海螺、笋螺、玉螺等10余种贝类在岸上堆积，霸占海岸。

这是一场从大海到陆地的迁徙，看似无意，实际上是大自然精心组织的有序的演变，耗时日久，艰深不懈。它看似自然演变，实际上是大海展开的一场不寻常的创造，每一滴海水都参与其中，全员参与，盛大而不顾一切。

这些贝类味道鲜美至极，我们无从推测，那一团团小而晶莹的肉体，小到指甲盖大小，味道为何会如此鲜美和奇异。清蒸，爆炒，烤，与豆腐一起炖汤，与蔬菜一起凉拌。人们甚至把它们连壳带肉一起包到包子中，上屉加热之后，贝壳张开，鲜美的汤汁流到包子馅中，一口下去，口舌鲜香。在胶东，人们还喜欢用它和蔬菜一起做成面条卤子。

我无从想象，一只文蛤或一只蛏是如何携带着坚硬的壳，在大海中自如地生活和游动的，直到有一天我看到了一个视频：一只文蛤在水底的沙子上前行，它伸出像脚一样的肉体的一部分，撑在沙子上，用力一蹬，然后快速缩回，获得了瞬间的动力，它唰地跃进了一段距离。更多的时候，我相信它们是安然地缩躺在壳内，随海浪漂流的。它们或是被海底的沙子裹挟着前行，或是自己奔跑，真是逍遥快活。壳还是它们的绝佳掩体，这与生俱来的优势，就连巨大的鲨鱼也要望尘莫及。

大自然令人不解的创造活动，是催生民间传说的艺术土壤。在无棣流传着一个关于贝壳堤的传说。很久以前，在渤海边上有个叫古埕子口（今埕口）的水旱码头。码头旁边有一家规模不大的中医药铺，掌柜姓朱，妻子早逝，与六岁女儿朱小妹相依为命。有一天，善良的父女二人救下一只受伤的白狐，白狐为报恩，临死前嘱托朱掌柜，在它死后要把它的尾巴留下。朱掌柜依言埋葬了死去的白狐，留下了它的尾巴作为纪念。

有一天，朱掌柜想用笔的时候，找不到常用的毛笔头，便从挂在墙上的狐尾上拔下几根狐毛，制作了一个新笔头。不久，朱掌柜就发现这只笔头非常神奇，竟然能满足自己的愿望。他恍然大悟，这是白狐留给自己的宝物，于是收藏起来，不轻易示人。

女儿朱小妹在一个冬天出嫁了，婆家在广武城，朱掌柜把神笔给女儿做了嫁妆。婆家嫌朱小妹家境贫寒，把小夫妻撵到一个破旧的院子里，分家单过。小妹实在没办法，只好拿出神笔，画了烛火、炉子、锅碗瓢盆和米面，又画了织布机和一架纺车，每天纺线织布，维持生计，日子渐渐好过了。有时遇到邻居揭不开锅，小妹也会画一点食物接济邻居。

这个秘密自然是保守不住的。消息传开之后，朱小妹夫妻二人被匪徒掳走，强制为其画金银财宝。机灵的朱小妹画了一桌酒肉，趁匪徒吃喝的时候找机会逃了出去。在被追赶的路上，朱小妹担心神笔被匪徒抢走，便随手抓起一只文蛤，把蛤壳掰开一条缝隙，然后将笔头塞了进去，又拔下几棵黄须菜放到上面，做了记号。

夫妻二人很快就被匪徒追上。搜遍他们全身也没找到神笔后，匪徒以小妹丈夫的性命相要挟，小妹只好带领匪徒去找神笔。万万没想到的是，原先光秃秃的土岭子上密密麻麻地铺满了文蛤，那只藏笔头的文蛤根本无法辨认。而且，源源不断地还有新的文蛤从土里往外冒出，匪徒们吓得四散逃逸。

这个有趣又辛酸的传说，跟中国家喻户晓的"神笔马良"的神话传说有些相似，马良得到神笔之后，县令、皇帝纷纷逼迫马良为其画金银财宝。

乌克兰作家尤里·维尼楚克写过一个短篇小说《祖母的刺绣》，大致情节是，祖母有一门刺绣的神技：任何被她绣到布上的事物，都会莫名其妙地消失。窗边的老樱桃树、四处游荡的野狗，甚至庞大的监狱，都能被她绣成无生命的图案。直到有一天，一只名叫马兹克的猫在祖母完成对它的刺绣后当即消失，这引起了祖父的疑心。他拿起剪刀，拆掉了马兹克的刺绣。当拔出最后一根线的时候，名叫马兹克的猫神奇地立刻现身。祖母的这个特异功能被大家所知晓，在布斯利太太的央求下，祖母把她的酒鬼丈夫布斯利先生绣走了，但是不久布斯利太太后悔了，把图案拆掉，布斯利先生得以复活。此后每当他喝得烂醉如泥，祖母就恐吓要把他再次绣走。

小说具有童话气息，格调轻松幽默。然而在结尾却用了一句话，展现了维尼楚克的超拔："我祖母的故事到这里就结束了，因为她生前做的最后一件事是把自己绣成图案。愿她在天国得到安息。"祖母太老了，她选择用神技把自己绣走。这个结尾，让我对这篇小说念念不忘。在乌克兰文化艺术中心斯坦尼斯拉夫城里，一度汇聚了一批天赋过人的年轻作家，维尼楚克就是其中一位。

神笔马良的结尾是，马良画了一艘大船，又画了猛烈的风，把打算去海中小岛摇钱树下摇钱的皇帝及其一众恶人全都吹翻落海，葬身鱼腹。这是典型的中国神话传说输送的价值观：善恶终有报，正义最终战胜邪恶。

而无棣贝壳堤传说的结尾是，在广武城北面浩瀚的渤海岸边上，很快就长出了一条由贝壳堆积而成的岗子，绵延而去，望不到头。这个结尾也是传统中国式的结尾：神力阻止了恶。

传说中的广武城，现在已经成为遗址，位于无棣县埕口镇埕口村东北15公里，高坨子河东岸。从地理位置上来看，这个民间传说还是有具体的方位做依据的。《海丰县志》记载，广武城相传为西汉广武君李左车所筑，俗称"车辋城"。因受海潮冲刷侵蚀，现仅存一个月牙形土岭，面积约200平方米。1977年，有关部门进行过一次实地勘察，古城残基仍然可见。在蓬蒿海沙之间，散弃着一些汉陶残片，另外还有汉代铜剑、箭镞等遗物出土。

显而易见，我脚下这里是最为年轻的贝壳滩。无数贝壳碎片中那些尚保持着完整形貌的贝壳，说不定是昨夜刚刚离开大海的。而稍微离开海滩，接近堤坡附近，在明显繁密起来的芦苇和碱蓬草之间躲藏着的贝壳，相比来说更为细碎，也更为苍老和干涸。它们离水日久，已经完全死去。

重新走到泥堤之上，来到泥堤右侧，另外一种震撼扑面而来：碎裂的贝壳深深嵌入黑褐色的泥土之中，完全动弹不得；泥土板结生硬，除了生命力旺盛的碱蓬草依然在茁壮向上，还有一些枯死的植物，根部同样板结在泥土之中，只剩下苍褐色泛白的枝条，倒伏在堤坡上。还有一些植物连根带枝一起板结在泥土中，仿佛泥堤的条条筋脉或者毛细血管。

贝壳碎片镶于其中，如同一块精美苍老的化石。

相对于年轻的新贝壳堤来说，这应该算是老泥堤了。在泥堤顶部覆生着的麻黄、碱蓬、酸枣，都是耐盐碱的植物，能抵御风浪的冲蚀，成为老泥堤的保护衣。

乘观光车沿着来时的那条泥路返回，我留心观察了海面上一个个小贝砂冲击岛，极美，美到有点不真实。

驾车穿过那巨大的门楼，时空隧道把我吐了出来。公路两边的绿色护栏已经提醒我回到了凡世，但护栏外黑色的泥岸仍然延续了很远很远。这里应该是阔远的老泥堤被肢解的部分——被公路、养殖池等人为因素所肢解。形成于2000—1500年前的苍老的老泥堤，被某些建筑施工的机器剖开了赤裸的断面，横陈于车窗外。这是泥岸最丰富复杂、最隐秘的身体深处的部分。相对干涸的滩涂上，碱蓬草红着。

车子疾行，老泥堤那苍老的横断面释放着一种忧郁的气息，在车子后边跟随了许久。某些事物可能注定要随着时间的流逝而最终消失，建设毕竟是人类的主要社会活动之一。好在，保护区内的贝壳堤将在一定时间里被保护。好在，潮汐还在以每年增加10万吨的速度，推送新的贝壳上岸。贝壳堤不会死去。

03. 渤海老区

黄骅牺牲和边区军民同叛徒邢仁甫的斗争经过，展陈在渤海革命老区纪念馆内。

跟沧州一样，滨州也是因濒临渤海而得名，意为"滨海之州"。隋唐五代建县制，后周显德三年置滨州，"以滨渤海得名"。从地理位置上来看，滨州毫无疑问是山东省的北大门。从滨州往北，过了界，就是河北省了。正是由于山东与河北接壤，所以才有了当年著名的冀鲁边区，辐射山东省德州市、滨州市地区的十多个县、市和河北省沧州地区的一部分。在河北沧州盐山县牺牲的烈士黄骅和马振华，当年都是冀鲁边区的骨干成员。

1944年1月11日,中央北方局成立了渤海区,以便统一指挥清河区和冀鲁边区的抗日工作。整合后的渤海区北到天津南,南到胶济铁路线,西至津浦铁路线,地域辽阔,环绕了渤海的大半个区域,涉及现在行政区划的51个县,面积高达5.4万,下辖6个行政专署。而渤海区的机关驻地,则设立在今天滨州市惠民县的武定府衙处。

完全可以这样看待今天的滨州:它是渤海区的腹地,但也从渤海革命老区孕育而生。

渤海区成立的第二年,1945年8月,抗日战争进入全面反攻阶段。渤海军区遵照中共中央山东分局、八路军山东军区的命令,组成山东第四前线指挥部,其主力部队编为山东野战军第七师(老七师)和3个警备旅,兵分三路展开了大反攻。仅仅一个月,到9月底,渤海区部队就歼敌2.6万人,解放县城25座,肃清了除津浦、胶济两条铁路线上部分城镇之外的全部敌伪。

完成使命的山东野战军第七师和渤海军区独立师,尚没有好好喘口气,又在1945年10月昼夜兼程,先后挺进东北,参与了东北战区的解放战争。

抗战结束后的山东,有90%的土地是解放区。国民党十分明白,如果不解决山东解放区,津浦路、陇海路交通线都会受到威胁。1947年春,国民党军重点进攻山东解放区,占领了渤海区黄河以南的大部分地区。但经过几次尝试,国民党军都没能越过黄河,使得渤海区成为当时山东唯一没有遭到敌人严重破坏的较为完整的解放区,也因此成为华东战场的最大后方。

我们可以通过很多切实存在的数字,来想象在解放战争时期,这个以滨州为腹地的渤海区,是如何作为整个华东战场的后方基地而活跃着的:解放战争爆发后,渤海区共发动了4次大参军运动,渤海区广大农民纷纷报名,近20万渤海子弟兵参军参战。支前民工81.9万人次,出担架2.5万副、挑子1.5万副、大小车近128万辆次、牲口97.8万头,运送支前粮食1.35亿公斤。

当时渤海区下辖县市人口近千万,以参军和支前民工两部分人马来计，每十人中就有一人参与了战斗和支前。而余下的那些渤海子民也没有闲着，而是在后方辛勤地种粮、养牲口、纳鞋底、制作担架、准备各种物资。

由黄河淤积而成的广阔平原和漫长的海岸线，把丰饶的物产馈赠给了渤海区。拥有一定的工业基础、盛产粮食和棉花，都使这块土地具备了提供粮食和被服补给的能力，无私朴实的渤海人民也毫无保留地将它们倾情贡献给了整个华东战场。

不仅如此，渤海人民还贡献了他们的生命和房屋。1947年下半年，华东局机关、华东军区所属部分机关等部40余万人，先后转移至渤海区黄河以北地区。渤海人民筹措和建造了大批船只，在敌机的轰炸下撑竿划船，昼夜抢运人员物资，经常有村民被炸身亡。当时，张云逸、邓子恢、舒同等率领华东局和军政机关转移到了阳信一带，华东局部分党政干部和野战军兵站、医院、后勤机关、荣军学校，鲁南、鲁中区党委所属部分机关，还有大批伤病员、伤残军人、干部家属和随军民工，苏北、淮北地区的部分人员，以及经渤海区转入鲁西南地区作战的华野六纵等部，分别安置在滨州的滨县、惠民、阳信、无棣、沾化，东营的利津，德州的乐陵、庆云、临邑，河北沧州的盐山等县。其中，滨州的阳信、滨县、惠民、沾化较为集中，村村户户住满了外来军民。滨州人民尽其所能地腾出了自己的院落、房屋，安顿了这些不是亲人的亲人。

当地流传着很多当年的支前故事，比如，老百姓把给新媳妇准备的新被子拿出来送给没有被子的战士；战士在雨天里因为柴草淋湿无法做饭，房东大爷不惜抽下房屋的檩条给战士当柴草；民工们一勺一勺给伤员喂饭，口对口为伤员吸痰；博兴县小营区牙店联防妇女主任郑秀兰带领3个洗衣组、6个炊事组，一昼夜接待伤员700余人，煮面条750公斤。

陈毅1947年8月在渤海区党委扩大会议上曾经动情地说，前线的胜利不是单靠将军、指挥员的天才，而是靠全体党政军民的团结与努力。渤海区对支前工作贡献很大，没有前后方的共同努力和同心同德，胜利是不可能的。

从延安来的杨国夫中将也经常回忆他"从延安空手而来"，渤海优秀人民成了他带领的成千上万的八路军。没有渤海人民，他就是光杆司令。"渤海是我的第二故乡，我是渤海人民的儿子。"

1949年2月，渤海区党委发出抽调干部南下的通知，正式成立华东南下干部纵队渤海三支队，前后共编成四个大队（后又抽调组成第五、第六大队）。滨州区域各县的南下干部分属第三、第四大队，他们结束了浴血奋战，又告别了家人，赶往组织分配的浙江省直及温州、丽水，福建省永安地区，华东人民革命大学与上海市真如区等地，从此在那里生根发芽，安家落户。渤海区共计近6000名干部随军南下，接手巩固新生政权，在陌生的异地奉献了戎马生涯之后的宝贵余生。

1950年5月，根据中共中央山东分局和山东省人民政府的决定，渤海区党委、渤海区行政主任公署相继撤销。这个名噪一时的拥有宏伟版图的革命老区，完成了庄严的历史使命。

渤海区不在了，历史记忆却在，55308名为信仰而捐躯的革命烈士，仍然被渤海人民的子孙后代所铭记。他们中很多人的名字被铭刻在异域他乡的烈士纪念碑上，显示着渤海儿女挺进东北、华东、中原、平津、淮海、沪闽、粤桂、西北的远行足迹。

如今的滨州，地处黄河三角洲高效生态经济区、山东半岛蓝色经济区和环渤海经济圈、济南都市圈"两区两圈"叠加地带。山东半岛蓝色经济区城镇体系南起日照市，北至滨州市，包括青岛、烟台、威海、潍坊、日照、东营和滨州七市以及莒南、高青、乐陵、庆云四县市的全部行政范围，滨州作为北大门的地理位置，可谓举足轻重。老区新颜，未来可期。

第五章

01. 黄河入海

在遥远的青藏高原巴颜喀拉山北麓，安详地卧着一个东西长 40 公里、南北宽约 60 公里的椭圆形盆地，名叫约古宗列盆地。约古宗列的藏语意思是"炒青稞的锅"。这个名字来源于这里的地形。

约古宗列盆地高居于离天空很近的地方，天空蔚蓝，周围洁净，没有污染和喧嚣，远离纷争与浮华。它的胸怀异常宽广，沟壑万千，丘陵、矮崖、草甸、湖盆、溪流、泉眼遍布其间，回环曲绕。凤毛菊、金莲花、龙胆、马先蒿、藏蒿草，还有高原寒鱼裸鲤、野驴、黄羊、藏羚羊、红狐、狼和熊等，共同出没生活于盆地之中。这里俨然是一个远离人间凡嚣的高空湿地。

草甸受高寒反复冻融，形成了 100 多个小水泊，被形象地称作"马蹄坑"。它们是盆地的孩子，是它的珍珠和瑰宝，在绿草茵茵的天然牧场环抱中安眠，或是尝试着向四周浸渗，或是互相流溢。上一个马蹄坑里的水跌入下一个马蹄坑，称为"跌水"。壮观宏大的跌水实际上就是瀑布。不过，在约古宗列盆地中的两个马蹄坑之间形成的跌水，远远不能称其为瀑布，它们只是一些具有高低落差的淙淙小溪。但千万不能小觑集体的力量，这些淙淙小溪不断地贯通和相连，就会形成一条小流。盆地里数不清的原始小溪，也有着自己的信仰和执拗，它们遵循着与生俱来的天性，入侵着地表和岩层，奔向低处和沟渠，完成一次哪怕是小小的不起眼的汇聚。它们是一群喜欢扎堆玩闹的孩子，汇聚是它们的天性。

在约古宗列盆地西南隅，矗立着卡日扎穷山。海拔4750米的山坡前，泉群汇集成东、中、西三股泉流，当地藏民把最大的东股称为玛曲曲果，也就是黄河源头的意思。三泉汇合后，又串联了许多大小水泊，形成一条9米宽的小河，东北流入约古宗列盆地。

穿行在约古宗列盆地的河段，称为约古宗列曲。玛曲来自西南隅，也进入约古宗列盆地，人们一度习惯把约古宗列曲和玛曲交汇的下游称为玛曲，但也有称为约古宗列曲的。从测算数据来看，约古宗列曲更长。在地图上，这个下游被称为约古宗列曲。

从地理位置上来说，约古宗列曲是黄河源头三条支流中最居中的一条。

黄河源头三条支流中的南部支流是卡日曲，发源于巴颜喀拉山支脉各姿各雅山的北麓，海拔4800米。碗口大小的清冽泉水沿着5道小切沟蜿蜒而下，细弱，却潺潺不绝，汇聚成宽约3米、深只有0.4米的小溪流，这便是卡日曲。它从平坦而又狭长的卡日曲河谷由西南向东北而流的过程中，不断接纳大大小小的众多支流，然后与约古宗列曲会合。卡日曲的藏语意思是"红铜色的河"，是因为它途经红色沙土层。

居于最北部的支流则是发源于查哈西拉山的扎曲。这条河长约70千米，河道很窄，水量有限，一年中大部分时间处在断流状态。

这就是黄河源头的三个支流：扎曲、约古宗列曲和卡日曲。流程最短，水量又小，且一年中大部分时间都在断流的扎曲，有的看法是，它只能算作约古宗列曲的一条支流。相比之下，约古宗列曲和卡日曲虽然也细弱得让人生怜，但至少它们二位潺潺不绝、长流不干。

约古宗列曲和卡日曲的交汇处是玛涌滩地。玛涌意为"孔雀滩"，大致是因为这里比较宽阔，河水清浅，流速缓慢，形成了大片沼泽、草滩和众多的水泊，在阳光下散发着闪亮的光芒，仿佛孔雀开屏。除此之外，还有其他一些多支分叉的干流在这里交汇，因此形成了一片滩地之景，一直铺陈到扎陵湖，东西长40千米，南北宽约20千米。

河流进入玛涌滩后，继续东行20千米左右，就进入了著名的星宿海，它的位置大致在玛涌滩的中部。

这个"海"看似浩大，实际上只是一个盆形湿地，东西长约30千米，南北仅在几千米至十几千米之间，而且也没有大水，有的只是大大小小的水坑和水塘。这些水泊虽然个头小巧精致，却繁密如满天星斗。每当黑夜过去，白日来临，阳光照耀之下的水泊如星斗一样闪闪发亮。

星宿海的藏语意思是"错岔"，也就是花海子的意思。这里不仅水泊星罗棋布，还有天山报春花、金莲花、银莲花、海韭菜、马绊肠、水麦冬等野花点缀其间，五颜六色，密如繁星。

星宿海还有个名字——火敦脑儿。《元史·地理志》记载：

> 河源在土蕃朵甘思西鄙，有泉百余泓，沮洳散涣，弗可逼视，方可七八十里，履高山下瞰，灿若列星，以故名火敦脑儿。火敦，译言星宿也。

这里的"脑儿"，意为"湖"。

1952年，黄河考察队工程师董在华在考察报告中，对星宿海有过这样的描述：

> 在土岗旁以及沮洳地上，都是大小不一的海子，扁的，圆的，方的，长的，隔不远就有一个。海子里的水并不深，约三五厘米，青青的草铺在海子的外围……在傍晚太阳将落的时候，阳光从小海子里反射出来，真是和星宿颇有仿佛的样子。黄河就从这里弯曲通过……

这段考察报告不啻是一篇美文，可见星宿海当时在董在华的眼中是如何地美。

关于星宿海的记录，历代文献资料中还有很多。晋朝张华编撰的《博物志》中，有黄河"源出星宿"之说。这说明，中国古代春秋战国时期，就已经有了关于黄河源头的记载。到了元朝，《河源记》中进行了更为详细的记载，认为黄河源头是由一片一望无际的草滩和沼泽。在这个名叫星宿海的草滩上，大大小小的湖泊和水坑，如绿色天幕上镶嵌着闪烁的群星，在阳光不同角度的照耀下，随着天气的变化，不时地变换着色彩和光芒。

这些记录，或许是唐宋时期一直把星宿海当作黄河源头的根据。而实际上，星宿海真正的身份，是黄河东行后的第一个巨大的补给站。黄河的源头，则要从汇入星宿海的细流向上追溯，无疑，约古宗列曲和卡日曲都是源头之一。

总之，作为补给站的星宿海，无私地贡献了它千千万万的小水坑，像母亲的乳汁一样哺育了从更高处逶迤而下的黄河，使它拥有足够的力量，继续东流。它在东流的过程中，继续招兵买马，壮大自身，然后进入扎陵湖。

扎陵湖古称查灵海，藏语意思是"白色长湖"。黄河从扎陵湖西南部携带大量泥沙进入，使得河口呈灰白色。经过扎陵湖的过滤之后，流到下方的鄂陵湖时，开始呈现蓝色。鄂陵湖古称柏海，藏语意思是"蓝色长湖"。唐朝贞观十五年，文成公主嫁入吐蕃，松赞干布从逻些（今西藏拉萨）赶到柏海迎娶。

可见，这两个黄河源头的姐妹湖的名字，应该是来源于黄河水在其中经过时的颜色。相比于黄河源头那些小不及湾口的水泊，这两个湖泊可谓壮观得过分，面积合计达到1100多平方公里，约为半个太湖大小，蓄水量约153亿立方米，约为太湖的3倍，接近洞庭湖的水量。

从两个大湖流出之后的黄河，下一站抵达了玛多，然后绕过阿尼玛卿山和西倾山，穿过龙羊峡，到达青海贵德。至此，黄河完整地走完了它在地理意义上的河源段。

这就是浩大的黄河的源头。这些涓涓小流生于安逸，却不肯终生囿于那高处不胜寒的孤寂之地。它们经过星宿海，经过扎陵湖和鄂陵湖，一路补给，一路壮大，变成一条巨龙盘旋于雪山之间，在峡谷之中九曲回转，奔赴一场惊世骇俗的投靠。雪域高原沉默地看着它的背影。它挣脱了家乡，如同一个新的生命，撕开家乡的土地，开辟出一条河床，在这条巨大的伤口上渐行渐远。

了解了黄河的源头，再去品味"君不见黄河之水天上来"，不得不惊叹这是天下最牛的诗句和歌咏。

没有哪里的河水完全属于哪一条河流，也没有哪里的海水完全属于哪一个大洋。风吹动浪潮，大水底部神秘莫测的暗流也无时不在用力，月亮等天体还要参与其中发挥神秘的宇宙力量。因此，今天我们看到的河流，或许去年还在其他土地上流淌，今天我们看到的海水几百年前或许在另一片陌生的海域中翻滚。

同理，世上也没有哪一条大河完全奔着哪一片海域入海，一切事物都曾经、正在或终将被时间改写。从海拔几千米的"天上"一路而来的黄河，越过草原滩涂和山谷，最终流入浩瀚的大海。然而，它虽然身板壮实，性格却依然调皮，喜欢冒险和探求未知。它不甘于从某一个入海口进入渤海，从此亘古不变。那不是它的追求。正如它作为涓涓细流却不甘于平淡地在它的家乡流淌一样，它即便如饥似渴地奔向了大海，也要多番折腾，做许多新鲜的尝试。

它要不停地折腾，修改入海的道路，创造不同的新奇，撕裂更多大地的肌理。由于这种不安分的性格，它在历史上赢得了"善淤、善决、善徙"的评价。5464公里长的黄河，平均每年带走16亿吨泥沙，下游的河床因此年年增高，把黄河"托"成一条地上"悬河"，改道便成了极易发生的灾难。它的下游河道的变迁极为复杂，据文献资料记载，从先秦时期到解放前约三千年间，下游决口泛滥达1593次，平均三年两次决口，重要的改道达26次。清初学者胡渭从古代黄河改道的记载中予以整理归纳，在《禹贡例略》里提出五大徙之说。后咸丰五年铜瓦厢决口改道，加上一徙，史称"黄河六徙"。也就是说，除了战国初期前原有的故道，黄河足足折腾了六次之多。它的第六次改道是自河南经东明、东阿、平阴、长清、济南、济阳、滨州、利津、垦利后入海。

黄河的第六次改道发生在1855年8月1日。这条很不安分的大河在河南兰阳（今兰考）北岸铜瓦厢决口，河水将口门刷宽达七八十丈。一夜之间，大水撒欢北泻，水面横宽数十里甚至数百余里不等，横扫豫、鲁、直三省的许多地区。《再续行水金鉴》记载道：

　　泛滥所至，一片汪洋。远近村落，半露树梢屋脊，即渐有涸出者，亦俱稀泥嫩滩，人马不能驻足。

9月2日，山东巡抚崇恩向朝廷奏报：

近日水势叠长，滔滔下注，由寿张、东阿、阳谷等县联界之张秋镇、阿城一带串过运河，漫入大清河，水势异常汹涌，运河两岸堤埝间段漫塌，大清河之水有高过崖岸丈余者，菏濮以下，寿东以上尽遭淹没。其他如东平、汶上、平阴、茌平、长清、肥城、齐河、历城、济阳、齐东、惠民、滨州、蒲台、利津等州县，凡系运河及大清河所经之地均被波及。兼因六月下旬七月初旬连日大雨如注，各路山坡沟渠诸水应有运河及大清河消纳者，俱因外水顶托，内水无路宣泄，故虽距河较远之处，亦莫不有泛滥之虞。

半个月后，崇恩又一次奏报："黄水由曹濮归大清河入海，历经五府二十余州县。"

恣肆桀骜的黄河，在1855年就这样在肆虐了大片土地之后，离开了原来穿过苏北汇入黄海的道路，改为夺山东大清河进入了渤海。为了这次改道，黄河给山东省造成的损失令人叹为观止，1821个村庄颗粒无收，灾情九分者有1388个村庄，灾情八分者有2177个村庄，灾情七分者有1001个村庄，灾情六分者有774个村庄，六分以下的难以计数，人们流离失所，牲畜随水逐流。

更可怕的是，黄河并没有在找到新的出口之后就安分守己，偃旗息鼓。它要经过若干年的冲刷或人为的约束，才能正式形成新的河道。在此之前，它仍是一匹无法驾驭的烈马。从1855年决口，到1884年山东黄河两岸堤防修整完成的30年间，除了1861年、1862年、1876年没有水灾外，其余年份无一幸免，年年黄水泛滥。即便是1884年黄河堤防修成后，它也一副不服输的脾性，仍是"无岁不决，无岁不数决"，其中有几十次导致尾闾流路变迁，形成新的荒洼，也使得神奇的黄河三角洲一层一层向着浩瀚的大海不断入侵和延伸。

当然，荒洼也意味着无限的前途和未来，它的另一个名字或许是广袤的垦区。事实证明，明初朱元璋为了修复战争留下的千疮百孔而在全国发动的大移民中，黄河三角洲因为黄河决口形成的大面积荒洼，就成为大移民的目的地之一。从异地他乡辗转而来的人们，在大片大片由黄河淤积形成的陆地上劳作、生息，把它们变为新的家园。

总之，至此，从青藏高原涓涓细流开始，黄河完成了它全长 5464 公里的九曲奔流。它的功过太难评说——给人类带来巨大灾难的是它，每年携沙造陆 3 万亩、为人类创造广袤家园的也是它。人们称颂它为母亲河，但又时常心存隐忧，不知道它是否已经彻底收敛了暴躁的脾气。好在，新中国成立之后，中国非常重视黄河流域的治理，黄河发生危险的可能性已经越来越小了。

我两次到达东营，第一次是七月份，因故没有去拜会黄河入海口。但这份念想时时萦绕于脑际，于是，一个月以后，我沿渤海湾南下时，第二次到东营，前去造访了黄河入海口。

这一次，我从黄河口生态旅游区进入，乘坐观光车，穿过苇荡和柳林，乘船驶入黄河入海口。河水仿佛一块巨大的黄玉，浊厚浓郁，这是它不断侵蚀和网罗泥土的结果。船侧持续不停地跳跃着黄色的水花，有另外的游船迎头开来，与我们擦肩而过。

大约五十分钟过后，我们的游船也抵达了河海交汇处。一条不规则的分界线出现在宽阔的水面上。黄和蓝，浊和清，彼此推拥，互不相融，碰击出许多细碎的泡沫。清晰的分界线携带着泡沫，一直延伸到天际。

船放慢速度，缓缓地在河海交汇处掉头，朝着来时的码头驶回。

我不敢相信，我是那么近地观察到两种水的交界，那条线就在船侧，我的身侧，蜿蜒着伸向远方。

02. 湿地的静谧

在黄河三角洲国家级自然保护区大门外一角，木质栏杆外簇拥着一片芦苇，时而轻起的微风使它们不断摇摆。

七月份，我第一次到东营时，就造访了这块静谧的湿地。七月这个季节，芦苇的颜色是最浓郁的绿色。目力所及最近处的湿地滩涂上，除了芦苇，一湾湾水塘和细如粉末的黄土上面，还生长着体型低矮的植物，其中有著名的湿地常客碱蓬草。

驱车驶入黄河馈赠给东营的这片罕见的三角洲湿地，沿着一条干净平缓的道路行驶，最先看到的是抽油机。但它们跟我们在东营随处可见的抽油机不同，其他抽油机多数是蓝色井架和橙红色游梁的蓝橙色搭配，而湿地保护区内的抽油机却是绿色的。

形与色，是我们感知和分辨物象的两个方面。洪荒伊始，人类用眼睛观察世界的形色，并开始了由简单到复杂的自觉使用。我相信，在色彩学作为一门学科正式建立以前，人类完全靠直觉就给绿色赋予了这样的意义：生命、成长、清新、自然。因为最早的人类在蛮荒之中生存，植物是他们最忠诚可靠的伴侣，绿色就是世界的生命色。接着，他们感受到绿色带给他们的宁静和舒适，让他们放松和充满希望。当一场森林大火熄灭，人们不会认为黑色如炭的枯木代表希望，而当枯木上忽然萌发一丝绿芽，哪怕它如针尖般细小，都是触发整个森林重新活过来的机关。

于是人们又把很多期冀附于绿色之上。无公害，准许通行，某些制服的保护色，股价上升，和平……

在学者的研究成果中，绿色是一种很特别的颜色，它既不是冷色，也不是暖色，而是中色调。这跟我们日常的思维认知有些不同，大部分人一直认为绿色属于冷色调。我很赞同它属于中色调，因为它的确具备中色调所应有的不寒不热、冷静理性、平和聪智。我们不清楚这是不是祖先在大脑思维里逐渐强化而最终形成的认知。我相信是这样。这种认知成为顽固的基因，一代一代遗传了下来。

还有来自心理学家的研究成果，这些研究确凿地证明了人在绿色环境下会感到平静和放松。

于是我们便能够明白，在这片黄河三角洲湿地里，抽油机为什么要遍体刷成绿色——为了平静。这是一个极其需要平静的领域：接近两千种生物需要平静，各种树木植物也需要平静。

滔滔黄水经过东营的邻居滨州一路而来，自西南向东北蜿蜒138公里后贯穿东营市全境，在渤海湾与莱州湾的交汇处、垦利区东北部，缓缓注入广阔无边的渤海。苍黄色的河水与蔚蓝色的海水交锋、相融，奇美的河与海的碰撞，两种物质的对峙和妥协，为这个入海口创造了充足的海淡水源、丰富的植被、独特的水文条件。繁盛的浮游生物，使这里成为东北亚内陆和环西太平洋鸟类迁徙的重要中转站。丹顶鹤、白头鹤、白鹳、中华秋沙鸭、金雕、白尾海雕、大鸨等国家一级重点保护鸟类，还有大天鹅等国家二级重点保护鸟类，为这里赢得了"鸟类的国际机场"的美誉。

鸟类愿意在这里迁徙、栖息，可能是因为它们把绿色抽油机当成了一棵特殊的大树。如果一台耀眼的蓝橙色抽油机蓦然出现，它们一定会警惕，某些胆小的鸟类甚至可能会受到惊吓，以为那是比它们更大型的鸟，随时会将它们裹进肚腹。

鸟类围绕着绿色的抽油机飞翔、端详，它们还会发现在抽油机旁边矗立着一座小木屋，但它们并不清楚那是抽油机的配套设备：计量站。世上所有的鸟类都对小木屋情有独钟，尤其是在它们飞到近前去观察之后，确定小木屋外面是树皮，就更将之视为家园。它们不知道，那层树皮是人们贴上去的。鸟儿们在房檐上站着，四处观望，或者在房顶上方掠来掠去。还有一对燕子爱上一台抽油机，它们勤劳地衔来树枝，混合着自己的唾液，在抽油机驴头处建造了自己的巢。

人们小心翼翼地呵护着这些鸟儿。胜利油田甚至不惜封闭了300多处采油区，虽然油田先于保护区而存在。

国家一级保护鸟类东方白鹳从2005年开始在保护区自然繁育，截至2022年已累计繁殖2478只。而这种珍稀鸟类，20世纪70年代在朝鲜已经宣告灭绝。火烈鸟、白鹈鹕、勺嘴鹬等珍稀鸟类的身影，也陆续在这里被发现。

在七月漫长的白天里，大天鹅带着家人在滩涂上漫步。我和它们之间隔着如下事物：路边脚前丛丛蓬蓬的荜草，俗称拉拉藤；一片尚处于幼年期的低矮的芦苇；芦苇中几棵高大的刺槐；水塘中央孤绝地隆起一小块长满芦苇的泥丘,芦苇中央又孤绝地长起两株分辨不清是什么树种的小树,没有叶子,只有树枝。水塘对面是两层错落有致的植物,低矮浓绿的依然是芦苇,高大茂密的树林由于相隔太远,不清楚是什么树种。芦苇前面的泥丘上,是大天鹅散步的地方。

这些雪白纯洁的动物,有着曼妙修长的体型,仿佛专门为了在湿地水塘中投下美丽的倒影。我看不清它们的表情,不知道它们能否看到一塘之隔的我。所谓伊人,在水一方。所谓伊人,在水之湄。所谓伊人,在水之涘。

继续前行,这次看到一对大天鹅,一站一卧,显然是情侣。我和它们之间相隔的事物现在多了几丛粉色小花,是罗布麻。罗布麻的花语是勇往直前,热情对待每一天。据说这种勇敢的小花是忠于爱情的楼兰公主的化身。这对大天鹅在水塘对岸享受着二人世界。在这里没有弱肉强食和丛林法则,只有爱情。

还有一处沼泽地里的大天鹅离我较近,然而十分警惕,我刚朝它们走了两步,前面那只就骤然飞起。我似乎能听到那翅膀振动飞过低矮植被的响声。

在更高的天空,时而有鸟群飘摇飞过。大概因为这个季节不是鸟类大迁徙的季节,鸟群没有达到足够大的规模,但它们每一只都情绪高涨。假如我也能够飞在空中,看到身下涌动的银亮水塘和绿色苇荡,我大约会比鸟儿还要亢奋。

除了缤纷绚丽的鸟类,柽柳树、芦苇、碱蓬草、刺槐也是黄河口的当家植物。在行进的路途中,离我最近的是一人多高的茂密的芦苇荡,苇荡中时而闪过一棵或两棵挨得很近的柽柳树。在我的记忆中,童年乡村田野里的麦子就是世界上最密集的植物了,但是这里的芦苇更新了我的认知,它们的茂密程度是麦子完全不能媲美的。有一段苇荡连绵不断,在车窗外面不间歇地倒退,我甚至疑心那是一面无休无止的绿幕。

但是,它不可能无休无止地这样遮挡我的目光。当一段绵延许久的苇荡走向式微,其他事物立即纷至沓来。近处的柽柳树一棵一棵孤傲地挺立着,婀娜多姿;而远处的柽柳树却又密集一片,苍苍茫茫。

从体形上来看,柽柳树如大姐般守护着黄河口。连绵不断、山呼海啸的芦苇荡,则像妹妹一样自由自在,随风摇曳。待到秋天,这些原本青嫩的芦苇走过了青春年少,步入成熟,苇穗紧实,芦花由淡紫转为雪白,风起絮飞,洋洋洒洒,创造出黄河口特有的"芦花飞雪"景观。善于打造"红地毯"景观的碱蓬草,则是几乎所有湿地的主人之一,在渤海沿岸,它似乎从未缺席。春天它萌发头角,秋天率性地红成一片。在这几种植物当中,碱蓬草当然是娇艳任性的小妹。

但你不要轻率地以为碱蓬草只可以观赏。在当地的饭店里,我吃到了用芝麻酱凉拌的碱蓬草——东营当地人称它为黄须菜,如初恋般清新爽口,念念不忘。

高矮层叠的植物,东一块西一块的水塘,悠闲徜徉的鸟类,惊鸿一瞥的稻田,还有其他我没有光顾到的事物——肯定还有很多。天色虽然还亮,但时间已是下午四点多钟,我必须在四点半闭园之前离开这里。我想,我大概只是浏览了这块湿地的冰山一角,但从某种程度来说,我已窥见它的全貌。

这一片浩大的湿地,事物如此之多,却如此之平静。当我离开这里,一头扎进现实烟火的洪流,立即迫不及待地怀念起它来。

03. 沈括的预言

沈括《梦溪笔谈·杂志一》开篇就谈到了石油:

> 鄜延境内有石油,旧说"高奴县出脂水",即此也。生于水际,沙石与泉水相杂,惘惘而出,土人以雉裹之,用采入缶中。颇似淳漆,然之如麻,但烟甚浓,所沾幄幕皆黑。余疑其烟可用,试扫其煤以为墨,黑光如漆,松墨不及也,遂大为之,其识文为"延川石液"者是也。此物后必大行于世,自余始为之。盖石油至多,生于地中无穷,不若松木有时而竭。今齐鲁间松

林尽矣，渐至太行、京西、江南，松山大半皆童矣。造煤人盖知石烟之利也。石炭烟亦大，墨人衣。余戏为《延州诗》云："二郎山下雪纷纷，旋卓穹庐学塞人。化尽素衣冬未老，石烟多似洛阳尘。"

沈括叙述了在鄜州、延州（今陕西延安一带）发现的"生于水际"的石油，非常茂盛，"惘惘而出"，当地人用野鸡尾蘸取采集，装到瓦罐里。这种油很像纯漆，燃起来像烧麻秆，冒着很浓的烟。接着，沈括猜疑这种烟可以利用，就尝试着用其烟煤做成墨，墨的光泽像黑漆，就连松墨也比不上它。于是就大量制造，给它取名"延川石液"。沈括断言，这种墨以后一定会广泛流行在世上。他有这样的断言自然是有理由的，"盖石油至多，生于地中无穷，不若松木有时而竭"。

沈括甚至为此作了《延州诗》，以漫天的"洛阳尘"来形容"石烟"之多，固然有些夸大，但充分说明这个发现给他带来的震惊。

沈括还谈到"旧说'高奴县出脂水'，即此也"，就是说，至少在宋代以前，高奴县（今陕西延长县）的人们就发现过石油，并把它称为"脂水"。

根据文献资料，中国最早用石油形容"脂水"这种奇怪液体的人，就是沈括。无论是他一生致志于科学研究，被誉为"中国整部科学史中最卓越的人物"，还是其代表作《梦溪笔谈》被称为"中国科学史上的里程碑"，都不为过。

更多的文献资料也向我们复盘了石油的诞生和发展史。早在公元前10世纪之前，古埃及、古巴比伦和印度等文明古国已经采集天然沥青，用于建筑、防腐、黏合、装饰、制药。古埃及人甚至能估算油苗中渗出石油的数量——丝毫不必怀疑这种说法的可信度，理由就是那一座座矗立在大漠中的金字塔。先不说关于金字塔的诸多未解之谜，单说建造它们所需要的各种数据是如何测算出来的，就是一个旷古谜题。相比于金字塔，估算油苗中渗出的石油数量，对于古埃及人来说也就不算什么难事了。

公元前5世纪，位于今伊朗西南部的古波斯帝国首都附近就曾出现手工挖掘的石油井。楔形文字中也曾记述了死海的石油开采。

公元前490年，波斯人最早把石油用于攻打雅典城的战争中。荷马在著名的《伊利亚特》中也有叙述：

> 他退出掷射距离，火把投向了快船，船只立即燃起扑不灭的熊熊烈火。

这里指的就是燃烧的石油。

除此之外，这种特殊的液体还在古代神话之中出现：

> 它黏结起杰里科和巴比伦的高墙，诺亚方舟和摩西的筐篓可能按当时的习惯用沥青砌缝防水。

作为世界上最早的人类定居点之一，杰里科的存在可以追溯到公元前9600年。迄今为止的考古发现中，杰里科之墙是世界上已知最古老的防护城墙，墙高4到5米，用石块制成墙基底，土砖做成墙体。这样两道一模一样的平行墙体围绕着杰里科居住区，构成了阶梯性的防御手段。城墙外有宽8.5米、深2米的护城河。这么完备的城墙和防御体系，证明这座城市当时已经进入了阶级社会。后来被以色列人攻陷，古城毁于公元前6935年。以色列人进入之前，摩西告诉他们，"你们将跨过约旦，进入一个更强大的领地，它们的城墙高耸入天"。至于这强大的城墙是不是用沥青黏结，我们并不知道。从考察杰里科遗迹得出了杰里科可能出售盐、硫黄和沥青等资料来看，"它黏结起杰里科和巴比伦的高墙"似乎可信。

古巴比伦城作为古老世界中最大的建筑之一，它的建筑方法确实用到了沥青。在今天的巴比伦城遗迹所残存的城墙前，还能清晰地看到砖和砖之间混合的部分是沥青。而著名的巴别塔在《创世纪》中的记载是"塔顶通天，闪现着亮蓝色的光芒"。它的建筑也被誉为"用泥和沥青挑战神的高度"。

神话传说中著名的诺亚方舟，相传在防水设计上也是相当精密的。

首先是采用柏木一类的防水高脂树木作为主要建材，其次在方舟内外都涂上了满满的焦油，进一步达到防水的目的。

与诺亚方舟异曲同工，盛装婴儿摩西的那只著名的篮子，也被摩西的母亲涂上了沥青柏油，使它不被河水浸入，从而载着摩西安全地在尼罗河上漂浮，直到被法老的女儿救起。

当然，"诺亚方舟和摩西的筐篓可能按当时的习惯用沥青砌缝防水"是一个猜测性的语句，毕竟神话传说不可确证。但无论怎样，神话传说的主干也是建立在当时社会生活面貌的基础之上，在某种程度上反映了它的真实。

"鄜延境内有石油，旧说'高奴县出脂水'，即此也。"这里提到的"高奴县出脂水"的"旧说"，指的应该是东汉历史学家班固在《汉书·地理志》中的描述："高奴，有洧水，可燃。"

洧水是延河的一条支流，河流并不可燃，可燃的实际上是从地下渗出的、漂浮水面上的石油。对于这种可燃的神秘的油，中国古人还称之为"肥"，比如北魏郦道元在《水经注》中叙述道："高奴县有洧水，肥可燃。水上有肥，可接取用之。"《后汉书·志第二十三·郡国五》中对酒泉郡延寿县引用了《博物记》的记述："县南有山，石出泉水，大如筥，注地为沟。其水有肥，如煮肉泊，羕羕永永，如不凝膏，然之极明，不可食，县人谓之石漆。"到了唐代，段成式的《酉阳杂俎》更细致地描绘了石油的性状和用途："石漆，高奴县石脂水，水腻，浮水上如漆，采以膏车及燃灯，极明。"唐代时，石油已经不是稀罕之物了，人们称之为"石脂水"，并开始用含蜡量极高的固态石油制作蜡烛用于照明，称为"石蜡"。

由此可见，中国也是世界公认的最早发现和利用石油的国家之一。在更早的3000多年前，《易经》中就有了"泽中有火"的记载，专家解释，这四个字描述的是石油蒸汽在湖面自燃起火的现象。

石油的名字，在中国各个时代有着不同的称谓，直到沈括将之命名为"石油"后才固定下来，沿用至今。在今天的陕西延长油矿，还流传着一句话：

延长石油，亘古有言。汉书记载，洧水可燃，石油名起，梦溪笔谈。

沈括凝视着水面上的漂浮物质，洞穿一切地说："此物后必大行于世。"这是一位天赋异禀的科学家的预言，他深邃的目光穿透时空，抵达人们看不到的未来。

果然如沈括所言，这种来自大地深处的肥厚血浆，随后就被人们郑重以待。《大元一统志》记述："延长县南迎河有凿开石油一井，其油可燃，兼治六畜疥癣，岁纳壹佰壹拾斤。又延川县西北八十里永平村有一井，岁办四百斤入路之延丰库。""在宜君县西二十里姚曲村石井中，汲水澄而取之，气虽臭而味可疗驼马羊牛疥癣。"

井，这种神奇的从地面凿往地下的深洞，成为石油的攫取通道。

从油井到油田，人们完成着钻洞到地下深处的纵向探索，然后在地面上完成着规模生产的横向铺排。

中国陆上的第一口油井位于陕西省延长县城西，1907年9月正式出油，史称延一井。东营的第一口工业油流井华八井，则诞生于1961年4月16日，日产油8.1吨。仅仅过了一年，1962年9月23日，营二井日产高产油流就达到了555吨，是当时全国日产量最高的一口油井，这也是胜利油田早期称为"九二三厂"的由来。1964年1月25日，在这里展开了继大庆石油会战之后又一次大规模的华北石油勘探会战，次年就在黄河入海口垦利区胜坨镇胜利村钻探的坨11井发现了85米的巨厚油层。1965年1月31日，坨11井收获了日产1134吨的高产油流，也诞生了全国第一口千吨井，这个油田的名字也正式有了归属——胜利油田。

所以说，黄河入海口是胜利油田的发祥地。今天胜利油田的规模已远不止昔日模样，除了主体位于黄河下游的山东省东营市外，工作区域辐射到了山东省的东营、滨州、德州、烟台等8个市的28个县（区），更远则辐射到了新疆的准噶尔、吐哈、塔城，青海柴达木和甘肃敦煌等盆地。

如此丰富的历史，在东营市理所当然地留下了痕迹。在东营村东部，矗立着一座华八井纪念碑。

七月的一天，太阳炽热，前一天下过的一场大雨在西二路上留下许多斑驳的坑洼，在阳光下闪闪发光。我踩着这些水洼，去参观1991年4月16日正式落成的华八井纪念碑。它被设计师打造得充满寓意：同心圆造型的台座是钻机转盘的样式，"四向八级"式台阶象征"四平八稳"，整体像一座钻井井架。碑座及碑身高11.94米则是提醒人们不要忘记，当年钻至井深1194米时发现了那一小块珍贵的油砂。碑座的正面和背面分别镌刻着题词和碑文。南北两侧分别是两幅立体生动的汉白玉浮雕，"钻井施工"是两位头戴安全帽正在大施拳脚的男性工人，"采油取样"则是两位技术女性一蹲一站在取样和记录。我在阳光下想象他们的原型是谁，以及他们现在蹒跚而行的样子。

最精华的部分是"H"造型的碑身，两道高高挺立的不锈钢色立柱修长笔直地伸向蔚蓝的天空，设计师照样不吝才华，把他的灵感凝结为9.4米处的一个红色阿拉伯数字"8"。

绕过纪念碑，依次浏览了十几块展板。绿树繁密的冠盖掩护着这些叙述光辉岁月的图文。

之后就到了华八井的生产现场。当然，它已跟我们想象中的作业现场大相径庭。四四方方的灰色大理石地砖、刷着黄漆的围栏、精心养护的绿植、广场周围灰顶和红顶的精致房屋。围栏内，安静地站立着那台作为榜样而存在的橙色采油机。它如此安静，富饶的记忆使它成为一个哲人。它洞悉地球的无数秘密，其中包括地底深处的黑暗和压迫。它沉默地盯视着面前地砖上的一处水洼，那水洼奇异地呈现出五朵花瓣的形状，倒映着绿化带里圆球状的冬青。它盯着那水洼，表情淡然，大概是想起过往岁月中那些荒芜滩涂上的坑水了吧。

有一段珍贵的视频可以向我们还原当时的场景：荒芜的滩涂上，石油工人手拉肩扛，完全靠人力竖立起华八井高高的井架。他们住草房子，喝坑水，坑水让他们肠胃紊乱。这些记忆，留存在那些正在老去的老油工的脑海里，终究要随他们一起化为尘土。只有这台扮演过光辉角色的磕头机，会永远记住一切。

向地下追寻秘密的征途永远没有止境。"八五"计划以来，油气勘探开发向海上挺进。1993年埕岛油田的开发，实现了由陆地向海上跨越，形成了陆海并进的格局。

04. 渤中坳陷与海上油井

我们对造成潮汐的神秘力量一知半解。

月球在每个月的周期中有圆有缺，潮水的高度也发生变化。在更远的地方，太阳占据在宇宙中的一个位置，也对海水放射着牵引力。当然，在这种力量的比拼中，外形更为强势的太阳却远远比不上月球对潮汐的控制力。当月球处于新月和满月状态的时候，太阳、月球和地球处在一条直线上，太阳和月球的牵引力相叠加。潮汐对牵引力也同时做出巨大的反应，它会给我们呈现最饱满和剧烈的运动，将潮水高高地送上顶峰，再急骤地推入低谷。而当月球处于上弦月和下弦月的时候，太阳、地球和月亮构成三角形，月球的引力要被太阳的引力消解一部分，这让海水得以喘息，潮汐运动相对温和。大潮和小潮就这样被地球之外的宇宙之力牢牢控制。

这仅仅是我们的认知。潮汐运动的复杂和多变可能还有许多未知的答案。在这个大的概念之下，还分解出许多小的神秘概念，比如分潮。科学的解释是，将复杂的海面潮汐涨落变化曲线按某一潮汐理论分解为许多简单的、规则的分振动，每个分振动称为一个"分潮"。从理论上分析，分潮的数目很多，但我们用不上那么多，采用近百个就可以准确推算潮汐。如果基于更进一步的实用角度考虑，有8个常用的分潮就可以得到偏差不大的结果：太阴主要半日分潮，周期12.4206时；太阳主要半日分潮，周期12.0000时；太阴主要椭率半日分潮，周期12.6583时；太阴——太阳赤纬半日分潮，周期11.9672时；太阴——太阳赤纬全日分潮，周期23.9345时；太阴赤纬全日分潮，周期25.8193时；太阳赤纬全日分潮，周期24.0659时；太阴主要椭率全日分潮，周期26.8684时。

我们还要熟悉一个概念：潮幅，也叫潮差。高高跃起的高潮位和重重落下的低潮位之间的差距。它随四季变化，受沿海地形影响。如果想观赏世界上最大的潮差之美，那我们要去加拿大的芬迪湾，在它的源头，最大潮差可达 15.4 米。在中国，杭州湾的澉浦可看到 8.9 米的最大潮差。相比来说，渤海称得上一位温文尔雅的绅士，它最激动时也不过羞涩低调地跃起 2—4 米。

涨潮和退潮形影不离，此消彼长，就像自行车轮的辐条，起落不止。这会给我们造成一种误解，或是让我们忽略了潮差为零的无潮点的存在。实际上，在近岸浅海和海湾中，前进的入射潮波受岸线和海底的阻挡，会产生反射潮波，它们像两军对垒，势均力敌，力量互相抵消，最后只能平和罢战——这时候的潮差极小，可以忽略不计。

在渤海中，太阴主要半日分潮有两个无潮点，一个在秦皇岛东面，另一个位于渤海湾至莱州湾之间，靠近黄河入海口。黄河雄浑地给渤海造陆，形成三角洲，锥形入海。当渤海和黄河及更远海域的海水互相亲密交换时，潮流遭到庙岛群岛的阻挡，入射潮波强劲，不同的地形阻挡下形成反射潮波。入射潮波的波峰到达黄河口附近时，与反射潮波的波谷相遇，使以半日为周期的潮汐在黄河口永恒地相互抵消，把这个咽喉区变成无潮点，潮差不足 20 厘米。可以想见，相对于平均潮差 2—4 米的渤海平均潮差，这里的潮差可以忽略不计。

在渤海海峡附近，还有一个太阴——太阳赤纬全日分潮的无潮点，人们在太阴主要半日分潮无潮点和太阴——太阳赤纬全日分潮波的腹部附近，勇敢地开发了胜利埕岛油田。

1988 年，人们在这片水深 2—15 米的渤海南部的极浅海水域发现了石油，1992 年进行了试采，1993 年投入开发。它与桩西、埕东、五号桩油田是近邻。不同的是，那几位兄弟在岸上，它在渤海中。

地质构造学及其以往的经验告诉我们，海中油田的地质构造多数跟"坳陷"有关。埕岛油田践行了大自然安排的惯例，它位于渤中坳陷与济阳坳陷交汇处埕北低凸起的东南部，是一个在前第三系潜山背景上发育起来的披覆斜构造，有中生界、沙河街组、东营组、馆陶组和明化镇组含油层系。

盆地长期剧烈活动标志着坳陷形成这样一个事实：渤海湾盆地所属的华北板块在古生代总体上以升降运动为主，它开开合合发生的作用，造成了华北内部地壳较弱的挤压变形。到了中生代，属于渤海湾盆地一部分的济阳坳陷初具雏形，呈现出此起彼伏的块状构造格局。新生代以后，渤海湾盆地进入断裂拉张阶段，带动济阳坳陷进入强烈发育期。它最终形成当今凹陷与隆起——四排凸起和三排凹陷——相间的局面，至关重要的一环是在板块运动形成了盆地大体框架后，地幔又发生了波状运动的内部改造。

而要论资排辈的话，渤海中最大的一个坳陷是渤中坳陷。在复杂的海底结构中，坳陷作为盆地中基底下陷最深的地区，沉积盖层发育全，连续性好，厚度大，是生油最有利的地区，这是大自然馈赠给坳陷这些宠儿的富饶礼物。它们的身份很尊贵，往往是含油气盆地的油源区。渤中坳陷自然也不例外，它的凹陷周缘凸起带成为油气聚集的主要场所。这或许是埕岛浅海油田成为中国极浅海区域第一个年产量超过350万吨级的大油田的重要原因。

浩渺的渤海上，矗立着一百多座采油平台。它们是异类，鲜亮的橙红色打破了海天之间蓝和白的统治，仿佛海面上绽出橙红色的花朵。鸥鸟或环绕高歌，或停落在平台栏杆上歇息观景。这些长腿长嘴的海上天使，总是在海天交接处翩翩飞来，轻盈亮相，动作生动诠释了《美学》中那个关于"优美"的概念。它们熟知海天的蓝，以及表层水域的浮游生物，因此它们会敏锐地冲击某一片骚动的群体，将之猎食。但海鸥也对有些事物一无所知，比如那兀然出现的橙红色的钢铁骨架。它们的视力就算极其敏锐，也绝对看不到在看似平静的海域之下，每天有近万吨石油从海底采出，黑色的液体沿着管道汩汩流淌。它们也想象不到，胆敢有人如此冒犯脾气说变就变的大海。

这些采油平台仿佛从海底破水而出的巨兽。它们的钢铁骨架铮铮有力，从海底到海面冒犯着大海的权威。海水时刻准备爆发，或是用它巨大的压力，用它煽动的风、浪、潮、涌，对这些插入它肌体的钢铁进行腐蚀、压迫、推挤、冲刷。大海的动力神秘莫测，海水运动过程中产生的各种潮汐能、波浪能、洋流能及海水因温差和盐度差而引起的温差能与盐差能等，无一不是摧毁外事外物的巨大力量。

它的暴躁和巨能，我们从美国小说家爱伦·坡的两篇小说《大漩涡底余生记》和《瓶中手稿》的描写中就可以惊骇地了解到。这是我钟爱的两篇小说，为此我甚至钟爱那吞噬了无数船只和航海人的巨大漩涡。而当平潮期到来，大海停止暴怒，漩涡竟然神奇地消失不见了。船上活着的人们，可能会看到一些木板漂浮在海面上，那是在地狱里游荡一圈之后被魔鬼之口吐出来的残骸。

在全世界海洋上四处游荡而见多识广的海鸥当然见过漩涡，以及海面上漂浮的残骸。它们栖落在钢铁怪兽的某一处，其中有一只好奇心重的、稍微有那么一点点邪恶之心的海鸥，或许在暗中等着看这怪兽是如何成为大海的玩物。

钢铁怪兽所经历的那些：海底管道溢油的风险；管线和电缆、各种泵体的位移和扭曲甚至断裂；无时不在的躯体晃动——这可比不上母亲的摇篮；有时还会发生火灾，在海面上烧起红色的火焰；某些极寒年份的冰冻，使它牢牢地被锁在白色晶体之中，动弹不得……海鸥们只要愿意在附近徘徊和观察，总能目睹一些。它们被兴奋、好奇、深深的惋惜和怜悯所缠绕。

人们是不肯服输的，无论大海是否明了他们的心迹，他们仍然不屈不挠地一边从海底索取，一边想方设法和大海共处。他们无死角地监控着平台的角角落落，紧急一键关断程序随时待命。除此之外，还有一些同样亮着橙红颜色的守护船，日夜不止巡航在油区。他们的任务是救援，从大海的坏情绪下救出所有被伤害的一切。

05. 古海岸村庄

东临渤海的东营，是中国黄河三角洲中心城市。黄河从这里入海，油田从这里诞生。它因油而生，城市名字却跟一个村庄——东营村有关。像东营村这样的村庄，在东营市比比皆是。它们拥有各种不同的精神遗产，身上镌刻着不同的历史故事，东营村这个小村庄的来历便有两个历史传说。

其中之一跟千古帝王秦始皇有关。他的几次东巡，给渤海岸边留下了太多绚丽缤纷的传说。据说秦始皇在某一次东巡途中，沿黄河一路行到渤海的海边，当时并不知道那是滔滔渤海，还以为是一条大河，于是下令就地驻扎，休整队伍，等大水退去后去往对岸。军队听令，在黄河边上安了两个营寨，分别叫东营和西营。但是，这一等就是数月，大水依然浩荡不止，秦始皇失去了耐心，遂留下东营和西营的兵马，自己返回了咸阳。这两个营寨，后来就逐渐演化成了东营村和西营村两个村落。

另外一个版本的传说，跟唐王李世民有关。唐贞观十八年，唐太宗李世民掀开了东征高句丽的篇章。据说在他第二次东征时路过东营，那时候，今天的东营市还不存在，有的只是一个个荒僻的小村庄。唐军大队人马行至今天东营村地段，暂时驻扎下来，然后派一队人马去探查东行之路。这队人马走到东营村附近荒滩时，茫茫大海上正在升起大潮，东进之路也尚不明确，便就地安营扎寨，暂且休息。之后，他们接到了留守驻扎的命令，便将人马分为东西两个营，分头驻守。过了一段日子，将士们没有接到起兵的命令，便自给自足种粮种菜，并学会了煮盐牧马。时间一天天过去，起兵的命令始终没有等到，将士们遂相继成家立业，勤勉农垦，繁衍生息，逐渐自然形成了东营和西营两个聚落。

唐王是将这批人马遗忘了，还是刻意留下他们驻村以待？真正的历史不明，留下的只是传说。还有一种更翔实的说法是，唐王李世民在此安营扎寨，设东营、西营，后人在此定居。明洪武年间建村，便演化有了东营村。

"明洪武年间建村"确是事实。有据可考的是明代初年那场著名的"移民就宽乡"活动中，从山西洪洞、直隶枣强来到大清河口两岸定居垦殖的移民非常之多。他们推着车子，挑着担子，背井离乡，扶老携幼，风餐露宿，来到这陌生的大河尾闾、渤海湾畔，在异域他乡重新建立家园，使寥落的荒滩地带逐渐人烟升起。

据东营村《王氏纂修支谱》记载，明洪武二年，由枣强县迁来的王聪、王明、王睿三兄弟被安置在辛店村东北约 3.5 公里处、一条自然形成的低洼河沟东北岸附近。这条低洼河沟也具有不俗的历史，早期名为大道沟，抗日战争期间称抗日沟，现称为广利河。据西营村《王氏支谱》记载，在河沟对岸偏西不远处，安置了同期同地迁来的移民王五功。这两伙王姓移民聚居于河沟两岸，安家置业，逐渐形成了村落，开始了新的人生，合称吴家营。后来，为了便于区分，人们把河沟两岸的吴家营分开称呼，分别称为东吴家营和西吴家营。大约在明代嘉靖年间，东、西吴家营又被人们在口头上进一步简化为东营和西营。

秦始皇数次东巡为寻找长生不老仙药，唐王数次东征是为收服高句丽，他们共同在渤海这一带创造了富丽多彩的民间传说，东营当地的地名，除东营和西营外，还有许多来源于唐王东征的传说，比如望参门、哨头、辛店、王署埠、唐头营、小营、崔寨等。值得一提的是军营遗址唐头营和泉水遗址马跑泉。

马跑泉的故事发生在唐贞观十八年。李世民亲率水陆 10 万大军，从长安向东进发，讨伐高句丽。行至广饶县东部沿海一带，发现方圆几十里内的地下水既咸又涩，无法饮用。不仅将士们口干舌燥，全无斗志，就连李世民的坐骑乌骓马都干渴狂躁，挣断缰绳，四处狂奔。奇异的是，马跑到行营西北方后忽然立住不动了，并引颈长嘶。唐太宗派人查看，只见马蹄下现出一坑，坑内冒出汩汩清泉，甘洌爽口。唐王大喜过望，给泉水命名"马跑泉"。

唐头营的传说就更加曲折惊险了。李世民一路东征行至渤海岸边一片荒芜之地，正为兵马找不到歇息之地而烦闷，忽然发现远方隐约有一块高地，遂令全军将士在此安营扎寨。大军安顿好以后，唐王四处巡查，偶遇改扮唐装偷窥唐营的高丽酋长盖苏文，双方交起手来。李世民渐渐不敌，被追赶至河中，马也陷入淤泥之中。唐王仰天长叹，以为要命绝于此，但危急时刻杀出一个薛礼，上演了"薛礼救驾淤泥河，一枪挑起两条龙"的救驾戏码。唐军安营扎寨的高地，因此得名"唐头营"。

另外还有王署埠村，相传当时被征用为唐王行宫。在潍坊市境域内，也流传着许多唐王东征留下的传说，比如，潍坊昌邑市下营镇火道村的名字，来源于唐王路过时恰逢阴雨天，派人到村中取火，发现村子没有名字，便赐名"火道"。村东南有一处八十亩大的高台，名叫"唐家央"，是唐王操练兵马的地方。唐家央周围生长着一种形似柳叶的草本植物，浸水泡饮可以降温解暑，被当地人称为"唐王茶"。

在唐家央还流传着一个充满治军智慧的故事：唐王驻军造船备战时发现，骑兵和战马都不适应登船作战，遂命工匠建窑烧缸，然后把大缸一只一只排列在泥沼中，上面覆盖木板，连接为一体，把战马驱赶到木板上进行训练。战马行走在木板上，大缸发出似登船的咚咚声。这种做法循序渐进，最大限度避免了战马产生惊恐，从而使大军顺利渡海。20世纪60年代，当地农民挖掘出大量陶缸，与传说非常吻合。唐王烧缸驯马，却给后人留下了代代相传的制陶技术。

类似这样的传说还有很多，像记忆的光斑一样散落于街头巷尾。

奇异的是，望参门、哨头、西营、东营、辛店、王署埠、唐头营、小营、崔寨等这些在民间智慧和艺术创作中渲染了唐王色彩的地名，沿着渤海古海岸和巨淀湖岸恰好连成了一条线。这是巧合，还是史实与传说的一致，我们无从知晓。

1961年，位于东营村的华八井的发现，一夜之间把东营村描绘到新的画卷之上。3月5日，华八井中途起钻，卡在牙轮钻头上的一颗指头肚大的油砂在阳光下熠熠生辉——这就是一个旷世大油田的起始。人们把它装进小瓶子，系上红绸，郑重地写上"华北探区第一块油砂"。之后，每天从这个名不见经传的小村庄地底深处喷涌出8.1吨黑色石油，这令人们惊讶。

东营村一下子古典尊贵起来。它打开了地底那个神秘宫殿的大门，随之，1961年11月，辛1井和营1井相继打出，发现了华北地区的第一个油田——东辛油田。1962年9月23日，继华八井之后的又一大功勋井——营二井问世，它携带着一个惊人的数字而来——日产555吨高产油流，成为当时全国日产量最高的油井，被称为"九二三厂"，也就是胜利油田的前身。

"胜利油田"这个名字正式登场亮相，源于1965年1月，中国第一口"千吨井"——坨11井的诞生。这口位于黄河入海口垦利县胜利村附近的油井如横空出世，打破了胜利村的宁静。当时的石油部副部长兼会战指挥部工委书记张文彬说，这口井在胜利村附近，我们就叫它胜利油田吧。2月18日，石油工业部正式将"九二三厂"更名为"胜利油田"。

接下来，围海建造开发滩海油田，围海找油，从陆地转战到海洋。浩瀚的渤海，源源不断地向胜利人输出着它的黑金血浆。

华八井问世之后，华北石油勘探处东营办事处随之设立，这意味着"东营"已不再是一个小小的村庄的代名词，而迅速以"东营地区"的概念，涵盖了广饶县北部的自然地理区域。实际上，仅山东省范围内而言，名叫东营的村庄就有不少，平度、潍坊、胶州等地都有，粗略统计不低于十个。但只有东营市的东营村，由于一口油井，而在众多的东营村中脱颖而出。在东营建市的筹备过程中，请示报告专门提到了城市命名的说明："'东营'这个地名，有比较悠久的历史，全国皆知，故建议市的名称叫'东营'。"这个请示得到了批准，1983年10月，以一个村庄命名的城市——东营市正式成立。

过去那个一夕之间家喻户晓的村庄，如今依然存在，只不过，村居旧貌早已改变。1996年东营村改为东营社区，1997年在老村东首筹划建设了一处新村，崭新的平房和别墅取代了"秫秸顶子蓑积墙""秫秸顶子弯弯梁"，使它看起来跟城市没有区别。人们也早已不种庄稼，而是像城里人一样外出打工或开店经商。

七月，上午九点多钟的东营社区上空，天空清澈，白云摆出丝丝缕缕的鱼鳞状。驱车从一条名叫昌乐街的悠闲街道上驶过，行人不多，有几个骑三轮车和步行的人。街边店铺开着门，几丛凌霄花蔓延在墙头上。昌乐街不算长，很快驶到尽头，拐上西三路，然后再拐到潍坊路，驶回西二路。想找一找有没有村碑，最终无果。

这个村庄身上的历史光影已经消失不见。或许，只有年岁较大的老人们三两聚坐，还会回忆起阳光照耀下黑金喷涌而出的壮观景象，一次次产生重返年轻的悸动。

第四部分

莱州湾

> 我没法把海的喧嚣从头脑中摇晃出去。
>
> ——德里克·沃尔科特

第一章

01. "母亲湾"的蛏子、对虾、银鱼

仍然得益于黄河的伟大的造陆能力,将原本处于一个圆滑海岸的海湾一分为二。1855年,黄河改道从山东东营垦利区入海,创造了黄河三角洲,并不断地继续淤积和造陆,使原来的湾顶向着渤海挺进,硬生生地把海湾分成两个,也就是今天的渤海湾和莱州湾。因此,莱州湾堪称中国最年轻的海湾。

作为山东最大的港湾,莱州湾有着6966平方公里的面积。319公里长的海岸线上,分布着山东省东营市垦利区、东营区、广饶县,潍坊市寿光市、寒亭区、昌邑市,烟台市莱州市、招远市、龙口市等滨海城市。其中,东营市是一个幸运的宠儿,由于黄河的介入,它被一分为二,以黄河为界,一半属于渤海湾,一半属于莱州湾。

莱州湾的湾口仅有96公里,加之北朝渤海,因此它外形看起来酷似一只碗,镶嵌于东营黄河口和龙口屺姆岛高角之间。那一汪大水,就像一个孩子,蜷缩在黄河口和屺姆岛形成的半圆里酣睡。它的西岸正处于黄河口,黄河携带着大量的泥沙,日复一日地在海底堆积,不仅使湾西的海水变浅,海滩变宽,而且也在缩短着96公里宽的湾口的距离。这种缩短不易觉察,可能要经过漫长的时光才能显现。

在莱州湾的一处浅海泥滩上,有一些不仔细观察便会忽略过去的小孔洞,用树枝或是其他器具触碰一下,小孔里能奇异地喷出少许海水。

毫无疑问，这柔软的海滩下面，藏着优美的蛏蛭。往洞里撒一些盐，蛏蛭就会因为受不了高盐度而冒出头来，这是捉蛏蛭的最好时机。

这种双壳纲帘蛤目贝类动物，身材呈长扁方形，喜欢在河水流入的海口附近挖穴生活。这里海水咸淡适宜，饵料丰富，能够把它滋养得肥嫩鲜美。它把柔软的身体藏在长扁状的外壳中，潜伏在海滩下面比自己体长深约5倍的地方。它身体的一端生长着两根像触角一样的水管，分别是靠近腹侧的进水管和靠近背侧的出水管，它们一进一出，从进水管吸进食物和新鲜海水，再从出水管排出废物和污水。我们看到的那两个小孔，就是它的两根水管与外界连接的通道。

广利河先是由西北向东南，接着由西向东穿过东营市，在广利河大桥下面拐了一个弯，向着东南方向流入渤海。这条渤海水系小清河水系支脉河的支流，原来是属于季节性排水河道的自然河沟，后来经过多次人工疏导，成为如今的河道。

沿着南二路从西向东驾车穿过东营市，在接近广利河大桥前的一段，广利河就伴路而行了。在和它一起拐过一个大弯之后，水面开阔的广利港像捉迷藏一样，猝不及防地出现在眼前。

始建于1985年的广利港区，最初由胜利油田投资，1986年9月建成通航，1992年移交东营市转为渔港使用。胜利油田在这里留下了耕耘的痕迹。紧接着，小港又担负起渔港的使命。

夏季正处于休渔期，渔船们从战场上撤退回阵地，休养生息。从远处看，渔船密密匝匝没有缝隙，桅杆如同歇下的枪械阵，无声地指向天空。多数渔船上是空的，渔民们离开颠簸的大海，暂时回到陆地上。有的渔船正在维修，露着黑铜色肌肤的渔民蹲在上面忙活。

近岸处的水是绿色的，没有风，涟漪以最小的幅度在荡漾。从广利港沿着岸边灰白色的路面往东南行进，顶多不过十公里，广利河就流入渤海，正式完成它的一生。

在广利港岸边，横卧着一块深灰色的巨石，深灰的底色上虬曲着黄白色的条纹，粗粗细细，仿佛巨石的筋脉。巨石上刻写着一行红字：东营莱州湾蛏类生态国家级海洋特别保护区。

保护区于2009年2月3日经国家海洋局批准建立，范围是从广利河往北到青坨河之间，从潮间带低潮区到水下10米的水域。

在人类专门辟出的保护区里，蛏潜伏于海滩深处，往外顶出两个小孔。它们吸入营养丰富的海水和浮游生物，在体内转化成蛋白质、脂肪、碳水化合物、糖、钙、磷、铁，并让自己具备更多的用处：对人类产后虚寒、烦热痢疾、胃病、咽喉肿痛等症状有一定疗效。

小刀蛏的壳呈淡黄色，比较薄脆。前部比后部稍宽，略似刀形。它们也是在潮间带的中潮区至浅海的泥沙中栖息。

大竹蛏的形体就稍长和肥大一些了，它的两个壳片抱合起来的样子仿佛竹筒。黄褐色的外壳表面非常平滑，伴有淡红色的彩色带。这种足部肌肉特别发达的蛏子，味道鲜美不必赘述，它在保健方面具有滋补和通乳的功效，蛋白含量和氨基酸含量非常丰富。

这些体态相似，种类不同的壳类底栖生物，是河流入海处海滩的宠儿，但它们多数时候会遇到人类的侵犯。当感受到人类的侵扰时，它们在洞穴中迅速上下移动，调节自己和外面危险世界的距离。当然，有时它们无路可退，也会从洞穴里钻出来。

一只体态丰硕的蛏就这样从洞穴里钻了出来。它必须重新寻找地方，挖洞潜伏。它能明确感知到被捕捉的危险来自哪里，于是它朝着相反的方向迅速逃逸。它伸出自己的斧足，尽可能地伸长，它觉得自己使上了所有的力气，毕竟作为一种比较闲散的底栖动物，它们平时很少活动。

要想积聚最大的弹跳力量，蛏明白自己与生俱来的诀窍：斧足要尽可能地向一边弯曲。它们知道弯曲和伸长的尺度，当两者达到某种恰当的比例时，这条斧足就像鞭子一样突然朝相反的另一侧摆动，紧接着它的长度达到巅峰，这意味着可以行动了。于是，蛏借助这奇妙的力量，唰地弹游了一大截。

人类若想弄明白这其中的力学原理，那就应该拿着尺子和秒表，记录下相关数据，然后回去用各种各样的公式进行测算。

灰白色的街边，一间间饭店紧挨着，面向密密匝匝停泊在码头的渔船，这真是一处独特的风景。休渔期的饭店里食客寥寥无几，据其中一家饭店的老板陈述，这里马上就要开始一场新的建设，许多饭店已经停止营业了。不知道建设后的广利港，会变成什么样子。

但不管怎么说，像广利港这样的小小渔港，是喜欢罗曼蒂克的游人感兴趣的地方。它时而繁忙，时而静谧，任何一种容颜都是诗意的载体。

去广利港，属于临时起意，但它给我留下了极其美好的印象。重新驶上南二路，直到进入高速公路，我的身心还徜徉在那白日照晒下的岸边小路上。

底栖生物总是能在第一时间发现某个海域隐藏的丰富食物。黄河是给渤海湾和莱州湾输送丰富食物的第一个功臣，其次，广利河、溢洪河、潍河、小清河等无数河流也做了同样的事情。莱州湾因此成为中国主要的渔场，渤海对虾闻名于世。

每年三四月份，温暖起来的莱州湾涌动着浓密的微生物，这让远在黄海南部越冬场里的对虾无力抗拒。它们嗅着那独特的气息，开始往北洄游，游过成山头，沿着威海、烟台海域，进入渤海的各大河口附近。在食物丰富的浅海处，它们择地产卵。

夜间22时到凌晨4时之间，在浅海处食用了丰富食物的雌虾，腹部鼓胀，酝酿好足够的情绪和体力，开始履行它的新使命。这时候，万籁俱寂，只有海浪发出温柔的睡梦似的呼吸。岸上植被中潜藏的鸣虫可能会发出一两声鸣叫，但广袤的夜压制了它们，使它们不敢放肆地歌唱，只敢发出几声低吟。对虾在这美丽的氛围中产出几十万粒圆球形灰绿色的卵，数量如此庞大，简直可以被称为世界上最骄傲的母亲。

它的孩子们在体外受精，孵化出无节幼体。接着，脱胎换骨的过程开始了，这些无节幼体经历了十多次蜕皮，然后发育成仔虾。这个过程并没有结束，又重新开始了一轮，再经过十多次或更多次蜕皮，仔虾才变成与成体相似的幼虾。

幼虾继续生长，直到成年。这时候，它的体长达到了12—18厘米，体重则有20—50克。它们选择水温偏暖、海浪偏小的海域生活，比如潍坊市昌邑辖区的水域。这里处于莱州湾的最南端，是对虾比较钟爱的地方，它们在这里更为密集地相遇，过起它们父母的翻版生活。它们的寿命不长，生命周期只有1—3年。

这生命不可谓不壮丽。

还有一种无骨无肠的银鱼,也比较钟爱昌邑这片水域。它并非真的无骨无肠,只是因为个头较小,长得细嫩透明,看起来仿佛水银一般。这种小精灵非常懂得根据周围环境而进化自己:它们原本是海鱼,顺着渤海湾一路南下,进入潍河入海口水域。

潍河是山东省独流入渤海的河流,源出临沂地区的箕山、屋山,北流经五莲、诸城、高密、安丘、寒亭等地,至昌邑注入渤海。这里的水质咸度介于淡水与海水之间,气温光照又恰到好处,所以银鱼甘愿放弃海鱼的身份,移居亦海亦河的水域。

久而久之,银鱼适应了这种环境,把自己等同于淡水鱼,并变得挑剔苛刻起来,换了其他水域很难存活。当地人们喊它们"潍河银鱼",用地理来把它据为己有。清代乾隆年间《昌邑县志》对潍河银鱼也有记载:

白如银条,无骨,生潍水,近海二十里方有出,以二三月,过此则无。

但凡对环境挑剔的物种,往往会把自己活得非常珍稀,银鱼正在此列。作为昌邑的特产,由于产量很小,就连昌邑本地人也做不到随时品尝。

个头较小,并不意味着银鱼平凡。相反,在它袖珍的身体里,蕴含着大大高于普通鱼种的蛋白质,含钙量更是雄居群鱼之冠。"水中的软白金"是一种听起来有点俗气的比喻,但至少说明了它的尊贵。

中国是世界银鱼的起源地和主要分布区,但从我国银鱼的分布区来说,潍河口就算不上老大了。在山东至浙江的沿海地区,以安徽寿县瓦埠湖、霍邱县城西湖、鄱阳湖、巢湖、太湖、安徽明光市的女山湖、安徽宿松县下仓的大官湖、四川雷波县的马湖,乃至长江口的上海崇明等地为多。

入冬前后,不同凡响的银鱼开始产卵繁殖。它不同于选择三四月春暖时产卵的对虾,也不同于其他大多数生物,这不得不令我们对它刮目相看。在漫长的一整个冬天里,大约持续三个月,银鱼会排两次卵,每次千颗左右。它排出的卵沉到水体底部，历经30天左右完成孵化。

令我们伤心的是，银鱼在产卵结束后的短期内就迅速瘦弱衰老，生命走向结束。它的生命周期仅为一年，可以说是寿命最短的鱼类之一了。

这么美的小精灵，必然伴有美丽的民间传说。据说，水晶宫龙王的身边有一对童男童女，男的叫银果，女的叫银花。某一天，龙王派它们到人间探查，凡尘烟火深深地打动着他们年轻的心灵。于是，银果和银花效仿人类，结为夫妻，男耕女织，相敬如宾。这触犯了水晶宫的律法，龙王先是派兵将捉拿他们回宫问罪，接着驱逐出宫，罚他们永远成为全身透明的小鱼。

银果和银花只能在浅水处游动。不久，银花有孕在身，腹部隆起。龙王大怒，传旨银花不得生育。银果和银花悲痛不已，尤其是即将做母亲的银花，不舍得腹中的生命，决意破腹而死，保全后代。银花决绝地撞向碎石，破腹产卵。银果安置好银花产下的卵，也跟着死去。从此以后，银果和银花的后代也都短寿，仅能存活一年。

透明的、美得不真实的小银鱼，注定在这世上惊鸿一瞥，不得长久。这大约是极美的一类事物的宿命。

在胶东，银鱼的烹饪方法多是与鸡蛋同炒。算起来，我已经多年没有吃过银鱼炒鸡蛋了。

当然，莱州湾的海产不仅仅只有蛏、对虾和银鱼。蓝点马鲛（俗称鲅鱼）、刀鱼、黄姑鱼、加吉鱼等都是常见鱼类，毛蛤、海虹等贝类，海带、裙带菜等藻类也种类繁多。鱼、虾、蟹、贝、参，应有尽有，达300多种。每年春季，大量鱼虾洄游到莱州湾交配产卵。莱州湾"中国主要渔场"及"母亲湾"的名头可不是虚的，滩涂辽阔的莱州湾，属于半封闭型内海，海水交换比较缓慢，鱼虾的生存环境相对稳定。北温带冬无严寒夏无酷暑的气候，也给鱼虾生存和产仔提供了适宜的地理环境。

岸线顺直的莱州湾，以沙土浅滩居多，也是海洋生物喜欢的生活环境。从屺姆岛到虎头崖的东段是海成堆积沙岸，虎头崖至羊角沟口的南段是淤泥质堆积海岸，羊角沟口至老黄河口的西段是黄河三角洲堆积沙岸。另外还有胶莱河、潍河、白浪河、弥河等河流的加入和显著堆积，把沿岸打造成了宽阔的沼泽和盐碱滩涂，大量的有机物质滋养着丰富多样的海洋生物。

提起梭子蟹，人们自然而然就会把它跟莱州联系在一起。个大味美、肉质鲜嫩的梭子蟹，冬季在渤海湾深处的泥沙中冬眠蛰伏，第二年惊蛰时节，它活动着慵懒了一冬的身体，开始觅食，并逐渐朝着莱州湾莱州附近海域洄游。芒种时节，它在浅海中产卵，繁育后代，一只母蟹可产卵60万粒左右——这个庞大的数字不免要令我们人类惊讶。到了九月金秋时节，小蟹成长为成年蟹。十月份，蟹把自己喂得体壮膏肥。这华美的生命抵达巅峰的同时也意味着终结，它们被捕捞上岸，各地鱼贩纷至沓来。

梭子蟹、对虾、文蛤、大竹蛏，作为莱州海域的四大海鲜，很长时间以来盛名在外，年年作为贡品，从海路运抵天津，再转走大运河抵达京城的皇家宫院。明清时期被选为贡品的，还有另外一种海产品：海参。它虽然在名头上没有列入四大海鲜之列，但珍贵程度毫不逊色。

莱州湾一带出产的海参肉质肥，有弹性，得益于这里的水域深，水温低，日照少，导致海参生长慢。在漫长的生长期里，海参有足够的时间进行活动，因此背部和两侧的参刺比较粗壮，营养沉积较多。著名的鲁菜菜系当中，海参是不可撼动的当家菜品。

02. 双王城盐业遗址群

八月底，我驱车赶赴寿光市双王城，因这里有一处盐业遗址群。去之前，我还特地了解了一下有关历史。

    盐城，亦名霜雪城。在今县城西北六十里，清水泊之侧。此城日久陷没于巨淀洼中，隐隐微露城阙。必待雾露之候，青蒙气罩之影小为大仡仡崇塘，始觉仿佛可睹。土人因以"霜雪城"名之。

这是民国版《寿光县志》对寿光霜雪城的记载；1992 年版《寿光县志》另外还称：

> 今当地人讹称为"双王城"（双王二字是方言谐音，无实际历史意义）。

这段文献记载仙气飘然，意境神秘，令人浮想联翩。不难理解，这里记载的城池位于当时寿光县城西北六十里处，不知何故"日久陷没于淀洼中"，只有"雾露之候"，才"仿佛可睹"。这段文字叙述了一座城池隐入洼中的演变，以及亭台楼阁在恰当气象下现身的海市蜃楼景象。

对双王城名字来历的解释，在民间传说中则有另外的版本。这些传说不尽相同，但大致脉络一致，都围绕着一座城池、一个讨饭的叫花子、一个石狮子而展开。叫花子在城里遇到了冷漠的人，也遇到了接济他的好心人，于是他告诉好心人，一旦发现城门口的石狮子眼睛变红，就立即逃离。故事的结尾仍然体现了中国民间传说中永恒的因果报应主题：好心人逃离了灾祸之地，坏人被坍塌陷落的城池压入水洼之中。大水聚积，成为水库，便是后来的霜雪湖，也就是双王城水库。人们后来曾经目睹水上现出朦胧光芒，雾气沼沼之中隐现人、车、建筑。

县志记载和民间传说中的描述是一致的：双王城从一座繁华之城陷落成湖。事实上，位于寿光西北部卧铺乡寇家坞村北的双王城，原本是一个滞洪洼地，名叫双王城大洼，后来人工将它修筑成水库。

资料记载，1972 年，出于灌溉周围农田的需要，寿光县在双王城圈地近万亩，兴建了这座大型水库，夏冬两季把弥河中的水引入水库蓄存，春秋两季则放水灌溉农田，刷洗盐碱。从台头、丰城、王高、马店、官台、北洛、城关、古城等地积聚而来的一万名青壮劳力，60 部拖拉机，在大洼地开始了轰轰烈烈的造坝施工，最终建成全长 8.9 公里、最高处 3.4 米、宽 9.5 米的大坝。1974 年汛期，双王城水库开始蓄水，第一年蓄水量 400 万立方米，到 1977 年蓄水量最高达到 1100 万立方米，可以灌溉周围的 1.3 万亩农田。到 1980 年，双王城水库共计蓄水 4058 万立方米，灌溉农田 9.8 万亩次。有了水库，周边的盐碱地也被附近村民开发成了田地。但是，从1981开始，弥河水开始断流，水库逐渐失去水源，1983年完全水枯，大片场地成为棉田和鱼塘，芦苇摇曳，野鸭嬉戏。

"鳖湾"是当地流传的一个说法，指的是双王城水库中间的一个神奇的坑塘，面积大约一亩，水是黑色的，周围布满荆棘，有各种虫子等物活动于其间。据说这个坑塘中的水连通着渤海，因此，无论如何干旱，鳖湾也不会干涸，当地人视坑塘为危险之地，不允许自家孩子前去玩耍。

十几年过后，2010年8月6日，双王城水库扩建工程又在南水北调大背景下轰轰烈烈地展开，双王城水库一跃成为南水北调东线胶东干线工程的重要调蓄水库。兜兜转转，如今的双王城水库坝基精美，绿水荡漾，蓝天白云下野生鸟类翔集。但人们还是会回忆起儿时去芦苇荡里找鸟窝，摘蒲棒，挖野菜，放马，午觉醒来拿着自制的兜网去捕捉蚂蚱，躺在大坝旁边鱼鳞袋子上面看星星的往事。

从当地年岁较长的老人们口中，或许还会听到关于双王城的一些神秘故事，特别是城市沉没以后，每60年"显庄"一次的种种奇异故事。据说每次双王城显庄的时间长度不一，从几分钟到几个小时不等，亭台楼阁、街道车马等奇异景象都会出现在半空的迷蒙雾气之中，如同仙境一般若隐若现。以我们现在的科学认知不难解释，这是典型的海市蜃楼现象。

但传说中的"海市蜃楼"，却是可以走进去的实实在在的城市。据说，有福气的人才有这份天赐的运气，能够走到美如仙境的城市里去，里面到处都是宝物。没有福气的人，即使想方设法走进去，也多以丧命告终。有个正在地里劳作的农民，是个有福气的人，他目睹了双王城显庄，并顺利走了进去。但不知是福气积累不够或是其他什么原因，城里的宝物他什么也拿不动，只好从城门边上拔了一把草跑出来。不过，跑出来之后，农民发现这草并非寻常野草，而是闪烁着光芒的金枝玉叶。农民视若珍宝，做了一个笼子，把那株草小心翼翼地放了进去。村民们听说了这件事后争相来看，有个人一时忍不住好奇，将笼子打开想凑近了细看，谁知这时候一声马嘶，一匹骏马从天而降，衔草绝尘而去。大家这才明白，那株草原来是天马的饲料。

当然，也有一些关于海市蜃楼的故事，是当地村民亲历的。我读过一篇文章，作者回忆其母 12 岁时曾亲见村东不远处出现一座城池，城门口来来往往的行人依稀可见。其母觉得奇怪，想看个究竟，可是走了好长一段时间也没有走到，城门始终离自己非常遥远。

介于传说和亲历之间的亦真亦幻的故事，自然也不缺乏。比如，相传有个打鱼人在收网时，拉上一块不起眼的古砖，就随手把它放到鱼篓里。但是砖头很沉，把鱼篓里的鱼尽数压烂，渔民一生气，就把那块古砖扔回到了水里。但是，渔民发现古砖入水之后，周围水域变成了耀眼的红色，这才知道那块砖是一个宝贝。

据说，早先的时候，当地村民经常去双王城水库里抓鱼，每次都能有不少的收获。古砖的故事究竟是确有实事，还是当时光线照射所致，抑或基于捉鱼实践中的艺术创造，我们无从知晓。

但我们知道的是，这个几乎每一滴水都写满民间传说的神秘水库，一直不停地在给人们制造着惊讶。2003 年秋和 2004 年春，配合双王城水库建设，有关部门对水库周边进行了两次调查发掘，之后一直到 2010 年，进行了数次更大范围和更大规模的挖掘，一个商周时期盐业遗址群抖落尘封许久的历史尘埃，现于世人眼前。

大自然的罗曼蒂克任性而随意。从虚无缥缈的"显庄"，到湖底"鳖湾"，再到结结实实建立在大地之上的制盐作坊、卤水坑井、蒸发池、蓄水坑、煮盐灶台、制盐工具，双王城仿佛演绎着科幻小说里的多维世界。

在这个遗址群中，发现古遗址近百处，年代包含龙山文化时期、商周时期、金元时期。专家考证后罗列了若干数据，用来充分佐证双王城盐业遗址群的面积之广、规模之大、数量之多、分布之密集、保存之完好，在我国盐业考古史上尚属首次，是国内发现的最早的海盐制造遗址，也是中国古代盐业官营制度的雏形。他们还证实，商周时期这里的制盐工业已有统一组织和管理，是国家控制下的盐业生产基地，比文献记载的东周时期齐国盐业官营制度早数百年。

实际上，商、周都不是寿光最早的制盐时期，有关记载可以把这一时期追溯到夏朝，《尚书·禹贡》在介绍九州时记载：

海岱惟青州。嵎夷既略，潍、淄其道。厥土白坟，海滨广斥。厥田惟上下，厥赋中上。厥贡盐绨，海物惟错。

　　大意为，渤海和泰山之间是青州。嵎夷治理好以后，潍水和淄水也已经疏通了。这里的土又白又肥，海边有一片广大的盐碱地。这里的田是第三等，赋税是第四等。这里进贡的物品是盐和细葛布，海产品多种多样。

　　这一记载无疑是铁的事实，说明在距今4000多年前的夏朝初期，寿光生产的海盐已成为进献朝廷的贡品。

　　除双王城盐业遗址群之外，寿光境内还存有国内最早记载制盐历史和制盐工艺的盐志碑、盐学碑、盐道碑等，也是铁一般的史实。在羊口镇官台村北百米处的一块荒地上，有一座由大理石雕刻而成的龙碑组件，名为官台龙碑，长2.35米、宽1.30米、厚0.75米，碑冠是石块雕成的两条盘龙，上面雕刻的文字记载了官台制盐的管理机构以及产盐量、盐场的面积和范围——当时官台盐场方圆200余里，东到弥河，西至淄河，南边与斟灌古城相接，东北至渤海，可谓广阔无垠。

　　遗址、盐碑作为实物佐证，是历史留下的确凿痕迹，而关于盐宗夙沙氏这个虚无缥缈的传说中的人物，许多资料的记载也确证了他是我国海盐生产的发明者和创始人，而且他的部落就生活在寿光海域。

　　明代彭大翼的《山堂肆考》羽集二卷"煮海"记载道：

　　　　夙沙氏始以海水煮乳煎成盐，其色有青、红、白、黑、紫五样。

《中国盐政史》记载：

　　　　世界盐业，莫先中国，中国盐业，发源最古。在昔神农时代，夙沙初作，煮海为盐，号称盐宗，此海盐所由起。煎盐之法，盖始于此。

而夙沙氏所处的时代,《吕氏春秋·用民篇》记载道:

> 夙沙之民,自攻其君而归神农。

《路史》也认为夙沙氏是"炎帝之诸侯"。人们据此把夙沙氏所处的时代推定在炎帝或略早时期。

至于夙沙氏的活动区域,历史记载较少,但人们确定他居住在山东沿海,他所在的部落属于黄河下游一带的古东夷原始部落的一个氏族。《太平御览》引宋衷注为"宿(同夙)沙卫,齐灵公臣",这起码能够说明,在春秋战国齐灵公时期,夙沙部落仍然在寿光沿海一带。

而《寿光历史人物》一书则记载得更为详细:远古时代,居住在山东沿海寿光北部一带的一个原始部落,以渔猎为生,部落首领夙沙氏聪明能干,臂力过人,善于用绳结网,捕获陆地上的禽兽,以及大海里的鱼鳖。一天,夙沙氏用一只罐子打来半罐海水,生起火,准备煮鱼。不巧的是,一只野猪这时候飞奔而过。夙沙氏起身追杀那只野猪,等他扛着野猪回来时,罐子里的海水已经熬干。夙沙氏发现罐底现出一层白白的细末,味道又咸又鲜。夙沙氏尝试着把白色细末撒在野猪肉上,烤熟,发现味道异常鲜美。从此,世上便诞生了盐这种物质。

以盐佐食,改变了人类的身体基因。人类文明起始于很多标志性的事物,比如新石器,比如文字,比如盐。

关于盐的文字,传说是炎帝带着夙沙氏去拜见黄帝,献出海盐。黄帝用后大喜,命仓颉造"盐"字。仓颉发挥聪明才智,造出了"鹽"字,由"臣""人""卤""皿"四部分组成。这个复杂无比的字意义多重,仓颉可谓用心良苦。

关于盐起源的传说,在漫长的海岸线上层出不穷,也持续地引发着此起彼伏的考证。2009 年 9 月,在第九届世界盐业大会上,寿光市盐务局撰写的《寿光海盐生产起源与发展》中,关于夙沙氏在寿光市周边沿海煮海为盐的推定,被国内外专家学者一致认定为史实。三年后,2012 年 5 月 22 日,中国盐业协会正式命名寿光为"中国海盐之都"。寿光人成为盐宗的后代,寿光成为盐宗故里。

遗憾的是，在双王城生态经济园区，经过咨询，盐业遗址目前正在修护，暂停开放。

生态园区街道平整，环境清幽，"双王城"三个大字镌刻在一块大石上。这是地标，隐现着城池的陷落、各种传说、神奇出土的盐业遗址。我只能留下遗憾，并把它当成愿望，选择未来的某一天再来。

03. 小清河口与羊口渔港

探访羊口渔港是一趟特别的路途：一直穿梭在潍坊北部的大片盐田之中。

路两边，持续不断地蔓延着大片的盐田。与乐亭大清河盐场相比，这里的盐田略显粗糙，不那么精致，但在面积和规模上，它绵远辽阔，气势恢宏。

在菜央子盐场，我稍做了一下停留。沿着一条绿草丛生的泥堤，走到盐池边上，蹲下去，我久久地凝视着那片微黄的卤水。它懒洋洋的，连一丝微澜都没有，却无言地诉说着深沉的盐的历史。几个看护盐场的人，在一座小房子跟前闲坐，他们已经适应了这里苦咸的空气。泥堤一角，生长着一丛棉花树，低矮，最高的树枝只有一人高，狗尾巴草探头探脑地夹生在其中。棉花树开着黄色的花朵，有些花朵已经凋谢，长出浑圆的果实。在这浑圆的果实内，正安眠着几瓣棉花宝宝，它们逐渐长大、膨胀，早晚有一天会绽裂而出。

继续朝北向着大海而行，往左拐到杨庄盐场和台头盐场去，又做了一下停留。黑色苫布覆盖的盐堆，仿佛一座座黑色金字塔，排列在长长的土路两旁。红砖垒砌的池边上，泛着白花花的盐碱。

地下卤水储量丰富的羊口镇，近岸处浅海滩涂上就这样分布着大片盐田与虾池。作为寿光"古八景"之一的"银滩映日"，描述的正是寿北万亩盐田在阳光下熠熠闪光的盛景。许多参加过寿北开发的人，还能回忆起当年在北大洼里推土筑坝、修盐田、修虾池的往事。据说，盐场大丰收时，出工的人都分到了两袋盐作为酬劳。

到达羊口中心渔港后，站在靖海大桥上朝东望去，小清河弯弯曲曲地流向渤海的方向，两边的渔船密集排列。白色的大风车站立在河岸上，风吹动巨大的叶片缓慢旋转，机舱里那复杂的发电机组把风能徐徐转换为电能。

这里是小清河的下游，距离入海口只有15公里。小清河婉转轻快地在桥下流动。这条河流的起源地并不遥远，仅在200多公里外的济南。它集结了济南市的四大泉群，把汩汩而出的地下泉水集纳到一起，成为一条河流，从西南至东北，穿过济南、淄博、滨州、东营、潍坊5市，与在它北部的黄河呈现出同一个方向，在寿光流入渤海。

　　山东齐鲁地，二国蔚相望。官有鱼盐赋，民多粟麦场。
　　小河萦九曲，茂木郁千章。独立更怀古，高歌送夕阳。

这是明代诗人朱善的五言律诗《丁亥舟行小清河》。这位诗人曾经获得科举考试廷对第一的佳绩，因而被授翰林院修撰，之后又曾任文渊阁大学士。

当年（明永乐五年），大学士朱善站立在舟船之上，悠然而行，看到了河中满载鱼盐的官船，以及沿河两岸农家的打麦晒场。小清河婉转悠长，两岸草木茂绿。朱善泛舟而行，不觉近黄昏，夕阳西下，不免独立怀古。

可以想见，那时候的小清河水活鱼丰，浪击绿岸，百曲蜿蜒，舟楫悠荡。元代方志编纂家、历史地理学家、文学家于钦在《齐乘》中说"小清河为运盐河"，说明那时候此地盐运非常发达，小清河扮演了重要的盐运角色。我们不需要去找什么证据，它的地理位置就为自己做了最好的证明。它是当时海盐运往中原的唯一黄金水道，一度被称为"盐河"。

诗人高歌，故事延续。小清河有实际的好处，但也像其他许多河流一样，难以泯灭河流固有的本性，在一段时期内水患频繁，淤塞河道，使得盐运受阻。明清期间，小清河曾被疏浚整修，它的盐运兴衰也随着淤塞和疏浚而变化。鼎盛时期的小清河，盐店众多，盐商从四面八方赶来，清朗的河面上遍布舟船，船桨击打起此起彼伏的水花。

今天的小清河，再次经历着一场浩大的复航改造。在靖海大桥的另一端，中交天航局的施工广告牌上的文字告诉了我们，这里正在进行"羊口小清河入海口滨海生态湿地修复工程"。这是小清河修复工程中的一个部分。

山东省小清河流域综合治理规划中，小清河复航工程是一个重要内容，也是山东新旧动能转换重大项目库第一批优选项目。复航工程涵盖小清河沿线五市，起点为济南市荷花路跨小清河桥下200米处，终点为潍坊港西港区羊口作业区，全长169.2公里。届时，海河联运每年可以分流超过4000万吨的大宗货物运量，相当于再造一条胶济铁路。

我们的小清河将再次披挂上阵。大学士朱善站立在舟船之上，看到河中满载鱼盐的船只，这样的盛景不久将会再现。

在小清河入海口湿地处，芦苇有它广阔的一席之地，壮草和芦苇并驾齐驱，共同占据着大面积的湿地。这种草是羊口的特有物种，很多人还能回忆起他们小时候摇着船、推着车去割壮草的时光。壮草晒干了可以打绳子，也可以搓约子用来捆绑芦苇和麦子，用它搓的约子非常结实。"约子"也是地方语言，胶辽官话，意思是"用草束物"。民国二十五年《寿光县志》记载道：

> 壮草，产羊角沟北坨，性坚韧，故名。羊埠贫民刈之索绹，卖于春运局，作捆缚盐包之用，赖以糊口者无算。

从这段记载中也可见到当年盐运的发达。人们割下壮草，编成绳子，卖到运盐的官府，用来捆绑盐包。靠壮草养家糊口的百姓不计其数。

红色碱蓬草自然是草类的扛把子。顶着白色羽毛般花穗的茅草、酷似苦菜的曲曲菜、长着更尖长花穗的大米草等植物，也在滩涂上形成稠密的群落。枝叶纤细婀娜却是防风固堤能手的柽柳林，洒下一片绿荫，浓浓郁郁。

芦苇荡里的歌唱家苇莺，羊口人称之为苇喳，从蛋壳里挣脱出来，慢慢长出黑黄色的羽毛，然后开始不停地叽叽喳喳。被誉为"鸟中熊猫"的震旦鸦雀在苇秆上筑巢，完成繁衍的任务。俗名毛嘟噜子的一种河蟹，长着黑绿色的身体，它敏捷地爬到苇秆上吃苇叶。其他各种飞鸟从河面和植物上空掠过，又掠过停泊在岸边的一艘艘渔船，相互召唤，往复低回。

这优美的湿地，向人们讲述着从济南地下泉水群流入渤海的小清河的故事。在它的旁边，一座古典小巧的海洋博物馆，则在讲述着羊口的航海历史。

与其他博物馆不同的是，羊口镇海洋博物馆在清光绪十九年所建的天妃庙基础上改建，因此留下了庙宇化的建筑风格，红墙灰瓦飞檐，拱形门洞，门边两只石狮。主殿是天妃宫，海神娘娘承载着渔民心目中永恒的平安吉祥的寄托，端坐其中。在过去，渔船出海及归来，或是在海上遇险，当地人都会到庙里给妈祖烧香，祈祷家人平安。

今天，这里已经成为以海洋渔业文化为主题的专业博物馆，海洋生物标本、船具模型、传统捕捞工具、开埠石碑以及妈祖文化等，共居于这座占地十余亩的不大的院落。人们在门前不经意地走过时，可能会忘记了它曾经的历史，但海神娘娘是所有渔民的寄托，人们尊敬她，她是这座独特的海洋博物馆的重要部分。

博物馆院内建有一处钟楼，站在其上，可以清楚地看到渔船整齐地排列停泊在码头上，桅杆的影子倒映在小清河里，如同河底长出林立的植物。

但是有点遗憾，我没能进入这座院落，站在钟楼上眺望壮丽的渔港。中午在附近饭馆吃饭时，听老板娘说了一些关于它的故事。

饭后去往码头，近距离地欣赏渔港。羊口渔港的渔船以黑色为主，红色点缀，既深沉庄重又俏丽活泼。现代化的船舱上开着明亮的塑钢玻璃窗。这是喷漆工的功劳，这些渔船的美容师，在休渔期戴着面罩，手拿喷枪，给船喷上蓝色、黑色、红色的油漆，把船打扮得漂漂亮亮的，去赴与大海的约会。

这是一些钢壳船。木制帆船是20世纪50年代以前寿光人出海的主要工具。被称为角子、扁子、马槽、明杆、尖嘴子、大瓜篓等名字的各种形状的小型木船，只在河内和近海作业，它们的体格和抗击打能力都不足以支撑自己到大海深处去冒险。即便那些大型木帆船，也不敢经常深入大海，而只是隔三岔五地远航一次。风力对它们影响很大。当海风顺行吹过浪尖，船只在浪尖上轻快地行进，驶往大海深处。没有风的时候，渔民摇动船桨，撕裂大海，用体力获得动力。但是，遇到逆风的时候，那就是大海要给点颜色看看了。

一直到 20 世纪 50 年代以后，羊口镇的渔民们才开始驾驶机动船，木质帆船逐渐减少，从 1956 年的 286 条，到 1962 年的 205 条，再到 1985 年的 46 条，一直到 1992 年，它们基本彻底从海面上退出。木质帆船自己可能也想不到，有一天它们只能变成模型被陈列在博物馆里，毕竟从有了人类开始，它们就是占领大海的主要工具，称霸海上的时间可不算短。这些模型有两桅和三桅，桅、帆、舵、桨、橹、绳索等部件悉数到位，仿佛还在随时准备起航。

听寿光市渔业协会会长孙效宝介绍说，现在只是本地渔民有为数不多的木船，另外有东营移民到寿光的渔民有一些。木船快要彻底绝迹了。

即将跟随木船彻底消失的，还有古老的修船技术，比如捻船。20 世纪六七十年代，每到冬天，小清河南岸的木壳船就发出捻船的声音。捻匠们用油灰、麻丝和桐油，经过剔缝、塞麻、碾灰、上泥子、刷桐油等 9 道工序，将船缝补牢。"九叠十八捻，一层麻丝一层捻灰。"这是渔家传统文化中的一门重要工艺，已有 600 多年历史。一把铁凿、一把锤子、一桶桐油、几缕麻丝，和上油灰，便是捻匠的修船家当。

如今，木壳船正在退出历史舞台，年轻人也没有选择做捻匠的，古老的工艺正面临着失传。

经过各种修补、打扮之后，渔船喜庆地下坞了。人工拉坞也是快要失传的古老方式。过去，人们喊着号子，汗流浃背地将船拉到岸上，这种场面如今已经见不到了。羊口渔民号子也已失传，目前仅有几个在世的老人还能唱，这些老人也有七八十岁了。

"嗨！喂，嗨哟！喂，嗨哟！抓革命，促生产；一个劲地，走唻！哦，嗨哟嗨……"

领唱和跟唱的默契配合，领唱的嗓音洪亮，跟唱的浑实沉厚。喊号子讲究的是个味道，口口相传，在实际工作中活用，与呆板的创作不同。如今大规模地使用机械拉坞，即便有人在旁边喊起号子，也是没有力量和不动听的。

我去的这天，距离九月一日开海只剩三天。渔船上新刷了油漆，崭崭新，准备扬帆出海。渔网和浮球摊在码头上，渔民正在对它们进行最后的整修。几个渔民坐在码头上吃午饭，女人们戴着鲜艳的红头巾，又喜庆又防晒，男人们仰着脖子喝啤酒。

九月一日开海后，孙效宝们浩浩荡荡地驾船远航了。他们穿过渤海，抵达旅顺，在旅顺渔港附近的渔场，开始了年复一年的捕捞、加工、售卖工作。孙效宝把他们这个群体称为"新闯关东人"。到达旅顺后的第一顿早饭，他们六个人围坐在一个小桌子旁，吃着面条，就着咸鱼咸菜，还有羊口特产——高二哥原汁麻辣海虾酱。半个月后，他们转换渔场，从旅顺口搬迁到瓦房店长兴岛。这就是新闯关东人的打鱼生活。

我在十月份打电话采访孙效宝，询问他，他们这种年复一年从山东渡海到辽宁打鱼的群体，与盘锦二界沟附近的"古渔雁"是否类似。孙效宝说，他们过的也是迁徙式的打鱼生活，但不喜欢使用"水雁"这个称呼，而喜欢用"四海为家"这样的说法。

我想了想，过去"古渔雁"的生活方式是生活和工作都在船上，而孙效宝们这些"新闯关东人"并不在船上居住。他们每转换一个渔场，便住在当地的宾馆里。从这一点上来说，的确跟过去的"水雁"有着很大的区别。

孙效宝跟我讲了一件事：他们在辽宁探访了一个名叫大咀村的古渔村。村民告诉他，他们的先民是山东寿光人，兄弟二人在这里驻扎渔猎，百年来繁衍生息。现在村里有200多人，5个姓氏，都是当年闯关东的山东人。

可以推断，这个村落里的山东寿光兄弟二人，就是后来定居辽宁的"水雁"。

十月下旬，孙效宝他们返回了羊口。略做休整后，将再度扬帆，穿过渤海，去往秦皇岛附近的渔场。

04. "双堤环抱"潍坊港

细雨落在疏港公路上。这条长长的公路一直伸到了渤海之中，沿着它行进，右边是宽阔的弥河，它正在专心致志地流入渤海。

这条发源于临朐沂山西麓的河流，历史上拥有多个名字：《水经注》记载它古名"巨洋水"，《国语》称"具水"，《后汉书》称"沭水"，晋代袁宏称"巨昧"，南朝宋王韶之称"巨蔑"，《唐书》称"米河"，《齐乘》称"洱河"，清代顾炎武称"朐弥"。它的上游临朐县段也有"朐水"之称。它最终的名字，据《临朐县志》记载，是由于每遇夏秋之际便连日阴雨，洪水溢出河床，弥望无际，因此称为"弥河"。

公路尽头，到达潍坊森达美港西作业区，然后从这里折向东，沿着堤岸上的公路东行，再折向南。东侧是更为宽阔的白浪河入海口。

河海围绕，"双堤环抱"。山东港口潍坊港的中港区森达美港，在无数个这样的细雨迷蒙中，经历着多次华丽转身。1998年，潍坊港投入运营。2005年8月，潍坊市政府引入森达美投资港口与物流业务及扩充潍坊港，成立了潍坊森达美港有限公司。森达美港拥有东、西两大作业区和3500亩物流园区，泊位23个，码头岸线总长4122米，年通过能力5800万吨。煤炭、铝矾土、铁矿粉、液化品、原盐、木片等50多个货种川流不息地迎来送走。2018年3月，东营、滨州、潍坊三市港口整合为山东港渤海湾港。2022年7月，山东省港口集团与森达美集团在潍坊签署潍坊森达美港股权转让协议，渤海湾港集团以19.2亿元收购了潍坊森达美港。这次新的整合，使潍坊港得到了新的生命，成为全部由山东省港口集团运营的地区性重要港口。青岛港作为龙头，日照港、烟台港作为两翼，渤海湾港作为延展，山东港的发展蓝图又一次明朗。

在东侧依抱着潍坊港区的白浪河，发源于昌乐县北鄌郚镇打鼓山，自南向北贯穿潍坊寒亭埠头、郭家官庄、里疃、固堤、泊子、央子等乡镇，在央子渔港以北汇入渤海莱州湾。这是一条多灾的河道，由于河槽狭窄，自然流向弯曲较多，每到汛期就泛滥成灾，下游村庄一年中只收一季小麦，俗称"一麦田"。

文献记载，大雨行时，白浪河水势"奔腾怒号，墙倒屋塌"，"人或成鱼鳖，或流沙淤平，水没民田"。清雍正八年农历六月二十日，河水漫涨到与潍县城墙中部平齐，致使城墙倒塌400余米。1914年7月19日，洪峰流量达2060立方米每秒，东堤决口7处，淹没了10余万亩田地。1949年汛期，洪峰流量达996立方米每秒，河道决口53处，土地淹没30余万亩。

新中国成立后，当地对白浪河进行了数次较大规模的治理，在上游修建了白浪河、符山等水库，实现了农田灌溉，基本控制了洪水灾害，并修建了湿地公园。如今，位于中心城区的白浪河两岸，高楼林立，商场集聚，晚上更是灯火耀眼，人流熙攘。烟波浩渺、飞鸟成群的湿地公园，一派诗画胜境。

这条美丽的河流拥有许多传说，这是其中之一：在它的发源地昌乐县城西南打鼓山南麓的孟家峪，有个叫孟富贵的人，家境和人品都不错，唯独没有子嗣。他的妻子王氏焦虑万分，经常求神拜佛。这天求神回来，夜里忽然做了一个梦，梦见送子娘娘怀抱着一只小狼，送到她的怀里。之后，王氏有孕，十个月后生下一个男孩，取名玉郎。第二年，王氏又生下一子，取名继祖。

这两个孩子性情相差很大。玉郎听到摔碗的声音会很高兴，继祖听到纺车的声音会很快乐。长大之后的两人，玉郎不学无术，吃喝嫖赌。孟富贵早早为玉郎娶妻成家，希望他能改邪归正，安心度日，谁知儿媳妇也跟玉郎一样，且待二老不孝。而继祖第二年娶妻之后，情况却正好相反，两人知书明理，孝敬公婆。老两口请了中人，为兄弟俩分了家。

有一天，孟富贵突然染病，卧床不起，他自觉时日无多便偷偷告诉王氏，他在南山寿坟之内藏有私下积攒的银两。富贵死后，继祖按照遗嘱，打算将他葬于南山祖墓，不料玉郎夫妻半路拦截，吩咐人把他埋在阴沟里。刨坑入地半尺时，刨到一块黑石板，阻碍了行动，玉郎抢过镢头狠狠地刨向黑石板。惊天动地的一声巨响之后，从黑石板下喷出一道凶猛的水柱，将玉郎夫妻推到浪尖上。空中传来一个声音说："众人休生恻隐之心，因此孽子前世作恶多端，今生又无悔改之意，吾奉命将其抓回，压于海底，永不复生！"人们惊讶地看到，玉郎夫妻变成了两只白眼狼。继祖抚灵柩到了南山，亮开寿坟，见到了两坛纹银，还有先父的留言："善恶到头终有报，只待来早与来迟。"

从此，这眼泉水川流不息地滋养着当地百姓。百姓为之取名"白狼河"，后来演变为"白浪河"。

离开白浪河入海口，沿河南行，不远就到达白浪河大桥。在桥头上欣赏"渤海之眼"摩天轮的侧面，如一架银色网格镂空塔。行至旁边近距离看，仿佛一条长满鳞片的巨龙，从身边一闪而过。驶下大桥，可以欣赏到它的全貌，在蓝天白云的背景下，直径125米的它像一只清澈的大眼睛，凝望着白浪河从发源地流到脚下，流向渤海。

这是世界首例编织网格摩天轮，世界最高无轴摩天轮，中间没有任何支撑，运行时轮盘并不转动，轿厢自带行走机构，通过轨道沿轮盘转动。乘坐"渤海之眼"运行一周需要半个小时。这半个小时，是万物发展、时空流转的半小时，宇宙恒定，一切皆有法则。

05. 海边灶户村

从羊口到昌邑，盐滩绵延近百公里。

在S309公路上一直向东，相继经过虞河、堤河。经过虞河大桥后，两侧是大片的盐池，一直沿着海岸线蔓延。我决定离开S309公路，往北驶上北海路，去探访昌邑北部柳疃镇的沿海村落。

几千年来，昌邑北部由于土地碱化严重，难以耕种，因此一直以熬盐为业。明清以来，昌邑北部有许多以熬盐为业的村庄。

驱车一路北行，广阔的盐场挡住了去路。如果越过盐场，便是万亩柽柳林、潍北靶场，以及那散发着奇妙魅力的渤海。在我的视野里，除了盐池和庄稼，还出现了国家食盐定点企业、宏丰纺织印染厂等厂房。

偏居一隅的这里存在着印染厂并不奇怪。作为中国有名的"丝绸之乡"，昌邑市在纺织和超纤领域工业拥有着深远的历史。比如柳疃镇，在清道光年间丝绸业日益兴盛，用柞丝织绸的品种逐渐增多，开设了"福盛号""双盛店""公聚店"等商号。附近的村庄，比如灶户村，也纷纷投入了织绸行业。清末民初，织造业紧随盐业和渔业，成为灶户村的第三产业，也使灶户村成为纺织大村。来自烟台、上海的洋商，将柳疃的丝绸运销到国外，很受欢迎。随之，来此地牟取暴利的洋行越来越多，很多本地人为了不受外商控制，便远涉重洋，到菲律宾、印度尼西亚、新加坡等国家，继续兜售柳疃丝绸。"闯南洋"蔚然成风。

灶户村的村民对渤海的情感很深。这片辽阔的海域，在过去艰难的年月里，给了他们生机和希望。清代以前，灶户村的先民们用简陋的渔具开始了和渤海近海浅水的接触。他们捕捞鱼虾，挖掘贝类。每个季节，渤海会贡献给他们特有的海物，比如四月份是打虾打鱼的黄金季，小满是鱼虾肥美的满江红季，中秋节则是梭子蟹丰收季。

徒步肩挑手挖的简陋捕捞方式过后，灶户村的村民开始追求渔船及其他更为先进便捷的捕捞工具。1951 年，灶户村村民和老官村村民合伙购置了一只木风船。之后，渔船逐渐增多，沿海滩涂也建起了养殖场。

当然，盐的历史，是灶户村的主要历史。

掉头，沿着一条乡间小路驶进柳疃镇灶户村。路边的庄稼地里，玉米长成了茂密的青纱帐，田野里矗立着几架采油机。灶户村干净整洁，街上行人不多，遇到一位七十多岁的大爷，在与他攀谈中得知，他的父辈是闯关东的，他后来离开东北，回到了家乡。

一位徐姓村委委员介绍说，灶户村共有约五千亩盐田，承包给了五个人。村民大多在印染厂和盐田上班。

古代的昌邑北部，一条名叫小龙河的河流蜿蜒流过，注入渤海。沿河星罗棋布着许多以熬盐为业的村庄，它们傍河而居，村民取小龙河里的淡水饮用。因为地枯水咸，常受海潮侵袭，加之后来小龙河改道，这些村庄纷纷离开海边，移居昌邑南部，以耕种为业。从灶户村往北的十几个村庄，也都挪于他处。最北的村庄王家卧铺，村民迁到了哪里，不得而知。前些年，东北有一支王姓回来寻亲，称祖上曾在王家卧铺熬盐。这些历史村庄遗迹证明了昌邑数千年的盐文化和熬盐史。

灶户村的制盐业已经有 450 年的历史了，他们的始祖是明隆庆年间从江苏省迁到惠民，然后迁来此地的，落户榆英社，属于当时山东19个盐场之一的富国场。

这些熬盐的百姓不是农户，而属于"灶籍"，专门以支灶熬盐为业。入了"灶籍"的家庭称为"灶户"，家庭成员为"灶丁"。"灶户"入了"灶籍"以后，必须代代传承，不能退出，官府依据灶丁数额下达盐税。明清时期制定了严格的制盐管理制度，对于没入"灶籍"的盐户所熬制的盐，官府会判定为私盐。

"灶户村"即由此得名。实际上在渤海沿岸，还遗留着其他一些以灶户命名的村庄，比如蓬莱的小皂村。明朝正德年间，宁姓先祖由山西平阳府迁至此地，家家以烧盐为业，故取村名小灶，后来改名为小皂，沿用至今。

明隆庆年间的制盐方法以熬盐为主。出小海潮时，海水涨到滩涂上；退潮后，存留在滩涂低洼处的海水经风吹日晒后，形成一层薄薄的盐渍。盐民们在海滩刮碱淋卤。他们先把盐渍用工具刮扫起来，然后堆土为阜，高约1.3米，平顶为牢，围一个小墙。在靠池的一面开一个出水口，把集取到的盐渍土放于牢中，用水浇淋，流入池中的水就是卤水。

灶户们在长期的制盐劳作中积累了丰厚的经验，比如采用石莲子测试卤水。如果莲子浮于水中，说明卤只有半数；如浮于水上，说明卤已达标，这时就可以收集来熬盐了。

每年秋后，收割了足够的烧草，灶户们就按锅熬盐了。如果春天有足够的备草，他们也会选择在春季熬盐。大锅支好后，就开始昼夜不停地熬煮，一个昼夜能熬六锅，可得盐六百斤。但也很费草，大约需要七百斤草。

到了清代康熙年间，灶户们掌握了晒盐的工艺。他们修建了滩田，虽然比支锅熬盐要费工费力，但产量大幅提升。雍正八年开始，灶户们开始挖掘大土井，利用地下渗卤晒盐。

过完春节，农历二月，灶户们就开始晒盐，一直晒到农历五月雨季来临。1958年以后，灶户们学习了外地经验，在大口卤井码头处安装风车。风能上水减轻了盐工的劳作强度。

乾隆前期，山东的灶户、滩户开始发展私有产业，灶户村所在的榆英社滩地达到 50 副。春天，晒 45 副，停 5 副；秋天，晒 9 副，停 41 副。

　　1938 年春，日军占领昌城，昌邑沦陷。1941 年 5 月，日伪军在青乡设置了据点，盐警队 40 多人，控制了灶户盐区。那段时期，灶户村坚定地跟日伪军对抗，破坏敌人修"封锁沟"的计划，保护"渤海走廊"交通线。

　　1941 年春，八路军 6 个人来灶户村养伤的消息被日伪军得到，11 辆车包围了灶户村，在村前支起了钢炮，搜查八路军。庆幸的是，几个小时前，灶户村得到了日伪军要来的消息，把八路军化装成盐工，转移到了西北滩。当值"徐轮五保长"的徐绍昌在日伪军的逼迫之下，带领他们由东向西沿着海滩搜查。灶户村大小 84 副盐滩纵横交错，犹如迷阵，徐绍昌带着敌人在盐滩里转来转去，直到把敌人转累了，草草收兵。

　　如今，灶户村依然坚守在原处，无愧"灶户"这个名字。在灶户村北约一千五百米处，以灶户盐化公司为主，灶户村、老官村、横地、鸿昌等几十万亩盐田，北邻海边的万亩柽柳林，一眼望不到边。

第二章

01. 渤海南岸地下卤水史

从昌邑继续沿渤海向东，经过潍河大桥。

从潍河大桥上看这条河流，云霾蒙蒙，河岸的树木倒映在水中，向人们传递着古老的诗意。源出临沂地区箕山、屋山的潍河，向北流经五莲、诸城、高密、安丘、坊子、寒亭等地，在昌邑注入渤海莱州湾，长246公里。有关潍河的记载，最早见于战国时期的《尚书·禹贡》"潍淄其道"，可见它存世之久。

经过潍河大桥后，折向北，沿着潍河往渤海的方向行驶，很快抵达下营港。位于潍河入海口东岸的下营港区，距海口10公里，是河口港。最初，下营港纯属自然形成，以泥沙陡岸作为港壁。清末，本地商船150余只、外地入口船舶达300余只，繁忙地航行于渤海上，从东北的大连、营口等港口运回粮食、木材、百货等，把本地的原盐和水产品运到东北。民国初年已有南北两个码头。夏秋时节，小于10吨的木船可以在潍河里逆水而行到潍河大桥一带。安丘、潍县等地的农民把农作物装到船上，顺水运输到下营后，转海路运往远方。1971年，昌潍行署在下营筹建港口，建成200米石码头一处。之后，下营港经历了数次扩建。

胶莱河距潍河不远。过了潍河大桥大约十分钟，到达胶莱河大桥。胶莱河南北分流，南流入胶州湾，北流入莱州湾。河的名字，取自两湾的首字。其中，北胶莱河古称胶水（今胶莱河支流胶河），大部分河道是古代胶水故道。清乾隆《昌邑县志》记载：

> 胶水出胶州铁橛山，水色如胶，故名。

胶莱河是一条人工运河，元世祖至元十七年，当时莱人姚演建议开通胶莱漕运，打通水运通道，缩短江南至北京的航程，无须再绕道胶东外海。这个建议得到了元廷的采纳。来自今天潍坊、淄博、烟台等地的一万多名劳工，历时两年时间，使运河开凿通航。南起胶州湾，北至莱州湾的运河，横切山东半岛，漕运一度盛况空前，源源不断的粮米不再走海路绕行成山头，而是从胶州湾由麻湾口直接进入胶莱河，经过平度窝铺村分水岭，然后顺流向北出海仓口，进入渤海莱州湾，然后北上到达天津大沽口。

但是，这一辉煌的漕运期只维持了短短十多年。由于当时疏浚河道能力较低，到元三十一年"胶莱河浅涩，不能行舟"，漕运历史结束。

胶莱河以东，莱州湾大片的盐田铺陈在土山镇一带。《莱州市志》记载：

> 虞夏时期，莱夷人煮海水为盐，且为贡品。

这可以充分佐证，莱州的制盐业起步很早。管仲曾主张"通齐国之鱼盐于东莱"。

此地的制盐工艺，也是经历了由煮到晒的过程。莱州市博物馆收藏的带扳大铜釜、带扳大铜盘等金属炊煮器，被认为是战国至汉代煮盐用具，已经能够向我们复原将海水放在鬲（陶锅）中煮沸浓缩成盐的历史。20世纪70年代，在朱由公社路宿大队出土了汉代青铜煎盐锅一口，又向我们复原了最晚在汉代已改煮为煎的制盐工艺。

而据《新唐书·地理志》记载：

> 贞观元年省曲城、当利、曲台三县入焉。有东海祠。有盐

井二。

这又向我们复原了莱州海域掘井开发地下卤制盐的历史。这个时间应该是在唐前，是山东境域内汲取地下卤的开始。

《掖县志》载，清康熙四十年，"西由场灶户唐玉之开晒滩，一滩步可得数千斤，初只二滩"，为莱州滩晒之始。

《莱州市志》的这段记载，具体提到了一个名叫唐玉之的人，这段记载跟当地民间传说比较吻合：古代西由大街以北地区多为盐民，被称为"灶户"，其中有一户人家姓唐，到康熙年间，唐家出了个叫唐玉之的年轻人，他思维活跃，富有创造力，一直梦想改进制盐工艺，结束盐民在烈日下烟熏火燎的辛苦。有天上午，他将海水放进锅里，因有事暂时离开，海水没来得及煎煮。几天后唐玉之返回，发现锅内的海水因日晒已经结晶。这让唐玉之得到启发，他在荒滩上建起大池，反复进行晒盐试验，最终将梦想变为现实，也将制盐规模和产量都提升了一个档次。

清人王培荀在《乡园忆旧录》中有记载：

山左掖县一带滨海之地，斥卤不毛，盐利最厚。

莱州海盐的传统品种主要有莱州大粒盐、崔家小白盐和滩晒精制盐等。白花花的莱州大粒盐曾在很长一段时间里成为人们生活中的主角，20世纪六七十年代，一角一分钱能买到一斤大粒盐。粒大方正、结构致密、晶莹透亮、味正味纯的莱州大粒盐，是家家户户腌制咸菜的必备品。

作为我国及世界上利用地下卤水资源最早的地区，莱州湾盐区在20世纪80年代以前，一直处于自发开采阶段，没有做过专门的地质学研究。1979年，山东省立项开始进行莱州湾沿岸地下卤水综合利用研究，中国科学院海洋研究所研究员韩有松创立了国内外第一个第四纪地下卤水课题组。到1993年，基本完成了北方沿海两种海岸类型区的调查研究，查明地下卤水分布在滨海平面海岸区，形成环海岸的大型矿带，在港湾海岸区呈斑块状富集于海湾沉积盆地中。

研究成果还是很令人欣喜的，专家发现现代海岸潮滩仍在生成卤水，并得到了现场模拟试验证实，据此提出"海岸潮滩生卤"理论、"陆架平原冰冻作用生卤"假说等。理论的实践化成果是，莱州湾沿岸实现了"井滩化"，使得山东从20世纪80年代以来依靠地下卤水资源优势，将原盐产量翻了两番。1988年起，课题组走出山东，圈定了渤海湾滨海平原1000平方公里远景区，预测了青岛沿海远景分布区，在13个盐田内均发现了有利用价值的卤水存在。之后，大连盐业部门也引用莱州湾盐区的理论成果和开发经验，在辽东半岛发现了卤水资源，并成功开发。从1993年起，课题组又预测了华东、华南沿海几个卤水远景分布区，在广东、福建、广西发现了卤水的存在。

我们无从想象，海水由原始状态演变到卤水，要经历一个怎样复杂的过程。它的矿化度和化学成分、同位素组分，除了受水的来源影响外，还取决于不同地质历史时期在沉积环境和成岩环境发生的各种复杂的化学、物理及生物作用。它来源于海水，生成于海侵期的海退阶段，经过蒸发浓缩、聚集和海陆变迁埋藏形成。经历了复杂的蜕变，它最终在海陆交互相沉积层中找到容身之地。

燕生东在他所著的《商周时期渤海南岸地区的盐业》一书中，详细地分析了渤海南岸的整个情况。这里的气象水文、地质构造和地貌条件都比较独特，所以形成了埋藏于第四系海陆交互沉积层中的多个地下卤水层。作为缓慢沉降的泥沙质平原，渤海南岸地区地势低洼，而且比较平坦宽阔。海湾潮汐多为不规则的半日潮，每月还发生月潮。频发的风暴潮造成海水上溯20公里，有时达到40—60公里。海潮、风暴潮和海侵过后，潮滩、沿海平原洼地（坑）、潟湖内会滞留大量海水。降水稀少、蒸发量大的特点，使得海水通过水、气界面蒸发作用或蒸腾作用，浓缩成浓度较高的卤水。当卤水比重加大，就会下沉渗流到泥沙层中聚集。渤海南岸土层岩性颗粒细，地下水径流微弱，也提供了适于地下卤水沉降、聚集的自然条件。

还有一个条件必不可少：流经卤水分布区的河流，除较大河流如黄河对两侧地下水有较强的冲淡能力外，其他河流作为季节性河流，对地下水的补给能力较弱，这更加有利于卤水的生存和再浓缩。

因此，海侵后的海退阶段，陆相沉积物就掩埋了前期卤水层即成为地下卤水。如此几次大规模的海陆变迁，形成了多个海相卤水含水层与陆相隔水层相叠置的韵律层序。

燕生东先生将卤水的形成模式简化概括为：潮滩、洼地、潟湖内的海水→蒸发浓缩→下渗聚集→海陆变迁→地下卤水。

在理解了地下卤水的形成后，我就更加感叹大海的神秘变化。而且，愈是理解，便愈是惊叹，乃至仰慕。

燕生东先生提到，渤海沿岸浅层卤水广泛分布于黄骅、海兴、无棣、沾化、河口、利津、垦利、广饶、寿光、寒亭、昌邑、莱州等距海岸线 30 公里范围内的滨海地带。仅山东地段就已探明总面积超 2197 平方公里，卤水资源量约为 82 亿立方米。形成于全新世的上部潜水含卤层、2—4 万年的中层含卤水层、8—10 万年的下层含卤水层间分布有隔水性能较好的黏土、粉砂黏土层。

而从区域分布上来看，渤海南岸地区山东境内地下卤水分布带大体可分三大区：莱州湾沿岸高浓度卤水区、沾化秦口河至无棣漳卫新河之间的马山子中低浓度卤水分布区、黄河三角洲地下卤水分布区。黄河三角洲地带因受古今黄河和其他河流河水的冲淡，浓度不高，且勘探面积较小，利用效益低。

在这三个区域之中，莱州湾南岸是地下卤水浓度最高、储量最大的集中地区。在这弯月形狭窄地带里，卤水区呈水平向分布条带状，与海岸线大致平行，形成了近岸、远岸低浓度带、中间高浓度带的分布格局。

万亩盐田进入收获季的时候，盐工开着活茬机在盐田中穿梭往来，剔透晶莹的大粒盐被运到坨台上，堆成一座座小雪山。

我去往土山镇盐田时，这里的盐还不到收获时节。纵横分割成棋盘格子的盐田一望无垠，红砖垒砌的池子方方正正，风电场的大风车像白色树林与盐场紧紧相偎。池水倒映着蓝天白云和风车，水鸟贴着池面低飞和鸣叫。

在一条路堤的一侧，我看到一个石砌盐池，与规整平直的砖砌盐池相比，它显得破败和沧桑，褐色和棕色的石块大大小小，松松散散，有些地方已经坍塌。我猜测它可能是过去的老盐池。我拾了两块小石头打算带回家压书页用。它们看起来像乌金石一样，黑色中夹杂着浅色纹理，数不清的晶体般的颗粒在太阳下闪闪发光。我不知道它们在盐水中浸泡了多长时间，几十年，还是几百年。

02. 消失的土山

土山镇一带的盐田，很早就在《水经注》里有记载：

> 县有土山，胶水北历土山，注于海。海南，土山以北，悉盐坑，相承修煮不辍，北眺巨海，杳冥无极，天际两分，白黑方别，所谓溟海者也。

可见，古胶水是从土山镇北边流入渤海的。土山以北，是连绵不断的盐坑，盐民们辛勤地熬水煮盐，往北可以眺望无边无际的大海。

这种关于劳动场面的记载，为传说中的土山赢得了一种诗意，但我们今天已经无缘目睹那奇美的土山了，它如今只剩下一个类似于石柱的地标性遗迹。

据说，土山原来面积很大，资料记载它是掖境山脉的尽头，临渤海的北面是陡峭的直壁，南面是一直延伸到很远的斜坡，高不过百余公尺，因此仅以一"土"字为名，称为土山，村庄也以此为名。资料对土山村有这样的记载：

> 明末，邱姓由黑羊山（今沙河镇黑羊山）迁此立村，因地处土山坡而取名土山。

可见，邱姓来此后，是在绵长的土山山坡上筑房定居的。现在的土山镇，正因为镇政府所在地处于土山村而得名。

据传，当时，土山顶上有一座鲁王庙，是为唐高宗的儿子李灵夔建造的。他曾被封为鲁王，去世之后被褒封为海神。老百姓为祈求平安，在土山顶上为他修建了庙宇。在民国版《掖县志》里，我找到了一句关于鲁王庙的记载：

鲁王庙，前志载未详，天圣四年创修。

这说明，鲁王庙确实曾经存在于土山之上。李灵夔自杀于公元 688 年，天圣四年修建鲁王庙时是公元 1026 年，从时间上来推断，也顺理成章。

与土山有关的传说中，有一位重要的历史人物——宋太祖赵匡胤。相传，赵匡胤兵败逃到这里，涉过一片水域，自以为安全时，却发现追兵在后穷追不舍，赵匡胤焦虑万分，大喝道："天不容我！"话音未落，水边竖起一座高山，挡住了追兵。

还有一个传说是，赵匡胤把鞋子里的土坷垃抖出来，成为土山。

土山虽然不高，但处于平原地带，也是一处高地。现在土山镇的许多人还能回忆起少时爬上土山，站在山顶，眺望莱州湾点点白帆的景象。站在山顶还可以清楚地看到周围村子里人家的院子。有的人年轻时曾经坐在山顶的圆石头上喝酒，或是在山下捡拾红色的小石头。据说，山上还有抗战时期留下的山洞，山顶上有一处航海坐标。

大约在 20 世纪 80 年代，由于现代化开发建设的需要，土山的土方被逐渐挖走，到后来，只剩下今天这个锥形圆柱状的土堆。

土山旁边有一个古龙潭，相传龙潭下面有一个碾盘大的石头，很有灵性，村里的小孩用木棍敲击石头时，天空就会降雨。后来，这块石头被埋没，直到清代康熙年间，掖县大旱，官府打算派人将石头掘出，以便求雨，谁知，石头尚未掘出，天上就下起了大雨。那年秋天，石头又被埋起。到了乾隆年间，又逢大旱，县令又派人去找这块石头，还没掘出，又是大雨如注。

这个地标性的土堆，现在矗立于白色围栏之中。我们庆幸一座山的根脉得以留住。围着土山堆，可以欣赏到它不同角度的美，岩石肌理苍劲雄浑，缝隙之中生长着低矮的植物。

在它旁边，高大的古龙潭祈雨碑，驮在一只龟背上。旁边水潭不知是不是古龙潭所在处，潭水丰盈，荷叶密布。

从航拍角度俯瞰，土山立在椭圆形围栏中，仿佛放在一只椭圆形花盘里的盆景。水潭里的荷叶像铜钱草一样密密麻麻，景色秀美。山顶上的坐标圆点清晰可见，石块和水泥修筑的坐标底座已经风化剥蚀，只剩下一半。

03. 海上长城

在任何一处海域，一场可怕的风暴潮不仅会发动它自身全部的力量，而且还会用各种它能卷挟的物体来武装自己。它制造破坏和灾难，再用破坏掉的物体作为武器，继续去攻击那些尚未被破坏掉的物体。海岸的堤坝被它击碎，或许还有某些房屋，于是，它裹挟起破碎的石块，继续进攻海岸。

剧烈的大气扰动，比如强风和气压骤变，使海水异常升降——这就是风暴潮的成因。如果它和潮汐发生叠加，将会形成更强的破坏力。它的可怕还体现在对时间和空间的占领上，一次较大的风暴潮可能影响几十公里至上千公里，持续1—100小时。可以说，它虽然比不上地震海啸凶猛，但足以引起沿海水位暴涨，海水倒灌。狂涛恶浪所到之处，也可以称得上摧枯拉朽。

对于莱州湾来说，由于地处北温带冷暖气团的变汇处，热带气旋、温带气旋及冷锋等气象扰动频繁；加之它的地理位置、海岸形态和走向以及天文大潮的叠加，意味着风暴潮可能一年四季都会在此发生。它可能会定期造访这个海湾，持续数天发动毁灭性的海浪，袭击海滩及更远处的居住区。

在莱州湾，有据可查的风暴潮有这么几次：

1940年，风暴潮水沿河上溯20公里，冲溃河堤，一路侵犯居住区，毁坏房屋，吞噬土地，把两岸变成泽国，迫使百姓逃离，形成大片无人区。1969年，风暴潮淹没沿岸渔港，渔船被潮水冲得七零八落，巨大的力量还把渔船掀到浪顶空中，进而冲上居民区屋顶。当时，在莱州湾羊角沟，最大增水达到3.55米，居全国第二位，超过警戒水位1.74米，增水3米以上的持续时间长达8小时。海水进入陆地40公里，破坏性历史罕见，是新中国成立以来渤海沿岸最大的一次潮灾。2003年，莱州湾出现自1969年以来最高潮位。2006年，风暴潮袭击潍坊，吞没了沿海近10万亩海水养殖场，并导致74名养殖工人被困。2007年3月3日至5日，1969年以来最大的一次风暴潮，又使北部沿海的潍坊港、羊口港、昌邑北部沿海潮位上升，昌邑北部沿海海水沿排卤沟倒灌，羊口港超警戒水位0.7米，潍坊港海域最高浪高达到4米，瞬间风力达到10级，昌邑境内42处防潮大堤、1800米防浪墙被冲毁，万亩盐田被淹。

2007年3月4日至5日，在渤海湾、莱州湾发生的这场风暴潮灾害，先后波及了山东、辽宁、河北、天津等省市。当它抵达烟台时，在龙口海域达到9—10级风力，长岛海域达到10—11级风力。三月初，刚刚要回暖的天气，狂风却裹挟着雪粒，猛烈地抽打着行人的眼睛，烟台第一海水浴场完全被海水覆盖，港口所有船舶全部停航，并有100多艘船抛锚，6艘船发生险情。曹妃甸、京唐港、塘沽、黄骅、羊角沟和龙口潮站先后出现超过当地警戒潮位的高潮位。渤海、黄海生成6—8米的狂浪。

这些巨大的海浪，由多种条件催生而成，它们起起伏伏的原因，其实我们并没有全然了解。尤其是，在海底深处那些黑暗的盆底、坡地、沟壑之中，都发生了怎样的聚变，一切是如何酝酿而成的，这些都是谜。

2007年的这场风暴潮所造成的潮位，在莱州海域险些达到防潮堤的极端高潮位——仅差5厘米。这个微妙的凶险的数字，仿佛是大海在给防潮堤开一个玩笑，它拿捏着尺度，在马上就要决堤而漫的时候戛然而止。

　　人类与大海之间的复杂共存关系，当然并不仅仅表现为对彼此的亲近和喜爱，更重要的还有警惕、防范，甚至必要的战斗。在这几场大海的肆虐侵犯中，潍坊昌邑市沿海损失惨重，堤坝溃口，盐场被淹，养殖池被海水冲垮，直接经济损失多达数十亿元。而隔河相望的莱州海域，却并没有发生大的灾难，这得益于一道被亲切地称为"海上长城"的防潮堤。

　　它不同于山海关老龙头的货真价实，也不同于九门口水上长城的货真价实，它其实只是一道防潮堤。之所以被誉为"海上长城"，是因为它的出现，给这一带海域带来了宁静和安全感。在它出现之前，据史料记载，新中国成立后，大的海潮平均6年发生一次。当天文高潮与气象大潮相叠加，东北飓风与暴雨相结合，潮水与胶莱河洪水相顶托，这些本来就凶猛或是本来不凶猛的事物互相结合，形成巨大的破坏力量，依托翻滚的海浪，将濒海一带尽情吞噬。

　　潮害使得几十万亩荒滩闲置，人类面对大自然曾一度束手无策。然而，谋略在发生，战斗不可能止歇。1975年，莱州防潮堤动工兴建。20世纪七八十年代，生产力低下，机械化程度不高，经济不发达，拖拉机、马车和人力推车成为主要的筑堤工具，全员上阵的"人海战术"在漫长的海岸线上激情展开。历时6年的防潮堤工程，于1980年12月竣工建成，并于1999年10月，按50年一遇极端高潮位（米）进行了全线高标准的加固施工，改善了被风浪严重淘蚀、坝体沉陷、坝脚悬空、坝体沙土流失、堤身单薄的情况，重新提高了抵御风浪的能力。

　　如今，这道海上长城在遏制海水入侵、防止土地盐碱化、防洪排涝、调控河水入海、提高淡水水位、改善和保护自然生态环境等方面都发挥着极大的作用，风电、盐业化工、冶金等企业发展迅速。莱州市最大的盐化工业区——银海工业园区、大型制盐企业、方泰金业、大唐风电、烟台东源风电、储油站等项目的发展，使这里形成了盐、溴、碱系深加工及硫酸生产、铜冶炼、风能开发等多条产业链。

　　这条总长40.3公里的海上长城，从莱州市东北虎头崖一直蜿蜒到西南胶莱河口，在虎头崖段大约长5060米。它将渤海在近岸处拦为两部分。

虎头崖的门头雕梁画栋，色彩艳丽。这么古色古香的门洞，让人感觉它连通着一些古老的遗迹，实际上却不是。进入它之后，这条坚固的海上长城，将我送往明丽的海滨风光之中。

海上长城一侧的海面上，泛着粼粼的波光。天空中云朵层叠涌流，仿佛白色的山峰。长城另一侧的滩涂上，漂浮着黄绿色的浮游植物，有些地方生长着块斑状的碱蓬草和其他植物。红绿相间的滩涂上空，白色水鸟流连往复。风电场的白色风车像卫士一样，守护着这条长长的堤坝。

长长的海上长城，就这样将大海拦为两个世界。

04. 虎头崖往昔

站在虎头崖村的高处，可以看到海上长城堤外浩瀚的海面和堤内平静的万亩方塘，虾和大粒盐在其中酝酿生长。鸥鸟在两个世界自由往来。

这个面临大海的村庄，因村北海边有一块奇石，酷似将虎首探入大海中的卧虎，故而得名。《莱州市志》记载了虎头崖名字的由来：因部分石岸为胶东丘陵余脉，延至莱州湾内，其突出部分形似虎头，故名。它日复一日地凝视着千变万化的大海，凝视着高高的大风车、高高隆起的盐垛。

清代诗人张之维曾留下一首《虎头崖观海》：

> 参差怪石蹲沧溟，独立超然逸与生。
> 万里水天仝浩荡，千秋潮汐自虚盈。
> 凌波估客船为室，边海渔人罟代耕。
> 乘舆于喁归去晚，一滩凉色月孤明。

除了张之维，历史上还有一位赫赫有名的人物在虎头崖处留下题刻——在虎头崖村西海边崖壁上，上题"双凤台"三字，下题"山海奇观"四字，边署款"岁在光绪五年己卯秋月李鸿章书"。这位清末重臣李鸿章，缘何会来到莱州在这里留下题刻，主要说法是他来此检查海防设施。据说在清朝末年，虎头崖这里还没有村庄，全都是海防。李鸿章来此视察，站在这块石头上，说了四个字"山海奇观"。后来，人们找来石匠在此刻字，并命名为双凤台。

虎头崖在民国以前是重要的军事海港及商贸码头，这似乎可以为李鸿章的题刻提供佐证。另外一个更有说服力的佐证，是虎头崖村东的马埠寨遗址。作为明代莱州境内设有的多处防倭寨城之一，《掖县志》有明确记载：

县西二十五里，明备御四百户所，设有百户，辖墩三。曰海庙、扒埠，在所北。曰马步，在所南。

清代毛赘作于乾隆六年的《游西岩记》也曾记载：

崖之上，土寨一区，雉堞略可仿佛。前明自肃皇以后，海氛不靖，沿海多置戍卒，此其故垒也。

马埠寨遗址呈长方形，南北长约120米，东西宽约100米，面积达12000多平方米，遗址地表可采集到城墙砖与明清瓷器残片等标本。当地年岁较大的村民对马埠寨的旧貌还略知一二，据他们描述，原马埠寨依山势而建，土夯基，高约5米，厚约8米。夯土基上有砖石砌成的女墙，但高度已无人知晓。寨城南墙开一门，遗址西北的海边崖岸上原有炮台一座。

明代马埠寨的设置，证明虎头崖很早就具备了海防背景，而清代《山东海疆图记》的记载，则证明了它同时也是具备商业功能的重要港埠：

虎头崖，在掖县西二十里，每春夏间，天津各处渔船皆在此捕鱼，崖东西有碎石，舟行宜避。

到民国初年，虎头崖的商贸已逐渐繁华，成为胶东半岛北岸继龙口港之后的另一个重要商埠，在当时的地图中被重点标注。

地理优势，是虎头崖成为良港的主要原因。从虎头崖往西，黄河口泥沙淤积使良港无法形成；而往北直到三山岛，这段海岸没有可供停靠的港湾，这就突显了虎头崖港口的特殊性。来自京津和东北的客商，沿着渤海南岸一路行船而来，留下他们的货物，再把胶东半岛上的物产带回本地。东北广袤的森林为无数趟商旅提供了源源不断的木材，据当地老人回忆，原木从大船卸运上岸的场面蔚为壮观，要将一根根原木放到浅海面上，用小船往岸上拖运。而这些漂洋过海来到莱州湾的珍贵木材，也为当地建筑做出了贡献：商港的繁荣催生了店铺、钱庄的崛起，漂洋过海而来的东北红松，便承担了梁柱檩条的重要职责。如果你今天在虎头崖看到一栋百年老屋，那么它的梁柱十有八九是当年从东北运送过来的木料。

提起虎头崖小港的兴盛，当地年岁较大的老人还从老辈人口中听到过。老人们津津乐道的数念，给这里留下了昔日影像。据说最兴盛的时候，这里有五十多家商铺，进出口的所有原材料都经这里转运，小港船舶往来，商贾从四面八方云集至此，比龙口和三山岛要兴盛得多。商会、领事馆、海关、电报局等相关行业也落驻于此，建起厚宅大院，为商旅提供方便。

莱州湾的海产品非常丰富，梭子蟹远近闻名，大对虾、蛏子、蛤类、鱼产量也很大。当地老人还听老辈人讲起，每当黄花鱼汛时节来临，停靠于港外的渔船多达五百艘。繁华的小港人声喧哗，附近潍坊、平度、沙河以及更远一些地方的鱼贩子纷纷来到这里。空气中飘荡着海鱼的腥鲜味和鱼贩子身上的汗味，他们马不停蹄地把新鲜的海鱼贩运到附近各个县城出售。

我们不知道，祖籍莱州沙河镇的张宗昌年少时是不是也作为其中的一员，挑着担子，出入于繁华的小港，贩了鱼，回到沙河大集上去售卖。这位大名鼎鼎的历史人物于1899年在18岁时离开沙河，去往东北谋生，从此开始了他的高光人生之旅。

如今，在莱州市沙河镇祝家村，还保存着建于1924年的张宗昌旧居，也是对这位从莱州小村走出去的名人的纪念吧。

小港声名远扬，不仅渔船林立，而且有"福安号""京顺号""新安号"等大型客货轮船造访虎头崖港口，使得这里产生了一个新生行业——背背。相比深水港来说，作为天然港湾的虎头崖，海滩比较平浅，水深不够，客货轮船无法停靠在岸边装卸，需要由驳船或舢板来回搬运。从轮船到舢板，再由舢板到码头，需要人力装卸货物。从事这项苦力的人就被叫作"背背"。虎头崖村的老辈人都曾干过这个行业，当时，他们从四面八方逃难来此，蹚过齐膝深的海水，用忧郁的后背，将旅客及货物背上背下。

虎头崖村的村民，多是从清朝中期开始由外地陆续来此定居的，据统计，共有六省十八县五十多个姓氏的人来此安家，其中有一些本来打算闯关东，途中发现虎头崖是个活命的地方，因此放弃了关东之旅，留下来安居。他们无声地背送着朝阳和夕辉，一天下来能赚几吊铜子，从而养家糊口，夜里则全家栖住在海边临时搭建的窝棚里。慢慢地，他们开始置房行炊，把虎头崖发展成了一个村落。

小港的兴盛，带动了附近方圆几十里的经济繁荣。沙河大集流通的货物之中，来自京津的洋货数不胜数。当地人见识着远远超出小村镇所能见识到的大城市风物，这使他们产生了对外面世界的向往。很多人走向大海，乘船远行，到那些漂洋过海的货物所在地，东北、北京、天津，或者更远的南方，去见识世面，或者学做生意。勤劳朴实的山东人敢作敢为，吃苦耐劳，有很多人在外地生意做得很成功，比如创建了著名的"盛锡福帽庄"的刘锡三，最早靠经营草辫生意攒下银钱，在天津市估衣街归贾胡同南口与别人合资开办了"盛聚蚨"，除了卖草辫，还加工草帽出售。随着生意越做越大，后来在天津市和平路开办了盛锡福帽庄。

刘锡三是位颇有远见的商人，他重视技术，花费巨资从国外进口全套的电力制毡帽的设备，重金聘请制帽技师，还派大徒弟三赴日本考察学习，掌握最新技术。短短的几年时间，盛锡福就添置了皮帽厂、便帽厂、缎帽厂等八九个专业工厂，草辫和草帽在1929年菲律宾举办的国际博览会上获得了头等奖。可以说，盛锡福当时在东亚地区占据着草帽业之冠的重要地位。

村落形成了，南来北往的风俗在此聚居，海洋文化也随之诞生，几位福建人在村里修建了一座在北方很少见到的妈祖庙。妈祖庙规模很大，连同前后空场占地上千平方米。在当时，东起蓬莱庙岛，西至天津，绵延千里的渤海海岸，这是唯一的一座妈祖庙，供奉着海神娘娘。墙壁上刻记着海上遇难、神灯引航和娘娘救人等故事。门东有一座钟楼，悬挂着一口重达四五百斤的大铁钟。每年妈祖诞辰日，人们到庙里祈福祝祷，附近的剧团也聚此搭台唱戏，一时之间香火繁盛，人声鼎沸。据说，由于人多，人们把海边泉水井里的水都喝干了。

如今，妈祖庙早已荡然无存，据说当年拆房建生产队仓库时，拆下的木料足足建了二十多间房屋。

见证了虎头港昔日繁盛的最好的目击者，应该是位于虎头崖村东的航标灯塔了。这座15米高的三层塔，占据着虎头崖地理位置的最高点，距海边约100米。

值得欣慰的是，虎头崖灯塔至今基本保持了原貌，基础结构稳固，没有大的破损。资料记载，灯塔呈六面锥体状，高约12.5米，宽6.2米，占地面积约25平方米。共分四层，底层为石基座，高2.85米，二、三层均用青砖垒成，高约8米，最上层为玻璃罩灯标部分，面朝西南开门，底层西北方向与东北方向各有枪眼一个。

午饭之后，我前去探访虎头崖灯塔。村里安静的乡间小路把我送到它的脚下。它矗立在一个高地上，在绿树掩映之间露出半个身体、两个锥面。转到稍远处找到一条小径，走上高地，蹚过一片青草地，离它越来越近。青草地上有放羊的痕迹。

可以看到它的全貌了。的确如资料记载的那样，没有大的破损。局部的小破损，有明显的修补痕迹。这说明它作为一座古老的事物，正在备受呵护。

虎头崖灯塔虽然无法比肩世界上第一座灯塔——法洛斯灯塔100多米的高度，但它作为胶东沿海少见的老式灯塔，具有珍贵的文物保护价值。自从公元前约270年，托勒密二世委派希腊建筑师、尼多斯的索斯特拉图斯在法罗斯岛东端建造了世界上第一座灯塔——法洛斯灯塔以后，海洋的要素里就多了灯塔这个象征希望的建筑。虎头崖灯塔与比它高接近十倍的法洛斯灯塔的意义同等重要。村里的老人还能回忆起当年在海上二三十里地外看到灯塔时的心情，它以独特的两闪一白的信号标识，给渔民指路，给他们安全和归家的希望。

虎头崖灯塔见证了小港昔日的荣光，也见证了它的落寞。《莱州市志》记载，20世纪50年代之后，由于流沙淤积，港湾变浅，大船不能靠岸，因此，商港的功能逐渐退化。那块形似虎头的巨石，也在修建防潮堤时的炸石工程中被毁。但无论怎样，虎头崖都像一名退隐舞台的名角一样，永远地代表着一个时代，永远地在暗处散发着它的光芒。

如果没有沧桑的岁月痕迹，虎头崖灯塔的形状称得上玲珑精美。在渤海沿岸，我还从未见过在玲珑精美方面超过它的灯塔。

它的身后是无垠的大海，海天一色，分不清哪里是天空，哪里是大海。

走下高地时，在土埂子上发现一株蓬勃的毛曼陀罗。这种植株称得上妖娆艳丽，圆溜溜的果子布满尖刺，花朵像倒挂的玉簪。

05. 鲸现海滩

据说1946年，海潮还给虎头崖海滩送来了一条长达十三四米的大鲸，其脊椎骨被村民任太亮家当作了劈柴墩。当年是任太亮的爷爷把这根脊椎骨带回了家，像水桶那么粗，上面还有三根一米多长的骨刺。因为觉得碍事，骨刺被剁掉了。有一个名叫万文喜的农民，逃难来此，因为贫穷，盖房缺料，便用那些被剁掉的鱼骨盖了门楼。

任太亮家里保留的那根脊椎骨，经历了几十年柴刀的砍劈和风霜雨雪的剥蚀，一直没有被损坏，鲸骨的坚韧程度可想而知。

当鲸在海里死亡，尸体慢慢沉入海底，身上90%的肉会被周边鱼类啃食，骨架则会被各类甲壳、无脊椎动物当作家寄生，最后变成海底礁岩。能够变作礁岩，也证实了鲸骨的坚韧。

2019年7月17日，江苏盐城一位村民在自家承包的鱼塘里打捞出一块"石头"，经中国海盐博物馆工作人员初步鉴定，是一块鲸鱼脊椎骨亚化石，距今11700—6000年。这块鲸骨看起来跟石头无异，专家推断，它是一头成年或老年鲸的脊椎骨的后半段。

鲸现渤海沿岸海滩并不常见。据史料记载，2008年8月6日，在莱州市金城镇石虎嘴海域，一条鲸在浅海区漂浮。渔民们担心它搁浅，遂使用渔网打算把它拉进深海，却发现它早已死亡。这条黑鲸重约1吨，长约5米，口内无牙，初步认定为小型须鲸。2009年7月27日下午，在莱州三山岛海域也发现了一头死去的幼年小须鲸，重达两千斤左右。2012年4月28日，在潍坊昌邑附近莱州湾浅水海域发现一头死亡的鲸，体长5米，表面皮肤已经溃烂。

更早的记录，则可以从《汉书》等古籍中看到。《汉书·五行志中之下》记载：

> 成帝永始元年春，北海出大鱼，长六丈，高一丈，四枚。哀帝建平三年，东莱平度出大鱼，长八丈，高丈一尺，七枚，皆死。

从时间上来看，"北海出大鱼"发生在公元前16年和公元前4年，"北海"应当是指北海郡所属的滨海地区，北海郡郡治在今山东安丘西北。不难推断，"北海"海岸应在山东寿光东北25公里至山东昌邑北20公里左右的地方。

"平度，东莱之县。"其地在今天山东平度西北。也就是说，汉成帝和汉哀帝时期的两起"出大鱼"之事，都发生在渤海莱州湾南岸。

至于"大鱼"，毫无疑问是鲸。但古籍记载的鲸，都死亡在海滩上。《淮南子》记载了死亡之鲸：

> 吞舟之鱼，荡而失水，则制于蝼蚁者，离其居也。

这个描述还是比较悲凉的。能吞没舟船的鲸，离开海水后，甚至能被渺小的蝼蚁所制服。

明人杨慎在他著名的鱼类著作《异鱼图赞》中，也称：

> 嗟海大鱼，荡而失水，蝼蚁制之，横岸以死。

这本《异鱼图赞》以赞体的形式记载了各种海洋动物，其中对鲸类的描述较为翔实，其中有一段写道：

> 东海大鱼，鲸鲵之属。大则如山，其次如屋。时死岸上，身长丈六。膏流九顷，骨充栋木。

从这里谈到的"骨充栋木"，就可相信虎头崖村农民万文喜用鲸骨盖门楼并非妄言。

这大约是中国历史上关于鲸搁浅的最早记录。而鲸搁浅的时节，根据古籍记载，多在春天。据明代山东方志记载，鲸类因繁殖的缘故，多在春天三月于近海出没。蒲松龄《聊斋志异》中的《海大鱼》也具体记载道：

> 海滨故无山。一日，忽见峻岭重迭，绵亘数里，众悉骇怪。又一日，山忽他徙，化而乌有。相传海中大鱼，值清明节，则携眷口往拜其墓，故寒食时多见之。

蒲松龄认为鲸在清明节时会携带家眷祭祖，所以，在这个季节容易出现。还有一些古籍或方志认为鲸类会在每年三月因产子而"偶困泥沙"。

但是，莱州湾在2008年、2009年发生的两次鲸搁浅事件，时间却都在七八月份。海洋震动，大鱼浮现，不可捉摸。人类对这种巨大的运动的认识，还需要一个漫长的经过。面对宏大的自然，我们微薄的能力，只是尽可能地梳理和记录它的每个褶皱、每个瞬间。比如鲸搁浅的地点，台湾历史学博士邱仲麟曾做过统计，他认为滦河三角洲、莱州湾、海州湾、旧黄河河口、长江三角洲、钱塘湾的鲸豚搁浅较为集中，搁浅多发生在水深 50 米以下的沙岸。这里明确提到了莱州湾。

这么庞大的动物，它应该属于深不可测的海洋的中心，那黑暗的、动荡的海的最深处。它为何来到浅滩，这同样是个谜。人类对此进行过诸多研究，并提出了诸多假设：鲸死在海中，尸体被海潮冲到岸上；地球磁场改变，导致鲸失去方向感，游向浅滩；鲸在海上搏斗，败者被海流冲到岸上；暴风雨、海溢、霖雨等异常气候导致海潮泛滥；因捕食者的追击或人类的骚扰受到刺激，仓皇登陆；近海岸觅食，退潮时，来不及退走；大功率声呐，造成鲸丧失辨别方向的能力。

与现代科学推测完全不同的另一些说法，则来自古人基于神明敬畏的说法。比如，古人认为，鲸搁浅岸边是因为触犯了神明；鲸搁浅时眼睛通常已经脱落，古人认为它们其实是化作了"月明珠"。

柳宗元在《设渔者对智伯》一文，精彩地描述了垂钓者和智伯的对话。垂钓者向智伯详细叙述了大鲸死亡的经过：垂钓者来到碣石山下寻找大鲸。他如愿看见一条大鲸赶着一群鲨鱼，在渤海中追逐一群大鱼。它们游动时掀起的波浪震动大海，巨大的海岛也被震得摇晃不止。大鲸吞噬了几十条像船一样大的鱼，仍然贪心不止，结果搁浅在碣石山下，被晒成了鱼干。之前那些被它当作食物的大鱼，立即返回来将它抢而食之。

垂钓者把大鲸之死归为它贪而不知休止，认为，"大鲸驱群鲛、逐肥鱼"，因其"贪而不能止"，最终"北蹷于碣石，槁焉"。垂钓者则不啻一位杰出的政治家、军事家和思想家，试图劝阻智伯不要自我毁灭，以免被他正准备攻陷的赵氏家族反杀。然而智伯并未听劝，终被赵氏家族联合韩、魏而反杀。

民间还有一种说法是，鲸因为触怒海神、龙王而遭到惩罚，因此搁浅岸边。清代的山东境域，则对鲸目脱落化作月明珠存有另外一种说法，该说法认为，鲸是因得罪龙神而失去双目。

这似乎是世间一切不凡事物都必须承受的：它们因为过于巨大，拥有神力，便被冠以各种褒贬不一的说法，多姿多彩，神秘莫测。

麦尔维尔在那部著名的《白鲸》中，用无与伦比的笔墨热烈地赞美着鲸的勇武，也猛烈地诅咒着它的无敌。

06. 天下三大盛典之祭海

莱州是个贵气的地方。历史上，秦皇汉武、唐宗宋祖都曾驾幸于此。据《莱州市地名志》载，莱州市以帝王驾幸的传说而命名的村庄有17个。

两千多年前，秦始皇东巡，来到莱州湾三山岛祭阴主之祠，被这里的海鲜深深折服，并在山上留下了"仙人炕""飞来石""笺石手印"等美丽的神话传说。

西汉时，汉武帝刘彻到此，筑"行乐台"一座，并在上面修建了一座"万岁亭"，亭内修有罗汉像，故又名"罗汉台"。后来，经过演变，成为东、西罗台两个村。

唐太宗李世民东征，在渤海沿岸留下的足迹自然更多，莱州也不例外。钓鱼台村、袍猛、皂户都因他而得名。钓鱼台村，因为李世民曾在此临河垂钓而得名；袍猛村是因为李世民被大雨淋湿战袍，在山石上晾晒战袍而得名；皂户村则是因为饥饿难耐的士兵得到村人的食物援助，李世民给山村冠名"皂户"，对其永世不征收赋税徭役。

宋祖赵匡胤与莱州湾的渊源就更为深厚了，他留下的传说化成了村名，有扬务沟村、饮马池村、东、西大宋村、卸甲庵村、留驾村、南村、北村等9个，都是他带兵征战、演武、避难等经历的沉淀。据说他少年时代就曾游历于此，夜里在城隍庙睡觉，白天斗牌掷骰子赌钱。赢了钱有饭吃，输了钱就饿肚子。那一年恰逢大旱，庄稼无收，赵匡胤饿得饥肠辘辘，讨饭讨到了庙户孙家。孙母是个吃斋念佛的好心人，听到白狗汪汪叫，便用拐杖赶开白狗，把赵匡胤引进家中，给了他半盆高粱米饭。龙袍加身之后，为感谢沿海渔民的接济之恩，赵匡胤拨款大修了东海神庙。

历史上，为东海神庙大修而慷慨出钱的，不止赵匡胤一人。始建于西汉的东海神庙，位于山东省莱州市区西北部莱州湾畔，前身为"海水祠"，距今已有2000多年的历史。征和初年，汉武帝刘彻听了一位方士的谏言，诏令兴建了海水祠，主殿祭祀东海神龙。据说，神庙的选址非常考究，地理方位对应分野星宿，祭祀定制也非常慎重。征和四年，刘彻亲赴东海神庙祭海。从刘彻开始，直到清光绪年间最后一次祭海，先后共有81次帝王祭海大典。

祭祀者眼中的海洋，是自然、信仰、感恩，还有希望。帝王亲临海边祭祀海神，使祭海成为一项重要而神圣的礼仪。汉代中期，祭海活动被纳入国家祀典之中；唐高祖武德至太宗贞观年间，唐律令规定祭祀四海为每年常祀之制，政府选派礼官，严格按照时令，前往海神所在地进行隆重祭奠。

接着就要数算到宋祖赵匡胤了。这位了不起的帝王坐拥天下之后，比较重念旧情，想起曾经在莱州湾畔受"孙母"一饭之恩，便下令从国库中拨划重金，重修了海神庙，并附建了"孙母祠"。祠内塑了拄着拐杖的孙母，身旁蹲着那只朝他汪汪叫的白狗。因为赵匡胤讨饭那天是四月初三，后来每年的这一天，东海神庙都举行盛大的庙会，家家户户吃高粱米饭，纪念这位孙母。

元朝时，重视漕运的皇上也派人重修了大殿。此后的明清时期，帝王也都纷纷拨款整修神庙，可以说，这座神庙仿佛一位宠儿，得到了天下帝王的无限宠爱。

宠爱加身，多次扩建，使东海神庙最终成为一座占地50亩左右，规模宏大的道教寺观建筑群，成为和曲阜孔庙、泰山岱庙齐名的三大神庙之一。"曲阜祭孔""泰山祭山""莱州祭海"也成为"天下三大盛典"。

自北宋时期开始，每年有四次祭海日，东海神庙的祭海影响远远辐射到了环渤海、黄海、东海。每次庙会期间，来自本地的客商及来自京津、济南，甚至内蒙古、上海、江浙的南来北往的客商，齐聚于东海神庙，拜谒海神，祈福求安。庙会期间，舟楫林立，人声鼎沸。

东海神庙在享受众多宠爱的同时，也是一位历史的见证者。它见证了历朝历代的海域政治、经济、文化、民俗，见证了古代人们对天文学、经纬学、地理学、海洋学的掌握程度。它无数次沧桑老去，又无数次休整重生，仿佛就是为了一次次见证和记录。

遗憾的是，东海神庙也见证了炮火和硝烟。在1946年的国军进攻胶东战火中，它被无情地毁坏，如今只剩下一个沧桑难辨的遗址。好在，神庙遗址已成为重点保护对象。

神庙虽已不见当时模样，但祭海祈福的传统习俗却沿袭了下来。每年庙会，不仅有当地人，还有外地游客参与其中。表演队载歌载舞，敲锣打鼓，带领着浩浩荡荡的祭祀队伍，参祭人员抬着猪等祭祀用品，一起走向神庙旧址，进行拜祭，胖乎乎的猪身上戴着红绸花。

下午，去拜谒东海神庙，一堵朱红色的院墙和一扇大门迎接了我。大门里，几个当地人坐在凳子上聊天。

"东海神庙遗址"石碑坐落在一棵圆润茂盛的法国梧桐树下。园内很开阔，也很冷清。沿着石板路往里走，首先看到的是"道士房遗址"，石碑向我展示了它的主人，是道教太一道道士。这是一位仁爱之士，以符箓为人治病去灾。遗憾的是，它的遗址如今只残存一高一矮两片残墙。

之后的情况大致相同，娘娘庙、后碑亭等庙宇、亭台旧貌已失，只能在原有位置以佛龛、石碑等代替。

我怀着沧桑的心情，走在空旷的神庙遗址中。

一个月后，我去往曲阜，参加了盛大的壬寅年祭孔大典。当我通过神道路、泮水桥、太和元气坊、至圣庙坊、圣时门、弘道门、大中门、同文门、大成门，站在大成殿下，感受隆重的祀典氛围时，我想到了空旷的东海神庙。那曾经与"曲阜祭孔""泰山祭山"并称为"天下三大盛典"的东海神庙祭海大典，如今已经隐没在历史深处。

07. 三山岛往事

在城港路上行驶，能清晰地看到莱州湾畔的三山岛。路的尽头，三山高耸，绿色浓郁。

民国版《掖县志》这样形容三山岛：

> 城北六十里，在三山乡三山村，村北里许。山峰突起，海潮由西南至，则村与山隔断，故名曰岛。

它向我们描绘了三山作为海中岛屿的景色。海潮从西南方向涌来，将村庄和三山隔开，使之成为岛屿。

提起这三座山峰，人们首先会想到它曾以其神秘性吸引过秦始皇的关注。作为中国道教文化发祥地的东莱，早在春秋时期，沿岸就游走着大量方士，他们眺望着海中的三座岛屿，脑海中闪现着狂热的幻想。公元前219年，比方士更幻想长生不老的秦始皇，在东巡期间曾登上三山岛祭祀。在三峰的中峰顶上，有一块平坦的"盖石"，上面凿有九个酒樽、一双筷子和手掌印，传说这便是秦始皇设坛、注酒，礼祀阴主的地方。公元前109年和公元前89年，汉武帝也曾两次亲临东莱，登上三山寻仙，筑有"三山亭"并祭祀阴主。

《史记·封禅书》记载："八祀，四曰阴主，祠三山。"这证明三山岛是祭祀阴主之地。

如今，三山岛虽名为"岛"，实际上已经成为陆地上的山峰。千万年来，渤海与陆岸之间彼此争斗，海侵海退，修改着各自的领地范围。在三山岛南部入海的王河，也持之以恒地搬运着大量的泥沙，在浅海处堆积。这条河发源于本地的招远境内，虽然不像其他河流那样发源地远在千里之外，却荣幸地登上《史记》。《史记·封禅书》记载："天子既出无名，乃祷万里沙。"

《汉书·郊祀志》则记载："武帝元封元年，旱，祷万里沙。是也。"西汉元封二年，汉武帝在大臣公孙卿的游说之下，远赴东莱求长生不老之药。《三齐记》记载："水北有万岁亭，汉武所筑。"据说当时此地正逢大旱，武帝便在河北岸建万里沙祠，代替百姓祈雨，并在河南岸修建万岁亭，这条河由此得名万岁河。到清末时，改称王河。

这条起初名叫万岁河、后来改称王河的河流，在史料记载中两岸遍布黄沙。《读史方舆纪要·卷三十六·山东七》记载：

> 万里沙府东北三十里。夹万岁水，两岸皆沙，长三百里。

> 万岁河，在府东北三十里，其两岸即万里沙也。秦始皇、汉武帝皆尝祷此。

可见王河在过去两岸遍布黄沙。就这样，海退及王河搬运泥沙，及其他各种自然力量，不断地消弭着岛与岸的距离。20世纪六七十年代，在三山岛和陆地之间还有一条时常被海水淹没的沙梁，但是后来，更多现代化人类活动的参与，最终将三山岛与陆地连通。

一座白色石砌灯塔矗立在山顶岩石上。塔身不高，简单的圆柱造型。古老斑驳的容貌，显示了它在山巅站立百年的岁月。百余年来，它为远近无数条渔船照明，看着渔船在码头来来往往。

在它的脚下，三山岛渔港正在度过开海前的最后三天。万船泊港，红旗招展。长长的码头上，一位渔民席地而坐，正在给一根粗大的缆绳绑上锚卸扣。他是船上的打车工，每年出海时间大约四个月，月工资两万元。码头上走动着为开海做最后准备工作的渔民。整修船只，整理网具，给船上运送足够的冰块和塑料筐，是他们在开海前做的主要工作。

几天之后，这些渔船就会扬帆出海，载着新鲜的渔获，再次停靠在码头。加吉鱼、鲅鱼、鲈鱼、鲳鱼、红头鱼、辫子鱼、鲫鱼、马步鱼、八爪鱼，都是这里的常见鱼类，当然还少不了梭子蟹和虾。扇贝、蛤类等也是百姓餐桌上的常客。

民国版《掖县志》专门记载了"三山岛海口"的"港湾特深"的景象：

> 峙掖城之正北，距城六十里。有三峰突起，适当万岁河下流入海处。岛西南海滩五十余丈……因三山高耸，港湾特深，汽轮停泊亦只距岸半里余。

民国版《掖县志》还记载了三山岛海口的军事历史：

> 该口旧属莱州卫灶河寨防地，后属莱州营北海汛地。三山岛原称卫汛，筑有炮台，以资守御，近废。

其他资料也有相关记载，三山岛是天然的内海港口，隋唐时代是重要的军事和交通港口。明、清两代，为了抵御倭寇和海匪的骚扰，曾设营寨驻水师，山上筑有炮台。《读史方舆纪要》中对灶河寨也有记载："备御百户所，在府北五十里，所砖城周二里有奇。"

与三山岛渔港相距不远的山东港口烟台港集团莱州港区，1996年被批准为国家一类对外开放口岸。无疑，它具有得天独厚的先天优势：地处渤海莱州湾东岸，胶东半岛、鲁东地区、鲁中平原和黄河三角洲的接合部。在黄河三角洲高效生态经济区发展的图谱上，莱州港是一个重要存在。

在三山岛上可以看到港区内高大的储油罐，那是原油、成品油及各类液体化工品的集散地。橙色的吊机繁忙地为大宗散货和各类杂货、件货服务。在港产城融合的新格局下，莱州港集装箱业务、粮食专用码头、石材产业园等项目正在诞生。

第三章

01. 百年老港的光辉岁月

在渤海南岸，今天的龙口港所在地，这个古老的天然港湾，在遥远的震旦纪曾经是由石英岩等变质岩构成的古陆。经过中生代、新生代、第三纪、更新世等时期的一系列地质运动，这块古老的大陆断裂形成断陷盆地，不断被沉积物堆积充填，向平原方向发展。大约15000年前，冰期达到极盛，海平面位于今天海平面以下150米左右，整个渤海湾裸露成陆。

这是一片迷失的大海，海水还没有盛装而来，龙口及近海被洪冲积平原所占领。在这片冲积平原上，有一个孤独的小丘，就是今天的屺姆岛。约12500年前，当全球性气候变暖，海水重新丰盈上升，发生缓慢的海侵。经过了4000多年的跋涉，约8000年前，海水终于姗姗而至，到达龙口附近，将广袤的洪冲积平原覆盖。又过了1000多年，海面达到最大高度，屺姆岛成为浅海中的孤岛，植物在岛上生长。

渤海不断地接纳着山谷、河流在冰封时期孕育的丰富的风化物质，用它的浪、流等海洋动力进行改造。它推拥塑造着海岸，促使沿岸的泥沙产生纵横向运动，逐渐形成了岸堤和沙嘴、沙坝。兴隆庄附近的沙嘴和屺姆岛东侧的沙嘴各自西进和东突，彼此朝着对方靠近，在大约3000年前，像一对恋人般合拢，成为连岛沙坝，从而形成了龙口湾。

如今的屺姆岛，远突海中8公里，连岛沙坝成为天然屏障，港湾水深域阔,极少回淤。

渔产丰富,风小,流缓,波稳,使得龙口湾在"刳木为舟"的先民时代,就产生了渔猎和航海活动。商代始封、西周时期成为诸侯大国的莱国,在春秋初期时疆域辽阔,西起临朐,东至胶东半岛,北至渤海,南至诸城、胶州。但是,好景不长,迅速崛起的齐国开始了扩张吞并之旅,东进打败了莱国,侵占了莱国平度县西边的领土。莱国被迫迁都黄县,称为东莱。尽管如此,莱国最终也没能免于春秋末期被齐国灭亡的结局。

吞并了莱国的齐国,获得了大量的海洋资源,逐步发展成为渤海西南岸最为强盛的国家。"通齐国渔盐于东莱(龙口)"的记载,可以令我们想象到龙口港停满船只、渔获装卸繁忙的景象。

秦始皇一统天下之后,乘船巡行渤海南岸,所经之地都是齐国当年重要的港口。《史记·秦始皇本纪》记载:"二十八年,始皇东行郡县,上邹峰山。立石……于是乃并勃海以东,过黄、腄,穷成山,登之罘,立石颂秦德焉而去。"从这段记载中可以明确得知,秦始皇第二次东巡时乘船沿渤海南岸绕行山东半岛,到过"黄"(龙口一带)、"腄"(今福山)、"之罘"(今烟台)等重要口岸。据此可以推断,龙口港的起源可追溯到战国时期或秦代。

从隋代开始,龙口港已经正式成为海防重地和贸易交通要津。进入元、明、清时期,南粮北调、漕粮入海以及海禁松动,使龙口港的渔商进一步兴盛。元代时,龙口港成为漕粮转运的必经之地。明洪武年间,魏国公徐辉祖建筑"龙口墩",操练水兵,防倭逐寇,龙口港的海防功能强化。到清康熙年间,龙口港已是南帆北船往来频繁,商运互促,集中为市。

1862年,清政府在龙口设立了烟台东海关龙口分关。到清朝末年,龙口与大连、营口、丹东、天津及渤海、黄海沿岸各港通航,各国商船也纷纷进入龙口,抢占海上运输市场。

到民国初年,龙口港已经成为南北海运的中转港和重要的货物集散地。孙中山先生在其所著的《建国方略》中这样评价龙口港:"故吾意在北方奉天、直隶、山东三省海岸,应设五渔业港如下:(1)安东,在高丽交界之鸭绿江。（2）海洋岛，在鸭绿湾辽东半岛之南。（3）秦皇岛，在直隶海岸辽东湾与直隶湾之间，现在直隶省之独一不冻港也。（4）龙口，在山东半岛之西北方。（5）石岛湾，在山东半岛之东南角。"20世纪70年代，渔民在龙口湾内发现了汉代和宋元时期的陶器，佐证了宋元明清各个时期龙口湾渔商活动的斑斓。

1914年，北洋政府迫于外界压力，为防止渤海门户被外国列强掌握，于1月8日批准将龙口自辟为商埠。原有的沙埠码头已经不能再使用，于是，兴建新港口码头走入历史进程。1917年6月6日，采取官督商办形式，开始招股集资修筑栈桥码头。1918年9月破土动工，次年10月5日竣工。栈桥码头全长255米，宽8.97米，高5.95米。桥面承重每平方米1500公斤，设有双轨小铁路，配有4轮平车运送货物。码头还装有一台负荷3000公斤的可运转式汽力起重机。桥上设置铸铁系缆桩16个、系缆铁环24对。配置了10具铁梯用于上下码头。这座中国第一座钢筋混凝土栈桥码头的设施，与当时西欧相仿，被誉为"东亚河海工学业上第一声"，开创了龙口港大船直靠码头的先例。

栈桥码头落成后，船舶倍增，龙口海运步入了兴盛期。经过20年的发展，到20世纪30年代中期，龙口港已与70多个国家和地区产生贸易往来，"东牵烟台，北控津沽"，接纳的定期外轮达到26艘，江浙帆船数百只，跻身北方六大港口之列。

当年，栈桥码头竣工之后的20世纪二三十年代，由于特殊的地理位置，它参与了一件特殊的历史事件：闯关东。这是山东与东北海上往来的重要历史。从清代开始，山东境内贫民窘于生计，无奈跨海北上，谋求生计，俗称"闯关东"。由于地缘关系，龙口成为黄县及临县闯关东的首选港。那时候，人们上船之前在龙口街上买一些刚出锅的肉盒，到了大连下船时还有热气。头天下午从大连上船，第二天就能到达黄县。资料记载，从1860年取消禁垦、清廷鼓励移民开始，到1910年清末，短短五十年间，东北三省的人口从300万暴增至1800万，这主要归功于山东人。

栈桥码头建成后，龙口港成为南北客货运输及海运的重要中转港和集散地。军阀混战、政局动荡、蝗虫灾害、黄河决口等原因，使闯关东人数剧增。从1912年至1949年，短短的三十年间，1830万山东人渡过渤海，去往关东谋生。在全部3700万闯关东总人口中，山东人占一半。而胶东半岛的莱州、蓬莱、招远、黄县人，成为这1000多万山东人的主要人口。

乘船穿越渤海，直接抵达辽东半岛的大连、营口、丹东、旅顺等地，避免了漫长偏远的陆地颠簸，使得这几个城市的山东人可以很便捷地抵达异域，开始新的生活。据记载，每年有多达十四五万人次经龙口港闯关东。栈桥码头像亲人一样，把人们一拨一拨地送走。它眺望着苍茫的海面，记录着那些踏海而去的人。

1945年8月，龙口光复，龙口港成为全国解放最早的港口。在这一年，栈桥码头又责无旁贷地参与到了另一起伟大的历史事件中：运兵东北。抗日战争胜利后，中共中央做出了"向北发展，向南防御"的部署，大批部队起锚北上，抢占东北战略要地。龙口境内的龙口港和黄河营港成为山东军区选定的胶东地区三个渡海口中的两个，许世友将军坐镇指挥海运工作。

从9月下旬到11月下旬，季节从秋天进入冬天。渡海属于秘密行动，需要着便衣，冬装和粮食需求量非常大。龙口人民家家推磨箩面烙大饼，昼夜点灯缝制被服。渡海部队短期内开驻龙口，在船只有限的情况下，有序休整等待北上，有的部队等待时间长达半月以上，因此，安置工作也是亟须解决的难题。资料记载，龙口港附近的老商号——"南粉庄"的大厂房和仓库，黄县城内、城郊各村闲置房屋，包括百姓家中，都分散住满了人马。

除此之外，龙口渔民倾情贡献了船只和船工。30余条小汽船、140余艘各式各样的帆船，从四面八方汇集到运兵码头。海滩较浅，导致船只无法靠岸，人们只好蹚着齐腰深的水，来回装卸物资，用舢板把人、货运送到停泊在海里的汽船或帆船上。帆船、舢板、汽船、人，布满龙口湾海面，场面壮观感人。

担任船工和向导，也是龙口人民在这一渡海壮举中贡献的一份特殊力量。运兵船只源源不断地驶出港口，开始了航海经验、气象预报、通信联络、导航设备都很缺乏的艰难航行。风浪叵测，美国与国民党军舰时常出没，也使渡海困难重重。帆船没有机动力，只能靠风帆和人力。船老大和船工在这场渡海战斗中发挥了决定性作用。在今天，只需几个小时即可抵达辽东半岛，而在当时，少则一天一夜，多则两三天，甚至十多天。龙口的渔民拿出了他们毕生的驾船经验，把战士们一船一船地送到辽东半岛。

在这个小码头上，还留下了两位将军惜别的珍贵场景。11月6日，罗荣桓率山东军区直属机关、警卫部队和独立营共4000多人，抵达龙口港码头。他们是10月24日从临沂秘密动身的。海湾内外一片渡海的繁忙，两位将军在熙熙攘攘中话别。罗荣桓问许世友留在山东有什么打算，许世友铿锵有力地说准备打仗。罗荣桓把陪伴了自己5年的一匹枣红马送给了许世友，许世友把自己的手枪回赠给了罗荣桓。之后，罗荣桓一行分乘6艘汽船，驶出龙口港。

两个多月的时间，龙口港将数万余名解放军战士由栈桥码头安全送到东北，完成了我军史上最大规模的海上战略转移。

在龙口港世纪文化苑中，我看到如今的栈桥码头已经退休赋闲，像一位见多识广的慈祥老人。它已经苍老，桥面风化斑驳，多处桥面断裂。有的地方，不规则的桥面裂片坍塌倾倒在水中；有的地方可能碎裂较重，已被清理干净，只剩下整齐的桥墩，倒映在安静的海水中。从桥面裸露的断裂面可以看到钢筋，以及精巧的技术设计。黑褐色的铸铁系缆桩仍然幸存，像卫兵，沉默地护卫着苍老的码头。

据工作人员介绍，龙口港曾聘请专家来现场勘察，希望能对栈桥码头进行修复，但专家认为修复难度很大，因此只能原貌保存。这是对栈桥码头最大的尊重和保护，因为有些修复一经动工也就同时意味着破坏。

古老的栈桥码头，就这么静静地看着不远处的龙口港那粗壮的粮食筒仓、高高的橙色吊机，像看着自己茁壮成长的儿女。

在11号码头粮食专用泊位，可以近距离地感受龙口港的新建筒仓项目。16个10000吨仓容的新筒仓，20个6000吨仓容的旧筒仓，规模壮观。12、13号码头在粮食少的情况下兼做件杂货，以硫酸铵和木片为主。高高的吊机正在把一包一包的硫酸铵吊到船上，一包重达一吨。

从《龙口港志》中，我了解到，龙口港曾遭遇过日本军舰飞机骚扰、暴风袭击、国民党军占领、渤海湾地震、暴雨引起的海水倒灌，等等。这个百年海港，历经坎坷。今天的龙口港，码头岸线15000余米，生产泊位30个，其中15万吨级1个。主航道水深-16米，底宽300米，可保证10万吨级船舶正常进出港。散杂货、液体化工、集装箱、客滚、港口综合物流服务五大板块，构成了龙口港的主要业务范围，其中散杂货板块主要是经营煤炭、铝矾土、铁矿石、粮食、木材（片）、化肥、件杂货班轮（非洲、中东、远东、韩国、朝鲜、南美等流向）等。港口拥有"大包水泥效率""中非杂货班轮""木材全程物流服务""港口现代物流融资支持平台"和"环渤海黄金水道集装箱运输服务"五个山东省级服务名牌。

02. 黄河营古港旧事

八月的最后一天，我去探访黄水河入海口处的黄河营古港。

从山东栖霞发源的黄水河，向北流入龙口市境，于黄河营村东注入渤海。可能由于今年夏天雨水充沛的原因，黄水河在入海口处的气势虽然比不上渤海沿岸的大河，但秀雅中也蕴含着些许的滔滔之势。

这里的景致非常奇异，黄水河由南而来，两岸长满绿色植被的河滩绵延环绕，与弥漫着大片黄沙的海滩相依相偎。河水和海水相遇，涨潮时海水入侵河水，退潮时河水蓬勃流入海中，两种物质此起彼伏地交融和冲击，形成形状不一的沙嘴和沙丘，有的仿佛孤岛位于水中央，有的像弯月深入海中。

近河滩处的沙丘和沙坝上，停立着数不清的鸟类，偶尔有几只升起来，在低空翻飞。沙丘旁边的浅海中，站着两个当地渔民，正在收网捕捞。鸟类不怕人，兀自低飞或休憩。据《老黄县》记载，黄水河海口很早以前就是多种鸟类的栖息地，海鸥、白鹭、大雁、仙鹤、天鹅、鸳鸯、啄木鸟、乌鸦等鸟类难以计数，是老黄县的一大景观。

河海交汇浅滩处的水不深，在膝盖以上，十几位渔民站在水中捕捞。在海口撒网捕鱼,是这一带庄稼人长期保持的习俗,到现在依然保留着。《老黄县》记载,过去到海口撒网捕鱼的当地农民,在洗脸盆上蒙了纱布,边上留一条小缝隙,盆里放点鱼饵,然后将盆放到河里。据说有种柳叶鱼很贪吃,用这种方法很容易捕捉。当地人还会制作一种名叫"等网"的渔网,用竹竿和渔网安装而成。我不知道它是否与传统的"罾网"相似。孩子们则擅长寻找蟹洞,把小螃蟹捉回家去,放养起来。

绿岸,黄滩,蓝水,白鸟,形状优美的沙嘴沙坝和沙丘,悠闲的人。黄水河入海口的独特,令人印象深刻。

"黄山黄水邑名黄,山水钟灵讶非常。不见黄山拱泰岱,惟看黄水赴东洋。"相传这是上庄曲氏所作的七言绝句,吟咏的正是黄水河。上庄曲氏是否为今天龙口上庄曲家的人,不得而知,黄水河在龙口人心中的位置,却是非常重要的。

后来,当我驱车在荣乌高速路上行驶,经过黄水河桥时,我再次看到了黄水河。但从这个角度看到的黄水河并不震撼,河道很浅,有些地方裸露着河床。根据传说,这条河并不像它表现得这么羸弱乖顺,在过去每逢丰水之时也会泛滥成灾,给旁边的村庄造成危害。

当然,河水溃决的同时,也造就了丰茂的草木,据说当时附近村庄有很多野兔出没,放鹰抓野兔是当地人的一大乐趣。野兔和鹰互相斗智斗勇,最后总能分出高下。

女人们用篓子装着衣服,到黄水河里浣洗;干完农活满身大汗的男人们最喜欢的则是扎到河里洗澡。女人羡慕男人们的特权,便在夜幕降临之后,也三三两两地去河里洗澡。这都是老一辈人对黄水河的记忆。

沿着入海口往西缓步行走,沙子细腻,沙滩不像多数沙滩那么平坦,而是具有一定的坡度,仿佛沙坝。沙滩上有悠闲钓鱼的人,问其中一位大叔,有鱼吗,他答,没多少。看来钓的是放松和情怀。

黄水河入海口处的村庄名叫黄河营。"一面沙滩,一面银川,一面碧海,一面田园",描绘的就是黄河营村。根据诸多史书的记载,"先有黄河营,后有黄县城"的说法,是被普遍佐证了的。

黄河营港的历史,可以追溯到上古时代。文献记载和考古资料可以证明，黄河营港是上古时代全国六大名港（碣石、黄、腄、琅琊、会稽、番禺）之一。五六千年以前，定居在此地的莱夷先民就已经熟稔近海捕捞和海上航行活动。西周至春秋时期，黄河营港已经发展为莱国的重要海港，从事大量的对外经济文化交流。战国时期，著名的乐毅伐齐一战中，乐毅攻入临淄后，继续兵分五路攻取齐地，文献记载"左军渡过胶水（今胶莱河）攻取乐莱（今山东龙口、牟平至荣城一带）；前军沿泰山东麓至黄海边，攻取琅琊（今山东沂南至日照一带）；右军沿黄河、济水进占阿（今山东阳谷东北）、鄄（今山东鄄城北），与魏地相接应；后军沿北海（今山东淄博东北沿海一带）攻干乘（今山东高青东北），乐毅亲率中军镇守齐都指挥。燕军仅用6个月，就攻下齐国70余城"。从中可以推断，乐毅的某支军队很有可能从黄河营港登陆。

秦始皇北伐匈奴时，将黄、腄、琅琊负海之郡的粮食由这里转运北河前线。《汉书·主父偃传》记载：

> 使天下飞刍挽粟，起于黄、腄、琅邪负海之郡，转输北河，率三十钟而致一石。

这段文字记载了秦始皇攻打匈奴时在黄河营港转运"刍粟"（粮草）的史实。另有各种推断认为，公元前210年，徐福最后一次东渡，携带浩荡的船只、五谷百工、弓箭手、童男童女，正是从黄河营港起航。

2021年7月，山东省水下考古研究中心对渤海湾沿海滨州、东营、潍坊、烟台进行了山东省古港口调查。专家走访村民，对黄河营古城墙旧址进行测量考古勘测，认为黄河营古港遗址是一处西周时期古港口遗址，这一重大发现填补了没有真正意义上古港口的空白。同时，专家认为，大量事实证明，黄河营港自古就是中国重要的海运基地和中国、韩国、日本之间海上交通的主要港口，徐福率领东渡船队正是从这里启航，经庙岛群岛抵达辽东半岛南海域，再东行至朝鲜半岛西海岸，然后南航到今韩国济州岛，经过短暂休整，横渡对马海峡到达日本北九州。

西汉武帝元封二年，楼船将军杨仆曾率领水军在这里渡海，讨伐高句丽。三国时期，黄县属魏国管辖，司马懿曾奉命讨伐辽东，也在这里驻扎军队，运送军粮。此间的寨城名为大人城，为司马懿建造，又名军营。《黄县志》对"大人"的解释是"大人，谓大举兵入辽东"。隋唐时期多次用兵朝鲜，都是以黄河营港为始发港。后来，随着朝代更迭，大人城也逐渐化为乌有。

后世的黄河寨城，则始建于唐代。民国时期重修的《黄县志·建置》中关于黄河寨城的记载为："城即大人城旧址，唐时创建。明弘治二年，知县范隆重筑。崇祯十年，知县任中麟改筑石城。"据唐代李吉甫《元和郡县志》记载："大人古城在县北（即龙口市建市前的黄县城）二十里……今新罗、百济往还常由于此。"文字记载了当时日本、朝鲜的使者和留学生乘船由黄河营港登陆后，改陆路西行，到达洛阳、西安等地，然后原路返回，再由此登船返航回国的路程。

在今天的黄河营村口，立着一块青灰石村碑，正面是"黄河营"三个字，背面也简略地刻写了黄河营的这段历史：

> 唐朝薛礼征东，在此屯兵，曾建土城，因地处黄水河口，故取名黄河营。崇祯十年，知县任中麟改筑石城，称黄河镇，清初复名黄河营。

据文献记载，昔日的黄河营港由于黄水河入海时与海水的互相冲击，水流变缓并发生回流，四周的河坝及植被同时形成屏障，因而形成了一个口小腹大的天然的深水港湾。港内风平浪静，适合船舶停驻，一度成为渤海南岸最大的商港。清代以来，大批商船频繁往来于旅顺、营口、烟台等地，港内建有栈房上百间，堆满了进出口货物。根据实地勘察和出土文物证明，古代的黄河营港区范围很大，北至渤海南岸，南到东羔村村东，长约3000米，占地面积约2000亩。

但是，到了民国初年，港口逐渐淤塞，加之龙口港兴起，在黄河营港南来北往的船舶时断时续，日渐减少，只有营口、烟台的帆船往来运送杂品。尽管如此，20世纪60年代初期，港湾内仍能停泊重五六十吨的机帆船，可见港湾的浩大。到了70年代，对黄水河的整修，缩小了古港湾的面积，仅剩下约1000余亩。最终，黄河营港卸下了历史重任，变为当地渔民海上捕捞之地。

在村东北靠近海边，矗立着一块石碑，刻写着"黄河营古港遗址"，四周以院墙相围。石碑旁边青草葳蕤，摇曳诉说着斑斓的陈年旧事。

03. 齐人徐福

《太平广记·徐福》和《十洲记》等古籍对徐福都有记载：

徐福，字君房，不知何许人也。（《太平广记》）
福，道士也，字君房，后亦得道也。（《十洲记》）

《史记》则明确提到徐福为"齐人"。虽然古籍把徐福记载为"齐人"，但他存在的意义已经超越国界，具有了世界意义。

两千多年前，霸气雄武的秦始皇结束了分裂动乱，一举将天下归统，之后开始出巡全国各地。除了为自己立石颂德之外，还有一个目的，就是为自己寻找长生不老的仙药。恰逢战国时产生了三神山上藏有不死药的说法，就更令秦始皇的心中燃烧起熊熊火焰。从公元前221年至公元前210年，十几年的时间里，这位帝王至少三次东巡山东沿海。

秦始皇的不死野心瞒不过诸多的方士异人，徐福就是其中一位。公元前219年，秦始皇出巡到山东，先是登上邹峄山为自己立碑颂德，接着又登上泰山举行封禅大典。之后沿着渤海一路东巡，这条东巡路线在《史记·秦始皇本纪》中有明确记载：

二十八年，始皇东行郡县，上邹峄山。立石，与鲁诸儒生议，刻石颂秦德，议封禅望祭山川之事。乃遂上泰山，立石，封，祠祀。下，风雨暴至，休于树下，因封其树为五大夫。禅梁父。……于是乃并勃海以东，过黄、腄，穷成山，登之罘，立石颂秦德焉而去。南登琅邪，大乐之，留三月。……既已，齐人徐市等上书，言海中有三神山，名曰蓬莱、方丈、瀛洲，仙人居之。请得斋戒，与童男女求之。于是遣徐市发童男女数千人，入海求仙人。

从这段记载中可以明确得知，秦始皇抵达琅邪之后，徐福主动上书，告诉秦始皇说，海中有蓬莱、方丈、瀛洲三座神山，上面住有仙人，他请求斋戒，然后带领童男女入海求仙。

根据史实，结合地理方位等综合推断，徐福的第一次出海是从琅邪起航。琅邪距朝鲜半岛较近，在徐福此次出海之前，这条航海路线已不是秘密，被很多当地水手试航过。徐福一定也借助了有过航行经历的人的经验，所以他顺利抵达朝鲜半岛并不是难事。徐福的船队抵达朝鲜半岛之后，围绕仙山和仙人也一定进行了兢兢业业的勘察和寻访，只不过他并没有找到。

徐福的第一次出海寻仙宣告失败。当他返回琅邪的时候，秦始皇还没有离开，这位帝王此次在琅邪逗留了三月之久。徐福准备好了应对之策，他告诉秦始皇，他确实见到了海中的大神，但大神嫌徐福带的礼物太薄。《史记》记载了徐福向秦始皇复命时的陈词：

"臣见海中大神，言曰：'汝西皇之使邪？'臣答曰：'然。''汝何求？'曰：'愿请延年益寿药。'神曰：'汝秦王之礼薄，得观而不得取。'即从臣东南至蓬莱山，见芝成宫阙，有使者铜色而龙形，光上照天。于是臣再拜问曰：'宜何资以献？'海神曰：'以令名男子若振女与百工之事，即得之矣。'"

徐福栩栩如生地讲述了见到海神后，他们两者之间的对话。海神嫌他带的礼薄，所以只指引他观看了蓬莱山，以及灵芝长成的宫阙，然后指点他要带良家的童男童女以及五谷百工的大礼，才能求取仙药。

雄才大略的秦始皇朝思暮想长生不老，他愿意相信这个活灵活现的陈述，因此"大悦，遣振男女三千人，资之五谷种种百工而行"。

徐福开始筹谋他的第二次出海。这次出海需要做的准备工作非常浩繁，除了童男女之外，还有船员水手、五谷百工、各种生活物资，等等。从那时开始，到公元前210年这期间，徐福除了准备出海的浩繁人力物资外，还做了些什么，我们不得而知。公元前210年，秦始皇再度东巡至琅琊，给了徐福不小的压力。他自知这么多年没有取得寻仙成果，办事不力，只好再次拜见秦始皇陈明缘由：

"蓬莱药可得，然常为大鲛鱼所苦，故不得至，愿请善射与俱，见则以连弩射之。"

这次，徐福搬出了大海中出没的大鲛鱼，为自己的寻仙未果进行开脱。史实究竟是不是这样，我们不得而知，也不宜凭主观去下推断。我们只知道，巧合的是，秦始皇刚巧梦到自己与海神激战，海神长得像人一样。秦始皇问了占梦人，占梦人告诉他说：

"水神不可见，以大鱼蛟龙为候。今上祷祠备谨，而有此恶神，当除去，而善神可致。"

占梦人明确地告诉秦始皇，必须要将恶神除去，才能见到水神。于是，秦始皇亲自前往大海中央。再度巧合的事情发生了：当他抵达芝罘的时候，果然见到了大鱼，并成功射杀。

这个巧合事件对于徐福来说究竟是福是祸，不好分析。不过，这次事件之后的情况是，徐福出海的人力当中又增加了弓箭手这一武装力量，而且秦始皇又再一次相信了徐福。但这也意味着，徐福经此一事后，必须扬帆出海，再也没有理由耽搁下去。

庞大的童男女、弓箭手、工匠、物资等在山东沿海各港口集结，然后由徐福率领，浩浩荡荡地进入历史时空，著名的东渡掀开新的一页。据考证，部分童男女是在河北黄骅、山东无棣一带港口集中，然后到登州湾等港口，随同徐福的船队一同出海的。这跟盐山县千童镇关于徐福东渡的传说吻合，当地盛传童男女是乘船从千童祠旁边的无棣沟驶入渤海。无棣沟的下游与漳卫新河重合。在漳卫新河入海口附近，如今也矗立着一座徐福的雕像。

古登州湾包括今天的龙口黄河营古港和古登州港。徐福第二次东渡的路线，经专家考证，很可能是从登州湾起航，渡过长山列岛，沿着辽东湾的东南，向东抵达鸭绿江入海口，再经过朝鲜半岛西海岸南下，进驻济州岛。徐福第一次东渡已经抵达了朝鲜半岛，可以说，他这次再度到达朝鲜半岛是驾轻就熟，只不过，这次的行程没有止于朝鲜半岛，而是经由朝鲜半岛又继续南下。在济州岛周围，徐福进行了细致的勘察，他当然希望找到神山。经过勘察，徐福发现在济州岛东方有一个大岛，也就是九州岛。

徐福进入日本之后，边勘察边继续寻找落脚之地，人马分成两拨，一部分走陆路，一部分走水路。经过漫长的跋涉，途经多个地点，陆路和水路人马在龙王崎汇合，然后横跨有明海，到达佐贺市诸富町登陆。这条复杂的路线是日本学者的考证结果。在日本多处保留有徐福登陆处、徐福墓等，可以算是物证了。

也就是说，徐福这次东渡的结果，是为自己找到了一处长久的栖息之地。古籍记载为："得平原广泽，止王不来。"最后的风云岁月中，只剩下心存遗憾的秦始皇在出巡的路上抱病而亡。

"齐人徐市"是《史记·秦始皇本纪》中的明确记载，这为徐福故里的考证提供了依据。长期以来，学界对徐福故里的看法并不统一，江苏赣榆说、山东琅琊说、山东黄县说是主要的三种看法。很多学者从"齐"上进行考证，认为这里的"齐"主要有三种理解：齐国，齐地，齐郡。而综合分析来看，"齐人"最有可能指的是齐郡人。而《史记·秦始皇本纪》中明确记载，秦始皇三次东巡山东沿海地区，都到过黄（今烟台龙口）、腄（今烟台福山）一带。他在东巡过程中多次见到徐福，也可见徐福的故里距离秦始皇东巡路线并不远。另外，秦始皇听了徐福关于海中有大鱼的说法后，"至之罘，见巨鱼，射杀一鱼"，也是一个佐证。

最具有说服力的，可能就是三神山了。三神山指的是蓬莱、方丈、瀛洲三座神山，这是公认的结论。《山海经》记载："蓬莱山在海中。"晋代郭璞注："在勃海中也。"《史记·封禅书》《汉书·郊祀志》也均有记载，指明蓬莱、方丈、瀛洲三神山"在勃海中"：

> 此三神山者，其传在勃海中，去人不远；患且至，则船风引而去。盖尝有至者，诸仙人及不死之药皆在焉。其物禽兽尽白，而黄金银为宫阙。未至，望之如云；及到，三神山反居水下。临之，风辄引去，终莫能至云。世主莫不甘心焉。

《梦溪笔谈·异事》记载：

> 登州（古黄县属地）海中，时有云气，如宫室、台观、城堞、人物、车马、冠盖历历可见，谓之"海市"。

《齐乘》卷一《山川》"沙门岛（今庙岛）"记载：

> 登州北海中九十里。其相联属，则有鼍矶岛、牵牛岛、大竹岛、小竹岛，历历海中，苍秀如画，海市现灭，常在五岛之上。

实际上，《梦溪笔谈·异事》中已经谈到，历历可见的宫室、台观、城堞、人物、车马、冠盖，都只不过是海市。后人慢慢明白，海市只是一种幻境，而早先的人们不明所以，以为是仙境。

在龙口市西北部有一个小镇，名叫徐福镇，它的前身是徐乡县，建于汉初，因徐福而得名。徐乡县故城遗址在今天徐福镇政府驻地南乡城村村前，历史悠久。这也是徐福故里为龙口的一个佐证。

总之，在没有更确凿的资料认定徐福故里的情况下，徐福是秦代黄县（今龙口）人的说法，成为主要的说法之一。

04. 海中火山岛

渔船停泊在九月一日的港栾码头。

港栾村开始热闹起来：4个月的休渔期在今天中午即将结束，渔民出海的时刻正在一分一秒地来临。刷成蓝色的渔船与大海竞美，船上的旗帜充满斗志。码头上，干净整齐的海鲜摊位静静地等待着傍晚时分被各种新鲜的海货堆满。

隶属于龙口市徐福街道的港栾村不大，原名港口栾家，村人多姓栾。港口栾家的渔民自古就喜欢出海打鱼，很早以前买不起船，就几户人家合伙买一条小划子。这种小划子不适合远航，只能在近海下网，而且也不敢招惹大鱼。据说每年春秋两季，港栾渔民都会遇到"过大鱼"，他们称之为"过老大人"，其实就是长约一两丈的大鱼成群结队从船边游过，因为船只过小，渔民们惊慌得直敲船帮，让大鱼快快游过去。

如今的小港虽然也不大，可以称得上袖珍，但是，渔民早已不像当年那样窘迫，害怕大鱼已是永远的历史了。

小村和小港，都笼罩在开海前的喜悦、焦灼、期盼与兴奋不安之中。渔民们在九月一日这天最希望的是出海能够满载而归，如果打到的鱼全都一两丈长，那才好呢。

距港栾码头3公里的海中，漂浮着一个小岛，名叫桑岛，此刻它的码头上也停泊着待出海的渔船。从港栾码头乘渡轮，大约十分钟即可到达桑岛。快艇速度要更快一些，可容纳10人的小艇劈开海水，飞速前进，很快就停靠在桑岛码头。

关于"桑岛"名字的由来，至今没有定论，但都很美好。清代《黄县志》记载说"海中多山桑"；民国年间的《黄县志》记载说"岛形似桑叶"；近年来出版的《龙口市村庄志》中有"'桑'字是取'沧海变桑田'"这样一句描述；《龙口市地名志》则非常明确地指出"因岛上多山桑，取名桑岛"。

康熙版《黄县志》对于桑岛的描述最为丰富：

> 桑岛，北二十五里抵海岸，又水路四十里至岛。其中多山桑，有石田可耕。春夏之交，鱛翅摇红，蜃楼市幻。按，海鱼有名鱛者，长或一二十丈，或七八十丈，或三五成群，顺流而下，喷浪如雪，翅浮水面，如百千赤帜。舟遇之即速避，稍迟即为所吞，俗名吞船鱛，人不敢取。间有自毙，潮至沙滩者，土人以柱撑口，入内割其肉为膏油燃灯。不可食。利刀数割即为油腻沾滞。骨大可作桥梁屋材。岛中有鱼骨庙。

县志里提到的名为"鱛"的海鱼，古籍解释很简单，也很生动形象。据《康熙字典》记述，《广韵》《集韵》对它的读音及来源进行了注解：

> 《广韵》，七雀切。《集韵》，七约切。并音鹊。鱼名。出东海。

《类篇》的描述，跟康新版《黄县志》的描述风格一样，极富感染性和文学性：

> 鼻前有骨如斧斤。一说生子在腹中，朝出食，暮还入。

这段文字中的"鱛"非常奇特，大鱼把孩子生下后，养在腹中。早上，小鱼出来觅食，晚上再回到大鱼的腹中。对于这样的鱼，我们的常识显得十分窘迫，真是闻所未闻。

北宋著名药学家唐慎微所著的《证类本草》中，描绘到"鲛鱼皮"：

> 即装刀靶（音霸）鱛（音鹊）鱼皮也。

从这一句我们可以推断，他所提到的鲛鱼皮，就是鱛鱼的皮。他同时又谈到"陈藏器云"：

皮主食鱼中毒，烧末服之。鲅鱼皮，是装刀靶者，正是沙鱼也。石决明，又名鲍鱼甲，一边著石，光明可爱，此虫族，非鱼类，乃是同名耳。沙鱼，一名鲛鱼，子随母行，惊即从口入母腹也，其鱼状貌非一，皮上有沙，堪揩木，如木贼也。

陈藏器所著的《本草拾遗》对鲛鱼皮的解释中，也提到鲛鱼"子随母行，惊即从口入母腹也"。

在《水经注·卷三十七》中，我读到对"浪水"的描述，其中提到"浪水"入海后，海中有䱜鱼，跟唐慎微和陈藏器的描述一致：

浪水又东径怀化县，入于海。水有䱜鱼。裴渊《广州记》曰：䱜鱼长二丈，大数围，皮皆镖物。生子，子小随母食，惊则还入母腹。《吴录·地理志》曰：䱜鱼子，朝索食，暮入母腹。《南越志》曰：暮从脐入，旦从口出。腹里两洞，肠贮水以养子。肠容二子，两则四焉。

《水经注》囊括了《广州记》和《吴录·地理志》对这种"朝索食，暮入母腹"的奇鱼的描述，可见人类对它的认知由来已久。

现代医学解释鲛鱼皮为：

中药名。为皱唇鲨科动物白斑星鲨或其他鲨鱼的皮。

可见，"䱜"其实就是鲨鱼，古称鲛鱼。

桑岛一带有过出海捕鱼经历的老人，都见过10米多长的鲨鱼，后尾上的翅竖立起来足有房子那么高。古时桑岛附近的海域经常有鲨鱼群和鲸群洄游，人们不知道这是鱼群在越冬洄游，便把这一现象称之为"过龙兵"。民间还有一个有趣的传说，这些鲨鱼春天从东往西游，是去莱州的东海神庙里去点卯报到。秋天的时候，它们又从西往东游回原地。

据说，鲨鱼群少的时候有六七条，多的时候能达到二三十条，浩浩荡荡。由于海水浅，鲨鱼的背脊露在海面上，像一座座追风逐浪的小岛屿，所过之处，浪花飞溅，声势滔天。当红鲨鱼招摇过海的时候，海面上映照着一片红光，这就是"鳍翅摇红"的壮美之景。

对"鳍翅摇红"这一奇景的精美描述，我在同治版、乾隆版，及其他版本的县志中都没有找到，最后总算在康熙版《黄县志》里找到了。这段珍贵的文字，在康熙以后的版本中被弃用，是个巨大的遗憾。

当年徐福在被秦始皇第二次召见时，由于没有找到长生不老的仙药，便对秦始皇说，原因是渤海中有大鱼，阻隔了寻仙之路，想必他所说的大鱼，就是《黄县志》里所记载的"鳍"。如此说来，如果真是有硕大无比的鳍挡在水中，寻仙之路还真有点艰难，毕竟"舟遇之即速避，稍迟即为所吞，俗名吞船鳍，人不敢取"。

乘坐观光车沿环岛路缓行，司机指着一处山林，说那是一片桑树。四十亩浓茂的桑树，是几年前桑岛村特意种植的。关于桑树，当地流传着一个传说：孜孜不倦于求仙活动的方士徐福曾经来到桑岛观海，他将桑籽带到岛上，劝岛民种植桑树。岛上的住民于是遍植桑树，使小岛山桑累累。

在房前屋后栽种桑树和梓树，是中国古代的传统。桑岛安静地居于渤海之中，如"桑梓"代表故土之意一样，大海就是它的故乡。的确，这个总面积2.5平方公里的小岛，是由火山喷发而成，它最深的土层仅有1.7米，土层下面的基岩为新生界上第三系玄武岩。

早在数万年前，桑岛并不存在。后来，一座火山在龙口北部的渤海之中喷发，堆起了巨大的火山岩层。熔岩不断增高，岩层顶端像飞速生长的珊瑚，穿透渤海海面，袒露在阳光下面，桑岛诞生了。渤海的风浪不断地冲刷着这座小岛尖削的顶端，夜以继日，持之以恒，最终将它变成一个平坦之地。

我们无从得知这座岛在大海中间荒芜了多久之后，岛上才开始有了生物，因为毕竟最初的火山熔岩对一切生物都是不友好的，对人类更是如此。微小的生物和植物自然比人类更容易在不毛之地生存，它们也可能经历了前赴后继的失败和死亡。风将植物或微生物的虫卵带到岛上，大海的潮汐也一次次将它们推送上岸。丰富的大海里什么都有，因为船上或许会遗落虫子、卵、植物的茎叶。哪怕一根沉船的浮木，也有可能携带着数不清的微生物。空气中也会有飘浮的微生物，我们的肉眼或许看不到。它们落在桑岛上，寻找到火山岩上的某处比较舒服的地方——裂缝或者气孔，便安家落户。

400多年前的明末崇祯年间，一个曲姓家族因避难从云南流落于此。他们大约是看上小岛四面环海，相对封闭安全。这就是来岛定居的第一批先民。他们就地取材，利用遍地都是的火山石建造房屋。后来陆续又有李、王、胡等姓氏迁来定居，逐渐发展成桑岛四大姓氏。

另有文献记载，明时岛上有屯田，是由戍卒垦殖的荒地，也叫军屯，明政府用此举征收军饷和税粮。在渤海岸边一个名叫芦头村的小村庄里，有个名叫王朝琪的廪生，后来改行从武，成为武爵，官至都司。他亲历了桑岛屯田的历史，并留下一首诗《桑岛屯田》：

> 岛屿纡回傍海涯，依冈草舍几人家。
> 松风古殿鸣金铎，百鸟寒堤伴彩霞。
> 烟黍遥连云外锦，渔舟飞棹浪中花。
> 戍台幸喜无烽火，刁斗辕门夜不哗。

这首诗将小岛的景致、鸟类、舟船、人家写得优美安详，同时又感慨和庆幸戍台无烽火，战事的喧哗没有在这里发生。可见当时的小岛如海中的世外桃源，人们过着渔耕的安静生活，与松风和百鸟为伴。

在同治版《黄县志》里，还记载了一首明代徐旻的诗《桑岛春潮》：

> 半洋突兀起孤洲，仿佛中流一舰浮。
> 地旧桑麻为岛社，市尝楼阁拟登州。
> 日融沙暖鸥群集，风落潮生水逆流。
> 傲杀海翁无别事，纶竿终日坐沙头。

这首诗更为全面地描述了桑岛的形态以及诸多事物。老翁无事终日钓鱼的闲适，与王朝琪诗的意味相同。

《龙口市志》记载，桑岛海口在清末民初多有帆船东抵烟台，西连龙口，北通旅顺、大连、营口。往来贸易船只载重有的多达60吨。20世纪30年代，岛上的中产家庭普遍拥有小筏。

如今，600多户、2000多岛民的同名村落——桑岛村，俨然一个历史悠久的古村落，又因为开发了食宿等旅游项目而多了些时代气息。但整个岛基本上还是保持了古朴天然的样貌。环岛而行，路两边满眼都是成片蓊郁的树林，不时有野兔在林中蹦跃。槐树是岛上比较多的树种，想必五月必是满岛槐花香。

以捕鱼和海鲜养殖为生计的村庄，尚未被现代化开发大规模地改变，用火山石建造的老房屋比比皆是。垒砌外墙所用的火山石有的被精细地打磨成条石，有的取其不规则的天然形状随意搭配，加之黑色、褐色、暗红色等火山石特有的多种色彩，垒砌成的虎皮墙古朴中透着活泼。走在街巷之间，目之所及都是这样的石墙，以及古朴的灰瓦房顶。有一户人家的院墙墙头上装饰着水泥制的镂空花墙，图案是四瓣花，令我驻足良久。儿时，我家院墙上就是装饰着这样的四瓣花的镂空花墙。

玄武岩石材具有低放射性，相比大理石，它更为安全和环保，并且抗风化，耐气候。在桑岛上，年代较久并保存较好的一栋百年老屋建于明清时期，墙上的展示牌向人们讲述了它的来历和构造：

> 这座古建筑民宅，有一百几十年的历史，是一座有地方特色的四合院建筑，架梁是四梁八柱结构，房顶屋脊昂翘，青瓦叩垅。筑屋所累砖石皆平滑无间隙，华美精致，设计合理，建筑考究，其格局，其标准，其气势非同一般，体现了过去桑岛生活和居住的水平。

从海中升起来的奇怪的陆地，跟真实的陆地完全不同。我们脚下是它升起来时的肌理——火山石，虽然火山石上面被铺上了水泥，使它们看起来似乎跟岸上陆地的街道没什么不同。

在海岛的北侧和东侧，还保留着几处原始的火山岩地貌。北侧一处低矮的黑色的火山岩礁石滩上，密布蜂窝状气孔的黑色岩石连成一片。

海水上万年的持续冲刷和侵蚀，使岩石表面凹凸相间，洞壑万千，岩块则各具形貌，高低错落，形象怪异，充满了想象力。有些石头酷似浪花——可以想见，几万年前，炽热的火山岩浆从海底喷出，边喷发边被塑造凝固成浪花的形状。有一块石头略显扁平，像极了一个长方形的砚台。岩石上大一点的气孔中残留着大海退去时留下的蛤蜊或其他贝类的壳。沟壑中积存的海水里游动着小的鱼蟹。

总而言之，我陷入了火山岩的乱阵之中，任何语言都无法将它们的形貌充分地描述清楚。

恋恋不舍地离开这片乱阵，继续绕岛而行，不久又陷入了另一种迥然不同的乱阵：东侧的火山岩呈现出高大、巍峨的石壁状，刀削斧劈一般。石壁旁边修建了沿海木栈道，行走于栈道之上，既可近观火山岩壁，又可远眺苍茫的大海。

老鹅石、钓鱼台、双江子、蛙石、缆马江、五房石、美人石、美人礁等八处各具特色的礁石，带着各自的民间传说，环簇在桑岛的周围，构成"桑岛八景"，更使小岛玲珑多姿。

沿着嶙峋石壁边的木栈道行走，抬头可看到矗立于东山上的灯塔。灯塔白色圆柱形，门框刷成鲜艳的红色。这座灯塔高18米，周长10米，建于1956年3月。相比于其他灯塔来说，它比较年轻。《黄县志》上对它的称呼是"桑岛渔业航标灯塔"。它站立在桑岛接近70年，为附近海域大小船只照明，指引它们归航。据说，看守灯塔的是一家祖孙三代人。

桑岛与陆地不相连，独处于渤海之中，因此它海域辽阔，向东是蓬莱长岛渔场，向西是富庶的莱州湾，向北是渤海海峡之隔的辽东湾。渔民们驾驶着渔船，越过渤海海峡，南下可以到达上海等地，向北可以循渤海海峡抵达大连，向西则可以到达天津。近海海域更是水产丰饶，除了贝类、牡蛎等常见海鲜，还有海参名声在外。在岛的周围，依海岛形状而建的海参养殖池连成一片，池堤就地取材采用火山岩修筑。渤海海域的水温比南方海水低，属于"冷海"，更适合养殖海参。桑岛海域出产的海参据说在全国排名第三位，食用价值非常高，渔民们喜欢在每年立冬后开始食用海参，每天吃一个，据说连吃三个月，一个冬天都不会感冒。

《黄县志》记载，1958年12月，桑岛渔业队捕获了一只一公斤重的海参，送到了北京水产展览馆。

如果说海参是桑岛的品牌水产，那么，多宝鱼就是桑岛近年开发的新兴水产。又称为欧洲比目鱼的多宝鱼，主要产于大西洋东侧沿岸，是东北大西洋沿岸的特有名贵低温经济鱼种之一，1992年由中国水产科学研究院黄海水产研究所首次引入中国。由于它喜欢低温，因此成为目前我国北方海域的主要养殖品种。肉质丰厚白嫩，骨刺较少，富含胶原蛋白质和钾、锌、锰、镁、铁、钙等多种矿物元素，是多宝鱼优于许多同类的优势所在。

中午，在一家渔家乐饭馆，我吃到了正宗的多宝鱼，肉嫩，口感很美。另外还有桑岛特有的海菜包子，海菜、肉、巴蛸、蛤蜊肉等食材调制的馅，口留鲜香，萦绕于心。几张简单的桌椅，安置在海边一处平台上，落座后，正对着几个海参池。沿着一条海中小路可以走到一栋小房子跟前，房子建在海中两个参池之间的堤坝上，应该是参池主人的住所，看护参池用的。池中的水静谧地泛着微波。

与桑岛东、西、北面遍布嶙峋怪石的火山岩石滩相比，岛南金沙遍布，是天然的海水浴场，也是适合停靠小型船只的地方。午饭过后，时值中午十一点多钟，岛南码头外的海面上，密密麻麻的渔船旗帜飘荡，整装待发。当地渔民说，休渔期是五月一日中午十二点，所以开海时间也是中午十二点。为了讨个好彩头，渔民们开始燃放鞭炮，响亮清脆的鞭炮声此起彼伏，炸响在渤海海面上。

渔船开始缓慢地驶离港湾，一艘接着一艘，转眼便像棋子一样散布于海面上，场面壮观。只等时间到了，便百舸争流，开足马力往深海驶去。

重新乘坐快艇，我离开桑岛码头，驶往对岸的港栾码头。小艇似乎也被开海的兴奋所感染，激起高高的浪花，劈头盖脸地拍打而来。不时有出海的渔船离开港栾码头，经过快艇，驶往大海深处。

快艇抵达港栾码头时，港湾里的渔船已所剩不多。长200米的码头上密密麻麻地站满了人，有架着三脚架的摄影家，也有举着手机的当地人、游人。他们的镜头里留下了百船竞发的壮阔场景。这些人中自然也有渔民的家属，翘首远望亲人乘船远航。

05. 海市蜃楼

当年，徐福登上桑岛，带去桑树的种子，让岛民开始了植桑的历史。桑岛所在的徐福镇是徐福的故里，可以推测，徐福时常登上桑岛，观察这个神秘的海中孤岛。

燕齐之地多方士。在历史上，燕齐之地一度是方士极为活跃的地方，求仙问药、寻访仙踪是他们不懈追求的人生终极目的。而列国君主们也普遍志于仙道，给方士的生存创造了极大的空间。神秘的海洋，海洋中的孤岛，这些事物携带着满身的谜语，自然是方士寻根问底的对象。遥想方士当年遍行燕齐之地渤海沿岸寻求仙踪，站在岸边看桑岛隐现雾中，特别是当海市蜃楼出现时，方士们会是何等浮想联翩。

桑岛自古多海市。在同治年间《黄县志》的"疆域志"部分，记载了桑岛和屺坶岛两个大岛，以及桑岛旁边的依岛。其中桑岛部分记述了海市奇景：

> 十里又有二岛。曰桑岛，南距海岸十五里，海岸之距县也二十五里。岛多山桑，有石田可耕。春夏之交，蜃气幻成楼市，或为城郭舟楫旌旗之状，飘回悠变，眩人耳目。其西北有依岛，樵苏者众。曰屺坶岛，距县四十里，海岸有一线沙路可通岛。

在《黄县志》的开头部分，附有黄县城圩图、县署图、莱山图、凤凰山图、桑岛图、屺坶岛图等手绘图。在桑岛图上，海面之上一团云气托举着的亭台楼阁、城墙、旗帜、人，解释了古人目睹的海市蜃楼的奇景。在这个海上云团世界的下面，是滔滔的渤海、海中的桑岛、岸上的黄河营营房，及奔流入海的黄水河口。桑岛周围是美人石等八景，岛上是胡家庄、龙王庙、蛤蟆岭等当时的主要建筑。

遥想古时方士和文人站在渤海北岸，眺望2公里之外的桑岛上空出现的海市奇景，方士胸中一定涌动着对神仙的仰慕和追渴，文人们则需要用诗句来抒发感叹。而在海边繁衍生息、驾船于海上打鱼的当地百姓，应该是见到海市最多的人。《龙口市村庄志》就记述了距今不远的20世纪五六十年代出现过的三次海市：

> 桑岛村可见海市，1953年曾出现两次。1964年出现一次，均在夏末秋初海上波平如镜时，幻影呈于海上半小时，其美景引人流连忘返。

《老黄县》中，详细地记述了北李村一位老人目睹桑岛海市蜃楼的经过。这位老人于20世纪50年代在港栾新兴渔业队工作，他回忆那天天气半阴半晴，当时他站在港栾海口附近，看到在半个桑岛上空直到东边海上现出一座城市的轮廓，街道繁华，高楼林立，清晰得能够看到窗户。整个幻景长达一公里，高约两米，持续了半个小时才渐渐隐去。

1964年的那一次幻景，出现的不是城市，而是农村，窑洞清晰可见。那天也是半阴半晴，发生在麦收前后。

这种因为光的折射和全反射而形成的自然现象，在科学尚不发达的古代，笼罩着一种非神仙不能及的神秘色彩。在古代时，燕齐之地的海上经常出现海市幻景，仅就黄县来说，文献资料便有诸多记载。

在《黄县志》里，收录了古代文人关于黄县海市蜃楼的诗，比如唐代李绅的《观海市》：

> 风散神仙市，望穷尺五天。海山终爱宝，岛屿故舒烟。
> 驱石人无有，乘槎水断流。欲归任得句，铁笛隔云传。

从这首诗中能够读到李绅由于海市倏忽而逝产生的怅惘。
清乾隆年间的贾煜也有一首与李绅同名的诗《观海市》：

> 微风催动海东霞，缥缈蜃楼日影斜。

城市依稀天外迥，烟云出没望中赊。

无端变度因心出，有象神奇转眼差。

自是瀛洲多妙用，人间无处觅仙槎。

《史记》等典籍告诉我们，东海之上有三座仙山，山上有仙人居住，楼阁宫阙均为黄金白银建造，还有灵丹妙药，人食之可长生不老。

在蓬莱，专门修建有三仙山景区，可见古时龙口蓬莱一带常出海市蜃楼，仿佛黄金白银建造的楼阁宫阙缥缥缈缈地现于海上，不明真相的古人认为那是神仙居住之地。

《老黄县》还记载了数次当地老人们回忆中的海市蜃楼，比如1974年6月，一场雨过后，西张家村西北方向现出山峦、路，以及摇曳的旗帜的影像。更为称奇的是当年夏天，桑岛上有人看到黄河营方向出现海市，村庄、房舍历历可见，并且可以看到院墙上"抓革命，促生产"的大字。

实际上，不仅仅是龙口，在渤海沿岸海域都曾出现过海市蜃楼。2020年，秦皇岛昌黎县黄金海岸景区海边出现过一次海市蜃楼景观，海面上突然出现了绵延的群山。

更多资料显示，蓬莱是中国海市蜃楼出现最频繁的地域，时间主要集中在七八月间的雨后。康熙版《黄县志》在卷一"山水"部分记载道：

　　考舆图天下有三大幻景：雷州布鼓、丰都杖条、登州海市是也。

冯梦龙在《警世通言》第二十三卷《乐小舍拚生觅偶》中也交代道：

　　从来说道天下有四绝，却是雷州换鼓、广德埋藏、登州海市、钱塘江潮。

这两个总结有些微的差别，但登州海市却是两个版本都罗列在内的。蓬莱所处的地理位置，给海市的出现提供了科学依据。地处渤海海峡南岬的蓬莱海域，海面的低温和海峡两岸的高温，形成一种温差，这是海市出现的一个条件。山东半岛、辽东半岛、朝鲜半岛三足鼎立，长山列岛横卧在海峡中间，为光线反射提供了必要的地理条件。当日照充足的时候，接近海面的空气处于高密度的低温状态，越往上，密度越低，光线便通过这些密度不同的空气层发生折射或反射。

1988年6月17日，山东电视台记者孙玉平拍到了蓬莱海市录像，从而结束了世界上没有海市影像资料的历史。当时，孙玉平凭着对天象的观察和直觉，在蓬莱阁蹲守了两天，才拍到了这段珍贵的影像。

杨朔先生在他的作品《海市》中，描绘了故乡蓬莱的海市：

> 最奇的是海上偶然出现的幻景，叫海市。小时候，我见过一回。记得是春季，雾蒙蒙，我正在蓬莱阁后拾一种被潮水冲得溜光滚圆的鹅卵石，听见有人喊："出海市了！"只见海天相连处，原先的岛屿一时不知都藏到哪儿去了，海上劈面立起一片从来没见过的山峦，黑苍苍的，像水墨画一样。满山都是古松古柏；松柏稀疏的地方，隐隐露出一带渔村。山峦时时变化，一会儿山头上现出一座宝塔，一会儿山洼里现出一座城市，市上游动着许多黑点，影影绰绰的，极像是来来往往的人马车辆。又过一会儿，山峦城市渐渐消散，越来越淡，转眼间，天青海碧，什么都不见了，原先的岛屿又在海上现出来。

沈括的《梦溪笔谈》中也有关于蓬莱蜃景的描述：

> 登州海中，时有云气，如宫室、台观、城堞、人物、车马、冠盖，历历可见，谓之"海市"。或曰："蛟蜃之气所为"，疑不然也。欧阳文忠曾出使河朔，过高唐县，驿舍中夜有鬼神自空中过，车马人畜之声一一可辨，其说甚详，此不具纪。问本处父老，云："二十年前尝昼过县，亦历历见人物。"土人亦谓之"海市"，与登州所见大略相类也。

海市蜃楼在中国古代人们心目中的地位，是遥不可及的仙境。而在西方，蜃景的出现则多少代表着死亡和不祥。比如1954年，2000多人目睹爱琴海上空出现了穿着古代铠甲的维京人正在打仗。一位美国摄影师在美国西部偶然拍下一场海市蜃楼，映现在他眼前的，是一场带有巨大压迫感的空前的海啸。

正是由于这类蜃景的出现，使得光线折射说的科学解释被质疑。在我国的蓬莱，20世纪80年代，也曾出现过一次长达6小时的海市蜃楼，人们看到了当时地球上并不存在的古建筑。显然，古建筑和维京人无法解释光线折射说。而那场巨大的海啸，按照光线折射说，它应该真实地发生在地球上的某一处海域。但当时有关部门没有查到任何海域有大海啸的现象，所以他们认为蜃景中的这场海啸应该不是发生在地球上，至少不是发生在当时的地球上。

基于蜃景中频频出现另一个时空物象的情况，不少人提出平行空间的假设。而平行空间是一个尚未确证的更大的未解之谜，或许在未来的某一天，平行空间、海市蜃楼都会得到更新的解释。

06. 秋访屺姆岛

奇峰陡起距东流，遥对三山一色幽。
楼阁时凭蜃气吐，烟村宛在水中浮。
风吹涛浪晴喷雨，月照清潭夜挂钩。
莫道蓬莱天际远，分明咫尺是瀛洲。

"岭西五大家"之一吕璜的这首《咏姆屺》，也提到了"蜃气"。古人不明白海市蜃楼的成因，便传是一种名叫"蜃"的怪物吐气幻化为亭台楼阁。《说文》中对"蜃"的解释为"雉入海化为蜃"，也就是一种鸟，进入大海中变化为蜃。《周礼》则认为"蜃，大蛤，在此泛指蛤类"。《国语》的说法跟《周礼》相近，认为"小曰蛤，大曰蜃"，也是大蛤蜊的意思。《山海经·东山二经》有"峄皋之水出焉,东流注于激女之水,其中多蜃珧",这里对"蜃"的解释是"蜃,大蚌;珧,小蚌,亦指蚌蛤的壳"。

这些文献记载给我们提供了"蜃"的普遍所指,即我们司空见惯的蚌或蛤蜊,古人认为蚌壳在一开一闭之间会吐出幻化之气。民间关于东海(古代泛指东方的大海)之滨出产巨蚌的民间传说也有很多,传说这种蚌巨大异常,春季启蛰后,在冬眠藏身的地方开始换气,形成漫天的大雾。这么看来,"蜃气"由巨蚌吐出的说法,并非没有来由。

更多的民间传说则是优美的,蚌精报恩,或是蚌精与淳朴的渔民小伙子之间产生爱情。优美的民间传说与蜃楼幻景可谓两相得宜,古代文人竞相追寻和狂热作诗也就不难理解了。吕璜的《咏峿屺》意境尤为繁丽,它不仅写了屺峿岛,还写了蓬莱、三神山。而在这些地方,蜃景屡屡出现。

吕璜诗中所写的"峿屺",即今天的龙口屺峿岛。康熙、乾隆、同治版《黄县志》中对此岛的命名也是"峿屺岛"。康熙版《黄县志》对岛的介绍为:

> 峿屺岛,西北二十里抵海岸,有一线沙路,约二十里,可通于岛。四面皆海水。淤田,茅屋,亦莱人作牧之地。相传为明勋臣牧马场。

同治版有所删减。《龙口市志》最为详细,内容涉及现代诸多元素,包括"屺峿岛"名字的沿革。

关于岛名的更迭,存在几种不同的说法。据史料记载,早在元朝至顺元年该岛名为"木极岛"。关于"木极"的理解有几种说法,一是东方之端。可见当时在古人心目中,屺峿岛的位置已经抵达了东方的尽头。还有一种说法是,"木极"为元朝时取的名字,蒙古语中的"木极"二字是省府直属的意思。

关于后来的演变,有一种说法是,元朝以前,岛上没有人烟,元朝之后开始有渔民打鱼及定居。慢慢地,木极岛被叫俗了,成为"母鸡岛"，并被人演义为"母饥岛"。但又有村民觉得母鸡不吉利，后人提出改名"极木岛"。

而另一种说法，与历史上赫赫有名的明朝开国功臣胡大海有关。传说胡大海因为四处征战，曾将年迈的老母亲寄居于此，因此把"木极"改为"屺姆岛"，取音"寄母"。也曾有"姆屺岛"的叫法，取音"母饥"，形容胡母饥肠辘辘盼儿子归来的场景。

在屺姆岛上，至今耸立着一座硕大的胡大海雕塑，基座正面刻写"越国武庄公胡大海"，侧面记载：

> 胡大海，字通甫，虹县人。太祖初起，大海随之，以功授右翼统军元帅。大海身长铁面，智力过人。善用兵，且好士，以是军行远近争附。及死，太祖念其功，追封其为越国公，谥武庄，肖像功臣庙，配享太庙。相传，大海征战时，曾将老母寄于此岛，但无文字可考。据《明史》载：靖难兵起，大海子胡德山（二十三世）挟册出走，遂家于黄邑（今龙口）高王胡家村，嗣后人丁兴盛，其后一支族人繁衍于屺姆岛。

《龙口市志》的描述为：

> 元至顺年间，岛上有姚、高姓居住，称木极岛。明开国功臣胡大海之子胡德山由凤阳府迁来。其长子胡琛（号姆屺）弃官归故里，改'木极'为姆屺。后称屺姆岛。

传说真伪不可考证，我们知道的是，吕璜时期，这个小岛确实名叫屺姆岛。在康熙版、乾隆版、同治版的《黄县志》中，收录了历代文人为黄县山水所作的诗文，其中吟咏屺姆岛的诗尤多。这说明，在古代，屺姆岛是一个重要的角色，一度是人文墨客竞相光顾之地。

从康熙、乾隆、同治版县志所记载的手绘图上可看到，屺姆岛浮于汪洋之中，有一细长沙堤与陆地相连。海面上渔人弄楫，舟帆荡漾。海岛上的龙王庙和胡家庄楼舍精巧，廊檐飞翘。岛的南侧坡度柔缓，浅海细沙；北部则崖壁高耸，陡峭直立。

清代编撰的县志所载手绘图均有沙堤存在，这说明清代时，屺䯂岛已经是一个陆连岛。但是，据说屺䯂岛原来是一个孤岛，明代嘉靖年间，"海风飑沙，平地成埠"，在岛的东侧形成一条长十公里、宽一公里的沙堤，把海中孤岛变成了陆连岛。

在中国，最典型的陆连岛有三个：烟台的芝罘岛、龙口的屺䯂岛和汕头的达濠岛。诸多因素——岛与陆岸之间的距离、岛的地质构造、海洋潮汐条件等，像合作伙伴一样，长期默契合作，共同运力，最终在海岛与陆地之间的波影区堆积出一条或数条海上通道——连岛沙堤，将岛屿与大陆相连。我们从这漫长的演变中，获得了对陆连岛及对大海孜孜不倦制造奇迹这种本事的认识。

这么美和有特点的地方，必须有自己的传说。它是这样向人们言说的：当屺䯂岛还是一座孤岛的时候，潮州一位名叫张羽的书生，功名未遂，来到蓬莱沙门岛（今长岛）闲游，与东海龙王的三公主琼莲一见钟情，私订终身，但是遭到了龙王的反对。在仙姑的帮助下，张羽用仙姑赠送的银锅、金钱、铁勺，开始捍卫自己的爱情。他在沙门岛岸边把锅支起来，用铁勺将海水舀进锅中，然后把金钱放在锅里，加火煮海。锅内的海水每煮去一分，海水便落下十丈，煮二分便落下二十丈。如果一直煮下去，渤海就要见底了，东海龙王终于害怕了，将龙女送出龙宫水府，成全了二人的婚事。因为海水下降，所以露出了隐藏在海底下的沙堤，屺䯂岛由孤岛变成了陆连岛。

这个传说不仅仅流传于民间，元朝文人李好古还将之编成了杂剧《沙门岛张生煮海》。

康熙版和乾隆版的《黄县志》所附手绘图中，左上角附有"中流柱石，一线沙堤"八字描述，"柱石"应指岛北侧立于海中的"将军石"。石柱高达30米，围径6米，如巨人一般守卫着海岛的北门户。

从地貌上来说，这是基岩海岸形成的极其独特的海蚀地貌。海岸岩性和外营力两个因素岁岁不止的叠加作用，给软硬不一的基岩海岸造出许多令人惊叹的地貌景观：海蚀崖、海蚀滩、海蚀平台、海蚀柱等。将军石就属于非常典型的海蚀柱。在渤海沿岸还有一处典型的海蚀柱，即山海关的姜女石。在营口北海的海蚀地貌区域，海蚀柱也比较典型。

关于"将军石"名字的由来，也有一个略带悲壮色彩的传说：古时，一位大将奉旨驻扎屺姆岛守卫疆土，在一次与倭寇战斗的过程中，寡不敌众，兵败。将军边战边退，撤退到岛北时，无路可退，便催马跃海，然后弃马登礁，击溃倭寇。将军的身躯化作这块巨石，屹立于海岛北侧，继续守卫着海岛。落水的马鞍则变成马鞍石。战马落水后在海底踏出四个蹄坑，成为"四眼井"。据说，每当潮水退去，海水变浅时，四个蹄子的印迹便清晰可见。老辈人甚至说，在风平浪静的夜晚，还能听到"哒哒哒"的马蹄声。

沧桑世事，更迭变化。留下了传说，却消弭了踪迹。如今的将军石已不再屹立于海中，由于现代开发的需要，将岛北侧向海里进行了延伸填海。所幸，将军石暂时保留下来。但烘托它的已经不是湛蓝的海水，而是填海的黄土。

我站立的地方名叫鹰嘴岩，往下看是刀削般的岩壁。从高高的岩顶看将军石，它的身姿已不比当年，因为下部已完全没入填海的黄土之中。在它的周围，生长着低矮的杂草，石柱上也隐约可见青绿色的低矮植被。可能在不久的未来，它会完全变成工业园区的一座小山丘。关于它的过往模样，将彻底尘封在黄土下面深深的海水中，以及老人们的记忆里。

当天与我一起出行的几位朋友当中，有胜利油田龙口海洋船舶基地的崔舰庭。他告诉我说，孩童时期，每当他站在岛北侧岩石上，看着屹立于碧波中的将军石，心里就会升起一个愿望：我什么时候能到下面游一游，什么时候能游到将军石旁边去？

他发了几张将军石过去的照片给我。照片上，蓝海白波，石柱冲天而立，周围矮礁林立，错落有致。

记住将军石沧桑变迁的，还有一个见证者：屺姆岛灯塔。《黄县志》记载："1871年（同治十年），英国在屺姆岛海角山顶设导航灯塔。"这里的山，是屺姆岛西北最高峰，海拔50多米。当时，这座灯塔是继崆峒岛灯塔之后山东最早建成的灯塔之一，木架顶楼，光源为盆式豆油灯，罩七孔铁盖。1915年龙口建立海关时，将灯塔重建为二层楼，高66米，塔身为六角形，灯罩改为铜制。塔门上方悬挂一块大匾，上写

"水天如镜"。1917 年，光源改为电石丛集灯火，每四秒半闪白光一次，晴天的时候，射程可达 20 海里。

遗憾的是，这座灯塔于战乱中被毁。1977 年，在原灯塔正南 5 米的高山上，重建了一座以电为光源的石砌圆形灯塔，高 57 米，每 5 秒闪白光一次，射程在 18 海里以上。在山脚下眺望这座灯塔，它已经完全是现代灯塔的样子，白色塔身搭配红色圆顶，简洁而精巧。

屺姆岛虽然在进行现代化开发，但很多地方的植物还保持着原生态的茂密。车子在一条小路上行驶，两边许多坠着红果子的野山楂树一闪而过。小小圆圆的红山楂累累地挂满枝头，异常繁丽。一起同行的胜利油田龙口船舶中心王主席挖了一棵硕大的野山参。它长在一条正在修建的水泥路旁边的沙滩上，王主席用一根棍子掘了很深，才把它挖出来。

穿过房舍整齐的屺姆岛村，繁忙的码头上堆满了长柱状的牡蛎养殖网笼，渔民们坐在网笼中间忙碌。女人们着装鲜艳，头戴各种遮阳帽或头巾。码头上散发出一阵阵牡蛎的鲜腥。富含蛋白质、被称为"海底牛奶"的牡蛎，非常喜欢水温低、海水纯净、藻类丰富的莱州湾，不需要人工投喂，牡蛎便会自然生长，个头大，口感肥嫩爽滑。

07. "胜利 262" 上的苹果

初秋造访屺姆岛，你会深刻地觉得：另一个时代开始了。

蜃景、庙宇、奇石、崖壁、海滩、浪涌、舟帆、大鱼、传说……支撑了古书文献留下的众多历代文人吟咏屺姆岛的诗文。长久地沉湎于那些文字，会令人对小岛的今天感到陌生——而今的屺姆岛，进入了一个新的时代。一些事物留下了，一些事物慢慢消失了，还有一些事物正在被改写。工业和建设的气息在野生山楂树间流动，海鸥在古老崖壁和新生码头、港口、工业园区徘徊往复。

这也是人类与自然之间的关系不断变化的气息。知识、科学和技术进入了一座小岛，如同大海也曾无数次进入陆地。事物发展的必然，是时代与时代不同的标志。工业与科学固然覆盖了某些自然痕迹，但我们为何不认为一座小岛也在某种程度上再次获得了青春的力量。

在屺㟂岛上，一个优美安静缓慢的海滨小城镇与世无争地存在着，无疑是今天小岛上最重要的部分之一。作为胜利油田龙口基地，这个小城镇具备城市当中任何一个城镇的规模和生活设施，却又有自己独特的气质：它缓慢松弛的生活节奏，对岛外城市喧嚣繁杂的气息似乎具备天然的阻隔能力。

小城镇的居民楼精致整齐，部分二层和三层连体别墅给人一种深藏不露的感觉。街道清静，胜利海洋石油船舶公司文体广场上白天没什么人，当夜晚来临，家属们会聚集到文体广场上，谈天说地，休闲放松。这里居住着三千多人，完全称得上一个小城镇。然而倒退回20世纪七八十年代，家属们还只能在龙口镇租房居住。

胜利油田龙口海洋石油船舶中心的崔舰庭回忆说，1986年，7岁的他跟随父亲来到龙口。在东营，他们住的是油毡纸苫盖的芦苇房，那是第一代石油工人的居住环境。来到龙口后，没想到的是，连芦苇房也住不上了。崔舰庭回忆说，当时他们在龙口镇居住，当地人每户认领一家，腾出一间房，算是租给他们居住。他们家住在红光村，房东姓张，有个女儿大崔舰庭两岁，当时大人开玩笑说要给他们结娃娃亲。初中毕业以后，崔舰庭还回去看望过房东，提起当年结娃娃亲的玩笑，孩子们都感到不好意思了。

提起上学，虽然艰苦，但更是一段值得回忆的有趣时光。冬天和夏天，他们不在一个学校上学，因为冬天要搬到平房里去，几个班混到一起，方便生火炉。夏天时就搬到荒野里的几个板房中去，也就是今天文体广场的位置。最早的时候，全校共8个学生，都是油田工人的孩子。

直到1986年1月，屺㟂岛160户半简易住宅才得以竣工，油田职工从1975年进驻龙口后，第一次住上了自己建设的房子。距离1974年开始筹建龙口基地，已经过去了十多年。

胜利151船静静地停泊在秋日明丽的阳光下。这艘船是1996年为满足海上石油勘探开发建设需要从美国引进的，500吨浮吊船。1997年1月26日，由胜利262船主拖、胜利231船护航，胜利151船顺利抵达龙口胜利港。这也是当时油田第一艘特大型海上起重船。在经过了艰难的熟悉过程之后，这艘船很快成为胜利油田海洋油气勘探开发的主力工程船舶。当年6月份，胜利151船在其他几艘船的配合下，成功完成总重480吨的垦岛中心二号集输平台导管架吊装至胜利104驳船作业。

船舶中心工作人员介绍说，这艘船建造于苏联，具备军工作用，曾经装过导弹。引进来之后，经过了多次加强改造，成为主力工程船，在油田海上建设方面出了很多力，前期在舟山跟几家国企合作完成了海上风电安装作业。还没有退役，目前正处于休整和待命期。

胜利262船停靠在胜利151船的旁边。这是我生平第一次踏上一艘海上作业船，而且是一艘功勋船，感觉像要探访一座神秘的宫殿。

这艘6500马力拖带供应船，1985年5月由挪威建造。它和胜利261船是公司最早的两艘大马力拖轮，在80年代是最大功率的船舶。踏上甲板，最先看到的是拖载平台用的拖缆机。它看起来并没有什么特别，普通的钢缆，一圈一圈缠绕着，让人有点不敢相信海上钻井平台是靠它来拖动的，但事实却是如此，它是船上最重要的拖曳设备之一。

二楼和三楼的船员餐厅、船员住舱、船长室的设备和格局比较简单，毕竟这艘船建于20世纪80年代。驾驶舱里的操作台上放了两个苹果。这寓意平安的水果，使遍布仪器的驾驶舱弥漫着一种温情。

站在四层甲板上，视野非常开阔，能看到近处的胜利151船和它旁边的两艘自航驳船、远处的海工建造基地、龙口港高高耸立的粮食筒仓，以及渔船林立的屺姆岛渔港码头。

最震撼的是集中了所有机电动力设备的机舱。淡淡的汽油味里，各种机器、管路幽回曲折，散发着坚硬的光芒。这是船的五脏六腑、血管、毛孔，它们在海平面以下大约两米处，潜在大海里，发动、轰鸣，产生源源不断的动力，让船呼吸、嘶吼、劈开大海。

胜利262船像一位饱经沧桑的老船员，无声地停泊着，等待着下一次工作任务的召唤。关于它过往的经历，它也保持缄默。但那些跟它一起战斗过的船员记得，1996年10月15日，它和胜利211船北征辽东湾工区，在胜利211船无法独立完成拖带作业而它又无法进入浅水区的焦灼时刻，船员经过商量，决定利用当晚一个小时的高潮期，冒险调用胜利262船直接进入潜水器实施作业。它也不负众望,在夜幕中,沉默地完成了拖带作业,在潮水回落前离开了浅水区。

2019年5月6日,黄骅工区中海油63平台移位作业。下午四点,渤海上笼罩着灿烂的夕阳,胜利262船开赴黄骅。虽然两个井位之间距离只有短短的10海里,但黄骅海域潮流特殊,起流时间比较早,而平台就位对潮流方向要求比较严格。在横风横流的情况下,于5月8日早上完成了中油海63平台就位。

接着,还没来得及喘息,这艘船又接到了滨州工区海洋石油281、中油海7号两座平台拖航移就位的指令。5月9日,胜利262船到达滨州海区埕北B平台附近,完成了海洋石油281船拖带护航任务。5月11日清晨,又开始了中油海7号平台的拖航工作。

人困马乏时,胜利262船又接到了远征旅大工区的命令,要将在旅大工区作业的中油海62平台拖带至蓬莱19-3工区,单次总海里超过200海里。在旅大工区潮汐不规律、潮差达到2米的环境下,经历了一个昼夜的拖航任务后,赶在平潮之前,胜利262船顺利将中油海62平台拖带到了蓬莱19-3工区。

从黄骅工区到滨州工区,从旅大工区到蓬莱19-3工区,总计航程700多海里,航时150小时。像这样的连轴转,在胜利262这匹"老马"身上是常事。

原本应该在陆地上生活的人类,硬生生地要在海上行走,而且把巨大的钢铁深植于海底,随时拔走移动到别处——这对大海来说完全是一种冒犯。在这些时候,似乎应该理解渤海表现出的喜怒无常的性格。友好或是冷血,温和或是暴虐,人类和船舶无法揣摩。渤海虽然不大,但一个海洋不需要太大,便足以将所有的不测容纳在它幽暗的深处。人类与海洋互相磨合,互相揣摩,互相妥协以及互相战斗的历史,永远不会结束。

而海洋这巨大的神秘之物,在人类与它打交道的过程中,它悄悄地影响甚至改变着人类的性格,以它的魅力感染、控制着人类的思想和情绪,这或许是人类所没有防备的。麦尔维尔在著名的《白鲸》中,不吝笔墨对大海进行了描写,写它的风和日丽和温情脉脉,但更着墨于它的喜怒无常、暴虐、残酷、可怕和可恨，我们从这些描写当中可以读到麦尔维尔的控诉和抵抗，但更多读到的是他对大海的着迷、敬畏、崇拜。即便暴虐，也是大海无往不胜的力量所在。"裴廓德号"上的所有水手，一边诅咒着大海，一边又迷醉于它。

在胜利油田海洋石油船舶中心，我听到了这样一个介绍：船二代的名字都跟海有关，比如海玲、海涛、舰艇、海港、海波，等等。1977年，崔舰庭在老家村里出生后，在取名字的时候，有人说了一句，他爸不是曾经在船上当过艇长吗，那就叫"舰艇"吧。让崔舰庭很惋惜的一件事是，后来把"艇"字错写成了"庭"。

大海就是这样深沉地入侵了船员的情感世界。他们用大海所有的细节，给自己的子女命名。或许，这是他们能想到的最直白的方式。没有比用自己的基因向一样事物表达感情更深沉的事情了。人与大海的关系在这一环节之中，大海取得了完胜。它俘获了人类的心。

在崔舰庭心里，他对父亲的印象很生疏。半年回家一次的父亲，在家里待不住，家人也有一种"赶快回船上去吧"的感觉。彼此不适应。他从小对父亲很怵怕，因为父亲不会表达感情，言行生硬冷漠。第一代船员的后代都有这样的感觉。父亲从蓬莱船艇大队转业回家后，有一天，听到村里大喇叭喊自己的名字，让去大队开会，去了以后得知是923厂招人。那是胜利油田大力发展油田事业的时期，父亲就这样当上了油田的船员。崔舰庭并不知道父亲平时都在做什么，当年他参加工作也有很多选择，比如供应站等后勤单位，但是父亲做主让他也成了一名船员。他对父亲印象的改变，或许是从自己当上了船员开始，而触动最大的一件事，是他在做《怒海勇士》这个片子的时候，整理旧资料时发现了一段视频。1994年4月7日，胜利261船舶援救因突发西北风而被围困在海上的几十条渔船，一名船员翻出船舷把一名渔民拉上船。崔舰庭当时还想，应该去采访一下这个翻越船舷的船员。但是，接下去当他看清船员的脸时，他惊讶地发现那是他的父亲。崔舰庭当场哗哗地流下了眼泪。看到这段视频的时候，崔舰庭的父亲已经在55岁时去世。《怒海勇士》这部片子后来在全国获奖，崔舰庭遗憾地说，他做出的成绩，父亲没来得及看到。

很多人并不知道,在龙口屺姆岛上存在着这样一个胜利油田船舶中心,从事着船舶服务、海洋应急、港口管理等幕后工作。1975 年 3 月,胜利油田决定把勘探领域从陆地扩大到海滩和浅海之后,4 月份,王树礼等四人驾驶两艘部队退役的仅有 500 马力的炮艇(胜利 401、胜利 402),来到龙口港码头。四个人,两艘船,这就是一场进军海上的壮丽事业的起始。8 月份,浅海地震队成立,渤海湾响起第一声地震炮,海上石油勘探的大幕轰然拉开。

提起华八井,作为胜利油田的发现井,它有着不小的名气。相比而言,埕中一井的名气就小得多了,但论起重要性,它丝毫不亚于华八井——它是胜利油田海上的第一口探井。王树礼他们驾驶着 4 艘登陆艇,把胜利一号钻井平台拖到井位上,打出了这口翻开历史新篇章的油井。

接近四十年过去了,有些景象早已消亡,但承载它们的大海却依然活着,一如往昔。船舶中心的二十多艘船,在几十年里无数次地进入大海的领地,无数次将钻井平台这些庞然大物拖带、移就位、靠离码头、锚泊,无数次回收外运海上作业废液,运输海上货物。无数次海上抢险、搜救、应急消防。

这种人类与大海之间的互动,既有博弈又有爱惜。他们执拗地从大海的死亡之口中夺回生命,一次次拖曳着钢铁巨兽移动,把大海燃起的熊熊烈火扑灭。但同时他们又谨慎地恪守着与大自然的契约,力图不让海上作业在大海里留下废液,像清洁自己的家一样清洁着大海。被船员们称为"海猪"的海豚越来越多地出现在作业区,或许是大海借这个繁荣的群体送给人类的和谐共处的简单声明。

太多的故事发生在渤海。船舶中心每一艘船的一生都写满了传奇。它们与渤海打交道最多,见识到了渤海各种各样的面目,知晓渤海许多的秘密。

第五部分

黄渤海交汇处

水者何也？万物之本原也。

——《管子·水地第三十九》

01. 现代化港口集群

在烟台港矿石公司中控楼里，面对一排排电脑，你才会理解"全流程、全自动"的含义。作业现场没有人，所有工作环节全部靠智能控制，4名工作人员通过10个操作台即可完成卸船机、装船机、装车机、堆取料机共计18台大型设备的自动化作业。

这是山东港口烟台港"全系统、全流程、全自动"全球首创干散货专业化码头控制技术，是山东港口继全自动化集装箱码头后，凭借独立核心技术和自主知识产权，为全球传统码头自动化升级提供的又一示范样本，标志着烟台港成功走在山东港口"智慧绿色港口"建设的第一梯队。房间里除了电脑，就是几名坐在电脑前进行远程监控的工作人员，电脑画面里的铝矾土在流淌，一切都很安静。

6台红色的卸船机像钢铁巨龙，矗立在烟台港西港区30万吨级（兼顾40万吨）矿石码头上。长长的码头探入大海之中，地面上也是铝矾土长年累月浸染的暗红色。傍晚白金色的夕阳映照着波光粼粼的海面，海鸥鸣叫着在四周飞翔。只有机械设备，没有人员，高科技作业现场令人震撼。

自动化码头虽然是港口发展的必然趋势，但干散货作业复杂多变、环境恶劣，自动化作业控制技术难度很大。山东港口烟台港矿石公司成功研创了全球首个自动化高精度混配矿控制系统，使烟台港铁矿混配成品铁、硅含量标准差控制在0.2%以内，达到行业一流水准。烟台港西港区40万吨级矿石码头成为全球首个且唯一能够实现四种物料混配的码头，率先打开了日韩混配业务的新局面。

接着，团队又开始攻克自动化、智能化难题，成功实现了三维仿真精度均达到 15 厘米内、三维图像更新时间达到 10 秒以内、首创抓斗智能防摇系统，同时先后研发出自动化堆取料控制系统、自动化装船控制系统、自动化装车机控制系统。2021 年 12 月 22 日，山东港口在烟台港向全球正式发布"全系统、全流程、全自动"全球首创干散货专业化码头控制技术，为世界港口干散货自动化升级提供了全新的"中国方案"。

所有的努力，为烟台港赢来了"中国铝矾土进口第一港"的光荣地位，使之成为全球最大的铝土矿中转基地。烟台港携手山东魏桥创业集团、新加坡韦立国际集团和几内亚 UMS 公司组成了"赢联盟"，共建从西非几内亚到中国烟台，自国外矿山到国内终端用户的完整铝土矿供应链，铝土矿单货种年吞吐量过亿吨，成功奠定了烟台港世界铝土矿最大枢纽港地位。烟台港中非件杂货班轮航线在世界航运史上率先实现大型散货船回程批量运输件杂货模式，正成为中国最大的中非双向物流黄金大通道始发港，年发运量过百万吨。此外，烟台港正与山东港口海外发展集团携手拓展几内亚博凯港和金波港、塞拉利昂佩佩尔港、安哥拉洛比托港等海外项目，正成为中国"一带一路"上的崭新亮点。

远方浓绿的山峰上，矗立着几架高高的大风车，堆场内暗红色的铝矾土和黑色的铁矿粉也像山峰一样矗立，散发着沉厚的质感。

西港区 30 万吨级原油码头同样令人震撼。2022 年 7 月 9 日，起重船将最后 1 跨重达 350 吨的钢引桥成功吊装至沉箱基座，那一刻，意味着山东港口烟台港西港区 30 万吨级原油码头二期工程总长 296 米的钢引桥全线贯通。烟台港新建 30 万吨级原油码头泊位总长 401 米，设计接卸能力 1600 万吨，通过 4 跨 74 米长钢引桥与后方陆域衔接。二期工程建成后，烟台港将拥有 2 座 30 万吨级原油码头，每年可扩增原油输量 1600 万吨。

烟台港西港区管道公司施工现场，工人正在进行焊接作业，黑色的油管静静地停放在码头上。在旁边的电子展示屏幕上，我被一幅原油管道图深深震撼：从烟台港西港区铺设的原油管道，穿越山岭平原，经过招远输油站、昌邑输油站、寿光输油站，一直抵达东营输油站。港区负责人介绍说，他们会每隔五公里设一名巡护员，日夜巡护输油管道。30万吨级原油码头、360万立方仓储罐区、560公里烟淄管道引入"智脑系统"实现一体化、智慧化运营，全体系建成后原油管输能力可达每年4000万吨。

离开管道公司，到达烟台港西港区滚装物流公司。作为山东省内规模最大、航线最多，集公、铁、水多种运输模式为一体的专业化汽车码头，中国北方商品车中转枢纽港和全国第三大商品车外贸出口口岸，烟台港已相继开通南美、北美、东南亚、非洲及欧洲等8条外贸商品车航线及5条内贸商品车航线。在展板上，可以清楚地看到从2010年业务正式开通到2022年开通国际中转业务的发展历程。

堆场面积是这项业务的必备条件，烟台港在这方面具备了很大的优势：商品车专用堆场面积达60余万平方米。每小时160辆的卸率国内领先，服务涵盖40余个汽车品牌、70余个车型，都离不开堆场面积这个基础条件。

与兄弟单位在商品车业务上错位协同，也使过去的竞争局面发生了变化，由竞争到竞合、融合、耦合，实现了良性共赢发展。在青岛港的支持下，烟台港稳定了广汽本田业务，避免了航线分流，就是一个很好的例证。

蓝白配色的滚装船停泊在码头上，烟台港相关人员介绍说，它的汽车装载量在4—5千台，实际装载量可达到6千台。这个庞大的数字几乎令人不敢相信。商品汽车整齐密集地排停在堆场内，无法计数。

再来看看烟台港的历史。1861年8月22日，烟台港开关征税，标志着它的诞生开埠。到甲午战争前，中国北方共有天津、烟台、营口三个开放港口，烟台港是山东唯一的开放港口，关税占当时山东省关税的90%。位于山东半岛东北端、濒临黄渤海，北连辽东、东望日韩的地理优势，使烟台港占据了环渤海经济区最佳中转港位置，以及东北亚国际经济圈核心地带。2018年3月，山东港口整合工程首先由山东高速集团控股整合滨州港、东营港、潍坊港，组建山东渤海湾港口集团；2019年8月，烟台港与青岛港、日照港、渤海湾港一起，成为山东省港口集团权属四大港口集团之一。目前，烟台港以芝罘湾港区、西港区、龙口港区、蓬莱港区、莱州港区为主体，以渤海湾南岸物流通道为支撑，以几内亚博凯港、金波港为海外支点，俨然成为一个现代化港口集群。

沈海高速、荣乌高速、蓝烟铁路、德龙烟铁路等陆路的参与，连接了陆地和海洋之间的关系，使得烟台港的贸易更加通达，与世界上100多个国家和地区的150多个港口产生了互联互通，每月在港作业船舶达300余艘。铝土矿、原油等作为烟台港的支柱货源，铁矿石、煤炭、粮食及集装箱等作为重点货源，商品车、LNG、矿石混配、冷链物流、跨境电商等作为新兴业务，共同构建了烟台港良好的贸易生态。

02. 从登州港开始

太阳照射着地球的表面。它高高在上，却无法使地球表面每一处沟沟壑壑都受热相同。温差引起大气的对流运动，风因此形成。早在公元前，古埃及、中国、古巴比伦就率先充分利用起这种来无影去无踪的神秘事物。我们的祖先利用风力做各种与生产生活相关的事情，提水、灌溉、磨面、舂米、制作风帆驱动船舶在大海上航行。

在塞万提斯的小说《堂吉诃德》中，自诩为骑士的堂吉诃德遇见郊野里的风车，他把它们当作巨人，把风车的翅翼看成是巨人的胳膊，勇武地奔上前去厮杀，结果长枪折断，人马俱摔。那些凛然不可侵犯的风车，就是当地西班牙农民用来推转石磨，磨麦子和饲料用的。

公元前2世纪，古波斯人就利用垂直轴风车碾米。中国宋代时，已经进入应用风车的全盛时代。

在渤海沿岸，风车是司空见惯的事物，它们带来了风的气息以及海洋的气息，也向风诉说着自己的来处。

在蓬莱港堆场内，你所能看到的最醒目的货物，就是一根根银白色的风电塔筒。它们沉默地躺着，沐浴着阳光，凝视着茫茫无际的大海。由东方风电、大金重工、巨涛重工、上海电气、国网海缆等风电设备制造企业所生产的风电设备，经由蓬莱港，漂洋过海，去往它们应该去的那片风的海洋。然后，它们被吊车高高吊起，竖立在大地上。当巨人手臂一样的叶片安装到肩膀上，塔筒就开始了它沉默奉献的一生。

很遗憾，我没有看到2022年3月的那一幕：自重46吨的大功率海上风电叶片从蓬莱港8号泊位平稳吊放在"华波7"船舶甲板上。长达103米的风电叶片，创造了全球港口最长风电叶片吊装纪录。

2021年12月22日的那一幕，也同样载入了蓬莱港的史册：最后一件72.5米风电叶片被缓缓吊起，平稳装入世界最大重吊船"泰兴"轮。山东港口烟台港承装的东方电气PEMH风电项目在蓬莱港公司顺利完成全部作业，连创单船出口风电设备14套数和单船整套作业7.95万立方两项世界纪录，同步刷新整套风电设备昼夜装船21945立方山东港口纪录。

还有一些数据可以进一步刻画蓬莱港：2018年以来，蓬莱港公司累计完成风叶、塔筒等风电装备出口作业百余艘，完成风电设备吞吐量317万方。它同时培育了与蓬莱区风电产业发展之间的"港产互动"关系，服务区域经济成为它的使命之一。

这些重要历史时刻和数据的堆叠，意味着蓬莱港已经完全能够与"北方知名风电设备作业母港"的名声相匹配，在全国主要风电设备作业港口的序列中，它无疑是一名卓越的领跑者。

在堆场内缓行，不时有满载木材的车辆从旁边驶过。除了风电设备之外，木材也是蓬莱港的主要作业内容。20年木材作业经验的积累中，蓬莱港首创了"三级分票"理货工艺，拥有木材装卸作业创新成果20余项，辐射松卸率最高达15027方/昼夜，在原木装卸、理货、堆存作业方面居行业领先水平。"山东省十大木材交易市场"、原木装卸作业"山东省服务名牌"、"中国10强进口木材港口"、"全国交通运输优质服务示范物流企业"，都是对蓬莱港的褒奖。

蓬莱港办公室工作人员指着前面一座白色小房子介绍说："这座小房子是木材熏蒸库，是烟威地区第一个海关指定的进境原木监管场地，前不久刚刚通过了海关总署验收，从外面运达港口的木材要进入库房里进行熏蒸，消杀外来微生物。"这意味着，蓬莱港公司成为山东港口烟台港唯一具备外贸进境原木作业条件的港区，也是烟威地区首个进境木材指定口岸。

熏蒸库旁边堆放着从俄罗斯、北美进口的辐射松等木材。它们离开森林，漂洋过海，运抵蓬莱港。经过熏蒸之后，这些原木、木片、板材陆续出港，进入加工厂。根据材质的不同，它们又被制作成家具、筷子等物品，进入人们的日常生活。

离开堆场，去往水深15米的7号和8号泊位。海水平静，阳光照耀着海面。船停靠着，码头上橙色的门机高高耸立。稍远处的海面上停泊着两艘客滚船，它们原属蓬莱港，在山东港整体改革之后，划归烟台港客运公司统一管理。

继续缓行，依次路过料斗机、即将出口的一堆轮胎，抵达2号泊位。2号泊位和3号泊位挨在一起，像两片从嫩茎上长出来的新叶。旁边驶过两辆装载商品车的货车。商品车不是蓬莱港的主营品类，与堆场主要服务于杂货、杂货占地较大有关。

在去往4号、5号、6号泊位的路上，看到一些黑色的压缩铁。站在6号泊位上，远远地看到海面上的客滚轮正在慢慢驶离港口。它将穿越渤海海峡，在对面的旅顺港停泊。

8号泊位就在对面，它和我所站立的6号泊位之间，隔着一段很近的海水。站在这里，可以清晰地看到几个泊位依次形成了一个奇妙的"V"形。蓬莱港用一个"V"形向着渤海敞开了自己，它既精小紧凑，又有一种开放感。"精致港口"是蓬莱港给自己的定位，"小快精、有特色"是人们针对它的精致所给的定义。围绕这个定义，蓬莱港提炼了"精致港口、精准服务、精品系统、精彩生活"的"四精理念"。

相比于烟台港西港区的博大和辽阔来说，精致小巧的蓬莱港虽然最大的8号泊位只有7万吨级，与西港区的30万吨级泊位相比差距较大，但也不失自己的精美韵致。

而且，若论起港口的历史，古登州港赫赫有名的历史可追溯到两千多年以前，虽然它最初并没有确切的名称，只是黑水河与密水河两河入海口处的一个自然港湾。唐代以前甚至新石器时代，古港的面积要比现今的蓬莱水城大三到四倍，后来慢慢发展成为渔船的避风港，这是登州港最初的模样。

战国时，登州港成为北方远海航线的主要港口，特殊的地理位置注定了它必然在历史上留下熠熠生辉的足迹。

从秦始皇开始，它又成为帝王海上求仙的重要港口，《史记》《汉书》《资治通鉴》等史书都记载了相关史实。

公元前109年，登州港又被赋予了军事港口的身份。《史记·朝鲜列传》记载：

> 天子募罪人击朝鲜。其秋，遣楼船将军杨仆，从齐浮渤海，兵五万人。

这段文字记载的是当年朝廷从登州沿庙岛群岛用兵朝鲜的史实。东晋咸和八年至咸康七年，后赵加强了海上运输，不断对燕发动战争，促使登州港出现了繁忙的军事运输。唐贞观十八年，唐太宗发兵10万进攻高丽，集"吴艘五百"，并亲自到山东长山岛坐镇指挥。

隋唐时期先后十次大量用兵高丽，从登州港出发，途经庙岛群岛，将兵粮运至辽东半岛。

历史发展到隋唐五代时期，山东半岛政通人和，造就了登州港"丝竹笙歌，商贾云集"的鼎盛时期。帆樯林立，笙歌达旦，日出千杆旗，日落万盏灯，是它海上商贸活动的缩影。作为当时北方最重要的港口，它已经成为东渡的启航地。航海家们带着各种物资和航海经验，从登州港出发，东渡日本和朝鲜，去探索新的世界。日本和新罗的朝贡船只也把登州港当成主要进出海口。到登州港从事贸易、外交和文化交流活动的新罗商船越来越多，因此曾在登州、密州等沿海设置新罗坊予以接待安置。

登州港与广州、交州、福州、泉州、扬州和明州并列为唐代对外贸易的七大港口。无疑，登州港在东方海上丝绸之路的历史光影中留下了璀璨的一幕。

关于"登州港"的名字，则是在唐中宗神龙三年定名的。随着登州治所由牟平移至蓬莱，"登州港"的名字也出现在史册上。登、莱二州在承担着当时中国北方海外交通重要门户的同时，还是重要的造船中心和贸易中心，唐代北方的大船建造地只有山东半岛的登、莱二州。

唐贞元十七年，唐地理学家贾耽明确提出"登州海行入高丽、勃海道"为全国主要海路之一。唐朝宰相贾耽是唐朝玄、肃、代、德、顺、宪宗六朝元老，更重要的是，他是中国地理地图史上一位优秀的人物。贾耽毕生潜心地理，绘制《海内华夷图》，撰写《古今郡国县道四夷述》《皇华四达记》等，记载唐对外交通发展的情况。他对"勃海道"的记载，足可帮助后人勾勒港口的繁荣之景。

遗憾的是，盛唐过后，北宋中叶，在辽金连年侵宋导致战事频起之后，经济中心南移的现状，使得登州港发生了职能转变，成为防备外患入侵的水军海防要塞，历史赋予了它新的身份：宋庆历二年，登州港开始兴建停泊战船的城寨。因当时水军使用的战船称为"刀鱼舡"，水城便被称为"刀鱼寨"。登州水军在这个进可攻退可守的隐蔽之地停泊战舰，操练水师，出哨巡洋。

光绪版《登州府志·海运》记载："至元三十年，海运来十三万石给辽阳戍兵"，"从所储充足上海运三十万石"，清楚地说明了登州港在元代成为海运漕粮重要港口的一段经历。这段经历一直持续到了明代，史书记载，永乐年间，有7次海上漕运经登州港。直到正统十二年，登州港还有百余艘船从事海运。

明洪武九年，登州升为府后，海防成为登州港的主要职能。当时在"刀鱼寨"的周围筑起城墙，修建蓬莱水城，命名为"备倭城"。据《登州府志》记载：

> 水城在城北与大城相连，即宋之刀鱼寨。明洪武九年设登州卫，置海船运辽东军需。指挥谢观以河口浅隘，奏议挑浚，绕以土城。北砌水门，引海入城，名"新开口"。南设关禁，以讥往来。后因备倭，立帅府于此，名备倭城。

谢观修建的这座备倭城规模壮观，周三里许，城高三丈五尺，城墙宽一丈一尺，整个水城由小海、码头、城垣、水门、敌台、炮台、空心台、平浪台、防浪堤等部分组成。北边砌筑的名为新开口的水门，俗称关门口，是城中小海通往外海的唯一通道。南门名为振扬门，初时为土门，后改为砖券门。这是水城最古老的部分，今天看来仍然不失庄严宏伟。夏季旅游旺季，它敞开丰厚的胸膛，吸纳着络绎不绝从南方北方赶来的人。他们走进这道门，沿着小海，路过古船博物馆，继续往北，一直走到北门，领略那惊险雄奇的海上关隘。

在我国的海港建筑史上，蓬莱水城的海上建筑技术和结构布局，迄今仍然是典范。由于地处明末海防前沿的重要地位，朝廷统辖山东沿海战防事宜的备倭都司府衙就设在水城中，管辖即墨、登州、文登三营和二十四个卫所，兵力接近六万人。

水城内的备倭都司府衙、水门、振扬门、防浪堤、平浪台、码头、灯塔、城墙、敌台、炮台、护城河等海港建筑和海防建筑，经历了九百多年的岁月摧残和海水冲击，依然十分坚固，堪称中国迄今为止最早、保存最完整的古代水军基地。

从清初1655年禁海到1684年废止禁海，再到1717年至1727年再次海禁，登州港的商业贸易时而冷落萧条，时而繁荣兴旺，唯有作为军港一直得到重视。

1858年，中英《天津条约》签订，登州被定为通商口岸。1860年冬，英国领事马礼逊修改了最初的方案，改烟台作为通商口岸，1861年，烟台正式开埠。

1912年，对登州又是一个不寻常的年份，同盟会员徐镜心、孙丹林等率革命军光复登州，建立登州军政府。1913年1月，民国政府取消府、州建置，各地实行省、道、县三级政区制，于是，1913年4月废登州府，蓬莱县直属山东省。名盛一时的登州港黯淡地退出了历史舞台。

解放后，对蓬莱水城这个我国唯一完整保留下来的古军港的使用，一度成为难题。设备设施陈旧，装卸形式落后，吞吐能力不足，都显示着它已经无法适应新的历史环境。在这种情况下，1958年5月，海军长山要塞区和蓬莱县政府在田横山西侧共同开始了蓬莱港的修建，历时三年，于1961年10月，军港码头竣工。当时，蓬莱港借用军港上下旅客和装卸货物，直到1967年1月20日蓬莱港扩建了长81.9米的客货码头，它才有了一定的吞吐能力。

蓬莱老港走过了二十个年头，应改革开放和社会主义现代化建设的要求，蓬莱急需新建一个功能更为完善的对外开放口岸。1986年4月，蓬莱新港地址选定在湾子口村。1992年3月，蓬莱新港一期工程正式开工建设，1995年12月26日竣工投产，1996年7月被国家批准为一类开放港口。

蓬莱港一路变换身份和地址，最终成为今天的样子：泊位11个，航道长2525米，水深-15.1米，港口货场面积55万平方米，正在建设货场回填面积42万平方米。

站在与它临近的老北山灯塔下眺望蓬莱港，在傍晚夕阳的照耀下，它安静而美丽。当然，这是它现在的美丽，而非过去。过去的美丽已经逝去，而且永不会再回来，所有的今天都建筑在对过去的回忆当中。

03. 戚继光

明嘉靖七年，山东济宁鲁桥镇（今微山县）迎接了一位未来抗倭名将的出生。他的父亲戚景通老来得子，希望孩子能够继承祖业，成为国家的有用之才，于是为他取名戚继光。

当年戚景通已经56岁。从戚景通开始往上数算，戚谏、戚珪、戚斌、戚详，都是朝廷将才。戚家祖籍登州，但与国家、与登州的深刻渊源是从六世祖戚详开始的。戚详为躲避战乱，曾将家眷迁居安徽，后追随到朱元璋的红巾军中，从一名小旗干起，三十年屡建战功，辞世后，朝廷为其子戚斌授予"明威将军，世金登州卫指挥事"，戚氏一族才重新得以返回山东登州。戚继光的这几位祖上，每一位都是非常能干的将领，忠国爱民，口碑极佳，且武艺文采精通，诗赋能力不逊于武略谋才。

戚景通按照朝廷的规定，承袭了登州卫指挥佥事，之后历任江南漕运把总、山东总督备倭等职。戚继光就是戚景通在济宁任江南漕运把总时生下的儿子。

受祖上教养所滋育，戚继光从小也表现出出色的军事能力和儒雅风姿。6岁时，戚继光跟随祖母回到登州故里，因为能够"融泥作基，剖竹为杆，裁色褚为旌旗，聚瓦砾为阵垒，陈列阶所，研究变合，部伍精明，俨如整旅"而显露出未来武将的端倪，这也就不难理解戚继光何以在少年时就接袭重任。

嘉靖二十三年，戚景通病逝，戚继光从京城办理完袭职手续，回到登州。这一年他只有17岁。19岁时，戚继光被任命在登州卫管理屯务。21岁时，出于防御鞑靼内犯的需要，朝廷命山东、河南等省每年派遣军官率领士兵轮番守边，年纪轻轻的戚继光被推为中军指挥官，率领山东六郡士兵北上戍守蓟门，连续五年，春去秋回。嘉靖二十八年，戚继光参加山东乡试考中武举，次年赴京会试，不久被任命为总棋牌，督防九门。这时候戚继光只有二十出头，已被誉为"国士""将才"。

嘉靖三十二年，26岁的戚继光升任山东总督备倭、署都指挥佥事。这个时期，世界风云变幻，处于藩侯割据时代的日本进入大规模的海盗式掠夺史，武士、浪人、商人，频频进犯中国沿海，伙同中国的一部分奸商和滨海贫民，疯狂进行走私和劫掠。一时之间，倭寇"连舰数百，蔽海而至"。戚继光整顿纪律，训练士兵，撤换不称职的官员，建造战船战车，在沿海每30里设一个驿站，每10里设一个烽火台，严阵以待。在山东备倭两年多，戚继光使山东成为当时沿海各省防倭寇最成功的省份。著名的蓬莱水城作为优秀建筑的古代水军基地，留下了戚继光训练水师的诸多佳话。

同时，戚继光还是个不折不扣的文人，他在登州期间创作了20余首诗文。蓬莱历史文化研究会编撰的《戚继光诗稿》，收录了他大量的诗文，诗句既有"一年三百六十日，多是横戈马上行"的铿锵报国之气，又不乏"绿竹映芳渚，竹里谁家女？手攀竹上枝，咄咄时自语。高楼临通津，朝暮阅行人。芳颜易老妾未售，不是知心肯托身？"的温柔细腻之风。

嘉靖三十四年，正月，戚继光登上太平楼赋诗一首，山东大学出版社1999年出版的《戚继光年谱》记载：

是春正月，备倭公署后故有太平楼，凭堞阚海，溟波万顷。

北对三韩之虚，东接五畿之域，岛屿俨列，蜃气时浮，亦胜地也。时家严备倭海上，乃于元日登楼赋诗云："高台元日一登游，东向扶桑送远眸。岸隐潮声连古戍，天回春意满芳洲。鲸波突兀辽阳隔，螺岛微茫海市浮。翘首五云宫阙近，灵氛常映太平楼。"

那年，戚继光登上太平楼，眺望大海碧波，北对朝鲜半岛，东接日本，望着眼前众多岛屿，以及浮于其上的蜃气，沉浸于彼时美景之中。他大概想不到四百多年后的1987年，经过重建的太平楼会矗立起他的巨大雕像。

登楼赋诗的那年秋天，28岁的戚继光调任浙江都司佥书，管理屯田事务，次年任参将。他带领士兵打了龙山所和岑港两场著名的战斗，此后又相继经历了台州保卫战、收复横屿之战、平海卫大战、仙游解围战等战役，使倭寇闻风丧胆。

此后，戚继光转战疆场抗击倭寇，撰写了两部重要兵书《纪效新书》和《练兵实纪》，给后人留下了练兵墨宝，组建了军威赫赫的戚家军，创立了著名的鸳鸯阵。

戚家军同敌人格斗的场面，我从《戚继光年谱》中看到了鸳鸯阵图，并有文字记载：

阵十二人，首一人居前为队长，次二人夹盾，次二人夹枝兵，次四人夹长矛，次二人夹短兵，末一人为火兵居后，专事樵苏。偏则伍之，两侧什之。始为五行，分为两仪，变而为三才。其节短，其分数明，其步伐合，地宜其器，互相为用，且犄角互张，攻距击刺互应。始出以方阵，既变而员曲，终结以直锐，中出以正，两翼旁出以奇……凡鸳鸯阵，乃杀斩必胜屡效者……二牌并列，狼、筅各跟一牌，以防拿牌人后身……

翻看着精妙玄奥的阵法图，更能了解戚继光的军事才华，晚年遭遇变相贬谪，是戚继光一生的痛楚和无奈。万历十三年，戚继光终于辞官回到故里，三年后辞世。之后，崇祯皇帝为其在蓬莱水城内修建了祠堂。2019年6月13日，占地2万平方米的戚继光纪念馆在蓬莱正式开放。

当我们徜徉在戚继光故里及纪念馆内时，无时无刻不感受到一种内在的历史力量，安静而震撼，宽厚而慈悲。战争多次侵袭过蓬莱这座小城的沿海，在曾经登陆过倭寇的礁岩上，那些侵犯的足迹和阴郁的记忆，已经被渤海之水冲刷，英雄人物的美名却留了下来。

04. 渤黄海分界线南端起点

下午，站在老北山灯塔下，能眺望到渤海的最美景致：蓬莱港码头像几条蜿蜒的长龙深入渤海之中，夕阳在它们的腰部系上了一条金腰带。往北眺望是渤海海峡，海中是影影绰绰的长山列岛。

航行于登州水道和进出蓬莱港的船舶，在夜里总能看到老北山灯塔放射出的光芒。这座始建于1941年的灯塔，已经屹立在老北山上八十年，最初由东海关龙口分关建造。之后它经历了数次重建和完善：1952年重建为高7.6米的铁架结构。1971年由乙炔气改为交流电，装备重闪仪。1978年改建为石砌圆柱形塔，高10米，加装灯笼。1996年11月，安装美国泰兰公司生产的TRB-400旋转灯器。2000年7月，重建为高20.3米的白色圆柱形塔。2003年11月，安装遥测遥控装置。2007年8月，将原TRB-400型灯器更换为烟台航标处自行研制的ISA-400型灯器。

老北山灯塔的前身，是始建于清同治七年的蓬莱阁普照楼灯塔，三层六棱斗拱砖木结构建筑，塔内建有扶梯，可以盘旋而上，占地25平方米，是当时的登州府同知雷树枚倡建。

雷树枚是顺天府人，同治七年任登州同知，他曾写过一篇《蓬莱阁灯楼记》，情真意切地陈述了自己目睹成山、利津铁门关等处灯塔之后，认为登州急需建立灯塔的迫切之情。

"余宦游山左三十年，足迹几遍。而海滨之区，尤留意焉。

初,成山,见山顶有灯楼。询之土人,知为南北商舶而设。至文登鸡鸣岛、利津铁门关亦均有之。盖海口类多礁石漩流,商舶往来,皆知趋避,其为益殊非浅鲜也。

登州海口林立,近年潘伟如廉访督税东海关,建灯楼于福山、烟台及宁海崆峒岛,商人咸颂其德。郡城蓬莱阁,据丹崖山上,北与大小竹岛及长山庙岛遥遥对峙,为南北商船必经之路。每逢阴雨之夜,云雾渺茫,沙线莫辨,情惧夫误入迷津者之失所向往也。

余于同治七年分守来郡,即拟建灯亭以利商舶。兹商之彭明府,慨然以为可行,遂议定灯油等费每月需制钱若干。余与彭明府、李二尹、李少尉、应千戎并水城各栈,按月摊捐,交陶允执茂才妥为经理。并示谕各岛居民,俾共知悉。

从此垂诸久远,永无废堕,庶几明光所在,帆樯宵渡可无迷途之虞。未敢云便民也。亦分守是邦者聊尽吾心云尔。"

从这篇文章中可看出,当时详细地规划了灯油费的分派方案。文末,雷树枚表达了自己的心意:"未敢云便民也,聊尽吾心云尔。"地方官尽职为民可见一斑。

普照楼建成之后,照亮了黄渤海一带水域近百年,"帆樯宵渡无迷途之虞"。20世纪50年代末,普照楼才停用。当时,老铁山灯塔已经建成启用,替代了这座贡献百年的老灯楼。如今,它仍然耸立于丹崖危岩上,如凌空鹤立,与宾日楼、吕祖殿等共同组成了仙境蓬莱的特征性标志,也是游人拍照必选的背景。读小学时,每学期结束,班里期末考试前几名学生获得的奖励是到蓬莱阁旅游。村里有一辆威风凛凛的军绿色大卡车,获得殊荣的孩子们站在露天卡车车厢里,听着发动机一路轰轰响着赶往蓬莱,比过年还要兴奋。到了以后,必然要坐在城墙垛上以普照楼为背景留影。黑白照片,边缘细致地裁切了锯齿。

田横山之所以俗称老北山,是因为它地处蓬莱陆地的最北端,也是胶东半岛的最北端。这块突入海中的陆地岬角,被称为登州岬或蓬莱岬,它与渤海对面的老铁山岬遥遥相望。二岬连线,恰好是渤海和黄海的分界,这不得不说是大自然的神作。

沿老北山灯塔旁边的台阶蜿蜒下行,一直抵达深入大海的岬角上,矗立着名叫"神龙分海"的石雕,代表渤海和黄海的两条龙相对而立,共衔一枚明珠。这是渤海黄海分界线标志,基座上的文字明确地指出:

> 据国家海洋局和海军有关部门测定,现蓬莱田横山头灯塔处(北纬37°49′50.2″,东经120°44′33.3″)即为渤、黄海分界线南端起点。现立此界碑作为标记。

对面的南长岛轮廓清晰。海面上万点金星,鸥鸟翻飞。在灯塔旁边的高处台阶上,隐约看到一条不规则的"S"形界线,在西边的夕阳照耀下,界线两边的海水呈现不一样的颜色,左边的渤海灰黄,右边的黄海稍蓝。这种情形,很符合各种文字资料中关于黄渤海分界的描述。然而,站在"神龙分海"石雕广场上再看时,分界线已很难辨认。许是此处位置偏低的原因。

那天,我在灯塔下面沿台阶来回多次,徘徊近一个小时,直到站在高处也看不到那条隐约的界线。夕阳继续西斜,把光辉抛向渤海、岬角、岛屿、海岸、城市,照得到处闪闪发光。

我想起三月一日远赴老铁山岬,站在早春的寒风里,远远往南眺望北隍城岛的情景。时隔整整半年,九月一日,我站在秋天登州岬温暖的夕照里,远远地向北眺望。三月时我并没有想到,在这半年里,我的足迹和思想竟这样被渤海牢牢攫住,深陷其中,仿佛麦尔维尔《白鲸》中那条倔强驶入海洋的"裴廓德号"。我一定是被赋予了格外的恩惠,才被送往这样一片辽阔的大水的世界。

有个一波三折的历史故事,解释了田横山名称的来历。田横跟随兄长田儋、田荣反抗秦国,兄弟三人先后占据齐地为王。两位兄长被杀之后,田横收募齐国的散兵,收复了齐国大小城邑,立田荣之子田广为齐王,田横自为丞相辅佐。

田横平定齐国三年之后,刘邦派郦食其到齐国游说,要他们归顺汉朝。起初田横是打算同意的,并为此解除了齐国在历下对汉军的防备。

然而汉将韩信突然出击，打败了齐国在历下驻扎的守军，接着又攻入临淄。齐王田广、丞相田横气急，烹杀郦食其然后逃亡。田广往东逃到高密，丞相田横逃到博阳，守相田光逃向城阳，将军田既带领军队驻守胶东。焦困之时，楚国派来龙且带领军队救助，然而还是被韩信在高密打败。在这场战斗中，齐王田广和守相田光都被俘虏，田横于是自立为齐王，继续战斗，仍然没逃脱战败的局势，只好逃到梁地，投归彭越。韩信继续向胶东进军，杀死齐将田既、田吸，彻底平定了齐地。之后，韩信向刘邦上书，请立自己为齐国假王。

一年之后，刘邦消灭项羽，自立为帝，封彭越为梁王。田横害怕被彭越杀害，遂带领部下五百多人逃入海中，居住在一个小岛之上。善于谋略的刘邦担心田横流落在海中难免是个祸患，便赦免田横之罪并且召他入朝。这一次，田横辞谢了，刘邦再次郑重许下承诺，给田横封王封侯，但如果执意不从，便要派军诛灭。

田横无奈，携带两个门客前往洛阳。在离洛阳三十里远的尸乡驿站，田横对门客谈了他的想法，他慨叹自己曾经和刘邦同为"称孤的王"，而今一个做了天子，一个却成了亡国奴，还要称臣侍奉刘邦，真是莫大的耻辱。另外，他烹杀了郦食其，也无颜面再与他的弟弟郦商同朝并肩。田横认为刘邦要他来京的原因，无非是想见一下他现在是什么样子，既然如此，现在割下头颅，快马飞奔三十里，面貌应该还不会有大的改变。

于是田横面东遥拜齐国山河，横刀自刎。两个门客受命手捧他的头颅，飞驰入朝。此举让刘邦流下了眼泪。刘邦拜田横的两个门客为都尉，但二人却在田横墓旁挖了个洞自刎。刘邦更为感动，又派人去海岛召田横手下的五百人进京，打算厚待。然而，五百门客也都在岛上自杀。

田横的墓地，位于河南省偃师区首阳山下，只有一块墓碑，本就相当潦草清寒，后来更是在修建首阳山电厂时被平掉了。

悲壮的人生总是会被后人反复称颂。司马迁说："田横之高节，宾客慕义而从横死，岂非至圣，余因而列焉。不无善画者，莫能图，何哉？"纵横捭阖的诸葛亮也曾赞叹："田横，齐之壮士耳，犹守义不辱。"苏轼说："昔田横，齐之遗虏，汉高祖释郦生之憾，遣使海岛，谓横来大者王，小者侯，犹能以力自到，不肯以身辱于刘氏。韩信以全齐之地，束手于汉，而不能死于牖下。自古同功一体之人，英雄豪杰之士，世乱则藉以剪伐，承平则理必猜疑。与其受韩信之诛，岂若死田横之节也哉。"

历史人物在诗文里并未死去，田横的高大身躯在这些特定空间里隐秘复活。为田横及五百义士撰写诗文的历代文人更是不少，例如宋代唐庚《过田横墓》、元代陈杞《田横墓》、明代袁可立《蓬莱阁怀古》、明代周番《吊五百义士》、清代陈廷敬《咏汉事六首》等。

但是，关于田横避祸的海岛到底在哪里，一直没有定论，大致有三种说法，一说在连云港市前云台田横岗，一说在山东即墨田横岛，还有一种说法就是蓬莱田横山。康熙版《蓬莱县志》中这样言述：

田横山，府城西北三里海上。汉韩信破齐，田横与其徒五百余人栖此。万历癸巳，因倭警，调浙兵戍登，立有城桓廨宇，今废。

康熙版《蓬莱县志》记述了明代调遣浙江兵卒戍守田横山的历史，而地势险要的田横山在之后也扮演过重要角色。清光绪二十年，中日甲午战起，登州统领夏辛酉在山上筑起炮台，架设数门大炮，守护海口，同时与旅顺互援。

今天的田横山，陡峻的崖壁仍然让人感到一种要塞的力量，但更多展现的是文化和景致。在田横山下的礁石群中，有一组礁石名为"八仙石"，形态各异，如同八仙群集崖下，正准备出海。传说白云仙长在蓬莱仙岛牡丹盛开时，邀请八仙及五圣饮酒，回程时，铁拐李建议众仙弃船，各显神通渡过海去。于是，八位仙人各持法器，在渤海上施展仙力，乘风破浪，一时之间搅得海面上仙云腾腾，浪涛激跳。仙人远去，形骸幻化为八块礁石，长久地留在了崖下。

八仙过海的故事，可谓中国民间流传最广泛的道教神话故事，铁拐李、汉钟离、张果老、何仙姑、蓝采和、吕洞宾、韩湘子、曹国舅这八位仙人的名字，也是妇孺皆知。后世相关的文学作品、影视作品也非常之多。1985年，电视机开始走入百姓家中，香港亚视出品的电视剧《八仙过海》风靡一时。

05. 蓬莱仙阁

八仙过海，秦始皇东巡，徐福东渡寻仙，这些故事或传说，在蓬莱留下了浪漫、轻盈的气息。狂丽的想象，使得这座小城拥有了自己的性格，既古典又时尚，持续至今，一直不曾淡化。大自然又给了这座城市格外的恩惠，让它濒临黄、渤二海而居，在我心中堪称最美的土地。

与黄鹤楼、岳阳楼、滕王阁并称为中国古代四大名楼的蓬莱阁，由蓬莱阁主体建筑、白云宫三清殿、吕祖殿、苏公祠、天后宫、龙王宫、弥陀寺等几组不同的祠庙殿堂、楼阁、亭坊构成，总占地面积三万多平方米，地处丹崖山上，地理位置极佳，堪称最壮丽的宫殿之一，是渤海的一顶桂冠。

与田横山紧邻的丹崖山，海拔50多米，称不上高，临海面却绝壁耸立，不乏凌厉之势。而碧海簇拥，云气飘摇，又令其多了一些秀美轻灵的仙韵。世上美的事物多是如此，英俊中带些阴柔，柔美中带些英气。又因山上岩石呈红褐色，故而名为丹崖山。还有一种传说：东晋葛洪曾经在山上炼丹，因此把山命名为丹崖山。一代名医葛洪极其推崇炼丹，在我国许多地方都留下了炼丹传说。

从地质学上分析，丹崖山是胶东地壳皱褶的一个小隆起，在远古时期是渤海中一个孤立的小岛，后来，海水消退，小岛与陆地联结。

有关资料记载，丹崖山古称蓬莱岛。还有一个说法，传说汉武帝多次驾临山东半岛，登上突入渤海的丹崖山，眺望寻找蓬莱仙境，后人就把这座山唤作蓬莱。

康熙版《蓬莱县志》这样记述丹崖山：

丹崖山，府城北三里，东西二面石壁巉岩，上有蓬莱阁及半仙狮子等十三洞，秀丽奇绝。

早在新石器时代就有人类聚居的这块仙地，唐贞观八年始置蓬莱镇，这时期，渔民在丹崖山巅建造了广德王庙，僧人在山南麓建造了弥陀寺，商贾舟楫云集往来，将这里的名声带至四面八方。唐神龙三年，登州治所移到蓬莱，蓬莱升镇为县。唐开元年间，道人在广德王庙东建造了三清殿。到北宋嘉祐六年，登州知州朱处约将广德王庙迁于西偏，重建为龙王宫，在广德王庙旧址上始建蓬莱阁，并撰写《蓬莱阁记》：

> 世传蓬莱、方丈、瀛洲在海之中，皆神仙所居，人莫能及其处。其言恍惚诡异，多出方士之说，难于取信。而登州所居之邑曰蓬莱，岂非秦汉之君东游以追其迹，意神仙果可求也？蓬莱不得见，而空名其邑曰蓬莱，使后传以为惑。……因思海德润泽为大，而神之有祠，俾遂新其庙，即其旧以构此阁，将为州人游览之所。层崖千仞，重溟万里，浮波涌金，扶桑日出，霁河横银，阴灵生月，烟浮雾横，碧山远列，沙浑潮落，白鹭交舞，游鱼浮上，钓歌和应。仰而望之，身企鹏翔；俯而瞰之，足蹑鳌背。听览之间，恍不知神仙之蓬莱也，乃人世之蓬莱也。上德远被，恩涵如春，恍若致俗于仁寿之域，此治世之蓬莱也。后因名其阁曰蓬莱，盖志一时之事，意不知神仙之蓬莱也。

这篇记述，文采丰沛至极。据夏爱民、赵艳娟所著的《朱处约家世与生平事迹考》可知，朱处约与梅尧臣、欧阳修、王安石都有交集，并深受赏识，可见当时朱处约"已很有声望、享誉士林"。

朱处约认为："登州所居之邑曰蓬莱，岂非秦汉之君东游以追其迹，意神仙果可求也？蓬莱不得见，而空名其邑曰蓬莱，使后传以为惑。"他看到了秦汉之君的灵魂站在想象当中的蓬莱仙界中，殿堂在他们不曾闭上的眼帘后闪烁着长生不死的光辉，他们狂热又迷茫，无望又悲凉。

书写帝王渴望到达蓬莱、瀛洲、方丈三座神山和渴求仙药的诗文有很多，但我觉得朱处约的这几句，在剖解帝王之心方面最为简直。其他文献多为客观陈述，比如《史记·封禅书》："自威、宣、燕昭使人入海求蓬莱、方丈、瀛洲。此三神山者，其传在渤海中，去人不远。患且至，则船风引而去。盖尝有至者，诸仙人及不死之药皆在焉。"《山海经》记载："蓬莱山在海中。上有仙人宫室，皆以金玉为之，鸟兽尽白，望之如云，在渤海中也。"《史记·秦始皇本纪》："齐人徐市等上书，言海中有三神山，名曰蓬莱、方丈、瀛洲。"

《史记》客观记述了三神山"至而不得"的景象："未至，望之如云；及到，三神山反居水下。临之，风辄引去，终莫能至云。"远看是山，靠近之后山却沉入海水之下，消失不见。类似这样的描述，令后人对这些无法确定的事物展开了研究。作为虚幻的海市蜃楼，它们一直活着，给蓬莱这座小城的角落画满神秘的图像。

那些慕名游历至此的文人当中，留下海市诗文的，自然都是幸运者，他们听到了神秘景象中的脚步声和人们的欢笑声。在这些人当中，苏轼更算得上是幸运者，据说他在登州任职时已是岁末，错过了经常出现海市的春夏季节，但他在广德王庙祈祷之后，第二天就神奇地见到了海市，于是作了《海市》一诗，记述了前后经过。

苏轼与蓬莱的渊源也颇为神奇，宋元丰八年，苏轼刚刚到任登州，仅仅过了五天，他又接到朝廷任命，让其回京担任礼部郎中。离去的是苏轼，留下的是"五日太守"的佳话。在这短短的履职过程中，苏轼上奏改写了两件对登州至关重要的大事：一是了解到盐税政策的弊端，上奏朝廷废除了不合理的食盐专营专卖制度；二是上奏了百余年间登州海防、边防出现的严重问题，加强了登州的海防和边防。

此后历朝历代，蓬莱阁历经数次天灾、人祸、战争，饱经风霜和摧残，也经过了数次重修。现在，它展示着无法遮蔽和不可抗拒的美丽。海风穿过楼阁，城桓的缝隙里生长着绿色的植物，海鸥鸣叫着在丹崖山上空和海面上飞翔。每一个登临者，都应该临风吟咏明代袁可立《蓬莱阁怀古》中的诗句"夙慕蓬莱仙，今到蓬阁上"。

06. 从胶辽地盾到长山列岛

"目炯双瞳，眉分八字，身躯九尺如银。威风凛凛，仪表似天神"的玉麒麟卢俊义，是《水浒传》中一个重要人物。他上山的过程极尽波折，完全是被吴用等人设计，在"脊杖四十"以后，由董超、薛霸看押，前去刺配沙门岛，由此被逼上了梁山。

孤绝的海中小岛，四面与陆地绝缘。朝廷重犯流配集结于岛上，每日忍饥挨饿，还要在捆绑鞭打之下服苦役，造船养马。最为残酷的是，犯人定额增加导致口粮不够时，狱方便会把犯人扔进大海。

沙门岛，因其可怕和残酷的名声，在世间广为流传，也成为很多人对渤海海峡间那片岛屿的最早认识。很多人知道沙门岛，却未必知道在山东半岛和辽东半岛之间的海峡间，其实散布着32座岛屿，如造物主撒落的珍珠，漂浮于渤海海峡之中，每座岛屿都有其孤绝的美。

但沙门岛确实存在，酷吏也确实存在。《长岛县志》记载：

> 宋建隆三年七月，朝廷规定，凡是驻内地和边外的军队中的犯法者，一律发配到沙门岛。

《宋史·刑法志》也记载道：

> 罪人贷死者，旧多配沙门岛，至者多死。

犯人进岛多数难以存活。饿死，累死，或因口粮有限，"沙门岛骥卒溢额，则取一人投于海"。这些脸上刺字、被称为"骥卒"的犯人，每当超额一人，便要有一人被投入大海喂鱼。

宋仁宗年间，1058年，京东路转运使王举元奏报朝廷说，发配到沙门岛的犯人，"如计每年配到三百人，十年约有三千人，内除一分死亡，合有二千人见管，今只及一百八十，足见其弊"。数字计算得很清楚：

每年流放300名犯人到沙门岛，10年约有3000人。10年后，只有180个犯人还活在沙门岛。

宋神宗年间，一位名叫马默的官员担任登州知府，惊骇地发现沙门岛的官员李庆两年内用投海的办法虐杀了700个犯人，遂奏报朝廷，得到批准：此后犯人超编时，便甄选一个来岛时间较长、改造态度积极的犯人，移送到登州本土牢城拘押，以解除超编之患。

总之，沙门岛在历史上比发配林冲的沧州、发配杨志的大名府、发配武松的孟州、发配宋江的江州都声名狼藉。但是关于沙门岛的确切所属，却至今没有定论。最多的说法是，沙门岛即今天长山列岛中的庙岛。光绪版《蓬莱县续志》记载：

> 庙岛，古名沙门岛，在县治西北，距城六十里。南接凤凰二山，计长十数里，过二三十里与长山对峙。东北望珍珠门，西北望宝塔门，各五里，中多礁石。居民三百数十户，山上有天后宫，有炮台，附岸沙滩水深二三丈不等。前为商贾辐辏之区，停船数百只，后因烟台开设口岸，遂废。凡过北上津沽牛庄行舟，往往取淡水采薪粮避风于此，实为登郡门户要枢。

县志对沙门岛位置的描述较为详细，确实是今天庙岛所在的位置：东面与南长山岛和北长山岛对峙，东北是北长山岛与挡浪岛之间形成的海峡——珍珠门水道，西北是犁犋把岛与挡浪岛之间形成的宝塔门水道。岛上在凤凰山前修建了天后宫，也叫妈祖庙。

然而，《长岛县志》记载，沙门岛为"今南五岛"，"元朝初期，岛区分划为沙门岛社（今南五岛）和牵牛岛社（今北五岛）"。这里所说的"南五岛"，指的是长山列岛32座岛屿中位于南部的南长山岛、北长山岛、大黑山岛、小黑山岛、庙岛。北五岛则为北部的砣矶岛、大钦岛、小钦岛、南隍城岛、北隍城岛。另外还有22个无人居住的岛屿——鱼鳞岛、南砣子岛、牛砣子岛、羊砣子岛、烧饼岛、犁犋把岛、蝎岛、猴矶岛、小猴矶岛、高山岛、小高山岛、大竹山岛、小竹山岛、车由岛、砣子岛、东嘴石岛、山嘴石岛、鳖盖山岛、坡礁岛、螳螂岛、挡浪岛、马枪石岛。

还有一种观点，认为沙门岛是今天的大黑山岛。清代吴承志所纂《唐贾耽记边州入四夷道里考实》中对沙门岛即做了这样的解释："庙岛西南二十里，即旧沙门岛，今大黑山。"

至于沙门岛究竟是哪个岛，众说纷纭，似乎无从考证。另有一种说法是，沙门岛作为海运屯站之地，随着海道的变迁而几经迁徙。这个说法，倒能够解释沙门岛的身世之谜。

无论怎样，沙门岛是一个非常重要的岛，既是海防重地，又是海运要道，同时还是犯人流放地。宋元以后，海上漕运兴起，此处四围有诸岛屏障，成为天然良港，舟楫繁忙，日渐兴旺。清代《读史方舆纪要》记载："宋置刀鱼巡检，水兵三百戍沙门岛。备御契丹，仲夏居砣矶岛，秋冬还南岸。"《长岛县志》也记载了这一说法："宋庆历二年，登州郡刀鱼巡检的水兵300人驻守沙门岛，以防契丹进犯，仲夏驻砣矶岛，秋冬时节回南岸。"又载："元朝初期，在沙门岛设立沙门岛巡检司，有弓兵24人、墩兵6人。"清代《读史方舆纪要》记载："明永乐七年，山东都指挥使司奏，沙门岛守备仅七百余人，难以防御。诏以七百人益之。后移戍内地，岛无居人，今遂为墟，寨至明中叶亦废。"

《长岛县志》多处记载了倭寇曾经对这些岛屿的侵犯，以及抗日战争时期日军侵袭海岛，投放炸弹，炸毁渔船等史实。1942年8月，长岛第一个中共党支部在砣矶岛磨石嘴村建立，地下党员以教学为掩护，开展地下工作。1945年9月，长岛解放。

1945年著名的东北运兵时，不仅龙口港的栈桥码头和黄河营港参与了这场震撼人心的大运兵，渤海海峡中的砣矶岛、大钦岛、小钦岛、南隍城岛、北隍城岛的渔民，也出动了帆船百余只，运送进军东北三省的八路军。

长岛的第一次解放，并不是最后灾难的结束。小岛们还没有从可怕的摧毁中恢复过来，战乱和苦难在1947年再度发生，10月1日，国民党军队整编第八师一部500余人占领了南长山岛，10月19日占领了全区。

1949年8月11日，中国人民解放军华东野战军二十四军第七十二师、特种榴炮团、胶东警备四旅和五旅之一部向长山岛发起攻击，到8

月20日，赢得了全区解放。至此，国民党军队占领长山岛一年零十一个月的历史宣告结束。

南北岛距最长56.4公里、东西岛距最宽30.8公里的群岛，从整体上来看像一群排队站立的朋友，实则是一个个独立的个体，孤独、小，却雄伟，每一个都曾经是倔强的关隘。当年激烈的往事似乎并没有给长山列岛留下什么痕迹，只有当我们翻阅这些历史文字时，才能嗅到那些激情的呐喊和呼吸。今天的长山列岛，只有美、雄奇、气象万千。

在茫茫大海中，岛屿总是令人着迷。它们的形成原因多种多样：火山喷发、海退、地质断裂，都有可能造就这样的海中山峰。在元古代晚期，地处渤海下沉带东侧的庙岛群岛是长白山系的分支，胶辽隆起的一部分。那个时候，并没有今天的诸多岛屿，它们不能称之为岛屿，而是南北连成一片的陆地的一部分，俗称"胶辽地盾"。在1.4亿年前的燕山构造运动及后期的喜马拉雅造山运动中，先后发生了一系列的断裂活动，一整块陆块断陷，分离，形成众多岛屿的雏形，从而也形成了渤海海峡。

自晚更新世以来，三次大的海侵与海退，使得群岛经历了几次反复的起伏。今天它们还是一群岛屿，但是或许几万年以后，它们又变成了陆地的一部分。在"庐山冰期"过后，"沧州海侵"发生：冰川消融，海水上涨，漫过胶辽之间的山垭沟，涌向古渤海湖及华北平原，直至淹没了沧州。这次海侵促使已经发生断裂的"胶辽地盾"成为海中之岛。

大约从距今7万年的"大理冰期"开始，大地骤寒，冰雪禁锢，海退发生，海底成了陆地，庙岛群岛变回原形，成为陆地上的山丘。

距今3.5万年左右，气候重新转暖，"献县海侵"发生，规模扩展到河北省的献县境内。蓬莱北沟公社现距海岸4公里左右的北林院迎口山西北坡，还保留着这次海侵塑造的石英岩海蚀地形，及5米多高的海蚀柱。庙岛群岛的海拔60多米处，普遍存有海蚀痕迹，就是这次海侵的杰作。献县海侵之后，是周而复始的又一次海退。

到了全新世，气候再次进入温暖期，冰川消融，海面上升，"黄骅海侵"发生，已经成为沼泽草原的渤海海底，再次变成澎湃浩渺的大海，渤海沿岸推进到黄骅、静海和天津一带，海蚀线达到北长山岛的九丈崖，大黑山岛北庄的"半坡"上。

依照惯例，这次海侵过后，又是大规模的海退。直至距今1300年的唐初，岛岸线才降到比现代岛岸线略高的地方。

一次次抹平，消除，塑造，重生。如果不清楚它们作为"胶辽地盾"的历史，我们就会认为，群岛是从大海之中升起的一座座迷人的障碍物。这些障碍物使奔涌不息的海水遭受到阻力，天长日久，形成各种迷人的海岸、沙嘴、沙坝、潟湖。以基岩海岸为代表的南隍城岛、北隍城岛、大钦岛、高山岛、猴矶岛、车由岛和大黑山岛等，在整个海岸线中占据绝对多的优势，南长山岛的"水晶宫"、高山岛的"神仙洞"、大黑山岛的"聚仙洞"、高山岛的"龙头礁"、犁犋把岛的"宝塔礁"、南长山岛的"望夫礁"和小黑山岛的"狮子石"等峭壁沿滩、海蚀洞、海蚀拱和奇礁异石，装点着这些奇妙的岛屿。沙嘴则装点着南长山岛、小钦岛、螳螂岛、小黑山岛和挡浪岛的南端。连岛沙坝将大黑山岛和南砣子岛，庙岛和羊砣子岛、牛砣子岛，南长山岛和北长山岛友好地连接起来。现代潟湖乖顺地卧居在大竹山岛、南隍城岛、小黑山岛等岛的港湾处。

在南隍城岛西北角沿岸，矗立着一座特殊地貌形成的奇观：海蚀拱。巨大的拱洞由两根石柱及顶上撑着的一块巨石组成，宽约10米，高4米，中间天然形成门洞约3米见方，是一个不折不扣的石门。门柱和顶石壁面平直陡峭，仿佛神工用利斧劈削而成。两根石柱如同大桥的桥墩，牢牢根植于大海深处。高潮时，石门傲娇地矗立于海中，让人望尘莫及；低潮时，石门与露出海面的暗礁相连，吸引着众多年轻人来打卡，他们把它称为"海誓门"，希望大海见证他们的爱情。

迷人的32座障碍物，占据了宽度105.56公里的渤海海峡五分之三的海面，纵横错落，将海峡分割成老铁山水道、隍城水道、小钦水道、大钦水道、北砣矶水道、高山水道、南砣矶水道、猴矶水道、长山水道、西大门水道、宝塔门水道、珍珠门水道、螳螂水道、庙岛水道等14条走向不同、长宽不等的大小水道，似阡陌纵横。

水道纵横是群岛构成的自然地貌，港湾同样也是。曲折的岛岸线构成的港湾达35处，岬湾交错，湾中有岬，岬围成湾。

在这些幽静的港湾之中，生长着鲅鱼、鲐鱼、比目鱼、花鱼、鲭鱼、带鱼、鲳鱼、鲈鱼、真鲷、河豚、对虾、鹰爪虾等鱼虾，海带、裙带菜、紫菜、牛毛菜等藻类，皱纹盘鲍、栉孔扇贝、紫海胆、牡蛎、贻贝等贝类。海参、鲍鱼、海胆等海珍品更是在国内外享有盛誉。

渤海海峡是百鱼洄游的必经之路，也是万千候鸟的迁徙之路。这些记忆超群的鸟类，把长山列岛当成旅站，每年200多种鸟类在春、秋两季于此迁徙停留，休养生息。其中包括几十种国家一、二级保护鸟类，及世界上濒临灭绝的珍稀鸟类。在岛上，几乎所有角落都有鸟类缤纷的身影，它们在礁石、岩洞、街道、房前屋后、树林草丛之间自由生活。

从西太平洋洄游到辽河入海口的斑海豹，有时也会游过渤海海峡，在长岛的某一处登陆，好奇地打量，看看这里跟辽河口的滩涂有什么不同。

黑尾鸥、海鸬鹚、白腰雨燕等海鸟则在32座岛屿中选择了车由岛。它们选择在这个仅有0.05平方公里的小岛栖息，是因为车由岛有特殊地貌形成的天然鸟巢：海岸的陡壁断崖系石英岩与板岩互层，节理发育，具有很强的破碎性，日复一日被风化和海蚀所洗礼，崖壁凹凸错落间杂，形成错综密集的石窟、石阶、石台、石穴等适合鸟类容身的栖落点，把小岛俨然打造成一座鸟巢组成的楼房。每年四五月，成千上万只海鸟在此栖息、觅食、嬉戏、繁育后代。

小岛本来的名字，已逐渐被"万鸟岛"所代替。而它一路以来的名字演变史其实是相当精彩的，古有沙磨岛、沙帽岛、牵牛岛等名称。岛虽然小，地位却很高，元朝和明朝时把长岛列岛分为二社，南五岛称沙门社，北五岛称牵牛社。解放后，牵牛岛派驻军把守，驻军观察岛形很像轿车，便将其更名为车轴岛、车由岛。

乘船驶近岛屿，立即会被几万只鸥鸟盘旋包围。它们试图向人们证明，小岛仿佛舰艇一般的雄姿及其上面的新鲜空气固然具有吸引力，但若没有它们这些小精灵的点缀和辅助，也是有缺憾的景象。事实也的确如此。

作为航标岛而存在的猴矶岛，在32座岛屿中是不得不提的。光绪版《蓬莱县志》记载：

猴鸡岛在县治西北，距城七十余里，计长里许，周约四里。北至高山岛约十数里，至牵牛岛约四十余里，西抵大洋。山高陡峭，无居民，附根多石，不能泊舟。现于该岛中建盖灯楼一座，系奉海关监督檄行，俾往来商舟得以识途。派人看守，时取淡水于他岛，颇不便，四面水深十丈余。

可以看出，猴矶岛当时称为"侯鸡岛"，仍然源于岛形带来的想象，人们觉得它形似蜷卧之猴，因而得名。新中国成立后，改称"候矶岛"，20世纪80年代地名普查时，最终改称"猴矶岛"。

与1867年在崆峒岛建起的烟台境内第一座灯塔——卢逊灯塔、1868年建成的烟台山灯塔、蓬莱阁普照楼灯塔相比，猴矶岛灯塔比它们晚了十几年。1876年《中英烟台条约》签订后，英国人于1882年在猴矶岛上修建了这座灯塔，当时是庙岛群岛的第一座灯塔，白联闪灯质，太阳能电池板供应电力，射程28公里。

英国人在他们自己的国家制造了所有的材料，进行了试装，之后拆解，每一块条石注明编号，海运到中国，在猴矶岛上按照编号垒砌条石，组装了这座厚达8米、内径3.5米、高14.2米的通身漆黑的圆柱式灯塔。塔身上面的灯笼外径3.5米，是哥特式伞状铜顶。笼体虽然不大，但内中暗藏气象，分上下两室，上室框架结构，周边镶嵌24块巨大的弧形钢化玻璃。室内正中分设上小下大两副灯具，小灯备用，大灯可照15海里，每隔12秒闪射一次柱状白光。下室是封闭式铸铁结构，厚约2厘米的塔壁仅留几个圆圆的防水窗，轮船上才有的那种窗户，可以有效阻挡海浪的拍打。

从此，面积只有0.28平方公里、海拔104米的猴矶岛，从不被人注意到成为远近海域的希望之岛。特别是1928年，东北海军（奉系）第二舰队进驻长山岛，海军司令沈鸿烈在猴矶岛上安装了雾号，它就更充满一种令人敬慕的魅力。人们称它为航标岛。在茫茫的大海上，人们寻找它发出的光亮，那光亮优雅、温柔，象征着召唤与爱。

另一座更为奇异的灯塔，修建在一处形似香炉的礁石上。这组礁石位于南隍城的北面，名为"香炉礁"。一片低矮的礁石群中间，突兀地升起一柱礁石，灯塔就直接建在这根坚硬的礁石上，白色圆柱形。因为礁石充当了塔身，因此圆柱形的塔身非常矮，远远看去仿佛给礁石戴上的一顶帽子。这大约是整个渤海沿岸最为奇特的灯塔了。或许，在世界灯塔领域，它都是一个特立独行的存在。

在香炉礁周围，布满了重重暗礁，灯塔温暖的灯光除了为来往船只指引方向，也提供警示，避免船只触礁。

生物们比较喜欢香炉礁。鲍鱼、海胆、海参等海珍品，各式藻类、野生扇贝在附近游弋、栖息、觅食。海鸥绕礁飞翔欢叫。海面放射着金属般的光芒。

庙岛群岛中有一座山，因为灯塔而得名：北隍城岛的灯塔山。作为北隍城岛的最高峰，灯塔山海拔159.8米。1956年，北隍城灯塔建成，当时是铁架式结构。1974年，改建为5米高石砌圆柱形灯塔，1980年8月，重建为10米高灯塔。北隍城岛是庙岛群岛中极其特殊的一个岛屿，它位于32座岛屿中的最北端，像老大哥一样守护着南边的众多岛屿，同时，与辽东半岛的老铁山岬隔海相对，形成了宽约22.2海里的老铁山水道，这条水道，是渤海海峡的咽喉。

道光版《蓬莱县志》记载：

北隍城岛，南隍城北九十里，南为蓬莱界，北为辽东界。

可见，北隍城岛的位置十分重要。站在北隍城岛高处，可以在清晨欣赏到黄海的朝阳，也可以在黄昏欣赏到渤海的灿烂落日。往北则能眺望到大连旅顺的万家灯火。

处于山东北纬度之最这样特殊位置的北隍城岛，天生就肩负着特殊的海防使命——它一度被称为"渤海前哨第一岛"。据说唐贞观二十年，唐太宗李世民率师东征高丽，曾带领船队文武官员上岛，设置乌胡戍，后来置为重镇。贞观二十二年，莱州刺史李道裕将军械粮草运送到岛上，以备东征高丽。永徽元年，乌胡戍取消。后人为了纪念这段历史，便将山前村东南的山叫作唐王山。

历史发展到1900年，八国联军从北隍城岛跟前的老铁山水道闯入渤海，进犯京津。1904年的日俄之战中，日军军舰50余艘抢占南、北隍城岛，将其作为战略物资补给站和前进基地，从侧翼攻击旅顺口。俄军战败后，日本军舰开赴旅顺口与大连湾。

解放后，北隍城岛有了驻岛部队，建制为一个团，连同驻岛的通讯连、特务连和海军某部，比岛上的人口还要多。军民关系融洽，官兵们分散住在百姓家中。直到60年代中期陆续建立了营房，官兵们才搬出村民腾出的民房。一代代守岛官兵建阵地、修码头、打坑道、盖营房、抓战备训练，坚守着小岛和老铁山水道。

今天的北隍城岛，固守着渤海海峡3平方公里的海域，与世无争。没有城市喧嚣的娱乐生活，没有便捷的交通工具，也没有各种纷杂的世事信息。老人们保留着看报纸的习惯，人们过的日子带有可贵的原始气息。渔民日出而作日落而息，出海打鱼，或者照料着自己的养殖场。现代人的焦虑和压力，离他们很远。

《全辽志》卷一《山川志》之"海道"记载：

> 右金州旅顺关口：南达登州新河水关岸，经五百五十里水程，适中海岛名曰羊坨，有石碣，上镌：南岸达北岸，共五百五十里，两日内，风力顺可到。先一日辰时，自登州新河发航，至晚抵旅顺泊岸。次日辰时，自旅顺发航，至晚北抵三汊河泊岸。盖自旅顺口起，抵海中羊坨、黄城二岛，约三百里。自黄城南抵钦岛、砣矶岛约三十里，钦砣岛抵井岛约七十里，井岛抵沙门等岛一百三十里，沙门岛抵新河水关仅二十里。总括其数亦五百五十里。各岛相接如驿递，而岛之住户俱属纳水、利银两于金州。

这段不吝笔墨的记载，证明了撰志者对长山列岛、渤海海峡这条海路的喜爱。

07. 黄渤海交汇

与最北端的北隍城岛相呼应，在32座岛屿中，位置处于最南端的是南长山岛。在1929年以前，长岛没有码头，船只装卸货物只能直接靠岸或用舢板驳运。1929年，东北海军在南长山岛寺后村前口和鹊嘴村西口各建木质码头一座，可以停靠小汽船。1948年，东莱群岛设治局，建码头2座。新中国成立后，驻军建码头16座，地方建3座，各岛在商港、渔港、避风港、渔商兼用港的使用上功能不一。

长岛港是进出长岛的通道，可同时停靠500吨级轮船3艘。如今，想要去长岛观光旅游，乘坐轮渡是非常便捷的。

与南长山岛相对的是北长山岛，它们在32座岛屿中的关系有点特殊，仿佛一对连体姐妹。光绪版《蓬莱县志》记载：

> 长山岛在县治西北南头，距城三十里，计长四十里，周一百二十里。两山隔海，中有玉石街一线通之，长五里，诚天工，非人力也。与庙岛相犄角。居民三千余户。附岸多沙石，有黑石嘴暗礁，有大小龙须礁，忽隐忽现。水深二丈余，舟可暂泊，不敢久停，犯西北风。西北十里之珍珠门，水深四丈余，中多礁石，潮长则隐，潮落则现。商船往往触之则沉。中洋水深四五六七庹不等，山外水深十余丈。

这里明确指出，南北长山岛之间以海相隔，中间有一条五里长的玉石街相通，这条街是大自然造化，而非人力建造。这与民间流传的神话故事相符合：传说很久以前，南、北长山岛是孤立海中的两个岛屿，中间没有陆路相通。唐太宗李世民东征时到达此地，住在南长山岛的南城之中，而正在生病的大将尉迟敬德却住在北长山岛上养病。唐太宗每次去看望尉迟将军，都要乘船过海，颇感不便，就对尉迟敬德叹息道："要是南、北长山岛有路相通，我一定每天都来看望你。"当夜，渤海海峡狂风大作,波浪滔天,声势骇人。天亮以后,人们看到了一个奇迹,一条玉带似的长街横卧渤海海峡,将南、北长山岛连接在一起。因为这条街道是一宿之间形成,故名"一宿街";由于谐音的关系,后来被称为"玉石街"。

《蓬莱县志·地理志》也有相关记载:

> 长山岛在县治西北,南头距城三十里,计长四十里,周一百二十里,两山隔海,中有玉石街一线通之,长五里,诚天工,非人力也。(光绪版)

> 长山岛分南北,两山相距五里,中通一路,皆珠玑,广二十丈,路左右水深无际。(道光版)

"珠玑石"形成的街道,其实是一条鹅卵石浅滩,涨潮时被淹到水面以下,退潮时显露出来。我们无从知晓大自然聚合了多少股力量,才形成了这样一条奇妙的通道——潮汐、风向、风力、山阻等,这些都是奇迹形成的合力。从科学原理上来看,它与锦州的笔架山"天桥"有共通之处。

后来,人们依据这条浅滩的形状,在其脊背上修建了拦海大坝。它过去的样貌,被封印在各种文字之中。

形形色色的卵石也蔓延到了南长山岛的南头,在那里形成了另外一个奇妙的景致:从岛岸开始,它由开阔逐渐收紧变尖,像一条轻轻甩动的尾巴,奇异地把黄海和渤海分开。人们把它称为"长山尾"。

一直到十月下旬,我才动身去南长山岛看长山尾。好在金秋胜景尚未远离。

大约两个月前,在蓬莱港的码头上及田横山上,我曾经眺望过蓬长客港。真正出行,中间却隔了这么久。

在停车场,我看到了右前方的老北山灯塔,它红白相间的俏拔身姿,挺立在蓝天下的山巅上。记得九月的那天,临近傍晚,我在灯塔下面流连许久,一些老年朋友兴致勃勃地放起音乐跳起了舞。

轮渡只需40分钟,就把船上的人们送到了南长山岛。我们先看到了南长岛的灯塔，它的建筑风格跟老北山灯塔如出一辙，两座灯塔像双胞胎姐妹隔海相望。

出港之后，我迫不及待去了林海景区，沿着一条蜿蜒的山路，抵达黄渤海交汇处最佳观测点。这个观测点位于长山尾身后的石崖上。通往最佳观测点的石阶两旁，栽种着圆柏和黑松，这两种树木可以给这条石阶通道提供一年四季的绿色。

石阶的尽头，矗立着"黄渤海交汇处"石碑，高9.7米，碑身为两条背对背、高高扬起龙尾的卧龙，分别代表黄海和渤海。在这个小平台上俯瞰长山尾，它轻灵婉转地甩动在海中，甩出一个大"S"，将大海神奇地一分为二。下午接近两点钟，太阳给海面洒下金光，大"S"曲线处的金光更为耀眼。

我在观测点流连了半个小时之后，沿着一条名叫"曲径通幽"的小路下山，去往长山尾。

小径非常幽静，两旁山坡上生长的植物五彩斑斓，种类多得让人惊讶。我看到一丛扁担杆，橙红艳丽的核果星布于深秋的光秃枝条上。野青茅举着穗状的花絮，草黄色中透着微紫，竟有芦花的风姿。酢浆草仿佛星星，密密麻麻地覆盖着山坡。这种草生有三片心形的小叶子，外观看起来跟三叶草神似，但它们却不是同一种植物。甘菊在这个季节应该是山中王后了，别的花草都在枯败，它却精神抖擞地鼓出饱满的黄色花苞。接着，我看到了一株枸杞，长长的枝条伸向小路，鲜红色的果实令人顿生口腹之欲。胡枝子玫红色的花朵也早已凋谢，只剩下边缘开始泛黄的叶子。与酢浆草相比，茜草的叶片是长长的心形，它也属于比较耐寒的草，在陈年老松针丛中顽强地生长出来。刺儿菜的叶片边缘长有刺齿，但它却是一种可以食用的野菜。

大自然的景色中包含着许多季节，植物们能精确地将季节划分出来。

一股山泉水分开草和植物，从一侧山坡上流下，漫淌在小路上，并沿着它向海边流去。它的速度比我快，想必早已想好了汇入渤海是它的归宿，因此毫不留恋，义无反顾。

跟着这股泉水走到石崖下面，眼前就是开阔的渤海，一座桥梁式的木栈道立于岸边，桥墩时而插入岸滩，时而插入海中。

沿着这条迂回曲折的木栈道，我开始围着山体绕行。我的右侧是陡峭嶙峋的石壁，有着直露惊险的纹理。在我的左侧，就是那股山泉水投奔而入的渤海，它坦荡无垠的胸膛上，漫不经心地突出一些形状各异的礁石，小的仿佛稍微大一些的鹅卵石，大的像一座微型岛屿，可以供人坐在上面垂钓。

我果然看到了一个垂钓者，他和一根钓竿、一个塑料桶共同奢侈地占据着一块礁石。不久之后，在木栈道上又看到一个垂钓者，他的水桶里游动着几条白色的鱼。这些战利品晚上就会在锅里被熬出牛奶一样的鱼汤。

我终于穿过这条迂回曲折的木栈道，抵达长山尾。一大片壮观到骇人的鹅卵石，粗野地出现在眼前，跟我在石崖之上看到的婉约完全不同。我没想到这条尾巴的根部会如此宽阔，鹅卵石之厚、层次之多，诠释了海水千万年的运动成果。

踩着这些鹅卵石，我开始艰难地走向尾巴的尖端。这是些看起来动人，走起来却让我步履维艰的鹅卵石，仿佛无数个障碍，阻挠着我顺利快速地抵达目的地。走过尾巴根部的鹅卵石滩后，地貌发生了微小的变化，开始呈现堤坝样貌，中间高，两侧低。在鹅卵石的缝隙之中，神奇地冒出一些比指甲盖大不了多少的绿色叶片，它们是肾叶打碗花。这些形似肾脏的植物，专门选择海滨沙地或海岸岩石缝作为温床。

越往前，鹅卵石变得越小，有些地方可以称得上是粗砂。在我能够笔直地看到长山尾的尾尖时，我看到一个奇异的画面：一个垂钓者站在尾尖上，他的头顶漫布着一片龙鳞状的白云。下午的阳光穿透鳞片之间的无数缝隙，漏下万千条金色光线，照射着垂钓者、长山尾尖、波光粼粼的海面。一切都在闪光，只有垂钓者的身影是一个黑色的剪影。

这真是难以用语言形容的美景。

我加快速度走到垂钓者旁边。他果然站在长山尾尖上，海水在离他不到一米的地方，哗哗地发出声响。

这自然不是平凡的声音，而是两个大海打架的声音。在我眼前，左侧是黄海，右侧是渤海，它们以长山尾尖为起点，划出一条大"S"曲线，双方以这条曲线为目标，正在破釜沉舟地奔向对方，相撞，发出呐喊。

这喊声不那么惊天动地，甚至比不上暴风天气里浪潮的怒吼，但我听到的却是两片大海的气势磅礴的咆哮。

当我目睹它们如此激烈地推拥，联想到它们天长日久地推拥出一条鹅卵石滩，我确信，它们永远不会臣服于对方。当大自然规定的涨潮时候到来，它们慢慢升高，可能会淹没这条尾尖状的砾石滩，貌似亲密地融入了对方，但实际上完全不是。它们是同一种液体，同一种物质，却并不相融。

开始涨潮了，海水慢慢朝我和垂钓者的脚边涌来。垂钓者告诉我，完全涨潮之后，海水会淹没到我们身后的某个地方。

我问他，据说尾巴东侧的黄海海面比尾巴西侧的渤海海面要高，船舶行至两海交汇处，会明显感觉到一次震荡，仿佛越过了一个台阶，这是真的吗？垂钓者说，这个说法可能有点夸张，但黄海海面确实比渤海海面要高。我问他为什么，他不假思索地说，因为黄海深啊！渤海只是一个内海，渤海浅啊！

海水已经打算淹没我们的鞋子和脚踝了。垂钓者收拾了一下渔具，打算离开。他的战利品是几条还很活泼的黑鱼。我随着他一起蹚过鹅卵石滩，走向岸边。他聊了一些从小在岛上生活的事情，以及现在的工作和生活、岛上渔民的养殖业。

蹚过鹅卵石滩，走到水泥路上，垂钓者友好地指给我一处地方，告诉我，那里也是观看黄渤海交汇的理想位置。我站在那里，越过几棵松树，再次看到了那神奇的两海交汇。

后记

在 2022 年刚开始的时候，我一点都没有想过，这一年我的写作和生活会这样度过：从 2 月 28 日乘船渡过渤海海峡，到 11 月 12 日完成全文修改，我深陷于与渤海有关的一切之中。

二月的最后一天，我渡过渤海海峡，站在老铁山岬黄渤海分界线坐标处，远眺烟台蓬莱的北隍城岛。之后，我在辽东湾沿岸游走了一个星期。七月初，驱车赶往黄河三角洲一带，在渤海湾沿岸游走。七月底到八月初，再次渡过渤海海峡，在辽东湾、渤海湾海岸游走。八月底，驱车在莱州湾沿岸游走。九月初，我站在田横山黄渤海分界线坐标处，眺望南长山尾。之后的九月，数次在龙口和蓬莱一带游走。十月下旬，乘船去往南长山岛，站在长山尾，目睹了渤海和黄海交汇对撞的奇美景象。

九次出行，行程近七千公里，是这次写作的精髓。一整个春天、夏天和秋天，在出行、写作、出行之中不知不觉地过去了。其中最长的一次行走历时十三天。因为渤海海峡突然刮起台风，我不得不更改沿海路返回的原定计划，硬着头皮继续南下，沿海岸走陆路返回。感谢帮我规划路线的朋友，如果没有他的出谋划策，我可能要多跑很多路。他还给我提供了许多其他的帮助，降低了我游走的风险。

起初，我并没想到会需要这样的行走。当我在网上查阅关于渤海的各种资料时，我感到了一种惧怕——我对渤海知之甚少。我不知道用什么样的文字来叙写它。但我知道，无论怎样，那一定不是泛泛的资料搬用。之后，当我仔细研究渤海的各种图片后，我觉得，作为我国的内海，它被绵长的海岸所圈围，只有一条渤海海峡通往外海——既然它有如此曼妙完整的海岸线，我必须沿着海岸游走一番。没有这样的一番游走，书写渤海就是一件荒唐的事情。

后来，当我横渡渤海海峡，在渤海沿岸行走时，那令我惧怕的写作的难度——渤海的面目，全部真实地坦陈于我的眼前，具象化为渤海与每一寸陆地之间的关系。有了真实的所见所得，写作的难度及我对这次写作的惧怕在降低。而且，对文献资料的借鉴参考，及它们的不合时宜甚至错漏之处，在我眼里才具备了甄别和取舍的意义。

海中的孤岛，海底的幽暗，亿万年前的陆地变成海洋或者又变回陆地，海退海侵，城市的出现和消亡，板块积压，高原隆升，海蚀地貌，潮汐，火山喷发，台风，沙嘴，沙坝，潟湖，贝壳堤，入海大河，海底生物……渤海与陆地之间的种种纠缠痕迹，让我惊讶和惊叹。而那些留存下来或是正在消失的遗迹遗存：盐业遗址，秦行宫遗址，战争要塞，古村落，神秘的古渔雁，拉坞号子，捻船手艺，古老的捕鱼工具，灶户……长久地传递着渤海的信息。

　　湿地，植物，迁徙的鸟群，更是斑斓繁美。我要感谢盘锦、锦州等地野生动物保护界的几位朋友，他们让我认识到了一个我过去不曾了解的世界。如果没有他们，我就不会知道渤海海峡和沿岸湿地在世界鸟类迁徙通道中的重要性。鸟类，西太平洋斑海豹，碱蓬草红海滩，苇海……它们与渤海的关系是那么紧密，是我讲述渤海必不可少的一部分，也是我不吝笔墨的一部分。

　　还有其他许许多多与渤海有关的事项：船，渡海移民，港口，海上丝路，海战，海运，海上油井，渔民……持续不停地充实着我的知识体系。感谢辽河入海口三道沟渔民刘三爷，及潍坊羊口港的一位渔老大，他们给我提供了生动的写作素材。

　　而关于渤海的神话或传说，也是它最为瑰丽的一部分。秦始皇、徐福、李世民，还有汉武帝、努尔哈赤等，太多太多人，他们在渤海沿岸留下璀璨的足迹。

　　我还对一座座矗立于海边或海中的灯塔痴迷不已。它们形态各异，斑驳沧桑，身体里装着无数沉默的故事。我对虎头崖灯塔和猴矶岛灯塔印象最为深刻，它们一定是整个渤海沿岸乃至所有沿海灯塔中最为特别的两座。遗憾的是，因为各种出行条件的限制，我没有将渤海沿岸所有的灯塔全都拜会到。

　　尤其令我震撼的是黄渤海分界线。在辽宁老铁山岬、蓬莱田横山、蓬莱南长山岛，这三处地方都能看到黄渤海分界线。我的游走从二月底的渡过渤海海峡抵达老铁山岬黄渤海分界线开始，到十月下旬抵达南长山岛黄渤海交汇处结束。

　　在行走的过程中，涉及港口、油田的时候，我得到了烟台港、蓬莱港、龙口港、胜利油田龙口船舶中心等单位的帮助。他们陪我实地考察的关于渤海的一切，都让我对人类与渤海互相征服的复杂关系惊叹不已。在一次去龙口考察的时候，我到万松浦书院落脚休息，与田院长就徐福东渡有过深入沟通，对我帮助很大。

　　伏案写作，和环渤海游走相比，显然耗时更久，更考验我二十年来储备的一切：文学常识、认知、能力。在我的印象中，从2001年开始文学创作，到2022年，这二十多年中，还从未有过一次写作像这次这样，让我忐忑、彷徨、不安。我既兴奋又焦虑，既自信又患得患失。当这九次出行让我的大脑中装满关于渤海的斑斓的信息时，我觉得如果有足够的时间，我可以写出一百万字。如果有足够的时间，我还会从头再来，细细地把那些行走中留下的遗憾全部弥补。如果有时间，我还会读更多的书，研究更多关于海洋这门学科的知识。

　　这段日子里，我的案头和书柜中，不断地在增加着关于海洋的各类书籍，电脑里也不断地储存着各种文献资料的电子版。创作这部作品，我阅读及参考各类文献共计210余种。例如：林肯·佩恩的《海洋与文明》，斯蒂芬·K.斯坦因的《海洋的世界史：探索、旅游与贸易》，卡尔·施米特的《陆地与海洋：世界史的考察》，布莱恩·费根的《海洋文明史：渔业打造的世界》，罗荣邦的《被遗忘的海上中国史》，费迪南德·冯·李希霍芬的《李希霍芬中国旅行日记》，查尔斯·达尔文的《一个自然学家在贝格尔舰上的环球旅行记》，米夏埃尔·诺尔特的《海洋全球史》，燕东生的《商周时期渤海南岸地区的盐业》，等等。如果我不是在进行这样一次写作，可能一生都不会接触到这些专业书籍。它们是那么生涩，却又那么迷人。

　　而卡尔·施蒂勒的《莱茵河传》、亨利·戴维·梭罗的《河上一周》、赫尔曼·麦尔维尔的《白鲸》、蕾切尔·卡逊的《海洋三部曲》、海伦·罗兹瓦多夫斯基的《无尽之海》、托比·威尔金森的《尼罗河：穿越埃及古今的旅程》、克劳迪欧·马格里斯的《多瑙河之旅》、马克·吐温的《密西西比河上的风光》等文学著作，又让我深陷在文学叙述的海洋中。我羡慕那些精美的句子、迷人的结构和非凡的思想。

　　《山海经》《读史方舆纪要》《管子》《徐福辞典》等文献，以及几十本县志，给了我文献资料上的帮助。县志很难找，感谢几位帮我寻找县志及复印县志的朋友。还要感谢灶户村村委的那位女士,她很痛快地送了我一本村志。后来,我认识了一个专门经营电子版县志的人,他以极其低廉的价格,给我提供了我需要的县志。在各类版本的县志中,康熙版最让我着迷。但是,繁体字、竖排、不分行不分段、没有标点符号、模糊不清,这些都是阅读的障碍。感谢大学里的一位朋友,他总是第一时间给我解惑,和我一起研究。当然,有限的精力和时间只能允许我根据需要选读部分内容。我记得,当我头昏脑涨地翻了几本《黄县志》,终于从康熙版《黄县志》上找到了珍贵的"鲦翅摇红"那段描述时,我激动不已,视若珍宝。要想全面地了解渤海,不读县志是缺失的,它像行走一样重要。特别是年代久远的老县志,记述了太多关于渤海的文字。诗人德里克·沃尔科特曾说过:海即历史。

关于这本《渤海传》的结构,我做过诸多的设想,最后决定摒弃惯常思维,按照我的行走路线,从横渡渤海海峡开始写起,写到辽东湾、渤海湾、莱州湾,最后回到蓬莱黄渤海交汇处。从起点到终点,从终点到起点,完整叙写我国的这个内海。作为海洋,这一汪大水,叙写它,绝不是只写那激荡的大水的本身。实际上,它所有所有的一切,都毫无保留地输送给了陆地和人类——它有它的方法,一直在用各种形式,与陆地和人类发生着无穷无尽的关系,向人类提供着千万条宝贵的线索。这些关系和线索,才是写这一汪大水的重点。我必须用我的文学经验,将所有线索在文学的逻辑下,用我的文字讲述出来。

关于文字和叙述方法,我力图让这些文字传递出报告文学的严谨、传记的诚实、散文的自由、小说的故事性。当我写海边湿地及鸟类、入海大河的时候,我还希望它们传递出绘画的美和音乐的韵律。我希望这本书繁丽斑斓,就像渤海本身一样。

还有太多的遗憾。比如,我的行走不完全,有些地方因为疫情的原因,始终无法前去。比如,在写作的过程中,发现行走有遗漏。还有一些遗憾是因为季节等原因,比如西太平洋斑海豹每年十一月左右洄游到辽河入海口,第二年三月陆续返回。错过这个季节,就只能再等一年。斑海豹是我心心念念想要拜会的朋友。

这些遗憾,只能留待以后再弥补。或许多年之后,我还会再行走一次。在这期间,有些地方还可能会隔上两年就去拜会一次,像拜会老朋友。因为渤海在不断地运动，它所创造的一切也在不断地发生变化，一次书写不可能概括它。比如沧州的那只铁狮子，我不知道它会在什么时候轰然倒塌，从世间消失。徐福在千童镇集结童男童女之后驶向大海的无棣沟，我也不知道它会不会永远保持现在的样子。

对于这次写作，我付出了以往从没有过的行走。特别是初稿完成前的最后一次行走，给了我一个难忘的馈赠：我结结实实地摔了一跤，划破了手掌，摔破了膝盖。我膝盖上裹着纱布，完成了最后二十天的写作。在2022年11月12日结束写作的前一天，膝盖上的结痂终于脱落了。

但相对于渤海这个巨大的事物，这样的行走还远远不够。达尔文从1831年到1836年，用了五年时间环球旅行，横跨三大洋四大洲，勇敢地面对着充满未知数和危险的旅途，最终完成了《一个自然学家在贝格尔舰上的环球旅行记》。他说："贝格尔舰上的航行，是我一生中最重大的事情，它决定了我此后全部事业的道路。"他后来的所有著作，比如《人类和动物的表情》《物种起源》的思想基础，都与这次旅行形成的世界观关系密切。这次环渤海行走，对我的世界观也影响很大。因为工作需要，我在2023年6月再次乘船来到长岛，并经由长岛到达另外一个小岛砣矶岛。再次欣赏奇异的黄渤海分界线，仍是令我最激动的时刻。

非常感谢山东文艺出版社。他们非常有视野和情怀，才能策划这样一套关于山和海的书系。最后要特别感谢我的前辈张炜老师，是他向出版社推荐我来写《渤海传》。他知道我最近几年写了一系列关于海洋的中短篇小说，他认为我能够驾驭这次写作。

这次写作，对我是一次常规经验之外的挑战，我从中获取到了太多。写完之后，我甚至感到，这次写作修改了我书房的气质。希望我没有让所有帮助过我的师友失望。

2022 年 3 月 8 日至 2022 年 11 月 1 日初稿
2022 年 11 月 2 日至 2022 年 11 月 12 日一改
2023 年 5 月 23 日至 2023 年 5 月 28 日二改
2023 年 6 月三改
2023 年 9 月四改

主要参考文献

《白鲸》，[美]赫尔曼·麦尔维尔，长江文艺出版社2006年版。
《无尽之海》，[美]海伦·罗兹瓦多夫斯基，新世界出版社2019年版。
《管子》，李山、轩新丽译注，中华书局2019年版。
《海洋变局5000年》，张炜，北京大学出版社2021年版。
《神仙传》，谢青云译注，中华书局2017年版。
《海洋与文明》，[美]林肯·佩恩，天津人民出版社2017年版。
《海王之国：齐国的海洋经济文化》，杨新亮，《华北水利水电学院学报（社科版）》2011年第3期。
《齐地方仙道发展的三次高峰》，刘怀荣，《齐鲁学刊》2014年第5期。
《胶东半岛早期航海活动初探》，郭泮溪，《国家航海》2014年第2期。
《聊斋志异》，蒲松龄，上海古籍出版社2012年版。
《白话聊斋志异》，蒲松龄，新世界出版社2011年版。
《史记》，司马迁撰，韩兆琦译注，中华书局2008年版。
《列子》，叶蓓卿译注，中华书局2015年版。
《山海经》，周育顺主编，北京时代华文书局2015年版。
《山海经》，方韬译注，中华书局2011年版。
《解读〈山海经〉中的蚕桑文化》，解晓红、范友林，《丝绸》2006年第1期。
《多瑙河之旅》，[意]克劳迪欧·马格里斯，上海文艺出版社2015年版。
《搜神记》，马银琴译注，中华书局2012年版。
《海洋文明史：渔业打造的世界》，[英]布莱恩·费根，新世界出版社2019年版。
《诗经》，王秀梅译注，中华书局2015年版。
《莱茵河传》，[德]卡尔·施蒂勒、H.瓦亨胡森、F.W.哈克伦德尔，商务印书馆 2019 年版。

《栖霞县志》，清光绪年间刻本。

《河西魏晋壁画墓"采桑图"考辨》，刘兴林，《农业考古》2020 年第 4 期。

《中国柞蚕发源地　烟台》，《走向世界》2016 年第 9 期。

《晋书》，房玄龄等撰，中华书局 1974 年版。

《陆地与海洋：世界史的考察》，[德]卡尔·施米特，上海三联书店 2018 年版。

《文献通考》，马端临，中华书局 1986 年版。

《山东通志》，陆钺等纂修，上海书店 1990 年版。

《一个自然学家在贝格尔舰上的环球旅行记》，[英]查尔斯·达尔文著，周邦立、周国信译，上海远东出版社 2005 年版。

《南征纪略》，孙廷铨、佚名著，李军勇校注，内部资料。

《孙廷铨与〈山蚕说〉》，于云傲，《蚕业科学》1987 年第 1 期。

《明清山东省柞蚕业发展的时空特征》，李令福，《山东师范大学学报（人文社会科学版）》1995 年第 2 期。

《宁海绸名扬四海》，曲延科，《走向世界》2018 年第 29 期。

《左传》，郭丹、程小青、李彬源译注，中华书局 2012 年版。

《中国盐政史》，曾仰丰，东方出版中心 2020 年版。

《秦早期"西盐"与陇蜀易盐历程之消长》，蒲向明，《文史杂志》2020 年第 5 期。

《李希霍芬中国旅行日记》，[德]费迪南·冯·李希霍芬，商务印书馆 2020 年版。

《"丝绸之路"的"正名"——全球史与区域史视野中的"丝绸之路"》，李伯重，《中华文史论丛》2021 年第 3 期。

《丝绸之路主线及成因分析》，管楚度、蔡翠，《工程研究——跨学科视野中的工程》2018 年第 1 期。

《浅析柞蚕丝绸工艺的发展》，王慧，《大众文艺（理论）》2009 年第 2 期。

《先秦两汉齐地方仙文化对中医的影响》，卢星、杨金萍、纪敏，《南京中医药大学学报（社会科学版）》2013年第4期。

《海洋的世界史：探索、旅游与贸易》，[美]斯蒂芬·K.斯坦因，中国社会科学出版社2021年版。

《拾遗记》，王兴芬译注，中华书局2019年版。

《拾遗记（外三种）》，王嘉等撰，王根林等校点，上海古籍出版社2012年版。

《密西西比河上的风光》，[美]马克·吐温，江苏凤凰文艺出版社2018年版。

《四库全书》，纪昀主编，鸿雁注译，团结出版社2017年版。

《博物志（外七种）》，张华著，王根林校，上海古籍出版社2012年版。

《汉书》，班固，中华书局2012年版。

《资治通鉴》，司马光编著，李翰文整理，北京联合出版公司2016年版。

《周易》，杨天才译注，中华书局2022年版。

《尼罗河：穿越埃及古今的旅程》，[英]托比·威尔金森，生活·读书·新知三联书店2020年版。

《恒河》，[英]罗布·鲍登，商务印书馆2007年版。

《亚马孙河》，[英]西蒙·斯库恩斯，商务印书馆2007年版。

《尼罗河》，[英]罗布·鲍登，商务印书馆2007年版。

《莱茵河》，[英]罗南·福利，商务印书馆2007年版。

《密西西比河》，[英]西蒙·米利根、马丁·柯蒂斯，商务印书馆2007年版。

《物原》，罗顾辑，中华书局1985年版。

《伏羲考》，闻一多撰，田兆元导读，上海古籍出版社2006年版。

《老子·庄子》，任犀然主编，中国华侨出版社2015年版。

《鹖冠子》，章伟文译注，中华书局2022年版。

《胶东半岛上发现的古代独木舟》，王永波，《考古与文物》1987年第5期。

《海洋全球史》，[德]米夏埃尔·诺尔特，生活·读书·新知三联书店2021年版。

《战国策》，刘向整理，周柳燕选译，江苏广陵书社2022年版。

《海洋的边缘》，[美]蕾切尔·卡逊，北京理工大学出版社2018年版。

《海风下》，[美] 蕾切尔·卡逊，北京理工大学出版社 2018 年版。

《环绕我们的海洋》，[美] 蕾切尔·卡逊，北京理工大学出版社 2018 年版。

《东方考古学丛刊》，东亚考古学会编，旅顺博物馆 1985 年油印本。

《中国历史地图集》，谭其骧主编，中国地图出版社 1982 年版。

《江防总论（及其他六种）》，姜宸英撰，中华书局 1991 年版。

《自然史》，[法] 乔治·布封，江苏人民出版社 2011 年版。

《旅顺口往事》，素素，作家出版社 2012 年版。

《河上一周》，[美] 亨利·戴维·梭罗，北方文艺出版社 2019 年版。

《旅顺口区志》，大连市旅顺口区史志办公室，大连出版社 1999 年版。

《盛京通志》，董秉忠等修，清孙成等纂，清康熙二十三年（1684）刻本。

《水经注》，陈桥驿、叶光庭、叶扬译，中华书局 2020 年版。

《昭明文选译注》，陈宏天、赵福海、陈复兴主编，吉林文史出版社 2020 年版。

《渤海鱼类》，刘静、付仲、赵春龙、刘洪军等，科学出版社 2019 年版。

《中国沿海灯塔志》，[英] 班思德，海关总税务司公署统计科 1933 年版。

《戴理尔：近代中国海务建设的推进者》，杨春利，《文史天地》2019 年第 7 期。

《汉书地理志汇释》，周振鹤、张莉编著，凤凰出版社 2021 年版。

《旧唐书》，刘昫等，中华书局 1975 年版。

《新唐书》，欧阳修、宋祁，中华书局 1975 年版。

《隆平集校证》，曾巩撰，王瑞来校证，中华书局 2012 年版。

《本草纲目拾遗》，赵学敏撰，刘从明校注，中医古籍出版社 2017 年版。

《说文解字》，许慎撰，徐铉等校，上海古籍出版社 2007 年版。

《海城县志》，杨金庚总纂，清光绪三十四年（1908）抄本。

《辽河口渔民迁徙叙事——古渔雁民间故事传承研究》，谢红萍，湖南文艺出版社 2021 年版。

《古渔雁民间故事精选》，宋晓冬主编，春风文艺出版社 2011 年版。

主要参考文献

《奉天锦州府锦县乡土志》，田徵葵纂修，清宣统二年（1910）抄本。
《锦县志略》，王文藻修，陆善格纂，民国九年（1920）铅印本。
《清史稿》，赵尔巽等撰，中华书局 1977 年版。
《大清世祖章皇帝实录》，中华书局 1985 年版。
《身份的焦虑》，[英] 阿兰·德波顿，上海译文出版社 2020 年版。
《东周列国志》，冯梦龙著，蔡元放编，付林鹏注，长春出版社 2011 年版。
《辽东行部志》，王寂，民国二十二年（1933）文殿阁书庄铅印本。
《雄关赋》，峻青，花山文艺出版社 1982 年版。
《康熙几暇格物编》，爱新觉罗·玄烨，上海古籍出版社 2007 年排印本。
《临榆县志》，赵允祜修，高锡畴纂，清光绪四年（1878）刻本。
《临榆县志》，高凌（上雨下尉）修，程敏侯等纂，民国十八年（1929）铅印本。
《卢龙塞略》，郭造卿撰，广文书局 1974 年版。
《名山藏》，何乔远编，北京大学出版社 1993 年版。
《山海关志》，詹荣纂修，明嘉靖十四年（1535）刻本。
《北戴河海滨志略》，佚名，民国二十七年（1938）铅印本。
《中国国家地理·选美中国》，《中国国家地理》杂志社编，新星出版社 2006 年版。
《乐亭地名传说》，邓树民等，中国物质出版社 2009 年版。
《读史方舆纪要》，顾祖禹，团结出版社 2022 年版。
《长芦盐法志》，黄掌伦等纂辑，清嘉庆十年（1805）年刻本。
《"盐母"传说的历史与细节》，刘振江，《滨海时报》2015 年 1 月 3 日。
《滦县志》，袁荣修，张凤翔、刘祖培纂，民国二十六年（1937）铅印本。
《600 年古老修船技艺：渤海湾畔捻船忙》，白云水、孟潮，中国新闻网 2022 年 3 月 20 日。
《海丰镇的兴盛与衰落》，马冬青，《文物春秋》2014 年第 5 期。
《盐山新志》，贾恩绂纂，民国五年（1916）铅活字本。
《初学记》，徐坚编纂，中华书局 2004 年版。
《沧州志》，徐时作修，胡淦等纂，清乾隆八年（1743）刻本。

《元和郡县图志》，李吉甫，中华书局 1983 年版。

《祖母的刺绣》，[乌克兰]尤里·维尼楚克，《世界文学》2016 年第 3 期。

《元史》，宋濂，中华书局 2010 年版。

《丛书集成初编：河源记及其他二种》，潘昂霄，商务印书馆 1936 版。

《德州"南运河"的源头》，马惠彬，《齐鲁晚报》2022 年 9 月 20 日。

《梦溪笔谈》，沈括，江苏科学技术出版社 2016 版。

《伊利亚特》，[古希腊]荷马，人民文学出版社 1994 年版。

《后汉书》，范晔，中华书局 1965 年版。

《石油昔谈（一）》，余世诚，《中国石油大学校报》2017 年 1 月 12 日。

《东汉酒泉郡延寿县城考》，李并成，《西北史地》1996 年第 4 期。

《爱伦·坡短篇小说集》，[美]埃德加·爱伦·坡，文汇出版社 2018 年版。

《渤海印象》，杨立敏主编，中国海洋大学出版社 2014 年版。

《渤海故事》，李夕聪、纪玉洪主编，中国海洋大学出版社 2014 年版。

《酉阳杂俎》，段成式撰，曹中孚校点，上海古籍出版社 2012 年版。

《元一统志》，孛兰肹，中华书局 1966 年版。

《昌邑县志》，周来邰修，于始瞻纂，清乾隆七年（1742）刻本。

《行旅莱州湾》，刘永强、张建军，内部资料。

《灶户村志》，灶户村志编撰委员会，内部资料。

《寿光县志》，宋宪章修，邹允中纂，民国二十五年（1936）铅印本。

《寿光县志》，山东省寿光县地方史志编纂委员会编，中国大百科全书出版社上海分社 1992 年版。

《尚书》，王世舜、王翠叶译注，中华书局 2012 年版。

《山堂肆考》，彭大翼，上海古籍出版社 1992 年版。

《吕氏春秋》，张双棣、张万彬、殷国光、陈涛译注，中华书局 2022 年版。

《路史·卷十三》，罗泌，商务印书馆 1979 年版。

《浅谈寿光盐业的兴起与发展》，张玺格，《财经界（学术版）》2012 年第 10 期。

《齐乘》，于钦著，吕长胜、江玉坤编校，青岛出版社 2010 年版。

《历史时期山东小清河盐运述论》，裴一璞，《运河学研究》2021 年第 2 期。

《光绪临朐县志》，姚延福修，邓嘉缉等纂，成文出版社 1968 年版。

《莱州市志》，山东省莱州市史志编纂委员会编，齐鲁书社 1996 年版。

《浅析山东省莱州市防潮堤工程建设》，吴建龙，《城市建设理论研究》2013 年第 22 期。

《乡园忆旧录》，王培荀著，蒲泽校点，齐鲁书社 1993 年版。

《商周时期渤海南岸地区的盐业》，燕生东，文物出版社 2013 年版。

《四续掖县志》，刘国斌修，刘锦堂纂，民国二十四年（1935）铅印本。

《古邑春秋》，杨黎明主编，中国大地出版社 2006 年版。

《山东海疆图记》，佚名，清抄本。

《异鱼图赞·草木疏校正》，杨慎、赵佑，文物出版社 2022 年版。

《说苑》，刘向撰，王天海、杨秀岚译，中华书局 2019 年版。

《古今图书集成·方舆汇编·职方典》，陈梦雷编纂、蒋廷锡校订，巴蜀书社／中华书局 1985 年版。

《建国方略》，孙中山，中国长安出版社 2011 年版。

《被遗忘的海上中国史》，[美] 罗荣邦，海南出版社 2021 年版。

《周礼》，徐正英、常佩雨译注，中华书局 2014 年版。

《国语》，陈桐生译注，中华书局 2013 年版。

《龙口港志（一九七八至二零一零）》，龙口港史志编写委员会编，内部资料。

《心中泊船》，海洋石油船舶中心精神文明建设委员会，内部资料。

《胜利油田海洋石油船舶中心志》，《胜利油田海洋石油船舶中心志》编审委员会编，企业管理出版社 2014 年版。

《老黄县》，王玉珉，中国文史出版社 2017 年版。

《徐福辞典（修订本）》，万松浦书院编，中华书局 2022 年版。

《山东港口烟台港》，内部资料。

《元和郡县图志》，李吉甫，中华书局 1983 年版。

《太平广记》，李昉等编，中华书局 2020 年版。

《康熙字典（标点整理本）》，汉语大词典编纂处整理，上海辞书出版社 2021 年版。

《集韵》，丁度等编，上海古籍出版社 2017 年版。

《钜宋广韵》，陈彭年等，上海古籍出版社 2017 年版。

《证类本草》，唐慎微撰，王家葵、蒋淼点评，中国医药科技出版社 2020 年版。

《黄县志》，李蕃修，范廷凤纂，清康熙十二年（1673）刻本。

《黄县志》，袁中立修，毛贽纂，清乾隆二十一年（1756）刻本。

《黄县志》，尹继美修，王棠纂，清同治十年（1871）刻本。

《龙口市志》，山东省龙口市史志编纂委员会编，齐鲁书社 1995 年版。

《警世通言》，冯梦龙编，严敦易校注，人民文学出版社 2020 年版。

《堂吉诃德》，塞万提斯，中国对外翻译出版有限公司 2012 年版。

《登州府志》，方汝翼、贾瑚修，周悦让、慕荣榦纂，清光绪七年（1881）刻本。

《戚继光年谱》，刘聿鑫、凌丽华主编，山东大学出版社 1999 年版。

《戚继光志》，《山东省志·诸子名家志》编纂委员会编，山东人民出版社 1999 年版。

《戚继光诗稿》，曲树程注释，黄河出版社 2007 年版。

《戚继光研究资料粹编》，张德信、王熹合编，黄海数字出版社 2016 年版。

《朱处约家世与生平事迹考》，夏爱民、赵艳娟，《鲁东大学学报（哲学社会科学版）》2017 年第 34 卷第 4 期。

《蓬莱阁志》，蓬莱市地方史志编纂委员会，内部资料。

《长岛县志》，山东省长岛县志编纂委员会编，山东人民出版社 1990 年版。

《登州沙门岛》，吴蔚，中国民主法制出版社 2019 年版。

《蓬莱港纪事》，《蓬莱港纪事》编纂委员会，内部资料。

《全辽志》，李辅纂修，韩钢点校，科学出版社 2016 年版。

《全辽志》，李辅纂修，辽海书社 1934 年版。

《蓬莱县志》，高岗修，蔡永华纂，清康熙十二年（1673）刻本。

《蓬莱县志》，王文焘修，张本、葛元昶纂，清道光十九年（1839）刻本。

《蓬莱县续志》，江瑞采修，王尔植纂，清光绪八年（1882）刻本。